UN DÍA DE DICIEMBRE

JOSIE SILVER

UN DÍA DE DICIEMBRE

Traducción de
Ana Isabel Sánchez Díez

PLAZA  JANÉS

Papel certificado por el Forest Stewardship Council®

Título original: *One Day in December*
Primera edición: octubre de 2019

© 2017, Josie Silver
Publicado por primera vez en lengua inglesa por Penguin Books Ltd, Londres.
Todos los derechos reservados
© 2019, Penguin Random House Grupo Editorial, S. A. U.
Travessera de Gràcia, 47-49. 08021 Barcelona
© 2019, Ana Isabel Sánchez Díez, por la traducción

Printed in Spain – Impreso en España

ISBN: 978-84-01-02217-3
Depósito legal: B-17.431-2019

Compuesto en La Nueva Edimac, S. L.

Impreso en Black Print CPI Ibérica
Sant Andreu de la Barca (Barcelona)

L022173

Penguin
Random House
Grupo Editorial

A James, Ed y Alex con amor

2008

21 de diciembre

Laurie

Me sorprende que las personas que utilizan el transporte público en invierno no se caigan redondas y mueran por una sobrecarga de gérmenes. En los últimos diez minutos me han tosido y estornudado encima, y si la mujer que tengo delante vuelve a sacudirse la caspa apuntando hacia mí, tal vez la bañe con los restos del café tibio que ya no puedo tomarme porque está lleno de trozos de su cuero cabelludo.

Estoy tan cansada que podría quedarme dormida aquí mismo, en el piso superior de este autobús bamboleante y lleno hasta la bandera. Gracias a Dios, por fin he cogido las vacaciones de Navidad en el trabajo, porque no creo que ni mi cerebro ni mi cuerpo fueran capaces de soportar ni un solo turno más detrás del mostrador de recepción de ese horrible hotel. Puede que del lado del cliente esté adornado con guirnaldas y luces bonitas, pero entre bambalinas es un cuchitril sin alma. Estoy prácticamente dormida, incluso estando despierta. En líneas generales, mis planes son hibernar hasta el año que viene en cuanto mañana llegue a la nostálgica familiaridad de la casa de mis padres. Salir de Londres para disfrutar de un interludio de vida sosegada en un pueblo de las Midlands en el que dormiré en mi habitación de la infancia tiene algo de relajante distorsión espacio-temporal, aunque no todos los recuerdos de mi infancia sean felices. Incluso en las familias más unidas hay tragedias, y la verdad es que la nuestra llegó pronto y dejó una huella profunda. Pero no pienso regodearme en ella, porque la Navidad debería ser una época de esperanza, de amor y de sueños, que es lo que más me interesa en este momento. Sueños solo interrumpidos por las competiciones de «a ver quién come más» en las que me enfrentaré a mi hermano, Daryl, y a su novia, Anna, y por todo el espectro de películas navideñas empalagosas. Porque ¿quién podría estar demasiado cansado para ver a un tipo desgraciado y muerto de frío sostener en mitad de la calle unos carteles con los que confiesa silenciosamente a la esposa de su mejor amigo que su corazón destrozado la amará para siempre? Aunque... ¿eso es romántico? No estoy muy segura. A ver, podría decirse que lo es, de una manera un tanto sentimentaloide, pero también significa ser el amigo más capullo del planeta.

He dejado de preocuparme por los gérmenes del autobús, porque está claro que ya he ingerido suficientes para que me maten si es que van a hacerlo, así que apoyo la frente en la ventanilla empañada y veo pasar Camden High Street diluida en un resplandor de luces navideñas y escaparates brillantes y fugaces que venden de todo, desde chupas de cuero hasta recuerdos horteras de Londres. Apenas son las cuatro de la tarde, pero en Londres ya está anocheciendo; no creo que hoy haya llegado a iluminarse del todo en ningún momento.

Mi reflejo me dice que debería quitarme del pelo el halo de espumillón que el imbécil de mi jefe me ha obligado a ponerme, porque parece que vaya a presentarme a las audiciones para el papel de arcángel Gabriel en la obra de Navidad de un colegio. Sin embargo, reconozco que me da absolutamente igual. A ninguno de los pasajeros de este autobús le importa un bledo: ni al empapado hombre del anorak que viaja a mi lado ocupando más de la mitad de su asiento mientras dormita frente al periódico de ayer, ni al grupo de colegiales que se gritan unos a otros en los asientos de atrás ni, desde luego, a la mujer casposa sentada delante mío con sus brillantes copos de nieve en las orejas. No se me escapa la ironía de que haya elegido precisamente esos pendientes; si fuera más arpía, le daría una palmadita en el hombro y le haría ver que con ellos llama la atención sobre la tormenta de nieve dermatológica que desata cada vez que mueve la cabeza.

Pero no soy una arpía; o a lo mejor sí lo soy, pero en silencio y dentro de mi cabeza. Como todo el mundo, ¿no?

Madre mía, ¿cuántas paradas más va a hacer este autobús? Todavía estoy a unos tres kilómetros de mi piso y ya está más lleno que un camión de ganado en día de mercado.

«Vamos —pienso—. Arranca. Llévame a casa.» Aunque mi piso va a resultar un lugar bastante deprimente ahora que mi compañera, Sarah, se ha marchado con sus padres. Solo un día más y yo también me iré, me recuerdo.

El autobús traquetea hasta detenerse al final de la calle y me quedo mirando al grupo de personas que intenta bajarse dando empujones al mismo tiempo que otros intentan subir a empellones. Es como si pensaran que están en uno de esos concursos cuya finalidad es averiguar cuánta gente cabe en un espacio reducido.

Hay un tipo sentado en uno de los asientos plegables de la parada. Este no debe de ser su autobús, porque está absorto en el libro de tapa dura que sostiene en las manos. Me llama la atención porque parece ajeno a los empujones y codazos que tienen lugar justo delante de él; es como si fuera uno de esos elaborados efectos especiales de las películas en los que alguien permanece inmóvil por completo y el mundo gira a su alrededor como un caleidoscopio, ligeramente desenfocado.

No le veo la cara, solo atisbo una coronilla cubierta de pelo rubio, un poco largo y ligeramente ondulado en la parte baja, imagino. Está envuelto en un chaquetón de lana de color azul marino y una bufanda que se diría tejida a mano. Resulta *kitsch* e inesperada en comparación con lo moderno del resto de su atuendo —vaqueros ajustados y botas oscuros— y el libro absorbe toda su concentración. Aguzo la vista y, tras limpiar la ventanilla empañada con la manga del abrigo, trato de acercar la cabeza para intentar ver lo que está leyendo.

No sé si lo que irrumpe en su visión periférica es el movimiento de mi brazo sobre el cristal o el destello de los pendientes de la mujer casposa, pero el chico levanta la cabeza y parpadea unas cuantas veces para centrar su atención en mi ventanilla. En mí.

Nos miramos con fijeza y soy incapaz de apartar la vista. Siento que se me mueven los labios como si fuera a decir algo, solo Dios sabe qué, y de repente y sin motivo alguno necesito bajarme de este autobús. Me invade una necesidad abrumadora de salir de aquí, de llegar hasta él. Pero no lo hago. No muevo ni un músculo, porque sé que no existe la menor posibilidad de que consiga sortear al hombre-anorak que tengo al lado y abrirme paso por el autobús atestado antes de que este reanude la marcha. Así que, en una fracción de segundo, tomo la decisión de quedarme clavada en mi asiento y, sirviéndome solo del anhelo ardiente y desesperado de mi mirada, trato de comunicarle que suba a bordo.

No es guapo tipo estrella de cine ni posee una belleza clásica, pero tiene un aire de pijo desaliñado a lo «¿quién, yo?» que me cautiva. No alcanzo a distinguir el color de sus ojos desde aquí. Verde, diría yo... ¿o tal vez azul?

Llámame ingenua, pero estoy segura de que a él lo ha alcanzado el mismo rayo; es como si un relámpago invisible nos hubiera unido de manera inexplicable. Reconocimiento; una descarga eléctrica y brutal en sus ojos abiertos como platos. Vuelve a mirarme con incredulidad, un gesto parecido al que cualquiera podría hacer cuando se encuentra por casualidad con un viejo amigo al que lleva años sin ver y no termina de creerse que lo tenga delante.

Es una mirada de «Eh, hola», «¡Ostras, eres tú!» y «Es increíble lo mucho que me alegro de verte» a la vez.

Desvía la vista a toda prisa hacia la cola menguante de los que todavía están esperando para subir y luego vuelve a centrarla en mí; es como si oyera los pensamientos que se le pasan por la cabeza. Está preguntándose si sería una locura subirse al autobús, qué me diría si no estuviéramos separados por el cristal y las hordas, si se sentiría estúpido subiendo los escalones de dos en dos para llegar hasta mí.

«No —intento comunicarle—. No, no te sentirías estúpido. Yo no te lo permitiría. ¡Súbete al maldito autobús de una vez!» No deja de mirarme, y entonces una sonrisa lenta se dibuja en su boca generosa, como si no pudiera contenerla. Y de pronto yo también estoy sonriendo, casi embelesada. Tampoco puedo evitarlo.

«Por favor, súbete al autobús.» Entonces reacciona, toma una decisión repentina, cierra el libro de golpe y lo guarda en la mochila que tiene entre los tobillos. Empieza a caminar hacia delante, y yo contengo la respiración y pongo la palma de una mano en el cristal para meterle prisa pese a que ya oigo el silbido enfermizo de las puertas que se cierran y noto la sacudida del freno de mano que se suelta.

«¡No! ¡No! ¡Por Dios, no te atrevas a marcharte de esta parada! ¡Es Navidad!», me entran ganas de gritar cuando el autobús se incorpora al tráfico y coge velocidad, y fuera está él, sin aliento, de pie en la calzada, contemplando cómo nos alejamos. Veo que la derrota le apaga el brillo de los ojos y, como es Navidad y como además acabo de enamorarme hasta la médula de un extraño en una parada de autobús, le lanzo un beso desolado y apoyo la frente contra el cristal para mirarlo hasta que lo pierdo de vista.

Entonces caigo en la cuenta. Mierda. ¿Por qué no he recurrido a la estrategia del amigo capullo y he garabateado algo en una hoja para enseñárselo por la ventanilla? Podría haberlo hecho. Hasta podría haber escrito mi número de móvil en el cristal empañado de vaho. Podría haber abierto la minúscula parte abatible y haberle gritado mi nombre y mi dirección o algo así. Se me ocurren muchas cosas que podría y debería haber hecho, pero en ese preciso instante no se me pasaron por la cabeza porque era totalmente incapaz de quitarle los ojos de encima.

Para los mirones, debió ser una película muda de sesenta segundos de duración digna de un Oscar. A partir de ahora, si alguien me pregunta si me he enamorado alguna vez a primera vista, diré que sí, durante un glorioso minuto del 21 de diciembre de 2008.

2009

Propósitos de Año Nuevo

Este año solo tengo dos propósitos, pero de los grandes, brillantes y resplandecientes.

1) Encontrarlo, a mi chico de la parada de autobús.
2) Encontrar mi primer trabajo decente en una revista.

Maldita sea. Ojalá los hubiera escrito a lápiz, porque los borraría y los cambiaría de orden. Lo que de verdad me gustaría sería encontrar primero ese puesto en una revista sofisticada a rabiar y luego toparme con el chico del autobús en una cafetería mientras llevo en la mano algo saludable para comer; él me lo tira sin querer y después levanta la mirada y dice: «Oh. Eres tú. Por fin».

Y entonces nos saltaríamos el almuerzo e iríamos a dar un paseo por el parque, porque habríamos perdido el apetito pero habríamos encontrado el amor de nuestra vida.

Pero bueno, esto es lo que hay. Deséame suerte.

20 de marzo

Laurie

—¿Es ese? Estoy convencida de que acabo de captar una vibración tipo bus en él.

Sigo la dirección que señala la cabeza de Sarah y paseo la mirada por el bar, que está tan abarrotado como solo podría estarlo un viernes por la noche. Es una costumbre que hemos adoptado: en cada sitio al que vamos escudriñamos caras y multitudes en busca del «chico del autobús», como Sarah lo bautizó cuando comparamos nuestros apuntes navideños en enero. Me dio la sensación de que sus celebraciones familiares en York habían sido mucho más bulliciosas que las mías en Birmingham, íntimas y con un montón de comida, pero ambas habíamos regresado a la realidad del invierno londinense con la tristeza de la cuesta de enero. Añadí el plato de mi trágica historia de «amor a primera vista» al banquete de la autocompasión, pero enseguida deseé no haberlo hecho. No es que no confíe en Sarah; es más bien que desde aquel mismo instante se ha obsesionado incluso más que yo con encontrarlo. Y yo estoy volviéndome loca por él en secreto.

—¿Cuál?

Frunzo el ceño y miro hacia el mar de gente, casi todo nucas de cabezas desconocidas. Sarah arruga la nariz y se calla para pensar en cómo podría diferenciar a su hombre para que yo lo someta a escrutinio.

—Ese de ahí, en el medio, al lado de la mujer del vestido azul.

A ella la identifico con más facilidad; su cortina de pelo rubio oxigenado y liso como una tabla refleja la luz cuando echa la cabeza hacia atrás y se ríe de algo que ha dicho el tipo que está junto a ella.

El chico es más o menos de la altura adecuada. Tiene el pelo parecido y la forma de sus hombros, cubiertos por una camisa oscura, me resulta sorprendentemente familiar. Podría ser cualquiera, pero también ser el chico del autobús. Cuanto más lo miro, más segura estoy de que la búsqueda ha terminado.

—No lo sé —digo conteniendo el aliento, porque es lo más cerca de él que he llegado a estar.

Se lo he descrito tantas veces que es probable que Sarah sepa mejor que yo qué aspecto tiene. Quiero acercarme a él. De hecho, creo que ya he empezado a hacerlo, pero Sarah me pone una mano en el brazo y me quedo quieta, porque el chico acaba de agachar la cabeza para comerse a besos la cara de la rubia, que al instante se convierte en mi persona menos favorita del planeta.

¡Ay, Dios, creo que es él! ¡No! Así no es como tiene que ocurrir. Todas las noches al cerrar los ojos he imaginado variantes de esta escena y nunca, repito, nunca, termina así. A veces está con un grupo de chicos en un bar, en otras ocasiones está solo en una cafetería leyendo, pero lo único que no sucede jamás es que tenga una novia con la que se besuquea a menos de dos centímetros de su reluciente melena rubia.

—Mierda —murmura Sarah, que me pone mi copa de vino en la mano.

El beso se alarga y nosotras no apartamos la mirada. Y aún siguen. Ostras, ¿es que esta gente no tiene límite? Ahora él le agarra el trasero con ganas, sobrepasando con creces lo admisible en un bar tan lleno.

—Un poco de decencia, por favor —gruñe Sarah—. Al final resulta que no es tu tipo, Lu.

Estoy hecha polvo. Tanto que me echo al gaznate toda la copa de vino frío del tirón, y me estremezco.

—Creo que quiero ir —digo ridículamente al borde de las lágrimas.

Y entonces dejan de besarse y ella se alisa el vestido, él le murmura algo al oído y a continuación se da la vuelta y comienza a andar en línea recta hacia nosotras.

Me doy cuenta de inmediato. Pasa deprisa a nuestro lado y estoy a punto de echarme a reír, aturdida de alivio.

—No es él —susurro—. Ni siquiera se parece a él.

Sarah hace una mueca y suelta el aire que debía de estar conteniendo.

—Joder, menos mal. Qué asco de tío. ¿Sabes lo poco que me ha faltado para ponerle la zancadilla?

Tiene razón. El tipo que acaba de pasar junto a nosotras rebosaba prepotencia, iba limpiándose de la boca el carmín rojo de la chica con el dorso de la mano y esbozando una sonrisa engreída y satisfecha de camino a los aseos.

Madre mía, necesito otra copa. La búsqueda del chico del autobús dura ya tres meses. Más me vale encontrarlo pronto, porque si no terminaré en un centro de desintoxicación.

Más tarde, ya de vuelta a Delancey Street, nos quitamos los zapatos y nos dejamos caer en el sofá.

—He estado pensando… —dice Sarah, desplomada en el otro extremo—. Hay un chico nuevo en mi trabajo, y creo que podría gustarte.

—Solo quiero al chico del autobús —digo con un suspiro en plan melodrama clásico.

—Pero ¿y si lo encuentras y es un imbécil? —alega Sarah.

Está claro que nuestra experiencia de hace un rato en el bar también la ha afectado.

—¿Crees que debería dejar de buscar? —pregunto, y alzo la cabeza espesa del brazo del sofá para mirarla a los ojos.

Extiende los brazos hacia los lados y ahí los deja.

—Solo digo que necesitas un plan para casos de emergencia.

—¿Por si es un imbécil?

Levanta los pulgares, seguro que porque alzar la cabeza le supone demasiado esfuerzo.

—Podría ser un gilipollas de campeonato —contesta—. O tener novia. O, joder, Lu, hasta podría estar casado.

Se me escapa un suspiro. Esta vez uno auténtico.

—¡Imposible! —farfullo—. Está soltero, y es guapísimo y está en algún lugar ahí fuera esperando a que lo encuentre. —Siento mis palabras con toda la convicción de una borracha—. Y hasta es posible que él esté buscándome.

Sarah se incorpora apoyándose en los codos y me mira fijamente; a estas horas de la noche, tiene los largos rizos de su melena pelirroja hechos una maraña y el rímel corrido.

—Lo único que digo es que tal vez tengamos, o mejor dicho, tengas expectativas poco realistas, y que debamos, o más bien, debas proceder con más cautela, eso es todo.

Sé que tiene razón. Hace un rato, en el bar, casi se me para el corazón.

Intercambiamos una mirada, y luego Sarah me da unas palmaditas en la pierna.

—Lo encontraremos —dice.

Es un simple gesto de solidaridad, pero, en mi estado de ebriedad, hace que se me forme un nudo en la garganta.

—¿Me lo prometes?

Ella asiente con la cabeza y se traza una cruz sobre el corazón, y entonces un gran sollozo cargado de mucosidad me brota del gañote, porque estoy cansada y cabreada, y porque a veces no soy capaz de recordar bien la cara del chico del autobús y me da miedo olvidarme de cómo es.

Sarah se sienta y me seca las lágrimas con la manga de su camisa.

—No llores, Lu —susurra—. Seguiremos buscando hasta que lo encontremos.

Asiento y me tumbo de nuevo para mirar el estucado del techo que nuestro casero lleva prometiéndonos volver a pintar desde que nos mudamos aquí hace ya unos cuantos años.

—Daremos con él. Y será perfecto.

Sarah se queda callada, y después mueve el dedo índice distraídamente por encima de su cabeza.

—Más le vale. O le grabaré «imbécil» aquí mismo, en la frente.

Hago un gesto de asentimiento. Agradezco y comparto su lealtad.

—Con un bisturí oxidado —digo para adornar la espeluznante imagen.

—Y se le infectará y se le caerá la cabeza —masculla.

Cierro los ojos, riendo entre dientes. Hasta que encuentre al chico del autobús, el objeto de mi cariño es Sarah.

24 de octubre

Laurie

—Creo que lo hemos clavado —dice Sarah, que da un paso atrás para admirar nuestra obra.

Hemos dedicado todo el fin de semana a redecorar la diminuta sala de estar de nuestro apartamento, así que ambas estamos llenas de salpicaduras de pintura y de polvo. Estamos a punto de terminar y ya experimento una cálida sensación de satisfacción; ojalá esa mierda de empleo que tengo en el hotel me hiciera sentir aunque solo fuera la mitad de realizada.

—Espero que al casero le guste —digo.

En realidad no tenemos permiso para modificar el aspecto del piso, pero dudo que ponga reparos a nuestras mejoras.

—Debería pagarnos por hacer todo esto —dice Sarah con las manos apoyadas en las caderas. Lleva un pantalón con peto cortado encima de una camiseta de tirantes rosa fluorescente que desentona intensamente con su pelo—. Acabamos de aumentar el valor de su piso. ¿Quién no preferiría este suelo de madera a esa moqueta vieja y raída?

Me río al recordar nuestra lucha de *sketch* cómico para arrastrar la moqueta enrollada escalera abajo desde nuestro apartamento de la última planta. Cuando llegamos al vestíbulo, sudábamos como mineros y soltábamos tacos como marineros, las dos rebozadas en los fragmentos de espuma que se habían soltado del revestimiento inferior de la moqueta. Chocamos los cinco después de tirarla al contenedor de un vecino; lleva ahí una eternidad, medio lleno de basura, así que no creo que se dé cuenta.

Los antiguos tablones de roble que había debajo son preciosos; está claro que hace años, antes de que el propietario actual los ocultara con esa monstruosidad estampada, alguien se había tomado la molestia de restaurarlos. Mientras contemplamos nuestra sala relajante y llena de luz gracias a las paredes blancas recién pintadas y a las viejas y enormes ventanas de guillotina, tengo la sensación de que tanto nuestros esfuerzos para pulirlos como el consiguiente dolor de brazos han valido la pena. Es un edificio destartalado con un esqueleto glamuroso, a pesar del estucado del techo. Le hemos puesto una alfombra barata y cubierto los muebles disparejos con colchas de nuestras habitaciones, y en resumidas cuentas creo que hemos hecho un milagro con un presupuesto muy ajustado.

—*Boho chic* —afirma Sarah.

—Tienes pintura en el pelo —le digo, y me llevo una mano a la parte superior de la cabeza para señalarle dónde, aunque lo único que consigo así es añadirle un nuevo manchurrón al mío.

—Tú también —contesta ella entre risas, y luego echa un vistazo a su reloj de pulsera—. ¿Te apetece un *fish and chips*?

Sarah tiene el metabolismo de un caballo. Es una de las cosas que más me gustan de ella, porque me permite comer tarta sin sentirme culpable. Asiento, muerta de hambre.

—Ya voy yo.

Media hora más tarde, brindamos por nuestra ahora fabulosa sala de estar mientras comemos en el sofá nuestro *fish and chips* apoyado en las rodillas.

—Deberíamos pirarnos del trabajo y convertirnos en reinas televisivas de las renovaciones domésticas —dice Sarah.

—Triunfaríamos —añadió—. «Rediseña tu casa con Laurie y Sarah.»

Se queda quieta con el tenedor a medio camino de la boca.

—«Rediseña tu casa con Sarah y Lu.»

—«Laurie y Sarah» suena mejor. —Sonrío—. Y sabes que

tengo razón. Además, soy mayor que tú, es lógico que vaya la primera.

Es una broma habitual entre nosotras; le llevo unos meses a Sarah y jamás desperdicio una sola oportunidad de aprovechar esa ventaja. Espurrea la cerveza que tenía en la boca cuando ve que me agacho para coger mi botellín del suelo.

—¡Cuidado con el parquet!

—He utilizado un posavasos —me jacto.

Se inclina hacia delante y observa mi posavasos improvisado: el folleto de las ofertas de este mes en el supermercado.

—Ostras, Lu —dice despacio—. Nos hemos convertido en personas de posavasos.

Trago saliva, muy seria.

—¿Esto significa que vamos a envejecer y a tener gatos juntas?

Responde que sí con la cabeza.

—Eso creo.

—Pues tampoco estaría tan mal —gruño—. Mi vida sentimental está oficialmente muerta.

Sarah arruga el papel del *fish and chips* que ya se ha terminado.

—Culpa tuya y de nadie más —replica.

Lo dice por el chico del autobús, desde luego. A estas alturas ya ha alcanzado un estatus casi mítico y estoy a puntísimo de renunciar a él. Diez meses es mucho tiempo de dedicación a la búsqueda de un completo extraño con la remota esperanza de que esté soltero, enamorado de mí y no sea un asesino en serie. Sarah me ha dicho miles de veces que tengo que pasar página, con lo que en realidad se refiere a que debo encontrar a otra persona antes de que me convierta en monja. Sé que tiene razón, pero mi corazón todavía no está listo para dejarlo marchar. La emoción que experimenté cuando nos miramos a los ojos... nunca la había sentido, jamás.

—Podrías haber dado la vuelta al mundo desde que lo viste —dice—. Piensa en cuántos hombres perfectos podrías haberte tirado en ese viaje. Ahora tendrías anécdotas con Roberto en

Italia y con Vlad en Rusia, y podrías contárselas a tus nietos cuando seas vieja.

—No voy a tener hijos ni nietos. Más bien voy a buscar en vano al chico del autobús durante el resto de mis días y a tener gatos contigo —digo—. Montaremos un refugio de gatos, y la reina nos concederá una medalla por los servicios prestados.

Sarah se ríe, pero su mirada me advierte de que ha llegado el momento de dejar de aferrarme a mi sueño del chico del autobús y olvidarlo.

—Acabo de recordar que soy alérgica a los gatos —dice—. Aun así me quieres, ¿verdad?

Suspiro y cojo mi cerveza.

—Me temo que así no hay trato. Búscate a otra persona, Sarah, jamás podremos estar juntas.

Una sonrisa le ilumina la cara.

—Tengo una cita la semana que viene.

Me llevo las manos al corazón.

—Pues sí que has superado rápido lo nuestro.

—Lo conocí en un ascensor. Lo convertí en mi rehén con el botón de parada hasta que accedió a invitarme a salir.

En serio, necesito que Sarah me dé lecciones de vida: en cuanto ve lo que quiere se lanza a por ello de cabeza. Por enésima vez, pienso que ojalá hubiera tenido ovarios para bajarme de aquel autobús. Pero la realidad es que no lo hice. Tal vez haya llegado el momento de espabilar, de dejar de buscar a aquel chico y de lloriquear achispada cuando no lo consigo. Hay otros hombres. Tengo que convertir «¿Qué haría Sarah?» en mi lema vital… Y estoy bastante convencida de que ella no se pasaría todo un año llorando por los rincones.

—¿Compramos un cuadro para esa pared? —pregunta mirando el espacio vacío que queda encima de la chimenea.

Asiento.

—Sí. ¡Por qué no! ¿Puede ser de gatos?

Se ríe y me lanza la bola del papel del *fish and chips* a la cabeza.

18 de diciembre

Laurie

—Trata de no tomar decisiones precipitadas cuando conozcas a David esta noche, ¿vale? Es probable que a primera vista pienses que no es tu tipo, pero, créeme, es muy gracioso. Y además educado, Laurie. Por ejemplo, el otro día me cedió su silla en una reunión. ¿A cuántos tipos capaces de hacer algo así conoces?

Sarah me da esta charla de rodillas en el suelo mientras saca todas las copas de vino llenas de polvo que encuentra al fondo del armario de la cocina de nuestro diminuto apartamento compartido.

Me estrujo las meninges en busca de una respuesta y, siendo sincera, no tengo mucho donde escoger.

—Esta mañana el chico del piso de abajo ha apartado su bicicleta para dejarme salir a la calle. ¿Eso cuenta?

—¿Te refieres al mismo chico que abre nuestro correo y deja restos de kebab frío en el suelo del portal todos los fines de semana?

Me río por lo bajo mientras sumerjo las copas de vino en agua caliente y jabonosa. Esta noche damos nuestra tradicional fiesta de Navidad, la que celebramos todos los años desde que nos mudamos a Delancey Street. Aunque nos autoengañamos diciendo que, ahora que ya hemos salido de la universidad, la de este año será mucho más sofisticada, básicamente consistirá en que varios estudiantes y unos cuantos compañeros de trabajo a los que todavía no conocemos muy bien invadan nuestro piso para beber vino barato, debatir sobre cosas que en realidad no entendemos del todo y, en mi caso, por lo que parece, enrollarse con un chico llamado David, que es mi hombre perfecto, según ha decidido Sarah. Ya hemos pasado por esto antes. Mi mejor amiga se tiene por una celestina y ya me emparejó en un par de ocasiones cuando todavía estábamos en la universidad. La primera vez, Mark, o puede que fuera Mike, apareció vestido con unos pantalones cortos de deporte en pleno invierno y se pasó toda la cena tratando de impedirme elegir cualquier plato cuyo aporte calórico requiriera más de una hora de gimnasio para quemarse. Soy una chica de postre; para mí lo único inconveniente que el menú ofrecía era Mike. O Mark. Como fuera. En defensa de Sarah, debo decir que se parecía un poco a Brad Pitt si entornabas los párpados y lo mirabas con el rabillo del ojo en una habitación oscura. Y reconozco que lo hice. A ver, no suelo acostarme con un chico en la primera cita, pero sentí que tenía que darle una oportunidad en nombre de Sarah.

Su segunda opción, Fraser, solo resultó ser un pelín mejor; al menos recuerdo su nombre. Era, con mucho, el escocés más escocés que había conocido en mi vida, hasta el punto de que entendí únicamente alrededor del cincuenta por ciento de lo que me dijo. No creo que mencionara las gaitas en concreto, aunque no me habría sorprendido que llevara una debajo de la chaqueta. Su pajarita de tartán me pareció desconcertante. Sin embargo, nada de todo esto me habría importado; lo que realmente fue su perdición tuvo lugar al final de la cita: me acompañó hasta nuestro piso de Delancey Street y entonces me besó como lo haría quien efectúa una maniobra de reanimación cardiopulmonar. Una reanimación cardiopulmonar con una cantidad de saliva del todo improcedente. En cuanto entré en casa, me fui corriendo al cuarto de baño y mi reflejo me confirmó que tenía la misma pinta que si me hubiera besuqueado un gran danés. Bajo la lluvia.

Tampoco es que yo tenga un historial impresionante en lo que a elegirme pareja se refiere. A excepción de Lewis, un novio que tuve durante mucho tiempo cuando aún vivía en Birmingham, es como si por alguna razón fuera incapaz de dar en el clavo. Tres citas, cuatro citas, a veces incluso cinco antes del fiasco inevitable. Empiezo a preguntarme si ser la mejor amiga de una persona tan deslumbrante como Sarah no será una espada de doble filo; ella hace que los hombres se creen expectativas poco realistas respecto a las mujeres. Si no la adorara, lo más probable sería que quisiera sacarle los ojos.

En cualquier caso, llámame tonta, pero sabía que ninguno de esos hombres era el adecuado para mí. Soy una chica dada al romanticismo; siempre que me preguntan con qué famoso me gustaría ir a cenar contesto que con Nora Ephron y me muero de ganas de saber de una puñetera vez si los buenos chicos besan así de verdad. Ya te haces una idea. Albergo la esperanza de que entre todas estas ranas algún día aparezca un príncipe. O algo parecido.

A saber cómo van las cosas con David, a lo mejor a la tercera va la vencida. No pienso hacerme ilusiones. Puede que sea el amor de mi vida o puede que sea abominable, pero en cualquier caso no niego que me pica la curiosidad y que estoy más que dispuesta a desmelenarme. No es algo que haya hecho muy a menudo a lo largo del último año; tanto Sarah como yo hemos pasado por ese período convulso en el que sales del cómodo mundo de la universidad a la realidad del trabajo, con más éxito en el caso de Sarah que en el mío. Ella encontró casi sin esfuerzo un puesto de auxiliar en una cadena de televisión regional, mientras que yo sigo en la recepción del hotel. Sí, a pesar de mi propósito de Año Nuevo, es evidente que aún no tengo el empleo de mis sueños. Pero era eso o volverme a Birmingham, y me temo que si me marcho de Londres no regresaré nunca más. Estaba claro que a Sarah iba a resultarle más fácil; ella tiene don de gentes, mientras que yo soy un poco torpe con las relaciones sociales, y eso significa que las entrevistas no suelen salirme muy bien.

Esta noche, no obstante, eso quedará a un lado. Estoy decidida a pillarme tal borrachera que mi torpeza social resulte imposible. A fin de cuentas, tendremos la excusa del Año Nuevo para olvidar el comportamiento imprudente que el alcohol favorece. Es que, venga ya, Lu, ¡eso ocurrió el año pasado, por el amor de Dios! ¡Supéralo de una vez!

También es la noche en la que por fin voy a conocer al nuevo novio de Sarah. Lleva ya varias semanas con él, pero por una u otra razón todavía no he podido verlo en una carne y unos huesos que, por lo que parece, son increíblemente sexis. Sin embargo, he oído hablar tanto de él que podría escribir un libro. Por desgracia para el pobre chico, ya sé que en la cama es un dios del sexo y que Sarah espera con ansia ser la madre de sus hijos y casarse con él en cuanto sea la celebridad mediática de altos vuelos en que sin duda va camino de convertirse. Casi me da pena que ya le hayan planeado el futuro de los próximos diez años a la edad de veinticuatro. Pero, oye, así es Sarah. Por muy guay que sea el chico, él es el afortunado.

No puede dejar de hablar de él. Ahora mismo está haciéndolo otra vez, contándome muchísimo más sobre su desenfrenada vida sexual de lo que me gustaría saber.

Cuando levanto los dedos jabonosos para detener su cháchara, esparzo burbujas por el aire como si fuera una niña que agita un pompero.

—Vale, vale, para, por favor. Intentaré no correrme nada más ver por primera vez a tu futuro marido.

—Eso no se lo sueltes, ¿vale? —me pide con una gran sonrisa—. Lo de «futuro marido», digo, porque él todavía no lo sabe y, bueno, compréndelo, podría llevarse una sorpresa.

—¿Tú crees? —bromeo.

—Es mucho mejor que dentro de unos años piense que ha sido idea suya y que es brillante.

Se sacude el polvo de las rodillas de los vaqueros en cuanto se pone de pie.

Hago un gesto de asentimiento. Si conozco a Sarah, y la conozco muy bien, lo tendrá comiendo de la palma de su mano y más que dispuesto a declararse de forma espontánea cuando ella decida que es el momento adecuado. ¿Sabes ese tipo de persona en torno a la que gravita todo el mundo? ¿Esa *rara avis* chispeante que irradia un aura que atrae a la gente hacia su órbita? Pues esa es Sarah. Pero si piensas que eso la hace parecer insufrible, te equivocas.

La conocí aquí mismo, al empezar nuestro primer año como universitarias. Yo había decidido optar por uno de los apartamentos en alquiler que ofrecía la universidad en lugar de por una habitación en una residencia, y escogí este lugar. Es una casa adosada, alta y antigua dividida en tres apartamentos: dos más grandes en las plantas inferiores y nuestro ático plantado encima, como una desenfadada idea de último momento. La primera vez que lo vi me encantó, se me iluminó la cara y todo se me antojó de color de rosa. ¿Te acuerdas de ese apartamentito *shabby chic* en el que vive Bridget Jones? Me recordó a algo así, solo que era más viejo y menos chic y que yo tendría que compartirlo con una completa extraña para poder pagar el alquiler. Ninguna de esas desventajas me impidió firmar sobre la línea de puntos; una extraña era más fácil de tolerar que una residencia ruidosa y atestada de desconocidos. Todavía recuerdo que, mientras subía los tramos de escalones de los tres pisos cargada con todas mis cosas el día de la mudanza, mi mayor anhelo era que mi nueva compañera no aniquilara mi fantasía a lo Bridget Jones.

Sarah había pegado una nota de bienvenida en la puerta, unas letras grandes, redondas y rojas garabateadas en el reverso de un sobre usado:

> Querida nueva compañera de casa:
>
> He ido a comprar cerveza caliente y barata para inaugurar nuestro nuevo hogar. Quédate la habitación más grande si quieres, ¡yo prefiero estar más cerca del meadero y poder llegar dando tumbos sin caerme!
>
> S x

Y eso bastó. Me tenía ganada por completo antes incluso de ponerle la vista encima. Es diferente a mí en muchos aspectos, pero compartimos los puntos en común justos y necesarios para ser como uña y carne. Ella posee una belleza imponente, tiene una melena ondulada y de un tono rojo camión de bomberos que le llega casi hasta el culo, y un tipazo increíble, aunque su aspecto le importa un bledo.

Lo normal sería que una persona tan guapa como ella me hiciera sentir como el patito feo, pero Sarah tiene algo que logra que te sientas bien contigo misma. Lo primero que me dijo cuando volvió de la tienda aquel día fue:

—¡Me cago en la leche! Eres la viva imagen de Elizabeth Taylor. Vamos a tener que poner un candado en la puerta para evitar disturbios.

Estaba exagerando, por supuesto. No me parezco mucho a Elizabeth Taylor. El pelo oscuro y los ojos azules se los debo a mi abuela materna, que era francesa; fue una bailarina bastante célebre en su juventud, y guardamos como oro en paño varios programas y recortes de prensa granulados que lo demuestran. Pero yo siempre me he considerado más bien una parisina fracasada: he heredado la silueta de mi abuela, pero no su elegancia, y en mis manos su pulcro recogido moreno se ha convertido en un revoltijo de rizos permanentemente electrocutados. Además, es imposible que alguna vez llegue a tener la disciplina que exige el baile; me gustan demasiado las galletas con doble de chocolate. Cuando mi metabolismo empiece a pasarme factura, estaré perdida.

Sarah, en broma, se refiere a nosotras como «la puta y la princesa». En realidad, ella no tiene nada de puta y yo no soy ni por asomo lo suficientemente delicada para ser una princesa. Como ya he dicho, buscamos el punto medio y nos hacemos reír. Ella es mi Thelma y yo su Louise, he ahí la razón por la que me desconcierta que de repente se haya enamorado hasta la médula de un tipo al que no conozco ni he dado el visto bueno.

—¿Crees que tenemos suficiente alcohol? —pregunta mientras observa con ojo crítico las botellas alineadas sobre la encimera de la cocina.

Nadie podría referirse a ellas como una selección sofisticada; parece uno de esos expositores de oferta especial de un supermercado, una montaña de botellas de vino y de vodka baratos que llevamos tres meses acumulando para asegurarnos de que nuestra fiesta sea de las que se recuerdan.

O de las que no se recuerdan, tal vez.

—Más que de sobra. La gente también traerá botellas —digo—. Va a ser genial.

Me rugen las tripas, y eso me recuerda que ninguna de las dos hemos comido nada desde la hora del desayuno.

—¿Has oído eso? —Me froto la barriga—. Mi panza acaba de pedirte que prepares un especial «Delancey Street».

Los sándwiches de Sarah son lo más de Delancey Street, míticos. Me ha enseñado la santa trinidad de su desayuno (tocino, remolacha y champiñones) y tardamos casi dos años en decidirnos por nuestro plato estrella, el especial DS, que lleva el nombre de nuestra calle.

Pone los ojos en blanco y se echa a reír.

—Puedes hacértelo tú, ya sabes.

—No tan bien como tú.

Fanfarronea un poco y abre la nevera.

—Eso es cierto.

La miro formar capas de pollo y queso azul con lechuga, mayonesa y arándanos, una ciencia exacta que yo aún no he logrado dominar. Sé que suena asqueroso, pero, créeme, no lo es. Puede que no sea una comida muy típica de estudiantes, pero desde que dimos con el combo ganador durante nuestra época universitaria nos aseguramos de tener siempre los ingredientes en el frigorífico. Es más o menos nuestra dieta básica. Eso, junto con helado y vino barato.

—La clave son los arándanos —digo después de mi primer bocado.

—Es una cuestión de cantidad —alega ella—. Demasiados arándanos y se convierte poco menos que en un sándwich de mermelada. Demasiado queso y estás lamiendo el calcetín sucio de un adolescente.

Levanto mi sándwich para darle otro bocado, pero Sarah se abalanza sobre mí y me obliga a bajar el brazo.

—Espera. Tenemos que acompañarlo de una copa para ir entrando en ambiente.

Protesto, porque en cuanto coge dos vasos de chupito me doy cuenta de lo que se propone hacer. Ya está riéndose entre dientes mientras busca la botella polvorienta al fondo del armario de la cocina, detrás de las cajas de cereales.

—El pis de los monjes —dice, y nos sirve un trago ceremonial a cada una.

O Bénédictine, para llamar con propiedad al licor de hierbas añejo que nos encontramos en el piso cuando llegamos. En la botella se lee que es una mezcla de hierbas y especias secretas, y cuando la probamos por primera vez, no mucho después de habernos mudado, decidimos que uno de esos ingredientes secretos era, casi seguro, pis de los monjes benedictinos. De vez en cuando, por lo general en Navidad, nos tomamos un chupito cada una, un ritual que hemos llegado a disfrutar y odiar a partes iguales.

—¡Al buche! —Sarah sonríe y desliza por la mesa un vasito en dirección a mí antes de sentarse de nuevo—. Feliz Navidad, Lu.

Brindamos, y luego nos bebemos el contenido de los vasos y los estampamos contra la mesa mientras esbozamos muecas de repugnancia.

—No mejora con la edad —susurro.

Me siento como si me hubieran arrancado la piel del paladar.

—Combustible para cohetes —dice con voz ronca y riéndose—. Cómete el sándwich, te lo has ganado.

Nos sumimos en un silencio de sándwich especial y cuando terminamos Sarah se pone a dar golpecitos al borde de su plato vacío.

—Creo que, como es Navidad, podríamos añadirle una salchicha.

Niego con la cabeza.

—No conviene mezclar nada con el especial DS.

—Hay pocas cosas en la vida que una salchicha no pueda mejorar, Laurie. —Me mira con las cejas enarcadas—. Nunca se sabe, a lo mejor esta noche tienes suerte y se la ves a David.

Teniendo en cuenta las dos últimas citas a ciegas que Sarah me había preparado, no dejo que la perspectiva me sobreexcite.

—Vamos —digo tras dejar los platos en el fregadero—. Será mejor que nos preparemos, no tardarán en llegar.

Ya llevo encima tres copas de vino blanco, y no cabe la menor duda de que estoy muy relajada cuando Sarah viene a por mí y me saca casi a rastras de la cocina agarrándome de la mano.

—Ha llegado —susurra mientras me machaca los huesos de los dedos—. Ven a saludarlo. Tienes que conocerlo ahora mismo.

Sonrío a David a modo de disculpa y me alejo con Sarah. Voy entendiendo a qué se refería Sarah con lo de que el chico mejoraba con el tiempo. Ya me ha hecho reír varias veces y me ha mantenido la copa llena; había empezado a plantearme un pequeño morreo exploratorio. Es bastante majo, se da un ligero aire a Ross de *Friends*, pero descubro que siento más curiosidad por conocer al alma gemela de mi amiga, lo cual debe de significar que mañana me arrepentiría del besuqueo con el Ross de *Friends*. Es un barómetro tan bueno como cualquier otro.

Sarah tira de mí entre nuestros amigos risueños y borrachos y un montón de gente que no estoy segura de que ninguna de las dos conozcamos, hasta que por fin llegamos junto a su novio, que está de pie, algo titubeante, al lado de la puerta de entrada.

—Laurie… —Sarah está nerviosa y tiene los ojos brillantes—. Este es Jack. Jack, ella es Laurie. Mi Laurie —añade para enfatizar.

Abro la boca para saludar, pero entonces le veo la cara. Se me desboca el corazón y me siento como si alguien acabara de ponerme unos electrodos en el pecho y los hubiera activado a la máxima potencia. Soy incapaz de conseguir articular ni una sola palabra.

Lo conozco.

Tengo la sensación de que no ha pasado más que una semana desde que lo vi por primera vez… y por última. Aquel momento de infarto en el segundo piso de un autobús lleno de gente hace doce meses.

—Laurie —dice mi nombre, y me entran ganas de llorar de puro alivio, porque por fin está aquí.

Va a parecer una locura, pero me he pasado el último año deseando, esperando toparme con él. Y ahora está aquí. He escrutado innumerables multitudes intentando dar con su cara y lo he buscado en bares y cafeterías. Había renunciado por completo a encontrar al chico del autobús, aunque Sarah jura que le he dado tanto la brasa con él que incluso ella misma lo habría reconocido.

Pero por lo que se ve no ha sido así, ya que me lo ha presentado como el amor de su vida.

Verdes. Tiene los ojos verdes. De un color musgo de árbol brillante alrededor de los bordes del iris y de un dorado ambarino cálido que se filtra hacia las pupilas. Pero no es el color de sus ojos lo que más me impresiona, sino la expresión que adoptan en este preciso instante, cuando baja la mirada hacia mí: un destello de reconocimiento alarmado; una colisión vertiginosa y precipitada. Y entonces, en menos que canta un gallo, esa mirada desaparece y me deja sin saber si ha sido la intensidad de mi propio anhelo lo que me ha hecho imaginar que se ha producido.

—Jack —logro decir, y le tiendo la mano. «Se llama Jack.»—. Encantada de conocerte.

Él asiente con la cabeza, y una media sonrisa asustadiza y vacilante le curva los labios.

—Laurie.

Miro a Sarah, loca de culpa, segura de que debe de estar dándose cuenta de que algo no va bien, pero en realidad no hace sino sonreírnos a los dos como una boba. Menos mal que existe el vino barato.

Cuando me estrecha la mano, la suya, cálida y fuerte, me da un apretón firme, casi cortés, como si estuviéramos conociéndonos en el ambiente formal de una sala de juntas en vez de en una fiesta de Navidad.

No sé qué hacer, porque ninguna de las cosas que quiero hacer estaría bien. Fiel a mi palabra, no me corro en el acto, pero es evidente que a mi corazón le pasa algo. ¿Cómo coño es posible que se haya producido este desastre descomunal? No puede ser de Sarah. Es mío. Ha sido mío durante todo un año.

—¿A que es fantástica?

Ahora Sarah me ha puesto una mano en la parte baja de la espalda y prácticamente me presenta a Jack como si fuera una ofrenda; de hecho, me empuja hacia él para que lo abrace, porque está desesperada por que nos convirtamos de inmediato en grandes amigos. Estoy destrozada.

Jack pone los ojos en blanco y se ríe con nerviosismo, como si la obviedad de Sarah lo incomodara.

—Tan maravillosa como me habías dicho que era —conviene mientras asiente con la cabeza como si estuviera admirando el coche nuevo de un amigo, y algo tan parecido a una disculpa que me horroriza se filtra en su expresión cuando me mira.

¿Está disculpándose porque me recuerda o porque Sarah se comporta como una tía excesivamente entusiasta en una boda?

—¿Laurie? —Sarah se vuelve hacia mí—. ¿No es tan guapísimo como te dije que era?

Se echa a reír, orgullosa de él, y no me extraña que lo esté.

Hago un gesto de asentimiento. Trago saliva con dificultad y, a pesar de eso, me fuerzo a reír a mi vez.

—Sí, desde luego.

Como Sarah está tan desesperadamente ansiosa por que nos llevemos bien, Jack se inclina hacia mí y me roza la mejilla con los labios solo un instante.

—Me alegro de conocerte —dice. Su voz encaja a la perfección con él: es intensa y transmite una seguridad calmosa, una inteligencia sutil y perspicaz—. Nunca deja de hablar de ti.

Cierro los dedos en torno a mi colgante morado en busca del consuelo de algo conocido y me obligo a soltar una risa temblorosa.

—Yo también me siento como si ya te conociera.

Y es cierto; me siento como si lo conociera de toda la vida. Quiero volver la cara y atrapar sus labios entre los míos. Quiero arrastrarlo a toda prisa hasta mi habitación, cerrar la puerta, decirle que lo amo, quitarme la ropa y meterme en la cama con él, ahogarme en el olor amaderado, limpio y cálido de su piel.

Esto es un infierno. Me odio a mí misma. Me alejo un par de pasos de él por el bien de mi propia cordura y forcejeo con mi desgraciado corazón para que deje de latir por encima de la música.

—¿Una copa? —sugiere Sarah, alegre y vociferante.

Jack asiente, agradecido por el salvavidas que acaba de lanzarle.

—¿Laurie?

Sarah me mira para que los acompañe.

Me echo hacia atrás y miro por el pasillo en dirección al cuarto de baño, sacudiéndome como si me muriera de ganas de hacer pis.

—Luego os busco.

Necesito alejarme de él, de ellos, de esto.

Ya a salvo en el cuarto de baño, cierro la puerta de golpe y me deslizo de espaldas por ella hasta quedar sentada en el suelo. Entierro la cabeza entre las manos y engullo el aire a bocanadas para no llorar.

¡Joder, joder, joder! Adoro a Sarah, es mi hermana en todos los sentidos menos en el biológico. Pero esto… No sé cómo sortear esta tempestad sin hundir el barco con los tres a bordo. Un destello de esperanza me ilumina el pecho cuando fantaseo con salir corriendo ahí fuera y soltar la verdad sin más, porque tal vez entonces Sarah se dé cuenta de que la razón por la que se siente tan atraída por él es que, a nivel subconsciente, lo ha reconocido como el chico del autobús. Bien sabe Dios que lo único que me ha faltado ha sido dibujárselo. ¡Menudo malentendido! ¡Cómo nos reiremos de lo absurdo que es todo esto! Pero… ¿y después qué? ¿Sarah se hace amablemente a un lado y él se convierte en mi nuevo novio, así de fácil? ¡Ni siquiera creo que Jack sepa quién soy, por el amor de Dios!

Una derrota plomiza aplasta esa delicada y ridícula esperanza en cuanto la realidad se impone. No puedo hacer algo así. Por supuesto que no puedo. Sarah no tiene ni idea y, joder, qué feliz es. Brilla más que la puñetera estrella de Belén. Puede que sea Navidad, pero esto es la vida real, no una mierda de película hollywoodiense. Es mi mejor amiga del mundo mundial, y por mucho que esto me duela, por más tiempo que me torture, jamás sostendré en silencio, en secreto, carteles que confiesen a Jack O'Mara, sin esperanza ni intenciones ocultas, que para mí él es perfecto y que mi corazón destrozado lo amará por siempre jamás.

19 de diciembre

Jack

Joder, qué guapa es cuando está dormida.

Tengo la garganta como si me hubiera tragado una palada de arena y creo que es posible que Sarah me haya roto la nariz del cabezazo que me dio en la cama anoche, pero ahora mismo le perdono cualquier cosa, porque tiene el pelo escarlata desparramado sobre los hombros y las almohadas, como si estuviera suspendida en el agua. Se parece a la Sirenita. Aunque soy consciente de que ese pensamiento hace que parezca un pervertido.

Salgo de la cama y me pongo lo primero que encuentro: la bata de Sarah. El estampado es de piñas, pero no tengo ni idea de adónde ha ido a parar mi ropa y necesito tomarme algo para el dolor de cabeza. Dado el estado de los rezagados de anoche, no me sorprendería encontrarme tirados por el suelo del salón todavía a un par de ellos, e imagino que las piñas los ofenderán menos que mi culo desnudo. Pero ¡qué corta es, mierda! Da igual, seré rápido.

—Agua —carraspea Sarah, y estira una mano hacia mí mientras rodeo la cama.

—Ya, lo sé —murmuro.

Mantiene los ojos cerrados cuando le levanto el brazo y vuelvo a ponérselo con mucho cuidado debajo del edredón. Emite un ruido que podría significar «Gracias» o tal vez «Ayúdame, por el amor de Dios». Le doy un beso en la frente.

—Vuelvo enseguida —susurro, pero ella ya ha vuelto a sumirse en la neblina del sueño.

No la culpo. Yo tengo intención de volver a colarme ahí dentro y hacer lo mismo en menos de cinco minutos. Después de mirarla de nuevo durante un largo instante, salgo en silencio de la habitación y cierro la puerta sin hacer ruido.

—Si necesitas paracetamol, está en el armario de la izquierda.

Me quedo inmóvil un segundo y luego intento tragar saliva mientras abro la puerta del armario y rebusco hasta dar con la cajita azul.

—Me has leído la mente —digo al volverme hacia Laurie.

Me fuerzo a esbozar una sonrisa relajada, porque en realidad esto es incómodo de cojones. Ya la he visto antes; antes de anoche, quiero decir. Fue solo una vez, fugazmente, en persona, pero desde entonces ha aparecido otras veces en mi mente: sueños lúcidos, aleatorios y perturbadores, de madrugada, tras los que me despierto sobresaltado, duro como una piedra y frustrado. No sé si se acuerda de mí. Madre mía, espero que no. Sobre todo ahora que estoy plantado delante de ella con una ridícula bata de piñas que apenas me tapa las pelotas.

Esta mañana lleva la melena oscura recogida en la coronilla en un moño despeinado y tiene pinta de necesitar un analgésico tanto como yo, así que le ofrezco la caja.

Sarah me ha dado la lata tanto con su mejor amiga que ya me había construido una Laurie virtual en la cabeza, pero me había equivocado por completo. Como Sarah es tan despampanante, me había imaginado sin cuestionármelo demasiado que habría elegido a una amiga igual de colorida, como si fueran un par de loros exóticos en su jaula. Pero Laurie no es un loro. Es más bien un… No sé, un petirrojo, tal vez. Transmite una especie de paz contenida, una tranquila y discreta sensación de encontrarse bien consigo misma, que hace que resulte fácil estar a su lado.

—Gracias.

Acepta los comprimidos y se pone un par en la mano.

Le sirvo un vaso de agua y ella lo levanta hacia mí, un sombrío «brindis» antes de tragarse los paracetamoles.

—Ten —me dice, y cuenta cuántos quedan en la caja antes de pasármela—. A Sarah le gusta tomarse…

—Tres —la interrumpo, y Laurie asiente.

—Tres.

Me siento un poco como si estuviéramos compitiendo por demostrar quién conoce mejor a Sarah. Gana Laurie, por supuesto. Sarah y yo solo llevamos juntos alrededor de un mes, pero, joder, ha sido arrollador. Me paso la mayor parte del tiempo corriendo tras ella para intentar seguirle el ritmo. La conocí en el ascensor del trabajo; se quedó atascado en un momento en el que íbamos solos, y para cuando volvió a moverse quince minutos más tarde, ya sabía tres cosas. La primera, que puede que ahora sea una reportera de relleno en la emisora de televisión local, pero es probable que algún día llegue a dominar el mundo. La segunda, que iba a llevarla a comer en cuanto arreglaran el ascensor, porque ella me lo ordenó. Aunque iba a pedírselo de todos modos, que conste. Y la tercera y última, que estoy bastante seguro de que fue Sarah quien detuvo el ascensor y volvió a ponerlo en marcha una vez que consiguió lo que quería. Esa vena suya ligeramente despiadada me pone.

—Me ha hablado mucho de ti.

Lleno el hervidor de agua y lo enciendo.

—¿Te ha dicho cómo me gusta el café?

Laurie saca unas tazas del armario mientras habla, y odio el instinto que me hace recorrer su cuerpo con la mirada. Está en pijama, más que respetablemente tapada, y aun así observo la fluidez de sus movimientos, la curva de sus caderas, el esmalte azul marino que lleva en las uñas de los pies.

—Eh…

Me concentro en la búsqueda de una cucharilla y ella se estira para abrir el cajón y mostrarme dónde están.

—Yo me encargo —digo, y meto la mano justo cuando ella lo hace, y entonces la aparta con brusquedad y se ríe para suavizar lo abrupto del gesto.

Cuando empiezo a coger cucharadas de café, Laurie se hace un ovillo sentándose sobre un pie en una silla con respaldo de lamas verticales.

—Para responder a tu pregunta, no, Sarah no me ha dicho cómo te gusta el café, pero si tuviera que adivinarlo, diría... —Me doy la vuelta y me apoyo en la encimera para observarla con detenimiento—. Diría que lo tomas cargado. Dos cucharadas. —Entorno los ojos mientras ella me mira sin darme ninguna pista—. Azúcar... —añado pasándome la mano por la nuca—. No. Te gustaría echarte, pero no te lo permites.

¿Qué cojones estoy diciendo? Parece que esté tirándole los tejos. No es mi intención. De verdad que no. Lo último que deseo que piense es que soy un mujeriego. A ver, he tenido unas cuantas novias y con un par de ellas la cosa incluso se puso seria, pero, por alguna razón, lo que tengo ahora con Sarah me parece distinto. Más... no sé. Lo único que tengo claro es que no quiero que termine pronto. Laurie hace una mueca y niega con la cabeza.

—Dos de azúcar.

—Me tomas el pelo —digo riendo.

Ella se encoge de hombros.

—No. Me pongo dos de azúcar. A veces dos y media, según mi estado de ánimo.

¿Según su estado de ánimo?, me pregunto. ¿Qué la hace necesitar más de dos cucharadas de azúcar? De verdad, tengo que salir ya de esta cocina y volver a la cama. Creo que me he dejado el cerebro en la almohada.

—Ahora que lo pienso —dice Laurie mientras se pone de pie—, al final no me apetece tomarme un café.

Va retrocediendo hacia la puerta mientras habla, y no soy capaz de interpretar del todo la expresión de su mirada cansada. A lo mejor la he ofendido. No sé. Puede que solo esté hecha polvo, o quizá a punto de vomitar. No sería la primera vez que provoco ese efecto en las mujeres.

—¿Y bien…? ¿Qué opinas?

Acaban de dar las cuatro cuando me derrumbo junto a Sarah sobre la mesa de formica azul pálido de la cocina. Por fin hemos conseguido que el piso recupere un aspecto parecido al habitual y ahora las dos intentamos ahogar los restos de nuestra resaca en sendas tazas de café enormes. El árbol de Navidad que subimos por la escalera entre las dos hace un par de días está hecho una pena, como si una pandilla de gatos lo hubiera atacado, pero aparte de eso y de unas cuantas copas de vino rotas, podría decirse que hemos regresado a la normalidad. Oí que Jack se marchaba alrededor del mediodía… Vale, fracasé estrepitosamente en mi intento de mantener la calma respecto a la situación y me quedé mirando cómo se alejaba por la calle desde detrás de la cortina de mi dormitorio, como una de esas acosadoras de las películas de terror.

—Ha salido bien, ¿no? —digo malinterpretando a propósito la pregunta de Sarah con el objetivo de ganar tiempo para pensar.

Pone cara de hastío, como si creyera que le vacilo adrede.

—Ya sabes a qué me refiero. ¿Qué opinas de Jack?

Y así es como comienza. En nuestra relación se ha abierto una grieta finísima de la que Sarah ni siquiera es consciente, y tengo que averiguar cómo impedir que se ensanche, cómo evitar que se convierta en un abismo al que ambas caigamos de cabeza. Soy consciente de que esta es la única oportunidad que tendré de poner las cartas sobre la mesa; depende de mí aprovechar o no esta única y solitaria oportunidad. Pero como Sarah me mira llena de esperanza, y como a estas alturas ya ni siquiera sé si me lo habré imaginado todo, me comprometo en silencio a mantener la boca cerrada para siempre.

—Parece… agradable —digo, y elijo deliberadamente una palabra anodina y mundana para el hombre más excitante que he conocido.

—¿Agradable? —resopla Sarah—. Laurie, «agradable» es el adjetivo que usarías para describir unas zapatillas de peluche, o… no sé, un profiterol de chocolate o algo así.

Me río con descaro.

—Pues da la casualidad de que a mí me encantan las zapatillas de peluche.

—Y da la casualidad de que a mí me encantan los profiteroles de chocolate, pero Jack no es un profiterol de chocolate. Es... —Se queda callada, pensando.

Como tener copos de nieve en la lengua, me entran ganas de sugerirle, o como las burbujas de un champán añejo.

—¿Muy agradable? —Sonrío—. ¿Así te parece mejor?

—Ni de lejos. Es un... es un cuerno de crema.

Se ríe de su propio chiste pícaro, pero ha adoptado una expresión soñadora y creo que no estoy preparada para escucharla mientras intenta convencerme de las cualidades de Jack, así que me encojo de hombros y meto baza antes de que Sarah pueda volver a hablar.

—Vale, vale. Es... Bueno, parece divertido, resulta fácil hablar con él y está claro que lo tienes comiendo de tu mano.

Se le escapa una especie de risa rebuzno.

—¿A que sí?

Tiende la mano como para dar de comer a un animal y ambas asentimos por encima de nuestras tazas de café. Aparenta catorce años; tiene la cara limpia de maquillaje y el pelo recogido en dos largas trenzas que cuelgan sobre su camiseta de Mi Pequeño Pony.

—¿Es como te lo habías imaginado?

Ostras, Sarah, por favor, no me presiones. No creo que pueda mantener la boca cerrada para siempre si lo haces.

—Lo cierto es que no tengo claro qué esperaba —digo, y no estoy mintiendo.

—Venga ya, debías de haberte formado alguna imagen en la cabeza.

He tenido la imagen de Jack O'Mara en la cabeza durante doce meses enteros.

—Eh, sí. Supongo que es más o menos como me imaginaba que sería tu hombre perfecto.

Deja caer los hombros, como si el mero hecho de pensar en

lo fabuloso que es Jack consumiera la escasa cantidad de energía que le quedaba en el depósito, y vuelve a sumirse en un estado de ojos vidriosos. Me alivia que las dos sigamos con resaca, es una buena excusa para no mostrar demasiado entusiasmo.

—Pero está bueno, ¿no?

Bajo la vista a toda prisa hacia mi taza de café con el propósito de disipar de mis ojos la verdad culpable y aterrorizada, y cuando vuelvo a levantar la cabeza Sarah está mirándome de hito en hito. Su expresión insegura me dice que está buscando mi aprobación, y entiendo sus motivos, pero a la vez me fastidia que lo haga. Sarah suele ser la mujer más impresionante de cualquier lugar al que vaya, es una chica acostumbrada a ser el centro de atención. Eso podría haberla vuelto precoz, o presumida o pretenciosa; no se ha convertido en ninguna de esas cosas, pero a nadie se le escapa el hecho de que siempre ha vivido siendo la chica que puede tirarse al chico que le dé la gana. En la mayor parte de los casos eso ha significado que sus novios eran increíblemente guapos, porque, bueno, ¿qué se lo impide?

En general, es algo que me divierte, y hasta ahora había implicado que nuestros caminos amorosos no se cruzaran. Pero ahora…

¿Qué se supone que debo decir? No estaré a salvo con ninguna respuesta. Si contesto que sí, que está bueno, no me libraré de parecer una pervertida, y si digo que no, que no está bueno, entonces Sarah se sentirá ofendida.

—Es diferente a tu tipo habitual —me aventuro a decir.

Ella asiente despacio y se muerde el labio inferior.

—Lo sé. Puedes ser sincera, no me ofenderé. No es el tipo de guapo obvio que esperabas que fuera, ¿es eso lo que tratas de decir?

Hago un gesto de indiferencia.

—Supongo. No estoy diciendo que no sea guapo ni nada que se le parezca, solo que es distinto a lo que es habitual para ti. —Guardo silencio y le dedico una mirada cómplice—. ¡Por Dios, tu último novio se parecía más a Matt Damon que el propio Matt Damon!

Se echa a reír, porque es verdad. Una vez incluso lo llamé Matt a la cara por equivocación, pero no pasó nada ya que únicamente duró cuatro citas antes de que Sarah decidiera que, por muy guapo que fuera, eso no compensaba el hecho de que siguiera llamando a su madre tres veces al día.

—Es solo que Jack parece más maduro. —Suspira y rodea la taza con ambas manos—. Es como si todos los demás hubieran sido niños y él fuera un hombre. ¿Te parece ridículo?

Niego con la cabeza y sonrío a pesar de estar más que desolada.

—No. No me parece ridículo.

—Supongo que tuvo que madurar rápido —continúa Sarah—. Perdió a su padre hace unos cuantos años; de cáncer, creo. —Se interrumpe, reflexiva—. Su madre y su hermano menor dependieron bastante de él durante un tiempo después de aquello.

Se me rompe un poco el corazón por él; no necesito que nadie me diga lo devastador que debió de ser.

—Parece un tipo bastante guay.

Sarah se ve aliviada después de oír mi valoración.

—Sí. Eso es. Es guay a su manera. No sigue a la multitud.

—Es mejor ser así.

Se sume en un silencio contemplativo durante unos segundos antes de volver a hablar.

—Le caes bien.

—¿Eso ha dicho?

Pretendo que suene desenfadado, pero me temo que podría haberse acercado bastante más de lo deseado a la desesperación. Si es así, Sarah no se inmuta.

—No, lo he notado. Os llevaréis genial. —Sonríe, echa su silla hacia atrás y se pone de pie—. Espera y verás. Te encantará cuando lo conozcas un poco mejor.

Se marcha de la cocina dándome un tirón cariñoso en el moño al pasar. Lucho por contener el impulso de levantarme de un salto y estrecharla en un abrazo feroz no solo para disculparme, sino también para suplicarle que lo entienda. Pero, en vez de eso, arrastro el azucarero hacia mí y añado otra cucharada a mi café. Menos mal que pronto me iré a pasar la Navidad a casa de mis padres; está claro que necesito tiempo para mí y para pensar cómo demonios actuar en esta situación.

2010

Propósitos de Año Nuevo

El año pasado, me hice dos propósitos:

1) Encontrar mi primer trabajo decente en el mundo de las revistas. Bueno, puedo decir con total seguridad que he fracasado estrepitosamente en este frente. Dos «por los pelos» y un par de artículos freelance que nunca han llegado a publicarse no pueden considerarse algo brillante ni fabuloso, ¿no? Es deprimente y aterrador al mismo tiempo que todavía siga trabajando en el hotel; soy consciente de lo fácil que resulta quedarse atascada en una rutina y renunciar a tus sueños. Pero no voy a rendirme, todavía no.

2) Encontrar al chico de la parada del autobús. En teoría, supongo que este propósito puedo tacharlo. He aprendido por mi cuenta y riesgo que cuando te haces propósitos de Año Nuevo has de ser superconcreto... pero ¿cómo iba a saber que tenía que especificar que mi mejor amiga del mundo mundial no debía encontrar a mi alma gemela antes que yo y enamorarse también de él? Gracias por nada, Universo. Das más asco que las pelotas de un burro.

Así que ¿mi único propósito para este año?
Descubrir cómo desenamorarme.

18 de enero

Laurie

Ha pasado un mes desde que descubrí que Sarah y yo hemos sido tan torpes de enamorarnos del mismo chico y, a pesar de mi propósito, no me siento ni una pizca menos infeliz al respecto.

Era mucho más fácil cuando no sabía quién era el chico del autobús; me permitía el lujo de imaginármelo, de fantasear con toparme de nuevo con él en un bar lleno de gente o con vislumbrarlo tomándose un café en una cafetería, con que su mirada se cruzara con la mía y ambos recordáramos y nos alegráramos de que los astros por fin hubieran vuelto a alinearse.

Pero ahora sé muy bien quién es. Es Jack O'Mara, y es de Sarah.

Me pasé la Navidad entera repitiéndome que todo sería más fácil una vez que lo conociera mejor, que era inevitable que hubiera cosas de él que en realidad no me gustaran, que, de alguna manera, al verlo con Sarah mi mente lo reconvertiría en un amigo platónico, en vez de en el hombre que me ha roto el corazón en mil pedazos. Me atiborré de comida, salí por ahí con Daryl y fingí que estaba bien delante de todo el mundo.

Pero desde que volvimos a Londres las cosas han ido a peor. Porque además de mentirme a mí misma, también estoy mintiendo a Sarah. No alcanzo a entender cómo es posible que la gente tenga aventuras; a mí, incluso este sutil engaño me tiene desquiciada. He sido mi propia abogada defensora. He sido la juez de mi propio caso, he escuchado mis propios gritos de inocencia e incomprensión, y aun así he emitido un veredicto condenatorio: mentirosa. Me he convertido en una mentirosa por omisión, y ahora todos los días miro a Sarah con mis ojos de mentirosa y le hablo con mi lengua bífida y viperina. Ni siquiera quiero reconocerlo ante mí misma, pero de vez en cuando me abraso de celos mezquinos. Es una emoción fea; si tuviera algún tipo de inclinación religiosa, estaría pasando bastante más tiempo del habitual en el confesionario. Hay momentos en los que lo veo desde una perspectiva diferente, momentos en los que sé que no he hecho nada malo y me esfuerzo para seguir siendo una buena amiga a pesar de que me han arrinconado, pero esos momentos no duran mucho. Por cierto, también he descubierto que soy toda una actriz; estoy segura de que Sarah no tiene ni idea de que algo va mal, aunque lo más probable es que se deba a que en el par de ocasiones en que Jack ha venido al piso yo siempre he encontrado excusas para estar en otro sitio.

Esta noche, sin embargo, se me habrá acabado oficialmente la suerte. Sarah lo ha invitado a cenar pizza y a ver una película, pero el verdadero motivo es que tiene muchas ganas de que yo lo conozca mejor. De hecho, me lo dijo así de claro esta mañana cuando me dio un café para llevar justo antes de marcharme.

—Por favor, Lu, tengo muchas ganas de que lo conozcas para que podamos pasar más tiempo juntos.

En ese momento no se me ocurrió ninguna excusa improvisada decente y, además, sé que evitar a Jack no es una solución a largo plazo. Sin embargo, lo que más me preocupa es que, si bien el noventa y cinco por ciento de mí teme lo de esta noche, el otro cinco por ciento está entusiasmado ante la perspectiva de estar cerca de él.

«Perdóname, Sarah, de verdad que lo siento.»

—Deja que me encargue de tu abrigo.

«"¿Deja que me encargue de tu abrigo?" ¿Quién coño soy, la criada? Me alegro de no haberlo llamado "señor", al menos.» Jack ha entrado en nuestro piso hace treinta segundos y ya estoy comportándome como una imbécil. Esboza una sonrisa nerviosa mientras se desenrolla del cuello la bufanda y se quita el abrigo grueso, y después me los da casi como si se disculpara, a pesar de que he sido yo quien se los ha pedido. He de esforzarme mucho para no enterrar la cara en la lana azul marina mientras cuelgo el abrigo en el perchero ya a rebosar que tenemos al lado de la puerta de entrada; me tienta ponerlo encima de mi chaqueta, aunque al final lo coloco deliberadamente lo más lejos posible de ella. Estoy intentándolo con todas mis fuerzas, de verdad. Pero ha llegado media hora antes de lo previsto, y justo después de que Sarah haya salido por la escalera de incendios de la cocina, como si fueran actores de teatro en una comedia.

—Sarah acaba de bajar a la tienda a por vino —digo titubeante—. Está a la vuelta de la esquina. Volveré pronto. Cinco minutos, diría yo, salvo que haya cola. O algo así. Está a la vuelta de la esquina.

Jack asiente sin perder la sonrisa pese a que me he repetido al menos tres veces.

—Pasa, pasa —digo excesivamente alegre y ansiosa mientras agito las manos en dirección a nuestra diminuta sala de estar—. ¿Cómo te ha ido la Navidad?

Se sienta en un extremo del sofá, y durante unos instantes dudo respecto a dónde acomodarme antes de optar por una silla. ¿Qué iba a hacer si no? ¿Ponerme a su lado en el sofá? ¿Rozarme contra él por accidente?

—Bueno, ya sabes. —Sonríe, casi vergonzoso—. Navideña. —Guarda silencio—. Pavo. Demasiada cerveza.

Sonrío también.

—Se parece mucho a la mía. Aunque yo soy más de vino.

Pero ¿qué estoy haciendo? ¿Intento parecer sofisticada? Va a pensar que soy una idiota pretenciosa.

«Venga, Sarah —me digo—. Vuelve y sálvame de mí misma, todavía no estoy preparada para estar con él a solas.» Me horroriza darme cuenta de que ansío aprovechar esta oportunidad para preguntarle si me recuerda de lo del autobús. Noto que la pregunta me trepa por la tráquea, como si una colonia de decididas hormigas obreras la empujara. Trago con fuerza. Empiezan a sudarme las manos. No sé qué ganaría preguntándole si se acuerda, porque estoy convencida al noventa y nueve por ciento de que su respuesta sería que no. Jack vive en el mundo real y tiene una novia supersexy; seguro que ya se había olvidado de mí antes de que el autobús doblara la esquina de Camden High Street.

—Bueno, Laurie —dice, sin duda buscando desesperadamente cómo continuar. Me siento como a veces cuando voy a cortarme el pelo: como si al peluquero le resultara complicado trabajar conmigo y faltara poco tiempo para que me toque mentir sobre adónde me iré de vacaciones—. ¿Qué estudiaste?

—Comunicación audiovisual.

No parece sorprendido; debe de saber que Sarah y yo éramos compañeras de curso en Middlesex.

—Soy una persona de palabras —prosigo—. Revistas, con suerte, cuando consiga meter el pie en alguna parte. No tengo pensado desarrollar mi carrera frente a las cámaras. —Me abstengo de añadir «a diferencia de Sarah», porque estoy segura de que ya sabe que el plan vital de Sarah implica presentar el telediario local antes de ir ascendiendo hacia las emisoras nacionales. Hay una cita muy trillada que veo circular por Facebook de vez en cuando: «Algunas chicas nacen con brillantina en las venas», o algo parecido. Sarah es una de ellas, pero además de brillantina también tiene agallas; no se detiene hasta conseguir lo que quiere, jamás—. ¿Y tú?

Levanta un hombro.

—Estudié periodismo en la universidad. Lo mío es la radio.

Ya lo sabía, porque Sarah ha sintonizado la radio de la cocina en la emisora en la que él trabaja, aunque Jack solo locuta si el presentador del programa nocturno no está, cosa que no ha ocurrido casi nunca. Pero todo el mundo tiene unos comienzos laborales, y ahora que he oído su voz, sé que es solo cuestión de tiempo que ascienda en el escalafón. Tengo una visión repentina y espantosa de Sarah y Jack formando la pareja de oro de la televisión destellando en mi televisor todos los días con sus bromas compartidas y terminando las frases el uno al otro. Es tan realista que me quedo sin aliento, así que me alivia oír el ruido de las llaves de Sarah en la cerradura.

—¡Cariño, ya estoy en casa! —grita, y da tal portazo que hasta tiemblan los viejos marcos de madera de las ventanas de la sala de estar.

—Ya está aquí —digo innecesariamente, y a continuación me levanto de un salto—. Voy a ayudarla.

Intercepto a Sarah en la entrada y le quito el vino sin enfriar de las manos.

—Jack acaba de llegar. Ve a saludarlo, yo pondré esto en el congelador para que no esté tan caliente.

Me retiro a la cocina pensando que ojalá yo también pudiera meterme en el cajón del congelador, y embuto la botella debajo de la bolsa de bayas que usamos para hacer batidos cuando tenemos la impresión de que podríamos morir por falta de nutrientes.

Abro la botella de vino que ya hemos enfriado en el frigorífico y sirvo un par de copas generosas. Una para mí y otra para Sarah. A Jack no le sirvo, porque ya sé que él es más de beber cerveza. El hecho de saber qué prefiere tomar sin tener que preguntárselo me produce una sensación cálida, como si este minúsculo detalle fuera una nueva puntada en el edredón de nuestra intimidad. Es una idea extraña, pero me dejo llevar por ella e imagino ese edredón mientras saco un botellín de cerveza para Jack y le quito la chapa; luego cierro la nevera y apoyo la espalda en ella con mi copa de vino en la mano. Nuestra colcha está hecha a mano, cuidadosamente confeccionada con finas capas de conversaciones susurradas y miradas robadas, cosida con hebras de deseos y sueños que la convierten en un objeto magnífico, maravilloso e ingrávido que nos mantiene calientes y nos protege del dolor como si estuviera hecho de acero. «¿Nos?» ¿A quién estoy engañando?

Doy un segundo trago al vino mientras freno esa línea de pensamiento y trato de reconducirla hacia caminos más seguros. Me obligo a ver esa colcha en la enorme cama de Sarah y Jack, en la preciosa casa de Sarah y Jack, en la vida perfecta de Sarah y Jack. Es una técnica que llevo probando un tiempo: cada vez que pienso algo inapropiado sobre Jack, me fuerzo a contrarrestarlo con un pensamiento asquerosamente positivo sobre ellos como pareja. De momento, no puede decirse que funcione muy bien; aun así, no dejo de intentarlo.

—¡Venga, Lu, que estoy seca! —Una risa despreocupada aclara la voz a Sarah cuando añade—: Y no te molestes en servir una copa a Jack. Es demasiado poco sofisticado para nuestro vino peleón de cinco libras.

«Lo sé», quiero decir, pero no lo hago. Me limito a meterme la cerveza de Jack debajo del brazo y a rellenarme la copa antes de volver con ellos a la sala de estar.

—La pizza con piña es como comer, no sé, jamón con crema pastelera. No combinan, es así de sencillo.

Sarah simula que se mete dos dedos en la garganta y pone los ojos en blanco.

Jack coge el ofensivo trozo de piña que Sarah ha lanzado con desdén hacia la esquina de la caja.

—Pues yo comí hasta pizza con plátano una vez. Créeme, estaba buena. —Incrusta el trozo de piña extra en su porción y me sonríe—. Tienes el voto decisivo, Laurie. ¿Piña sí o piña no?

Me siento una traidora, pero no puedo mentir porque Sarah ya sabe la respuesta.

—Sí. Por supuesto que sí.

Sarah resopla y, al instante, desearía haber mentido.

—Empiezo a pensar que juntaros ha sido una mala idea. Vais a confabularos contra mí.

—Equipo J-Lu.

Jack me guiña un ojo mientras se ríe, y eso le hace ganarse un buen puñetazo en el brazo por parte de Sarah; se pone a gruñir y a frotárselo como si se lo hubiera roto.

—Cuidado. Es mi brazo de beber.

—Eso es por intentar romper el equipo Sa-Lu.

Ahora es ella la que me guiña un ojo, y asiento con la cabeza, ansiosa por mostrar que estoy de su lado aunque me guste la pizza con piña.

—Lo siento, Jack —digo—. Somos hermanas de vino. Es un vínculo más fuerte que el de la pizza con piña.

Y tengo que reconocer que no cabe duda de que el vino está ayudándome a superar esta situación.

Sarah le lanza una mirada de «chúpate esa» y me choca los cinco por encima del abismo que separa el sofá y el sillón disparejos. Está hecha un ovillo en un extremo, con los pies debajo del culo de Jack y la larga melena rojiza trenzada alrededor de la cabeza, como si en cualquier momento fuera a escabullirse para salir a ordeñar su rebaño de cabras.

Yo he procurado cuidar un poco mi aspecto; he optado por una apariencia de «estoy haciendo un pequeño esfuerzo por ser sociable» sin que resulte evidente que este no es mi aspecto habitual. Voy vestida con ropa de calle, y está claro que eso no es un requisito para pasar una noche delante del televisor. Pantalones vaqueros, jersey gris pálido suave y grandote, un poco de brillo labial y un toque de lápiz de ojos. No me enorgullece haber dedicado más de unos minutos a pensar en la ropa, pero también estoy intentando ser razonable conmigo misma al respecto. Tampoco es que tuviera en el armario un saco de arpillera hecho jirones que ponerme, y no quiero defraudar a Sarah. Además, ha sido ella la que me ha puesto su horquilla de margaritas plateadas en el flequillo porque no paraba de metérseme en los ojos y porque sabe que me encanta, así que imagino que está contenta de que tenga un aspecto presentable.

—¿Qué película vamos a ver? —pregunto, y me inclino hacia delante para coger una porción de pizza de la caja abierta sobre la mesita de café.

—*Crepúsculo* —contesta Sarah justo al mismo tiempo en que Jack dice:

—*Iron Man*.

Los miro por turnos, con la sensación de que están a punto de volver a pedirme que haga de árbitro.

—Recuerda en qué equipo estás, Lu —dice Sarah con los labios crispados.

En serio. No podría haberme inventado algo así. Todavía no he leído los libros ni visto las películas, pero me han hablado lo suficiente de *Crepúsculo* para saber que es la historia de un desgraciado triángulo amoroso.

Jack adopta una expresión dolida y luego me mira batiendo las pestañas como si fuera un niño de siete años pidiendo dinero para un helado. Por Dios, es guapísimo. Quiero decir: *Iron Man*. Quiero decir: «Bésame».

—*Crepúsculo*.

Jack

No me jodas, ¿*Crepúsculo*?

Todo en esta noche está resultando embarazoso. Y ahora estamos viendo una de las películas que más vergüenza ajena dan de todos los tiempos, sobre una chica de expresión tristona que es incapaz de elegir entre dos tipos con superpoderes. Sarah se recuesta sobre mí, así que le doy un beso en la coronilla y clavo la vista en la pantalla, sin permitirme lanzar siquiera una mirada ocasional hacia el sillón donde Laurie está sentada a no ser que ella me interpele directamente.

No quiero que Laurie y yo nos sintamos incómodos el uno con el otro, pero así son las cosas, y sé que es culpa mía. Lo más seguro es que piense que soy un bicho raro y muy aburrido, porque mis dotes de conversador desaparecen cuando estoy con ella. Es solo que intento reconvertirla en mi cabeza en la amiga de Sarah, en lugar de en la chica a la que vi una vez y en la que he pensado a menudo desde entonces. Me he pasado la Navidad entera —horrorosa, por cierto; mi madre estaba muy triste y, como siempre, yo no sabía qué hacer, así que me limité a emborracharme— viendo a Laurie en pijama en la cocina, mirándome con esa expresión extraña en el rostro. Joder, qué idiota soy. Me consuelo pensando en que no es más que la manera que mi cerebro de tío tiene de almacenar una cara bonita, y en que ella no tiene un cerebro de tío y, por lo tanto, con un poco de suerte, no conserva ningún recuerdo inquietante de mí mirándola boquiabierto desde una parada de autobús. Hasta ahora me las he arreglado bastante bien con solo evitar pasar tiempo con ella, pero ayer Sarah me lo dijo a las claras y me preguntó si Laurie no me caía bien, porque tenía la impresión de que le contestaba que no cada vez que me invitaba al piso. ¿Qué cojones iba a contestarle a eso? ¿Lo siento, Sarah, en estos momentos estoy tratando de cambiar el estatus de tu mejor amiga de «compañera sexual en mis fantasías eróticas» a «nueva amiga política platónica»? Ni siquiera sé si esta última expresión existe. Si no existe, debería, porque si Sarah y yo llegamos a romper, será ella quien se lleve a Laurie. Y solo de pensarlo se me revuelven las tripas.

Solo de pensar en perder a Sarah, quiero decir.

14 de febrero

Laurie

A todo esto, ¿quién narices era san Valentín y qué lo convirtió en experto en relaciones? Me apuesto lo que quieras a que su nombre completo es san Maldito-Arrogante-Tres-Son-Multitud Valentín, y seguro que vive en una isla iluminada con velas donde todo viene de dos en dos, incluso los brotes de candidiasis.

¿Te has dado cuenta de que el 14 de febrero no es mi día favorito del calendario? No ayuda que este año Sarah sea miembro de pleno derecho de la brigada de los corazones y los globos. Para mi vergüenza, soy consciente de que tenía la esperanza de que terminara por aburrirse de Jack o algo así, pero es todo lo contrario. Ya le ha comprado tres tarjetas diferentes porque siempre ve una nueva que resume mejor lo feliz que Jack la hace o lo buenísimo que está, y cada vez que me enseña su última adquisición el corazón se me arruga como una ciruela pasa y tarda al menos un par de horas en volver a esponjarse.

Por suerte, van a ir al italiano del barrio, donde sin duda comerán solomillo en forma de corazón y luego se lamerán mutuamente la mousse de chocolate de la cara, pero al menos eso significa que esta noche podré apropiarme de la sala de estar para celebrar una fiesta de la autocompasión con una sola invitada. No tengo nada que envidiar a Bridget Jones. Mi plan es tumbarme en el sofá y engullir helado y vino al mismo tiempo.

—Lu, ¿tienes un segundo?

Cierro el portátil —otra solicitud de trabajo más—; me quito las gafas de lectura que en realidad no necesito, pero que me pongo para concentrarme sentada a la mesa, y me dirijo a la habitación de Sarah con la taza de café en la mano.

—¿Qué pasa?

Está de pie en vaqueros y sujetador, con las manos en las caderas.

—Intento decidir qué ponerme. —Se queda callada y coge la blusa de gasa de color rojo Coca-Cola que se compró para la cena de Navidad con sus viejos. Es bonita y sorprendentemente recatada, hasta que Sarah la pone en la cama junto a una microfalda negra—. ¿Esto?

Me mira y asiento con la cabeza, porque sin duda estará fabulosa con ese conjunto.

—¿O esto?

Saca del armario su atrevido vestidito negro y lo sostiene contra su cuerpo.

Miro primero un modelo y luego el otro.

—Me gustan los dos.

Mi amiga suspira.

—A mí también. ¿Cuál dice más «san Valentín fogoso»?

—¿Jack te ha visto la blusa roja?

Sarah hace un gesto de negación.

—Todavía no.

—Pues entonces ahí lo tienes. No hay nada más del día de San Valentín que el rojo pintalabios.

Una vez decidido el vestuario, vuelve a colgar el vestido en el armario.

—¿Estás segura de que no te importa quedarte sola esta noche?

Revuelvo los ojos.

—No. Llévame con vosotros. —Me apoyo en el marco de la puerta y bebo un trago de café demasiado caliente—. Porque no sería nada raro, ¿verdad?

—Seguro que a Jack le gustaba —dice riendo—. Así parecería un machote.

—¿Sabes qué?, pensándolo bien, habré de dejarlo para otro momento. Esta noche tengo una cita doble con Ben y Jerry, que son muy dulces. —Le guiño el ojo y retrocedo hacia el pasillo—. Vamos a hacernos el Karamel Sutra entero. Va a ser un no parar de emociones.

Estoy al corriente de que, de todos los helados del mundo, el Karamel Sutra de Ben & Jerry's es el favorito de Sarah.

—¿Sabes que en realidad me das envidia? —me dice en voz alta mientras se destrenza el pelo para meterse en la ducha.

«Y tú a mí», pienso, y me dejo caer pesadamente en el sillón, destrozada, antes de volver a abrir el portátil.

A quienquiera que esté a cargo de la programación televisiva hay que meterle una bala entre los ojos. No creo que les hubiera costado darse cuenta de que cualquier persona que necesite recurrir a mirar la tele durante la noche de San Valentín está soltera y potencialmente amargada, así que se me escapa por qué se les ocurrió pensar que *El diario de Noah* sería una buena opción. Salen un romántico paseo en barca por el lago y Ryan Gosling, empapado por completo, gritando y enamorado. Salen hasta cisnes, por el amor de Dios. Espera, que ya puestos voy a echarme un poco de sal en las heridas, ¿vale? Por suerte, han tenido la sensatez de programar *Con Air* después; necesitaré una buena dosis de Nicolas Cage salvando aviones vestido con un chaleco sucio para recuperarme de esto.

Me he abierto camino a través de dos tercios de Ryan Gosling, la mitad del bote de helado y tres cuartos de una botella de chardonnay cuando oigo las llaves de Sarah en la cerradura. Son solo las diez y media; esperaba que mi fiesta para uno estuviera todavía en su apogeo a medianoche, así que, la verdad, esto me corta un poco el rollo.

Sentada con las piernas cruzadas en una esquina del sofá, miro expectante hacia la puerta, con la copa de vino en la mano. ¿Se han peleado y Sarah lo ha dejado comiéndose su tiramisú a solas? Trato de no hacerme esperanzas y grito:

—¡Coge una copa, Sar! ¡Si te das prisa, queda vino suficiente en la botella!

Aparece junto a la puerta tambaleándose, pero no está sola. Mi fiesta para uno se ha transformado a toda prisa en un *ménage à trois*. Se trata de un pensamiento que no quiero procesar, así que lo abandono y me centro en desear no haberme puesto estas mallas de yoga negras y esta camiseta sin mangas de color verde menta.

Con gran optimismo, me había vestido para el entrenamiento de Davina McCall, la gurú televisiva del fitness, que sabía que, en realidad, no iba a hacer. Podría haber sido peor; podría haberme decidido por el pijama de franela a cuadros que mi madre me regaló porque le preocupa que en el piso de Delancey Street haya demasiadas corrientes.

—Llegáis temprano —digo, y estiro la columna vertebral con la intención de parecer una serena gurú del yoga, si es que eso es posible mientras te aferras a una copa de vino.

—Champán gratis —dice Sarah, o al menos esa es mi mejor suposición de lo que dice.

No para de reírse y prácticamente está apoyada en Jack; creo que la única razón por la que continúa en pie es el brazo que él le ha pasado por la cintura.

—Mucho champán gratis —añade Jack, y su sonrisa pesarosa me dice que, aunque Sarah ha bebido demasiado, él no lo ha hecho.

Lo miro a los ojos y por un momento él me sostiene la mirada.

—Estoy muuu… muuu cansada —balbucea Sarah, que parpadea a intervalos largos y exagerados.

Una de sus pestañas postizas está intentando escapar mejilla abajo; normalmente soy yo la que tiene ese problema. He intentado ponérmelas (sin éxito) dos veces a lo largo de los últimos meses; parezco una *drag queen*, para diversión de Sarah.

—Ya lo sé. —Jack se ríe y le da un beso en la frente—. Venga. Vamos a meterte en la cama.

Sarah finge estar sorprendida.

—No hasta que estemos casados, Jack O'Mara. ¿Por qué clase de chica me tomas?

—Por una muy borracha —contesta él, y la sujeta con fuerza cuando vuelve a tambalearse.

—Qué maleducado —murmura Sarah, pero no se resiste cuando Jack la agarra por detrás de las rodillas y la coge en brazos.

«Mierda.» Mira y aprende, Ryan Gosling. Este hombre no ha tenido que meterse en un lago para derretir el corazón de la bella dama.

Para que quede claro, me refiero al corazón de Sarah, no al mío.

—Se ha quedado frita.

Levanto la mirada cuando, un poco más tarde, Jack reaparece por la puerta del salón. A estas alturas Ryan Gosling ya ha cortejado a su chica y se ha alejado remando hacia la puesta de sol para ceder la pantalla a un Nicolas Cage de lo más íntegro y heroico. A Jack se le iluminan los ojos y se le curvan los labios en una amplia sonrisa.

—La mejor película de acción de la historia.

No puedo discutírselo. *Con Air* es mi película de cabecera; cuando estoy hasta el cuello de mierda en la vida real, siempre recurro a ver a Cameron Poe pasar un rato sin duda mucho peor y aun así salir victorioso. Por muy mal que me haya ido el día, en general puedo estar bastante segura de que no tendré que hacer aterrizar como sea un avión lleno de asesinos y violadores en el Strip de Las Vegas.

—Todo el mundo necesita un héroe —digo, desconcertada por el hecho de que Jack haya decidido desplomarse en el otro extremo del sofá en vez de dejármelo a mí.

—Esa frase no podría ser más de chica —murmura, y sus ojos verdes y dorados adoptan una expresión burlona.

—Vete a la mierda —le replico—. Estoy practicando para mi larga e ilustre carrera profesional como escritora de máximas de tarjetas de felicitación.

—Estarás muy solicitada —dice con una sonrisa—. Dime otra.

Me río con la copa pegada a los labios; está claro que el vino me ha desinhibido.

—Necesito saber la ocasión, al menos.

Jack se plantea las opciones. Espero que no vaya a lo obvio y diga: «El día de San Valentín».

—Se me ha muerto el perro. Anímame.

—Ah, Vale. Pues… —Me quedo callada y me estrujo las meninges en busca de una primera frase pegadiza—. Siento que la vida de tu perro se haya apagado, espero que siempre recuerdes cuánto habéis jugado. —Alargo la última palabra con una inflexión ascendente para darle énfasis, impresionada por mi propio ingenio, y luego continúo—: Y que también te acuerdes de cuánto le gustaba correr por el prado, lamento de verdad que tu querido perro la haya palmado —acelero hacia el final, y ambos nos echamos a reír.

—Creo que preferiría una cerveza a más rimas patéticas.

Vaya. De repente me siento grosera ya que estoy siendo una mala anfitriona, pero en mi defensa debo decir que me ha pillado desprevenida. No esperaba que volviera a salir de la habitación de Sarah esta noche. Cuando ha reaparecido, acababa de volver a sentarme en el sofá tras ir a por los restos de helado que quedaban en el congelador para iniciar el segundo asalto.

—Ve a por ella, hay alguna en el frigorífico.

Lo observo mientras sale de la sala de estar, todo piernas largas embutidas en unos vaqueros oscuros y brazos esbeltos cubiertos por una camisa de color azul tinta. Está claro que se había esforzado arreglándose para Sarah, pero en algún momento de la noche se ha aflojado la corbata. Regresa y se sienta con una botella de cerveza abierta en la mano. Levanta una cuchara con aire esperanzado.

—Ni siquiera llegamos al postre en el restaurante.

Bajo la mirada hacia el bote de helado y me pregunto si le dará un pasmo al ver que ya me he comido dos tercios del contenido.

—¿De qué sabor es? —me pregunta mientras se lo paso con aire vacilante.

—Karamel Sutra.

¿Por qué no he contestado «caramelo», sin más?

—¿En serio? —Me mira a los ojos, divertido—. ¿Tengo que pasarme una pierna por detrás de la cabeza para comérmelo?

Si estuviera flirteando con él, le habría sugerido que adoptara la postura del perrito o algo así, pero como no estoy flirteando con él, me limito a poner los ojos en blanco y suspirar como si fuera terriblemente madura.

—Solo si consideras que podría ayudarte a hacer la digestión.

—Puede que sí, pero también tengo bastante claro que me rompería los vaqueros.

—Mejor no lo hagas, entonces —digo con la vista clavada en el televisor—. Esta parte es de mis favoritas.

Ambos vemos a Nicolas Cage ponerse en modo ultravaronil para proteger a la guardia femenina en un avión lleno de convictos, Jack comiendo helado y yo sujetando la copa que contiene las últimas gotas de vino de la botella. Estoy más relajada y a gusto que borracha, porque un práctico efecto secundario de la vida estudiantil es que me ha proporcionado la tolerancia al alcohol de un jugador de rugby. A Sarah también, por lo general.

—Debía de haber una barbaridad de champán gratis para que Sarah se haya puesto así —digo al recordar cómo se tambaleaba cuando han llegado al piso.

—No soy muy fan de las burbujas, así que se ha tomado el mío —aclara Jack—. No paraban de rellenarnos la copa. Ha bebido por dos para ahorrarme la vergüenza de tener que decir que no.

Me río.

—¡Esa chica es todo corazón!

—Mañana va a dolerle un montón la cabeza.

Volvemos a sumirnos en el silencio. Me esfuerzo en encontrar algo que decir para llenar el vacío, porque de lo contrario haré lo impensable y le preguntaré si me recuerda de la parada del autobús. Espero con todas mis fuerzas que en algún momento deje de tener que luchar de forma consciente contra ese impulso en particular, que deje de ser importante, o incluso relevante, para mí. Estoy trabajando en ello.

—Le gustas mucho —digo sin pensar.

Jack da un trago largo y lento a su cerveza.

—Ella también me gusta mucho. —Me mira de reojo—. ¿Estás a punto de advertirme que si alguna vez le hago daño vendrás a por mí y me pondrás los ojos morados?

—No creas que no podría hacerlo —digo, y luego hago un ridículo movimiento de kárate, porque soy toda bravuconería aunque no doy el pego, y lo que en realidad estaba pensando era que a mí me gustan mucho los dos y que eso está ocasionándome un problemón.

Mi lealtad es para Sarah, por supuesto; sé dónde está la línea y nunca la cruzaré. Lo que ocurre es que a veces me da la impresión de que la línea estuviera dibujada con tiza en el césped, como en un día de partido en el colegio, y fuera muy fácil borrarla y volver a dibujarla, pero nunca justo en el mismo lugar que antes. En noches como esta, por ejemplo, se ha adelantado unos centímetros, y después en las mañanas como la de mañana, volveré a moverla diligentemente hacia atrás.

—He tomado buena nota de tus habilidades secretas de ninja —dice Jack, y asiento con la cabeza—. Aunque no es que vayas a tener que usarlas conmigo —continúa—. Sarah me gusta demasiado para querer hacerle daño.

Vuelvo a asentir y me alegro por Sarah porque Jack es buen tipo, me entristezco por mí porque Jack es de Sarah y me cabreo con el mundo por ser tan cabrón para ponerme en esta mierda de posición.

—Bien. Entonces nos entendemos.

—Hablas como una verdadera mafiosa. —Se inclina hacia delante para dejar la botella de cerveza vacía sobre la mesa—. Una ninja de la mafia. Al final resultará que es peligroso estar cerca de una mujer como tú, Laurie.

«Sobre todo cuando me he bebido una botella de vino y creo

que estoy medio enamorada de ti», pienso. De verdad, debería irme ya a la cama, antes de que borre la línea de tiza y la mueva hacia delante otra vez.

Jack

«Al final resultará que es peligroso estar cerca de una mujer como tú, Laurie.»

¿A qué cojones ha venido soltarle eso? Parece una frase cutre para ligar sacada de un telefilme hortera, cuando lo único que intentaba decirle es que somos amigos. «Estúpido, Jackass», me reprendo usando el apodo que lucí durante todos mis años en el instituto como si fuera una medalla de honor. Mis informes académicos estaban llenos de variaciones de ese mismo comentario, aunque expresado de manera más educada: «Si Jack se esforzara tanto en sus estudios como en hacer el payaso, llegaría muy lejos».

Me gusta pensar que les he demostrado que se equivocaban; cuando llegó la hora de la verdad, mis notas fueron lo bastante decentes para que pudiera entrar, si bien por los pelos, en la universidad que había elegido en primer lugar. La verdad es que tuve suerte; he sido dotado con una memoria casi fotográfica, así que solo tuve que meterme aquellos libros de texto y aquellas teorías en la cabeza una vez y allí se quedaron. Con eso y mi facilidad para hablar de lo que sea con cualquiera, no me ha ido mal. Aunque, por alguna razón, mi capacidad conversadora no parece incluir a Laurie.

—Y bien, Laurie, ¿qué más debo saber de ti, aparte de que me darás una paliza si le hago daño a tu mejor amiga?

Parece alarmada por mi pregunta. No la culpo. La última vez que se la planteé a alguien fue en la única y horrible ocasión en que acudí a un evento de citas rápidas. ¿Qué estoy haciendo? ¿Entrevistarla?

—Hummm… —Se ríe, un sonido como una caja de música—. Bueno, no hay mucho que contar.

Trato de recuperar la normalidad lanzándole una mirada de «esfuérzate un poco».

—Venga, échame una mano. Sarah quiere que seamos buenos amigos. Cuéntame tus tres momentos más embarazosos y después yo te contaré los míos.

Entorna los ojos y levanta un poco la barbilla.

—¿Podemos hacerlo por turnos?

—Trato hecho. Siempre y cuando empieces tú.

Me digo que le he propuesto esto porque Sarah está empeñada en que Laurie y yo nos hagamos amigos, y, sinceramente, en parte ese es el motivo. En parte. Pero la otra parte del motivo es que quiero saber más de ella, porque me intriga, porque me siento cómodo aquí, en el otro extremo del sofá, y porque me siento relajado en su compañía. A lo mejor se debe al vino que ha bebido, y probablemente se deba a la cerveza que me he trincado, pero creo que esta chica podría convertirse en buena amiga mía. No pasa nada, ¿verdad? Sé que hay gente que no cree que puedan existir amistades platónicas entre hombres y mujeres.

Voy a intercambiar verdades con Laurie, y nos convertiremos en magníficos amigos. Ese, damas y caballeros, es mi gran plan.

Tamborilea con las uñas sobre el borde de la copa mientras piensa, y me sorprende lo interesado que estoy en escuchar lo que va a decir. Baja la mirada hacia los posos del vino, y cuando vuelve a levantarla, se echa a reír.

—Vale, tenía catorce años, puede que quince… —Se interrumpe y se lleva una mano a la mejilla colorada, negando con la cabeza—. Me cuesta creer que vaya a contarte esto.

Otra vez esa risa atolondrada, y entonces baja las pestañas y tengo que agacharme para mirarla a los ojos.

—Venga, ahora tienes que contármelo —digo para tratar de engatusarla.

Suspira con resignación.

—Estaba con Alana, mi mejor amiga en ese momento, en la discoteca del instituto intentando aparentar que éramos superguays. Es posible que hasta tuviéramos un paquete de tabaco, aunque ninguna de los dos fumaba.

Asiento, deseoso de escuchar más.

—Y había un chico, como no podía ser de otra manera, que me gustaba mucho. De hecho, le gustaba a la mitad de las chicas del instituto, pero milagrosamente parecía que yo también le gustaba a él.

Quiero interrumpirla y decirle que no es ningún milagro, ni siquiera una sorpresa, pero no lo hago.

—Así que hacia el final se decide a pedirme bailar, y acepto como si no pasara nada, y todo va muy bien hasta que de pronto miro hacia arriba justo en el momento en el que él mira hacia abajo, y le doy un cabezazo en toda la cara y le parto la nariz. —Laurie me mira, con los ojos como platos, y luego una carcajada le brota de la garganta—. Había sangre por todas partes. Tuvieron que llamar a una ambulancia.

—Venga ya. —Muevo la cabeza a uno y otro lado, despacio—. Vaya, pues sí que eres una mala cita, Laurie.

—Ni siquiera estaba saliendo con él —protesta—. Me habría encantado, pero no llegó a cuajar después de aquello. No me sorprende, la verdad. —Se golpea el cráneo con los nudillos y se encoge de hombros—. Dura como una piedra, por lo que parece.

—Vale, o sea, que ahora eres una mafiosa ninja con un cráneo excepcionalmente duro. Ya entiendo lo que Sarah ve en ti.

Laurie me suelta muy seria:

—Supongo que se sentirá segura conmigo.

—Y que lo digas. Deberías pensar en cobrar a cambio de tu protección. Terminarías de pagar tus préstamos estudiantiles enseguida.

Laurie deja la copa de vino en la mesa y se recuesta sobre el respaldo; luego se recoge la melena oscura detrás de las orejas y se sienta con las piernas cruzadas mirando hacia mí. Cuando era pequeño, todos los años me iba de vacaciones a Cornwall con mi familia, y mi madre tenía debilidad por unos duendecillos que vendían allí, por norma general sentados en una seta o en algo igual de hortera. Ahora, hay algo en la pulcritud de la posición del loto de Laurie y en la línea de su barbilla cuando se coloca el pelo detrás de las orejas que me recuerda a esos duendecillos, y por un segundo experimento una repentina punzada de nostalgia hogareña. Siento como si formara parte de mi familia, aunque no es así.

—Te toca —dice sonriendo.

—No creo que tenga nada que esté a la altura —digo—. A ver, es que nunca le he dado un cabezazo a una mujer.

—Pero ¿qué clase de hombre eres?

Finge decepción y, aunque está de broma, me planteo su pregunta seriamente.

—Un buen hombre, espero.

Se le apaga la risa de golpe.

—Yo también lo espero.

Sé que lo dice por el bien de Sarah.

—A ver qué te parece esta... —digo para cambiar de tema enseguida—. Deja que te cuente la fiesta de mi sexto cumpleaños. Imagínate a un niño pequeño que se hundió en la piscina de bolas y se asustó tanto que su padre tuvo que superar una selva de toboganes y trepar por mil redes para sacarlo. Tenía un metro de bolas encima y lloré tantísimo que al final vomité. Tuvieron que desalojar el castillo. —Me viene a la cabeza un recuerdo vívido de las caras de los horrorizados padres del niño cuyo traje de fiesta terminó rociado de mi vómito de pastel de chocolate—. Lo curioso es que la tasa de asistentes a mis fiestas descendió de forma drástica después de aquello.

—Ostras, qué historia tan triste —dice Laurie, y no creo que esté tomándome el pelo.

Me encojo de hombros.

—Soy un hombre. Estoy hecho de un material duro.

Laurie vuelve a golpearse el cráneo con los nudillos.

—Te olvidas de con quién estás hablando.

Asiento con la cabeza, solemne.

—Ironwoman.

—La misma que viste y calza.

Nos quedamos callados y asimilamos lo que ahora sabemos el uno del otro. Por mi parte, sé que ella es torpe con los hombres y que puede causar lesiones. Por la suya, sabe que me asusto con facilidad y que es probable que le vomite encima. Me quita la cuchara y el tarro de helado vacío de las manos y se inclina hacia un lado para dejarlos en la mesita de café, y a pesar de lo mucho que me esfuerzo, mi cerebro de tío no le quita ojo al movimiento de sus extremidades, a la redondez del pecho que le atisbo por debajo del brazo, a la curva cóncava de la base de la espalda. ¿Por qué tienen que tener todo eso las mujeres? No está nada bien. Quiero ser amigo platónico de Laurie, pero mi cerebro continúa archivando hasta el último de sus movimientos, almacenándola, construyendo un mapa de su cuerpo en mi cabeza para poder visitarla de vez en cuando en sueños. No quiero hacerlo. Cuando estoy despierto, lo cierto es que no pienso en Laurie de esa manera, pero al parecer mi cerebro dormido no ha recibido la orden.

En sueños, me he fijado en que su piel es de un tono pálido y cremoso y en que sus ojos son del color de los nomeolvides. Los ojos de Laurie son un puto seto en verano. Y ahora puedo añadir esa pronunciada curva en la parte baja de su espalda, y que el vino la atolondra y que se muerde el labio inferior cuando piensa. En momentos así, mi memoria fotográfica se convierte más en un inconveniente que en una ventaja. Por supuesto, Laurie no es la única mujer con la que sueño, pero parece merecer un papel de figurante más frecuente que la mayoría. Aunque tampoco es que me pase la vida soñando con otras mujeres. Y ahora mejor me callo, porque lo único que estoy consiguiendo es parecer un cerdo pervertido.

—Vale, supongo que entonces vuelve a tocarme —dice.

Asiento, contento de que haya interrumpido mi línea de pensamiento.

—Vas a tener que esforzarte mucho para superar la historia del cabezazo.

—He empezado demasiado fuerte —conviene, y se muerde el labio otra vez mientras pugna por encontrar algo a la altura.

Para ayudarla, le lanzo unos cuantos ejemplos.

—¿Aquel embarazoso incidente de cuando saliste sin bragas un día de ventoleras? —propongo, y Laurie sonríe con picardía. Pero niega con la cabeza—. ¿Has intoxicado a alguien con la comida? ¿Aquella vez que te morreaste por accidente con el novio de tu hermana?

Sus rasgos se suavizan, de repente su cara es la viva imagen de la nostalgia y otras emociones que me cuesta descifrar mientras pasan por su cara. «Joder.» Debo de haber dicho algo muy malo, porque ha empezado a parpadear con fuerza, como si tuviera algo en los ojos. Lágrimas, por ejemplo.

—Dios. Mierda, lo siento —murmura, y se frota los ojos furiosamente con el dorso de las manos.

—No, no, soy yo quien lo siente —me apresuro a decir a pesar de que no tengo claro con qué le he provocado esa reacción.

Quiero cogerle la mano, acariciarle la rodilla, algo, cualquier cosa con tal de expresarle que lo siento, pero soy incapaz de obligar a mi brazo a moverse.

Hace un gesto de negación.

—En realidad no es culpa tuya.

Espero a que se recupere.

—¿Quieres hablar de ello?

Baja la mirada y se pellizca la piel del dorso de la mano, movimientos pequeños y repetitivos; un mecanismo de afrontamiento, usar el dolor físico para desviar la atención del malestar emocional. Mi hermano, Albie, que es un grano en el culo, lleva alrededor de la muñeca una goma elástica de la que tira y tira por la misma razón.

—Mi hermana pequeña murió cuando tenía seis años. Yo acababa de cumplir ocho.

Mierda. Retiro la descripción de mi hermano. Es cuatro años más pequeño que yo, y es cierto que puede ser un verdadero tocapelotas, pero lo quiero con todas mis jodidas ganas. Ni siquiera soporto imaginarme el mundo sin él.

—Dios, Laurie.

Esta vez no me lo pienso dos veces. Cuando una lágrima le rueda por la mejilla, tiendo la mano hacia ella y se la enjugo con el pulgar. Y entonces empieza a llorar de verdad, y le acaricio el pelo y la arrullo como una madre arrulla a un niño.

—Lo siento, no debería habértelo soltado así —resuella tras un par de minutos en los que ambos permanecemos callados, y a continuación se lleva el pulpejo de las manos a los ojos—. Me ha pillado totalmente por sorpresa. Hacía años que no lloraba por eso. Debe de ser el vino.

Asiento con la cabeza y bajo la mano, incapaz de dejar de sentirme fatal por haber sido tan inconscientemente insensible.

—Cuando me preguntan, siempre digo que solo tengo un hermano. Siento que la traiciono al no mencionarla, pero es más fácil que contar la verdad a la gente.

Ahora ya está más tranquila e inspira el aire a bocanadas lentas y entrecortadas.

No tengo ni idea de qué debe decirse en una situación así, pero lo intento; al menos me hago una ligera idea de cómo debe de sentirse.

—¿Cómo se llamaba?

La cara de Laurie se llena de calor, y su vulnerabilidad me atraviesa de plano. Una añoranza penetrante y aguda, agridulce, como si hubiera algo que llevara faltándole demasiado tiempo. Suspira con pesadez y se da la vuelta para recostarse en el sofá a mi lado, y después levanta las rodillas y se las abraza. Cuando vuelve a hablar, lo hace en voz baja y mesurada, como la de una persona que da un discurso ensayado en el funeral de un ser querido.

—Ginny nació con un problema cardíaco, pero era una niña alegre y, madre mía, inteligentísima. Me daba mil vueltas. Era mi mejor amiga. —Guarda silencio durante un breve instante mientras se prepara para el impacto, como si supiera que contar la siguiente parte de la historia va a provocarle dolor físico—. Neumonía. Estaba aquí, y un instante después ya no. No creo que ninguno de nosotros haya llegado a superar su pérdida. Mis pobres padres…

Se interrumpe, porque lo cierto es que no es algo que pueda expresarse con palabras; unos padres jamás deberían verse obligados a enterrar a un hijo. Ya no se pellizca la piel; no creo que exista ningún mecanismo de afrontamiento capaz de distraerte de algo así.

En la tele, Nicolas Cage no para de dar tumbos en una motocicleta, todo acción y fuerza muscular, y aquí, en esta pequeña sala de estar, paso un brazo por encima de los hombros a Laurie y la estrecho contra mí. Las respiraciones profundas le sacuden el cuerpo, y apoya la cabeza en mi hombro y cierra los ojos. No puedo precisar el momento exacto en que se queda dormida, pero me alegro de que lo haga porque ahora mismo es lo que necesita. No me muevo, aunque probablemente debería hacerlo. No me levanto y me voy a la cama, aunque un hombre más listo lo haría. Me quedo donde estoy y le hago compañía mientras duerme, y me siento… Ni siquiera sé cómo me siento. En paz.

No hundo mi cara en su pelo.

15 de febrero

Laurie

Cuando me despierto, sé que hay algo que tengo que recordar, pero me siento como si tuviera el cerebro envuelto en una mullida capa de fieltro. «Es por el vino», pienso adormilada, y entonces abro los ojos y me doy cuenta de que no estoy en la cama. Sigo en el sofá, aunque con mi almohada debajo de la cabeza y acurrucada debajo de mi edredón. Una larga mirada a mi reloj de pulsera me informa de que pasan pocos minutos de las seis de la mañana, así que vuelvo a tumbarme y cierro los ojos para repasar toda la noche desde la parte que recuerdo con mayor facilidad.

Helado. Vino. Ryan Gosling remando en un bote. Cisnes. Está claro que había cisnes. Y, ostras, ¡Sarah se había pillado un buen pedal! Iré a verla dentro de un minuto, menos mal que Jack la trajo a casa. Jack. Oh, mierda… Jack

Mi mente entra directamente en modo pánico y me convence de que debo de haber dicho o hecho algo terrible y desleal y de que Sarah va a odiarme. Jack estuvo hablando conmigo, nos reímos, vimos la película y luego… Ah. Ahora lo recuerdo. «Ginny.» Vuelvo a deslizarme hacia el interior del refugio de mi edredón, cierro los ojos con fuerza y me permito recordar a mi dulce y preciosa hermanita. Los dedos finos, las uñas tan frágiles que eran casi traslúcidas, la única persona del mundo que tenía los ojos igual que los míos. Tengo que concentrarme muchísimo para rescatar su voz infantil de entre mis recuerdos, la alegría emocionada de sus risas, el brillo de su pelo rubio y liso bajo la luz del sol. Son recuerdos fracturados, desvaídos como fotografías dañadas por el sol. No me permito pensar en Ginny muy a menudo en el día a día; mejor dicho, no me lo permito nunca, porque después tardo mucho tiempo en aceptar el hecho de que simplemente ya no está aquí, en dejar de estar furiosa con todos los demás por respirar cuando ella ya no puede hacerlo.

Ahora recuerdo lo de anoche con claridad. No hice nada malo desde el punto de vista moral con Jack, al menos nada por lo que esta mañana deba sentirme culpable en el sentido tradicional; tengo claro que no le enseñé las tetas ni le confesé mi amor verdadero. Aun así, no puedo considerarme inocente por completo, porque la verdad es que sí crucé una línea, aunque fuera muy fina, casi invisible. La siento enredada alrededor de los tobillos como un sedal de pesca, dispuesta a hacerme tropezar y convertirme en una mentirosa en cualquier momento. Me permití acercarme demasiado. Solo necesité una botella de vino barato para bajar la guardia; un comentario inconscientemente dañino para desmoronarme como un castillo de arena abandonado cuando sube la marea.

5 de junio

Laurie

—¡Feliz cumpleaños, vejestorio!

Sarah me despierta haciendo sonar un matasuegras junto a mi cara y, con un gran esfuerzo, me incorporo hasta apoyarme en los codos cuando rompe a cantar el «Cumpleaños feliz».

—¡Gracias! —Le doy un aplauso tibio—. Y ahora, ¿puedo volver a dormir, por favor? Son las ocho de la mañana de un sábado.

Sarah frunce el ceño.

—Estás de broma, ¿no? Si te duermes otra vez, te perderás valiosas horas de cumpleaños.

Habla como uno de sus personajes favoritos de Disney.

—La última vez que lo comprobé, no éramos adolescentes estadounidenses en una serie de televisión cursi —gruño.

—Para de quejarte y sal de la cama ahora mismo. Tengo un montón de planes para ti.

Me dejo caer de nuevo sobre la almohada.

—Ya tengo plan: quedarme aquí hasta el mediodía.

—Eso puedes hacerlo mañana. —Señala con la cabeza la taza que ha dejado a un lado—. Te he preparado café. Te doy diez minutos, luego volveré y te despertaré de verdad y a lo bruto.

—Eres demasiado mandona —protesto, y me cubro los ojos con un brazo—. Yo ya tengo veintitrés años y tú sigues teniendo veintidós. Soy tan mayor que podría ser tu madre. Ve a adecentar tu habitación y a hacer los deberes.

Sarah vuelve a hacer sonar el matasuegras mientras sale, riéndose, y yo meto la cabeza debajo de la almohada. Cómo quiero a esa chica.

Hay dos fundas de ropa colgadas en el salón cuando salgo de mi habitación justo nueve minutos y medio más tarde, y Sarah está prácticamente dando saltitos a su lado. Lo que resulta aún más preocupante es que las fundas llevan estampado el logotipo de una empresa de alquiler de disfraces.

—Esto... ¿Sar...?

Empiezo a darme cuenta de que no estaba de broma cuando me ha dicho que tenía un plan.

—Te vas a quedar muerta cuando lo veas —dice con los puños apretados de la emoción, como un niño en un día de excursión con el colegio.

Dejo mi taza de café muy despacio.

—¿Lo miro ya?

—Sí. Pero primero tienes que prometerme que durante las próximas horas harás todo lo que te pida, sin hacer preguntas.

—Pareces una espía infiltrada. ¿Has vuelto a ver demasiadas películas de James Bond con Jack?

Me tiende una de las fundas, pero se aferra a ella cuando hago ademán de cogerla.

—Antes, prométemelo.

Me río y sacudo la cabeza, intrigada.

—Vale, te lo prometo.

Me cede la funda y da un pequeño aplauso, pero enseguida agita las manos para que me dé prisa y mire lo que contiene. Sosteniéndola en alto, la sacudo y luego abro la cremallera central unos centímetros para echar un vistazo a lo que hay dentro.

—Es rosa... —digo, y Sarah asiente deprisa.

Bajo la cremallera del todo y aparto la cubierta de plástico para dejar a la vista una chaqueta bomber de color rosa algodón de azúcar que reconozco al instante y unas mallas negras, todo ello de raso.

—¿Quieres que me disfrace de Pink Lady de *Grease* el día de mi cumpleaños?

Sarah sonríe y saca su propio disfraz.

—Pero no sola.

—Las dos somos Pink Ladies. —Hablo despacio, porque estoy algo confusa—. Es decir, podría afirmarse que ya me tiene prácticamente enamorada como tema de cumpleaños, pero ¿qué haremos una vez que estemos disfrazadas? Porque en The Castle vamos a dar un montón la nota.

—No iremos al pub.

A Sarah le brillan los ojos de la emoción.

—¿Puedo preguntar adónde iremos?

Se echa a reír.

—Puedes preguntarlo, pero no te lo diré.

—¿Por qué sabía que ibas a responder algo así?

Baja la cremallera de su chaqueta y mete los brazos en las mangas.

—Has visto la película, ¿verdad?

—Una o dos veces.

Pongo los ojos en blanco, porque hasta el último habitante del planeta ha visto *Grease* al menos diez veces, por lo general porque la echan por televisión el día de Año Nuevo y eres físicamente incapaz de moverte y buscar el mando a distancia.

Levanto mis mallas de raso con expresión dubitativa. La cinturilla mide unos quince centímetros de ancho.

—Espero que cedan —digo.

—Sí, ceden. Me las he probado a eso de las seis de la mañana.

Sus palabras hacen que sea consciente de lo mucho que se está esforzando por prepararme un cumpleaños divertido, así que la parte de mi mente que se siente constantemente culpable en estos momentos me da una buena colleja. Haya planeado lo que haya planeado para hoy, tengo que darle lo mejor de mí.

—Pues entonces, ¡vamos a disfrazarnos de Pink Ladies! —digo entre risas.

Mira su reloj de pulsera.

—Tenemos que marcharnos a las once. Ve a ducharte, que yo ya lo he hecho. Cuando salgas, yo me encargo de pintarte la raya del ojo.

Es mediodía, estamos en un tren que sale de la estación de Waterloo y no exagero si digo que nos estamos llevando un montón de miradas extrañas. No me sorprende, ya que hoy somos las únicas Pink Ladies que viajan a bordo, y sin duda lucimos el peinado y el maquillaje más llamativos. Sarah ha optado por una coleta alta y saltarina que parece moverse de forma independiente respecto de su cabeza, y entre las dos hemos ondulado la mía en unos rizos ensortijados que serían la envidia de la propia Olivia Newton-John. Sarah ha pensado en todo: vamos masticando chicle, llevamos pañuelos negros y desenfadados al cuello, unas gafas de sol de plástico y con el borde blanco puestas en la cabeza, y una lata de ginebra para el tren, para ir entrando en el ambiente de adondequiera que vayamos.

—¿No deberíamos ponernos un nombre falso?

Sarah se plantea mi pregunta muy en serio.

—¿Cuál te pondrías tú?

—Hummm… Es difícil. Creo que tiene que sonar *kitsch* y estadounidense, y de los años cincuenta, así que ¿qué te parece… Lula-May?

Me mira con aire pensativo.

—Me gusta cómo lo has resuelto. Bueno, pues si tú eres Lula-May, eso debe de convertirme en Sara-Belle.

—Encantada de conocerte.

—Un placer conocerte a ti también, Lula-May.

Inclinamos la cabeza la una hacia la otra con elegancia y luego entrechocamos las latas y bebemos ginebra para cimentar nuestra nueva amistad.

—¿Me dices ya adónde vamos?

—Tú confía en mí, jovencita. Te encantará.

Intenta imitar el acento del Sur Profundo, pero le sale fatal.

—Hablas más como John Wayne que como Sara-Belle —digo entre risas—. Creo que me pones.

Sarah mete nuestras latas vacías en los bolsillos traseros de los asientos de delante.

—Es mi energía sexual. No puedo contenerla. —Levanta la vista cuando la voz en off electrónica nos informa de que estamos llegando a Barnes—. Vamos. Esta es nuestra parada.

Lo primero que noto cuando salimos de la estación es que no somos las únicas personas que parecen extras de un remake de *Grease*. Los vestidos de *pin-up* y los trajes Teddy Boy se entremezclan con los habituales compradores de un sábado soleado a la hora de comer, y los esporádicos destellos de raso rosa me dicen que va a haber una buena cantidad de Pink Ladies.

—¡Sarah!

La voz de Jack resuena y el corazón me da un vuelco. He hecho todo lo posible por evitar pasar mucho tiempo con Sarah y con él últimamente, y por suerte ambos han estado tan liados con el trabajo que creo que se han alegrado bastante de no tener una tercera en discordia las noches que han pasado juntos. Y la verdad es que tengo la sensación de que empiezo a pensar menos en él. Puede que mis esfuerzos de control mental estén funcionando.

Entonces me fijo en quién está con Jack: Billy, uno de sus amigos, con el que he coincidido en varias fiestas. Ay Dios, por favor, que esto no sea otra cita a ciegas. Los chicos se acercan a nosotros y esbozan sonrisas un poco tímidas cuando prorrumpimos en exclamaciones sobre sus pantalones de pitillo negros y sus camisetas negras ajustadas de los T-Birds. Se han remangado hasta los hombros para acentuar sus bíceps y, a juzgar por sus respectivos tupés, han debido de dejar seco el tubo de gomina.

No sé adónde vamos, pero parece que, sea donde sea, iremos como un cuarteto. No es que me importe; es solo que no me esperaba que aparecieran los chicos, y Sarah y yo habíamos tenido hasta ahora la mejor mañana desde hacía mucho tiempo.

—Vaya, pero si no son nuestras citas para el baile de fin de curso.

Sarah se echa a reír y planta a Jack un beso en los labios que le deja rastros de carmín rojo en la boca. Él lleva unas gafas de sol de espejo que le ocultan los ojos; se parece más a James Dean que a John Travolta.

—Billy, estás... genial —digo, y él marca músculos, solícito.

Tiene uno de esos cuerpos que parecen cuidadosamente esculpidos en el gimnasio durante dos horas al día. De esos que no puedes dejar de admirar, al mismo tiempo que te provocan un desprecio absoluto.

—Popeye no me llega ni a la suela de los zapatos. —Se saca de la boca el palo de chupachups que va mordisqueando como complemento del disfraz y se agacha para darme un beso rápido en la mejilla—. Feliz cumpleaños.

Reparo en que Sarah está mirándonos y revuelvo los ojos. Típico de ella intentar que me líe con alguien que está clarísimo que no es mi tipo. Seguro que a Billy le gustan las mujeres rubias, tonificadas y dóciles. Me pregunto qué habrá tenido que prometerle Jack para que venga.

—¿Vamos, señoritas?

Jack ofrece el brazo a Sarah para que se agarre, y tras un momento de duda incómoda, Billy hace lo mismo conmigo.

—Vamos. —Sarah sonríe y entrelaza un brazo con el de Jack—. Laurie todavía no sabe qué vamos a hacer, así que no digáis nada.

Me río, un poco cohibida mientras me agarro del brazo de Billy.

—Creo que empiezo a hacerme una idea.

—Uf, qué va, ni de lejos. —Echamos a andar entre la multitud y a Sarah le brillan los ojos cuando me mira volviendo la cabeza hacia atrás por encima del hombro—. Pero ya te la harás.

No doy crédito a lo que estoy viendo.

—¿Qué es este sitio? —pregunto fascinada.

Estamos en una fila en zigzag formada por personas ataviadas con diversos disfraces de *Grease*, todas ellas entusiasmadas y sobreexcitadas. Una afectada voz de radio de instituto estadounidense restalla por los altavoces diciéndonos que no corramos por los pasillos y que si nos metemos mano en la cola terminaremos en el aula de castigo. Cuando llegamos a la entrada, pasamos por debajo de un enorme letrero arqueado que nos da la bienvenida al instituto de secundaria Rydell High; es de color rojo amapola y está iluminado con bombillas anticuadas.

—¿Te gusta?

Ahora Sarah está agarrada a mi brazo en lugar de al de Jack, y medio sonríe medio tensa el rictus con la respiración contenida mientras espera mi veredicto respecto a mi gran sorpresa de cumpleaños.

—¿Que si me gusta? —Sonrío, pasmada ante la envergadura de la actividad que se desarrolla delante mío—. No tengo ni idea de qué está pasando, pero, ¡joder, me encanta!

La reserva natural local de Barnes Common, por lo general sede de paseadores de perros y de partidos de críquet domingueros, se ha transformado hasta donde alcanza la vista en el maravilloso mundo mágico del *kitsch* de los años cincuenta estadounidenses. Hay camareras con patines sirviendo Coca-Cola con helado a las mesas situadas en la carpa al aire libre, y el campo está rodeado de puestos ambulantes de comida. Hay gente sentada sobre mantas de picnic, chicas con vestidos de volantes y gafas oscuras disfrutando del sol apoyadas sobre los codos mientras hacen pompas de chicle. Hay música por todas partes; una banda toca rock and roll de los años cincuenta para las enérgicas parejas que ocupan la pista de baile de madera de la carpa, y en todos los demás sitios las conocidas canciones de la banda sonora de *Grease* brotan de altavoces altos colocados por todo el perímetro. Alcanzo a ver hasta una academia de estética en la que unas chicas vestidas con un mono rosa ajustado y una peluca a juego pueden pintarte las uñas o retocarte la raya de los ojos. La gente grita y se da empujones en los coches de choque de color rojo cereza, y una noria enorme y reluciente preside todo el conjunto, con sus destellantes asientos rosas y blancos meciéndose suavemente con la brisa cálida.

—Aunque no hagamos nada más, quiero montar en esa noria —digo con un suspiro.

Es la mayor y más loca sorpresa de cumpleaños que me han dado en la vida. Me noto el corazón ligero como una pluma, igual que si estuviera atado a un globo de helio.

Jack

Este sitio es la leche de raro. No sé cómo se lo monta Sarah; la mayoría de la gente compra una tarta para el cumpleañero o se lo lleva a tomar una copa. Sarah no. Ella se las ha ingeniado para encontrar esta extravagancia, y no sé muy bien cómo nos ha liado a Billy y a mí para que seamos sus T-Birds de compañía durante todo el día. No hay muchas mujeres por las que haría algo así; protesté y estuve a punto de echarme atrás, porque, sinceramente, sonaba un poco a pesadilla, pero la verdad es que ahora que estamos aquí me mola bastante. «Cine Secreto», me dijo que se llama. Me esperaba un cine al aire libre y un par de camionetas de hamburguesas, y, en efecto, hay una pantalla gigante preparada para más tarde, pero, caray, este sitio es la caña. Me siento como si estuviera dentro de la película en lugar de viéndola, y creo que nos hemos buscado a las dos Pink Ladies más guapas de todo el sarao.

Sarah... Madre mía. Nunca hace nada a medias. Va caminando unos pasos por delante de mí y, con esas mallas negras tan ajustadas, sus piernas parecen el doble de largas de lo habitual. Siempre me ha encantado la sensación de tener que correr tras ella para seguirle el ritmo porque me mantiene alerta, pero últimamente va tan rápido que a veces me siento como si la perdiera de vista por completo. Es desconcertante, una ligera molestia que pisoteo cada vez que la alcanzo de nuevo.

Laurie también está guapa; es como un artículo de revista acerca de cómo el mismo conjunto puede quedar completamente distinto en dos chicas distintas. Los tacones altos y la coleta de Sarah revelan que es la chica más popular de la clase, mientras que las Converse y los rizos de muelle de Laurie son más típicos de la chica mona y discreta. Si fuéramos chavales de instituto, Sarah me daría un miedo que te cagas y Laurie sería la hermana de mi mejor amigo. Ni siquiera sé a qué viene este pensamiento. Son diferentes, tampoco hay que darle más vueltas.

—¿Qué opinas? ¿Crees que la cumpleañera y yo terminaremos enrollándonos? —me pregunta Billy, que pasea a mi lado—. Supongo que probaré suerte en lo alto de esa cosa.

Hace un gesto con la cabeza en dirección a la noria.

Desvío un instante la mirada hacia Laurie y siento un repentino deseo de protegerla. Billy es uno de esos tipos capaces de hacer cualquier cosa con tal de aumentar su lista de conquistas. La verdad es que no sé por qué le he pedido que venga, aparte de porque es el único de mis amigos lo bastante egocéntrico para pasarse todo un día jugando a los disfraces.

—Nada de meterse mano, Bill. Ya has oído las reglas.

—Esto es el instituto, donde las reglas están hechas para romperse, amigo mío.

Billy me guiña un ojo justo cuando Sarah se vuelve hacia nosotros, señala hacia el otro lado del campo y nos interrumpe antes de que pueda añadir nada más.

—Vamos, parejita. Quiero montarme en los coches de choque.

Empiezo a desear haber invitado a cualquier otra persona que no fuera Billy a venir hoy. Hasta el momento, ha hecho sonar tres veces la campana de esa atracción en la que golpeas una plataforma con un martillo para medir tus fuerzas, a pesar de que ninguna otra persona de todo el recinto ha logrado hacerlo ni una sola vez, y ahora le ha pasado un brazo sobre los hombros a Laurie mientras maneja el coche de choque que comparten con la maestría de un piloto de Fórmula 1.

Lo imito y rodeo a Sarah con un brazo al mismo tiempo que vuelvo la cabeza y doy marcha atrás para impactar de plano con ellos, que salen despedidos dando vueltas entre una lluvia de chispas eléctricas. Sarah grita y se ríe a mi lado cuando Billy nos devuelve el golpe y empuja nuestro coche violentamente contra la pared de neumáticos, además de hacerme un sutil gesto obsceno con el dedo por encima de los hombros de Laurie mientras se alejan. ¿Qué haría John Travolta ahora mismo?, me pregunto. ¿Y quién es Sandra Dee en esta situación? Sarah es demasiado atrevida, es Frenchy hasta la médula. No es que esté diciendo que Laurie sea la Sandy de mi Danny, porque eso sería jodido. De todas formas, puede que Billy sea más Danny que yo, con esos músculos de Popeye y esa mentalidad de líder de la manada. Lo veo ayudar a Laurie a salir de su coche cuando los motores se apagan, aferrarse a su mano y hacerla girar hacia él, un vendaval borroso de rizos oscuros vestido de raso rosa. Espero que no se deje engañar por Billy.

A ver, que es cosa suya, pero Billy puede ser bastante tío: todo es juerga y risas. Quizá sea eso lo que le gusta a Laurie. Joder, ¿y si Billy decide volver a Camden con nosotros? ¡Ja! A Laurie está sonándole el móvil en el bolsillo de la chaqueta rosa. *Telephonus Interruptus*, amigo.

Laurie

Este va camino de convertirse en uno de los días favoritos de mi vida.

Me he achispado a base de cócteles Pink Lady, me he reído hasta tener dolor de costados, Billy es más divertido de lo que había imaginado y todo el mundo está de un humor gracioso y carnavalesco. Hasta el tiempo ha cooperado y nos ha bañado en el mejor tipo de perezoso calor inglés, ese que siempre hace que me salgan pecas en el puente de la nariz.

Si a la luz del día ya pensaba que este evento era genial, ahora que empieza a caer la noche me parece aún más alucinante. En el estand de los T-Birds están representando un espectáculo; una compañía de flexibles bailarines masculinos vestidos de cuero negro va dando saltos por toda la impresionante hilera de *muscle cars* importados mientras canta en micrófonos de pie cromados y baila sobre los capós. Por todas partes hay gente bailando y recostada bajo la neblina arcoíris que proyectan las relucientes luces en tonalidad pastel de las atracciones de feria, y el entusiasmo por la proyección de la película, que empezará alrededor de las diez, no para de crecer.

Sarah acaba de descubrir que posee un talento natural para bailar rock and roll (cómo no) y, dado que Jack se ha echado atrás alegando entre risas que carece de ritmo, ha convencido a Billy para que sea su pareja en el concurso que se celebrará después de la clase magistral.

Jack y yo nos situamos en los márgenes de la multitud que los observa, y veo que Sarah rezuma esa mezcla de brillantina y agallas que tanto la caracteriza; está ahí, en el balanceo extrapícaro de su coleta y en la posición elevada de su barbilla. Menos mal que Billy parece tener unos cuantos buenos pasos escondidos en la recámara. No sé si es por la cantidad de cócteles que me he tomado, pero empieza a parecerme mucho más atractivo que al principio del día. Cuando estábamos en la cola de los coches de choque, me ha enseñado fotos de su hermano pequeño, Robin, una sorpresa muy inesperada para su madre de cuarenta y tantos años. No puede decirse que a Billy le haya importado pasar de ser hijo único a ser hermano mayor a estas alturas de la vida; me ha mostrado con gran orgullo una foto de Robin soplando las velas de cumpleaños en la tarta que Billy le había hecho con sus propias manos. No era una obra maestra, pero cualquier chica que tuviera curiosidad por saber si Billy podría llegar a ser un buen padre algún día no necesitaría más que oírle hablar de Robin para saber que debajo de esos músculos no hay más que algodón de azúcar. Lo observo ahí arriba, con Sarah, ambos con una expresión de concentración absoluta en el rostro. Seguro que tienen preparada su mejor jugada; casi me dan lástima los demás concursantes.

—A Sarah le encantan estas cosas —digo, y sorbo limonada por una pajita de rayas rojas y blancas porque me estoy tomando un descanso de los cócteles.

—Solo espero que ganen —dice Jack riendo.

Sé a qué se refiere. Una Sarah feliz implica que todos estemos felices.

Me vibra el teléfono; es la segunda vez que mi madre me llama hoy. Ya le he dicho que iba a estar fuera todo el día, pero creo que está pasándolo un poquito mal ahora que tanto Daryl como yo nos hemos ido de casa. Me planteo devolverle la llamada, pero no quiero interrumpir este momento.

Desvío la mirada hacia la noria. Parece aún más grande ahora que está iluminada.

—Confío en que nos dé tiempo a montar en la noria antes de que empiece la película —digo.

Jack frunce el ceño y mira el reloj.

—Vamos bastante justos.

Asiento.

—Sobre todo si consiguen llegar a la final.

—Y llegarán.

Tiene razón. No me cabe la menor duda de que el espíritu danzarín de Sarah los catapultará hasta el último duelo.

Jack se queda callado un momento, mira hacia otro lado y luego de nuevo hacia mí.

—Si quieres, puedo llevarte a montar ahora. —Se ríe a medias, avergonzado—. Considéralo mi regalo de cumpleaños, ya que me he olvidado de comprarte otra cosa.

Resulta curiosamente anticuado por su parte ofrecerse «a llevarme a montar» en la noria, como si necesitara que me acompañaran, pero la pregunta encaja a la perfección en este entorno igual de curiosamente anticuado. Me pongo de puntillas para llamar la atención de Sarah y advertirle que volveremos dentro de diez minutos, pero toda su concentración está volcada en escuchar al profesor de la clase magistral. Vuelvo a mirar a mi espalda, hacia la hermosísima noria.

—Sería un verdadero placer, Jack. Gracias.

Un chico vestido con unos pantalones chinos blancos y un jersey del instituto Rydell High anudado de manera informal alrededor de los hombros baja la barra cromada sobre nuestras rodillas y nos mira con las cejas enarcadas mientras le da unos tirones para asegurarse de que está bien sujeta.

—A lo mejor te interesa abrazar a tu chica, amigo. Las cosas pueden dar un poco de miedo ahí arriba.

Estoy convencida de que dice variaciones de ese mismo comentario a todas las parejas que suben a la atracción; aun así, ambos nos apresuramos a corregirlo.

—Uy, no somos… —tartamudeo al mismo tiempo que Jack se lanza con:

—Ella no es mi… Solo somos amigos.

El chico del jersey nos guiña un ojo con complicidad.

—Es una pena. Hacéis buena pareja.

La noria se tambalea un poco para avanzar un puesto y que se llene la siguiente cabina. Cierro los ojos durante un segundo porque no tengo ni idea de qué decir ahora.

—No serás una cagona, Laurie…

—¡Para nada! —contesto riendo. Curvo los dedos en torno a la barra y me acomodo en el asiento acolchado de vinilo de color frambuesa de la cabina, con los pies apoyados en el reposapiés cromado—. No tienes miedo a las alturas, ¿verdad?

Jack se asoma por el borde de la cabina y me mira de reojo, con los brazos extendidos por encima del asiento y las palmas de las manos hacia arriba, como si le hubiera hecho una pregunta estúpida.

—¿Parezco alguien que se asusta con facilidad?

«Muérete de envidia, Danny Zuko», pienso. Sin embargo, su forma de tamborilear con los dedos en la parte superior de la cabina, cerca de mi hombro, me lleva a considerar que no está tan relajado como podría sugerir su apariencia externa. No sé qué es lo que lo hace estar tenso; montarse en la noria sin Sarah, o simplemente estar montado en la noria… o estar montado en la noria conmigo. Suspiro, y cuando estoy a punto de preguntárselo, se oyen los compases iniciales de «Hopelessly Devoted To You» y la noria comienza a girar.

Decido olvidarme de mi pregunta. A fin de cuentas, es mi cumpleaños, y me encantan las norias y estoy con Jack, que no puedo evitar que me guste más cada vez que lo veo. Y eso es bueno. Lo digo en serio, con la mano en el corazón, de verdad. Es bueno porque está claro que a Sarah y a él les va genial juntos, y a ella la quiero como a una hermana.

En general, tengo bastante aceptada la situación. Es lo que hay. Si las cosas hubieran sido distintas, si yo lo hubiera encontrado antes, tal vez ahora mismo me tendría abrazada y estaría a punto de besarme hasta el atontamiento mientras ascendemos hacia la cima de la noria. Quizá estuviéramos locamente enamorados. O puede que no hubiéramos encajado para nada como pareja romántica y que el mejor resultado para todos haya sido precisamente el que se ha dado. Jack forma parte de mi vida y me alegro por ello. Con eso basta.

—Uau —murmuro distraída por las vistas cuando ganamos altura.

Barnes Common está adornado con banderitas y luces: las letras de neón de los puestos ambulantes de comida, los destellos discotequeros de la carpa de baile, las velas de las mesas de caballete a las que ya empiezan a sentarse los primeros ocupantes para coger sitio en el césped cerca de la gran pantalla. Subimos aún más y alcanzamos a ver más allá del recinto, hasta las calles estrechas del sudoeste de Londres, resaltadas por farolas lechosas.

—Estrellas —dice Jack, que echa la cabeza hacia atrás para mirar al cielo cuando nos acercamos a la cima.

Lo imito y contemplo las estrellas a su lado, y durante unos segundos permanecemos ahí colgados, casi en lo más alto de la noria, como si fuéramos las dos únicas personas del mundo.

—Feliz cumpleaños, Laurie —susurra Jack con el semblante serio cuando me doy la vuelta para mirarlo.

Asiento con la cabeza y trato de sonreír, pero descubro que los músculos de mi cara son incapaces de hacerlo, porque me tiembla la boca como si estuviera a punto de echarme a llorar.

—Gracias, Jack —digo—. Me alegro de pasarlo contigo… —Me interrumpo, y luego, para ser más clara, añado—: Contigo y con los demás.

—Yo también.

Nuestra cabina corona la cima, da una sacudida al detenerse y además comienza a balancearse con la brisa, así que se me escapa un chillido y me agarro a la barra con las dos manos. Jack se ríe con ganas y me pasa un brazo por los hombros; noto la cálida presión de su costado contra el mío.

—Tranquila, estoy aquí.

Me da un apretón breve y alentador, agarrándome firmemente con los dedos, y después se arrellana de nuevo y vuelve a colocar el brazo a lo largo del respaldo del asiento.

El estómago se me encoge despacio cuando yo también me recuesto, y me avergüenza decir que no guarda ninguna relación con el hecho de que estemos suspendidos en lo alto del cielo del Barnes Common y sí mucha con la sensación de estar a solas en esta vieja y preciosa noria con Jack O'Mara. Bombillas antiguas, de color rosa y verde menta, iluminan los radios de la noria mientras gira y proyectan sombras sobre los rasgos de Jack cuando volvemos a movernos lentamente.

Olivia Newton-John sigue cantando sobre su desesperadamente entregado corazón. Sé cómo se siente.

Me llevo la mano al colgante, acaricio con los dedos la forma familiar de la piedra plana y morada para tranquilizarme. Esta mañana he tenido una crisis de cinco minutos porque era incapaz de encontrarlo; me he puesto a llorar cuando por fin Sarah la ha visto incrustada entre las grietas de los tablones del suelo de mi habitación. De todas mis posesiones, este colgante es la más preciada. Ginny tenía uno igual; sé que es una tontería, pero creo estar más conectada a ella cuando me lo pongo.

Mierda. Otra llamada perdida de mi madre. Me siento la peor hija del mundo cuando abro el mensaje que acaba de enviarme en vista de que no le contesto.

> Laurie, cariño, siento mucho decírtelo en un mensaje, y más sabiendo que es tu cumpleaños, pero sé que querrías enterarte cuanto antes. Es papá, está en el hospital, cielo, le ha dado un ataque al corazón. Llámame lo antes posible. Te quiero. Mamá xx

Y sin más, uno de los mejores días de mi vida acaba de convertirse en uno de los peores.

12 de diciembre

Laurie

Me siento como si alguien me hubiera forrado las botas con plomo. El trabajo ha sido un caos absoluto, llevamos varias semanas sin parar de atender una reserva de fiesta de Navidad detrás de otra y tengo tal dolor de pies que parece que hubiera corrido un maratón. Estoy hecha un puñetero guiñapo. La recuperación de mi padre ha sido más lenta de lo que los médicos esperaban, y desde entonces no ha parado de acumular problemas de salud. Ha pasado de ser mi robusto y despreocupado padre a tener un aspecto débil y pálido, y todo indica que mi madre ha seguido el mismo camino, porque está preocupadísima por él. Siempre han sido una pareja bastante glamurosa; papá le saca diez años a mamá, pero hasta ahora nunca se había notado. Últimamente no puede decirse lo mismo. Mi padre cumplió sesenta años el año pasado, pero ahora aparenta diez más; cada vez que lo veo, quiero meterlo en un avión con destino a un clima más soleado y dedicarme a alimentarlo. No es que mi madre no esté haciendo cuanto está en su mano, pero da la sensación de que su vida es una larga sucesión de citas con especialistas y restricciones dietéticas, y eso está pasando factura a ambos. Voy a casa tan a menudo como puedo, pero es inevitable que mi madre sea la que soporta la mayor parte de la carga.

La Navidad me ofende la vista mire a donde mire; hace ya unas cuantas horas que estoy de compras y he llegado a ese punto en el que te entran ganas de apalear a Rudolph, asesinar a Mariah Carey y estrangular con la tira de espumillón más cercana a la siguiente persona que te empuje. Llevo veinte minutos esperando en una cola interminable y que apenas avanza junto a la caja de una tienda de música, aferrada a un cofre de películas que ni siquiera estoy segura de que mi hermano vaya a ver en su vida, y la verdad es que podría quedarme dormida de pie. Teniendo en cuenta que es una tienda de música, cualquiera pensaría que podrían poner algo más vanguardista que a Noddy Holder gritando «It's Christmas!» a pleno pulmón. ¿Y qué clase de nombre es Noddy? Me sorprendo preguntándome si nacería con las orejas grandes y si su madre estaría demasiado puesta de óxido nitroso para que se le ocurriera otra cosa.

—¡Laurie!

Me doy la vuelta al oír que alguien me llama y descubro a Jack agitando un brazo sobre las cabezas de la cola que serpentea a mi alrededor. Sonrío, aliviada ante la visión de un rostro familiar, y luego pongo los ojos en blanco para transmitirle cómo me siento estando aquí atrapada. Bajo la mirada hacia el cofre y reconozco que, al fin y al cabo, mi hermano preferiría una botella de Jack Daniels, así que me doy la vuelta y me abro camino hacia el final de la cola molestando a casi todo el mundo yendo a contracorriente. Jack me espera al lado del expositor de los CD más vendidos, envuelto en su voluminoso abrigo de invierno y su bufanda, y suspiro porque de pronto me invade el recuerdo de cuando lo vi en la parada del autobús. Ya han pasado un par de años, y no suelo pensar ya en aquel día; mi disciplina en la misión de reemplazar todos mis pensamientos díscolos sobre Jack por otros más convenientes ha dado fruto. Dicen que al cerebro humano le gusta seguir patrones repetitivos, y me he dado cuenta de que es muy cierto. Ahora Jack ocupa un lugar apropiado en mi vida, como amigo y como el novio de mi mejor amiga, y a cambio me permito disfrutar de su compañía, que me encanta. La verdad es que me cae muy bien. Es gracioso, e increíblemente cariñoso y atento con Sarah. Y el día de mi cumpleaños me salvó la vida al hacerse cargo de la situación cuando me desmoroné por completo en medio del Barnes Common. En un abrir y cerrar de ojos estábamos en el asiento trasero de un taxi, con el billete de tren a casa reservado antes incluso de que llegáramos a Delancey Street. A veces solo necesitas a alguien que te diga lo que tienes que hacer, y ese día Jack estuvo más que a la altura.

—Pareces tan impresionada como yo con esta chorrada de las compras navideñas —dice mientras vuelve a guardar en el estante el CD que estaba mirando sin mucho interés. Ambos echamos a andar hacia la salida de la tienda—. Aunque está claro que has tenido más éxito que yo. —Echa un vistazo a mis bolsas—. Trae, dámelas.

No protesto cuando me libera del peso. Las asas se me han clavado en la palma de la mano y la tengo llena de marcas rojas, así que flexiono los dedos doloridos con alivio. Cuando salimos a Oxford Street el suelo está cubierto de nieve pisoteada, pues los restos de la nevada de hace unos días todavía no han desaparecido porque el viento ártico sopla directamente desde el norte. Jack se saca un gorro de lana del bolsillo y se lo encasqueta en la cabeza fingiendo un escalofrío.

—¿Te quedan muchas cosas por comprar? —pregunto.

Se encoge de hombros.

—Solo lo de Sarah. ¿Alguna idea brillante? —Me mira de soslayo mientras caminamos acompasando nuestros pasos a los de la bulliciosa multitud—. Por favor, dime que sí.

Me devano los sesos. No es una persona a la que resulte difícil hacerle regalos, pero lo que Jack le compre debería ser algo especialmente personal.

—¿Una pulsera o un colgante?

Pasamos junto a una joyería de High Street y nos detenemos para mirar el escaparate, pero nada de lo que hay en él lleva escrito el nombre de Sarah.

Frunzo la nariz y suspiro cuando nos refugiamos en la entrada.

—Es todo un poco demasiado… No sé. No hay nada lo bastante único.

Jack asiente, luego entorna los ojos y mira el reloj.

—¿Tienes prisa?

—No mucha —contesto con muy pocas ganas de afrontar la caminata de vuelta a casa.

—Genial. —Sonríe y entrelaza su brazo con el mío—. Ven conmigo, sé justo adonde ir.

Jack

Ir de compras con Laurie es mucho más fácil que hacerlo solo. Acabamos de doblar la esquina de Oxford Street en dirección al bazar de antigüedades de Chester, un lugar del que conservo un recuerdo vago y que espero que siga ahí.

—¡Uau! —murmura Laurie, y cuando entramos en el alto edificio de ladrillos de terracota abre mucho los ojos azules violáceos.

Vine aquí hace años, cuando era niño, para ayudar a mi padre a buscar un regalo especial para el cumpleaños de mi madre. Es un recuerdo vívido; puede que se tratara de un cumpleaños señalado, uno de los que dejan huella. Encontramos un conjunto de brazaletes de plata muy finos, con piedras de ámbar, y mi padre pidió que les grabaran los nombres de toda la familia en la cara interior. Mi madre se lo ponía a veces cuando él aún vivía, en Navidad y en otras fechas especiales. También lo llevó el día de su funeral, y no recuerdo haberla visto sin los brazaletes desde entonces.

Me alegra comprobar que el bazar no ha cambiado mucho en los años transcurridos desde entonces, que sigue siendo la misma cueva de Aladino de puestos retro.

—¡Este sitio es alucinante! No tenía ni idea de que estaba aquí.

—La verdadera Londres. —Me guardo el gorro en el bolsillo del abrigo y me paso la mano por el pelo porque se me ha quedado pegado a la cabeza—. ¿Por dónde quieres empezar?

Laurie se echa a reír y le brillan los ojos mientras lo observa todo encantada.

—No lo sé. Quiero verlo entero.

—No te pases. Estaremos aquí hasta Navidad.

Comienza a caminar entre los puestos y la sigo; acaricia con los dedos la cabeza de un leopardo tallado, suelta exclamaciones ante vitrinas cerradas y llenas de preciosos diamantes de primera calidad y después se entusiasma de la misma forma con la bisutería de *strass* de la tienda de al lado. Sonríe, tímida, cuando el dueño de un puesto de sombreros retro la mira y le ofrece una boina con visera, hecha de tweed de la isla de Harris en tonos violáceos, para que se la pruebe. Está claro que el vendedor sabe de sombreros, porque Laurie se transforma en una granujilla de los sesenta en cuanto se coloca la boina encima de los rizos rebeldes. Solo consigue dominar el sesenta por ciento de su pelo, y eso en el mejor de los casos, así que ahora mismo parece una huérfana de la calle sacada de *Oliver Twist*. Los tonos lavanda del tweed resaltan el color de sus ojos, pero también hacen destacar las ojeras oscuras y amoratadas que los rodean. Me sobresalto al reparar en lo agotada que está, y no se trata de un agotamiento nivel «necesito acostarme pronto», sino nivel «he pasado los meses más asquerosos de mi vida». Son los ojos de una persona que está preocupada y que lleva bastante tiempo estándolo. Caigo en la cuenta de que ni siquiera le he preguntado cómo lo lleva.

Se quita la boina tras examinarse desde todos los ángulos en el espejo de mano dorado que el vendedor sostiene amablemente ante ella y da la vuelta a la pequeña etiqueta para mirar el precio. Se la devuelve con un gesto de negación melancólico. Es una pena. Le quedaba muy bien.

—¿Y ahí? —pregunta un poco más tarde.

Hemos considerado y después descartado la idea de comprar a Sarah una acuarela pequeñita, y catalogado un colgante de turquesa de la década de 1920 como una clarísima posibilidad, pero en cuanto entramos en una tiendecita de perfumería sé que es aquí donde encontraremos el regalo perfecto. Laurie parece una niña con zapatos nuevos, no para de soltar «¡oh!» y «¡ah!» mientras señala los elaborados frascos bruñidos y los aromas exóticos. Pero de repente esboza una sonrisa tan radiante como un rayo de sol.

—Jack, ven aquí —me dice a la vez que hace gestos para que acuda a su lado a ver lo que acaba de desenterrar de la parte trasera de una estantería.

Me asomo por encima de su hombro para mirar lo que atesora, y doy gracias al cielo por no haber comprado aún el colgante de turquesa. La polvera dorada en forma de concha que descansa en la mano de Laurie es tan Sarah que sería un error que perteneciera a cualquier otra mujer del mundo. Basándome en mi amplia experiencia como espectador de programas televisivos de antigüedades, diría que es *art déco*; es lo bastante grande para llenar con holgura la palma de Laurie y tiene una sirena esmaltada incrustada en la tapa. Se parece a Sarah en las olas caoba que le caen por encima del hombro como una cascada y en el valle pronunciado y coqueto de la cintura. Laurie me la entrega con una sonrisa de ojos relucientes.

—Misión cumplida.

Me siento satisfecho por el peso del regalo. Es digno de Sarah, algo que dice: «Me fijo en todo lo tuyo y eres muy valiosa para mí».

—Suspende la búsqueda —digo mientras rezo para que no cueste más que una hipoteca pequeña. Cuando doy la vuelta a la etiqueta, suelto un suspiro de alivio: parece que podré seguir permitiéndome la cerveza—. Me alegro de haberme encontrado contigo.

Curioseamos por la tienda mientras la dueña envuelve la polvera, pues tarda un rato en encontrar una funda de terciopelo que le vaya bien y en recubrir el paquete con papel de seda y lazos. Creo que lo más probable es que me haya echado un vistazo y haya llegado a la conclusión de que, si lo dejaba en mis manos, lo envolvería en papel de aluminio o algo así. Se equivoca, pero no por mucho, y me alegro un montón de no ser yo quien tenga que pelearse con la cinta adhesiva.

Ya es casi de noche, a pesar de que apenas son las cuatro de la tarde, cuando Laurie y yo salimos de nuevo a la calle.

—¿Una cerveza para celebrarlo? Te la debo por haberme ayudado —le digo. Tiene pinta de necesitar un rato de tranquilidad y una buena charla—. A saber con qué habría terminado Sarah sin ti. Con un ramo de flores de gasolinera y unas bragas chungas de *sex shop*. O algo así.

Laurie se ríe y se sube un poco la manga del abrigo para mirar la hora como si tuviera que ir a algún sitio.

—Vale —contesta.

Me sorprende, porque estaba seguro de que se largaría a toda prisa.

—Buena chica. Conozco un sitio que está justo a la vuelta de la esquina. Un pub como es debido, no uno de esos bares de moda donde nunca puedes sentarte.

Agacho la cabeza para protegerme de los primeros copos de nieve con los que me azota el viento cortante y le pongo una mano en la espalda para guiarla hacia una pequeña bocacalle.

Laurie

En cuanto cruzamos las puertas con vidrieras del pub me alegro de no haber rechazado la invitación. Capto los tranquilizadores aromas del fuego de carbón y de la madera pulida con cera de abeja; los reservados con asientos capitoné de cuero verde oscuro son hondos y cómodos, pensados para largas y relajadas sesiones de copas. Un viejo y su adormilado jack russell son los otros dos únicos clientes. Es uno de esos pubes sin pretensiones que sabes que llevan décadas sin cambiar, con un suelo de baldosas rojizas sin esmaltar y un marco de latón a lo largo de toda la barra bien surtida.

—¿Una copa de tinto? —me pregunta Jack, y asiento, agradecida, mientras recupero las bolsas que me tiende—. Ve a coger sitio junto al fuego, ahora llevo las bebidas.

Me hago con el mejor reservado de la casa, el más cercano a la fuente de calor. Me dejo caer en el banco y pongo mis compras debajo de la mesa; luego me retuerzo para quitarme el abrigo empapado y lo cuelgo en la barandilla de madera que hay en el extremo del reservado para que más tarde esté calentito. Los abrigos calentitos me recuerdan a mi casa; cuando éramos pequeños, mi padre instaló un radiador extra detrás del perchero para que en invierno siempre tuviéramos el abrigo caliente antes de marcharnos al colegio por la mañana.

—Un tinto para la señorita —bromea Jack cuando aparece con una copa de vino de color rubí y una pinta.

Me imita y cuelga su abrigo en la otra barandilla, como si hubiéramos marcado nuestro territorio, conquistado esta diminuta sala para dos.

—Es lo mejor del invierno —dice, y se frota las manos con ganas delante del fuego antes de deslizarse por el banco de cuero que tengo enfrente y acercarse la pinta—. Dios, cómo la necesitaba.

Da un trago largo y se relame con gusto.

El vino está templado, tiene un intenso regusto a pimienta y grosellas negras.

—Gracias por ayudarme hoy —añade—. Jamás habría encontrado algo tan perfecto sin ti.

Sonrío, porque sé que a Sarah va a encantarle la polvera.

—La dejarás superimpresionada.

—Juraré que todo ha sido cosa mía, por supuesto.

—Tu secreto está a salvo conmigo.

Bebo un poco más y noto que el alcohol comienza a obrar su magia.

—¿Has sabido algo de Sarah?

—Hoy no. —Jack niega con la cabeza—. Me llamó ayer. Desde luego, parece que se lo está pasando en grande. Apenas pude oírla.

A mí también me llamó ayer desde un bar y, por lo que Jack acaba de contarme, diría que justo después de hablar con él. Hace unos días que mi amiga se marchó a casa de sus padres para celebrar el decimoctavo cumpleaños de su hermana.

—Me puso a Allie al teléfono y me pareció que iba como una cuba. —Jack se echa a reír; ya se ha bebido la mitad de la pinta—. ¿Conoces a su hermana? Son como dos gotas de agua cuando están juntas. ¡Vaya par!

Miro hacia el fuego un segundo y asiento con la cabeza.

—Ya. Han debido de dar muchísima guerra a sus padres.

Jack se queda callado y se aclara la garganta.

—Lo siento, Laurie. No era mi intención… Bueno, ya sabes.

No pronuncia el nombre de Ginny, pero sé que esa es la razón por la que está disculpándose y, por enésima vez, desearía no habérselo contado. Este es precisamente el motivo por el que nunca hablo de ella; la gente se siente obligada a ofrecer sus condolencias o a recurrir a tópicos cuando en realidad no es capaz de aportar nada útil. No es una crítica. Es solo una realidad vital de mierda.

—¿Irás a pasar la Navidad con tu madre?

Desvío la conversación hacia un tema más seguro y noto que se relaja.

—Sí, pero cuando termine mi último turno en Nochebuena. —Se encoge de hombros—. Me tocará cerrar temas, atar cabos sueltos, ya sabes, esas cosas.

Un par de tintos más tarde, por fin empiezo a relajarme. Me había olvidado de lo agradable que es sentarse a charlar con Jack.

—¿Crees que seguirás en la radio toda tu vida?

—Desde luego. Me encanta. —Un destello de interés le ilumina los ojos—. Además, allí a nadie le importa si te has peinado o si llevas puesta la misma camiseta del día anterior.

Me río en voz baja, porque sé que a pesar de sus esfuerzos por parecer pasota Jack es ambicioso en extremo. Siempre que no está con Sarah, está haciendo bolos o trabajando, sobre todo en producción, aunque de vez en cuando sigue sustituyendo al DJ habitual del programa nocturno, curtiéndose como presentador. No me cabe ninguna duda de que dentro de unos años su voz me llegará desde algún sitio a través de las ondas mientras me tomo los cereales del desayuno o concilio el sueño en mi cama. Esa idea me resulta extrañamente reconfortante. Yo, por otro lado, no he avanzado ni un paso en mi carrera en el mundo de las revistas. No puede decirse que haya sido mi principal prioridad a lo largo de los últimos meses.

Pedimos otra ronda, y siento el calor del alcohol y del fuego en las mejillas.

—Qué bien se está aquí —digo, y apoyo la barbilla en una mano para mirarlo—. El fuego, el vino. Es justo lo que necesitaba. Gracias por traerme.

Jack asiente.

—¿Cómo estás, Lu? De verdad, quiero decir. Sé que estos últimos meses no han sido fáciles para ti.

«Por favor, no te pongas intuitivo, me desarmarás.» Que me haya llamado Lu tampoco ayuda; Sarah es la única que me llama así, y ella no lo sabe, pero solo ha habido otra persona en el mundo que me acortara el nombre a Lu: Ginny. Cuando era muy pequeña no sabía pronunciar «Laurie»; Lu le resultaba más fácil y después siguió utilizándolo.

—Estoy bien —contesto con un gesto de indiferencia a pesar de que dista mucho de ser cierto—. Casi siempre. A veces. —Clavo la mirada en el fuego e intento mantener a raya el nudo que se me ha formado en la garganta—. Es como si mi familia estuviera gafada, ¿sabes? Mi padre es nuestra piedra angular, siempre lo ha sido.

—¿Va mejorando?

Aprieto los labios hasta convertirlos en una línea fina, porque la verdad es que no lo tenemos muy claro.

—Un poco —respondo—. Ahora ya ha superado casi por completo lo del ataque al corazón, pero, en retrospectiva, parece que eso no fue más que el principio. Toma tantas pastillas que si lo agitáramos parecería un sonajero, y encima mi pobre madre ha tenido que hacerse cargo de todo: citas con terapeutas, dietistas, especialistas, y eso por no hablar de la gestión de todas las cuentas y facturas del hogar. Es como si no se acabara nunca.

Bebo un gran trago de vino. ¿Te has fijado alguna vez en que hay acontecimientos vitales que terminan convirtiéndose en los grandes pasos que separan una etapa de tu vida de la siguiente? Y no me refiero solo a esos pasos que tienes intención de dar, como independizarte, buscar un trabajo nuevo o casarte con la persona a la que amas en una tarde de verano. Me refiero a los pasos inesperados: a las llamadas en mitad de la noche, a los accidentes, a los riesgos que no compensan. Mi vigésimo tercer cumpleaños resultó ser uno de mis pasos inesperados; me apartó de los sólidos cimientos que mis denodados padres habían construido y me empujó hacia unas arenas movedizas en las que ellos son frágiles y demasiado humanos, en las que ellos me necesitan a mí tanto como yo a ellos. Ha puesto mi mundo patas arriba; los nervios me atenazan cada vez que suena el teléfono, y en el fondo del estómago tengo una fosa séptica que rezuma miedo sin parar. Si tuviera que resumirlo en una sola frase, diría que me siento acechada. Estoy en el punto de mira, esperando una bala que tal vez llegue o tal vez no, corriendo, mirando hacia atrás por encima del hombro, preparada para el impacto. Sueño con mi hermana la mayor parte de las noches: Ginny subida a hombros de mi padre, animándome en el día de los deportes de mi colegio de primaria; Ginny agarrada con fuerza a su mano mientras cruzan una calle muy transitada y me dejan atrás; Ginny dormida en brazos de papá en el jardín del pub al que íbamos de vez en cuando en verano cuando éramos pequeños, con el pelo rubio tapándole la mitad de la delicada cara.

—Solo quiero que mi padre vuelva a ser el hombre grande y fuerte de siempre, ¿sabes?

Odio captar el espesor de las lágrimas en mi voz. Y que Jack también deba de ser capaz de oírlo.

—Uf, Laurie —dice en voz baja y consoladora, y después rodea el reservado para sentarse junto a mí y pasarme un brazo por los hombros—. Pobrecita, últimamente pareces agotada.

Ni siquiera me queda energía para molestarme por su comentario. No puedo negarlo. Estoy hecha polvo. Creo que ni siquiera era consciente de lo mal que estaba porque, bueno, la vida sigue, ¿no? Pero aquí, sentada en este pub, sintiéndome aislada de todo lo demás, el peso de los últimos meses me cae encima como una losa. Estoy tan exhausta que tengo la sensación de desintegrarme bajo la ropa.

—A veces la vida puede ser una verdadera mierda —dice Jack, que aún mantiene un brazo cálido y tranquilizador sobre mis hombros—. Todo volverá a ir bien. Siempre sucede.

—¿Tú crees? Suena estúpido, pero me siento como si estuviera fracasando en todo. En mi vida en Londres, sin un trabajo decente. A lo mejor debería volver a casa. Estar con mis padres, echar una mano a mi madre.

—No digas eso, Laurie. Estás en horas bajas, pero no acabada. Tus padres se las arreglarán, y no querrían que renunciases a tus sueños. Lo conseguirás, estoy seguro.

—¿Eso piensas?

—Vamos… ¡Mírate! Eres inteligente y divertida; no te quedarás atrapada detrás de ese mostrador de recepción para siempre. He leído algunas de tus cosas de freelance, ¿recuerdas? Tu oportunidad no tardará en llegar, lo tengo claro.

Agradezco la generosidad de sus elogios, pero sé que lo que en realidad quiere decir es que ha leído los escasos artículos que he publicado porque Sarah se los ha puesto delante de las narices. Es peor que mi madre cada vez que coloco algo, cosa que casi nunca sucede.

Ahora Jack está mirándome fijamente, observándome de verdad, como si lo que está a punto de decirme fuera importante.

—No creo que en mi vida haya conocido a nadie con tanto… Ni siquiera sé qué es lo que tienes. Calidez, supongo, aunque tampoco es exactamente eso. —Parece cabreado consigo mismo por ser incapaz de encontrar las palabras adecuadas—. Es solo que tienes algo especial, Laurie. Estar contigo hace que la gente se sienta bien.

Me sorprende lo suficiente para que deje de autocompadecerme y levante la mirada.

—¿Lo dices en serio?

—Sí. —Esboza una sonrisa lenta, torcida—. Por supuesto que sí. Lo pienso desde el mismo momento en que nos conocimos.

Contengo el aliento para intentar impedir que mis pensamientos abandonen mi cabeza, pero se me escapan como el agua entre los dedos.

—¿Desde el momento en que nos conocimos o desde que nos vimos por primera vez?

«Joder. Joder. Joder.»

Jack

«Joder. Joder. Joder.» Se acuerda.

—¿Quieres decir... en Navidad?

Estamos sentados más cerca que antes, casi muslo con muslo, y a esta distancia distingo a la perfección los estragos que los últimos meses le han causado. Las ojeras, los hombros en tensión, como si siempre tuviera los dientes apretados. Tiene aspecto de necesitar un baño caliente, sopa de pollo y dormir durante una semana.

—¿En el autobús? —resuella. Tiene las mejillas sonrosadas por el vino, y los ojos más animados de lo que lo han estado desde el verano—. ¿Te acuerdas?

Frunzo el ceño y dispongo mis rasgos en una expresión que espero que sugiera desconcierto. Si hay algo de lo que estoy seguro es que admitir que recuerdo aquellos pocos instantes de la parada del autobús sería una cagada monumental. Toda nuestra amistad se basa en la dinámica de mi posición como novio de su mejor amiga. Espero en silencio y Laurie va apagándose delante de mí. El brillo vacilante de sus ojos se atenúa, y sé que desearía poder tragarse las palabras que han quedado suspendidas en el aire entre nosotros y volver a encerrarlas en su cuerpo. Si pudiera, yo mismo volvería a guardárselas dentro para no tener que herirla con una mentira.

—En vuestra fiesta —respondo con cautela.

—No. Antes de eso —dice para presionarme—. Creo que te vi sentado en una parada de autobús. Meses antes. Un año antes.

«Joder, Laurie —pienso—, ¿por qué nunca eliges la salida de los cobardes? Créeme, es un camino más sencillo. Hasta que te plantan cara, claro.» Finjo completa ignorancia, mi mejor imitación de Hugh Grant perplejo.

—Creo que el vino se te ha subido a la cabeza, Lu. Nos conocimos en vuestra fiesta de Navidad.

Me sostiene la mirada, silenciosa e inquebrantable, y ahí mismo, delante de mí, la veo alcanzar su límite e izar la bandera blanca de la derrota muy despacio. Son diez segundos. Quince, tal vez. Parece más tiempo, y me siento el tío más gilipollas del mundo. Mierda, creo que intenta no llorar. Soy un puto cabrón de mierda. ¿Debería haber dicho que me acordaba? ¿Habría sido mejor? Es probable que para la Laurie de este momento hubiera sido más agradable, pero ¿y para la Laurie de la próxima semana, el próximo mes o el próximo año? No lo creo.

—Lo siento —dice, lo cual no hace sino acentuar mi papel de gran lobo feroz—. Ignórame.

—Jamás te ignoraría.

Me he bebido tres pintas y parece que a mí también está costándome mantener la mentira.

Laurie parpadea unas cuantas veces y las lágrimas le humedecen las pestañas.

—Pues tal vez deberías.

La miro, la observo de verdad, y ya no quiero decirle más mentiras hoy. Está vulnerable en muchos aspectos, y los dos hemos bebido un poco más de la cuenta.

—Tal vez debería —reconozco—. Pero no quiero. Me gusta demasiado estar contigo.

«Por Dios.» Ya lo sé, ¿vale? No tendría que haber dicho algo así. Raya en lo inapropiado, y es egoísta.

—A mí también me gusta demasiado estar contigo —susurra, y una única lágrima de desolación le rueda por la mejilla.

—No —jadeo, y mi voz me resulta áspera incluso a mí—. Por favor, no llores.

Solo un cabrón caradura dejaría que una chica llorara así sin consolarla, y a pesar de que le he mentido, no soy un cabrón caradura, así que le seco las lágrimas con las yemas de los dedos, todavía rodeándola con el otro brazo.

—No pasa nada, de verdad que no —murmuro junto a su sien.

¿Cómo es posible que huela a flores silvestres de verano incluso en invierno? Siento la delicadeza de su piel debajo de los dedos, y aunque hasta el último átomo de mi ser sabe que debería apartar la mano, le sostengo la cara y le acaricio la línea de la mandíbula con el pulgar. Permanecemos así durante un instante, hasta que Laurie se mueve de manera casi imperceptible para mirarme y de repente su boca está peligrosamente cerca de la mía.

Creo que no está respirando. Y creo que yo tampoco. Joder, a esta distancia tiene una boca preciosa. Carnosa y trémula. Noto el sabor del vino en el calor abrasador de su aliento. Avanza hacia mí, creo, y juro que ya no hay aire entre nuestros labios. El dolor me atormenta. Me desgarra.

—No puedo besarte, Laurie. No puedo.

Laurie

He bebido demasiado vino y soy la persona más mezquina del mundo, pero ahora mismo no podría alejarme de Jack ni aunque este pub estuviera en llamas. Estamos atrapados en una minúscula cápsula del tiempo en este imprevisto reservado del fin del mundo, y no existe nada más que su boca generosa, y sus ojos tiernos, y sus manos cálidas y reconfortantes. Si esto fuera una serie de televisión, como espectadora estaría gritando «¡Parad!», porque sabría que por muy bien que estos dos parecieran estar juntos, la mierda no tardaría en llegarles hasta el cuello. Pero esto no es una ficción, es la vida real, y en la vida real la gente comete errores. Levanto la cabeza, y si me besa no tendré fuerzas para impedirme devolverle el beso, porque para mí está exactamente igual que aquel día en la parada de bus. Durante un instante, vuelvo a ser aquella chica del autobús en 2008: mi padre no está enfermo, Jack no es el novio de Sarah y llevo espumillón en el pelo. Casi oigo la espiral del tiempo que retrocede dando vueltas, que zumba junto a mis oídos como un antiguo casete al rebobinarse o un vinilo reproducido hacia atrás. Madre mía, no creo que pueda evitar que esto suceda.

—No puedo besarte, Laurie. No puedo.

Sus palabras aterrizan en mi corazón como piedras de granizo. Mierda. ¿Qué narices estoy haciendo? ¿Qué clase de escoria despreciable soy? Tengo que alejarme de él.

—Por Dios —susurro presa del pánico, y me llevo los dedos temblorosos a los labios.

Antes de saber siquiera lo que voy a hacer, ya estoy de pie, cogiendo mis bolsas y saliendo del pub a toda prisa, y hasta que el aire frío y cortante me golpea en la cara no me doy cuenta de que me he dejado el abrigo y de que está nevando con ganas.

—¡Laurie! Laurie, espera.

Jack está sin aliento, lleva mi abrigo en las manos y me agarra de una manga.

—Por favor, para un segundo, ¿quieres?

Me zafo de él con tanto ímpetu que el contenido de una de mis bolsas se desparrama por el suelo de la callejuela tranquila. Me ayuda a guardarlo todo de nuevo y me pone el abrigo por encima de los hombros temblorosos; después me rodea con los brazos y me estrecha entre ellos hasta que el calor penetra a través de mi ropa hasta calarme los huesos. El abrigo está muy muy caliente gracias al fuego, y cierro los ojos porque, inexplicablemente, estoy otra vez al borde de las lágrimas. Por lo general no soy llorona, pero hoy mis conductos lagrimales parecen haberse desbordado.

—Laurie —susurra, bronco, con los ojos brillantes como estrellas a la luz de las farolas—. Hacerte daño sería lo último que querría.

—Soy idiota —susurro—. Ni siquiera sé por qué estoy llorando.

Jack suspira, exasperado, bondadoso.

—Porque estás cansada, y estás preocupada y te sientes como si siempre nadaras a contracorriente.

Me frota la espalda mientras me habla en voz baja y serena al oído, protegiéndome de la nieve con su cuerpo. Estoy de espaldas a la pared, y mi resistencia se desvanece porque está diciéndome cosas increíblemente reconfortantes y me abraza con fuerza. Estoy muy cansada de nadar. Durante la mayor parte del tiempo tengo la sensación de que la marea está a punto de hundirme, pero aquí, entre los brazos de Jack, es como si me hubiera tendido la mano desde un bote salvavidas y, después de subirme a bordo, me hubiera llevado a un lugar seguro. Me doy cuenta, desesperada, de que dudo que jamás llegue a no sentir nada hacia este hombre.

—Quería que me besaras, Jack —digo en tono desolado. Es evidente que a él le ha quedado claro lo que yo quería ahí dentro, así que no tendría sentido andarme con evasivas—. Y no me gusto por ello.

Me acaricia el pelo, me levanta la barbilla, me mira a los ojos.

—Si te cuento una cosa, ¿prometes no explicársela a nadie, ni siquiera a un pez de colores?

Trago saliva con dificultad, lo miro a los ojos mientras asiento y él me sujeta la cara con las dos manos. No sé qué es lo que está a punto de decir, pero creo que es algo que recordaré para siempre.

—Yo también quería besarte en el pub, Laurie, y ahora mismo tengo aún más ganas de hacerlo. Eres una de las personas más adorables que he conocido en mi vida. —Desvía la mirada hacia el final de la calle desierta y luego la clava en mí de nuevo—. Eres preciosa y simpática, y me haces reír, y cuando me miras así con esos ojos de seto de verano... habría que ser un maldito santo para no besarte.

Entonces me recuesta contra la pared con el peso de su cuerpo, y como no es un puto santo, me besa. Jack O'Mara agacha la cabeza y me besa bajo la nieve, con los labios trémulos y luego cálidos y seguros, y yo lloro y le devuelvo el beso, abro la boca para dejar que su lengua se deslice sobre la mía mientras emite un sonido grave, herido, animal desde el fondo de la garganta. Siento su alivio hasta en el último folículo de mi pelo, en todas y cada una de las células de mi cuerpo y en la sangre que me corre por las venas. Tiene la respiración tan entrecortada como yo, y es mucho más de lo que jamás habría sido capaz de imaginarme, y, créeme, antes dejaba que mi imaginación se desbocara en todo lo relacionado con Jack O'Mara.

Me acaricia la cara como si tuviera un valor incalculable, y luego entierra los dedos en mi pelo y me sujeta la cabeza entre las manos cuando la echo hacia atrás.

Este será el único beso. Él lo sabe, yo lo sé, y es tan terriblemente melancólico y sexy a la vez que vuelvo a sentir la amenaza de las lágrimas.

Me aferro a las solapas de su abrigo, noto el sabor salado de mis lágrimas en el beso y abro los ojos para mirarlo porque quiero recordar este momento hasta el día de mi muerte. Jack tiene los ojos cerrados y las pestañas, humedecidas por la nieve, le proyectan una sombra oscura en la mejilla. Toda su atención está centrada en el único beso que compartiremos en la vida.

Por fin nos separamos, cuando el motor de un coche que circula muy despacio debido a las inclemencias del tiempo rompe la magia. El aliento que abandona nuestro cuerpo en ráfagas ásperas y dolorosas está a punto de cristalizarse en el aire gélido.

—No nos hagamos reproches sobre esto —me dice. Supongo que le gustaría que su voz sonara más firme—. Ambos sabemos que no debería haber pasado, pero no tiene por qué significar nada, no debería cambiar las cosas.

Es un eufemismo tan descarado que casi me entra la risa; el suspiro que se me escapa al apartar la mirada de Jack está a medio camino entre la nostalgia, el autodesprecio y una angustia silenciosa porque sé que nadie volverá a besarme así.

—Tal vez si nos hubiéramos conocido en otras circunstancias… —digo tras volver a mirarlo al cabo de un rato, y él asiente con la cabeza.

—Sin dudarlo.

En ese preciso instante, un taxi avanza por la callejuela hacia nosotros, muy despacio, y Jack levanta la mano para llamarlo. Es una buena decisión.

—A nadie —me recuerda en voz baja cuando abre la puerta y pone mis bolsas dentro.

—Ni siquiera a un pez de colores —susurro al subirme.

No sonrío para quitar hierro a la situación, porque no tiene ni pizca de gracia. Jack entrega un billete al conductor.

—Déjela en su casa sana y salva —le dice.

Me mira a los ojos durante varios segundos y después cierra la portezuela de golpe. Me recuerda a la última vez que lo vi desaparecer en la oscuridad de la noche. Entonces no lo conocía; no tenía ningún tipo de control sobre los acontecimientos. Esta noche no es así. Sé quién es, y cómo sabe, y durante una décima de segundo ansío abrir la puerta del taxi, evitar que la historia no se repita.

No lo hago. Por supuesto que no. A pesar de la tormenta de nieve de cuento de hadas que está cayendo, esto no es Narnia. Esto es Londres, la vida real, donde los corazones terminan pisoteados, magullados y rotos, pero por alguna razón continúan latiendo. Lo veo empequeñecer a medida que el taxi va alejándose con prudencia, y Jack también me mira, con las manos en los bolsillos y los hombros encorvados para resguardarse del viento. Cuando doblamos la esquina, apoyo la cabeza contra el cristal frío y siento el peso de mi corazón y de mi conciencia en el pecho.

Ojalá nunca hubiera puesto los ojos en Jack O'Mara.

2011

Propósitos de Año Nuevo

No tengo claro si debería escribir esto, no vaya a ser que lo encuentre alguien, aunque sea un pez de colores.

1) Me propongo no volver a besar nunca al novio de mi mejor amiga. De hecho, no dejaré que se me pase por la cabeza ni un solo pensamiento inadecuado acerca de él.
2) Meteré todos los pensamientos no platónicos sobre Jack O'Mara en un contenedor, lo sellaré con pegatinas de color amarillo fluorescente con la palabra «tóxico» y lo lanzaré a los confines del fondo de mi cabeza.

1 de enero

Jack

—Feliz Año Nuevo, sirena mía.

Sarah se ríe mientras la atraigo hacia mis brazos.

—Lo siento —susurro enterrado entre su pelo, y me hago el propósito silencioso de que este año no besaré a nadie que no sea Sarah.

—¿Por qué?

Se aparta de mí, con los ojos ligeramente entornados.

Mierda.

—Por haber comido tanto ajo anoche. No entiendo cómo eres capaz de acercarte a esta peste, la huelo cada vez que bostezo.

Adopta una expresión entre divertida y un poco confusa. Menos mal que ambos estamos a medio camino de pillarnos un buen pedo, porque ese es justo el tipo de comentario que podría causarme un montón de problemas. Sinceramente, es como si la verdad tratara de escapar de mí. Soy una lata de gasolina acribillada de agujeros, un accidente a punto de ocurrir.

Laurie

¡Feliz Año Nuevo, Lu! ¡Tq!

Tumbada en la cama, acaricio las letras del mensaje de Sarah con un dedo. El Año Nuevo tiene menos de dos horas de vida,

118

y aun así besé a Jack el año pasado, no este. Este es una página en blanco.

Yo también te quiero, Sar, ¡espero que no estés demasiado borracha!
Feliz Año xx

Presiono «enviar», luego apago el teléfono y me tumbo mirando hacia el techo en la oscuridad. Agradezco que mis padres no decidieran convertir mi habitación en un estudio o en un cuarto de invitados en cuanto me marché a la universidad; está más o menos igual que cuando la dejé, sigue resultándome reconfortante y familiar. Nunca he sido de las que ponen pósteres en las paredes, pero los libros de mi infancia continúan alineados en el estante que hay sobre el escritorio, y el vestido lila que me puse para el baile de graduación del instituto todavía está colgado en mi armario. No puedo calcular el valor de lo que significan estas cosas para mí en este momento. Estar aquí es como entrar en una cápsula del tiempo, o en mi propia TARDIS protectora, tal vez. Me pregunto adónde le pediría a mi TARDIS personal que me llevara. Sé la respuesta. Volvería al 21 de diciembre de 2008 y me obligaría a perder aquel puñetero autobús. Así nunca habría visto a Jack O'Mara antes de que Sarah nos presentara y todo habría ido bien. No pienso ni por un segundo que en ese caso me hubiera permitido el lujo de experimentar algo más que sentimientos platónicos hacia él, así que ahora no estaría aquí tirada sintiéndome más rastrera que una víbora. Antes del beso, había sido capaz de ajustar cuentas conmigo misma. Había tenido que luchar contra mis sentimientos por Jack y me había sentido una amiga de mierda por ese motivo, pero me había mantenido en el lado correcto de la línea.

Lo que he hecho ahora es inadmisible; ni siquiera trato de justificármelo. No he vuelto a ver ni a Sarah ni a Jack desde aquella tarde en Londres. Sé que me hizo prometer que guardaría el secreto, pero no tenía derecho a pedírmelo. No lo culpo solo a él, la carga está repartida por igual entre los dos. Y no sé si contárselo a Sarah sería lo más noble o solo una forma de hacer que yo me sienta mejor y ella se sienta peor. La perdería. Eso lo tengo claro. Y seguro que Sarah dejaba a Jack; no habría ganadores. Si él fuera un infiel con todas las letras que no para de engañarla a sus espaldas, no dudaría en contárselo a mi mejor amiga, pero no es el caso. A lo mejor peco de arrogante, pero lo que pasó me pareció algo más personal, unos minutos de locura que siempre pesarán enormemente sobre nuestras conciencias.

No se lo contaré a Sarah. Me prometí callar para siempre mis sentimientos hacia Jack O'Mara, y una promesa así jamás ha sido más importante que ahora.

28 de enero

Jack

Sarah está durmiendo, Laurie trabaja hasta tarde en el hotel y yo estoy sentado a la mesa de su cocina bebiendo vodka a palo seco a las dos y media de la madrugada. Nunca he sido de mucho beber, pero de repente empiezo a comprender sus ventajas. Han pasado semanas desde que besé a Laurie. Semanas, y lo de fingir que no sucedió se me está dando como el puto culo. Literalmente, cada vez que miro a Sarah me pregunto si será hoy el día en que debo confesar. Todos. Los. Puñeteros. Días. Le he dado una y mil vueltas para tratar de determinar el momento exacto en que fui infiel. ¿Fue cuando invité a Laurie a tomar una cerveza? ¿Cuando la abracé mientras lloraba? ¿O fue hace mucho más tiempo, en cuanto Sarah nos presentó y ambos decidimos no mencionar que en realidad ya nos habíamos visto antes? No sería exacto decir que nos conocíamos, pero tampoco éramos extraños. Eso lo tengo claro. Era más fácil cuando podía decirme que Laurie no recordaba aquellos escasos instantes de la parada del autobús, pero ahora sé que no es verdad. Sé a ciencia cierta que se acordaba de mí, y teniendo en cuenta que seguía acordándose nada más y nada menos que doce meses después, también sé que eso significa algo más. Tal vez sea solo que, como yo, tenga la bendición y la maldición de disponer de una memoria excelente; pero no estoy seguro. Me he dedicado a diseccionar todos los momentos que hemos pasado juntos, a examinar fragmentos de conversaciones recordadas, a tratar de ver si me he perdido alguna emoción subyacente. No es que piense que está enamorada de mí en secreto ni nada semejante. Joder. No pretendo ser vanidoso, es solo que tengo la sensación de que en todo esto hay algo que se me escapa.

Bueno, a ver, que solo fue un beso. Tampoco es lo mismo que si me hubiera tirado a alguien, ¿no? Pero a quien besé fue a Laurie, y por alguna razón eso es peor que si me hubiese cepillado a toda la maldita mansión de Playboy, porque en ese caso habrían sido extrañas de las que olvidarme al día siguiente. Pero Laurie no es una extraña, y no la besé por ningún motivo tan primario y fácil de justificar como una lujuria estúpida y sin sentido. Pero tampoco la besé para devolverle la dignidad o porque estuviera frágil y necesitase que yo la hiciera sentirse mejor. No soy tan noble. La besé porque tenía un aspecto etéreo del carajo bajo la luz de la farola, con los copos de nieve enganchados al pelo. La besé porque le había mentido al decirle que no la vi en aquel autobús y me sentía como un gilipollas, y la besé porque la necesidad de saber qué sensación provocaría su boca suave y vulnerable en la mía me arrolló como un puñetero tren exprés. Y ahora lo sé, y ojalá no lo supiera, porque es imposible dejar de recordar algo tan grandioso.

«No nos hagamos reproches sobre esto —le dije después—. Ambos sabemos que no debería haber pasado, pero no tiene por qué significar nada.»

De todas las frases que he dicho en mi vida, esa se encuentra entre las de peor gusto. Pero ¿qué otra cosa podía decir? ¿Que me sentía como si con un puto beso acabara de inocularme polvo de estrellas en la boca? ¿Que en realidad sí que la había visto en aquel autobús?

Me bebo de un trago lo que me queda en el vaso y lo relleno. Esto no va bien. Tengo que hablar con Laurie.

Laurie

Sabía que no podría evitar a Jack para siempre. Solo Dios sabe cuánto me gustaría, pero esta es mi complicada y desastrosa vida, y acabo de llegar del turno de noche y me lo he encontrado sentado a oscuras a la mesa de mi cocina.

—¿Dónde está Sarah? —digo prescindiendo de cualquier forma de saludo, pues estoy hecha polvo y además he perdido la capacidad de hablar con él de banalidades.

—En la cama.

Sostiene un vaso entre las manos; agua o vodka, no estoy segura.

—¿Y tú no deberías estar también acostado?

Levanto la mirada hacia el reloj de la cocina. Las tres de la madrugada no es una hora saludable para estar bebiendo solo.

—No podía dormir.

No me lo creo del todo. Es solo la tercera vez que lo veo desde aquella tarde en que… no me gusta repetir lo que hicimos ni siquiera mentalmente; y la primera que estoy a solas con él desde entonces, por decisión de ambos, me parece. Se frota la barba incipiente con una mano, hacia atrás y de nuevo hacia delante a lo largo de la línea de la mandíbula, un tic nervioso. Si yo tuviera barba, seguro que me ponía a hacer lo mismo.

Me sirvo un vaso de agua.

—Voy a acostarme.

Me coge de la muñeca cuando paso junto a él.

—Por favor, Laurie. Necesito hablar contigo.

Quiero decirle que no servirá de nada, pero la expresión lúgubre de sus ojos ablanda mi determinación. Agotada, me siento a la mesa y me fijo en su rostro cansado y su camiseta arrugada.

—¿Eso hacías…? ¿Esperar a que llegara?

No me hace el flaco favor de mentir.

—Me siento como el mayor mierda del mundo, Lu. No sé cómo superarlo.

Rodeo mi vaso con las manos. No se me ocurre de qué modo ayudarlo. ¿Qué se supone que debo decirle, que el tiempo lo hace más fácil? Demasiado manido, y ni siquiera particularmente cierto. Además, ¿a qué viene ahora esto? ¿A que cree que soy la mentirosa con más experiencia y quiere que lo aconseje? Le he dado mil vueltas en la cabeza a nuestra conversación de aquel día. Jack no se acuerda de lo de la parada del autobús. No tiene ningún recuerdo mío anterior al momento en que Sarah nos presentó. Es devastador, porque ese instante me ha definido durante meses, años, pero también es liberador, porque es como si él hubiera rubricado que tengo que olvidarlo de una vez. Y eso es lo que trato de hacer con todas mis fuerzas.

—Fue un error terrible, Jack —susurro con la mirada clavada en mis manos—. Más culpa mía que tuya, si eso te sirve de ayuda.

—Y una mierda —dice con brusquedad, lo bastante alto para que tenga que lanzar una mirada de advertencia hacia la puerta—. No se te ocurra hacerte eso. El que ha sido infiel soy yo.

—Sarah es mi mejor amiga —digo sin rodeos—. Es como una hermana para mí. Por muy infiel que te sientas, créeme, no eres el único que se considera una auténtica bazofia. —Bebo un buen trago de agua—. Aquí no existe un orden jerárquico de culpabilidad. Ambos nos equivocamos.

Se queda callado y da un sorbo a su bebida. Por el tufo que me llega, deduzco que no es agua.

—¿Sabes qué es lo que más odio de todo lo que pasó, Laurie?

No quiero que me lo diga, porque si es lo mismo que odio yo, solo nos sentiremos peor por reconocerlo.

—Odio no poder olvidarlo —confiesa—. Se suponía que no iba a significar nada, ¿no? —Me alegra que no levante la vista del vaso mientras habla con una voz hueca, demasiado emocional—. ¿Para ti… para ti significó algo?

Su pregunta, suave y explosiva a la vez, queda suspendida en el aire, y trago saliva con dificultad. No puedo mirarlo durante un rato, porque entonces verá toda la verdad en mi cara. Sé lo que tengo que hacer. Llevo dos años seguidos mintiendo a Sarah. Mentir a Jack debería resultarme más sencillo. Debería, pero no es así. Es tan difícil que casi no puedo soportarlo.

—Escucha —digo cuando al fin lo miro de pleno a los ojos afligidos y bellos—, yo estaba disgustada y muy deprimida, y tú te mostraste amable y encantador por el mero hecho de que tú eres así. Somos amigos, ¿no? —Guardo silencio para tragarme las lágrimas lacerantes que noto en la garganta y Jack asiente con la cabeza, cubriéndose la boca con una mano mientras hablo—. Somos muy buenos amigos, bebimos demasiado y era Navidad, así que fuimos tan estúpidos como para desdibujar la línea que separa la amistad de otra cosa. Pero nos contuvimos, y tuvimos claro que aquello era horrible, y ahora ya está hecho y no puede deshacerse. ¿Qué bien puede hacer que esto destroce también a Sarah? Tú estás arrepentido, Dios sabe que yo estoy más arrepentida que de cualquier otra cosa que haya hecho en la vida, y no volverá a ocurrir jamás. No pienso en ti en ese sentido y estoy más que segura de que tú tampoco tienes fantasías secretas conmigo. Si se lo contamos a Sarah, será solo para aliviar nuestra culpa. ¿Y crees que ese es motivo suficiente para hacerlo?

No ha parado de mover la cabeza, despacio, durante todo el tiempo que he estado hablando, con la mano aún sobre la boca como si tuviera náuseas.

—No es suficiente ni de lejos.

Asiento.

—Vete a la cama, Jack. Vete a la cama, duérmete y, cuando nos levantemos por la mañana, los dos seguiremos adelante con el resto de nuestra vida sin volver a mencionar esto. Ni a Sarah ni entre nosotros. —Cojo aire—. Ni siquiera a un pez de colores.

Aparta la mirada de mí y se pasa la mano por el pelo ya alborotado de por sí. Me he regodeado tanto en mi propia culpa que no me he detenido a pensar en cómo estaría gestionándola Jack. No muy bien, según parece, y casi me molesta que necesite que yo le enseñe a soportar el peso de su culpa.

Permanezco sentada a la mesa mucho tiempo después de que él se vaya. Me preparo un café y dejo que se me quede frío mientras miro por la ventana de la cocina oscura hacia los tejados de Delancey Street. Pienso en Sarah y en Jack dormidos al final del pasillo, y en mis padres en casa, y en mi hermano y en Anna, su recién estrenada esposa, acurrucados en la elegante casa nueva que se compraron después de casarse en primavera.

Dos, y dos, y dos, y dos, y yo. A lo mejor me compro un pez de colores.

3 de mayo

Laurie

—Ha pasado demasiado rápido.

Estamos repantigadas la una junto a la otra en el sofá, Sarah y yo, con los pies encima de la mesita de café rayada y una copa de vino en las manos. Ya lo tenemos todo empaquetado y listo para trasladar, casi preparadas para entregar nuestro refugio de Delancey Street a sus próximos y afortunados habitantes.

—Cinco años... —Suspiro—. Tienes razón. No sé adónde han ido a parar.

Sarah da un trago enorme al vino y frunce el ceño.

—No quiero dejar este piso. Ojalá pudiéramos quedarnos para siempre.

Continuamos sentadas en silencio y paseamos la mirada por la sala de estar, el escenario de nuestras fiestas de estudiantes, nuestras noches de borrachera, nuestros secretos compartidos, nuestras risas nocturnas. Ambas sabemos que no podemos quedarnos; esta etapa de nuestras vidas ha llegado a su fin. Sarah ha conseguido un trabajo de mayor prestigio en un nuevo canal de televisión por cable en el extremo opuesto de la ciudad, y le resultaría imposible desplazarse a diario desde aquí hasta allí. Yo me lo he tomado como una señal para dar a mi vida también un cambio radical. No puedo permitirme mantener este piso yo sola, y tampoco es que mi carrera profesional esté avanzando hacia ninguna parte. El hotel es transitorio, el mundo editorial duradero. Me voy a casa para estar con mi familia durante unas semanas, y luego me marcho a Tailandia un tiempo. Lo sé. ¿A que suena genial? Me intimida la idea de ir sola, pero el renovado entusiasmo de mi padre por salir ahí fuera y agarrar la vida por los huevos me sirve de acicate. Mi madre no se sintió en absoluto impresionada cuando él mismo utilizó esa frase; en Navidad nos regalaron algo de dinero a Daryl y a mí. No es algo que hubieran hecho en condiciones normales, pero nos dijeron que el ataque al corazón de papá les ha proporcionado una nueva perspectiva de las cosas. Ellos lloraron, así que nosotros también, y ambos acordamos hacer algo especial con el regalo. Daryl y Anna van a gastárselo en comprar una cama de matrimonio para su casa nueva, y yo me gastaré el mío en agarrar la vida por los huevos en Tailandia. Ojalá pudiera meter a Sarah en mi maleta; no tengo ni idea de cómo se vive sin ella al lado. Al menos podré tomarme un respiro de la culpa exagerada.

—Eres la mejor amiga que he tenido —digo.

—Vete a cagar —murmura, y empieza a llorar—. Te había pedido que no dijeras eso.

—Y yo te pedí que no lloraras, joder —protesto mientras me paso el extremo de la manga por los ojos—. Y ahora mira lo que has hecho.

Nos cogemos de la mano, con mucha fuerza.

—Seguiremos siendo amigas para siempre, ¿verdad? —Su voz suena pequeña y está empapada de vulnerabilidad—. Incluso cuando te vayas a Tailandia y te unas a una comuna hippy, o lo que sea que vayas a hacer allí.

—Incluso entonces —digo apretándole los dedos—. ¿Y cuando tú te conviertas en una importante presentadora de televisión? ¿Me dejarás por tus amigos famosos?

Se ríe y finge que necesita pensárselo un segundo. Fue a ver el nuevo canal porque estaba interesada en el puesto que ofrecían detrás de las cámaras, y terminaron preguntándole qué le parecería cubrir la baja por maternidad de su reportera itinerante. Es obvio que la miraron y vieron en ella lo que todos vemos: madera de estrella.

—Bueno… Creo que Amanda Holden sabe beber.

Le doy un manotazo en el brazo y suspira fingiendo decepción.

—Vale. No te abandonaré, ni siquiera por Amanda Holden. —Se queda callada un segundo—. Nos hemos reído un montón, ¿no? —dice, y se recuesta sobre mí.

Cierro los ojos, con las pestañas húmedas, y apoyo la cabeza en la suya.

—Sí, es verdad.

—¿Sabes cuál es mi recuerdo favorito de ti?

No le respondo, porque las lágrimas me ruedan por las mejillas y siento una punzada de dolor en la garganta.

—Es un recuerdo recurrente, en realidad —dice—. Me gusta cómo me cuidas cuando tengo resaca. Nadie me sujetará el pelo tan bien como tú cuando vomito.

Me río a pesar de las lágrimas.

—Y eso que tienes un montonazo de pelo. No es nada fácil.

—Y que por la mañana me preparas el café justo como me gusta —continúa—. Nadie más acierta. Ni siquiera mi madre.

—Te tomas cuatro granos de café, Sar. Ni siquiera puede considerarse café.

—Ya lo sé. Pero tú sí lo consideras así. Me preguntas si quiero café, y luego lo haces justo como me gusta. Cuatro granos.

Suspiro.

—Seguro que tú me has hecho más tazas de café a mí que yo a ti. Y desde luego has hecho la mayoría de los sándwiches.

—Siempre te olvidas de la mayonesa. Ya sabes que es fundamental. —Se hunde en el sofá—. ¿Cómo vas a sobrevivir en la inmensidad del mundo sin mí, Lu?

—Tampoco es que vayamos a dejar de vernos —digo mientras me limpio la cara—. Como mínimo podré verte en la tele. Estaré esperando el día en que hagan que te deslices por una barra de bomberos.

—Pero no podré verte cuando estés en el otro extremo del mundo.

Le paso un brazo por los hombros.

—No me voy para siempre.

—Joder, más te vale —resopla—. No se te ocurra arrejuntarte con un monje yogui y fabricar una docena de bebés tailandeses o algo así, ¿vale? Te quiero de vuelta en Londres para Navidad.

—No creo que a los monjes se les permita tener bebés. —Dejo escapar una risa entrecortada—. Solo estaré fuera unos meses. Volveré a tiempo para que pasemos el Año Nuevo juntas.

—¿Me lo prometes?

Entrelaza su dedo meñique con el mío como si fuera una niña pequeña, y mis puñeteras lágrimas amenazan con desbordarse de nuevo porque me recuerda a otra niña pequeña de hace mucho tiempo.

—Te prometo que volveré, Sarah. Te lo prometo.

20 de septiembre

Laurie

—¿Estás segura de que lo llevas todo? ¿Repelente para insectos? ¿Desinfectante en espray?

Asiento, sin dejar de abrazar a mi madre mientras mi padre y ella se preparan para dejarme en el aeropuerto. Su perfume y el tintineo de la pulsera que siempre lleva puesta me resultan tan queridos y familiares que se me forma un nudo en la garganta ante la idea de estar tan lejos de casa.

—¿Linterna? —pregunta papá, siempre tan práctico.

—La tengo —contesto, y entonces es él quien nos envuelve a las dos en un abrazo.

—Venga, tontorronas. Esta tiene que ser una despedida feliz. Es una aventura.

Me desembarazo de ellos y me enjugo los ojos, medio riendo y medio llorando al mismo tiempo que mi padre me ayuda a colgarme la mochila de los hombros.

—¡Ya lo sé!

—Adelante, entonces —dice, y me da un beso en la mejilla—. Largo de aquí.

Me agacho y le doy también un beso a mi madre, luego retrocedo un paso y respiro hondo.

—Me voy ya —anuncio con los labios temblorosos.

Se colocan el uno al lado del otro, mi padre le pasa un brazo por los hombros a mi madre y ambos asienten con la cabeza. Estoy segura de que no me parecería tanta tortura si no me marchara sola; cuando me doy la vuelta en la puerta de embarque para decirles adiós por última vez antes de perderlos de vista, me siento como si tuviera catorce años. Mamá me lanza un beso y papá levanta la mano; después me vuelvo y camino con decisión hacia la puerta. Tailandia me espera.

12 de octubre

Laurie

—*Sawatdee kha.*

Levanto la mano para saludar a Nakul, y él sonríe y levanta los pulgares en dirección a mí mientras ocupo un asiento desvencijado a una mesa igual de desvencijada en su cafetería de Sunrise Beach. Suena extraño decir que el tiempo que llevo aquí ha consistido en una amalgama frenética de templos budistas, pero esa es la sensación que tengo: una peculiar yuxtaposición de serenidad absoluta en medio de un caos feliz y ruidoso. Nadie podría tildar Tailandia de aburrida; la cabeza no para de darme vueltas y tengo músculos donde nunca los había tenido. Me dirigí hacia el norte después de llegar a Bangkok, con la intención de meterme pronto el primer chute de cultura; temía que, si me dirigía directamente hacia el sur, me pasaría todo el viaje en una hamaca en la playa.

Pero ahora he visto lo suficiente para permitirme el lujo de descansar, y he llegado a las playas desiertas del sur de Tailandia, tan perfectas que hacen que se te salten las lágrimas. Me he establecido temporalmente en una baratísima cabaña en la playa; solo tiene una habitación, pero es mi habitación, y también hay un porche para sentarse y leer con vistas a la playa. No creo que fuera consciente de lo mucho que necesitaba este descanso de la realidad. Cuando llegué a Tailandia me pasé casi toda una semana llorando mientras exploraba la selva a pie con un pequeño grupo de viajeros. No lloraba porque las caminatas fueran agotadoras, aunque la verdad es que lo fueron. Lloraba de puro alivio, lágrimas calientes y saladas que liberaban mis pesadas cargas y las vertían en la tierra mientras caminaba. Unas semanas antes de venirme a Tailandia, mi madre y yo fuimos al cine a ver *Come, reza, ama*, y aunque no me he acercado ni de lejos a encontrar el amor, estoy teniendo una especie de miniepifanía. Soy como una paciente hospitalizada en recuperación, estoy aprendiendo a perdonarme por los errores que he cometido y a reconocer que sigo siendo yo, que sigo siendo una buena persona y una verdadera amiga para Sarah a pesar de lo que pasó con Jack. Tal vez algún día incluso me merezca ser feliz.

—¿Café, Lau-Lau?

Sonrío, complacida por cómo Nakul adultera mi nombre mientras se abre camino por la arena caliente y suave hasta mi mesa. He venido aquí todas y cada una de las cuatro mañanas que han transcurrido desde que llegué a Koh Lipe, y la magia de la isla está contagiándome la piel y los huesos de su actitud relajada. Es como si por fin hubiera dejado de moverme por primera vez en años.

—*Khop khun kha* —digo cuando Nakul deja una tacita blanca frente a mí, todavía titubeante respecto a mis modales tailandeses.

Sin embargo, él sonríe, agradecido porque mi torpe intento de hablar en su idioma es mejor que nada.

—¿Tu plan para hoy, Lau-Lau?

Me ha hecho la misma pregunta todas las mañanas, y en cada ocasión mi respuesta ha sido la misma:

—No tengo ningún plan para hoy.

Koh Lipe no es un lugar para gente con grandes planes. El único objetivo de la isla es la relajación. Nakul se aleja riéndose para hablar con otros clientes que acaban de llegar de la playa.

—¿No tienes ningún plan en un día tan bonito como este?

Me vuelvo hacia la voz sin duda inglesa que acaba de pronunciar la frase, y un tipo toma asiento a la mesita que hay frente a mí. Llama la atención de Nakul y levanta la mano para saludarlo, después esboza una sonrisa tranquila y relajada mientras estira las largas piernas sobre la arena. El sol tailandés me ha tostado la piel hasta conferirle el color de la miel dorada, pero este tipo se ha tomado mucho más en serio el asunto de la adoración al astro rey. Tiene un tono marrón castaño, y el pelo casi negro azulado le cae sobre los ojos oscuros y divertidos.

Sonrío y me encojo un poco de hombros.

—Ninguno aparte de flotar en el mar y leer un libro.

—Un buen plan —dice—. ¿Qué estás leyendo? Por favor, no me digas que *La playa*.

—Es un buen libro —bromeo. No es que no lo sea, pero ningún viajero que se precie puede reconocer una elección tan obvia—. *El gran Gatsby*, en verdad.

No le doy más explicaciones ni le digo que mi material de lectura viene completamente determinado por el pequeño montón de libros que alguien se había dejado en mi choza. Prefiero que piense que soy lo bastante culta para pasear a F. Scott Fitzgerald por el mundo dentro de mi mochila.

—¿Un hallazgo de cabaña?

Pongo los ojos en blanco y me río.

—Pillada.

—Podrías haber mentido y te habría creído.

—Las mentiras me resultan agobiantes.

Me mira con fijeza, y no me extraña. Es como si *El gran Gatsby* se me hubiera subido a la cabeza.

—Me llamo Oscar —dice, y me tiende la mano con formalidad a través del espacio que separa nuestras respectivas mesas—. Y mi plan para este día es pasarlo contigo.

—Pareces una estrella de mar.

Oscar me empuja perezosamente con el remo del kayak y dejo que me haga girar despacio, bocarriba, con los ojos entornados para protegerme del resplandor de la luz del sol. Hay un azul brillante por encima de mí, y también por debajo; el agua tibia como la de una bañera me recorre la piel, que se derrite de gusto, cuando me vierte agua de mar sobre el vientre con la pala del remo.

—Es que me siento como una estrella de mar.

Fiel a su palabra, Oscar ha pasado el día conmigo. Por lo general, no me habría caído bien una persona que pareciera tan espantosamente segura de sí misma, pero en mi interior hay algo que está decidido a hacer todo lo contrario de lo que haría en condiciones normales. Él lleva en Tailandia un par de meses más que yo, pues decidió quedarse en Koh Lipe una temporada después de que sus compañeros de viaje regresaran a Reino Unido. Al menos eso explica su bronceado a lo nativo.

—¿Las has probado alguna vez? Las venden ensartadas en palos, como piruletas, en Walking Street.

Abro los ojos, horrorizada, y me lo encuentro muerto de risa.

—Muy gracioso.

Está tumbado en el bote del kayak, con la barbilla apoyada en el antebrazo para mirarme por encima del costado mientras acaricia la superficie del mar con las yemas de los dedos. Lo salpico con un poco de agua salada y le dejo un reguero de gotitas brillantes sobre el puente de la nariz recta. Tengo que reconocerlo: es guapo con ganas. Posee una belleza clásica, como la de las esculturas de los antiguos dioses griegos. Está rodeado del aura confiada de la riqueza, disoluto y gallardo. «Lo sé, ya lo sé.» ¿Quién usa esas palabras? Yo, por lo que se ve, después de pasar un día bebiendo cerveza local y leyendo *El gran Gatsby* en una hamaca. Vivir en un lugar diferente tiene algo que te permite ser quien quieras ser.

—¿Puedo invitarte a cenar esta noche?

Vuelvo a bajar la cabeza hacia el agua y cierro los ojos de nuevo para flotar.

—Siempre que no nos sirvan estrella de mar.

—Creo que eso sí puedo prometértelo.

Me doy la vuelta, nado las pocas brazadas que me separan del kayak y me agarro al borde con las puntas de los dedos mojados. Su cara está a centímetros de la mía.

—Es mejor que no nos hagamos promesas —digo.

Me dedica la misma mirada perpleja que cuando nos hemos

conocido en la cafetería de la playa esta mañana; luego se inclina sobre mí y me roza los labios con los suyos, calientes y con sabor a sal marina.

—Me gustas, Estrella de Mar. Eres interesante.

13 de octubre

Laurie

Oscar Ogilvy-Black. Menudo trabalenguas, ¿verdad? Dudo que nos hubiéramos cruzado en Londres si los acontecimientos hubieran seguido su curso habitual, pero aquí, en Tailandia, las reglas de las citas han quedado reducidas a pedazos. Me dice que trabaja en la banca, pero que no es de esos a los que el dinero se les sube a la cabeza, y le confío mi esperanza de no tardar mucho en introducirme en el mundo del periodismo de revistas. Tengo que admitir que lo juzgué mal cuando nos conocimos, pero por debajo del innegable pijerío, es un tipo divertido y con capacidad de autocrítica, y cuando me mira advierto en sus ojos una bondad que me derrite.

—No irás a convertirte en una de esas horribles reinas de las columnas de cotilleo, ¿verdad?

Contengo una exclamación, me finjo ofendida, y luego suspiro, un poco aturdida porque entrelaza sus dedos con los míos mientras caminamos por la arena fresca después de cenar.

—¿Tengo pinta de que me importen los famosos mejor y peor vestidos?

Se queda mirando mis vaqueros cortados y mi camiseta negra sin mangas, y luego las tiras de color limón de la parte de arriba de mi biquini, visibles alrededor de mi cuello.

—Eh... Puede que no —reconoce, y se echa a reír.

—Qué caradura, ni que tú fueras de punta en blanco.

Enarco una ceja y Oscar baja la mirada cómicamente hacia sus pantalones cortos y rasgados y sus sandalias.

Entre risas, llegamos a mi cabaña y me quito los zapatos en el porche.

—¿Cerveza?

Asiente y deja sus zapatos fuera, junto a los míos, antes de dejarse caer sobre mi enorme puf con las manos cruzadas detrás de la cabeza.

—Siéntete como en tu casa —digo, y me desplomo a su lado con las cervezas frías.

—¿Estás segura? —pregunta, y se vuelve de costado, apoyado en un codo, para mirarme.

—¿Por qué? ¿Qué harías si estuvieras en tu casa?

Estira las manos y se quita la camiseta por la cabeza, de manera que se queda solo en pantalones cortos. La luz de la luna proporciona a su piel un tono marrón cáscara de coco.

—Me pondría más cómodo.

Me quedo callada un segundo mientras me planteo la posibilidad de reírme de él en su cara —porque vaya frasecita—, pero luego sigo su ejemplo y me quito la camiseta. ¿Por qué no? Oscar es todo lo que mi vida no es: desenfadado, directo.

—Yo también.

Extiende un brazo para que me recueste a su lado, y cuando lo hago siento su cuerpo cálido y vital. Soy tan libre como uno de esos pajaritos rosados que revolotean por el cielo, sobre mi cabaña, al amanecer.

A través de la ventana, veo los contornos negros y puntiagudos de los botes de cola larga varados en la orilla, listos para la mañana, y más arriba el cielo oscurísimo, tachonado con una miríada de estrellas diamantinas.

—No recuerdo la última vez que me sentí así de tranquila.

Oscar bebe un trago largo y luego deja su botellín de cerveza en el suelo antes de responder:

—Creo que me siento ultrajado. Esperaba que estuvieras intolerablemente excitada.

Me río en voz baja junto a su pecho y me incorporo para mirarlo.

—Creo que podría estarlo.

Con un brazo todavía doblado detrás de la cabeza, me pasa la mano libre por la nuca y tira despacio de las tiras de mi biquini. Se cae cuando las suelta, pero él no aparta la mirada de mis ojos mientras desliza la mano entre mis omóplatos para terminar el trabajo.

—Ahora soy yo quien está intolerablemente excitado —dice, y recorre con la punta de un dedo la distancia que separa el valle que se forma entre mis clavículas del botón de mis vaqueros.

Traga saliva cuando me mira los pechos desnudos. La brisa agita las campanas de viento que cuelgan de una esquina de mi cabaña, un suave tintineo de cascabeles mientras Oscar cambia ligeramente de postura y me presiona contra el puf para atrapar uno de mis pezones en el calor de su boca. Madre mía. Una lujuria torturadora, cada vez más intensa, se despliega como un pulpo en el interior de mi cuerpo, sus tentáculos me lamen las extremidades a toda prisa, me pesan en el abdomen, se desbocan en mi pecho cuando introduzco las manos en el espesor de su pelo y lo atraigo hacia mí. Nunca pensé que pudiera experimentar algo así con alguien que no fuera Jack, pero, por alguna razón, estar aquí con Oscar me ha liberado.

Baja la mano hacia el botón de mis pantalones y levanta la cabeza para mirarme antes de seguir adelante. Me alivia que sea ese tipo de hombre; aunque tiene la respiración agitada y su mirada me suplica que no le pida que pare, sé que lo haría, y eso es suficiente.

—¿Tienes un condón? —susurro mientras le acaricio el pelo y rezo para que conteste que sí.

Se tumba sobre mí, su pecho sobre el mío, y me da un beso tan pausado y exquisito que lo abrazo por los hombros y lo aprieto contra mí.

—Creo que sí —jadea, y emite una risa temblorosa—. Solo espero que no esté caducado.

Se lleva la mano al bolsillo trasero y vuelve a besarme. Deja su billetera en el suelo, al lado del puf, y acto seguido la abre y saca un envoltorio de aluminio que revisa antes de ponérmelo en la palma de la mano para que lo guarde.

Se incorpora hasta quedar sentado y esta vez no pierde el tiempo intentando desabrocharme los vaqueros. Con dedos seguros y firmes, me los baja por las caderas hasta que la única prenda que me queda puesta es la braguita amarilla del biquini.

Me separa los muslos y se arrodilla entre ellos; después me separa los brazos y me sujeta suavemente para que no me mueva.

—¿Sabes lo que eres?

Lo miro con fijeza, sin tener claro lo que va a decir.

—Una estrella de mar la hostia de sexy.

Cierro los ojos y me echo a reír, y al instante jadeo porque ha hundido la cara entre mis piernas y siento la calidez de su boca moviéndose sobre la tela sedosa de mi biquini.

Ni un solo átomo de mi ser quiere que se detenga cuando se quita la ropa que le queda. Durante un segundo mantenemos una conversación silenciosa solo con la mirada. Le digo que sé que está huyendo de la responsabilidad y el estrés de la vida urbana que lo espera en Londres, y él me dice que puede taparme las grietas del corazón y conseguir que vuelva a sentirme mejor. Nos hacemos promesas mutuas a pesar de que habíamos pactado no hacérnoslas, y a continuación Oscar se coloca encima de mí y me olvido de todo salvo el ahora.

Más tarde, me despierto y lo encuentro sentado en los escalones de mi cabaña, contemplando el inicio de otro amanecer rosado y púrpura.

Me siento a su lado con una colcha con estampado de elefantes echada sobre los hombros, y me mira de reojo.

—Cásate conmigo, Estrella de Mar.

Me río en voz baja y me levanto para preparar café.

29 de noviembre

Laurie

Tenía pensado volver a casa hace unas semanas, pero aquí estoy, todavía en Tailandia, todavía con Oscar.

«Oscar, Oscar, Oscar.» ¿Quién iba a saberlo? Creo que ambos vivimos instalados en la negación, sin ningún tipo de preparación ni de ganas de regresar al mundo al que pertenecemos. Pero, a todo esto, ¿quién dice que hay que pertenecer al mismo lugar para siempre? ¿Por qué tengo que pertenecer a Inglaterra, cuando allí todo es gris y confuso y difícil? Si no fuera por la gente a la que quiero y por la promesa que hice a Sarah, me quedaría aquí, en esta playa, y tendría una docena de bebés, aunque no con un monje tailandés. En Inglaterra, según me informa mi madre, la lluvia ha llegado para quedarse, como un pariente inoportuno en Navidad; sin embargo, aquí la lluvia llega rápida y furiosa y luego se va en un abrir y cerrar de ojos, barrida por el sol. No creo que nunca haya sentido más frío que el día en que Jack me besó en un callejón de Londres hace casi doce meses, y no creo que jamás haya sentido más calor que aquí, en Koh Lipe, con Oscar. Tengo la sangre caliente, los huesos calientes y la piel caliente.

A veces, cuando estamos tumbados de espaldas en una playa, o leyendo en una hamaca o a punto de dejarnos vencer por el sueño en la cama, me quedo inmóvil, escucho el suave vaivén del mar al encontrarse con la orilla e imagino que somos unos náufragos arrastrados por el agua hasta una isla desierta, abandonados a nuestra suerte para pasar el resto de nuestros días

comiendo los peces que hemos pescado y haciendo el amor re-
cubiertos de una película de sudor. De vez en cuando oiríamos
el estruendo del motor de gasolina de un avión en el cielo de
color azul aciano y nos ocultaríamos al abrigo de los árboles en
lugar de escribir SOS en la arena.

12 de diciembre

¡Muy buenas desde el culo del mundo, tortolitos!

Espero que no os estéis congelando demasiado las tetas ahí arriba, ¡ja, ja!

Australia es el paraíso en la tierra. Jack se ha vuelto nativo por completo, voy a comprarle un sombrero con corchos y a llamarlo Cocodrilo Dundee. Hasta visitó una emisora de radio en Melbourne; en serio, si le ofrecieran un trabajo aquí, no creo que volviera a casa nunca más. Aunque, ¡ja, al dato!, las serpientes LE DAN UN MIEDO TERRIBLE. No lo supe hasta que la semana pasada encontramos una pequeñita en nuestro balcón y gritó tanto que el piso estuvo a punto de venirse abajo. Tuve que recurrir al brandy para convencerlo de que se bajara de la silla. Menos mal que me tiene a mí para protegerlo.

¡Oscar! ¡Cuida de mi chica, tengo muchas ganas de conocerte!

Laurie, debemos juntarnos todos en cuanto podamos, me muero por verte.

Mucho cariño y besos, Sarah xx

P.D.: ¡Jack te manda saludos! :)

2012

Propósitos de Año Nuevo

1) Por las buenas o por las malas, este año me vuelvo a Londres para empezar mi trabajo soñado en el mundo de las revistas.

He dejado mis ambiciones aparcadas durante demasiado tiempo debido a Tailandia y a Oscar, y sobre todo a que quería pasar una buena temporada en casa y estar cerca de mis padres. Hay muchas razones y explicaciones, excusas todas ellas; lo que de verdad he estado haciendo ha sido evitar a Jack.

He decidido no continuar haciéndolo. Echo mucho de menos a Sarah, y también echo de menos el ajetreo y el ruido de la vida londinense. Entregaré mi carta de dimisión en el hotel en el que he trabajado a temporadas últimamente; hasta ahora, todo mi currículum está basado en la hostelería, en trabajos temporales y puestos transitorios para seguir teniendo dinero en el bolsillo mientras espero a que llegue el resto de mi vida. Bueno, pues la espera ha terminado. Voy a ponerme en marcha y a ser yo quien persiga esa vida.

2) Y luego está Oscar. Oscar Ogilvy-Black, el hombre que me encontró en una playa de Tailandia y al amanecer de la mañana siguiente me pidió entre risas que me casara con él. Desde entonces ha vuelto a pedirme que me case con él decenas de veces, sobre todo después de que nos hayamos acostado o nos hayamos tomado unas cuantas

copas; se ha convertido en nuestra broma privada. Al menos yo creo que es una broma.

En realidad, no sé cuál es mi propósito de Año Nuevo respecto a Oscar. Solo intentar aferrarme a él, creo, y aferrarme a lo que siento por él ahora que vamos a volver a la realidad.

3) Ah, y he decidido que estoy lista para dar otra oportunidad a las pestañas postizas. Porque pegarse los párpados una sola vez en la vida no es suficiente para una mujer como yo.

3 de enero

Laurie

—Estoy muy nerviosa —murmuro, y me aliso el cuello del abrigo de lana mientras caminamos de la mano por la acera. Llevo puesto un broche. Ya lo sé, ¿quién lleva broches? Nadie menor de treinta años y que esté en su sano juicio. Pero estoy desesperada por causar una buena impresión—. ¿Es excesivo?

Acaricio la pequeña margarita de bisutería y levanto la mirada hacia Oscar, quien se limita a reírse.

—No seas ridícula. Es mi madre, Laurie, no la reina.

No puedo evitarlo. Todo parecía mucho más sencillo en Tailandia; nos conocimos en un momento en que nuestras respectivas existencias se reducían a los elementos básicos que pudiéramos cargar en una mochila. Aquí, entre la parafernalia de nuestra vida cotidiana, nuestras diferencias parecen más marcadas. Vuelvo a mostrarme socialmente torpe, hoy el doble que de costumbre, y Oscar tiene mucho más mundo de lo que imaginaba.

—Ya estamos aquí —dice, y me guía hacia una puerta de color negro nacarado en una elegante hilera de casas adosadas—. Quieta de una vez, que estás bien así.

Intento tragar saliva mientras aguardamos a que abran la puerta. Espero que a la madre de Oscar le guste el ramo de rosas blancas que le he comprado de camino… Ostras, ¿y si es alérgica? No, Oscar me lo habría dicho. Doy unos golpecitos con el pie en el suelo, nerviosa, y por fin la puerta se abre.

—Oscar, cariño.

Puede que Lucille Ogilvy-Black no pertenezca del todo a la realeza, pero no cabe duda de que la espalda recta y el pelo blanco y perfectamente peinado le confieren un aire majestuoso. Va vestida de negro de la cabeza a los pies, un contraste evidente con la lustrosa gargantilla de perlas que le rodea el cuello.

—Mamá, esta es Laurel —dice Oscar cuando rompen su abrazo, y me pone una mano en la parte baja de la espalda para animarme a dar un paso al frente.

Será más tarde cuando me dé cuenta de que debería haber inferido algo más del hecho de que me presentara como Laurel y no como Laurie.

Esbozo mi mejor sonrisa y le entrego las flores, que Lucille acepta con una elegante inclinación del mentón. No se parece en nada a Oscar, y desde luego no rezuma ni una pizca de la calidez natural de su hijo. Los sigo hasta el inmaculado vestíbulo, sintiéndome incómoda mientras colgamos los abrigos. Hago a Lucille un cumplido referente a lo bonita que es su casa, y luego empiezo a inquietarme, porque con eso he gastado todo mi repertorio de charla trivial.

Nos sirve el té en su salón formal, y me siento, a mi pesar, como si estuvieran entrevistándome para un trabajo que no tengo ni la más mínima posibilidad de conseguir; como si fuera la sustituta de los sábados optando a un puesto de gerente.

—¿A qué se dedica tu padre, Laurel?

—Se ha jubilado hace poco —digo, sin querer tocar el tema de sus problemas de salud—. Era dueño de una empresa de limpieza, y ahora la dirige mi hermano, Daryl. —No estoy segura, pero creo que Lucille se ha estremecido—. Mi madre también trabaja allí, lleva la contabilidad.

La expresión de la cara de la madre de Oscar es más transparente que el agua: piensa que somos un puñado de limpiadores paletos. Me llevo la mano al colgante y acaricio el contorno de la piedra púrpura con la yema de un dedo en busca de confianza. Mis padres crearon su empresa hace más de veinticinco años y ahora dan trabajo a más de cincuenta personas, pero no me apetece justificar a mi familia. Cuanto más me mira Lucille Ogilvy-

Black por encima del hombro, menos ganas tengo de impresionarla.

Se excusa y sale de la habitación durante un instante, y no me extrañaría que hubiera ido a esconder la cubertería buena por si me la llevo en el bolso. La tapa del piano de cola que hay junto al ventanal está cubierta de fotografías, y no puedo por menos de fijarme (seguro que porque la han colocado en primera línea) en la enorme imagen de Oscar y una rubia; llevan puesto el equipo de esquí, están bronceados y ríen ante la cámara. Lo entiendo como lo que es: un guante que la madre de Oscar me arroja en silencio.

Hablamos de su familia cuando estuvimos en Tailandia, una de nuestras muchas conversaciones hasta las tantas de la madrugada en la cabaña. En consecuencia, es probable que sepa mucho más de lo que a Lucille le gustaría pensar que sé.

Sé que el padre de Oscar era un sinvergüenza, haragán y, de vez en cuando y a puerta cerrada, tendente a mostrar su habilidad con los puños a su rica esposa. Se me rompió un poco el corazón cuando Oscar me contó lo mucho que ha tratado de proteger a su madre y lo unidos que han estado en los años transcurridos desde la separación de sus padres; él pasaba mucho más tiempo con ella que su hermano mayor, y como resultado Lucille y él son uña y carne. Me impresionó, y sigue impresionándome, que fuera el mayor apoyo de su madre, e ingenuamente esperaba que fuera una mujer afectuosa y, bueno, maternal. Pensé que se alegraría de ver a Oscar con alguien que lo hace feliz, pero, si acaso, parece hostil a mi intromisión. Tal vez me coja cariño con el tiempo.

10 de marzo

Laurie

—Dios, cómo te echaba de menos, Estrella de Mar. Entra y deja que te haga cosas pecaminosas.

Ahora que estoy viviendo en casa de mis padres, nos vemos solo cada varias semanas; han pasado siglos desde la última vez que estuve aquí. Oscar tira de mí para que cruce el umbral de su piso, me coge la maleta de fin de semana y la pone a un lado para poder estrecharme entre sus brazos. Sí, nos hemos convertido en una de esas parejas empalagosas que se llaman por nombres ridículos como cari y bomboncito.

«Nos hemos convertido.» Por fin hay un «nosotros». Y es increíble. Nunca me he sentido tan deseada ni cuidada en la vida. Oscar no oculta ni por asomo lo mucho que le gusto. Tiene una forma tan intensa de mirarme que hace que sienta la necesidad de volverme para comprobar si Jennifer Lawrence está a mi espalda.

—¡Deja que me quite el abrigo! —exclamó riendo, y él me lo desabrocha y me lo saca por los brazos.

—Tenía la esperanza de que estuvieras desnuda debajo.

Se detiene a mirar mis prácticos vaqueros y mi jersey calentito.

—Me lo planteé, pero no quería asustar al taxista.

—Esto es Londres, ¿recuerdas? —dice con una sonrisa enorme—. Ahora no estás en mitad del campo, Laurie. Podrías haber estado desnuda y tener cuatro piernas y nadie se habría inmutado. —Le brillan los ojos—. Excepto yo, claro. Yo me daría cuenta si estuvieras desnuda.

—No vivo en mitad del campo —le replico, molesta porque siempre se refiere a mi casa de Birmingham como si fuera una especie de páramo perdido.

Está justo en los límites de las afueras, en un típico pueblo de cinturón verde. Lo entiendo. Oscar es londinense de pies a cabeza; los espacios abiertos y la ausencia de taxis negros lo pillaron por sorpresa cuando lo llevé a casa en Navidad para que conociera a mi familia.

Para serte sincera, no fue la más sencilla de las visitas de «conocer a los padres». Él se mostró perfectamente encantador y los demás estuvieron supereducados, y aun así costó encontrar puntos en común. Mi padre lo intentó con el fútbol, pero Oscar es más de rugby, y Oscar lo intentó con el whisky, pero mi padre es más de cerveza. Aunque todavía es pronto para decirlo, creo que todos nos sentimos aliviados cuando terminó.

—Hay muchísimo verde —masculló, y no sonó como un cumplido.

Alejo de mi mente esos recuerdos; este es nuestro gran reencuentro después de seis semanas separados, no quiero sentirme mal con Oscar sin ningún motivo.

—¿Puedo al menos ir al cuarto de baño? —pregunto, y él estira una mano por detrás de mí y empuja una puerta para abrirla.

—*Voilà*.

—No te muevas de aquí. Vuelvo enseguida.

Dentro de un cuarto de baño digno de revista, echo el pestillo, me desnudo y acto seguido vuelvo a ponerme el abrigo. El forro sedoso resbala sobre mi piel y de repente hace que me sienta sexy y lista para que Oscar se porte todo lo mal que quiera.

—Venga, Laurie —me apremia, y entonces abro la puerta de par en par y lo miro con la cabeza inclinada hacia un lado.

Sin decir ni una palabra atravieso el vestíbulo y salgo por la puerta de entrada; luego, después de cerrarla, la golpeo ligeramente con los nudillos.

—¿Quién es?

Su voz me llega baja y divertida, entreverada de malas intenciones.

—Soy yo, Laurie —respondo en un tono que pretende ser ronco—. Abre la puerta, quiero demostrarte cuánto te he echado de menos.

Se toma su tiempo y se apoya en el marco con los brazos cruzados a pesar de que advierto en sus ojos que está de todo menos tranquilo. Derramo la mirada sobre él, lo escudriño, me fijo en sus vaqueros oscuros y en su camisa cara, en sus pies descalzos y, no sé muy bien cómo, todavía bronceados.

—Vas demasiado vestido —digo—. ¿Puedo pasar?

No se hace a un lado, se limita a estirar la mano y desembarazarse del cinturón de mi abrigo. No hago nada por detenerlo; poco después, me lo desabrocha con lenta meticulosidad y la lengua le serpentea por el labio superior, una forma inconsciente de delatarse.

—Prométeme que siempre vendrás a verme así.

Sonrío.

—Nosotros no nos hacemos promesas, ¿recuerdas?

Me arrastra hacia el vestíbulo tirando de las solapas del abrigo y me aprisiona contra la puerta tras cerrarla de golpe; sus manos calientes, escrutadoras, se deslizan por dentro de mi abrigo.

—Lo recuerdo —susurra medio riendo medio gimiendo cuando me acaricia un pecho—. Ahora deja de hablar y ven a la cama.

Jack

—Venga, Sar, que a este paso llegaremos tarde.

Sarah siempre hace lo mismo. Se rige por un horario elástico, como si considerara que el tiempo se expande para ajustarse al rato que ella considera necesario para arreglarse antes de salir.

—¿Qué tal estoy?

Cuando aparece en la puerta del salón, alzo la vista del periódico que su compañera de piso debe de haberse dejado sobre la mesa y le presto toda mi atención. Cualquier hombre lo haría; está increíble.

—¿Vestido nuevo?

Me levanto y cruzo la habitación para acariciar con las manos el suave cuero de color carmesí. Se adapta al contorno de su cuerpo como una segunda piel, hasta la mitad del muslo. Dejo que mis dedos se entretengan ahí, a la altura de su pierna desnuda, y que le suban la falda despacio hasta rozar la seda de su ropa interior.

Una sonrisa minúscula y cómplice se dibuja en su boca.

—Me lo tomaré como que me das el visto bueno, ¿te parece?

Le beso el cuello.

—Hazlo.

Cuando le paso una mano por la nuca y hundo la boca en el valle que se le forma entre las clavículas, suspira y da un paso atrás para apartarse de mí.

—No, Jack. Ya llegamos bastante tarde.

La miro a los ojos ahumados y maquillados a la perfección.

—Podría ser muy rápido.

—Lo sé.

Su voz tiene un dejo cortante.

—¿Qué demonios quieres decir con eso?

Sarah también se queda inmóvil, con la mirada clavada en los tacones de vértigo negros, y luego me mira de nuevo.

—Solo que… Nada. —Suspira mientras niega con la cabeza—. No quiero discutir. Los dos estamos muy liados. Vámonos ya.

No ha dicho ninguna mentira. Mi vida va a todo trapo, y la de Sarah también, tiran de nosotros en tres direcciones a la vez, y por lo general en sentido opuesto. Este fin de semana he tenido que hacer cambios en el trabajo para que por fin podamos quedar con Laurie y el tan aclamado, pero aún desconocido, Oscar Farquhar-Percival-McDougall. O algo así. ¿Y dónde nos reuniremos con ellos? En el maldito club privado de Oscar, cómo no.

—¿Vas a ir así?

Me miro la ropa, ignoro a qué se refiere. Puede que mis vaqueros se vean destrozados, pero es intencionado; me ha costado mucho dinero tener un aspecto tan informal. A lo mejor es mi camiseta, que lleva «Star Fucker» —Folladora de estrellas— estampado en el pecho, lo que le ha tocado las narices... Pretendo que sea una ironía sutil. Por fin empiezo a hacerme un nombre como prometedor DJ radiofónico y debo vestirme como tal, aunque la línea que separa lo hípster de lo hortera es muy fina.

—Sí, Sarah. Voy a ir así.

Cojo la cazadora retro de cuero desgastado que Sarah me regaló la Navidad pasada y me la pongo enseguida solo para enfatizar el hecho de que no pienso cambiarme.

Ella se retoca el inmaculado pintalabios en el espejo del vestíbulo, coge su bolso y su abrigo y después se encoge de hombros.

—Vale.

La sigo escalera abajo y, mientras la veo avanzar con seguridad a pesar de llevar unos tacones con los que nadie debería parecer tan cómodo, agito los hombros para sacudirme el mal humor.

—Eh. —La agarro de la mano para frenarla cuando llega a la acera—. No quiero que nos enfademos. Te he echado de menos esta semana. —Le acaricio la suave mejilla con el dorso de la mano y le sujeto el delicado mentón. Le pasaría el pulgar por la boca carnosa si eso no le fastidiara el maquillaje—. Estás realmente preciosa con este vestido. Ya estoy pensando en arrancártelo más tarde.

Se ablanda, como sabía que haría.

—Engatusador.

—Sabes que sí.

—Sí. —Vuelve la cara hacia mi mano y me araña el pulgar con los dientes—. Y ahora pídenos un taxi, tontorrón. Estoy quedándome helada.

Laurie

¿Suena disparatado si digo que estoy nerviosa? Por el amor de Dios, no son más que Sarah y Jack, mis mejores y más antiguos amigos. Solo deseo que quieran a Oscar tanto como yo, eso es todo. Ha pasado demasiado tiempo desde que nos vimos por última vez; nuestro pacto de reunirnos en Año Nuevo se quedó en simples palabras debido a la aparición de Oscar. Esta es la primera fecha desde la entrada del año en la que los cuatro hemos podido coincidir; al parecer, la vida tira de todos en direcciones distintas. Sarah y Jack todavía no han llegado, y Oscar está enfrascado en una conversación con el barman al otro lado de la sala, porque quiere que tenga lista la primera ronda de bebidas perfectas para cuando lleguen. Me sonríe cuando me sorprende observándolo. Su mirada se detiene en mí más tiempo del que se considera educado, con una expresión que transmite que está acordándose de nuestra tarde en la cama.

Soy la primera en romper el contacto visual, pues la llegada de Sarah y Jack atrae mi mirada hacia la puerta. La alegría me estalla con fuerza en el pecho al atisbar la familiar melena rojiza de Sarah, aunque se ha oscurecido el tono del bermellón camión de bomberos a un caoba intenso y cálido, y lo lleva peinado con unas ondas brillantes y amplias en lugar de con las trenzas de princesa Leia de Delancey Street. Me llevo la mano al moño despeinado, avergonzada por un instante, pero entonces su cara resplandece con una gran sonrisa en cuanto me ve y su paso se transforma de incierto en casi una carrera a través del bar para llegar hasta mí.

En realidad, me alegro de que Oscar no esté a mi lado en este preciso momento; eso me permite un par de segundos para ser yo misma, para que seamos Sarah y yo, como en los viejos tiempos. Me abraza con una fuerza feroz.

—Cómo me alegro de verte —digo, al mismo tiempo que ella suelta:

—Me cago en todo, Lu. Ha pasado demasiado tiempo.

Nos separamos un poco y nos examinamos la una a la otra.

Me fijo en su escandalosamente sexy vestido de cuero y ella en mi vestido negro comodín que ya ha visto en incontables ocasiones; creo que hasta es posible que ella misma se lo haya puesto una o dos veces. Le he dado un poco de vida con un cinturón estrecho de piel de serpiente y con el pequeño colgante de estrella de mar de oro con un diamante que Oscar me regaló en Navidad, y hasta el momento de la entrada de Sarah me sentía bastante glamurosa, aunque fuera de una manera sutil. Sarah parece ella misma después de haber pasado por un cambio de imagen en televisión, que supongo que es exactamente lo que le han hecho. El trabajo parece haberla transformado de mi querida y malhablada amiga en alguien que bien podría haber salido ahora mismo de una revista. Hasta que abre la boca, y entonces, gracias a Dios, sigue siendo la de siempre.

—Joder —dice mientras se pasa un dedo por debajo de cada ojo para que no se le corra el rímel—. No me pongo así ni por mi propia hermana. Te quiero un huevo, Laurie James.

Me río y le aprieto la mano.

—Yo también te quiero. Estoy muy contenta de que estés aquí.

En ese momento Jack aparece por detrás de ella y me preparo para el impacto. No tengo ni idea de si seré capaz de actuar con normalidad estando a su lado. He pospuesto incluso el pensar en volver a verlo, una táctica que ha funcionado hasta este mismo instante, cuando de pronto me doy cuenta de que no estoy preparada en absoluto.

Me mira directamente a los ojos, nada de echar un vistazo titubeante hacia algún punto indefinido situado a mi espalda, y durante unos segundos ese anhelo doloroso, familiar, me deja descolocada. Por lo que se ve, el zorro pierde el pelo pero no las mañas.

—Me alegro de verte, Laurie —dice.

Hay un momento horrible en el que parece que va a estrecharme la mano, pero luego la agarra y me atrae hacia él para abrazarme. Su olor inunda mis sentidos, un aroma a especias calientes y limón que seguro que proviene de algún perfume caro que Sarah le ha regalado y que esa inimitable esencia suya enfatiza, una fragancia que no puedo describir ni rememorar cuando Jack no está presente. Pero ahora sí está, así que cierro los ojos un segundo y siento el calor de su cuerpo a través de su camiseta con eslogan malsonante mientras me besa la frente. Es un abrazo trivial, me digo. No significa nada para mí ahora que estoy con Oscar.

—Feliz Año Nuevo —dice pegado a mi pelo.

Parece cohibido, y dejo escapar una risa breve al apartarme.

—Vas tres meses tarde, idiota.

—Bueno, ¿y dónde está él?

Sarah recorre el bar medio lleno con mirada entusiasta, y Jack se sitúa a su lado y con una mano le rodea la cintura. Me sorprende lo mucho que han cambiado en un tiempo relativamente corto, o quizá cuánto parecen haber madurado sin mí. Es algo sutil: un brillo nuevo en Sarah, una capa de autoconfianza en Jack. Oscar también la tiene, hasta cierto punto; ahora está volcado por completo en su puesto en el banco, junto con su hermano, y aunque hablamos casi todos los días, he cobrado conciencia de que algo empieza a distanciarnos. Es una consecuencia inevitable de llevar vidas separadas, supongo. Él está aquí, en Londres, haciendo nuevos amigos, comiendo en lugares de moda, y yo he vuelto a vivir con mis padres en Birmingham. Es posible que sean imaginaciones mías porque estoy angustiada por mi falta de trabajo. O tal vez solo sea envidia pura y dura. No todo el mundo puede cumplir sus sueños, ¿verdad? Algunos lo consiguen, y otros se conforman con menos. Pienso en todo esto en la fracción de segundo que transcurre entre saludar a Sarah y a Jack e intercambiar una mirada con Oscar mientras cruza el bar en dirección a nosotros cargado con una bandeja de cócteles con un aspecto impresionante. Le guiño un ojo con sutileza y me hago a un lado para que pueda depositarlos en la mesa; Sarah me mira y me dedica un disimulado gesto de aprobación a espaldas de Oscar. Cuando Oscar se endereza y da un paso atrás, lo agarro de la mano sin mirar a Jack. Me encanta que Sarah no se ande con ceremonias; se abalanza sobre él y lo besa en la mejilla al mismo tiempo que lo agarra de la otra mano.

—Tú debes de ser Sarah —dice Oscar entre risas, y durante unos instantes se observan en silencio.

Me pregunto si ella es lo que él se esperaba; si él está a la altura de la idea que Sarah se había hecho de él. Todos guardamos silencio un segundo. Creo que Sarah, Jack y yo estamos intentando decidir dónde encaja Oscar en nuestro trío. ¿Se le concederá el mismo estatus? ¿O debe asignársele un rinconcito temporal, un lugar pasajero mientras se lo evalúa para la permanencia definitiva?

—Y tú debes de ser Oscar —dice Sarah, aún aferrada a su mano—. A ver, deja que te eche un buen vistazo.

Ella finge examinarlo y él le sigue el juego conteniendo el aliento y esperando su veredicto con expresión solemne, como un colegial ante la directora.

—Lo apruebo.

Sonríe, desvía la mirada hacia mí, luego la clava de nuevo en él y por fin la vuelve otra vez hacia mí. Algo tarde, se da la vuelta para atraer a Jack hacia el círculo.

—Este es Jack —dice para presentarlos, y ahora me toca a mí contener la respiración.

Veo que Oscar es el primero en tender la mano, y también me doy cuenta de que, intencionadamente, Jack deja pasar un segundo antes de imitarlo.

—¡Fíjate! Menuda pose de hermano mayor. —Sarah da un golpecito a Jack en el hombro para relajar el ambiente—. Laurie ya tiene un hermano de verdad para que se encargue de todo eso, así que puedes retirarte, soldado.

—No irás a preguntarme sobre mis intenciones para con Laurie, ¿verdad? —dice Oscar en tono socarrón—. Porque son todas muy muy malas.

—Ay, ya me caes bien.

Sarah ríe, encantada, y Oscar la recompensa con un cóctel de champán, igual que a mí. Jack olisquea el vaso relleno de cubitos y de un líquido ambarino que le ha dado a él y se diría que pone cara de asco.

—Penicilina lo llaman —explica Oscar—. Whisky. Jengibre. Miel. —Sonríe a Jack—. Una bebida casi medicinal.

Jack enarca las cejas.

—Soy más de cerveza, si te soy sincero, pero siempre le doy una oportunidad a todo.

A Oscar le falla un instante la sonrisa mientras levanta la copa. Todos hacemos lo mismo.

—¿Por qué brindamos? —pregunta.

—Por los viejos amigos —responde Jack.

—Y por los nuevos —añade Sarah con toda la intención, y su sonrisa de megavatios va dirigida a Oscar en exclusiva.

Entrechocamos las copas y lanzo a Jack una micromirada que espero que transmita un macromensaje. «Ni se te pase por la puta cabeza, Jack O'Mara.»

Parece que lo recibe, porque se vuelve hacia Oscar y le hace una pregunta sobre Tailandia, lo cual nos deja libres a Sarah y a mí para ponernos al día.

—Qué sofisticado —susurra, y su mirada entusiasmada revolotea por el bar del club privado.

Sonrío, porque sabía que fliparía.

—Un poco, ¿verdad? Oscar quería causaros buena impresión.

—Cualquier hombre que pide cócteles de champán y hace sonreír a mi mejor amiga cuenta con mi visto bueno.

Miro de soslayo a Jack y a Oscar mientras Sarah habla. Comparten cierto parecido en cuanto a la altura, pero poco más. El pelo rubio de Jack siempre está como si acabara de alborotárselo con las manos, mientras que las ondas azabaches de Oscar, recién cortadas, le caen perfectamente sobre las cejas. Ha dedicado más tiempo que yo a pensar qué ponerse esta noche, pues dudaba si su camisa a rayas era demasiado de banquero y si su chaqueta de tweed era demasiado de director de instituto. Al final se ha decidido por una camisa de lino azul chambray que me recuerda a nuestros días en Tailandia. La verdad es que da igual lo que se ponga. Oscar procede de una familia adinerada y tiene un indiscutible tufillo a clase alta que se le notaría aunque llevara una sudadera con capucha. Me sorprendo preguntándome de nuevo si habría hablado con él de haberlo conocido en un lugar que no fuera una playa, donde todos los cuerpos son más o menos iguales. Desde luego, me supuso todo un choque cultural verlo con este aspecto cuando quedamos por primera vez ya de vuelta en Inglaterra; nos hizo darnos cuenta de golpe de que provenimos de dos mundos distintos. Espero que Jack sea capaz de ver más allá del exterior refinado. Jack ha optado por un aspecto «acabo de caerme de la cama después de tirarme a una modelo sexy» que resulta un poco arrogante. Si no quisiera tenerlo en mejor estima, me preguntaría si no habrá sido una jugada deliberada para menoscabar a Oscar. Pero como sí quiero tenerlo en mejor estima, lo dejo pasar y me limito a absorber la imagen de los dos juntos. Tan distintos. Ambos muy importantes para mí. Bebo un gran trago de champán frío y vuelvo a centrarme en Sarah.

—Bueno, entonces ¿es posible que vaya a verte deslizándote por la barra de bomberos en un futuro cercano?

Ella se echa a reír.

—Que sepas que me ven como una reportera seria. Solamente me envían a cubrir las noticias más importantes. —Da un sorbo a su copa—. La semana pasada conocí a Gok Wan, el asesor de moda.

—¡No puede ser!

—Claro que puede ser. ¡Y me dijo que le gustaban mis zapatos!

—¿Fuiste a entrevistarlo?

Asiente, pero luego se derrumba y niega con la cabeza, entre risas.

—Coincidí detrás de él en la cola de una sandwichería en Covent Garden. Pero lo de que le gustaron mucho mis zapatos sí es cierto.

Sonrío.

—Hablemos de… Oscar. —Se acerca a mí y, con la mirada clavada en él, que se ha puesto de perfil para oír algo que Jack está diciéndole, baja la voz—: ¿Vais muy en serio?

—Bueno, aún es pronto —digo, porque aunque parece más tiempo, solo llevamos juntos cinco meses—. Aun así me gusta un montón, Sar. No habría dicho que fuera mi tipo, pero por alguna razón parece que nos va bien juntos.

Ella asiente, sin dejar de observarlo junto a Jack.

—¿Tendrán algo en común? —pregunta—. ¿Aparte de ti?

Durante unos instantes me quedo de piedra al pensar que sabe lo del beso. Rompe a reír.

—¿Me lo tomo como un no?

Sonrío, titubeante.

—No, por supuesto que no. Es decir, son bastante distintos, pero me resulta inimaginable que alguien no se lleve bien con Oscar. Es… Bueno, tiene facilidad para caer bien.

La sonrisa de Sarah se hace aún más amplia, me pasa un brazo por los hombros y me achucha, su brazalete rígido y frío contra mi piel.

—¡Me siento muy feliz por ti, Lu! Ahora ya solo tienes que conseguir el trabajo de tus sueños y así podrás volver a la ciudad a la que perteneces. —Le brillan los ojos—. Vas a volver, ¿verdad? Porque ahora somos cuatro y podemos darnos a toda esa mierda de las citas dobles.

Se ríe y pone los ojos en blanco, pero sé que le encantaría.

—No estoy segura. Espero que sí —contesto—. Pero ya sabes… —Me encojo de hombros—. El alquiler y todo eso. Está carísimo. Tengo que quedarme en casa hasta que consiga un trabajo decente, no perder el tiempo ganándome la vida con un empleo de mierda que no me deja tiempo para buscar otro.

Pienso de nuevo en la más que repetida propuesta de Oscar de que me vaya a vivir con él, aunque solo sea como solución práctica y provisional hasta que encuentre otra cosa. El piso en el que vive es de su madre y, por supuesto, no paga alquiler. Pero algo me empuja a hacerlo sola. No deseo depender demasiado de nadie. Mis padres siempre nos han inculcado la importancia de forjarnos nuestro propio camino en la vida.

—Ojalá pudiéramos volver a Delancey Street —dice Sarah con nostalgia—. Estoy compartiendo piso con una compañera de trabajo y es una arpía de campeonato. Está obsesionada con mantenerlo todo separado, hasta los rollos de papel higiénico.

Ha preparado una lista para que utilicemos la sala de estar por turnos. ¿No te parece increíble? Dice que no le apetece sentir que la veo mientras mira la tele.

Ahora soy yo quien pasa un brazo por los hombros a Sarah para apoyarla.

—¿Y qué tal Jack y tú? ¿Crees que tardaréis mucho en iros a vivir juntos?

Sarah desvía la mirada un instante, es un gesto casi imperceptible, pero no se me escapa.

—Probablemente sí. Está superocupado con el trabajo, y comparte piso con Billy y Phil, uno de los chicos con los que trabaja.

—¿Billy el Rompecaderas?

Ese ha sido su apodo no oficial desde el día en que nos descubrió su destreza para bailar «Greased Lightnin'». Aunque el mero hecho de pensar en ello me trae intensos recuerdos de lo mal que terminó aquella jornada.

Sarah asiente con la cabeza.

—No creo que a Jack le guste demasiado vivir allí, pero el piso está cerca de la emisora y es asequible, así que lleva un tiempo ahí atascado.

Observa a Jack agacharse para mirar algo en el móvil de Oscar.

—Estoy empezando a preocuparme, Lu. Últimamente no parece él.

Noto una punzada de miedo en el estómago.

—¿En qué sentido?

Sarah se pasa un brazo por su perfecto vientre cubierto de cuero y se acerca más a mí para que no nos oigan.

—No sabría describírtelo con exactitud. Está… ¿distante? —Lo pronuncia como una duda, como si estuviera planteándoselo a sí misma en lugar de contándomelo a mí, y después levanta un hombro y se muerde el labio inferior—. O puede que sea yo. No lo sé, Lu, le he preguntado si es feliz y me manda a paseo, como si estuviera volviéndome loca o algo así. —Se ríe sin ganas y da la sensación de que le parece de todo menos gracioso—. Será solo que está ocupado, imagino.

Asiento, deseando que se me ocurra algo apropiado que decirle. La idea de que haya problemas en su paraíso me altera muchísimo. Al principio de su relación albergaba la egoísta esperanza de que su relación fuera efímera, pero con el tiempo su amor se ha convertido en una parte fundamental del mapa de mi vida; una isla grande de pelotas que me ha obligado a recalcular mi trayectoria para rodearla, pero de la que, aun así, dependo por completo para ubicarme.

—¿Has enseñado esto a Sarah, Laurie? —dice Oscar, y se vuelve hacia nosotras con el móvil en la mano.

Enfoca la pantalla en nuestra dirección mientras se acerca y va pasando imágenes de la perfecta y destartalada cabaña que compartíamos en la playa, del interminable océano azul y del amanecer a franjas rosas y púrpuras que tan bien llegué a conocer en Tailandia.

—Algunas —digo en voz baja, y detecto ternura en los ojos de Oscar cuando levanto la vista hacia él.

¿Será capaz de ver que deseo con todo mi ser que estuviéramos allí ahora mismo, sentados en los escalones de la cabaña de la playa, enterrando los dedos de los pies en la arena fresca? Son mis recuerdos favoritos, las horas que pasamos hombro con hombro, las conversaciones susurradas y los besos lánguidos. Este aguijonazo de añoranza que me atraviesa el costado me resulta inesperado, más aún teniendo en cuenta que estoy con Sarah y Jack, de quienes nunca había querido huir hasta ahora.

Me sorprende la intensidad de mi rabia hacia Jack. Quiero sacarlo del bar tirándole de la manga de la chaqueta de cuero y decirle: «Sé feliz, pedazo de estúpido. Y deja que yo también lo sea».

—Ostras, es alucinante… —Sarah suspira—. Me encantaría ir a Tailandia.

Jack se termina el cóctel sin ocultar un ligero estremecimiento.

—Yo traeré las cervezas.

Sarah parece estar a punto de decir algo, pero al final esboza una sonrisa tensa y coge a Jack de la mano mientras se ofrece a ayudarlo. Los vemos abrirse paso a través del bar concurrido y

Oscar me rodea la cintura con un brazo, con la copa todavía medio llena en la otra mano.

—¿Todo bien? —pregunto con la esperanza de que Jack y él hayan hecho buenas migas.

Asiente.

—Sarah es justo como me la imaginaba.

De sus palabras deduzco que le había transmitido la impresión de que Jack era amable y despreocupado, y que hasta el momento está mostrándose receloso y estirado.

—¿He metido la pata? —Una mirada de consternación empaña los ojos oscuros de Oscar mientras estudia su vaso—. Podríamos haber quedado en otro sitio, solo tendrías que habérmelo dicho.

De repente me siento furiosa con Jack por ser tan antipático. ¿Qué demonios pretende demostrar con su camiseta ofensiva y su apenas disimulado desprecio por lo exclusivo del bar y del cóctel que Oscar ha elegido? ¿Que lo gana a guay, a pesar de que Oscar sea más rico?

Dejo mi copa vacía y lo abrazo, aliviada cuando la expresión afligida de sus ojos se desvanece.

—No has metido la pata en absoluto, Oscar. Tú eres así. —Recorro el bar con la mirada—. Y eres maravilloso —añado—. Así que quiero que te vean tal como eres. Seguro que vas a encantarles, y ellos a ti cuando los conozcas mejor. —Me acaricia el brazo con la mano mientras hablo—. Relájate y disfruta de la noche.

Jack y Sarah ya regresan hacia nosotros, él con dos cervezas en una mano y ella con más cócteles de champán en las suyas.

—La verdad es que su aspecto no deja duda de que lo suyo es la televisión —observa Oscar.

Trato de ver a Sarah a través de sus ojos mientras mi amiga avanza hacia nosotros, todo piernas bronceadas y ondas hollywoodienses.

—¿Estás seguro que has elegido a la chica correcta? —bromeo.

Lo odio, pero siempre hay una parte de mí que se pregunta

por qué, ¿por qué iba a querer estar con alguien como yo este hombre tan atractivo?

Esboza una breve mueca de enfado, y enseguida pienso que ojalá hubiera mantenido la boca cerrada.

—Estás tan equivocada que no sé qué decir. —Se ablanda y sube la mano para ponérmela en la nuca—. Siempre eres la mujer más espectacular para mí, Laurie. En cualquier habitación, en cualquier bar o en cualquier playa.

Baja la cabeza y me besa, con suavidad pero también con firmeza. Cierro los ojos y durante esos segundos me siento como la mujer más espectacular del mundo.

—Idos a un hotel, chicos.

La risa de Sarah llega hasta mí ligera y brillante, así que vuelvo a abrir los ojos y sonrío.

—La culpa es mía —dice Oscar sonriendo también—. No puedo quitarle las manos de encima.

Desliza la palma por mi brazo y acaba entrelazando sus dedos con los míos.

Detrás de Sarah, Jack se las ingenia para echarse a reír a la vez que frunce el ceño, toda una proeza de la ingeniería facial.

—Un trago de verdad para que te bajen las revoluciones, colega.

Oscar acepta la cerveza entre risas, afable a pesar de que de las palabras de Jack se infiere que el cóctel de Oscar no había sido para él «un trago de verdad».

Sarah me pasa una copa de champán, con expresión de felicidad por lo mío con Oscar.

Jack se apoya contra la pared, cerveza en mano.

—¿Y a qué te dedicas, Oscar? Además de a holgazanear por las playas tailandesas ligando con chicas, quiero decir.

A pesar de que suaviza su comentario con un guiño, da la sensación de que está buscando pelea.

—Parece que de tanto vivir con Billy se te están pegando ciertas cosas, Jack —digo con un guiño a mi vez, si bien no podría describirse como amistoso.

Me dedica un ligero gesto de «me da exactamente igual» encogiéndose de hombros y acto seguido desvía la mirada hacia otro lado.

—A la banca —contesta Oscar con una sonrisa autocrítica—. Ya lo sé. El típico pijo gilipollas, ¿no?

—Tú lo has dicho, tío.

Vale, esto ya es el colmo de la mala educación. Sarah le lanza una mirada de reproche, y la verdad es que a mí me entran ganas de quitarle la cerveza y vaciársela sobre su insufrible cabeza. Oscar, sin embargo, está muy acostumbrado a las pullas sobre la banca y pasa de él.

—Un aburrimiento, ya lo sé. No como lo tuyo, por lo que tengo entendido. Radio, ¿no?

Crisis evitada. Jack por fin encuentra la cortesía necesaria para tomar el testigo conversacional que Oscar le ha pasado, y nos entretiene con anécdotas de la emisora de radio y contándonos más detalles del puesto de mayor categoría para el que está convencido al noventa y cinco por ciento de que lo seleccionarán en verano. Se ilumina como una bengala cuando habla de trabajo, es más él mismo, se muestra más relajado, y finalmente yo también puedo relajarme. Después de todo, quizá la noche no sea un desastre.

Jack

Esta noche va de dejar las cosas claras, ¿no? Oscar es un pijo de apellido con guion y cara de gilipollas. Deja que te invite a cócteles caros en mi club privado, deja que, como quien no quiere la cosa, suelte en medio de la conversación que trabajo en la banca, deja que le meta la lengua a Laurie hasta la garganta cuando sé que ambos estáis mirando. Bueno, ya te he visto el plumero, niño pijo, con tu pelo negro y desenfadado y tus zapatos náuticos (porque quién sabe cuándo podrías necesitar subirte a bordo del yate de alguien sin previo aviso).

Pienso en todo esto mientras me sujeto la polla con la mano en el urinario. Llevo ya cinco minutos aquí escondido, sobre todo porque sé que estoy comportándome como un imbécil y, al parecer, soy incapaz de dar marcha atrás. Sarah no para de lanzarme miradas como puñales. No creo que vaya a arrancarle ese vestido en un futuro próximo, es más probable que ella me arranque a mí el cuero cabelludo, y no puedo culparla por ello. No sé quién está tocándome más las pelotas esta noche, si Oscar con su inquebrantable buen humor y su negativa a dejarse chinchar o Sarah por estar prácticamente dando saltitos a su alrededor suplicándole ser su nueva mejor amiga. Me pregunto si lo que pretende es tener con él la misma relación que yo tengo con Laurie, y me entran ganas de decirle que lo siento, pero que ese tipo de cosas no se fingen. A Lu y a mí nos costó años. Mientras me lavo las manos me miro en el espejo que hay sobre los lavabos y lo pienso un instante. No es que a Laurie y a mí nos quede mucha amistad hoy en día. No he vuelto a estar a solas con ella desde aquella noche en la cocina de Delancey Street, hace ya más de un año. Sarah me ha acusado de actuar como un hermano mayor sobreprotector, pero se equivoca. No puedo decir que mis sentimientos hacia Laurie sean fraternales, eso se acabó cuando… No, no voy a pensar en eso ahora.

Salgo de los aseos de caballeros con la firme intención de mantener el pico cerrado y me topo de bruces con Laurie. No desperdicia ni un segundo.

—¿Qué coño estás haciendo, Jack?

Creo que nunca la había visto así de enfadada. Tiene las mejillas sonrosadas y los hombros erguidos.

Vuelvo la mirada por encima de mi hombro hacia la puerta por la que acabo de salir.

—Mear.

Los ojos violáceos le brillan de rabia.

—Más bien mear fuera del tiesto.

—Yo también me alegro de verte —digo poniéndome a la defensiva.

—No se te ocurra —sisea—. No se te ocurra hacer eso, Jack O'Mara. —Estamos en un pasillo del piso de arriba, rodeados de gente que viene y va, así que se inclina hacia mí para que la oiga bien—. ¿Qué estás intentando demostrar exactamente? ¿Que eres más guay, mejor, más divertido? ¿Es demasiado pedir que te limites a alegrarte por mí?

Me encojo de hombros.

—Me alegraría si Oscar no fuera imbécil.

—No es imbécil. Es bueno y amable, y creo que hasta podría estar enamorado de mí.

Oigo un resoplido burlón, y soy consciente, demasiado tarde, de que ha salido de mí.

—¿Qué? —Niega con la cabeza, con los ojos destellantes de furia—. ¿Tan improbable es que alguien pueda amarme de verdad, Jack?

—Apenas lo conoces.

Laurie tambalea como si la hubiera golpeado.

—¿Y a ti quién te ha convertido en experto de repente? —replica—. ¿Quién eres tú para decirme si puedo enamorarme en un minuto, en un mes o en un año?

Nos quedamos mirándonos fijamente, y entonces me doy cuenta con sobresalto de que ya no es la chica de Delancey Street. Es una mujer con una vida de la que ya no formo parte en líneas generales.

—¿Tú lo quieres?

Aparta la mirada, negando con la cabeza porque no tengo derecho a preguntárselo. Y menos de esta manera.

—Él es importante para mí, Jack —responde, ahora en tono más suave, y la vulnerabilidad de su mirada hace que me sienta como un idiota.

—De acuerdo —acepto, y lo digo en serio.

Ojalá pudiera abrazarla y devolver nuestra amistad al lugar que le correspondería ocupar. Pero hay algo en mí que sabe que abrazar a Laurie no es la decisión correcta. Así que la agarro de la mano y la miro a los ojos tempestuosos.

—Lo siento, lo siento mucho, ¿vale?

Y tengo la sensación de que estoy disculpándome con ella no solo por lo de esta noche, sino por todo lo que ha pasado antes. Por mentirle al decir que no la vi hace años en aquel puto autobús, por besarla bajo una tormenta de nieve, por haberlo hecho siempre tan rematadamente mal.

Al final, después de lo que parecen diez minutos pero han debido de ser diez segundos, asiente con la cabeza y me suelta la mano.

Sonrío.

—Vuelve abajo. Iré dentro de un momento.

Laurie vuelve a asentir y se aleja sin mirar atrás.

Ha madurado sin que yo me diera cuenta. Ya es hora de que yo haga lo mismo.

14 de mayo

Laurie

—Cógelo, Oscar, cógelo —murmuro sin dejar de releer la carta que tengo en la mano mientras escucho los tonos de su móvil.

«Este es el buzón de voz del...» ¡Mierda! Cuelgo y pruebo de nuevo, pero una vez más vuelvo a oír a esa puñetera e irritante mujer robot diciéndome que lo siente muchísimo, pero que Oscar Ogilvy-Black no puede ponerse al teléfono ahora mismo. Estoy plantada en mitad del silencioso pasillo de mis padres, acariciando distraídamente mi colgante púrpura con los dedos. Me lo puse para la entrevista de trabajo de la semana pasada y no me lo he quitado desde entonces para intentar atraer la buena suerte. ¡Y ha funcionado! Desesperada por contar a alguien la buena noticia, deslizo un dedo por la pantalla en busca del número de Sarah. No la llamo porque sé que nunca puede contestar cuando está trabajando, así que me conformo con enviarle un mensaje de texto:

Adivina quién han conseguido POR FIN un trabajo como es debido.
¡Yo! ¡Prepárate, Sar, vuelvo a Londres!

Presiono «enviar» y no pasan ni treinta segundos antes de que me vibre el móvil.

¡ESPERA! Voy al aseo para llamarte. ¡No llames a nadie más!

Un instante después, mi teléfono empieza a sonar. Pasan otros treinta segundos antes de que pueda decir algo, porque Sarah se pone a chillar y aplaudir; me la imagino perfectamente en estos momentos, encerrada en el cubículo haciendo su baile de la felicidad mientras unas cuantas colegas desconcertadas la oyen desde fuera.

—Vamos, ¡quiero saberlo todo! —exclama, y al fin puedo contar a alguien mi noticia de manera oficial.

—Es ese puesto del que te hablé; ya sabes, el de la revista para adolescentes.

—¿Te refieres al que era tipo consultorio sentimental?

—¡Sí! ¡A ese! ¡Dentro de tres semanas seré la mujer a la que los adolescentes del país recurran en busca de consejos sobre planchas para el pelo, granos y citas arriesgadas!

Estoy riéndome a carcajadas, al borde de la histeria ante la perspectiva de empezar a trabajar por fin en una revista. No serán todos los adolescentes del país, por supuesto, solo el pequeño porcentaje que lee una revista no tan popular que digamos, pero es algo, ¿no?, es real. Es mi deseadísimo primer paso hacia la siguiente etapa de mi vida. No estaba para nada segura de que fueran a ofrecerme el puesto. La entrevista no fue precisamente convencional: dos mujeres que no podían tener más de veintiún años disparándome preguntas sobre problemas inventados para ver qué respuestas se me ocurría dar.

—A Emma le sale un grano horrible la noche antes de su baile de graduación —propuso una de ellas señalándose la barbilla inmaculada para enfatizar sus palabras—. ¿Qué sugerirías?

Por suerte, incluso en el momento de la entrevista, Sarah fue mi salvación; nuestra estantería del cuarto de baño de Delancey Street fue lo primero que me vino a la mente.

—Sudocrem. La venden para el culito de los bebés, pero también es un arma secreta para los granos.

Las dos lo anotaron a la velocidad del rayo; me dio la clara impresión de que ambas irían a toda prisa a una farmacia en cuanto terminara la entrevista.

—¿Una carrera en las medias en una fecha señalada? —me preguntó la otra entrevistadora con los ojos entornados.

—Esmalte de uñas de un color claro para evitar que se haga más grande —le contesté de inmediato.

El típico consejo de instituto. Para cuando terminaron me sentía como si, en vez de entrevistarme para un posible trabajo en una revista, me hubiera interrogado la Stasi.

—Joder, espero que nadie te pida consejo sobre pestañas postizas —se mofa Sarah—. Te demandarán.

—Y que lo digas. Confío en que tú seas mi principal asesora.

—Bueno, ya me conoces, ¡soy la mejor fuente de conocimiento sobre todas las cosas falsas y relucientes! —Parece ilusionada—. No puedo creerme que por fin vayas a volver, Lu. Es la mejor noticia que me han dado en todo el año. ¡Ya verás cuando se lo diga a Jack!

Sarah cuelga, y me siento en el último peldaño de la escalera y sonrío como una boba. ¿Las diez de la mañana es demasiado pronto para tomarse una ginebra?

9 de junio

Laurie

Oscar estira el brazo por detrás del sofá y coge una caja con un lazo.

—Tengo algo para ti.

Deposita el enorme regalo cuadrado sobre mi regazo y le lanzo una mirada de sorpresa.

—Oscar, mi cumpleaños ha sido hace nada.

—Ya lo sé. Esto es diferente. Es para el trabajo nuevo.

Es sábado por la noche, estamos atiborrados de comida china para llevar y ya vamos por la mitad de la botella de champán… Y cuando llegue el lunes, tendré un empleo remunerado en Skylark, la casa editorial que publica la revista *GlitterGirl*.

—Venga, ábrelo —dice al mismo tiempo que da unos golpecitos a la caja—. Puedes cambiarlo, si no he acertado.

Desvío la mirada desde sus ojos emocionados hacia la caja y tiro muy despacio de las cintas de color verde lima para desatarlas. Ya me malcrió un montón por mi cumpleaños, así que esto me parece una auténtica extravagancia. Quito la tapa de la elegante caja de regalo, retiro hacia atrás el papel de seda a rayas y admiro el bolso de mano negro de Kate Spade, uno de esos preciosos y sofisticados bolsos en los que cabe de todo, que hay dentro.

—¡Ay, Oscar! Es perfecto. —Sonrío y acaricio con un dedo el discreto logo dorado. Intuyo que Sarah ha tenido algo que ver, porque elogié uno muy similar que ella llevó colgado del brazo al restaurante donde celebramos mi cumpleaños—. Pero ya sabes que no tenías que regalarme nada. Es demasiado.

—Hacerte feliz me hace feliz. —Se encoge de hombros, como si fuera algo obvio—. Mira en el bolsillo interior, hay otra cosa.

Meto la mano en el bolso, llena de curiosidad, y abro la cremallera del bolsillo.

—¿Qué es?

Me río mientras hurgo con los dedos hasta tocar metal frío. Y entonces lo sé, y saco el juego de llaves que cuelgan de un llavero plateado de Tiffany.

—¿Cómo vas a entrar y salir a tu antojo si no tienes tu propio juego de llaves? —pregunta, haciendo cuanto está en su mano por quitar hierro al hecho de que está dándome las llaves de su casa.

O de nuestra casa, pues eso es lo que será al menos durante un tiempo. Fue casi lo primero que me dijo después de «¡Enhorabuena!» cuando le conté lo de mi nuevo empleo: «Te quedarás conmigo una temporada, ¿verdad?». Tengo que reconocer que albergaba la esperanza de que me lo ofreciera, ya que el salario con el que voy a empezar es poco menos que miserable. Ambos estamos de acuerdo en que es una medida provisional hasta que se me ocurra otra cosa. Pero al mirar el brillante juego de llaves, veo el enorme conjunto de expectativas que conllevan y titubeo. Me pregunto si no estaré equivocándome. Solo llevamos juntos ocho meses, a fin de cuentas, y siempre he tenido claro que haría todo esto a mi manera.

—No quiero que pienses que estoy aprovechándome de tu generosidad, Oscar. Y ya me conoces… Soy doña Independencia —digo.

Sus ojos oscuros rebosan diversión.

—Créeme, yo también tengo intención de aprovecharme de ti. —Me quita las llaves de las manos y me mira con las cejas enarcadas—. Además, ¿de qué otra manera ibas a poder entrar para tenerme la cena lista y esperándome?

Le doy un puñetazo en el brazo.

—Espero que te gusten las alubias de lata.

Deja caer las llaves dentro de mi nuevo y sofisticado bolso y después lo deposita en el suelo; a continuación me recuesta contra el hondo sofá de cuero y me besa.

—¿Y si dejamos de hablar de cosas aburridas? Se me ocurren otras mejores que hacer.

4 de agosto

Jack

Preferiría darme un puñetazo en la cara a ir esta noche a una cena en casa de Laurie y Oscar, sobre todo porque también han invitado al hermano de este. Otro banquero chulito. Mira por dónde.

A Sarah solo le ha faltado tatuarme en la frente la hora a la que tengo que llegar. «Lleva flores —me dijo—. Yo llevaré vino.» Creo que ha buscado en Google el protocolo que rige estos acontecimientos.

Acaba de enviarme un mensaje de texto:

Piensa en varias buenas preguntas que hacer esta noche al hermano de Oscar.

Siento la tentación de enviarle una respuesta borde, pero me limito a apagar el teléfono. Estoy en el trabajo, no tengo tiempo para estas mierdas.

Agradezco tener que preparar listas de reproducción para los próximos siete días y una reunión con el productor agendada para esta tarde para hablar de un nuevo concurso que planeamos hacer.

Cojo un bolígrafo y me anoto en la mano la hora más tardía posible a la que puedo salir y aun así llegar a tiempo por los pelos. Si algo tengo claro es que no quiero llegar pronto.

Laurie

—¿Estás seguro de que ha quedado bien?

Doy un paso atrás, con las manos en las caderas, y observo la mesa del comedor. Oscar me pasa un brazo por los hombros.

—A mí me parece que sí —dice.

Esperaba un elogio más efusivo que ese; es la primera cena de tres platos para adultos que ofrezco, algo que está a años luz de la pizza en el sofá que cenábamos en Delancey Street. Ojalá hubiera tenido oportunidad de invitar solo a Sarah y Jack, de hacer una prueba antes de extender la invitación fuera del círculo. En realidad, no he sido yo quien la ha extendido; se suponía que seríamos solo nosotros cuatro, pero el fin de semana pasado Oscar invitó a su hermano, Gerry, y a su esposa, Fliss, cuando nos los encontramos en Borough Market mientras comprábamos chocolate artesanal para la mousse. Ya lo sé. No podría parecerme más a una maruja ni aunque lo intentara. Sé compasivo conmigo: es mi primera cena y, para prepararme, llevo semanas mirando un programa tras otro de la chef Nigella Lawson partiendo chocolate artesanal para echarlo a una cazuela mientras bate las pestañas ante la cámara.

Solo he visto al hermano de Oscar una vez, y lo único que recuerdo es que Gerry no da la impresión de parecerse mucho a su encantador hermano menor, y que su esposa, Felicity, que está como un palillo, tiene aspecto de sobrevivir a base de aire y Chanel n.º 5. Me recuerda a alguien famoso, pero no soy capaz de caer en quién. Pero bueno, así es como mi agradable cena para cuatro se convirtió en una aterradora cena para seis, y me he pasado todo el día en la cocina siguiendo con gran meticulosidad una complicada receta de *coq au vin*. Y tampoco es que sea un *coq* cualquiera. Esta afortunada ave ha sido alimentada con maíz, mimada y envuelta en papel marrón encerado por un carnicero, así que espero con todas mis fuerzas que eso se refleje en el sabor, porque me costó el triple de lo que cuestan sus hermanos envueltos en plástico en el supermercado. He batido la mousse de chocolate hasta dejarla esponjosa, he preparado la ensalada y ahora me muero por una copa de vino.

—¿Te molestaría que te quitara el pintalabios a besos?

—Sí.

Una de las ventajas de trabajar en una revista para adolescentes es la plétora de muestras de productos de belleza que inunda la oficina; es evidente que las adolescentes de hoy en día gastan mucho más dinero en cosméticos que yo hace una década. Esta noche estoy probando una nueva marca de lápices labiales que se ha puesto de moda; el estuche se parece más a un consolador de la era espacial que a un carmín, y aunque no confiere a mis labios más volumen, el prometido aspecto «picadura de abeja», el producto es cremoso e intenso y hace que me sienta un pelín más segura.

Oscar pone cara de desilusión durante unos segundos, pero el ruido del timbre interrumpe la conversación.

—Llega alguien —susurro con la mirada clavada en él.

—Sí, suele pasar cuando das una cena —dice—. ¿Voy yo a abrir o quieres hacerlo tú?

Me acerco a la puerta a hurtadillas y miro por la mirilla con la esperanza de que Sarah y Jack sean los primeros. No tengo suerte.

—Es tu hermano —digo sin voz mientras regreso junto a Oscar de puntillas.

—¿Debo deducir que eso significa que abro yo? —pregunta.

—Me voy a la cocina, tú llámame cuando estén dentro, como si no lo supiera —digo mientras me dirijo a ella.

—¿Puedo preguntar por qué? —dice con suavidad Oscar.

Me quedo parada en la puerta.

—¿Para que no parezca demasiado ansiosa?

La verdadera razón es que necesito echarme al coleto una copa de vino para que me dé valor; de repente, mi característica torpeza social vuelve a estar vivita y coleando.

Cojo el móvil mientras saco el vino de la nevera y envío un mensaje rápido a Sarah:

¡Daos prisa! G. y F. ya están aquí. ¡Necesito refuerzos!

Echo un vistazo al *coq au vin*, y me complace informar de que se parece bastante a la foto del libro de recetas. Eh, Jamie Oliver, mi polla es mejor que la tuya. Estoy riéndome para mis adentros cuando me vibra el teléfono; en cuanto oigo que Oscar me llama, lo cojo enseguida.

De camino, 5 minutos máx. A Jack se le ha hecho tarde, llegará cuando pueda. Lo siento. ¡No os bebáis todo el vino sin mí!

Cinco minutos. Puedo aguantar. Puto Jack, la semana pasada Sarah prácticamente se echó a llorar aquí mismo, en nuestra cocina, después de que volviera a dejarla tirada porque tenía que trabajar hasta tarde. Y la cosa no hará más que empeorar cuando empiece su nuevo trabajo de presentador dentro de un par de semanas. De aquí a nada, la única manera de saber algo de Jack será sintonizar su programa de radio. Me sacudo el enfado y pongo en la cubitera la botella de vino; después me planto una sonrisa en los labios casi picados por una abeja y me dirijo hacia el salón.

—No creo que aguante mucho más sin secarse —digo.

Sarah y yo bajamos la mirada hacia el ya ligeramente menos impresionante *coq au vin* y luego mira el reloj y niega con la cabeza.

—Lo siento mucho, Lu, de un tiempo a esta parte se comporta como un completo idiota. Sabe lo importante que esto es para ti.

De momento, Jack lleva más de una hora y media de retraso, y salvo por el mensaje que envió justo después de que Sarah apareciera para anunciarnos que ya no tardaría en llegar, no ha dicho ni mu.

—¿Y si le mando yo un mensaje? A lo mejor le da miedo abrir los tuyos —propongo mientras le relleno la copa.

Hace un gesto de negación.

—No te molestes. Venga, saquemos esto y cenemos. Él se lo pierde.

Tal vez sea mejor que Jack decida no presentarse esta noche al final; ya llega lo bastante tarde para quedar como un maleducado de tomo y lomo, y hay muchísimas posibilidades de que Sarah le arranque la cabeza si aparece.

Son más de las diez, el *coq au vin* ha sido un éxito y Gerry no está tan mal después de un par de copas. Fliss es horrible: abstemia y vegetariana, manda huevos... Me habría dado igual, ¡pero es que no me había dicho ni una puñetera palabra al respecto hasta que le puse delante un muslo de pollo enorme! (Por cierto: ya he caído en a quién me recuerda: a Wallis Simpson, la duquesa de Windsor, toda una avispa.) Y Jack sigue sin aparecer. Por si fuera poco, ni siquiera ha llamado. Sarah está tan enfadada que ha empezado a referirse a él únicamente como «cara de culo» y a beber más vino del que es habitual en ella; el pobre Oscar está haciendo todo lo posible por defenderlo a pesar de que Jack no ha hecho nada para ganarse esa lealtad.

—¿A quién le apetece un poco de mousse de chocolate? —pregunto en voz alta para cambiar de tema.

—Uf, sí —gime Gerry como si acabara de ofrecerle una mamada, pero al mismo tiempo Fliss emite un siseo similar al grito de la Bruja Mala del Oeste cuando Dorothy le lanza el agua.

Miro primero al uno y luego a la otra, sin saber qué hacer, pero el móvil de Sarah se ha puesto a vibrar y todos lo miramos expectantes. Durante el transcurso de la cena, Sarah ha pasado de tenerlo escondido debajo del trasero para echarle un vistazo furtivo de vez en cuando a dejarlo a plena vista sobre el plato vacío de Jack. Creo que podría ir con segundas.

—Ahí lo tienes. —Oscar respira aliviado—. Dile que no pasa nada, Sarah, que queda comida si no ha cenado.

El móvil se agita y traquetea sobre el plato de porcelana blanca de Jack.

—Personalmente, a mí no se me ocurriría cogerle el teléfono. —Fliss mira a Sarah con desprecio, llena de arrogante desdén—. Menudo caradura.

Sarah me mira, vacilante e insegura.

—¿Qué hago?

—Contéstale —digo más que nada para tocar las narices a Fliss, y un segundo después Sarah coge el móvil y poco menos que hinca un dedo en la tecla.

—Mierda. Ya había colgado —dice. La decepción reluce en sus ojos a pesar de que añade—: Le está bien empleado, por caraculo. —Vuelve a dejar el teléfono en el plato de Jack—. Tomemos el postre.

Cuando empujo mi silla hacia atrás, el teléfono de Sarah vibra de nuevo para avisarla de que Jack le ha dejado un mensaje.

—Seguro que está por ahí, en algún bar —dice Fliss pese a que no tiene derecho a opinar, pues ni siquiera conoce a Jack.

—Estará liado en el trabajo.

Gerry batea a favor del Equipo Jack vete tú a saber por qué, tal vez porque su esposa le cae tan mal como a mí.

Sarah coge el teléfono.

—Enseguida lo sabremos.

Se hace el silencio en torno a la mesa y todos oímos la voz metálica que informa a Sarah de que tiene un nuevo mensaje en el buzón de voz. Mi amiga resopla y pulsa la tecla de nuevo, y yo cruzo los dedos bajo la mesa para que Gerry gane la apuesta.

«Hola, este es un mensaje para Sarah —dice un tipo que habla a toda pastilla con cierto dejo australiano. Sarah alza la vista hacia mí, con el ceño fruncido ante la desconocida voz masculina—. Llamo porque este teléfono se le ha caído del bolsillo a un hombre que acaba de sufrir un grave accidente de tráfico en Vauxhall Bridge Road. Su número aparece como el que marca más a menudo; ahora mismo estamos esperando con él a que llegue la ambulancia. Pensé que querría saberlo lo antes posible. Me llamo Luke, por cierto. Ya me dirá, cuando pueda, qué debo hacer con este teléfono.»

Sarah comienza a derramar lágrimas abrasadoras y aterradas antes de que termine el mensaje, y me arrodillo junto a su silla y le quito el teléfono de entre las manos temblorosas antes de que se le caiga.

—¿Qué hago, Laurie?

Respira demasiado deprisa, aferrada a mi mano. Ha perdido todo el color de la cara; no puede mantener ni un solo dedo quieto.

—Vamos a donde está —digo intentando mantener la voz firme—. Pediré un taxi, llegaremos en unos minutos.

—¿Y si está...?

Tiembla con tanta fuerza que le castañetean los dientes.

—No digas eso —la interrumpo mirándola a los ojos de hito en hito, pues necesito que me escuche—. No lo digas. Ni siquiera lo pienses. Todo va a salir bien. Lo primero es llegar allí, las dos juntas, tenemos que ir paso a paso.

Sarah asiente, aún titubeante, tratando de recuperar la compostura.

—Las dos juntas. Paso a paso.

La abrazo con fuerza, y la mirada desolada de Oscar se cruza con la mía por encima del hombro de Sarah. Miro hacia otro lado.

5 de agosto

Laurie

Está vivo. Gracias a Dios, gracias a Dios, gracias a Dios.

Estamos acurrucados en unas sillas de metal clavadas al suelo, bebiendo un líquido tibio que Oscar ha sacado de la máquina expendedora. No sé si es té o café. La médica vino a hablar con nosotros hace un par de horas; aún no podemos ver a Jack. «Está en el quirófano», nos dijo con una voz serena y tranquilizadora que, aun así, hizo que se me pusieran los pelos de punta. Traumatismo craneoencefálico. Costillas fracturadas. Hombro izquierdo fracturado. Lo de los huesos rotos puedo sobrellevarlo, porque sé que los huesos se arreglan. Es el traumatismo craneoencefálico lo que me aterra; van a hacerle un escáner, o como quiera que se llame lo que le hagan, y después deberían saber algo más. No asimilé todo lo que nos dijo porque la sirena de mi botón del pánico empezó a ulularme en el cerebro. Traumatismo craneoencefálico. La gente muere de traumatismo craneoencefálico. «No te mueras, Jack. No te atrevas a dejarnos. A dejarme.»

Estamos sentadas una a cada lado de su cama, Sarah y yo. Intentamos ponernos en contacto con su madre en los confusos minutos posteriores a que lo localizáramos en el hospital Saint Pancras, pero entonces Sarah se acordó de que está en España con Albie, el hermano de Jack. Fui yo quien le dejó el mensaje, y no Sarah, para no darle un susto de muerte.

Así que lo cuidamos juntas, y esperamos, porque nos han dicho que por ahora es lo único que podemos hacer. Ha salido del quirófano, está fuera de peligro inmediato, pero no podrán determinar el alcance de las lesiones cerebrales hasta que recupere la conciencia. Está pálido e inmóvil por completo, salvo por el movimiento ascendente y descendente de su pecho desnudo. Está cubierto por una maraña de vendas y tubos, conectado a todo tipo de máquinas y goteros. Nunca había estado tan asustada. Tiene una apariencia demasiado frágil, y me ha dado por preocuparme por qué ocurrirá si se va la luz. Tienen generador, ¿no? Porque no creo que Jack se mantenga vivo por sí mismo en este momento, depende de la red eléctrica nacional. Qué ridículo. A lo largo y ancho de Londres la gente está poniendo a calentar el hervidor de agua y cargando el móvil como si nada, consumiendo una energía preciosa que debería guardarse y enviarse aquí para mantener a Jack con vida. «Por favor, no te mueras, mi querido Jack. No nos dejes. No me dejes.»

Cuidados Intensivos es un lugar extraño de laboriosidad silenciosa entreverada de pánico; las pisadas constantes y delicadas de las enfermeras, el ruido metálico de los informes de los pacientes contra los extremos metálicos de las camas, una sinfonía de pitidos y alarmas de fondo.

Observo a Sarah recolocar a Jack en el dedo la pinza de plástico que monitoriza los niveles de oxígeno mientras una enfermera escribe su nombre en una pizarra sobre la mesilla de noche en mayúsculas azules y brillantes. Cierro los ojos y, aunque nunca he sido ni remotamente creyente, rezo.

10 de agosto

Laurie

—No intentes moverte, llamaré a la enfermera.

Vuelvo la cabeza para pedir ayuda mientras Jack lucha por incorporarse en la cama a pesar de que la enfermera jefe de la unidad le ha dicho en términos inequívocos que presione el timbre si necesita ayuda.

—Me cago en todo, Lu, deja de armar revuelo. Puedo hacerlo solo.

No correría el riesgo de hacer estas tonterías si Sarah estuviera aquí, porque ella le daría una patada en el culo. Solo se la está jugando hoy porque es viernes y he salido temprano del trabajo para visitarlo sola. Hace un par de días que ha recuperado el conocimiento y los médicos, gracias a Dios, han podido confirmar que no le ha quedado ninguna secuela cerebral permanente, aunque todavía están haciéndole pruebas porque tiene problemas de audición en un oído. Desde entonces ha quedado claro que Jack es el peor paciente del mundo. Su carácter independiente es, por lo general, una de sus mejores cualidades, pero que se niegue a pedir ayuda raya en lo peligroso teniendo en cuenta su estado. Está sondado y tiene una vía en la mano para administrarle analgésicos; cada vez que se enrabieta e intenta hacer las cosas solo activa una furiosa serie de alarmas y pitidos agudos que hacen que las enfermeras acudan corriendo.

Me siento cuando la auxiliar de enfermería cruza la sala a grandes zancadas y lo acomoda entre las almohadas.

—Tu cara bonita está empezando a ponerme de los nervios,

O'Mara —le espeta la mujer en ese tono de «tonterías las justas» que emplea el personal médico experimentado.

Jack sonríe a modo de disculpa.

—Gracias, Eva. Lo siento. ¿Puedo ofrecerte una uva?

Señala con la cabeza la cesta de frutas que tiene al lado, un regalo de sus compañeros de trabajo.

—¿Te haces una idea de la cantidad de uvas que me ofrecen aquí dentro? —Lo mira por encima de las gafas—. Si quieres hacer algo por mí, pulsa el timbre la próxima vez que necesites ayuda.

No tiene tiempo que perder, así que se marcha y nos deja solos otra vez. Estoy sentada en uno de esos sillones de escay fáciles de limpiar junto a la cama de Jack, en un rincón de una sala con seis camas ocupadas sobre todo por ancianos. Es la hora de visitas de la tarde, aunque nadie lo diría teniendo en cuenta que la mayor parte de ellos dormita en pijama encima de las sábanas blancas y arrugadas, sin un solo familiar a la vista. La ventana que tengo detrás está abierta de par en par y hay ventiladores encendidos sobre algunas de las mesillas de noche, y aun así apenas corre el aire.

—Hoy hace mucho calor ahí fuera —digo.

He tenido la prudencia de sentarme en el lado por el que Jack todavía oye bien.

Suspira.

—¿A eso ha quedado reducida nuestra amistad? ¿Ya solo podemos hablar del tiempo?

—¿De qué otra cosa quieres hablar?

Encoge el hombro que no tiene roto y luego esboza una mueca de dolor.

—Das consejos en una revista. Cuéntame qué preocupaciones tienen los jóvenes de hoy en día.

Me desenrollo un coletero de la muñeca y me echo el pelo hacia atrás para recogérmelo.

—Vale. Bueno, la mayoría de los jóvenes que escriben son chicas, así que me hacen muchas preguntas relacionadas con la regla.

Pone cara de aburrimiento.

—¿Y sobre qué más?

—Los granos. Tienen muchos problemas con los granos. La semana pasada alguien me preguntó si la saliva de perro era buena para el acné.

La absurdidad le ilumina la cara.

—¿Qué le contestaste?

—Que la saliva de gato es mejor.

—No me creo que le dijeras eso.

—Joder, pues claro que no se lo dije.

—Deberías habérselo dicho.

Le sirvo un vaso de agua helada de la jarra que un celador acaba de depositar en su mesita auxiliar y le pongo una pajita nueva.

—Toma, bebe un poco.

Le cuesta sujetar la taza con un hombro roto y la mano del otro brazo impedida por la vía, así que le sostengo el vaso en alto mientras él succiona por la pajita.

—Gracias —dice, y vuelve a recostar la cabeza sobre la almohada. Cierra los ojos y suelta un bufido de fastidio por el esfuerzo y por el hecho de tener que pedir ayuda para algo tan básico como beber agua—. Cuéntame más cosas.

Intento pensar en algo que pueda estimular su imaginación.

—Ah, ya sé. Hace un par de semanas me escribió un chico porque está loco por una chica que se va a vivir a Irlanda. Él tiene quince años y ella pertenece a una estricta familia católica que no aprueba su relación. Quería saber cuántos años debía tener para poder mudarse legalmente a Irlanda él solo.

—El apasionado amor juvenil… —dice Jack con los ojos aún cerrados—. ¿Qué le dijiste?

Me fijo en la extrema palidez de su cara, en lo hundidos que tiene los pómulos. Nunca le había sobrado ni un solo gramo, y las consecuencias de llevar casi una semana sin apenas comer nada sólido son evidentes.

—Le dije que sé lo doloroso que puede resultar dejar marchar a alguien a quien piensas que amas, pero que no creo que haya una única persona en el mundo para cada uno de nosotros. Sería demasiado caprichoso, demasiado limitante. También le dije que debería dejar pasar un poco de tiempo para apreciar cómo se siente entonces, y que lo más seguro es que se dé cuenta de que ya no piensa tanto en ella, porque así son las cosas, sobre todo cuando tienes quince años. Le dije que llega un momento en el que tienes que tomar la decisión de ser feliz, porque estar triste durante tanto tiempo es agotador. Y que ese día miras atrás y ya no consigues recordar qué era exactamente lo que tanto amabas de aquella persona.

Jack asiente, con los ojos cerrados.

—Pero también le dije que, a veces, en muy pocas ocasiones, la gente vuelve a tu vida. Y que si eso sucede, deberías mantener a esa persona a tu lado para siempre.

Me sumo en el silencio. Se ha quedado dormido. Espero que sueñe con cosas bonitas.

15 de septiembre

Jack

«Cabrones.» Lanzo el móvil contra el revoltijo de tazas sucias y restos de comida que hay encima de la mesita de café y vuelvo a hundirme en el sofá lleno de bultos. El clima también puede irse a tomar por el culo, el puto sol está dándome justo en los ojos. Me levantaría a echar las cortinas si tuviera las más mínimas ganas, pero no las tengo, así que me limito a cerrar los ojos. Teniendo en cuenta que ahora estoy oficialmente en el paro, tampoco pasa nada si vuelvo a quedarme dormido. Eso es lo que ocurre cuando te pones demasiado gallito y entregas la carta de dimisión en tu trabajo anterior antes de empezar en el nuevo, y encima te atropella un tipo que sufre un derrame cerebral al volante de su Volvo. Al menos estoy vivo, eso es lo que me dice todo el mundo; que mire el lado bueno de las cosas o alguna otra gilipollez igual de trillada. ¿Dónde está el lado positivo de no poder incorporarte al puesto por el que llevas luchando toda tu puñetera carrera profesional? Pasé por infinidad de reuniones y entrevistas, llegué al apretón de manos, lo único que me faltó fue firmar sobre la línea punteada; el nombramiento iba a anunciarse en la prensa al cabo de unos días. Me habían enviado por correo el contrato de mis sueños para que lo firmara, y de pronto, ¡pam!, estoy postrado en una cama de hospital y un puto don nadie no tarda ni un segundo en ocupar mi lugar. Han pasado de mí, y ahora el don nadie soy yo y, según van las cosas, dentro de un par de meses ni siquiera podré pagar mi parte del alquiler. Los médicos no son capaces de decirme si recuperaré la audición del oído derecho, y no creo que nadie venga a hacer cola a la puerta de mi casa para contratar a un DJ que no oye una puta mierda. ¿Y entonces qué hago? ¿Me voy a vivir con Sarah y esa arpía de su trabajo? Esa posibilidad ni siquiera existe. La arpía le iría enseguida al casero con el cuento del subalquiler ilegal; ya le fastidia tener que compartir apartamento con una persona, y además parece que yo le resulto especialmente odioso. Estoy seguro de que nada la haría más feliz que verme en una caja de cartón junto al Támesis. No creo ni que me tirara dinero para una taza de té.

Vaya, qué alegría, oigo el tintineo de unas llaves en la puerta de entrada. Ojalá hubiera tenido la previsión de quedarme en la cama y echar el pestillo de la habitación. Billy está en una boda familiar en algún punto del norte del país, y Phil, que es técnico de sonido en mi ahora antiguo lugar de trabajo, está en Goa, lo cual significa que solo puede ser una persona. Sarah. Sarah, con su eterna sonrisa y su entusiasmo por la vida, cuando lo único que a mí me apetece es zamparme un plato precocinado caducado y ver el partido del sábado por la tarde. Y eso que ni siquiera me gusta el fútbol.

—¿Jack? Ya he vuelto. ¿Dónde estás?

—Aquí —contesto lo más malhumoradamente posible.

Sarah aparece en la puerta, toda piernas con ese vestido de tirantes rosa, y en algún recoveco del fondo de mi mente me siento avergonzado por estar repantingado en el sofá con los mismos pantalones de chándal manchados de curri desde hace tres días. Ha estado un par de días en Exeter o en no sé dónde por un reportaje; si te soy sincero, creía que no volvería a casa hasta mañana. Los puñeteros analgésicos me han frito el cerebro. Me habría cambiado de pantalones, al menos.

—Tienes pinta de haberte pasado toda la noche poniéndote hasta arriba de drogas —dice intentando ser graciosa—. Es eso o que estás reviviendo tus días de estudiante. ¿Cuál de las dos cosas?

«Genial, recuérdame lo que me estoy perdiendo, Sarah.»

—Ninguna. Aquí solo estamos el mando a distancia, un pollo *vindaloo* y yo —contesto sin mirarla.

—Parece el título de una película con pretensiones artísticas

—dice Sarah, y se echa a reír en voz baja mientras recoge las tazas sucias.

—Deja eso, ya lo haré yo.

—No es molestia.

—Aun así, déjalo.

Me mira y su deslumbrante sonrisa se desvanece a toda prisa.

—¿Y si me permites cuidarte de vez en cuando? Por favor.

Resignado, cierro los ojos y apoyo la cabeza en el sofá mientras ordena mi caos; me siento como un adolescente rencoroso cuya madre acaba de presentarse en su habitación cuando estaba a punto de cascársela. Por Dios, soy gilipollas. Huelo el perfume de Sarah, intenso y exótico, y me recuerda a las noches de juerga por la ciudad, e incluso esas mismas noches más tarde, en la cama. No hemos vuelto a acostarnos desde el accidente. La verdad es que tampoco nos acostábamos muy a menudo ya antes de que ocurriera. Abro los ojos cuando la oigo soltar los platos y las tazas en el fregadero de la cocina. Su perfume aún flota en el aire, y se superpone al olor del curri de anoche y de mi sudor rancio. No es una buena combinación.

—Había pensado que podríamos salir dentro de un rato —dice casi a gritos tras encender la radio de la cocina—. Hoy hace un día precioso.

Suspiro, aunque no lo bastante alto para que me oiga. Me siento asqueroso, y demasiado cansado para tomarme la molestia de hacer algo al respecto. No creo que me queden calzoncillos limpios. El hombro sigue doliéndome y las costillas todavía me molestan, seguramente porque he pasado de hacer los ejercicios que me han ido dando en las sesiones semanales de fisioterapia a las que a veces voy. Solo Dios sabe por qué. Se me rompieron los huesos. Ya se arreglarán. Pero no hay fisioterapeuta que valga para el oído; lo único que de verdad me importa que me arreglen es lo único que ha quedado dañado para siempre. Bueno, me hablan de audífonos y cosas por el estilo, pero siendo sinceros, ¿qué puñetero sentido tiene? El auténtico problema es que mi carrera se ha ido al garete, y los médicos no pueden hacer nada para solucionarlo.

—¿Qué opinas?

Sarah aparece de nuevo en la puerta ataviada con los guantes de goma verde menta que compró hace unas semanas.

—¿Que pareces un ama de casa de los años cincuenta?

Pone los ojos en blanco.

—Me refiero a lo de salir, Jack. Solo a dar un paseo por el parque o algo así, a comer en esa cafetería nueva de Broadway, quizá. Me han comentado que es muy californiana.

¿Qué cojones se supone que significa eso? ¿Que sirven zumo de hierba de trigo y kale?

—Tal vez.

—¿Te preparo la ducha?

Siento un estallido de ira.

—¿Quién coño eres, mi madre?

No me contesta, pero atisbo el dolor que le invade sus ojos y vuelvo a sentirme como un capullo. Es que estoy harto de que todo el mundo se preocupe por mí. Cuando no es Sarah, es mi madre, que aparece dos veces a la semana con comida que no me apetece comer.

—Lo siento —mascullo—. Tengo un mal día.

Asiente despacio. Si pudiera ver el interior de su cabeza, supongo que me la encontraría despotricando a saco, dedicándome toda clase de insultos bien merecidos. A pesar de que no ha abierto la boca, la oigo gritar «cabrón egoísta».

—Tú ve a ducharte —dice al final, y regresa a los cacharros por limpiar.

Me levanto para hacer lo que me ha pedido y, al pasar por la cocina, me planteo abrazarla junto al fregadero, besarle el cuello y pedirle perdón como es debido. Luego oigo la alegre musiquilla publicitaria de la radio, la presentación de alguien a quien antes consideraba un rival, y el ardor acre de la envidia arrasa con cualquier deseo pasajero de mostrarme educado. «Cabrones.»

24 de octubre

Laurie

—No sé qué hacer, Laurie.

Sarah hace girar el vino en la copa con una expresión de lo más desgraciada en la cara. Me envió un mensaje de texto hace un rato para ver si era posible que tomásemos algo después del trabajo; aunque todavía tenía un montón de correos electrónicos pendientes de revisar, por el tono del mensaje deduje que necesitaba desahogarse, así que pasé de los emails y nos vimos. No me equivocaba. Sabía que la vida con Jack no había sido un camino de rosas desde el accidente, pero por lo que Sarah ha estado contándome a lo largo de la última hora parece que últimamente está llevando las cosas a un límite que pronto será intolerable.

—Y ahora ha decidido que ya no va a tomar más analgésicos —me explica—. Anoche los tiró todos al váter. Me dijo que lo atontan, pero yo creo que prefiere sentir dolor para poder quejarse.

Si te parece un poco insensible, no la juzgues con dureza. Ha hecho todo lo posible por poner buena cara en todo momento desde el accidente, y sé con certeza que ha recibido muy poco agradecimiento por parte de Jack. Ya han pasado casi tres meses, y cada vez que lo he visto desde que salió del hospital su actitud ha rozado la grosería, sobre todo con Oscar. Ha llegado a un punto en el que casi prefiero no verlo.

—Supongo que no ha tenido ninguna buena noticia profesional, ¿no?

Conozco la respuesta a la pregunta antes de hacerla. Aunque ahora ya está bastante bien a nivel físico, a nivel emocional dista mucho de haberlo superado. De todas las lesiones que podría haber sufrido, la pérdida parcial de la audición resulta especialmente cruel dada su profesión.

Sarah niega con la cabeza.

—No sé si está buscando y de lo que estoy más que segura es de que no ha contactado con ninguna emisora. —Se come un anacardo de la bolsa abierta que hay en la mesa entre ambas—. Estoy preocupada, Lu. Está enfadadísimo todo el puñetero rato. Y nunca quiere hacer nada; el mero hecho de conseguir que salga de casa es un verdadero tira y afloja verbal. —Suspira—. Me preocupa que esté convirtiéndose en un ermitaño o algo así.

Trato de escoger bien mis palabras:

—Ha pasado por un gran trauma. Puede que sea una estrategia de afrontamiento, ¿no?

—Pero es que ese es justo el problema: no está afrontándolo. Está sentado mirando a la pared y dejándose crecer una barba que le queda como el puto culo.

Relleno nuestras respectivas copas con la botella de vino blanco semivacía de la cubitera que hay al lado de nuestra mesa.

—¿Y si intentas hablar con su médico?

—Jack dice que lo asfixio. —Frunce el ceño con la mirada fija en la copa—. Tendrá suerte si no lo hago, según está comportándose. Ya no me llama ni me escribe. He recibido más mensajes de Luke que de Jack desde el accidente. Así de mal se han puesto las cosas.

Sarah se ha mantenido en contacto esporádico con Luke, el amable australiano que encontró el teléfono de Jack la noche del accidente.

—¿Está mal que me muera de ganas de marcharme la semana que viene?

Hago un gesto de negación.

—No está mal en absoluto. Debes de estar desesperada por tomarte un respiro. —La celebración de la despedida de soltera de su hermana en las islas Canarias no podría haber llegado en un momento más oportuno—. Puede que a Jack le vaya bien rumiar las cosas sin que estés tú para animarlo. Tendrá que arreglárselas solito.

Suspira de nuevo y se encoge de hombros.

—Tú tienes mucha suerte con Oscar. Creo que nunca lo he visto de mal humor.

He de esforzarme mucho para recordar la última vez que discutimos.

—Sí. Es un tipo bastante estable.

—No me harías el enorme favor de ir a ver a Jack mientras estoy fuera, ¿verdad? —Me mira como si fuese su última esperanza—. A lo mejor contigo sí se abre. Bien sabe Dios que conmigo no quiere hablar.

¿Qué se supone que debo contestarle? No puedo decirle que no.

—¿Crees que hablaría con Oscar? Tal vez funcione mejor con un hombre.

Ni siquiera he terminado de decirlo y ya sé que es una idea ridícula.

Sarah niega con la cabeza, abatida.

—Por favor, no te ofendas, Lu, y no se lo cuentes a Oscar, pero no sé si Jack y él están en la misma onda. A ver, a Jack le cae bien, pero creo que a veces le cuesta saber qué decir cuando está con Oscar.

Lo cierto es que no tengo ni idea de cómo reaccionar a eso, así que me limito a asentir y dar un buen trago al vino. Como no me quedan más opciones, meto la mano en mi bolso de Kate Spade y saco la agenda.

—Vale. —La abro y paso un dedo por la página de la semana que viene hasta llegar al sábado—. Me parece que Oscar se va de caza por la mañana.

Me echo a reír cuando Sarah enarca las cejas.

—No preguntes. Una de esas cajas de experiencias que alguien le regaló a su hermano, creo. ¿Podría pasarme a ver a Jack mientras Oscar se marcha a hacer eso?

El alivio le relaja los hombros.

—No sé cómo llegar hasta él; estamos en un punto en el que todo lo que digo le molesta. Tal vez piense que contigo no puede ser tan maleducado y hacer como que no ha pasado nada.

Mi móvil está encima de la mesa, y cuando empieza a vibrar entre las dos me siento casi culpable, pues la pantalla se ilumina con una foto mía y de Oscar en Tailandia.

—Es Oscar, que me pregunta por la cena —comento mientras ojeo su mensaje a toda prisa.

Me aterroriza ignorar los mensajes por si ha pasado algo; no es de extrañar, teniendo en cuenta lo que le ocurrió a Jack.

—Muy hogareño —dice Sarah.

No puedo negarlo. No he hecho el menor avance en la búsqueda de un piso al que mudarme, en parte por lo que le pasó a Jack, pero si te soy honesta, sobre todo porque estoy disfrutando de lo de jugar a las casitas sin la onerosa responsabilidad de la hipoteca y las facturas. Es una forma de vida ridícula, lo sé, pero para Oscar las cosas siempre han sido así, y tengo que reconocer que es increíble sentirse tan segura. De vez en cuando me pregunto si no será demasiado seguro, demasiado estable, pero aquí sentada escuchando a Sarah me doy cuenta de que debería agradecer mi buena estrella.

—Bueno… —Sarah hace un gesto con la cabeza en dirección a mi teléfono, donde destella una foto de la pasta a la boloñesa que Oscar acaba de preparar—. Diría que tienes que marcharte.

Me levanto para irme, pero antes la abrazo con fuerza.

—Todo volverá a ir bien con Jack, Sar, sé que será así. Las ha pasado canutas. Dale tiempo.

—Tengo la sensación de que es lo único que hago —dice mientras se pone la chaqueta.

La temperatura ha bajado en los últimos días. De repente, las calles de Londres se han llenado de abrigos.

—Disfruta un poco del sol.

Me entran muchísimas ganas de marcharme con ella, de bailar, de reír, de que nos mostremos alegres y despreocupadas como cuando vivíamos en Delancey Street.

—Me tomaré un cóctel por ti —dice con una sonrisa.

3 de noviembre

Jack

—¡Tienes una visita en la sala de estar, Jack, chavalote! —grita Billy desde el pasillo.

Estoy en el cuarto de baño lavándome los dientes sin mucho esmero. Sé que no puede ser Sarah, porque se ha largado a Tenerife a tomar el sol. Y sé que tampoco es nadie del trabajo, porque, ah, claro, no tengo trabajo. Y espero con todas mis fuerzas que no sea otra vez la plasta de mi madre, porque si es ella y Billy la ha dejado entrar cuando salía con Phil para irse al fútbol, me lo voy a cargar. Debería haber aceptado la invitación de mis compañeros de piso y haberme ido al partido. Uy, espera… Si no me han invitado. No los culpo, la verdad. Ya casi nunca me preguntan si quiero hacer planes con ellos, porque saben que la respuesta será no. A lo mejor es Mila Kunis. Está de suerte, me he duchado.

—Laurie —digo lo bastante sorprendido para quedarme parado en la puerta de la sala de estar.

Está sentada en el brazo del sillón, con el abrigo de lana rojo aún abotonado y el gorro de punto con pompón entre las manos.

—Jack.

Esboza una sonrisa vacilante que a duras penas consigue alcanzarle los ojos.

Vuelvo la cabeza por encima del hombro para mirar hacia la cocina, pues de repente caigo en la cuenta de que es posible que no haya venido sola.

—¿Dónde está el niño pijo?

—Se llama Oscar —contesta malhumorada.

Hago un gesto de indiferencia. Lo cierto es que no quiero hablar de ese imbécil, así que cambio de tema.

—¿Café?

Niega con la cabeza.

—¿Vino? ¿Una cerveza?

Vuelve a negar mientras se quita el abrigo, así que voy a la cocina y me cojo una birra para mí.

—Me alegro de verte —me dice cuando vuelvo y me desplomo en el sofá—. ¿Cómo va todo?

—Genial. —Levanto el botellín—. A tu salud.

Se sienta en silencio mientras me trinco la mitad de la cerveza.

—¿Estás segura de que no te apetece una?

—Son las diez y media de la mañana, Jack.

Tengo la esperanza de que la cerveza sea el clavo que me saque el clavo de la resaca. Estoy empezando a arrepentirme de haberme deshecho de todos los analgésicos de una sola tacada y de haberme medicado con vodka en su lugar. Sé que esto no puede seguir así; todavía estoy medio pedo de anoche.

—¿Has venido hasta aquí solo para decirme qué hora es? Porque para eso ya tengo un reloj de pulsera.

Me miro la muñeca desnuda y me doy cuenta, demasiado tarde, de que ha pasado bastante tiempo desde la última vez que vi mi reloj. Lo más seguro es que esté en algún sitio entre los montones de mierda de mi habitación; Billy y Phil se empeñan en ser unos obsesos de la limpieza aquí fuera, así que mi habitación es el vertedero de todas mis cosas. Mi pregunta parece desconcertar a Laurie. A saber por qué. Ha empezado ella con sus observaciones moralizadoras sobre mi consumo de alcohol.

—No, he venido porque estoy preocupada por ti —responde, y se desliza desde el brazo del sillón hasta el asiento, con las rodillas dobladas hacia mí.

—Bueno, como puedes ver, no tienes por qué estarlo. —Hago un gesto ostentoso hacia mi camiseta, que, por pura casualidad, hoy está limpia—. Al contrario de lo que sin duda te habrá dicho Sarah, no estoy revolcándome en la fosa hedionda de mi propia autocompasión. Me he duchado y he desayunado, así que puedes retirarte de tu vigilancia de prevención de suicidios o lo que se suponga que sea esto.

—Una camiseta limpia no es suficiente para convencerme de que estás bien —dice—. Cuenta conmigo en cualquier momento si necesitas hablar con alguien, ¿de acuerdo?

Me echo a reír.

—Hazte voluntaria en el Teléfono de la Esperanza, si lo que quieres es escuchar los problemas de la gente.

—Para de una vez, ¿vale? —me espeta mirándome con fijeza—. Ya basta.

—¿Ya basta? —Espero que el afiladísimo tono de burla sea suficiente para cortarla—. ¿Que ya basta?

Levanta la barbilla, no aparta los ojos redondos y recelosos de mí.

—Sí, Jack. Ya basta. No he venido a pelearme contigo. No hay ninguna razón para que seas tan borde.

La miro a los ojos.

—¿Cómo te va el trabajo?

Parece que le cuesta unos instantes adaptarse al ritmo de mi rápido cambio de dirección.

—Eeeh, sí —dice—. Va bien. Me gusta.

—Me alegro por ti —asiento, y apunto hacia ella mi botellín de cerveza—. Aunque siempre imaginé que encontrarías algo un poco más, ya sabes, adulto.

No me siento orgulloso de mí mismo en estos momentos. Sé lo mucho que significó para Laurie conseguir ese empleo, y que se le dará la leche de bien. No se me ocurre una persona de mejor corazón y más bondadosa para responder a los problemas de los adolescentes sin menospreciar sus preocupaciones. Veo el daño que mi comentario ofensivo le ha hecho. Lo mejor para los dos sería que se marchara.

—¿Ah, sí?

Asiento.

—Pero todo el mundo tiene que empezar por algún sitio.

—Sí, supongo que sí —dice—. ¿Cómo te va la búsqueda de trabajo?

Vaya, qué lista. Justo cuando empezaba a sentirme como un gilipollas, va ella y me lanza esa pulla.

—Bueno, ya sabes cómo son estas cosas. Se pelean por mí, pero no quiero cerrarme ninguna puerta.

—Deberías comprarte una maquinilla de afeitar nueva por si te llaman para alguna entrevista.

A la defensiva, me paso la mano por la barba incipiente. Vale, puede que ya no tenga una barba incipiente sino una barba en toda regla, pero creo que me queda muy bien.

—¿Has venido a buscar pelea? Porque la encontrarás.

—No, claro que no —replica exasperada—. Mira, Jack, todo el mundo está preocupado por ti: Sarah, tu madre… Sé que lo del accidente debe de haber sido durísimo, y que perder ese puesto fue una putada, pero no puedes quedarte aquí encerrado hasta pudrirte. Tú no eres así.

La observo mientras habla; cómo se mueve su boca, la hilera uniforme de sus dientes. La cerveza se me habrá subido a la cabeza.

—Has cambiado muy poco con los años —me sorprendo diciendo, y la expresión de su rostro pasa de inquieta a incómoda—. Sigues recordándome a una huerfanita de la calle o a una granujilla parisina.

Parece alarmada, como si fuera a decir algo pero se lo repensara para acabar soltando otra cosa.

—Sarah me ha contado que has tirado tus analgésicos.

—Me atontaban.

—Eso es lo que se supone que deben hacer, Jack. Atontan el dolor.

Resoplo, porque me atontaban el cerebro, no solo el dolor. Caminaba como si llevara puestas unas botas de plomo, estaba demasiado cansado hasta para sacar mis huesos de la cama, demasiado confundido para pensar en nada que no fuera la siguiente comida o cuánto tiempo me quedaba para regresar al catre. Una pequeña parte de mí reconoce que el alcohol surte en mí prácticamente el mismo efecto.

—Te echo de menos.

No reconozco esas palabras como mías; tanto es así, que estoy a punto de darme la vuelta para ver si hay alguien a mi espalda.

Laurie cambia de actitud y se arrodilla delante de mí para cubrirme las manos con las suyas.

—Mírame. Jack, escucha… Por favor, déjanos ayudarte. Déjame ayudarte. Déjame volver a ser tu amiga.

Me mira con sinceridad, con esos enormes ojos violáceos, mientras me aprieta los dedos con los suyos.

—Entre nosotros las cosas siempre han sido así, ¿eh? —No tengo ningún tipo de control sobre las palabras que escapan de mi boca—. Cuando me miras, sé que me ves de verdad, tal como soy. No creo que nadie más me vea, Lu. No como tú.

Traga saliva y baja la mirada, con el ceño fruncido y confusa por la deriva que ha tomado nuestra conversación. Yo también lo estoy.

—¿Cómo puedo ayudarte? —pregunta tras volver a mirarme a los ojos, obstinadamente decidida a no apartarse de su misión—. ¿Hacemos una lista de todas las cosas que tienes en la cabeza y hablamos de ellas?

La única cosa que tengo ahora en la cabeza es Laurie.

—Siempre hueles a flores de verano. Es el mejor olor de todo el jodido mundo.

¿Qué estoy haciendo?

—Jack…

Soy incapaz de no hacerlo. Es la primera vez que me siento como un hombre desde que tengo memoria, y es una sensación que te cagas, como despertar de un coma. Noto su mano cálida y frágil en la mía, y hago lo único que soy capaz de hacer, o quizá lo único que soy incapaz de no hacer. Bajo mi boca hacia la de ella y la beso; me tiemblan los labios, o puede que sean los suyos. La pillo desprevenida y durante un segundo es perfecto: mi mano en su cara, sus labios calientes entre los míos. Pero entonces ya no es perfecto, porque Laurie se echa hacia atrás de golpe, se aleja de mí y se pone en pie tambaleándose.

—Joder, Jack, ¿qué estás haciendo?

Tiene la respiración agitada, una mano apoyada en la cadera

y el torso ligeramente inclinado hacia delante, como si acabara de dejar de correr.

—¿No es esto lo que habías venido a buscar? —replico, vengativo en mi vergüenza, mientras me paso el dorso de la mano por la boca como si supiera a rancio—. Ya sabes, todo eso de que cuando el gato no está…

Contiene una exclamación y se lleva las manos a las mejillas sonrojadas, horrorizada por lo que acabo de insinuar.

—Somos amigos desde hace mucho tiempo, Jack O'Mara, pero si vuelves a decirme algo así, se acabó. ¿Está claro?

—Oh, qué altiva y arrogante, Laurie —digo con desdén, y luego me pongo de pie y empiezo a caminar de un lado a otro porque de repente la habitación me resulta claustrofóbica. Llevo meses encerrado aquí dentro, y ahora lo único que quiero es abrir la puerta y salir. Caminaría hasta el límite de nuestra isla, y luego me adentraría en el mar y no pararía hasta que todo hubiera terminado—. Pero no siempre ha sido así, ¿a que no? Todo era diferente cuando eras tú quien necesitaba consuelo, ¿no? Cuando estabas triste, agotada y regodeándote en tu propia desgracia.

Está negando con la cabeza muy despacio, y se le han llenado los ojos de lágrimas.

—Por favor, no sigas hablando, Jack. No era lo mismo y lo sabes.

—Sí —escupo—. Era diferente porque eras tú quien me necesitaba a mí en aquel momento, y yo no fui un cabrón tan altivo y arrogante como para rechazarte. —La señalo bruscamente con el dedo y lo dejo suspendido en el aire que nos separa—. Me apiadé de ti, y ahora que se han vuelto las tornas no puedes rebajarte a devolverme el puto favor.

No es cierto. Ni una sola palabra de todo ello. No reconozco al perdedor despiadado en el que me he convertido. Doy un paso hacia ella, para hacer no sé qué, pero Laurie se aleja de mí, horrorizada. Veo en sus ojos a la persona en la que me he convertido y me da asco. Pero entonces, cuando se mueve, atisbo el puñetero colgante en forma de estrella de mar y estiro una mano para agarrarlo. No sé por qué, es irracional, solo quiero hacer algo para que se detenga, pero se aparta de mí con un respingo y la cadena que le rodea el cuello se rompe. Me quedo mirando el colgante un segundo, luego lo tiro al suelo y nos mantenemos inmóviles observándonos con desprecio. Laurie tiene el pecho agitado y yo oigo la sangre que me corre por las venas como si fuera el mar al chocar contra las rocas.

Despacio, con cautela, Laurie se agacha y recupera su collar sin quitarme los ojos de encima, como si fuera un animal a punto de atacarla.

—Lárgate a tu casa, Estrella de Mar, y no vuelvas —digo escupiendo el patético mote con el que he oído a Oscar llamarla cuando cree que nadie lo oye.

Se echa a llorar, dominada por un sollozo incontrolable, y entonces se da la vuelta y echa a correr, deja atrás la puerta, mi piso, mi vida. La veo alejarse desde la ventana, y después me tumbo en el suelo y me quedo allí.

Laurie

Jack me ha asustado esta mañana. No, me ha aterrado. No sé qué responderé a Sarah cuando me pregunte cómo ha ido la visita. No tenía ni idea de en qué estado se encontraba Jack, y está peligrosamente deprimido. Bien sabe Dios que no es un hombre dado a la violencia ni a las palabras crueles en circunstancias normales; me ha dado miedo verlo así.

Me hago un moño alto en el cuarto de baño y tuerzo la cabeza para mirarme la nuca. Tal como imaginaba, tengo una marca, un pequeño arañazo rojo donde el cierre del collar se me clavó antes de romperse. Me aplico un paño frío encima, y acto seguido me desplomo y me siento en el borde de la bañera. Lo del cuello me da igual; conozco a Jack lo suficiente para saber que nunca me haría daño a propósito; la cadena era bastante delicada, así que no me extraña que se rompiera con facilidad. Pero sí me importa lo que significaba. Y sus palabras: «No vuelvas».

12 de noviembre

Jack

—Quiero encargar unas… flores —digo.

Llevo varios minutos merodeando por la floristería, esperando a que se quede vacía. Aquí dentro ya ha llegado la Navidad, el local está decorado con espumillón y coronas de acebo, y hay toda una pared cubierta de estantes desde el suelo hasta el techo llena de esas enormes plantas rojas que todo el mundo coloca en la repisa de la chimenea y se esfuerza por mantener con vida hasta Año Nuevo.

La florista de cuarenta y tantos años está envuelta en un plumífero y tiene los dedos rojos y agrietados. Hace tanto frío que se me condensa el aliento.

—¿Tienes alguna idea de cuáles? —me pregunta sin dejar de garabatear en el pedido del cliente anterior.

—¿De las que dicen «siento haber sido un idiota»?

Deja de mover el lápiz, y la mirada que me lanza me indica que ya ha pasado antes por esto.

—¿Rosas rojas?

Niego con la cabeza.

—No, no. Nada que sea, ya sabes, romántico.

Entorna los ojos.

—A las mujeres más maduras suelen gustarles los crisantemos… A las madres, por ejemplo.

Joder, ¿esta tía es florista o psicóloga?

—No son para mi madre. Solo quiero algo que diga que lo siento de verdad. A una amiga.

Desaparece en la trastienda y vuelve con un cuenco de cristal repleto de peonías gordas, unas de un blanco lechoso y otras azul lavanda.

—¿Algo así?

Me quedo mirándolas. Son casi del mismo color que los ojos de Laurie.

—Solo las blancas —respondo. No quiero que las flores transmitan ningún tipo de significado imprevisto—. ¿Tiene una tarjeta para escribirle algo?

Me pasa una caja de zapatos dividida en secciones por etiquetas escritas a mano. Resulta revelador que uno de los compartimentos más grandes sea el de «lo siento»; está claro que no soy ni el primer ni el último tío que ha entrado aquí porque se ha comportado como un imbécil. Busco el diseño más sencillo de todos, tomo una decisión impulsiva y saco dos.

—Al final me llevaré dos cuencos, por favor —digo, y señalo con la cabeza las peonías que ha dejado en el suelo detrás del mostrador.

—¿Dos?

Enarca las cejas.

Asiento, y esta vez su mirada sugiere que no estoy causándole precisamente buena impresión.

—¿No quieres que las diferencie un poco?

—No, las quiero tal como están, por favor.

Que piense lo que le apetezca, me da igual. Si encargo las mismas flores, no me equivocaré cuando Sarah las mencione.

Se encoge de hombros e intenta aparentar indiferencia.

—Yo solo entrego las flores —dice—. Sus asuntos son cosa suya.

Me pasa un bolígrafo y se aleja para ayudar a otro cliente que acaba de entrar con un cartel de «Papá Noel, entra aquí» y un ramo de muérdago que ha cogido del exterior.

Miro la minúscula tarjeta y me pregunto cómo narices se supone que voy a decir lo suficiente en un espacio tan reducido. Llevo semanas portándome como un tarado. La visita de Laurie fue la gota que colmó el vaso; cuando se marchó me tumbé en el suelo y caí en la cuenta de que corro el riesgo de que todas las personas a las que quiero tiren la toalla conmigo. Es aterrador lo sencillo que puede resultar que tu vida se suma en una espiral de descontrol; un día estaba en la cima, y al siguiente estoy tirado boca abajo en la alfombra, babeando. No he vuelto a beber desde entonces, y he ido al médico para que me recete unas pastillas más suaves para controlar el dolor. Me sugirió que fuera a terapia; aún es pronto, me parece que todavía no estoy preparado para charlas íntimas.

«Sarah —escribo—, siento haber sido tan gilipollas últimamente. Eres un ángel por aguantarme. Cambiaré. J. xx.»

La guardo dentro del sobre antes de que esta florista que parece la viva imagen de la televisiva jueza Judy la lea de reojo, y escribo el nombre y la dirección de Sarah en el anverso.

La otra tarjeta me mira con fijeza, vacía e intimidante.

«¿Querida Laurie? ¿Laurie? ¿Lu?» No sé qué tono adoptar. Titubeo, con el boli a punto, y luego lo mando todo a paseo y escribo sin dar demasiadas vueltas, con la esperanza de que me salga bien. Lo peor que puede pasar es que tenga que gastarme otros veinte peniques en una tarjeta nueva.

«Hola, Laurie —escribo—. Te pido disculpas por mi comportamiento. En realidad, no pienso ni una sola palabra de las que te dije. Ni una sola. Salvo que te echo de menos. Lamento haber jodido nuestra amistad. Jack (imbécil) x.»

No es perfecta, pero tendrá que valer, porque la florista agudiza la vista cuando aparece de nuevo detrás del mostrador para acabar de atenderme. Meto la tarjeta en el sobre y relleno el anverso, luego deslizo ambos sobres sobre el mostrador en dirección a la mujer.

No dice ni una palabra mientras me prepara la cuenta, pero cuando me devuelve la tarjeta de crédito sonríe. Una sonrisa mordaz que dice que eres una muy muy mala persona y que, aunque acepto tu dinero, eso no significa que te dé mi aprobación.

—Tendré cuidado de no confundir las entregas —anuncia con sarcasmo.

—De acuerdo —digo.

Me he quedado sin réplicas inteligentes, porque la florista tiene razón. Soy una muy muy mala persona, y no me merezco el perdón de ninguna de las dos.

13 de noviembre

Laurie

—¿Hay otro hombre que te envía flores? Dime quién es y lo retaré a un duelo.

Oscar acaba de llegar del trabajo y aún está colgando el abrigo cuando ve el cuenco de peonías encima de la mesa del vestíbulo. Me planteé muy en serio tirarlas a la basura cuando me las entregaron hace un rato; estaba claro que Oscar me preguntaría de quién eran y no quería mentirle. Al final no las tiré. Son tan bonitas que merecen ser admiradas; las flores no tienen la culpa de que sea Jack O'Mara quien las ha enviado. Sonrío ante el comentario despreocupado de Oscar; no sé si es que está tan seguro de nuestra relación que no le preocupa o si es demasiado bueno para su propio bien y siempre está dispuesto a llegar a la conclusión más benévola. Aunque no me sorprendería que tuviera una pistola para duelos.

—Me las ha mandado Jack —digo jugueteando con el colgante de estrella de mar que he arreglado sin mencionar nada a Oscar.

Se queda parado tras dejar las llaves junto al cuenco y frunce el ceño durante una fracción de segundo, la más minúscula de las dudas.

—Tuvimos una pequeña discusión hace poco —digo.

Desde el día en que fui al apartamento de Jack, no he parado de darle vueltas a qué contarle a Oscar; cuánta información constituye la verdad, cuánta omisión constituye una mentira. Ahora desearía habérselo contado todo.

Me sigue hasta la cocina y se sienta en uno de los taburetes altos mientras sirvo un par de copas de vino tinto. Es la rutina que hemos establecido para las noches en que no sale a cenar con algún cliente; es un poco «ama de casa de los años cincuenta», ya lo sé, pero Oscar trabaja hasta tarde tan a menudo que por lo general para cuando llega a casa ya tengo la cena lista y una botella abierta. Es lo menos que puedo hacer teniendo en cuenta que vivo aquí sin pagar nada. Aun así… Sea como sea, da igual; mientras no me pida que le caliente las pantuflas o que le rellene la pipa, todo va bien. Llegar a casa y ponerme a trocear hortalizas tiene algo de relajante, sobre todo después de días tan largos como el de hoy. Ser consultora sentimental para adolescentes no va solo de gestionar el estrés por el vestido de graduación y dar consejos sobre la regla. Esta tarde mi bandeja de entrada ha estado particularmente repleta; he estado investigando la bulimia para tratar de ayudar a un chico de quince años que me escribió contándome el problema que le oculta a su familia. Ojalá pudiera hacer algo más; a veces me siento muy poco cualificada para este trabajo.

—¿Sobre qué discutisteis Jack y tú?

—Jack tenía a Sarah disgustada —contesto—. Su comportamiento autodestructivo había llegado al punto de convertirse en regodeo. Sarah me preguntó si me importaría intentar hablar con él, y la cosa no salió muy bien.

Mi forma de hablar es anormalmente rápida, como si fuera una niña en el escenario del teatro del colegio con prisa por soltar las líneas ensayadas antes de que se le olviden y fastidie la obra. De pronto me doy cuenta de que, prácticamente desde que lo conocí, he mentido sobre Jack O'Mara a diversas personas por diversos motivos. Aunque solo sea por omisión.

Oscar prueba el vino mientras me ve sacar del horno el estofado que he preparado.

—Quizá le iría bien cambiar de aires —sugiere con una voz indescifrable.

Asiento.

—Puede que unas vacaciones fueran una buena idea.

Se afloja la corbata y se desabrocha el botón superior de la camisa.

—Me refería a algo un poco más a largo plazo. A empezar de cero. —Se interrumpe y me observa con atención—. Una ciudad nueva. Porque, a ver, en todas partes hay una emisora local, ¿no?

¿Cuál será el nombre colectivo de los murciélagos?, me pregunto. ¿Una horda? ¿Una plaga? Y entonces lo recuerdo. Una colonia. Tengo una colonia de murciélagos detrás de las costillas, se aferran a mis huesos con las garras al colgarse boca abajo, y la mera mención de que Jack empiece de cero en algún lugar distinto a Londres hace que se alteren y agiten sus espeluznantes alas tan finas como el papel. Me provoca náuseas. ¿Sería mejor que Jack se marchara? ¿Adónde iría? ¿Y Sarah se iría con él? La idea de perderlos hace que, en lugar de dar el sorbo que pretendía, me beba un trago enorme de vino.

—A Sarah le resultaría demasiado difícil dejar Londres a causa de su trabajo —digo con suavidad mientras saco los cuencos del armario.

Oscar me mira y da otro sorbo al vino.

—Hay trenes. Ella podría quedarse en Londres.

Oscar nunca ha expresado una opinión abiertamente negativa sobre Jack, pero tengo la sensación de que ahora se contiene por los pelos. Sé muy bien que hay trenes y que podrían viajar para verse si vivieran en ciudades diferentes. Es solo que no quiero que lo hagan.

—Es una idea —digo con la esperanza de que sea una idea que jamás se les haya pasado por la cabeza a ninguno de ellos dos.

¿Soy egoísta? Veo ventajas en la idea de que Jack empiece una vida de cero en algún lugar sin ninguna de las connotaciones negativas que lo persiguen aquí: el accidente, su carrera profesional estancada. Ahora pienso que yo también soy uno de esos factores negativos. Nuestra amistad está frágil, un incendio ha dañado su estructura; si la analizo en retrospectiva, no consigo discernir si alguna vez fue tan genuina como yo pensaba. Parece auténtica, pero se construyó a propósito porque los dos queremos a Sarah. Oscar se muerde la lengua; esta noche hay un clima extraño entre nosotros, un peso en el aire, un aviso de tormenta.

—¿Cómo te ha ido el día? —pregunto sonriendo, al menos por fuera.

—Liado. —Suspira—. Me presionan mucho. Peter sigue de viaje, así que tengo que hacer la mayor parte de su trabajo, además del mío.

En ocasiones me pregunto si la banca es la verdadera vocación de Oscar. El tira y afloja de ese mundillo no encaja en absoluto con su naturaleza, aunque quizá subestime su capacidad camaleónica para cambiar de personaje en cuanto se coloca los tirantes rojos sobre los hombros por las mañanas. ¿Quién es el verdadero Oscar? ¿Mi enamorado tailandés de pecho descubierto o el de la camisa almidonada de la ciudad? Si me lo hubieras preguntado hace un año, te habría contestado que el primero, sin dudarlo, pero ahora ya no estoy tan segura. A pesar de la presión, no cabe duda de que disfruta con lo que hace. Llega temprano al banco y se queda hasta tarde, y nunca lo veo más feliz que en las noches en las que ha cerrado un trato. ¿Qué diré dentro de cinco o diez años? ¿Lo habrá absorbido y masticado tanto el universo empresarial que ya no alcanzaré a ver a mi Robinson Crusoe? Espero que no, más por él que por mí.

—¿Por qué no vas a darte una ducha? —Retiro la tapa del guiso y le añado un poco más de vino; luego vuelvo a meterlo en el horno para que se cocine unos minutos más—. A esto le queda un ratito.

Al final de la noche recorro el piso para apagar las luces antes de ir a acostarme junto a Oscar. Me detengo en el vestíbulo, con el dedo en el interruptor de la lámpara de mesa cuya luz baña el cuenco de peonías en un resplandor cremoso. Son impresionantes, pero a una de ellas ya se le ha caído un pétalo que ha aterrizado sobre el suelo de madera. Es lo que tienen las flores, ¿no? Son exuberantes y extravagantes y exigen atención, y piensas que son exquisitas, pero entonces, en muy poco tiempo, ya no son ni siquiera bonitas. Se marchitan y ponen el agua marrón, y enseguida llega un momento en que ya no puedes seguir aferrándote a ellas.

Me dirijo hacia el dormitorio y me deslizo desnuda entre las sábanas y entre los brazos abiertos de Oscar, y presiono los labios contra su pecho.

2013

Propósitos de Año Nuevo

Durante los últimos años he comenzado mis propósitos con el deseo de conseguir mi primer trabajo en la industria editorial.

Oficialmente, este año no necesito ponerlo en la lista, aunque en secreto desearé pasar a algo un pelín más exigente que aconsejar a las adolescentes sobre chicos y sobre cómo trenzarse el cabello a lo Katniss Everdeen. No es que no lo disfrute; es más bien que nuestro número de lectores es un tanto modesto y no veo forma de ascender en la revista. Además, ni siquiera me gusta Justin Bieber.

Técnicamente, debería anotar el propósito de buscarme otro sitio donde vivir, porque ya llevo seis meses viviendo con Oscar y siempre se dio por sentado que esta sería una solución temporal. Pero yo no quiero vivir en ningún otro sitio y él no quiere que me vaya, así que no lo escribiré. Parece que nos hemos saltado varias etapas típicas de las relaciones, pero en nuestro caso las cosas han sido así desde el primer momento en que Oscar me habló en Tailandia. De todas formas, ¿quién decide lo que está bien y lo que está mal en el amor? Esto no es una novela romántica por fascículos, es la vida real. Sí, a veces su adoración me resulta abrumadora; es de esas personas que hablan de sus sentimientos a pecho descubierto, y es casi como si se hubiera tatuado mi nombre en él. Al menos una vez a la semana sigue pidiéndome que me case con él, y aunque sé que el noventa por ciento de la pregunta es en broma, creo que reservaría la iglesia si lo sorprendiera y contestara que sí. Le encanta hacer regalos, es un amante considerado y una embarcación estable en la que navegar.

Así que la verdad es que no sé cuál es mi propósito de Año Nuevo. Tratar de no caerme por la borda, supongo.

8 de febrero

Laurie

—¿Estás segura de que la receta decía que había que echar toda la botella de ron? —pregunto después de escupir un poco en la taza de cristal llena de ponche que Sarah acaba de pasarme para que lo pruebe—. Me ha dejado el paladar en carne viva.

Se ríe con picardía.

—Es posible que lo haya adulterado un poquito.

—Bueno, así al menos todo el mundo estará demasiado borracho para darse cuenta si la fiesta no sale muy bien —digo mientras recorro el piso con la mirada.

Oscar lleva casi toda la semana en Bruselas por trabajo, lo cual me ha permitido dedicar las tardes a prepararle una fiesta sorpresa de cumpleaños perfecta. Mañana cumple veintinueve años. He envuelto y guardado cuidadosamente todo objeto perteneciente a su madre que pareciera caro o quebradizo, he cocinado y congelado canapés dignos de un concurso televisivo, y Sarah y yo nos hemos pasado casi toda esta tarde recolocando los muebles para maximizar el espacio. Tenemos suerte de vivir en un bajo con jardín: siempre podemos dejar que la gente se instale en él si el piso se llena demasiado. Aunque esperemos que no sea necesario, porque hace mucho frío y, según la previsión meteorológica, cabe la posibilidad de que nieve más tarde.

—Será fantástica —dice Sarah volviendo la cabeza mientras se dirige al cuarto de baño—. Al fin y al cabo, te has agenciado al mejor DJ de la ciudad.

No me queda del todo claro si es un comentario sarcástico o no.

Han pasado tres meses desde aquel horrible enfrentamiento en casa de Jack un sábado por la mañana, y gracias a Dios parece que por fin está volviendo a encarrilarse, lo cual incluye aceptar ser el DJ de la fiesta de cumpleaños de mi novio. Y lo que es aún mucho más importante: su antigua emisora ha vuelto a contratarlo, aunque en un puesto algo menos prestigioso que el que ocupaba antes, razón por la que Sarah acaba de comentarme que ya está buscando algo mejor. Solo lo he visto una o dos veces desde Navidad, y nunca a solas. La primera vez, en enero, resultó increíblemente incómoda; a pesar de las preciosas flores que me había enviado, no había sido capaz de perdonarlo del todo. Pero cuando Sarah fue al cuarto de baño, Jack me agarró de la mano y se disculpó, prácticamente me suplicó, y su mirada intensa y rota me partió el corazón. Supe que lo sentía de verdad. A mí me había hecho daño, pero se había herido mucho más a sí mismo.

Me anima constatar que su barba por fin es historia y que sus ojos verdes y dorados están recuperando la chispa. No encuentro palabras para expresar lo aliviada que me siento; durante un tiempo no tuve nada claro si Jack sería capaz de encontrar la fuerza necesaria para alejarse del abismo.

Sarah se ha dejado el móvil en la encimera de la cocina, y cuando pita lo miro por costumbre. El mensaje es de Luke.

> No estarás libre esta noche, ¿verdad? Me ha fallado el plan a última hora, soy un pringao sin amigos. ¡Sálvame, Sazzle!

Me quedo mirándolo unos instantes, con un runrún en la cabeza, pero luego me aparto y clavo la vista en el frigorífico. No quiero que Sarah piense que estaba cotilleando. Era un mensaje bastante inocente; simpático, no de coqueto. Solo vi a Luke aquella vez que me topé con ellos en un cafetería cercana al trabajo de Sarah, y no es para nada su tipo habitual: es enorme, todo músculos y pelo alborotado de surfista. Pero ¿Sazzle? Sa-

rah me ha contado que han charlado, por supuesto, y que es superfácil hablar con él de las cosas. ¿Hay algo más? La observo
con el rabillo del ojo cuando vuelve a la cocina y coge el móvil;
luego se ríe en voz baja y se lo guarda en el bolsillo trasero de los
vaqueros sin hacer ningún comentario. Me sorprende, pero lo
cierto es que yo tampoco le hablo de todos los mensajes que recibo. Por no hablar de las demás cosas que nunca le he contado.

—Esto es muy distinto a nuestras fiestas en Delancey Street,
¿no? —dice, y sirve una copa de vino para cada una mientras
admiramos la elegante y reluciente cocina—. Has cambiado, Lu.

Me río de su sarcasmo.

—Las dos hemos cambiado.

—¿Sabes con quién me tomé una copa la semana pasada?
—Me mira con la cabeza ladeada, como si estuviera tramando
algo—. Con Amanda Holden.

—¡No! —Me llevo las manos al pecho como si me hubiera
apuñalado—. Lo sabía.

Se sacude los hombros con las yemas de los dedos y me mira
con las cejas arqueadas; luego se rinde y rompe a reír.

—Por lo menos estuvimos en el mismo bar.

Pongo los ojos en blanco.

—Todo llegará.

Y lo digo en serio. A principios de año la ascendieron a un
puesto fijo en el telediario del mediodía; está convirtiéndose en
alguien a quien la gente sabe que ha visto pero no es capaz de
recordar dónde. Dale unos años, y tendrá que llevar una gorra
de béisbol y gafas de sol para poder tomarse un café conmigo.

—¿Qué vas a regalar a Oscar por su cumpleaños?

Una oleada de emoción se apodera de mí. Estoy impaciente
por que vea su regalo.

—Te lo enseñaré —respondo—. Ven. —La conduzco por el
pasillo hacia nuestro dormitorio y abro la puerta—. Ahí lo tienes. ¿Qué te parece? —Colgado en un lugar privilegiado sobre
nuestra cama, hay un gran lienzo enmarcado—. Carly, una de
las chicas del trabajo, lo ha pintado a partir de una fotografía
que le di.

—Uau.

La suave exclamación de Sarah me indica que está tan alucinada como yo por la forma en que Carly ha logrado captar mucho más que los colores del amanecer y las dimensiones de nuestra pequeña cabaña en la playa de Tailandia. La pintura rezuma vida y serenidad; cuando la miro casi alcanzo a oír el suave vaivén del mar y a oler el café fuerte pero dulce de cuando nos sentábamos en el escalón delantero a ver salir el sol. Estuve a punto de echarme a llorar la primera vez que lo vi.

—Ya lo sé —digo sin querer apartar la vista del cuadro—. No tengo ni idea de por qué trabaja en la revista. La gente haría cola a la puerta de su casa si supiera lo buena que es.

—Ojalá yo tuviera un talento así. —Sarah suspira.

—Estás de coña, ¿no? —digo. La hago salir del dormitorio y cierro la puerta a nuestra espalda—. Tengo que hacerme visera con la mano cuando sales en la tele.

—Vete a la mierda —se queja, pero le noto en la voz que mis palabras la animan.

Sarah siempre ha sido una divertida mezcla de brillantez e inseguridad; tan pronto está pavoneándose por la sala como un caballo de doma sobreexcitado como se pone a agonizar por una palabra con la que se trabó en su última transmisión.

—¿A qué hora llega Oscar a casa?

Miro el reloj y calculo cuánto tiempo me queda para tenerlo todo y a todos en su lugar.

—Su avión aterriza poco después de las seis —respondo—. Así que ¿sobre las siete y media? He pedido a todos que estén aquí a las siete para asegurar.

Esboza una mueca.

—Espero que Jack se acuerde.

No añade «esta vez». Sin embargo, creo que los pensamientos de ambas se remontan a aquella otra noche de hace unos meses, y elevo una súplica silenciosa para que esta sea memorable por las razones adecuadas.

Jack

Estoy bastante convencido de que Sarah da por hecho que llegaré tarde. Tengo la sensación de que con ella ya no tengo forma de ganar, a pesar de mis disculpas casi constantes. No paraba de darme la brasa con que encontrara trabajo, y ahora que ya lo tengo está todo el día protestando porque paso demasiado tiempo en él. Tampoco es que sea fundamental si estoy presente o no en el momento de la gran sorpresa melodramática que Oscar se llevará cuando llegue a su fiesta. Además, ¿quién monta esas fiestas? Pensaba que solo eran propias de las series cómicas estadounidenses. Sarah es perfectamente capaz de gestionar la lista de reproducción de Spotify sin mí, y estoy bastante seguro de que no aparezco en la lista de «la fiesta no empieza hasta que llegues» de Oscar. No pasa nada. Él tampoco estaría incluido en la mía.

Pero a pesar de todo eso, y no sé muy bien por qué, aquí estoy, justo a tiempo. Cuando doblo la esquina de su calle, alcanzo a ver la elegante casa adosada en la que viven. Mi aliento se condensa en el aire frío delante de mi cara, y aun así arrastro los pies para aprovechar al máximo los escasos últimos minutos que me quedan antes de tener que entrar y fingir que me caen bien los petulantes amigos de Oscar. O los petulantes amigos de Oscar y Laurie, supongo que debería llamarlos, teniendo en cuenta que últimamente esos dos no se despegan ni con agua caliente. A veces pienso que para Laurie habría sido mucho mejor liarse con Billy. Al menos es gracioso, y no finge ser lo que no es. De vez en cuando Sarah y Laurie nos arrastran al infierno de una cita doble en la que ellas se ríen como hermanas y nosotros mantenemos charlas educadas como dos vecinos que no se tienen especial cariño. Aunque jamás podríamos ser vecinos, porque él vive en Pijolandia y yo en Stockwell. Y con independencia de en qué mundo vivamos cada uno, no nos parecemos lo bastante para ser amigos. Lo único que tenemos en común es Laurie, y ella cada día se parece más a él y menos a Sarah y a mí.

Ya estoy delante de la casa. Me planteo pasar de largo, pero

Laurie está bajo el dintel de la puerta abierta dando la bienvenida a alguien que no reconozco y levanta apenas la mano para saludarme en cuanto me ve. Me quedo merodeando por allí hasta que su invitado entra en la casa y luego me acerco e intento sonreír.

—Lu.

—Jack. Has llegado.

En un gesto heroico, Laurie resiste la tentación de mirar su reloj de pulsera, y yo intento, en vano, no mirar la estrella de mar que descansa entre sus clavículas. Levanta los dedos para ocultármela, como si temiera que de un momento a otro fuera a dejarme arrastrar por un ataque de ira y a arrancárselo del cuello de nuevo.

—Estás guapa —digo.

Baja la mirada hacia su vestido como si fuera la primera vez que lo ve en su vida. Es de un estilo poco habitual en ella; negro y de aspecto retro, con ribetes azules y una falda con vuelo que le llega hasta las rodillas. Me trae recuerdos de la reserva natural local de Barnes Common, de beber cerveza al sol y montar en la noria.

—Gracias —dice con una sonrisa vacilante y forzada en los labios mientras me da un beso fugaz en la mejilla—. Pasa. Sarah está en la cocina. —Me conduce por el vestíbulo enlosado hasta la puerta—. Ha hecho ponche de ron.

—¿Le ha echado demasiado ron?

La carcajada que suelta volviendo la cabeza por encima del hombro para mirarme me deja impactado; es la primera vez desde hace mucho tiempo que se ríe de verdad de algo que digo.

—Por supuesto que sí.

Avanzamos entre grupos formados por personas que en su mayoría no reconozco, aunque hay algunas a las que sí, entre ellas el rubicundo hermano de Oscar, cuyo nombre he olvidado, y su esposa, que tiene cara de chupar limones para desayunar, comer y cenar. Sarah y yo los conocimos el día de San Esteban en un pub no muy lejos de aquí. Fiel a su estilo, Oscar había alquilado una sala para hacer una pequeña celebración de Navidad, porque ¿para qué mezclarse con la chusma del bar cuando puedes cargarte el ambiente metiendo a demasiada poca gente en una sala demasiado grande?

El hermano de Oscar me da un efusivo apretón de manos cuando paso a su lado.

—Me alegro de verte, amigo —dice y, para ser justo, recuerdo que no es tan lúgubre como aparenta.

No puedo decir lo mismo de su esposa. Es como si esa sonrisa tan fina que parece pintada con lápiz le hiciera daño en la cara, y sus ojos entornados me dicen que siga adelante. Bien. En cualquier caso, tampoco tenía pensado pararme a hablar con ella; no sé nada ni de quinua ni de cómo escalfar un huevo de codorniz a la perfección.

—Jack, estoy aquí.

Sarah. Mi salvadora. A lo mejor ahora que estamos acompañados hasta me trata con amabilidad. Pero Laurie me pone una mano en el brazo y se disculpa antes de marcharse, así que me dirijo hacia la relativa seguridad de la cocina. Sarah está tan despampanante como siempre, ataviada con un vestido que no le he visto antes; es amarillo, ajustado y contrasta con su pelo.

—¿Qué pasa con la música? —digo, y ladeo la cabeza para escuchar mientras ella me saca una cerveza de la nevera.

Está muy claro que esta no es la lista de reproducción que he preparado con tanta meticulosidad.

—Uno de los amigos de Oscar se ha apoderado de mi teléfono. —Esboza un mohín justo cuando un doble de Oscar cruza la puerta—. Este.

—Tu novio ha vuelto a escribirte —anuncia, y le tiende el móvil.

¿Su novio? Estiro la mano e intercepto el teléfono.

—Gracias, colega. Ya me encargo yo de la música a partir de ahora.

El doble de Oscar mira a Sarah y ella le coge el vaso vacío y se lo llena de ponche.

—Ahora manda él —dice sonriendo para rebajar la tensión mientras me señala con la cabeza.

Estrecho la mano blanda al tipo porque la ha dejado suspendida en el aire entre ambos, pero detrás de él la expresión de Sarah es de pánico.

—¿Novio? —le pregunto en voz baja al darle el móvil cuando nos quedamos a solas.

Un mensaje ilumina la pantalla. Es de Luke.

—Quiere que sepas que le gustaría verte esta noche.

Sarah me mira a los ojos y abre la boca para responder justo cuando Laurie se pone a dar palmadas y llama a todo el mundo. Al parecer alguien ha visto a Oscar bajando de un taxi.

—Deberíamos…

Sarah mira hacia la puerta de la cocina, con aire de disculpa.

Una mano asoma por el marco de la puerta y apaga la luz, de manera que la cocina se sume en la oscuridad. Sarah se escabulle de la habitación, y yo me quedo donde estoy, procesando lo que acaba de pasar.

Laurie

—¡Sorpresa!

Todos saludamos y aplaudimos cuando Oscar entra por la puerta principal y enciende la luz. Su expresión pasa de preocupada a pasmada y después a incrédula cuando pasea la mirada por la inesperada reunión de gente que ocupa su salón. Todo el mundo se aglomera en torno a él para desearle muchas felicidades, pero yo me quedo rezagada y lo observo, sonriendo, mientras empieza a abrazar a sus amigos masculinos y a besar el aire junto a las mejillas de sus amigas femeninas. Conseguir que una fiesta sorpresa sea sorpresa es una hazaña nada desdeñable hoy en día, con tanto teléfono móvil y tanto correo electrónico dispuestos a chafarte el plan en cualquier momento. A lo largo de las últimas semanas, habría estado en su derecho de preguntarse si estaba engañándolo; he estado muy nerviosa y, cada vez que sonaba un aviso de mensaje, me abalanzaba sobre el teléfono. Tengo que agradecer a su naturaleza confiada el hecho de que ni siquiera se le ocurriera preguntarme, y esta noche me alegro por ello, porque me ha permitido prepararle esta sorpresa. Se porta muy bien conmigo, es generoso y considerado en extremo. No puedo compensarlo con regalos caros, pero espero que reunir a la gente a la que quiere para contribuir a darle el pistoletazo de salida con estilo a su fin de semana de cumpleaños sirva para demostrarle lo mucho que lo aprecio.

—¿Esto es obra tuya? —me pregunta riendo cuando por fin llega al otro lado de la melé.

—Tal vez. —Sonrío y me pongo de puntillas para besarlo—. ¿Te hemos sorprendido?

Asiente mientras observa nuestra abarrotada sala de estar.

—La verdad es que sí.

—¿Ponche? —ofrece Sarah, que aparece a nuestro lado con dos tazas rebosantes.

Oscar la besa en la mejilla y la libera de uno de los vasos.

—Deduzco que lo has hecho tú —dice tras olfatearlo.

—Es un regalo especial de mi parte.

Sarah le indica con un gesto que beba, y Oscar es tan valiente que lo hace; abre los ojos desmesuradamente y asiente con la cabeza.

—Es… eh. Contundente —dice divertido.

Yo pruebo el mío y me pregunto si los invitados conseguirán salir de aquí si se toman más de dos tazas de este brebaje.

—Creo que iré a quitarme esto. Me siento demasiado envarado entre todos vosotros.

Baja la mirada hacia su traje de trabajo. Me aferro a su mano; no había pensado en la posibilidad de que quisiera cambiarse. Verá el cuadro nuevo en cuanto entre en el dormitorio.

—Iré contigo —digo mirando a Sarah y algo aturullada.

Oscar me mira asombrado.

—Picarona. —Me estrecha la cintura—. Pero creo que deberías quedarte aquí, por lo de ser una buena anfitriona y todo eso.

Sarah interviene para echarme una mano, tan rápida y oportuna como siempre.

—Si os escabullís cinco minutos, nadie se dará cuenta. Si alguien pregunta dónde estáis, lo distraeré con ponche.

No doy tiempo a que Oscar diga nada más, me limito a sacarlo de la habitación y llevármelo hacia el pasillo. Antes de abrir la puerta de nuestro dormitorio, susurro:

—Cierra los ojos. —Me sigue el juego como un verdadero héroe, probablemente porque se espera algún tipo de sorpresa sensual. Lo guio de la mano hacia el interior—. Mantenlos cerrados —le advierto, y ajusto la puerta y lo rodeo para poder verle la cara cuando abra los ojos—. Vale , ya puedes abrirlos.

Parpadea y primero me mira a mí, puede que sorprendido de que siga completamente vestida. Dios, espero que no se lleve una decepción. Me paso las manos por la falda pesada. Me enamoré de este vestido a primera vista, hace que me sienta como Audrey Hepburn.

—A mí no —digo, y señalo con la cabeza hacia el cuadro mientras Oscar empieza a quitarse la corbata—. A eso.

Se vuelve, se acerca a los pies de la cama y clava la mirada en la vívida escena que ocupa el lugar más destacado de la habitación. Es como mirar hacia el otro lado del mundo a través de una ventana, y durante unos segundos nos quedamos inmóviles, juntos, cogidos de la mano, y lo observamos. Me aprieta los dedos y acto seguido se sube a la cama para contemplarlo de cerca.

—¿Quién lo ha pintado? —pregunta.

—Una amiga. —Me arrodillo a su lado—. ¿Te gusta?

No me responde enseguida, continúa mirando el cuadro y luego acaricia el relieve de las pinceladas de óleo con la yema de un dedo.

—Volvamos —susurra.

—Vale. —Sonrío con nostalgia—. Mañana a estas horas podríamos estar allí. —Introduzco una mano por debajo de su camisa desabrochada y se la coloco sobre el corazón—. Me haces muy feliz, Oscar —le digo, y él me pasa un brazo por los hombros y me besa en el pelo.

—Esa es mi intención —afirma—. Este es el segundo mejor regalo que podrías haberme hecho.

Levanto la mirada hacia él.

—¿Cuál es el primero?

A lo mejor debería haber optado por un conjunto de lencería atrevido.

Suelta todo el aire, y de repente me pongo nerviosa, porque su mirada es muy intensa y ha pasado de estar arrodillado a mi lado a mirarme de frente.

—Sé que ya te he preguntado esto cientos de veces, Laurie, pero en esta ocasión no estoy de broma, ni riéndome o jugando. —Me coge las manos y se le humedecen los ojos oscuros—. Quiero llevarte allí de nuevo. Pero esta vez quiero llevarte como mi esposa. No puedo seguir esperando. Te amo y deseo tenerte conmigo para siempre. ¿Quieres casarte conmigo?

—Oscar…

El mundo me da vueltas. Me besa el dorso de las manos y luego me mira con temor.

—Di que sí, Laurie. Por favor, di que sí.

Lo miro, y ahí, delante de mí, de rodillas, veo mi siguiente gran paso. Oscar Ogilvy-Black, mi futuro esposo.

—Sí. Digo que sí.

Jack

—¿Por qué ha pensado que Luke era tu «novio»?

Hago el gesto estúpido de unas comillas en el aire al pronunciar la última palabra, apoyado de espaldas en el frigorífico.

Sarah resta importancia al asunto encogiéndose de hombros.

—No lo sé. No ha sido más que un malentendido, Jack. Olvídalo.

Desvío la mirada, asintiendo.

—Puede que sí. Pero afrontémoslo, Sarah, mi héroe australiano y tú os habéis hecho muy amiguitos últimamente, ¿no?

Suspira y clava la mirada en el suelo.

—Ahora no, ¿vale?

—¿Ahora no? —Me río sin ganas al repetir sus palabras en voz alta para reflexionar sobre ellas—. ¿Ahora no qué, Sarah? ¿Que no discutamos en la fiesta de Oscar o que no hablemos de que pasas un montón de tiempo con un tipo cualquiera que cogió mi teléfono por casualidad mientras estaba inconsciente?

No me enorgullezco de lo ingrato que esas palabras me han hecho parecer ni de lo rastrera que deben de haber hecho que Sarah se sienta.

—No es cierto. —Levanta la barbilla, pero sus ojos me dicen que no está siendo sincera del todo, o conmigo o consigo misma—. Bájate de tu pedestal de superioridad moral, ¿vale? —añade—. No he hecho nada con Luke ni con ninguna otra persona, y lo sabes más que de sobra. Yo no te haría eso. Pero, Jack… —De pronto, inesperadamente, los ojos se le llenan de lágrimas—. Este no es el momento ni el lugar para esta conversación. Es demasiado importante.

—Claro —digo, pero no estoy dispuesto a dejarlo pasar, porque ese mensaje no ha sonado inocente—. ¿Preferirías que saliera de la habitación para poder responder?

Sé que debería dejarlo estar, pero ya llevamos mucho tiempo caminando de puntillas alrededor de la verdad y, sea por la razón que sea, parece que esta noche va a ser el momento en que por fin tropecemos. No se trata solo del mensaje de texto, es todo.

—¿Sabes una cosa, Jack? Le responderé. Le responderé porque, al contrario que tú, él sí se toma la molestia de enviarme mensajes.

—Yo también te mando mensajes —digo a pesar de saber que me muevo en terreno pantanoso.

—De higos a brevas, cuando quieres echar un polvo o te has olvidado algo en el trabajo —dice.

—¿Qué esperas, notas de amor?

Sé que estoy quedando como un gilipollas, pero no me cabe en la cabeza que no se dé cuenta de que en estos momentos no tengo tiempo. No es que ella esté mucho mejor, precisamente.

—¿Sabes qué? Muy bien. Quieres que sea sincera, así que lo seré. He pensado en él, en Luke, de esa forma. Me hace reír y me escucha. Me presta atención, Jack. Tú no, y desde hace ya mucho tiempo. A lo único a lo que le prestas atención es a ti mismo.

«Luke es una puta hiena —me entran ganas de decir— a la espera de rebañar los huesos de nuestra relación.»

—Sí te presto atención.

De repente me cuesta respirar, porque un comentario descuidado de un extraño en una fiesta ha resultado ser la llama que ha prendido el último hilo que nos mantenía unidos. La conciencia negra, lenta y amenazante como un vertido de petróleo de que todo se ha acabado se me cuela por las suelas de las botas, me sube por las piernas, se infiltra en mi cuerpo y me deja paralizado en un momento en el que sé que debería estirar los brazos y estrecharla entre ellos. Esto se veía venir desde hace tiempo, acechaba en el sofá a nuestro lado cuando mirábamos una película, en una silla vacía en la mesa de al lado cuando salíamos a cenar, de pie en la esquina de la habitación mientras dormíamos.

—Hay que estar ahí de verdad, hay que escuchar —dice Sarah—. Hace mucho que no estás ahí, Jack. No estabas antes del accidente, y mucho menos después.

Nos miramos con fijeza, cada uno en un extremo de la elegante cocina de Oscar, temerosos de lo que viene a continuación, y entonces el hermano de Oscar entra agitando su taza de ponche vacía en dirección a Sarah.

Como la profesional formada que es, ella activa su sonrisa y le dice algo gracioso mientras coge el cucharón. Presiono el botón de pausa, la observo en acción y luego salgo al jardín a tomar un poco de aire.

—No deberías estar aquí fuera sin abrigo.

Diez minutos más tarde Sarah se sienta a mi lado en el banco del jardín y me pasa una cerveza. Tiene razón. Esta noche hace un frío que pela y mañana lo notaré en el hombro, pero ahora mismo lo prefiero al calor y la cordialidad forzada del interior de la casa.

—Podríamos olvidarnos sin más de la conversación que hemos tenido ahí dentro —dice con la rodilla pegada a la mía en el banco mientras da sorbos de vino tinto.

Esa es mi chica. Puede que esté atiborrando a ponche a los demás, pero ella se limita a lo bueno. Es una de las mujeres con más estilo que he conocido en la vida, y una de las mejores.

—Pero ¿quieres hacerlo, Sar? —le pregunto. Hay algo dentro de mí que no puede evitarlo. No quiero preguntárselo, y sin embargo tengo que hacerlo—. ¿Quieres fingir?

Guarda silencio durante un rato, sin dejar de mirar su copa de vino. Entonces cierra los ojos y repaso su perfil, tan querido para mí, tan familiar. Las lágrimas le brillan en las pestañas.

—Sarah, no pasa nada por decirlo, está bien —afirmo, ahora con delicadeza porque esto va a hacernos daño a los dos.

Nadie se tira por un acantilado y se levanta ileso.

—Nada volverá a estar bien, ¿cómo va a estar bien? —dice ella.

Habla como si tuviera unos doce años. Dejo la cerveza en el suelo y me doy la vuelta para mirarla.

—Porque tú eres tú. —El pelo le cae sobre la cara y se lo coloco detrás de la oreja—. Eres maravillosa, hermosa.

Las lágrimas le corren por la cara.

—Y tú eres tú. Testarudo y guapísimo.

Hace ya mucho tiempo que no me siento como un buen hombre; esto podría ser lo más decente que he hecho por Sarah desde hace meses. Ojalá no doliera tanto, joder.

—Pero estuvimos bien, ¿no?

Extiende la mano, sus dedos fríos envuelven los míos.

Ahora la veo, apoyada en el botón de parada del ascensor hasta que accedí a invitarla a comer.

—Muy bien, Sar. Rayando en la perfección, durante un tiempo.

—Eso es suficiente para algunas personas —dice ella—, para mucha gente. El mundo está lleno de parejas que rayan la perfección.

Están entrándole dudas, me escudriña el rostro. La entiendo. Yo también dudo. No me imagino cómo será mi vida sin Sarah. Quién seré.

—¿Es suficiente para ti? —le pregunto, y juro que si contesta que sí la llevaré a casa, la meteré en la cama y dejaré que también sea suficiente para mí.

No puede contestarme. No porque no sepa qué decir, sino porque sabe que una vez que pronuncie la respuesta no podrá retirarla.

Se apoya en mí y recuesta la cabeza en mi hombro.

—Siempre pensé que nos amaríamos para siempre, Jack.

—Y así será… —le digo, y noto que asiente.

—No quiero despedirme —susurra.

—No lo hagamos todavía —propongo—. Quédate aquí sentada conmigo un poco más. —La abrazo por última vez—. Siempre estaré orgulloso de ti, Sar. Te veré en las noticias, y pensaré: ahí está, esa chica deslumbrante que me cambió la vida.

No estoy demasiado orgulloso de confesar que yo también estoy llorando.

—Y yo te oiré hablar por la radio, y pensaré: ahí está otra vez, ese hombre brillante que me cambió la vida —dice.

—¿Ves? —Le enjugo las lágrimas de los ojos con el pulgar—. No podemos dejarnos, ni siquiera aunque lo intentemos. Yo siempre estaré en el trasfondo de tu vida y tú siempre estarás en el mío. Llevamos demasiado tiempo siendo amigos para dejar de serlo ahora.

Permanecemos allí sentados un rato más, acurrucados el uno junto al otro, viendo los primeros copos de nieve que caen desde el cielo de medianoche. No hay anillos que devolver, ni posesiones por las que pelearse ni niños que entregar en aparcamientos ventosos. Solo dos personas, a punto de separar sus caminos.

Uno de nosotros tiene que ser quien lo haga —el que se levante y se vaya—, y sé que debo ser yo. Sarah lleva demasiado tiempo siendo la fuerte; tengo que dejarla aquí bajo la protección de Laurie. Durante un segundo la abrazo contra mí y siento la absoluta imposibilidad de todo esto. Hasta el último átomo de mi cuerpo quiere quedarse aquí. Luego la beso en el pelo, me levanto y me voy.

16 de febrero

Laurie

—He hecho unos sándwiches.

Ha pasado una semana desde la noche de la fiesta. Desde que Oscar se declaró, y Sarah y Jack rompieron.

La fiesta fue un éxito rotundo, en gran parte gracias al ponche de Sarah, por supuesto. Hasta Fliss se tomó una copa para brindar por el chico del cumpleaños, y media hora más tarde se soltó el moño tirante y preguntó si alguien tenía un cigarrillo. Gerry estuvo a punto de romperse la pierna de lo que corrió para ir a buscarle otra taza de ponche. Yo no tenía intención de contar a todo el mundo lo de nuestro compromiso hasta que se lo hubiéramos dicho a nuestros padres, pero en cuanto salimos del dormitorio alguien gritó: «¡Sabemos lo que habéis estado haciendo!», y Oscar no pudo contenerse. «Sí. ¡Pedirle que se case conmigo!», contestó a voces, y todos aplaudieron y nos besaron.

Sarah era la primera persona a la que quería contárselo, por supuesto. Lloró; en aquel momento pensé que eran lágrimas de alegría, una emoción inducida por el ponche. Ni siquiera el hecho de que Jack se hubiera marchado temprano de la fiesta me alarmó, probablemente porque estaba demasiado aislada en mi propia burbuja de felicidad para percatarme del devastador desastre que había tenido lugar en el jardín. Sarah tuvo el coraje de no mencionar su enorme y catastrófica noticia. De hecho, ella no me dijo nada en absoluto. Fue Jack. Me llamó ayer para saber cómo estaba Sarah porque no le contestaba al teléfono, y cuando le pregunté por qué, tuvo que contármelo. La esperé en la puerta de su trabajo hasta que salió dando tumbos, me la traje a casa y ahora está aquí acurrucada en nuestro sofá bajo una manta.

—Especiales de Delancey Street —le digo, y le paso el plato de sándwiches mientras me cuelo bajo la manta junto a ella.

Oscar, con mucho tacto, se ha esfumado durante el fin de semana y nos ha dejado a nuestro aire para ver películas malas, beber vino tinto reconstituyente y hablar, si Sarah quiere. Cuando ayer salió del trabajo, tenía aspecto de no haber comido apenas en toda la semana; una Sarah fantasma.

—Hace mucho tiempo que no los zampamos.

—Años —digo. Tiene razón. Todos nuestros encuentros en Londres parecen haber sido reuniones apresuradas en restaurantes de lujo o coctelerías; echo de menos nuestras noches tranquilas en casa—. Pero no me he olvidado de cómo se preparan.

Abre un sándwich y mira lo que contiene.

—Te has acordado de la mayonesa —dice con un hilo de voz. Ojalá cogiera uno para comérselo—. A Jack nunca le gustaron mucho. No es muy fan del queso azul.

Hago un gesto de asentimiento con la cabeza, sin saber qué debería decir porque estoy más que un poquito cabreada con Jack O'Mara. No hizo un gran trabajo al explicarme qué había pasado con Sarah, me contó algo acerca de darse cuenta de que lo bastante bueno no basta, de que ellos eran el uno el noventa por ciento del otro. En un tono seguramente más borde del que debería haber empleado, le solté que esperar el ciento por ciento era poco realista, un experimento peligroso e infantil que con toda probabilidad resultaría en toda una vida de comidas preparadas para uno. Sarah todavía no me ha explicado qué pasó con exactitud, pero voy a esperar a que me lo cuente cuando se sienta preparada.

—Más para nosotras.

Le quito el plato, pero se lo ofrezco para que se sirva antes de hacer yo lo mismo y dejarlo en el sofá a mi lado. Me lanza una mirada de «no creas que no sé lo que estás haciendo».

—No dejaré de comer hasta quedarme en los huesos —dice, aunque no prueba bocado—. No te preocupes por mí.

—Sabes que esa es una de las cosas más tontas que has dicho en tu vida, ¿verdad?

Muerdo el sándwich y señalo el suyo con la cabeza para indicarle que debería hacer lo mismo. Revuelve los ojos como una adolescente; aun así, me da el gusto de probar un bocado minúsculo.

—Hala. ¿Ya estás contenta?

Suspiro y renuncio a los sándwiches en favor del vino. De todas formas, el alcohol es más útil que el queso en una situación como esta.

—Creo que deberías hablar con Jack. O al menos enviarle un mensaje de texto —le digo, porque a lo largo de la última hora mi teléfono no ha parado de iluminarse con un sinfín de mensajes de él preguntando si Sarah está bien—. Le he escrito que estás conmigo. Está preocupado por ti.

—No sé qué decirle. —Recuesta la cabeza en el sofá y se mete la manta debajo de las axilas como si estuviera en la cama. Teniendo en cuenta que los sofás de Oscar son de los que se reclinan y que estamos echadas hacia atrás casi por completo, no es que sea muy distinto a estar acostadas—. Más de tres años juntos y no tengo ni idea de qué decirle.

—No tienes que hablar con él, solo mandarle un mensaje de texto. Para que sepa que estás bien.

Aunque, ahora que lo pienso, aún no conozco toda la historia; tal vez Jack merezca hundirse en la miseria.

—Lo haré —accede Sarah—. Lo haré más tarde.

Suspira, y luego me pregunta cómo me ha parecido que estaba Jack.

—¿Preocupado? —contesto—. No me contó mucho, supongo que pensó que era cosa tuya.

—No quiero que te sientas atrapada en medio de los dos, Lu. No tienes que hacerlo desaparecer de tu vida.

No se me escapa la ironía de sus palabras. Llevo años atrapada en medio de Sarah y de Jack.

—¿Tú vas a borrarlo de la tuya?

Juguetea con una hebra de algodón que se ha desprendido de la manta.

—Creo que tengo que hacerlo. Al menos durante un tiempo. No sé cómo estar con él sin ser nosotros, ¿sabes? Tengo la sensación de que me he pasado los últimos doce meses resentida con él por una cosa u otra, y ahora que ya no tengo que hacerlo no sé cómo reaccionar.

—Doce meses es mucho tiempo de tristeza... —digo, sorprendida de que Sarah haya sido infeliz durante todo un año sin que yo me diera cuenta.

A ver, sabía que los dos estaban liados y estresados antes del accidente de Jack, y que Jack se había comportado como un imbécil en varias ocasiones, pero ¿no pasan todas las parejas por algún que otro mal momento? Me siento una amiga de mierda que va por ahí flotando en su propia burbuja de amor ajena a todo.

—En mi cabeza le he echado la culpa de todo lo que ha ido mal, Lu. De que nos viéramos cada vez menos, de lo mucho que nos habíamos distanciado o de lo mucho que nuestras respectivas vidas nos habían distanciado, tal vez. El accidente debería haber sido una llamada de atención, pero no hizo más que empeorar las cosas. Y entonces también lo culpé por eso, por regodearse en su sufrimiento, por no recuperarse de inmediato. —La expresión de Sarah es de absoluto desconsuelo—. Era más sencillo que culparme a mí misma, supongo. Pero tampoco es que yo haya estado muy disponible. Ojalá me hubiera esforzado más por llegar hasta él.

Caigo en la cuenta de que yo misma le he echado toda la culpa a Jack desde que me llamó; no me dijo nada que diera a entender que en cierto sentido la ruptura hubiera sido decisión de Sarah. Es decir, ya sé que estas cosas nunca son o blanco o negro, pero me dio la impresión de que él había puesto punto final porque ella no estaba a la altura de su mítico ciento por ciento. Me siento aliviada y a la vez intranquila al saber que no fue exactamente así.

—No creo que sea culpa lo que en realidad necesitas en estos momentos —digo—. Solo tienes que cuidarte, asegurarte de que estás bien.

—Ya lo echo de menos.

Asiento y trago saliva con dificultad, porque yo también lo echo de menos. Es raro porque últimamente no lo veo mucho, pero siempre ha estado ahí, como de fondo. Sarah y Jack. Jack y Sarah. Se ha convertido en parte de mi vocabulario, forzado al principio, inevitable al final. Y a partir de este momento serán solo Sarah o Jack. La idea de que él vaya alejándose ahora que ya no están juntos me entristece más de lo que soy capaz de expresar.

—A lo mejor dentro de un tiempo ambos cambiáis de opinión. Quizá solo necesitéis un descanso... —digo, y me siento como una niña cuyos padres están divorciándose.

Fuerza un esbozo de sonrisa, como si supiera que no es más que una fantasía.

—No cambiaremos de opinión. O al menos yo no lo haré. —Hace girar el vino en la copa antes de beber un sorbo—. ¿Sabes por qué lo sé?

Niego con la cabeza.

—No.

—Porque una parte de mí se siente aliviada. —No parece aliviada. Parece más desamparada de lo que la he visto en mi vida—. No me malinterpretes, me siento como si alguien me hubiera arrancado el corazón del cuerpo. Ni siquiera sé cómo funciona la vida sin que Jack esté en ella, pero hay una parte minúscula de mí que... —Se interrumpe y se mira las manos—. Un trocito de mí se siente aliviado. Aliviado, porque estar enamorada de Jack siempre ha sido, en mayor o menor grado, una tarea dura de narices.

No sé qué decir, así que me limito a dejarla hablar.

—Uf, es encantador y, joder, es guapísimo, pero si lo pienso en retrospectiva toda nuestra relación ha consistido en un millón de pequeñas renuncias, por su parte o por la mía, para que nuestras diferencias no fueran tan grandes como para separarnos. Ha sido un esfuerzo constante, y no sé si el amor debe hacerte sentir así, ¿sabes? No me refiero a esforzarse el uno por el otro... Me refiero a esforzarte por ser alguien ligeramente distinto de quien eres en realidad. Os veo a Oscar y a ti juntos y da la sensación de que os sale de forma muy natural a los dos, como si no tuvieseis que intentarlo porque encajáis sin más.

Es en este momento cuando sé que no hay vuelta atrás para Jack y Sarah. No me había dado cuenta, porque conseguían que su amor pareciera muy sencillo. Y estoy destrozada por dentro; por ellos, sobre todo, pero también por mí. Me siento como si una parte de mi vida se desintegrara, como si se alejara flotando por el espacio.

—¿Qué puedo hacer? —le pregunto.

Se le llenan los ojos de lágrimas.

—No lo sé.

Espero y dejo que se desahogue llorando sobre mi hombro mientras le acaricio el pelo.

—Sí… sí que po… podrías hacer una cosa.

—Claro, lo que sea.

Estoy desesperada por hacer cuanto esté en mi mano; odio este sentimiento de impotencia.

—¿Podrías seguir siendo su amiga, Lu? Por favor… Me da miedo que vuelva a aislarse de todo el mundo.

—Por supuesto —respondo—. Eres mi mejor amiga, pero él también me importa. Le echaré un ojo, si eso es lo que quieres.

La abrazo y ella apoya la cabeza en mi hombro. Oigo que se le ralentiza la respiración hasta que se queda dormida. Antes de cerrar yo también los ojos, recuerdo el día en que conocí a Sarah, y la primera vez que vi a Jack, y lo enredadas y complicadas que se han vuelto nuestras vidas a lo largo de los años. Somos un triángulo, pero nuestros lados han ido cambiando de longitud. Nada ha sido nunca igual. Tal vez haya llegado el momento de aprender a valernos por nosotros mismos, en lugar de apoyarnos los unos en los otros.

20 de abril

Laurie

—Tienes que ponerte de mi lado en esto —digo aferrada al brazo de Sarah antes de que abramos la puerta de la boutique de trajes de novia en Pimlico—. A mi madre le pirran los vestidos tipo tarta de merengue y yo quiero algo sencillo. Es una iglesia pequeña. No dejes que me amedrente y me convenza de comprarme un vestido que no quepa por el pasillo.

Sarah me dedica una sonrisa burlona.

—Siento debilidad por esos vestidos ampulosos y con mucho brillo. Creo que te sentarían bien.

—Lo digo en serio, Sar. No la animes, por el amor de Dios.

Entramos en la tienda, aún entre risas, y veo a mi madre ya enfrascada en una conversación con la vendedora, una glamurosa cincuentona con una cinta métrica echada alrededor del cuello bronceado.

—Ya está aquí.

Mi madre me lanza una mirada radiante cuando nos acercamos y veo que a la vendedora se le iluminan los ojos al ver a Sarah, y que luego se le oscurecen un poco cuando se da cuenta de que la novia soy yo. Estoy segura de que aquí hay un millón de vestidos que le sentarían bien a una mujer alta y con curvas como Sarah, mientras que mi cuerpo de chica más baja y del montón requiere una mayor habilidad estilística para sacarle el máximo provecho. La dependienta lleva las gafas en equilibrio encima del recogido castaño, pero las coge y se las pone para observarme mientras cuelgo el abrigo en la percha que me ofrece.

—¡O sea, que tú eres mi novia! —dice como si fuera ella la persona con la que voy a casarme, toda exageración teatral—. Soy Gwenda, aunque por aquí también se me conoce como el Hada Madrina.

Esbozo una sonrisa cansina; si algo he aprendido sobre las bodas es que casi todos los que trabajan en este sector han perfeccionado un falso aire de emoción perpetua, como si nada los deleitara más que hacer que hasta el último detalle de tu boda soñada se haga realidad. Lo entiendo. Cuanta más efusividad, más dinero en la caja. El mero hecho de que algo esté relacionado con una boda parece triplicar su precio de manera instantánea. ¿Quieres un par de laureles para poner uno a cada lado de la puerta principal? Claro. Estas bellezas cuestan cincuenta libras el par. Espera, ¿los quieres para el banquete de tu boda? Ah, bueno, en ese caso, deja que ponga unos lazos alrededor de las macetas y te cobro el doble. Pero ya les he pillado el truco. Intento no soltar la bomba nupcial hasta el último momento, si es que la suelto. No es que Oscar tenga interés alguno en reducir gastos; su madre y él están totalmente poseídos por la fiebre del bodorrio. Está costándome mucho controlarlos. Lo que querría, si se tomaran la molestia de escucharme, es celebrar una boda pequeña, y a diferencia de la mayor parte de la gente que lo dice, yo lo digo en serio: me gustaría algo íntimo y especial, solo para nosotros y para nuestros seres más queridos. Las únicas personas que de verdad deseo que estén presentes por mi parte son mi familia más cercana, Jack y Sarah, y el par de antiguas amigas del colegio con las que me he mantenido en contacto. En cuanto a mis compañeros de trabajo, me caen bastante bien, pero no tanto como para querer que asistan a mi boda. Aunque no es que importe mucho lo que yo opine. Parece que acabaré celebrando una boda lujosa y multitudinaria. Por ejemplo, yo no soy en absoluto religiosa, pero por lo que se ve, lo de la ceremonia por la iglesia no es negociable, y a ser posible en la misma en la que se casaron los padres de Oscar. Una tradición familiar que mantener, a pesar de que no puede decirse que el matrimonio de Lucille sea algo a lo que aspirar.

Me alegro de haber logrado reservarme la elección de mi propio vestido de novia y del vestido de dama de honor de Sarah; créeme cuando te digo que no fue fácil. Mi futura suegra lleva semanas enviándome enlaces de vestidos, todos ellos dignos de Kate Middleton, o puede que, más en concreto, de la anterior novia de Oscar, Cressida. Oscar rara vez la menciona. Ojalá pudiera decirse lo mismo de su madre, que conserva su foto enmarcada en el salón, encima del piano, por supuesto. Digo «por supuesto» porque Cressida era —es— concertista de piano. Tiene los dedos largos y finos. Lo tiene todo largo y fino, para serte sincera.

—En mi opinión, el escote corazón es el más favorecedor para los escotes más modestos —dice Gwenda mientras me mira el pecho con algo parecido a la lástima.

Sarah se da la vuelta hacia la pared donde están los vestidos porque le ha entrado la risa. Es la segunda vez en el mismo día que me hacen sentir como si mis tetas dejaran algo que desear; acabamos de salir de una experiencia de compras igual de deprimente en la tienda donde me han tomado medidas para el sujetador de novia, que, por descontado, costaba el doble que la ropa interior de no-novia que había al lado. Ahora estoy embutida en un corsé con ballenas de una sola pieza que no sé si seré capaz de volver a quitarme ni de que me permita hacer pis, así que la tibia reacción de Gwenda hacia mis atributos me exaspera. Mi madre, bendita sea, interviene.

—Estoy bastante de acuerdo, Gwenda. —Sonríe—. Laurie se parece a mí en ese aspecto. —Baja la mirada hacia su propio pecho—. ¿Qué te parece si primero echamos un vistazo y luego venimos a buscarte?

Gwenda se ofende un pelín y aletea las pestañas enérgicamente detrás de sus gafas con montura de carey.

—Como deseen las señoras. Tienen cita durante toda una hora, así que tómense su tiempo. —Se coloca detrás del mostrador y vuelve a levantar la mirada—. Solo para que lo sepan, hacemos todos los arreglos aquí mismo, no se pasará noches enteras sin dormir preocupándose por si le pierden el vestido cuando lo manden a acortarlo.

Estupendo. Ahora estoy plana y soy bajita. Pues sí que está resultando ser una buena Hada Madrina.

—¿Cómo te encuentras después de todo lo que ha pasado, Sarah, cariño?

Oigo a mi madre susurrar su pregunta mientras le pasa un brazo por los hombros a Sarah, al lado del expositor de vestidos tipo tarta de merengue que estoy evitando a propósito. Mi madre y Sarah se han visto varias veces a lo largo de los años, y comparten un sentido del humor (sobre todo a mi costa) que las unió desde el principio.

—No muy mal, Helen, gracias. Solo intento seguir adelante, mantenerme ocupada.

Sarah esboza una sonrisita de agradecimiento para reforzar sus palabras. Juntas, hemos bebido más vino del que es saludable a lo largo de las semanas que han pasado desde que sucedió, pero en general considero que está manteniendo bastante el tipo. No estoy segura de poder decir lo mismo de Jack. Hemos quedado un par de veces para tomar café; Sarah lo sabe, por supuesto. Le prometí que se lo diría siempre que lo viera. Pero no le he contado el meollo del asunto: que la primera vez que nos vimos Jack tenía un aspecto horrible, y la segunda aún peor, como si hubiera llegado de empalmada a la cafetería. Supongo que cada uno sobrelleva las cosas a su manera, pero verlo así me dejó intranquila.

Me pregunto cómo alejar a mi madre de los vestidos de metro y medio de ancho cuando Gwenda acude al rescate de forma inesperada.

—Mamá —dice en voz alta mirando por encima de sus gafas—, en mi opinión las faldas anchas tienden a compactar a mis novias más menudas.

Ahora me toca a mí volverme hacia la pared de vestidos más cercana para esconder mi sonrisa. Que Gwenda la llame «mamá» es otro síntoma del sector de las bodas. A todo el mundo se lo designa según el papel que desempeña en el proceso. Novia, novio, madre de la novia.

Sarah inclina la cabeza y asiente despacio.

—Yo diría que Gwenda tiene razón. No queremos que Laurie sea toda falda, ¿verdad? Estaría desequilibrada, como una de esas muñecas portarrollos que a veces ponen en los aseos.

Se ríe despreocupadamente y entrelaza un brazo con el de mi madre al mismo tiempo que me guiña un ojo y la guía hacia mí. Sonrío, pero también le lanzo una mirada algo asesina. No es que no le agradezca la intervención, pero ¿un portarrollos de papel higiénico? ¿Alguien más quiere insultarme hoy? Las revistas de bodas me aseguraron que esta sería una de las salidas de compras más memorables de mi vida. Estoy segura de que hablaban de lágrimas y champán. Dado el desarrollo que está teniendo este día, no me quedan demasiadas esperanzas al respecto, aunque puede que termine habiendo lágrimas de dolor y necesite un trago de algo muy fuerte.

—¿Qué te parece uno así? —propone Sarah, que sostiene un vestido ajustado de color blanco plateado a lo *art déco*.

Es bonito, pero le sobran detalles y da la sensación de que tiene cola. A Sarah le quedaría impresionante. Estoy a punto de decirle lo fantástica que estaría con él, como una novia sirena, pero entonces recuerdo la polvera que Jack y yo encontramos para ella aquella Navidad y me muerdo la lengua. Siendo honesta, aquella tarde es también para mí el último día en el que quiero pensar. Estoy orgullosa de que se haya negado a sumirse en la autocompasión desde que Jack y ella rompieron; está ahí fuera dando lo mejor de sí misma, como siempre, y sé que ha salido un par de veces con Luke, aunque no habla mucho de ello. Creo que ninguno de los dos tiene prisa por poner etiqueta a lo que está sucediendo entre ellos, es demasiado pronto; pero, sea como sea, me alegro de que Luke esté en su vida.

—Tenía pensado algo más sencillo —digo mientras voy pasando los vestidos despacio sobre la barra para echarles un vistazo.

Pasamos unos buenos diez minutos sacándolos todos y apartando los que me gustan, o los que me gustan tanto que decido probármelos. Aunque no es la mejor experiencia de mi vida, no se me ocurre ninguna otra persona, aparte de mi madre y de Sarah, con quien preferiría compartirla. Anoche me deprimí un poco al imaginar cómo habría sido tener a Ginny a mi lado en esta situación, pero en cierto sentido Sarah lo soluciona todo.

Gwenda se acerca con sigilo y da unas palmadas discretas.

—Parece que vamos muy bien —dice mientras explaya la mirada por los vestidos que hemos puesto en el colgador dorado especial con ruedas que ella nos acercó antes con gran ceremoniosidad—. Mamá, dama de honor, por aquí.

Las coge por los codos y las conduce hacia el otro lado de una cortina con la fuerza acerada de un funcionario de prisiones. Me quedo inmóvil durante un segundo, pero luego me puede la curiosidad y asomo la cabeza para ver qué está pasando. Ah, ya veo. Ahora es cuando llega lo del champán. Mamá y Sarah están sentadas en unos tronos de terciopelo rosa oscuro y una dependienta más joven que Gwenda está sirviéndoles sendas copas de champán frío.

—Chloe estará a su disposición si necesitan que se las rellenen, señoras —dice Gwenda con un guiño.

Sarah me mira a los ojos, y la diversión sin adulterar de su mirada hace que todos los desprecios que he soportado hasta ahora valgan la pena. No la veía así de feliz desde hace semanas. Tenía dudas de si invitarla a venir por si se disgustaba, pero al final se invitó ella sola, como suele hacer. Mirándola ahora, sentada con las piernas cruzadas y bebiendo champán, me alegro de que lo hiciera.

Gwenda hace una pequeña reverencia, como si fuéramos actrices a punto de desaparecer detrás de la cortina.

—¡Ahora voy a llevarme a la novia y crear algo de magia! Volveremos enseguida. —Mira a su ayudante—. ¡Pañuelos a punto, Chloe!

Percibo una representación bien ensayada cuando Chloe coge una caja de pañuelos de papel con estampado floral y la coloca, con gran ceremoniosidad, en la mesa de cristal que hay entre Sarah y mi madre. Les lanzo una mirada un poco asustada mientras me alejo y ambas levantan las copas para brindar sin hacer nada en absoluto para ayudarme.

Gwenda ha elegido para que me pruebe en primer lugar el vestido que mi madre ha escogido. No discuto; este es su territorio. Me ha pedido que me quite toda la ropa y que me quede solo con el corsé con ballenas, y ahora está de pie detrás de mí en el probador con el vestido sobre el brazo. Cuando digo «probador» no me refiero a un cubículo en la parte de atrás de una tienda con una cortina mal ajustada para cerrarlo. Me refiero a una sala entera rodeada de espejos. Soy como una bailarina en una de esas cajas de música con espejos.

—Este se llama *Vivienne* —dice Gwenda pronunciando el nombre con acento francés, y mueve el vestido para que las lentejuelas proyecten estremecimientos de luz por toda la sala.

Es más llamativo de lo que me gustaría, tiene un corpiño cargado de pedrería y varias capas de tul en la falda. Sigo las instrucciones de Gwenda y me lo pongo con mucho cuidado cuando lo desabrocha. Contemplo mi reflejo mientras me lo ajusta cerrando todo tipo de clips a lo largo de la espalda para que se me marque la cintura; a continuación despliega las capas de tul.

Cuando me miro en el espejo sucede una cosa rarísima. Poco a poco, me convierto en una novia delante de mis propios ojos. Me choca. Me he dejado arrastrar por la marea del entusiasmo de Oscar y de su madre, y en algún punto del camino me he olvidado de que es el día de mi boda el que estamos planeando, el único de mi vida.

Gwenda me observa, con los astutos ojos azules sobre mi hombro.

—Puede que tu madre tuviera razón —dice, de repente más seria.

—No es eso —replico sin apartar la mirada de mi reflejo, como si estuviera contemplándome en uno de esos espejos mágicos que deforman tu silueta. Me resulta tan ajena que casi espero que la novia del cristal me guiñe un ojo—. Soy yo... Soy...

—¿Una novia? —Sonríe con complicidad—. Muchas mujeres experimentan cierta conmoción cuando se prueban el primer vestido de novia. No cabe duda de que es un momento especial, ¿a que sí?

No estoy segura de que Gwenda lo entienda del todo, pero tampoco puedo expresarlo con palabras, así que me limito a asentir con la cabeza.

—¡Madre mía! Si a ti te causa este efecto, imagina cómo se sentirá el novio —murmura con admiración, como es probable que haya hecho con muchas otras novias que han estado justo en este mismo lugar—. Ahí estará, el hombre con el que siempre has soñado, esperándote en el altar, a punto de darse la vuelta y ver por primera vez a su ruborizada novia. —Suspira, puro teatro—. Es un momento precioso.

Me quedo inmóvil, sus palabras me dan vueltas en la cabeza con tal claridad que me extraña no poder verlas en el espejo.

Me veo como Oscar y todos nuestros invitados me verán cuando avance por el pasillo.

—No me gusta —digo, de repente sin respiración—. Por favor, Gwenda, quítamelo enseguida. Me aprieta demasiado.

Me mira muy sorprendida; está claro que pensaba que me tenía comiendo de su mano enjoyada. Y así era, hasta el momento en que dijo lo de «el hombre con el que siempre has soñado».

Ya de vuelta en casa, horas más tarde, me desnudo en el cuarto de baño y abro el grifo de la ducha de hidromasaje al máximo. Qué puñetero desastre. En la boutique logré recomponerme lo suficiente para probarme el resto de los vestidos de novia, pero ninguno era el mítico «definitivo» sobre el que hablan todas las revistas. Gwenda trató de convencerme para que me pusiera de nuevo el primer vestido al final de la sesión, pero no habría vuelto a probármelo ni por todo el oro del mundo.

Pongo la temperatura del agua un poco más caliente de lo que resultaría cómodo y me quedo muy quieta, dejando que llueva sobre mi cabeza. Estoy tan decepcionada conmigo misma que hasta me duele. No es que no quiera a Oscar o que no quiera casarme con él. No es nada de eso. Es solo que me destroza saber que sigue ahí, como un reflejo muscular.

Que cuando alguien dice «el hombre con el que siempre has soñado», yo pienso en Jack O'Mara.

23 de abril

Jack

Está de pie mirando un escaparate cuando la veo. No estoy aquí por casualidad, llevo ya un rato merodeando cerca de su oficina con la esperanza de pillarla cuando saliera a comer, y ahí está, protegiéndose de la lluvia con su paraguas a rayas negras y rosas. Avanzo deprisa para no perderla de vista entre el bullicio. Gira hacia una calle menos transitada y acelero tanto el paso que casi choco contra ella al doblar la esquina.

—Laurie.

Se da la vuelta y frunce el ceño ante mi inesperada presencia, pero al instante sonríe y se echa medio a reír.

—Jack —dice, y se pone de puntillas para besarme en la mejilla—. ¿Qué estás…?

Se interrumpe y me mira. Demasiado tarde, me doy cuenta de que estamos frente a una tienda de ropa vintage y que en el maniquí de modista que ocupa el centro del escaparate se expone un vestido de novia.

—¿Ibas a…?

Señalo el vestido con un gesto de la cabeza, consciente de que por alguna razón solo somos capaces de hablar dejando las frases a medias.

—No —contesta, aunque entonces vuelve a mirar el vestido—. Bueno, sí, más o menos. Me ha llamado la atención.

—Vas a necesitar uno de esos —digo—. ¿Habéis fijado ya una fecha?

Asiente y mira de nuevo hacia el escaparate.

—Diciembre.

—Vaya, esta Navidad —digo en voz baja—. Eso es genial, Lu. Es realmente… genial. —¿Dónde están mis palabras cuando las necesito? ¿«Genial»? ¿Cómo es posible que sea capaz de hablar durante horas en mi programa y ahora me quede mudo?—. ¿Tienes tiempo para ir a algún lado a tomar un café y librarnos de la lluvia durante un rato?

En ese momento, alguien se inclina hacia el escaparate desde el interior de la tienda y da la vuelta a la etiqueta para echar un vistazo al precio del vestido de novia. Veo que Laurie se estremece y me doy cuenta de que no estaba mirando el escaparate por entretenerse; ese vestido le gusta de verdad. No soy experto en estas cosas, pero hasta yo reconozco que es un vestido muy Laurie. Tiene algo único; no se parece en nada a los vestidos de princesa Disney que les gustan a la mayoría de las chicas.

—A no ser que fueras a entrar. —Señalo la puerta de la tienda. Laurie también la mira mordiéndose el labio inferior, indecisa—. Puedo esperarte, si quieres.

Vuelve a apartar la mirada de mí para dirigirla hacia el vestido, con las cejas ligeramente unidas por un discreto ceño.

—En realidad es una tontería. Ya me he probado un montón y ninguno me queda bien. Es solo que por algún motivo este parece distinto.

Mientras habla, la clienta que está mirando el vestido saca el teléfono y le hace una foto.

—Creo que entraré a echar un vistazo rápido —decide Laurie—. ¿Te da tiempo a esperarme?

Como lo más urgente en mi lista de tareas de hoy es hablar con ella, contesto que sí. Deambulo un poco, sin saber muy bien qué hacer mientras Lu cierra su paraguas y empuja la puerta de la tienda para abrirla. Me mira a mí y luego hacia el cielo oscuro.

—Deberías entrar. No va a dejar de llover.

Tiene razón, desde luego. Es solo que me parece extraño que, de entre todas las personas del mundo, sea yo quien esté haciendo esto con ella. Sujeto la puerta para que salga la mujer que estaba mirando el vestido de novia, y una expresión de alivio cruza el rostro de Laurie cuando por fin entra en la tienda. La sigo con cautela. La tienda no es lo que me esperaba. Una música swing de la década de los cuarenta suena de fondo con discreción, como si alguien tuviera el transistor encendido. ¿Transistor? Cualquiera diría que yo también he retrocedido en el tiempo. Las prendas retro están colocadas en viejos y enormes armarios abiertos, y las joyas rebosan sin orden ni concierto de cofres sin tapa colocados encima de los tocadores. Es como entrar en un camerino abandonado en tiempos de guerra durante un ataque aéreo.

Laurie ya está al lado del vestido, volviendo la etiqueta con los dedos para poder leerla. Me mantengo apartado cuando la dependienta se acerca a ella y, al cabo de un instante, saca el maniquí del escaparate con mucho cuidado y lo posa en el suelo para que Laurie pueda examinarlo mejor. Lu lo rodea muy despacio, con una sonrisa minúscula y anhelante dibujada en los labios. No me cabe la menor duda: va a comprarse ese vestido. La dependienta debe de haberle preguntado si le gustaría probárselo, porque de repente parece nerviosa y se vuelve hacia mí.

—¿Vas bien de tiempo? —me pregunta cuando me acerco a ella.

Este no es el tipo de tienda en el que las cosas se hacen con prisa, pero somos los únicos clientes que tienen en esta tarde gris y lluviosa, así que asiento.

—Adelante. No puedes comprarte un vestido de novia sin ver cómo te queda, ¿verdad?

La dependienta indica a Laurie el probador situado en la parte trasera de la tienda mientras quita el vestido del maniquí con gran esmero. Me alejo para echar un vistazo alrededor. Hay un armario de caoba lleno de trajes italianos, todos de colores sombríos y con cortes elegantes, de la vieja escuela. No podrían ser más del estilo de Frank Sinatra o Dean Martin. Les doy la espalda y ojeo la colección de sombreros, y hasta me pruebo uno de fieltro para ver cómo me va de tamaño en el espejo.

—Creo que ahora deberías marcharte. —La dependienta sonríe y se detiene para enderezar un reluciente par de zapatos de charol masculinos—. Da mala suerte que el novio vea el vestido de la novia antes del gran día.

Me recuerda a aquel cumpleaños de Laurie de hace años, cuando el encargado de la noria supuso que estábamos juntos.

—No soy el novio —digo—. Solo somos amigos.

—Ah. —Relaja el semblante, aunque continúa mirándome. Es guapa, de una manera atrevida—. Tiene suerte de tener un amigo dispuesto a ir de compras con ella. La mayoría de los hombres saldrían pitando.

Me encojo de hombros.

—No es un vestido cualquiera, ¿verdad?

—Supongo que no. Ese es precioso, de los años veinte, creo.

—Genial.

Me da la sensación de que le gustaría charlar, pero el terreno de los vestidos de novia me pilla fuera de juego por completo.

—Deberías llevarte el sombrero. Te queda bien.

Me río y me llevo una mano al ala del sombrero fedora.

—¿Eso crees?

Ella asiente.

—Dice «soy un hombre de mundo».

—Estás vendiéndomelo estupendamente.

Sonrío con ganas.

—Lo siento. —Esboza una sonrisa—. Las vendedoras agresivas me molestan. Ya paro.

—No has sido agresiva —digo—. Creo que me quedaré el sombrero.

—Buena elección. —Se mueve para doblar bien las camisas y luego me observa, indecisa—. Mira, de verdad que no suelo hacer este tipo de cosas, pero ¿querrías…? Bueno, a ver, ¿te apetecería que quedáramos para tomar una copa alguna vez?

Podría decir que sí. Desde luego es atractiva, y estoy soltero.

—Es una oferta que solo podría rechazar un loco… o alguien que se marcha mañana de la ciudad.

Sonrío con tristeza.

Ella también sonríe, y espero que no se sienta ofendida.

—Una pena —dice mientras se aleja.

—¿Te marchas?

La voz de Laurie suena como un susurro a mi espalda, y me vuelvo despacio hacia ella mientras me quito el sombrero. Está plantada ante mí con el vestido de novia, con los ojos muy abiertos y preciosa. Más bella de lo que la he visto en mi vida, a ella o a cualquier otra persona. El vestido ha cobrado vida sobre ella y la ha convertido en una especie de ninfa del bosque descalza. Pero le brillan los ojos, y no estoy seguro de si es de felicidad o de tristeza.

—No estás tan mal, Lu.

Trato de recurrir al humor, porque nadie debería llorar llevando puesto su vestido de novia.

—Acabas de decir que te marchas de la ciudad.

Así es. Me voy a Edimburgo en el tren nocturno de mañana.

Vuelvo la cabeza para asegurarme de que la dependienta no nos oye, con el sombrero fedora entre las manos, delante de mí, como si fuera de atrezo.

—Mejor hablamos después, Lu, no es para tanto, de verdad. De momento, tienes que comprarte este vestido. Pareces la maldita reina de las hadas —le digo.

Me mira con esos ojos enormes y vulnerables que tiene.

—¿Estás mintiéndome, Jack?

Niego con la cabeza.

—No. Si todas las novias se parecieran a ti, no quedaría ningún hombre soltero en el mundo.

Sé que no era eso lo que me preguntaba.

Laurie sacude la cabeza y se aparta de mí para contemplar el vestido en el espejo de cuerpo entero. Me alegro de tener la oportunidad de recomponerme, y quizá ella esté haciendo lo mismo. La observo volverse para escudriñarlo desde todos los ángulos.

—Es tu vestido, Laurie. Es como si hubiera estado esperando a que lo encontraras.

Laurie asiente, porque ella también lo sabe. Cuando vuelve a entrar en el probador, decido que no voy a fastidiarle el día. Quiero que solo tenga recuerdos felices del día en que encontró ese vestido.

Laurie

Estamos en una cafetería unas cuantas puertas más allá. No puedo creer que me haya topado con el vestido de mis sueños por casualidad; Jack tiene razón, es como si hubiera estado esperándome pacientemente. Cuando estaba allí de pie, mirándome en el espejo, supe que a Oscar le encantaría, y que a mí me encantaría que a él le encantara. Es el vestido más especial que he visto en mi vida, ajustado, con unas mangas diminutas y el escote redondo. Imagino que es el tipo de vestido que Elizabeth Bennet habría usado cuando se casó con el señor Darcy.

En la caja hay una etiqueta con retazos de información sobre sus anteriores dueñas. Sé que se hizo con seda de paracaídas y encaje francés en la década de 1920, y que la primera novia que lo usó fue una chica llamada Edith, que se casó con un hombre de negocios estadounidense. En los años sesenta, una mujer llamada Carole se lo puso para su boda en la playa, y celebraron el banquete en un parque porque no podían permitirse pagar un salón. Debe de haber habido más, pero ahora es mío, al menos durante un tiempo. Ya he decidido que lo devolveré a la tienda después de nuestra luna de miel, con nuestro nombre y la fecha de la boda en la etiqueta. Es un vestido con historia, y aunque soy su custodia más reciente, su viaje no termina aquí.

—¿Qué está pasando, Jack?

No me ando por las ramas cuando se sienta frente a mí con dos tazas de café. Caigo en la cuenta de que la planificación de la boda y comportarme como una buena amiga con Sarah han absorbido todo mi tiempo, y de que en algún momento del proceso he relegado a Jack al banco de los suplentes.

Remueve el azúcar de su taza muy despacio.

—Quería decírtelo en persona.

—Entonces ¿es verdad? ¿Te marchas?

Me pasa un sobrecito fino de azúcar, y luego otro, por si acaso.

—He conseguido un trabajo nuevo —dice.

Asiento.

—¿Dónde?

—En Edimburgo.

Escocia. Se muda, y a otro país.

—Vaya —es lo único que se me ocurre decir.

—Es un ascenso. Una oportunidad demasiado buena para dejarla pasar —añade—. Mi propio programa nocturno.

Parece emocionado.

Reparo en que es la primera vez que lo oigo hablar con positividad desde hace mucho tiempo, así que me enfurezco cuando se me llenan los ojos de lágrimas.

—Es una buena noticia, Jack, de verdad. Me alegro muchísimo por ti. —Sé que mi expresión no parece de alegría. Imagino que más bien doy la impresión de que estuvieran torturándome, como si alguien me hiciera agujeros con un taladro en las rodillas por debajo de la mesa—. No quiero que te vayas.

Las palabras se me escapan sin que me dé cuenta.

Tiende los brazos por encima de la mesa y me cubre las manos con las suyas, cálidas, reales y a punto de mudarse a kilómetros de distancia.

—Eres una de las mejores amigas que he tenido —dice—. No llores o yo también lo haré.

A nuestro alrededor, el café está abarrotado de oficinistas comprando comida para llevar y de madres que mecen a sus bebés, y nosotros permanecemos inmóviles entre ellos, dejándonos marchar el uno al otro. Me pide que se lo cuente a Sarah porque él no puede hacerlo, y me dice que necesita irse, empezar de nuevo en algún lugar donde el pasado no esté en todas partes.

—Tengo una cosa para ti —dice.

Me suelta las manos, rebusca algo en su abrigo y desliza hacia mí un paquete envuelto en papel de estraza.

Es blando. Abro los bordes pegados con cinta adhesiva y aparto el papel arrugado para ver qué contiene. Es una boina, doblada por la mitad. Una gorra con visera típica de un granujilla de los sesenta, hecha de tweed en tonos lavanda. Aliso el papel con los dedos y leo el familiar sello del bazar de antigüedades de Chester que lleva estampado, recordando el momento en que me la probé.

—La tengo desde hace años, pero nunca encontraba el momento adecuado para dártela —explica—. Era para Navidad, en realidad.

Niego con la cabeza, medio riendo. Las cosas siempre han sido así entre Jack y yo.

—Gracias. Pensaré en ti cuando me la ponga —digo con intención de sonar decidida, aunque solo consigo parecer desolada—. Estás haciendo lo correcto —lo animo—. Sé feliz, Jack. Te lo mereces. Y no te olvides de nosotras… Estamos a solo una llamada de distancia.

Se frota los ojos con la mano.

—Jamás podría olvidarme de ti —dice—. Pero no te preocupes si desaparezco una temporada, ¿vale? Ta vez sea buena idea que dedique un tiempo a adaptarme a la nueva situación.

Intento sonreír, pero me resulta complicado. Entiendo a qué se refiere; necesita tiempo para empezar de nuevo, para construir su nueva vida sin nosotras en ella.

Coge la boina y me la pone en la cabeza.

—Tan perfecta como te recordaba.

Sonríe.

Tardo demasiado en darme cuenta de que se va; se pone de pie antes de que pueda recoger mis cosas.

—No, no salgas conmigo —me pide al mismo tiempo que me pone una mano en el hombro—. Termínate el café, y luego ve a contar a Oscar que has encontrado tu vestido de novia.
—Se agacha y me besa en la mejilla, y lo agarro y lo envuelvo en un abrazo un tanto torpe porque ignoro si volveré a verlo. No me aparta, sino que suspira y me posa una mano delicada en la nuca; después me dice—: Te quiero, Lu —como si estuviera agotado.

Lo veo abrirse camino a través de la cafetería, y cuando sale me quito la gorra y me aferro a ella.

—Yo también te quiero —susurro.

Continúo sentada un rato, con la boina en las manos y el vestido de novia a los pies.

12 de diciembre

Laurie

Dentro de dos días me convertiré en la señora Laurel Ogilvy-Black, cosa a la que me costará mucho acostumbrarme después de veintiséis años siendo Laurie James. Ni siquiera puedo pronunciarlo sin adoptar el acento de la reina de Inglaterra, engolado y cargado de presunción.

Oscar se ha marchado a casa de su madre esta tarde y mis padres vendrán aquí mañana. Se quedarán conmigo en el piso, y desde aquí iremos juntos a la iglesia el sábado por la mañana. En cuanto lleguen toda la maquinaria se pondrá en marcha, así que esta noche es la de la calma antes de la tormenta. Sarah llegará en cualquier momento, y vamos a pasar una velada de manicura, pedicura, peli y cócteles de champán para celebrarlo. Mis uñas no son de las que crecen; solo las mujeres que tengan unas uñas como las mías lo entenderán. Cuando me llegan hasta el final del dedo al parecer consideran que ya han cumplido con su trabajo, así que se me descaman y se rompen. Durante la etapa previa a la boda he probado todos los aceites, sérums y cremas conocidos por el ser humano, porque todos los foros nupciales me dicen que es fundamental que tenga las manos impecables. Bueno, pues estoy a cuarenta y ocho horas del altar y ya no van a mejorar, así que Sarah me hará la manicura francesa.

Todo lo relacionado con esta boda está planeado, controlado y listado en la hoja de cálculo de Lucille. Para ser alguien que piensa que su hijo va a casarse con alguien que no está a su altura, la verdad es que ha invertido gran cantidad de su tiempo en dictar cómo debe tener lugar. Lo cierto es que tardé muy poco en darme cuenta de que Lucille impondría su criterio en la planificación me gustara o no, así que he optado por el método de oponer la menor resistencia posible. Y con eso quiero decir que he accedido amablemente al ochenta por ciento de sus decisiones y que me he mantenido firme en el veinte por ciento restante y me he negado a cambiar de idea al respecto de cosas como mi vestido, mi ramo, mi dama de honor y nuestros anillos. En realidad, son las únicas cosas que me importan. Me da igual qué champán se sirva para el brindis, y aunque no soy una entusiasta de la mousse de salmón que han elegido como primer plato, será lo que comamos de todos modos. Oscar ha agradecido mi actitud no territorialista; como su madre y él están tan unidos, si yo me hubiera puesto difícil habría habido problemas.

Por suerte, Sarah ha estado a mi lado todo el tiempo y me ha permitido desahogarme.

—¡Ábreme, Lu! ¡No tengo manos para llamar!

La voz de Sarah resuena en el vestíbulo y me pongo en pie de un salto para ir a abrir. Cuando la veo ante la puerta, entiendo a qué se refiere. Va arrastrando una maleta rígida plateada, lleva dos bolsas colgando de los brazos y sobre las manos una gran caja de cartón. Me mira por encima de ella y se aparta el flequillo de los ojos de un soplido.

—Veo que viajas ligera, ¿eh?

Me echo a reír y la libro de la caja.

—Para mí esto es viajar ligera. —Me da un cachete en la mano cuando intento echar un vistazo bajo la solapa de la caja—. Es mi caja de las sorpresas. ¿Un vino primero?

—En eso no hay discusión posible.

Cierro la puerta con el pie y sigo a Sarah por el pasillo. No quería una despedida de soltera tradicional; eso no va conmigo. Esto, en cambio, es perfecto.

—¿Estamos solas? —susurra mientras busca a Oscar.

—Sí.

Hace un gesto de triunfo y luego se deja caer de espaldas en el sofá con los brazos extendidos y los pies en el aire.

—«Vas a casarte esta mañana, ¡din don, campanas sonarán…!» —canta, aunque ni de lejos como los actores de *My Fair Lady*.

—Vas con un día de antelación.

—Mejor que con un día de retraso. —Se incorpora hasta quedar sentada y mira a su alrededor—. ¿Vamos a celebrar una sesión de espiritismo?

He encendido velas perfumadas por toda la casa para crear una atmósfera tranquila, tipo zen.

—Se supone que es más bien una sesión de spa —aclaro—. Venga, huele, huele.

Sarah husmea el aire.

—Creo que la nariz me funcionaría mejor si tuviera una copa de vino en la mano.

Pillo la indirecta y me dirijo a la cocina.

—¿Vino… o champán de la madre de Oscar? —pregunto.

—Uy, el champán de Su Alteza Real, por favor.

Sarah entra en la cocina y se apoya en uno de los taburetes altos. ¿Es desleal que me haya quejado a Sarah en numerosas ocasiones sobre mi futura suegra? Todo el mundo necesita desahogarse con alguien, ¿no?, y Sarah es igual de válida que una hermana. Lo cual me recuerda… Me doy la vuelta y saco del armario un paquetito envuelto.

—Voy a darte esto antes de que nos emborrachemos demasiado y me olvide, o antes de que nos emborrachemos demasiado y no pueda hacerlo porque esté llorando a moco tendido.

Saco el champán mientras Sarah mira la bolsa de regalo con los ojos entornados.

—¿Qué es?

—Tendrás que abrirlo para averiguarlo.

Tira de las cintas grises mientras descorcho la botella del carísimo champán de la madre de Oscar. Quería regalar a Sarah algo muy especial, y tras horas de búsqueda infructuosa en internet, caí en la cuenta de que ya tenía el regalo perfecto para ella.

—Estoy nerviosa por si no me gusta —dice para quitar hierro al asunto—. Ya sabes que se me da fatal mentir, así que te darás cuenta enseguida.

Empujo una copa en su dirección y me apoyo en la barra de desayuno, frente a ella.

—Estoy bastante segura de que te gustará.

Sostiene la caja de terciopelo raído en la palma de la mano y, con la otra, busca a tientas el tallo de su copa y bebe un sorbo de champán para infundirse valor. Cuando va a abrirla, estiro una mano y la pongo sobre la suya.

—Antes de que la abras, quiero decir algo.

Mierda. Al final resulta que ni siquiera necesitaba beber para ponerme emotiva. Las lágrimas ya me escuecen en los ojos.

—Me cago en la puta —dice Sarah, y se bebe más de la mitad del champán para, acto seguido, volver a llenarse la copa—. No empieces ya, faltan dos días para la boda. Contrólese, señora.

Me echo a reír y recupero la compostura.

—Vale, ya controlo. —Bebo un poco más y dejo mi copa—. Es para darte las gracias —digo mirando primero la caja y luego a Sarah—. Gracias por… No sé, Sar, por todo. Por dejar que me quedara con la habitación más grande en Delancey Street, y por estar siempre a mi lado cuando salíamos los sábados por la noche y en las resacas de los domingos por la mañana, y por inventar nuestro sándwich marca de la casa. No sé dónde estaría sin ti.

Ahora es ella la que se emociona.

—Qué bueno está ese puñetero sándwich —dice, y luego abre la caja.

Durante unos segundos se sume en un silencio inusual en ella.

—Esto es tuyo —susurra.

—Y ahora es tuyo —replico.

He hecho que engasten mi colgante de ágata púrpura, fino como una oblea, en oro rosa y que lo modifiquen para incrustarlo en una pulsera rígida.

—No puedo aceptarlo, Lu. Es demasiado valioso.

Cierto.

—Voy a llorar cuando diga esto y después nos emborracharemos y nos reiremos, ¿de acuerdo?

Se muerde el interior del ya tembloroso labio inferior.

—Perdí a mi hermana hace mucho tiempo, Sar, y la echo de menos. La extraño todos los días. —No estaba exagerando: unas lágrimas grandes y gordas resbalan por mis mejillas. Sé que Sarah lo entiende, porque ella adora a su hermana menor—. Esa piedra me recuerda a los ojos de Ginny, y a cómo eran cuando nos miraba a los ojos a mí y a mi abuela. Es parte de mi familia, y te lo regalo porque tú también eres mi familia. Pienso en ti como mi hermana, Sarah. Por favor, acéptalo, y póntelo y cuídalo mucho.

—¡Joder, por Dios! —exclama mientras rodea la barra del desayuno y me abraza—. ¡Cállate ya!, ¿quieres? Si eso es lo que hace falta para que cierres el pico, entonces por supuesto que me lo quedaré.

La achucho, medio riendo, medio llorando.

—Me lo pondré el sábado —dice Sarah.

—Me encantaría que lo hicieras.

Podría abrirle mi corazón: confesarle que así tendré la sensación de que está representando a Ginny en mi día especial. Pero no lo hago, porque entonces lloraríamos otra vez las dos, y además Sarah ya lo sabe. Así que le digo que le quedará perfecto con su traje de dama de honor —un vestido largo, de un sutil verde espuma de mar que hace que su pelo rojizo cobre vida—, y Sar se muestra de acuerdo y guarda la pulsera con mucho cuidado, para después rellenar nuestras respectivas copas de champán.

Nos hemos trincado alegremente dos botellas del champán caro de Lucille, y ya estoy en condiciones, más o menos, de informar de que te achispa tanto como sus no tan caros compañeros de estantería.

—No puedo creerme que vayas a pasar por el altar antes que yo —dice Sarah.

Los créditos de *La boda de mi mejor amiga* se deslizan por la enorme pantalla plana de Oscar (sigo pensando que todo lo que hay aquí es suyo, como si yo fuera una inquilina; me pregunto si cuando estemos casados eso cambiará al fin), y tenemos separadores de espuma entre los dedos de los pies.

—Yo tampoco —digo.

Mete la mano en su caja mágica y saca una baraja de cartas. No bromeaba al decir que estaba llena de sorpresas; en lo que llevamos de noche ha sacado de ella varios regalos tontos para mí, desde un bote de canela que se supone que aumenta la virilidad hasta unas chanclas con mi nuevo nombre estampado. Ahora hemos pasado a un juego de naipes diseñado para avergonzar y aconsejar a las futuras novias antes de que lleguen al altar.

—¿Cómo se juega?

Mi amiga saca la baraja de la caja y lee las instrucciones en la parte de atrás.

—Reparte tres cartas a cada jugador, y luego, yendo en sentido contrario a las agujas del reloj, lee la pregunta a la persona que está dos sitios a tu izquierda... y blablablá. —Se echa a reír y lanza la caja vacía por encima del respaldo del sofá—. Lo haremos por turnos. —Coloca la baraja encima del sofá, entre las dos—. Empieza tú.

Cojo la carta de encima del mazo y le leo la pregunta en voz alta.

—¿Qué porcentaje de matrimonios termina en divorcio en Reino Unido, según los datos de 2012?

—¡Me cago en la leche, voy a devolverla! —grita Sarah—. Lo último en lo que quieres pensar es en el divorcio. —Aun así, se interrumpe para pensar—. ¿Un veintinueve?

Doy la vuelta a la carta para leer la respuesta.

—El cuarenta y dos por ciento. Joder, es un poco deprimente, ¿no?

Dejo la carta y Sarah saca otra.

—Ah, esta está mejor. ¿Qué es lo primero en lo que se fijan de un hombre la mayoría de las mujeres? —Lee la respuesta que aparece en el reverso de la carta y se ríe entre dientes—. Tienes tres oportunidades.

—¿En su coche? —digo desperdiciando una de mis oportunidades.

—No, no es eso.

—No sé... ¿En si es clavadito a Richard Osman?

No es una elección al azar. Ese presentador de televisión es el famoso por el que Sarah bebe los vientos.

—Ni se te ocurra bromear con él —replica con los ojos vidriosos. Una vez se topó con él en una entrega de premios que estaba cubriendo y tuvo que hacer un gran esfuerzo para reprimir las ganas de arrancarse la camisa y pedirle que le estampara su autógrafo en las tetas—. Nadie se parece a Richard Osman excepto Richard Osman. Última oportunidad.

Ahora que es mi última oportunidad, me tomo la pregunta más en serio.

—¿En los ojos?

—¡Sí! —Me choca los cinco—. En los ojos. ¿Has visto los ojos de Luke? No había visto unos ojos más azules en mi vida.

Asiento. Lleva saliendo de vez en cuando con Luke desde el verano; él es su acompañante para la boda. Me ha pedido que no se lo diga a Jack hasta que haya tenido tiempo de contárselo ella misma, aunque no sé si lo habrá hecho ya. Jack se marchó a Edimburgo el día después de que me comprara el vestido de novia, y salvo por un mensaje en el que me confirmaba que podría asistir a la boda, no he sabido nada de él. Hace unas semanas me topé en internet con una foto suya en un evento, el lanzamiento de no sé qué disco, con una rubia diminuta colgada del brazo, así que al menos sé que está vivo.

Cojo la siguiente carta y la leo bizqueando.

—¿La flor nupcial más habitual?

Sarah pone los ojos en blanco.

—Las rosas. Demasiado fácil. Empate.

Dejo que se sume el punto sin molestarme en comprobar si ha acertado.

—Más vale que esta sea más interesante, o cambiaremos de

juego —dice al dar la vuelta a la siguiente carta—. ¿Cuántas veces se enamora una persona de media en su vida?

Esbozo una mueca.

—¿Cómo puede calcularse la media? Cada persona es diferente.

—Guíate por tu propia experiencia. Ya sabes lo mucho que te enamoraste de todos aquellos tipos con los que te emparejé en la universidad. —Se echa a reír—. ¿Cómo se llamaba el de los pantalones cortos?

No me digno a contestar su pregunta, porque mi cerebro embotado en champán no logra recordar nada que no sean sus piernas peludas.

—¿Dos veces, quizá? —es mi intento de adivinar la respuesta.

Sarah deja la tarjeta para poder alcanzar nuestras copas de champán.

—Me parece que más. Cinco.

—¿Cinco? ¿Tú crees? Es mucho.

Se encoge de hombros.

—Ya me conoces. Me gusta repartir amor.

Ambas nos reímos, y Sarah apoya la cabeza de lado en el sofá para mirarme.

—Así pues, los dos amores de tu vida han sido Oscar y ¿quién más? ¿El chico del autobús?

Hace años que no lo menciona. Estaba convencida de que se había olvidado por completo de él. Hago un gesto de negación.

—Oscar, por supuesto, y mi novio de la universidad.

—Entonces tu número mágico es el tres, Lu, porque del chico del autobús está claro que te enamoraste. Y hasta las trancas. Nos pasamos un año entero buscándolo. Estabas obsesionada.

Me siento un poco acorralada, así que hago girar mi champán en la copa y rápidamente trato de encontrar otro tema de conversación. Pero soy demasiado lenta.

—Me pregunto qué habría pasado si lo hubieras encontrado. A lo mejor ahora eras su mujer y teníais un crío. ¡Imagínatelo!

Y como he bebido demasiado champán, me lo imagino. Veo

a un niñito con los ojos verdes y dorados, las rodillas sucias y una sonrisa desdentada, y lo real de la imagen me deja sin aliento. ¿Es eso lo que podría haber ocurrido en otra versión de nuestra vida, en una versión en la que yo hubiera encontrado primero a Jack? ¿O en la que él se hubiera subido a aquel puñetero autobús? Cierro los ojos y suspiro, e intento mandar al niño ficticio de vuelta al país de Nunca Jamás.

—¿Has dejado de buscarlo en algún momento?

La pregunta de Sarah, formulada con voz suave, me pilla por sorpresa.

—Sí.

Me mira con extrañeza, probablemente porque mi respuesta ha sonado más pesada y resignada de lo que debería.

La brusquedad con la que coge aire es el único aviso de peligro inminente que recibo.

—Laurie, ¿lo has encontrado y no me lo has dicho? —jadea con los ojos como platos.

Me cuesta mentir de forma convincente o lo bastante rápida.

—¿Qué? ¡No! ¡Por supuesto que no! Joder, a ver, tú lo sabrías si lo hubiera encontrado, y no lo sabes, así que no puedo haberlo encontrado.

Entorna los ojos y me entra el pánico, porque es como un perro con un hueso. Un sabueso con una chuleta.

—Creo que me ocultas algo. Cuéntamelo o le enseñaré las bragas a la familia de Oscar en la iglesia.

Niego con la cabeza.

—No hay nada que contar.

Trato de soltar una risotada alegre, pero calculo mal y me sale con demasiada fuerza.

—¡Ay, Dios mío! Sí que hay algo —exclama Sarah, y se sienta de inmediato en posición vertical—. Laurie James, más te vale contármelo ahora mismo o te juro que también se las enseño al puto pastor de tu boda.

Cómo desearía que ella no me conociera tan bien o que yo no hubiera bebido tanto champán.

—No.

Es lo único que consigo decir. Aún no me atrevo a mirarla a los ojos.

—¿Por qué no quieres contármelo?

Sarah empieza a parecer dolida y me siento fatal, así que le cojo una mano.

—Mejor hablemos de otra cosa.

—No lo entiendo —dice, y luego se queda callada y despacio, muy despacio, retira su mano de debajo de la mía—. Mierda, Lu.

Sigo sin poder mirarla. Quiero hacerlo, quiero partirme de risa y decir algo inteligente que impida que vayamos a donde estamos yendo, pero soy como un conejo borracho de champán ante los faros de un coche.

—Era Jack.

No lo entona como una pregunta. Pronuncia cada palabra como si estuviera igual de sobria que un juez, como si siempre lo hubiera sabido. Entonces ahoga una exclamación, una reacción retardada, y se tapa la boca con la mano. Niego con la cabeza, pero no logro obligar a mis labios temblorosos a articular la mentira.

—Jack era el chico del autobús.

—Deja de decirlo —susurro, y una lágrima caliente se desliza por mi mejilla.

Sarah apoya la cabeza entre las manos.

—Sar…

Me yergo con dificultad y dejo la copa de champán sobre la mesa. Le pongo una mano en el hombro y se zafa de mí. Me siento como si me hubiera abofeteado. Casi me entran ganas de que lo haga. Me quedo quieta y espero, agonizando, hasta que se pone de pie con brusquedad.

—Siempre supe que había algo. Creo… creo que voy a vomitar.

Se tambalea hacia el cuarto de baño.

Pienso en Delancey Street, en los tiempos en que le sujetaba el pelo después de una gran noche de fiesta. Saber que soy yo quien ha hecho que se sienta así es la peor sensación del mundo.

Me sorprendo siguiéndola de forma automática, pero solo consigo quedarme callada junto a la puerta, escuchando sus arcadas. Al cabo de un momento vuelvo a sentarme. Cuando Sarah regresa unos minutos más tarde, blanca y demacrada, se sienta en el sillón de enfrente y no a mi lado en el sofá.

—¿Lo reconociste de inmediato?

—Por favor, no lo hagas —le pido.

No sé cómo enfrentarme a esto. Pensé que era historia, es en lo que lo he convertido en mi cabeza, pero ahora todo está saliendo a la luz.

—Joder, somos amigas desde hace mucho tiempo, Laurie. Dime la verdad.

Tiene razón, desde luego. Nuestra amistad merece el privilegio de la sinceridad.

—Sí —respondo con rotundidad—. Lo reconocí en cuanto nos presentaste. Por supuesto que supe quién era.

No logro que mis palabras sean más que un simple susurro. Son como cuchillas de afeitar en mi garganta.

—¿Por qué no me lo contaste? Podrías habérmelo dicho en aquel mismo momento, o al menos a la mañana siguiente… o cualquier otro puto día. —Va subiendo la voz a medida que habla—. Deberías habérmelo contado.

—¿Debería habértelo contado? —replico—. ¿En serio, Sarah? ¿Cuándo? ¿Cuando lo trajiste a casa y me confesaste que era el hombre con el que ibas a casarte? ¿Qué crees que debería haberte dicho? «Uy, cariño, se ha producido una confusión sin importancia, sin saberlo te has enamorado del mismo hombre que yo…» —Me paso las manos por la cara llorosa—. ¿No te parece que era lo que quería hacer? ¿No te parece que lo pensaba todos los días?

Nos quedamos mirándonos.

—Era 2009 —dice mientras cuenta los años con los dedos temblorosos—. Han pasado cuatro años. ¿Y durante todo este tiempo has estado enamorada en secreto de mi novio y no se te ha ocurrido pensar que era lo bastante importante para contármelo?

No tengo defensa, y no puedo esperar que lo entienda. Dudo que yo lo entendiera si intercambiáramos los papeles.

—No estaba enamorada de él en secreto —digo, destrozada—. Era una situación imposible y la odiaba. No puedo expresar hasta qué punto la odiaba.

Pero Sarah no me escucha. No puede, todavía no ha superado la conmoción.

—Todas aquellas estúpidas noches que pasamos juntos… —Niega con la cabeza despacio mientras lanza por los aires todas las piezas de nuestra vida y vuelve a encajarlas en un patrón diferente y terrible—. ¿Esperabas tu momento para abalanzarte sobre él?

Está siendo cruel porque está dolida, pero no puedo evitarlo y me defiendo.

—Por supuesto que no —respondo con voz más alta, más clara, más áspera—. Me conoces muy bien para decir eso. Hacía todo lo que podía todos los puñeteros días para no sentir nada por él.

—¿Y se supone que tengo que darte las gracias? —Me aplaude despacio—. ¡Bien hecho, Laurie! Eres una gran amiga.

—Al menos podrías intentar entenderlo. Me quedé horrorizada cuando nos presentaste.

—Lo dudo mucho —me escupe—. Al fin lo habías encontrado.

—No. Tú lo habías encontrado. Ojalá no le hubiera puesto los ojos encima jamás.

Se hace el silencio, y entonces Sarah emite un sonido horriblemente parecido a un siseo.

—¿Él también lo sabía? ¿Os reíais los dos de mí a mis espaldas?

Me mata que sea capaz de imaginarse que Jack o yo podríamos hacerle algo así.

—¡Por Dios, Sarah, no!

—¿Os besuqueabais detrás de las puertas, follabais en nuestro piso cuando yo no me enteraba?

Me pongo de pie.

—Eso no es justo. Sabes muy bien que yo nunca haría algo así.

Ella también se levanta y se enfrenta a mí desde el otro lado de la mesita de café.

—¿Juras por mi vida que ni siquiera lo has besado?

Es en este momento cuando me doy cuenta de que estoy a punto de perder para siempre a mi mejor amiga.

No puedo mentirle.

—Una vez. Lo besé una vez. Fue…

Me interrumpo porque Sarah ha puesto las manos en alto delante de ella, como si mis palabras fueran balas.

—No te atrevas. No te atrevas a inventarte excusas, no quiero oírlas. —Se le descompone el rostro—. Duele justo aquí —dice mientras se golpea el pecho con los dedos, rabiosa.

Se agacha y coge la maleta y los zapatos que se había quitado, y a continuación echa a correr hacia el vestíbulo. La sigo, suplicándole que se quede, y cuando se da la vuelta junto a la puerta su cara es la viva imagen del asco.

—Buena suerte el sábado, porque yo no estaré allí. ¿Sabes por quién siento más lástima? Por Oscar. Ese pobre imbécil ni siquiera sabe que es el segundo plato. —Está diciendo cosas de las que sé que nunca nos recuperaremos—. Quédate con tu preciosa pulsera. No la quiero. Quédate con tu pulsera, con tus secretos y con tu falsa amistad. No quiero saber más de ti.

Me quedo inmóvil, clavada en el sitio, mirando la puerta después de que Sarah la haya cerrado de golpe. Estoy paralizada; no sé qué hacer. Me ha dejado claro que no quiere ni verme. Pero ¿cómo voy a hacer todo esto sin ella? Mi familia llega mañana. Vendrán todos nuestros invitados. Vendrá hasta el puñetero Jack, y seguro que acompañado de su nueva novia.

Lo meto todo —las cartas, su vestido, la caja de sorpresas— en el armario, y luego me acuesto y me acurruco con los brazos alrededor de la cabeza. Nunca me he sentido tan sola en el mundo como en este momento.

14 de diciembre

Jack

Ya sé qué aspecto tendrá. Ya he visto su vestido, el impacto ya me ha dejado sin aliento. Así que debería sentirme preparado para hoy. Pero aquí sentado, en la iglesia repleta de gente con Verity a mi lado, me doy cuenta de que no lo estoy ni por asomo. Me estremezco. Cualquiera pensaría que en estos sitios pondrían calefacción; a lo mejor opinan que cierto grado de incomodidad forma parte de la experiencia, que es una manera de demostrar que estás comprometido con tu fe. Me muero de ganas de que acabe todo esto, de quitarme este traje, de meterme una cerveza entre pecho y espalda y luego volver a Edimburgo lo antes posible sin llegar a parecer descortés. Allí mi vida es rápida y plena; el programa comienza a granjearse cierta fama de culto y estoy esforzándome mucho para forjar buenas relaciones con todos los que trabajan en la emisora. Aún es pronto, pero creo que es posible que haya encontrado mi sitio. He hecho unos cuantos amigos, y allí incluso puedo permitirme alquilar un piso por mi cuenta. Ladrillo a ladrillo, estoy construyéndome una nueva vida, y me siento bien.

Todavía no sé si traer a Verity ha sido buena idea. Ella estaba deseosa de venir y conocer a mis viejos amigos, y la verdad es que pensé que tenerla a mi lado contribuiría un poco al espectáculo de «mira lo bien que me va», ya que es una chica que llama la atención. Si te soy sincero, encaja mejor que yo entre esta gente, porque hasta tiene un apellido con guion. Nos conocimos en un acto benéfico. Verity entregó a una compañera de la emisora un premio en su calidad de miembro de la nobleza local y, cuando terminó la noche, me llevó a su casa como premio para ella. La chica tiene un caballo. ¿Es necesario que añada algo más?

Aún no he visto a Sarah. Espero que todos podamos comportarnos con educación y madurez. Me envió un mensaje de texto por primera vez desde nuestra ruptura para decirme que estaba deseando que nos pusiéramos al día y, como por casualidad, mencionó que vendría con Luke. Me dio la sensación de que me lo decía con antelación para que no me abalanzara sobre él en la iglesia, aunque yo jamás haría algo así. Le respondí que no me importaba y que Verity me acompañaría para conocer a todos, pero después de eso ya no me contestó. Todo esto es de lo más incómodo. Joder, qué calor tengo de repente. Esta puñetera camisa se me pega a la espalda. Me pregunto si será de mala educación que me quite ya la chaqueta. Uy, espera, que ya empieza. El organista se ha puesto a tocar, sin duda con demasiado ímpetu, y todo el mundo ha dado un respingo y ha vuelto la cara a tope de bótox hacia la puerta.

Verity está en el extremo del banco más cercano al pasillo, y solo cuando se echa hacia atrás un instante alcanzo a vislumbrar a Laurie. Está claro que me equivocaba respecto a lo de estar preparado. Cuando la miro, vuelvo a sentir en el plexo solar ese impacto que me deja sin aliento; está serenamente hermosa, lleva flores blancas y joyas entretejidas en los rizos y todavía más flores en las manos. No es una de esas novias peinadas y emperifolladas a la perfección. Tiene un aspecto bohemio, bellamente descuidado, es ella misma en su mejor día; está radiante. Cuando llega a mi altura, la mirada de esos ojos del color de un seto en verano se cruza con la mía y se detiene. Camina despacio junto a su padre, y durante un segundo me siento como si ella fuera la única otra persona presente en esta iglesia. Si fuera yo el que está en el extremo del banco, creo que la habría cogido de la mano y le habría dicho que parece una diosa, pero, según están las cosas, me dedica una sonrisa minúscula, apenas perceptible, y asiento con la cabeza con un feroz deseo de transmitirle mis sentimientos. Intento decirle con la mirada todas las cosas que quiero decirle: «Ve y cásate con el hombre que te espera en el altar, Laurie, y luego vive la gloriosa vida que está esperándote. Sé feliz. Te lo mereces».

Y cuando me deja atrás, con la vista clavada en Oscar, siento que algo se rompe en mi interior.

Laurie

Ayer me desperté a las cinco de la mañana con un sobresalto. Apenas podía creerme lo que había sucedido. Que mi mejor amiga me odia, que tengo que casarme sin ella a mi lado. He dicho a Oscar y a todo el que me ha preguntado que a Sarah le ha surgido una emergencia familiar y que la necesitaban de vuelta en su casa de Bath, que se siente fatal por todo, pero que no podía hacer nada. No estoy convencida de que mi madre se haya tragado la mentira, pero agradezco que haya optado por no presionarme al respecto, porque me habría echado a llorar y habría soltado toda la triste verdad.

Por fuera doy el pego, pero por dentro me siento morir. Estoy perdiendo poco a poco a la gente que quiero, como si de una hemorragia se tratara, y no sé cómo detenerla. ¿Será que la vida es así? ¿Que hay que madurar y desembarazarse de los viejos amigos como si fueras una serpiente que cambia de piel para dejar espacio a los nuevos? Durante las horas oscuras previas al alba, me quedé sentada en la cama, recostada sobre las almohadas, mirando el cuadro de Oscar, deseando chascar los dedos para regresar allí. Lo ha quitado del lugar donde lo colgué en un principio para verlo bien cuando está tumbado en la cama. Ayer me tranquilizó mirarlo; me recordó que hay otros lugares y que habrá otros momentos. Allí postrada, supe que Sarah no cambiaría de opinión sobre asistir a la boda. No puedo esperar que lo haga. He vivido con mi secreto durante cuatro años, ella ha tenido menos de veinticuatro horas para asimilarlo. Es demasiado pronto. No sé si alguna vez llegará un momento en que no lo sea. Ahora estoy sola, y como no tenía más opción que concentrarme en la boda, decidí bloquear todos los demás pensamientos.

Así que aquí estoy, en la entrada de la iglesia, la misma iglesia en la que se casaron los padres de la madre de Oscar. No opuse resistencia; no podía arrastrar a todo el mundo hasta los suburbios de Birmingham, ¿no? Además, este lugar es precioso, sobre todo gracias al destello del rocío escarchado en el suelo. Me ha parecido algo sacado de un cuento de hadas cuando el Rolls-Royce —una de las decisiones de Oscar— ha entrado en este pueblo de postal hace unos minutos, y durante un brevísimo instante no estaba segura de poder respirar. Mi padre se ha comportado como un valiente; me ha dado unas palmaditas en la mano y ha permitido que me tomara el tiempo que necesitara, firme como una roca.

—¿Estás segura de que esto es lo que quieres? —me ha preguntado, y le he contestado que sí con la cabeza.

Estoy todo lo segura que es posible estar.

—Gracias a Dios —prosiguió—. Porque, si te digo la verdad, la madre de Oscar me da un miedo terrible. He tenido que tomarme un whisky por si acaso.

Los dos nos hemos echado a reír, y luego yo me he emocionado un poco, así que me ha dicho que pare de una vez y me ha ayudado a salir del coche y a cubrirme los hombros para el paseo hasta la iglesia con la estola de piel que mi abuela utilizó el día de su boda.

Y ahora estamos en posición al inicio del pasillo, brazo con brazo, yo con mi adorado vestido vintage y él espléndido con su chaqué. No le gusta mucho lo del sombrero de copa, pero ha prometido que se lo pondrá como es debido para las fotos de más tarde. Mi madre me llamó por teléfono la semana pasada para hablar de la boda, y se le escapó que papá lleva tiempo practicando su discurso todas las noches antes de la cena porque le da pánico decepcionarme. Le doy un apretón extra a su brazo e intercambiamos una última mirada de «a por ello»; siempre he sentido debilidad por mi padre, y la pérdida de Ginny nos unió aún más. Somos muy parecidos, los dos un poco reservados hasta que confiamos en alguien, a los dos nos cuesta enfadarnos y nos resulta fácil perdonar.

El interior de la iglesia es un derroche de flores blancas y fragantes que caen en cascada, todas impresionantes y un pelín menos ordenadas de lo que a Lucille le habría gustado. Ha sido obra mía, sin quererlo. He ido a ver a la chica de la floristería en varias ocasiones para hablar de mi ramo y hemos terminado haciéndonos bastante amigas. Vio con claridad el abismo que separaba mi informal elección del ramo y los estrictos ornamentos florales que Lucille había encargado para la iglesia y el salón del banquete. No le pedí de manera expresa que cambiara nada, pero fui sincera cuando me preguntó cómo me gustaría en verdad que fueran los ramos, así que ha hecho un poco de magia para darnos algo que ambas aprobamos. Respiro hondo y seguimos avanzando.

Veo caras a ambos lados del pasillo, algunas que conozco y otras que no. Mi familia ha viajado hasta aquí: tías, tíos y primos ansiosos por echar un vistazo a Oscar y a la lujosa vida londinense sobre la que sin duda mi madre no ha parado de contarles cuentos. Mis compañeros de trabajo, los amigos de Oscar, su ex, Cressida, ataviada con perlas y un vestido negro (¡Negro! ¿Es que está de luto?), su hermano, Gerry, con la mojigata de Fliss, que luce con muy buen gusto un vestido de organza verde azulado. Y entonces vislumbro a Jack. Estoy a medio camino del altar, y ahí está él, asombrosamente real y más elegante de lo que creo haberlo visto en mi vida. Hasta se ha cepillado el pelo. No estoy segura de qué me parece Jack con traje. Pero ya no puedo seguir planteándomelo, porque nuestras miradas se cruzan y desearía poder agarrarle la mano aunque solo fuera una milésima de segundo antes de convertirme en la esposa de Oscar. En ausencia de Sarah, tengo la sensación de que es la única persona de la iglesia que me conoce de verdad. Tal vez que esté demasiado lejos sea lo mejor. Durante un segundo me pregunto si Sarah le habrá contado algo de nuestra discusión. Pero apenas han hablado desde que rompieron, y él no tiene pinta de saber nada. Le lanzo la más minúscula de las sonrisas, y él asiente; gracias a Dios, mi padre sigue caminando, porque mi única opción es seguirlo.

No hemos escrito los votos. Cuando lo sugerí, Lucille puso la cara que habría puesto si le hubiera pedido un karaoke para cantar desnudos y, a decir verdad, la de Oscar no fue muy distinta. No insistí. De todas maneras, lo había dicho medio de broma, pero la expresión de sus respectivos rostros me dejó claro que la broma era de mal gusto. ¿Qué me pensaba que era esta boda? ¿Una especie de celebración moderna?

Tal como acordamos, Oscar sigue dándome la espalda, erguido y orgulloso. Su madre opina que es indecoroso que el novio se quede boquiabierto mirando a la novia mientras esta recorre el pasillo, y a mí no me importa seguirle la corriente porque así podré estar junto a él cuando nos veamos por primera vez. Es más tierno, más nosotros. Últimamente, ambos hemos estado tan agobiados con el trabajo y con la vorágine de la boda que tenemos la sensación de apenas haber pasado tiempo de calidad juntos; estoy impaciente por verlo hoy, por volver a pasar todo mi tiempo a su lado. Espero que durante nuestra luna de miel seamos capaces de recuperar la magia de aquellas maravillosas semanas en Tailandia.

Por fin estoy aquí, y cuando llego a su altura, Oscar se da la vuelta y me mira. Su madre nos dijo que era en este momento cuando él debía levantarme el velo; complicado, porque no lo llevo. Tendría que habérselo advertido, pero no quería que me obligaran a ponerme algo que no va conmigo solo porque es la costumbre. He optado por un delicado tocado de los años veinte que el peluquero me ha entretejido en el pelo junto con diminutas flores naturales, un hallazgo fortuito en la misma tienda en la que conseguí el vestido. Es precioso, un fino alambre dorado salpicado de piedras preciosas con forma de criaturas marinas: un caballito de mar, conchas y, por supuesto, una estrella de mar. Cualquiera lo considerará adecuado para una novia, sin más, pero espero que Oscar entienda que es un guiño íntimo a nuestra historia.

A pesar de que no llevo velo, Oscar mueve las manos para levantarlo; ha ensayado mentalmente todos y cada uno de los pasos de hoy, y durante un instante parece desconcertado por el hecho de que no haya nada que apartarme de la cara, hasta que sonrío y niego con la cabeza de forma sutil.

—No hay velo —digo sin voz, y él me devuelve la sonrisa.

—Estás preciosa —responde con un susurro.

—Gracias —musito sonriendo otra vez, y su mirada de ojos oscuros me inunda de amor.

Ahora mismo está a años luz de los vaqueros cortados y las camisetas, pero eso es lo que veo al mirarlo. A mi Robinson Crusoe, mi salvador, mi amor. No creo que haya reparado en que Sarah no está detrás de mí. No creo que se diera cuenta siquiera si el reverendo se quitara la sotana y se pusiera a bailar una giga irlandesa alrededor del altar, porque solo tiene ojos para mí, y esos ojos están llenos de asombro, alegría y amor. Por mucho que Lucille haya intentado planear nuestra boda como si fuera una operación militar, no ha contado con estos momentos, que son los que recordaré mucho después de que mi cerebro se desprenda de la mousse de salmón por ocupar demasiado espacio. Oscar está elegantísimo, un novio de pies a cabeza. Todos y cada uno de los detalles que luce son perfectos: la esmerada caída de su pelo, los zapatos de boda negros y relucientes, los ojos oscuros e intensos, como si me viera por primera vez. ¿Habrá habido un novio más de foto? Es como si todos esos novios en miniatura que se ponen en lo alto de las tartas de boda de todo el país estuvieran inspirados en él.

Me pregunto qué estará pensando Su Alteza Real Lucille de mi atuendo sin velo; seguro que tiene uno de repuesto guardado en una bolsa en la sacristía por si acaso. No me cabe duda de que intentará obligarme a ponérmelo en cuanto salgamos de aquí.

Cuando el pastor pregunta si alguien tiene conocimiento de algún impedimento legal, pienso, fugazmente, en Sarah; ¿irrumpirá por la puerta de la iglesia y revelará a todo el mundo lo que he hecho?

Por supuesto, eso no sucede. Al cabo de lo que me parecen unos segundos, me sorprendo recorriendo el pasillo en sentido inverso con la alianza de diamantes y platino de Oscar en el dedo y las campanas de la iglesia repicando. Caminamos agarrados de la mano y todos nos aplauden. Justo antes de que salgamos al tenue sol invernal, Oscar me ata con cuidado las cintas de la estola de piel y después me besa.

—Mi esposa —susurra mientras me sujeta la cara entre las manos.

—Mi marido —digo, y vuelvo el rostro y le beso los dedos.

Siento el corazón tan lleno que lo noto a punto de explotar, y la sencillez de esa verdad me suscita una alegría pura: él es mi marido y yo soy su esposa.

El fotógrafo lo ha tenido complicado para reunir a las dos familias para las fotos. La madre de Oscar está decidida a ser la directora artística; en un momento dado, mi encantadora madre incluso me llevó a un lado para decirme que era posible que estrangulara a Lucille antes de que acabara el día. Nos reímos un poco al respecto e imitamos el gesto de asfixiarla, pero luego recuperamos la compostura y volvimos a entrar para posar en las fotos.

Mi familia ha sido lo único que me ha mantenido cuerda. La ex de Oscar, Cressida, confundió a mi hermano con un camarero y se quejó de que su champán no estaba lo bastante frío. Así que él le solucionó el problema con unos cubitos de hielo que pescó en una jarra de agua cercana. Cuando Cressida lo sorprendió y amenazó con hacer que lo despidieran, Daryl se dio el gran gusto de decirle que era mi hermano, exagerando su acento de las Midlands, por supuesto. Todavía está en modo «celebración alcohólica» tras el reciente nacimiento de mi precioso primer sobrino, Thomas, que hoy tiene un aspecto tan angelical que ha estado a punto de eclipsarme y convertirse en el centro de atención. Hace un rato Daryl quiso hablar conmigo a solas, de corazón a corazón, y me preguntó si me gustaría ser la madrina de Tom el próximo verano... ¡Y luego dicen que no hay que hacer llorar a una chica el día de su boda! Quiero muchísimo a mi familia, y aún más hoy, cuando el lado de Oscar nos sobrepasa tanto en número.

—Damas y caballeros, es la hora de los brindis.

¡Ostras! Me había olvidado por completo de que Sarah daría un discurso. Había pedido de forma expresa que lo programaran el primero, y su ausencia va a fastidiar el estricto horario de la reina Lucille. Habría ayudado que me acordara de decírselo, pero no ha sido así, y ahora el encargado de presentar a los oradores, que tiene la cara como un tomate, acaba de pedir que todo el mundo dé un fuerte aplauso a la dama de honor. La gente está aplaudiendo, pero es uno de esos aplausos lentos, deshilvanados y confusos de cuando el público sabe que algo va mal y no tiene muy claro qué hacer. Joder, ¿es que el personal de este sitio no se comunica? Cualquiera diría que el hecho de que la mesa presidencial haya tenido que reorganizarse a toda prisa cuando llegamos los habría alertado de la ausencia de mi dama de honor, pero no, el presentador vuelve a repetir el nombre de Sarah y nos mira expectante. Oscar, pobrecito mío, parece horrorizado, como si supiera que debería hacer algo pero no tuviera ni idea de qué, y Lucille se echa hacia delante y me lanza una mirada de «soluciona esto ahora mismo». Contemplo el mar de rostros que se extiende ante mí y hago ademán de ponerme en pie mientras me pregunto qué demonios saldrá de mi boca. Mentir a estas personas una por una acerca de la ausencia de Sarah ya ha sido bastante terrible. No estoy segura de tener el temple suficiente para mentir a todos a la vez. Pero ¿qué se supone que debo decirles si no? ¿Que Sarah ha descubierto que hace tiempo estuve enamorada de su novio y ahora no quiere ni verme? El corazón se me desboca y noto que la cara se me pone colorada. Entonces oigo que alguien echa su silla hacia atrás sobre el parquet y se aclara la garganta para hablar.

Es Jack.

Un murmullo recorre la sala, un susurro grave de expectación ante la idea de que esto podría estar a punto de ponerse interesante.

—Como Sarah no ha podido venir, Laurie me ha pedido que diga unas palabras. —Me mira con una expresión interrogante en los ojos—. Tuve la suerte de ser el tercero en discordia entre Sarah y Laurie durante unos cuantos años, así que tengo una idea bastante clara de lo que a ella le habría gustado decir si estuviera aquí.

Dudo mucho que tenga la menor mínima idea de lo que Sarah diría si estuviera aquí ahora mismo, pero le dedico un rápido gesto de asentimiento con la cabeza y vuelvo a sentarme. No sé por qué me sorprende que el papel de Jack en mi boda acabe de cobrar más relevancia; da la impresión de que siempre ha estado presente en todos los acontecimientos importantes de mi vida, de una manera u otra.

—Veréis, Sarah y yo fuimos pareja durante un tiempo, hasta hace poco, de hecho; lo siento, eso no necesitáis saberlo, eh...

Mira a la mujer que tiene sentada al lado y se oyen un par de risitas nerviosas que llegan desde los rincones más lejanos de la sala.

—Y cuando digo que yo era el tercero en discordia, lo digo en el sentido más amplio de la expresión, desde luego. Me refiero a que estábamos unidos, pero no tanto... —Vuelve a interrumpirse cuando la gente se echa a reír—. Lo siento —repite, y me mira y esboza un pequeño mohín.

»Vale —continúa, y no me doy cuenta de que está nervioso hasta que se frota las palmas de las manos en los muslos—. ¿Qué podría haber querido decir Sarah sobre Laurie? Bueno, lo de que es una buena amiga es obvio, no hace falta aclararlo. Sé que Sarah siempre ha dicho que le tocó la lotería de los compañeros de piso en la universidad; las dos tenéis una de esas amistades que solo se dan una vez en la vida. Tú eres la ginebra de su tónica, Laurie. Sarah te quiere mucho.

Varias personas aplauden y mi madre se enjuga las lágrimas de los ojos. Ay, Dios. Me mantengo entera y me pellizco la piel del dorso de la mano. Pellizco, suelto. Pellizco, suelto. Pellizco, suelto. No me atrevo a dejar que brote ni una sola lágrima, porque si empiezo a llorar no creo que pueda evitar que se convierta en un sollozo devastador y desgarrador. Hoy he echado muchísimo de menos a Sarah. Esta boda planeada con tanta precisión tiene un agujero con su forma, y me da un miedo de muerte que el resto de mi vida también lo tenga.

Jack suspira y después coge aire. Se oiría caer un alfiler aquí dentro.

—¿Sabéis?, aunque me hubieran advertido de que tendría que hablar hoy, creo que me habría costado saber qué decir, porque en realidad no hay palabras para explicar qué es lo que Laurie James tiene de especial.

—Ogilvy-Black —lo interrumpe alguien; Gerry, creo.

Jack se echa a reír y se pasa una mano por el pelo, y estoy segura de que oigo suspirar a todas las féminas de la boda.

—Lo siento. Laurie Ogilvy-Black.

A mi lado, Oscar me coge la mano y le dedico una sonrisita tranquilizadora, a pesar de que mi nuevo nombre suena torpe y extraño en boca de Jack.

—Hace ya varios años que Laurie y yo somos amigos, buenos amigos incluso, y delante de mis narices has dejado de ser la amiga inteligente y modesta de Sarah que una vez me obligó a ver *Crepúsculo*… —Guarda silencio y tiende las manos hacia mí a pesar de que está a tres mesas de distancia—. Te has convertido en la mujer que eres hoy, alguien con un aplomo increíble, una persona espectacularmente buena; tienes algo que hace que todos y cada uno de nosotros nos sintamos el ser más importante del mundo. —Baja la mirada y niega con la cabeza—. No es ninguna exageración decir que una vez me salvaste la vida, Laurie. Viste mi peor versión y no me diste la espalda, aunque tenías todas las razones del mundo para hacerlo. Fui repulsivo y tú fuiste encantadora. Había perdido de vista quién era, y tú me hiciste recordarlo. Creo que nunca te di las gracias, así que voy a hacerlo ahora. Gracias. Vives la vida sin pretensiones, pero dejas unas huellas profundas que cuesta que otras personas llenen.

Se queda callado y bebe un trago de su copa, porque está hablando como si fuéramos los únicos presentes en la sala y creo que se da cuenta de que está entrando en un terreno demasiado personal.

—Así que allá va: eres maravillosa de narices, Laurie. Te echo de menos ahora que estamos en lados opuestos de la frontera, pero me alegra saber que estás a salvo en las capaces manos de Oscar. —Levanta la copa—. Por ti, Laurie, y, por supuesto, por ti también, Oscar. —Se interrumpe y luego añade—: Eres un cabrón con suerte.

Ante lo cual todo el mundo se ríe y yo me echo a llorar.

Jack

—Joder, Jack, podrías habértela follado encima de la mesa y habríamos acabado antes.

Me quedo mirando a Verity, que en este preciso instante parece una gatita salvaje y furiosa: una preciosidad, pero quiere sacarme los ojos a zarpazos. Estamos en un pasillo del hotel, y deduzco que mi discurso improvisado no la ha entusiasmado.

—¿Qué cojones querías que hiciera? ¿Dejar que Laurie la cagara en su propia boda?

Me dispara balas con la mirada.

—No, pero tampoco tenías que hacer que pareciera la jodida Wonder Woman.

—Ella no lleva las bragas encima de los pantalones.

En cuanto termino de pronunciar esas palabras, sé que son un error, pero me he tomado tres copas de champán durante el brindis y no me gusta que se pasen conmigo cuando estoy en mi territorio.

—Es evidente que tu relación con sus bragas es muy íntima —gruñe Verity con los brazos cruzados sobre el pecho.

Me contengo, porque está aquí como invitada mía y entiendo que debe de haber sido un poco molesto oír a tu nuevo novio elogiar a otra mujer de una manera tan obsequiosa.

—Lo siento, ¿vale? Pero te equivocas. De verdad que Laurie y yo solo somos amigos. Nunca ha habido nada más, te lo prometo.

Sin embargo, Verity aún no está dispuesta a ceder.

—¿Qué ha sido toda esa mierda de las huellas profundas?

—Era una metáfora.

—Has dicho que era maravillosa.

Compruebo que no hay nadie más en el pasillo y me pego a ella presionándola contra la pared.

—Tú eres más maravillosa.

Me rodea con una mano y me agarra el trasero. No se anda con rodeos, Verity.

—Que no se te olvide.

La beso, aunque solo para impedir que la conversación vaya hacia donde se dirigía. A modo de respuesta, ella me muerde el labio y empieza a sacarme la camisa de los pantalones.

Laurie

—Ha sido un detalle por parte de Jack cubrir a Sarah.

Sonrío a Oscar, a pesar de que sus palabras tienen un dejo afilado.

—Sí.

Nos hemos retirado a nuestra suite para refrescarnos durante la pausa establecida entre el cóctel y el banquete. Creo que se supone que «refrescarse» es una forma eufemística de decir «acostarse», pero eso no es lo que Oscar y yo estamos haciendo. Él ha estado tenso desde los discursos, y yo estoy desesperada por encontrar el modo de aclarar las cosas, porque este día deberíamos recordarlo para siempre por las razones apropiadas.

—¿Dónde me has dicho que está Sarah?

Oscar frunce el ceño y se pellizca el puente de la nariz como si se esforzara por recordar los detalles de su ausencia. Lo más seguro es que se deba a que, en un intento fallido de minimizar la mentira, no le he facilitado muchos.

—En Bath.

Mi tono es deliberadamente neutro, y me doy la vuelta porque me arden las mejillas. No quiero discutir, así que busco algo que nos distraiga y veo una bolsa de regalo metida en el hogar de la imponente chimenea. Todo lo que contiene nuestra suite nupcial es imponente, desde el tamaño de la bañera a ras de suelo hasta la cama con dosel, que es tan de «La princesa y el guisante» que hasta tiene un escalón al lado.

—¿Qué es esto? —Leo en voz alta la tarjeta que hay en la bolsa—. «Para la feliz pareja, con cariño y gratitud de Angela y todo el equipo de la boda. Esperamos que hayáis pasado el día de vuestros sueños.» —Me vuelvo hacia Oscar—. Vaya, qué bonito, ¿no?

Asiente, y me acomodo en uno de los sillones que hay junto a la ventana para desatar los lazos.

—¿Vienes a verlo? —pregunto al mismo tiempo que intento pedirle otras cosas con la mirada: «Por favor, no me presiones con el tema de Sarah. Por favor, no analices en exceso el discurso de Jack. Por favor, concentrémonos en lo que importa hoy, el uno en el otro».

Me mira a los ojos durante unos segundos desde el otro lado de la habitación, y luego suaviza su expresión y viene a arrodillarse a mi lado.

—Ábrelo, venga.

Le acaricio suavemente el brillante cabello azabache y sonrío.

—Vale.

Dentro de la bolsa y del papel de seda encontramos una delicada bola de Navidad de vidrio soplado grabada con nuestros nombres y la fecha de la boda.

—¿No te parece preciosa? —digo, y procuro tragarme el nudo que se me ha formado en la garganta mientras la suelto con sumo cuidado.

—Tú te mereces cosas preciosas —dice, y me besa los dedos. Luego coge una bocanada de aire—. ¿Eres feliz, Laurie?

Me sorprende la pregunta formulada en voz baja. Nunca me había preguntado algo así.

—¿Acaso necesitas preguntarlo?

—Solo una vez.

De repente, parece muy serio.

Yo también cojo aire y lo miro a los ojos. Sé que nuestro matrimonio depende de mi respuesta a esta pregunta.

—Me siento muy feliz de ser tu esposa, Oscar. Agradezco al destino la suerte que tuve cuando entraste en mi vida.

Levanta la mirada hacia mí, silencioso y tan guapo que casi parece irreal; advierto en sus ojos que hay cosas que querría decirme, pero que no va a hacerlo porque hoy es el día de nuestra boda.

Se levanta y tira de mí para que me ponga de pie.

—Y yo le doy las gracias al mío por ti.

Me besa de forma lenta y profunda, rodeándome la cintura con un brazo y sujetándome el mentón con la otra mano, y me permito fundirme en el beso, en él. Espero con todas mis fuerzas que siempre seamos capaces de encontrarnos así, como lo hicimos en Tailandia, como hacemos en la cama por las noches. Mi amor por él es distinto a todo lo demás que hay en mi vida: claro, sencillo y directo. Me aferro a él, a la imagen de nosotros sentados en los escalones de la cabaña de la playa. Oscar ha mantenido en secreto el destino de nuestra luna de miel, pero espero con todo mi corazón recientemente comprometido que sea Tailandia.

Nos colocamos delante del árbol de Navidad decorado con gran gusto que han puesto en nuestra suite y engancho nuestra bola en una de las ramas vacías. Oscar está justo detrás de mí y siento el calor de su boca en el cuello mientras contemplamos cómo gira y refleja la luz.

—Jack estaba en lo cierto —susurra—. Soy un cabrón con suerte.

2014

Propósitos de Año Nuevo

1) *Sarah.* El mero hecho de escribir su nombre me llena de vergüenza y desolación. Tengo que encontrar la forma de convencerla de que lo siento. De que estaba en una situación imposible, de que no me permití enamorarme de su novio sin más, sino que intenté con todas mis fuerzas que no sucediera. Necesito que me perdone de alguna manera, porque no me imagino la vida sin ella.

2) *Oscar.* ¡Mi marido! Solo quiero que continuemos siendo tan felices como lo somos ahora y que disfrutemos de nuestro primer año de casados repelentes. No es que opine que seamos repelentes. Pero ser la señora Ogilvy-Black me da cierta seguridad, sobre todo ahora que todos los demás pilares de mi vida parecen haber desaparecido. Mi propósito es que nunca más tenga que volver a preguntarme si soy feliz con él.

3) *Trabajo.* Necesito desesperadamente un cambio profesional. Desde la boda me siento como si lo de responder a preguntas de adolescentes acerca de las relaciones y los males del corazón se me hubiera quedado pequeño; a fin de cuentas, es oficial que ya no soy la mayor experta del mundo en el amor no correspondido. Ahora que el torbellino de la boda ha terminado, me doy cuenta de que me muero de ganas de afrontar un nuevo reto; tal vez encuentre algo más en la línea de mi vida actual. En una revista para amas de casa o para señoras de la alta socie-

dad, a lo mejor. ¡Ja! Cuando menos, ver mi nombre en alguna de sus revistas favoritas daría a Lucille otro motivo para tenerme manía.

4) *Lo que me lleva a… Su Alteza Real Lucille.* Debo esforzarme más en conseguir caerle bien.

5) *Mamá y papá.* Debo esforzarme más en verlos con mayor frecuencia. Llevo una vida más agitada que nunca, pero eso no es excusa. La boda ha hecho que me dé cuenta de lo mucho que los echo de menos. Me alegro de que mi hermano y su familia vivan cerca de ellos; mi madre no para de publicar fotografías de todos ellos con Tom, el bebé. Me encanta ver esas fotos, pero también se me encoge un poquito el corazón porque ellos están juntos mientras que yo estoy a kilómetros de distancia.

16 de marzo

Laurie

—¿De qué va todo esto?

Intento despertarme y me incorporo, porque Oscar está de pie junto a la cama con una bandeja.

—Te traigo el desayuno a la cama para celebrar nuestro aniversario. —Me pone la bandeja sobre las rodillas y entro en modo pánico silencioso por si me he olvidado de alguna fecha especial—. Llevamos casados nada más y nada menos que tres meses —dice para poner fin a mi tortura—. Bueno, tres meses y dos días, en realidad, pero es mejor esperar al domingo, ¿no?

—Supongo que sí —digo entre risas—. ¿Vienes a la cama otra vez?

Sujeto la bandeja con firmeza mientras vuelve a meterse entre las sábanas y se tumba; su tono playero todavía contrasta con el de las almohadas. Su piel tiene una predisposición natural al moreno, por lo que ha conseguido conservar rastros del bronceado de nuestra luna de miel mucho después de que el mío se haya desvanecido obligado por el cruel invierno británico. Al final no fue en Tailandia. Pasamos tres semanas llenas de amor saltando de un atolón a otro de las Maldivas, un absoluto paraíso para recorrer descalzo. Es probable que haya sido buena idea no volver a Koh Lipe para intentar recrear la magia de nuestra primera estancia; son unos recuerdos demasiado valiosos para ponerlos en riesgo. ¿Parezco una diva si reconozco que habría preferido Tailandia a las Maldivas? Lo más seguro es que en realidad no sea verdad, es solo que me habría encantado que Oscar hubiera querido que volviéramos allí, o quizá que hubiera adivinado que ese es el lugar que mi corazón romántico adora. Me sentí como la esposa más desagradecida del mundo cuando en Heathrow nos pusimos en la cola de embarque para las Maldivas y, secretamente, se me cayó el alma a los pies. Los lujosos complejos hoteleros que Oscar había reservado para el itinerario de nuestra luna de miel estaban muy lejos de la simplicidad de aquella cabaña en una playa tailandesa; comíamos como miembros de la realeza en bungalows sobre el agua, nos acurrucábamos en hamacas dobles en nuestra propia playa privada, y un mayordomo (¡sí, un mayordomo!) se encargaba de satisfacer hasta el último de nuestros caprichos. Ahora estamos de vuelta en la casa de Oscar —bueno, en nuestra casa— y él parece decidido a no dejar que la luna de miel acabe jamás.

—¿Café?

—Por favor.

Sirvo las tazas y añado una cucharada de azúcar en la mía. Oscar no toma azúcar. No es nada goloso, en serio, así que estoy intentando reducir mi ingesta de dulces porque comer tarta o pudín sola hace que me sienta un poco glotona; estoy segura de que Oscar no lo ve así, a pesar de todo... Antes me consentía un par de caprichos golosos al mes dándome un atracón de café y tarta con Sarah, pero no hemos vuelto a hablar desde nuestra discusión. Cada vez que pienso en ello siento un peso enorme en el pecho. Durante la luna de miel, lo relegué todo a un rincón de mi mente diciéndome que no debía fastidiar nada del increíble viaje de Oscar. Y desde que hemos vuelto, he mantenido el mismo enfoque: cada día que pasa, escondo más la cabeza en la arena. La única cosa positiva que puedo sacar de todo esto, si es que tiene algo bueno, es que ya no me siento agobiada por el peso de mi secreto. Lo peor ya ha sucedido, Sarah lo sabe, y por alguna extraña razón me siento aliviada y más capaz de amar a Oscar sin reparos. Sin embargo, he pagado un precio muy alto por tener la conciencia tranquila.

—Sí que escalfas bien los huevos, señor O —digo mientras

doy a mi huevo un pinchacito exploratorio con la punta del cuchillo—. A mí nunca me salen como es debido.

—He llamado a mi madre para que me explicara cómo se hacen.

Con un esfuerzo heroico, consigo no lanzarle una mirada en plan: «¿Que has hecho qué?». Sin embargo, me imagino muy bien la cara de Lucille cuando Oscar le haya dicho que yo estaba holgazaneando en la cama mientras él trabajaba como un esclavo en la cocina. Apenas son las ocho de la mañana de un domingo, y aun así sé que lo habrá archivado en el expediente «Laurie es una parásita vaga y perezosa» de su cabeza. Es posible que necesite abrir un segundo expediente dentro de poco, porque imagino que el primero estará lleno hasta los topes después de la boda.

—Bueno, pues has hecho un trabajo maravilloso con su información.

Contemplo con satisfacción cómo se derrama la yema sobre el panecillo inglés.

—Podría acostumbrarme a esto.

—Me gusta mimarte.

—Estar casada contigo es estar siempre mimada.

Oscar sonríe, satisfecho con el cumplido.

—¿Nos sentiremos siempre así?

—No lo sé. Supongo que si queremos... —digo.

—La gente no para de decirme que solo dura unos años, que el brillo desaparece.

—¿Ah, sí?

A mí también me han dicho cosas parecidas, por supuesto: que nuestra relación ha sido un torbellino, que cuando volvamos a poner los pies en el suelo todo el romanticismo desaparecerá.

Asiente. No le pregunto si por «gente» se refiere a Lucille.

—Bueno, ¿y ellos qué saben?

Con mucho cuidado, dejo la bandeja ya finiquitada en el suelo y me acomodo sobre el brazo de Oscar contra las almohadas.

—No nos conocen —dice, y me baja el tirante del camisón para descubrirme un pecho.

Levanto la cara para besarlo al mismo tiempo que cierra los dedos en torno a mi pezón.

—Mi esposa —susurra como suele hacerlo a menudo.

Me encanta, pero a veces me gustaría que me llamara Estrella de Mar, como antes.

Me da la vuelta y me tumba de espaldas, me acoplo a él y hacemos el amor. Después, subo la colcha hasta que nos cubre los hombros y me adormilo con la mejilla pegada a su pecho. Ojalá solo existiéramos nosotros, ojalá la vida fuera siempre como en este instante.

Más tarde, mientras cenamos cordero asado (cocinado por mí, sin tener que consultar a mi madre), Oscar me mira y rellena las dos copas de vino.

—Tengo una noticia —dice cuando vuelve a colocar la botella en un nuevo soporte de metal que la mantiene inclinada ligeramente (no me preguntes por qué, fue un regalo de bodas de Gerry y Fliss).

Me quedo callada. Hemos pasado juntos todo el fin de semana, y por lo general las noticias no son algo que mantengas en secreto hasta el domingo por la noche, ¿a que no? Si yo tengo una noticia, no puedo evitar soltarla a la primera oportunidad que se me presente. ¿Qué noticia tendrá Oscar para haber elegido este preciso instante para dejarla caer por casualidad en la conversación? Sonrío y trato de parecer inquisitiva de una forma agradable, pero no puedo librarme de la sensación de que alguien acaba de pasarme una uña helada por la columna vertebral.

—Me han ascendido en el banco.

Una oleada de alivio me recorre de arriba abajo.

—Es una noticia estupenda. ¿Qué harás ahora?

No sé por qué le he preguntado esto, porque la verdad es que tampoco entiendo muy bien lo que hacía hasta este momento.

—Kapur se traslada a Estados Unidos a finales de mes, así que necesitan a alguien que se haga cargo de la cuenta de Bruselas.

He visto a Kapur un par de veces; es mi imagen de un banquero arquetípico: traje de raya diplomática, camisa rosa y boca grande. No me cae muy bien.

—¿Es un buen paso adelante? —Lo enuncio como una pregunta, sonriendo para demostrar que estoy contenta a pesar de que no entienda del todo la jerarquía.

—Bastante importante, en realidad —dice Oscar—. Vicepresidente. Tendré cuatro empleados a mi cargo. —No sabría mostrarse presumido aunque quisiera, es una de sus muchas cualidades adorables—. Pero antes deseaba hablar contigo, porque es probable que tenga que pasar parte de la semana allí.

—¿En Bruselas?

Asiente, y veo un destello de algo indefinido en sus ojos.

—¿Parte de todas las semanas?

Intento, sin éxito, disimular el dejo de alarma de mi voz.

—Es probable. Kapur suele ir tres días a la semana.

—Oh.

Me quedo sin palabras porque no quiero ser una aguafiestas; se lo ha ganado y deseo que sepa que estoy orgullosa de él.

—Puedo dejarlo pasar si piensas que será demasiado —se ofrece, y me siento como una arpía.

—¡Qué va, no! —Me levanto y rodeo la mesa para sentarme en su regazo—. Mi inteligente esposo. —Le paso los brazos alrededor del cuello—. Es solo que te echaré de menos, nada más. No podría estar más orgullosa. —Lo beso para demostrarle que lo digo de corazón—. Bien hecho. Estoy entusiasmada. En serio, muy contenta.

—Prometo no convertirme en un marido a tiempo parcial.

Su mirada de ojos oscuros busca los míos como si necesitara consuelo.

—Y yo no seré una esposa a tiempo parcial.

Lo digo, pero me preocupa cómo va a ser de verdad en cualquiera de los dos casos. Oscar es cada vez más ambicioso y no cabe duda de que la perspectiva del ascenso lo emociona, así que tendré que ingeniarme nuevos métodos de llenar la mitad de cada semana. No puedo evitar compararnos con mis padres, que siempre dan un montón de bombo al hecho de que nunca han pasado ni una noche separados, aparte de cuando mamá estaba en el hospital teniendo a sus hijos y cuando papá estuvo enfermo. Estar juntos de continuo es parte del acuerdo matrimonial, ¿no?

Oscar me desabrocha los botones superiores de la camisa y me echo hacia atrás para mirarlo.

—Sé lo que pretende, señor —digo—. Pero la mesa se me clava en la espalda y todavía no he terminado de cenar, así que no va a tener suerte.

Parece abatido. Sin embargo, enarca una ceja, divertido.

—El cordero está buenísimo.

Y eso es todo. Tres meses de felicidad conyugal y ya estamos a punto de vivir separados la mitad de nuestras vidas. El cordero ya no sabe tan bien cuando vuelvo a coger los cubiertos.

27 de mayo

Laurie

Lucille sabe de sobra que el martes es uno de los días que Oscar pasa en Bruselas, así que no tengo ni la menor idea de por qué está apretando el timbre de nuestra puerta. Durante un segundo me planteo fingir que no estoy en casa. Pero no lo hago, porque seguro que me ha visto llegar hace unos minutos, o bien, lo que me parece aún más probable, tiene una cámara espía aquí dentro para vigilar hasta el último de mis movimientos.

—Lucille —digo toda envuelta en sonrisas de bienvenida cuando abro la puerta, o al menos eso espero—, pasa.

De inmediato, me siento una maleducada por haberla invitado a entrar en su propia casa. A fin de cuentas, es su nombre el que aparece en la escritura de la propiedad. Sin embargo, Lucille es demasiado cortés para decirlo, aunque la mirada arrogante que me dedica al pasar sugiera lo contrario. Recojo a toda prisa la taza de café vacía que hay en la mesa, contenta por haber pasado la aspiradora antes de marcharme al trabajo esta mañana. Oscar está empeñado en convencerme de que contratemos una limpiadora, pero no soy capaz de imaginarme explicando a mi madre que pago a alguien para que limpie lo que yo ensucio. Su Alteza Real Lucille lanza una mirada crítica a su alrededor cuando se sienta. «Joder, ¿qué le digo?»

—Me temo que hoy Oscar no está en casa —anuncio, y se le agria la expresión.

—Ah. —Ondeando los dedos, acaricia las perlas gordas y mantecosas que siempre lleva puestas—. No me acordaba.

Ya. Lucille tiene apuntados en su agenda todos los compromisos de Oscar, escritos con un bolígrafo verde especial que utiliza solo para él.

—¿Una taza de té?

Asiente.

—Darjeeling, por favor, si tienes.

Por lo general, no tendría nada parecido a eso, pero alguien eligió como regalo de bodas una selección de varios tés, así que me limito a sonreír y la abandono a su suerte durante un momento mientras lo compruebo. ¡Ja! Sí, podría lanzar los puños al aire, tengo Darjeeling. Sé muy bien que mi suegra solo lo ha pedido porque creía que me pillaría fuera de juego, y la sensación de victoria que experimento es indecorosa. Desearía que las cosas no fueran así entre nosotras; quizá este sea un buen momento para que intente hacer algún progreso. Mientras espero a que se haga el té, pongo el azucarero y la jarrita de leche —más regalos de la boda— en una bandeja con dos tazas del tamaño apropiado y añado un plato con galletas de mantequilla.

—Aquí está —digo en un tono vivaz cuando vuelvo con la bandeja—. Leche, azúcar y galletas. Creo que no me he olvidado de nada.

—No, no y no, pero gracias por el esfuerzo.

Los ojos de Lucille son de un marrón diferente al de Oscar, más ambarino. Más serpentinos.

—Me alegro de que hayas venido. —Me siento sobre las manos para no gesticular demasiado por culpa de los nervios—. ¿Necesitabas a Oscar por algo especial?

Niega con la cabeza.

—Solo pasaba por aquí.

Me sorprendo preguntándome con qué frecuencia «solo pasaba por aquí»; sé que tiene una llave. No me extrañaría que entrara cuando no hay nadie en casa. Esa idea me desconcierta. ¿Busca cómo demostrar que soy una cazafortunas? ¿Revisa nuestro correo por si hay extractos de tarjetas de crédito en números rojos o registra mis cajones para encontrar pruebas de un pasado sombrío? Debe de echar pestes de mí porque estoy limpia.

—Imagino que te sentirás sola aquí durante la semana.

Hago un gesto de asentimiento.

—Lo echo de menos cuando no está. —Siento la retorcida necesidad de decirle que organizo fiestas salvajes para matar el tiempo—. Pero trato de mantenerme ocupada.

Como para justificar mi argumento, le sirvo el té. Sin leche, sin azúcar.

Lucille bebe un sorbo con gran elegancia y esboza una mueca, como si le hubiera servido ácido de batería.

—Un poquito menos de tiempo en la tetera la próxima vez, diría yo.

—Lo siento —murmuro mientras en mi interior pienso que la parte más alarmante de esa frase ha sido «la próxima vez».

—Administración, ¿no? ¿En una revista? Disculpa, pero tendrás que recordarme a qué te dedicas.

Su brusquedad me hace suspirar por dentro. Sabe muy bien a qué me dedico, y en qué revista. No me cabe la menor duda de que lo ha buscado todo en internet.

—No exactamente. Soy periodista en una revista para adolescentes.

Ya lo sé, ya lo sé. No es que pueda decirse que esté a la vanguardia del periodismo.

—¿Has hablado hoy con Oscar?

Niego con la cabeza y levanto la mirada hacia el reloj de pared.

—Por lo general llama después de las nueve. —Me interrumpo, y luego, con ánimo de tenderle una rama de olivo, añado—: ¿Quieres que le pida que te llame mañana?

—No te preocupes, querida. Estoy segura de que ya es bastante carga tener que llamar a casa todos los días como para añadir otra cosa a su lista.

Agrega una breve risotada al final, como si yo fuera una esposa arpía que necesita que le enseñen cuál es su sitio.

—No creo que a Oscar le suponga ninguna molestia —digo, ofendida contra mi voluntad—. A los dos nos resulta duro estar separados, pero estoy orgullosa de él.

—Sí, ya imagino que debes de estarlo. Es un trabajo con mucha presión, sobre todo ahora que dirige un equipo en el extranjero. —Sonríe—. Aunque Cressida me ha dicho que es maravilloso trabajar para él.

¿Cressida trabaja allí? Quiere que le pregunte de qué está hablando. Me trago la pregunta a pesar de que me abrasa la garganta. Para disimularlo, cojo mi taza y le doy un sorbo al dichoso té. Sabe a pis de gato. Lucille y yo nos evaluamos la una a la otra por encima de la mesita de café de cristal, y después ella suspira y echa un vistazo a su reloj de pulsera.

—Dios mío, ¿ya es esta hora? —Se pone de pie—. Debería marcharme.

Yo también me pongo de pie y la acompaño hasta la puerta. Cuando la beso en la mejilla apergaminada en el vestíbulo, busco en lo más profundo de mi ser y por fin encuentro los ovarios necesarios:

—Bueno, ha sido un placer inesperado, mamá. Deberíamos disfrutarlo más a menudo.

No creo que se hubiera quedado más horrorizada si la hubiera llamado «puta». Estoy convencida de que va a abofetearme.

—Laurel.

Inclina la cabeza con formalidad y sale con sigilo por la puerta.

En cuanto se marcha de una vez por todas, tiro el pis-té por el fregadero y me sirvo una generosa copa de vino. Que una mujer tan amargada haya criado a un hombre tan dulce me resulta todo un misterio.

Me siento en el sofá, abrumada por la soledad. Lucille ha venido hasta aquí por una única razón: para asegurarse de que estoy al tanto de que Oscar pasa la mitad de la semana en Bruselas con su exnovia, que es mucho más digna de él que yo. Con una exnovia sobre la que a mi marido no se le ha ocurrido comentarme que ahora trabaja a sus órdenes.

La única persona a quien en este momento me apetecería llamar para hablar es Sarah. Estoy a punto de marcar su número, pero ¿qué voy a decirle si me contesta? ¿«Hola, Sarah, necesito hablar con alguien porque he descubierto que mi marido pasa demasiado tiempo con su ex»? Por alguna razón, dudo que vaya a ser un hombro sobre el que llorar. Así que busco mi portátil y abro Facebook. No tengo a Cressida de amiga en esa red social, pero sí a Oscar, y no me cuesta ningún trabajo saltar de la página de mi marido a la de ella. Gran parte de sus publicaciones son privadas, salvo las pocas que quiere que todo el mundo vea, fotos de su sofisticado estilo de vida en Bruselas. Voy clicando en ellas hasta que encuentro una en la que aparece en la terraza de un bar junto a un grupo de personas, con Oscar sentado a su lado a la mesa, riéndose.

Oh, Oscar.

10 de junio

Jack

Edimburgo cuando hace sol es la leche. Llevo aquí poco más de un año, y la verdad es que empiezo a sentirme como en casa. Ya conozco las calles sin pedir indicaciones —bueno, la mayoría— y tengo músculos que nunca había tenido en las pantorrillas porque toda la ciudad parece estar construida sobre una puñetera montaña gigante. Cuando llegué los amenazantes edificios de granito me parecieron austeros, pero puede que fuera un reflejo más de mi estado de ánimo que de la arquitectura gótica. Ahora veo la ciudad tal como es: vibrante, bulliciosa, acogedora. Sin embargo, las gaitas siguen sin entusiasmarme.

—Te he pedido una, Jack.

Lorne, mi corpulento y barbudo productor, me ve y levanta una jarra de pinta hacia mí desde el otro extremo del jardín del pub. Vamos a celebrar aquí nuestra reunión de equipo, porque así es como hacemos las cosas.

—¿Hoy no viene Verity?

Haley, mi ayudante, me mira enarcando las cejas cuando me siento a la mesa.

—No —digo—. Hemos acordado una separación amistosa.

Somos seis en total, y todos los demás emiten una exclamación de «¡oooh!» al unísono. Les dedico un gesto obsceno con el dedo corazón.

—Niños.

Haley intenta comportarse como una adulta, lo cual es irónico teniendo en cuenta que es la más joven del equipo.

—Lo siento, no quería entrometerme.

Me encojo de hombros.

—No lo has hecho.

—Mierda, tío —dice Lorne—. Siento que nos hayamos cachondeado.

Me encojo de hombros otra vez. La verdad es que no estoy demasiado disgustado. Hacía tiempo que se veía venir; Verity se había vuelto cada vez más exigente en todos los sentidos de la palabra. Quería más de todo de lo que yo podía darle: de mi tiempo, de mi energía, de mis emociones. No creo que a ninguno de los dos vaya a costarnos demasiado superar la ruptura; además, estaba constantemente obsesionada con Sarah y Laurie, siempre presionándome para que le dijera que ella es más guapa, más exitosa y más divertida que ninguna de las dos. Esa competitividad me cansaba; tenía más que ver con ser la mejor que con ser la mejor para mí. Yo tampoco era el mejor para ella. Nuestros intereses eran muy distintos; no entiendo las reglas del polo, y tampoco tengo muchas ganas de aprenderlas. Sé que eso me hace parecer un imbécil; lo cierto es que ahora mismo no tengo ánimo de mantener una relación, ni con Verity ni con cualquier otra persona.

Levanto mi pinta.

—Por la libertad.

A mi lado, Lorne se echa a reír y murmura algo sarcástico sobre *Braveheart*.

25 de junio

Laurie

—Laurie…

Acabo de salir de una entrevista de trabajo y estoy recompensándome con un café al sol en la terraza de un bar de Borough Market cuando alguien se detiene junto a mi mesa.

Es ella.

—Sarah. —Me pongo de pie, sorprendida de verla de una forma tan inesperada, y aún más sorprendida de que se haya parado a hablar conmigo—. ¿Cómo estás?

Hace un gesto de asentimiento.

—Bueno, ya sabes. Sin novedad, como siempre. ¿Y tú?

Todo es tan dolorosamente forzado que me entran ganas de llorar.

—Acabo de salir de una entrevista para un trabajo nuevo.

—Ah.

Deseo que me pregunte por los detalles, pero no lo hace.

—¿Puedes quedarte a tomar un café?

Mira mi taza mientras delibera.

—No puedo, me esperan en un sitio.

La alegría que me produce hablar con ella es tan intensa, tan absoluta, que quiero aferrarme al bajo de su chaqueta para evitar que se vaya. La decepción sin duda se me refleja en la cara con absoluta claridad, porque una sonrisa sutilísima le curva los labios durante un instante.

—En otra ocasión, Lu, ¿vale?

Le digo que sí.

—¿Te llamo yo?

—O yo a ti. Da igual.

Levanta la mano para decirme adiós y luego se desvanece entre el gentío del mercado. Unos segundos después, me vibra el teléfono.

Cruzo los dedos por lo del trabajo. S x

No consigo contener las lágrimas. Me he pasado toda la mañana muerta de los nervios por esa entrevista para un puesto de redactora en una revista ilustrada para mujeres, y ahora no podría importarme menos si lo consigo o no, porque acabo de conseguir algo mucho más valioso. Creo que es posible que haya recuperado a mi mejor amiga, o al menos una pequeña parte de ella. Me apetece tirar el café en la maceta más cercana y pedir un cóctel.

12 de octubre

Laurie

—… te deseamos, Thomas, ¡cumpleaños feliz!

Todos aplaudimos y el pequeño se ríe como un loco satisfecho.

—Me cuesta creer que ya tenga un año —digo mientras lo mezo apoyado en mi cadera, como he visto hacer a Anna durante la mayor parte del fin de semana.

Mi cuñada está inmersa por completo en la maternidad, no hay indicios de que nadie la haya visto sin un paño de muselina echado al hombro o sin el portabebés enganchado a la cintura, a punto para que el trasero regordete de Tom aterrice sobre él. Una cosa hay que reconocerle: es supermono, todo rizos rubios y lorzas de bebé, con un par de diminutos dientes blancos en la encía inferior y melocotones en los mofletes. Para ser tan pequeño, ha acaparado por completo el fin de semana; todo cuanto lo rodea se ha adaptado para el confort de un bebé.

—Te queda bien, Laurie.

—No digas ni una palabra más.

Lanzo a mi madre una mirada de advertencia.

Se encoge de hombros, riéndose.

—Solo pensaba…

«Lo que piensan todos los demás», digo para mis adentros. Que cuándo vamos a empezar a oír el correteo de unos pies diminutos es casi lo primero que nos pregunta la mayoría de la gente ahora que estamos casados, con la notable excepción de Lucille, que seguro que todas las noches se arrodilla junto a su cama y reza para que yo sea estéril. «¡Estamos en 2014, no en 1420», me entran ganas de gritar cuando todavía otro colega más me pregunta si estamos pensando en tener niños. ¿Y si antes quiero forjarme una carrera profesional?

Daryl me pasa un brazo por los hombros en un gesto de solidaridad que le agradezco, y el bebé se pone a lloriquear al instante porque quiere ir con su padre.

—Posponlo el mayor tiempo posible, hermanita. Tu vida nunca volverá a ser la misma después.

Me alivia que Oscar ya se haya ido a casa, ya que así se ha ahorrado toda esta conversación. Se ha marchado temprano de la fiesta porque esta noche vuela a Bruselas para una prolongada estancia de cinco días; se encuentran en medio de unas importantísimas negociaciones de adquisición y tiene que estar allí para supervisarlo todo. No me he permitido preguntarle si Cressida estará también allí o no durante el tiempo que duren; Oscar me ha prometido que no tengo nada de qué preocuparme en lo que a ella respecta y he elegido creerlo a pies juntillas. Al fin y al cabo, mi marido tenía razón: yo ya sabía que Cressida trabajaba para la misma empresa, lo que no sabía era que trabajaban tan estrechamente. Pero Oscar me ha asegurado que no era así justo hasta la semana antes de que Lucille me visitara para alardear de ello. Por suerte, no soy una mujer celosa, y él nunca me ha dado ningún motivo para pensar que todavía sienta algo por ella. Tienen que trabajar juntos; esas cosas pasan. Tienen que trabajar juntos en un país diferente; siendo justos, es probable que eso suceda con menos frecuencia, pero confío en Oscar, y no hay más que decir. Así que, con él de camino a Bruselas, he decidido quedarme con mis padres hasta mañana por la tarde. Estoy haciendo todo lo posible para cumplir el propósito de Año Nuevo que me hice respecto a ellos, aunque no el que me hice respecto a Lucille.

¿Es horrible que confiese que me siento un poco más relajada desde que me he despedido de él? Nunca tiene más que elogios para mis padres, pero siempre me siento un pelín incómoda cuando estamos todos juntos, como si, en caso de que yo no estuviera, no hubiera más que tres extraños en una habitación. Me he pasado una parte de nuestro trayecto en tren fingiendo que estaba dormida cuando lo que estaba haciendo en realidad era reunir una pequeña selección de temas de conversación que sacar a relucir. Las vacaciones, el trabajo (más el mío que el de Oscar, por razones obvias), el nuevo color del que vamos a pintar el cuarto de baño, ese tipo de cosas. No había tenido en cuenta al pequeño Tom, por supuesto. La conversación no se agota cuando hay un bebé alrededor, así que en general ha sido un fin de semana familiar bastante agradable. Me he dado cuenta de que apenas tengo ganas de volver a Londres mañana, a nuestra casa solitaria y silenciosa.

—Lleva esto a tu padre, por favor, cariño. —Mi madre pone los ojos en blanco al mismo tiempo que me entrega una taza de té—. Está en el estudio mirando un partido de fútbol.

Mi padre es un entusiasta seguidor del Aston Villa; si televisan un partido suyo, él tiene que verlo, incluso durante el cumpleaños de su nieto, al parecer. Cojo la taza y me escapo por el pasillo, contenta de tener una excusa para huir de la conversación «cuándo tendrá Laurie un bebé». La respuesta es: «Cuando Laurie esté lista (si llega a estarlo)».

—¿Papá? —Empujo la puerta del estudio y me sobresalto cuando no se abre. No puede estar atrancada; ni siquiera tiene pestillo. La empujo de nuevo. Algo la bloquea desde dentro—. ¿Papá? —llamo de nuevo.

Se me acelera el corazón porque no responde. Aterrorizada, doy un golpetazo a la puerta con el hombro y derramo el té sobre la nueva alfombra beige de mamá, pero esta vez se abre un par de centímetros. Entonces todo parece detenerse y oigo a alguien cuya voz se parece a la mía, aunque es imposible que lo sea, que grita pidiendo ayuda una y otra vez.

13 de octubre

Laurie

—Le he dado algo para que pueda dormir, está exhausta.

Trato de sonreír al médico cuando baja, pero mi cara no me obedece.

—Gracias.

El doctor Freeman vive enfrente de mis padres, y desde hace años viene por aquí por razones tanto sociales como médicas. Fiestas de Navidad, huesos rotos. Ayer acudió en cuanto Daryl aporreó la puerta de su casa gritando que necesitábamos ayuda, y ahora ha vuelto para ver cómo van las cosas.

—Lo siento mucho, Laurie. —Me da un apretón en el hombro—. Si puedo ayudaros de cualquier manera, no dudes en llamarme, sea de día o de noche.

Daryl lo acompaña a la puerta, y luego nos sentamos juntos a la mesa del comedor de nuestros padres, en una casa demasiado tranquila. Anna se ha llevado al bebé a casa, y Oscar está atrapado en Bruselas al menos hasta mañana por la tarde. Se siente fatal por ello, pero, siendo sincera, ni él ni cualquier otra persona pueden hacer o decir nada.

Mi padre murió ayer. Estaba aquí, y un minuto después se fue, sin nadie a su lado para cogerle la mano o darle un beso de despedida. Me atormenta la idea de que tal vez hubiéramos podido hacer algo por ayudarlo si hubiéramos estado con él. Si Daryl o yo hubiéramos dedicado un rato a ver el partido con él como lo hacíamos cuando éramos pequeños, aunque a ninguno de los dos nos gusta mucho el fútbol. Si mi madre le hubiera preparado el té diez minutos antes. Si, si, si. El equipo de la ambulancia que vino y confirmó su muerte hizo todo lo posible para asegurarnos que no habría sido así, que tenía toda la pinta de haber sido un paro cardíaco súbito que se lo habría llevado de todos modos. Pero ¿y si gritó y nadie lo oyó? Daryl me ofrece los pañuelos de papel y me doy cuenta de que estoy llorando otra vez. No creo que haya parado hoy. ¿No dicen que los seres humanos somos un setenta por ciento de agua o alguna locura así? Pues debe de ser verdad, porque a mí me rebosa como si alguien se hubiera dejado un grifo abierto en una casa abandonada.

—Tenemos que hacer los preparativos para el funeral.

La voz de Daryl suena hueca.

—No sé cómo se hacen —digo.

Me aprieta la mano hasta que se le ponen blancos los nudillos.

—Yo tampoco, pero lo averiguaremos, los dos juntos. Mamá necesita que lo hagamos.

Asiento con la cabeza, aún enjugándome las lágrimas. Mi hermano tiene razón, por supuesto; mamá está destrozada, es imposible que ella pueda hacer nada. No olvidaré mientras viva la imagen de mi madre arrastrándose de rodillas para llegar hasta mi padre. Acudió corriendo, aterrorizada, en cuanto empecé a gritar, como si una especie de sexto sentido la hubiera alertado de que el amor de su vida estaba en apuros. Han estado juntos desde que tenían quince años. Todavía lo oigo: la oigo gritar su nombre al ver que no podía despertarlo, oigo su discreto gemido de dolor cuando el equipo de la ambulancia certificó la hora de la muerte y la apartó con delicadeza de su cadáver. Y desde entonces, nada. Apenas habla, se niega a comer, no ha dormido. Es como si se hubiera apagado, como si no pudiera continuar aquí ahora que él no está. El doctor Freeman nos ha dicho que no pasa nada porque haya reaccionado de esta manera, que cada persona reacciona de una forma distinta y que solo tenemos que darle tiempo. Pero la verdad es que no sé si conseguirá superarlo en algún momento. Si alguno de nosotros lo conseguirá.

—Iremos mañana —dice Daryl—. Anna vendrá a hacer compañía a mamá.

—De acuerdo.

Volvemos a sumirnos en el silencio de esta habitación inmaculada y tranquila. Esta es la casa en la que crecimos, y esta es la sala donde siempre cenábamos juntos, siempre ocupando el mismo lugar en torno a la mesa. Nuestra familia de cinco a duras penas sobrevivió a la transformación en una familia de cuatro después de la muerte de Ginny; siempre hubo una silla vacía. Ahora miro la silla vacía de mi padre y vuelvo a llorar. Soy incapaz de imaginar cómo saldremos adelante siendo una familia de tres. Es demasiado poco.

Jack

—Seas quien seas, vete a la mierda.

No se va a ningún sitio, así que saco el brazo de la cama y busco mi móvil a tientas en el suelo. Nadie ignora que trabajo por las noches, ¡hasta pueden oírme por la puñetera radio!, así que solo Dios sabe por qué hay alguien empeñado en llamarme antes de la hora de comer. Alcanzo el teléfono con los dedos justo cuando deja de sonar; qué típico. Me lo acerco a la cara y lo miro con los ojos entornados y la cabeza de nuevo apoyada en la almohada. Una llamada perdida de Laurie. «Mierda.» Miro la espalda recta y desnuda de Amanda y sopeso si es de mala educación devolver la llamada a Laurie mientras mi novia duerme a mi lado. Llego a la conclusión de que es probable que sí, así que apago el móvil. No puede ser tan urgente.

—¿Quién era?

Amanda se da la vuelta hacia mí, toda piel del color de la miel, ojos azules y pezones erectos. Todavía estamos en la etapa de «follar como conejos» de nuestra relación, y la visión de ese cuerpo sin una sola marca de bronceado surte efectos extraños en mi cerebro.

—Telemarketing.

Me inclino sobre Amanda y cierro los labios en torno a uno de sus pezones, y detrás de mí, sobre la mesilla de noche, mi móvil vibra con fuerza para indicar que tengo un nuevo mensaje de voz. Laurie no me llama muy a menudo. La mayor parte de las veces nos enviamos correos electrónicos, y en ocasiones chateamos por Facebook, como hacen hoy en día los adultos civilizados. Si me ha dejado un mensaje, debe de querer algo en particular.

—Joder, lo siento. —Doy la espalda a Amanda y cojo el teléfono—. Será mejor que lo escuche. No te olvides de por dónde íbamos.

Ella me observa perezosamente mientras pulso el botón y me acerco el teléfono a la oreja, y cuando la voz automática me informa de que tengo un mensaje nuevo desliza una mano por debajo de las sábanas hacia el final de mi vientre. Dios, qué buena es. Cierro los ojos, ya jadeante cuando comienza el mensaje. Me he olvidado casi por completo de quién me había llamado.

—«Eh, Jack. Soy yo, Laurie.» —Quiero decir a Amanda que pare, porque escuchar la voz suave de Laurie con la mano de otra mujer alrededor de la polla hace que de pronto experimente todo tipo de malas sensaciones—. «Quería hablar contigo. Oír tu voz.»

Madre mía, es como si estuviera alucinando. Incluso ahora sigo soñando con Laurie de vez en cuando, y a menudo los sueños son muy parecidos a esto. Ella me llama, me quiere, me necesita. Estoy duro como una piedra.

—«Siento llamar cuando imagino que estás durmiendo. Lo que pasa es que mi padre murió ayer y pensé que a lo mejor andabas por aquí.»

En algún momento, antes de terminar de oír la frase, me he dado cuenta de que Laurie estaba llorando y he apartado a Amanda de mí. Me incorporo de golpe en la cama. El padre de Laurie ha muerto. «Me cago en la puta, espera, Lu.» Salgo de la cama a trompicones y me pongo los vaqueros a toda prisa mientras presiono con furia los botones de mi móvil y murmuro una disculpa a Amanda. Me encierro en el cuarto de baño y me siento en el váter para poder hablar con Laurie sin que Amanda me oiga. Laurie responde al tercer toque.

—Lu, acabo de recibir tu mensaje.

—Jack.

Tan solo pronuncia mi nombre antes de echarse a llorar con demasiada intensidad para seguir hablando, así que soy yo quien habla.

—Eh, eh, eh —le digo con la mayor suavidad de que soy capaz—. Ya lo sé, cielo, ya lo sé. —Desearía con todo mi corazón poder abrazarla—. Está bien, Laurie, está bien, cariño. —Cierro los ojos, porque su dolor es tan crudo que me duele oírlo—. Ojalá estuviera contigo —susurro—. Estoy abrazándote con fuerza. ¿Me sientes, Lu? —El ruido de los sollozos de Laurie es lo peor del mundo—. Estoy acariciándote el pelo, rodeándote con los brazos y diciéndote que todo irá bien —musito, palabras tiernas cuando su llanto disminuye—. Te digo que estoy contigo, que estoy a tu lado.

—Ojalá fuera verdad —dice al cabo de unos segundos, palabras entrecortadas.

—Podría serlo. Cogeré el próximo tren.

Suspira, con la voz más firme al fin.

—No, estoy bien, de verdad que sí. Daryl está aquí, y mi madre, por supuesto, y Oscar debería volver mañana por la noche.

«Oscar debería estar ahí ahora mismo», pienso, pero no lo digo.

—No sé qué se supone que debo hacer —dice Laurie—. No sé qué hacer, Jack.

—Lu, no puedes hacer nada. Créeme, lo sé.

—Sé que lo sabes —murmura.

—Hoy no tienes por qué apresurarte ni hacer nada en absoluto —le digo, porque recuerdo muy bien aquellos días oscuros y difíciles—. Todo va a ser muy confuso, haz lo que te parezca que está bien. No te castigues por llorar demasiado o por no llorar cuando creas que deberías hacerlo, ni por no saber cómo ayudar a tu madre. Limítate a estar ahí, Laurie. Es lo único que puedes hacer ahora mismo. Aguanta, ¿vale? Espera a que llegue Oscar para hacer las cosas oficiales, deja que sea él quien contacte con la gente por ti. Créeme, se alegrará de poder ayudar de algún modo.

—De acuerdo.

Parece aliviada, como si solo necesitara a alguien que la acompañara en esto. Ojalá pudiera ser yo.

27 de octubre

Laurie

—Alice, la del número tres, me ha pedido que trajera esto. Me ha dicho que luego irá a la iglesia.

La tía Susan, la hermana de mi madre, me entrega un enorme bizcocho victoria. Vino hace varios días, y ha sido un gran apoyo; tenerla aquí ha ayudado a mamá a superar el emotivo encuentro con el pastor que oficiará el funeral para hablar del mismo, a pensar en qué se pondrá y a darse cuenta de que el mundo tiene que seguir girando sin mi padre en él. La tía Susan perdió a su esposo, mi tío Bob, hace cuatro años, así que es capaz de empatizar con mamá de una forma que tanto a Daryl como a mí se nos escapa. Nosotros hemos perdido a nuestro padre, pero mamá ha perdido a su alma gemela, y hoy tiene que enfrentarse a ese hecho en su funeral.

Voy de camino a la cocina, con el bizcocho en las manos, justo cuando Sarah aparece en la ventana trasera, con la mano a punto para llamar. Todo el mundo entra en casa de nuestros padres por la parte de atrás, es ese tipo de hogar. Me estremezco ante la idea de que algún día tendré que acostumbrarme a decir solamente «la casa de mi madre». No soporto la idea de que se quede aquí sola.

—Eh —dice Sarah cuando abro la puerta. Y luego, al ver la cantidad de comida que exhiben las encimeras de la cocina, añade—: Vaya.

Dudo que a los supermercados locales les queden muchos artículos en las estanterías. La tía Susan lo ha pedido todo por internet, hasta las servilletas y una vajilla desechable.

—Podemos tirarlo todo a la basura cuando termine —me dijo en tono enérgico mientras clicaba en las pantallas de los pedidos—. Lo último que apetece hacer después de un funeral es ponerse a limpiar.

Si a eso le sumamos los seis o siete pasteles que varios vecinos y amigos han ido enviando a lo largo de la mañana, queda claro que nadie se marchará de aquí con hambre.

Me alegré mucho de que alguien que sabía lo que estaba haciendo tomara las riendas, a pesar de que Oscar, Daryl y yo nos encargamos de los preparativos básicos con los directores de la funeraria cuando Oscar volvió de Bruselas. ¿Hay algo peor en el mundo que tener que elegir un ataúd? ¿A quién le importa si es de fresno o de pino, o si las manijas son de latón o de plata? Salimos del paso como pudimos y, fuera cual fuese el ataúd que escogimos, dentro de poco estará aquí con mi querido padre dentro. Me parece irreal, demasiado cruel para ser verdad.

Sarah se vuelve hacia mí y me pasa un brazo por los hombros.

—¿Estás bien?

Le respondo que sí y parpadeo para contener las lágrimas que siempre tengo detrás de las pestañas. No le he contado que cuando ocurrió llamé primero a Jack. Pero me digo que Jack es la única persona que conozco que ha perdido a un padre; necesitaba a alguien que supiera lo que se siente. A pesar de todo, cuando llegó el final del día y me encontré sentada a solas en mi habitación de la infancia, lo único que quería era llamar a mi mejor amiga. Desde aquel encuentro en el mercado, nos enviamos mensajes y quedamos para tomar café y comer tarta más o menos cada dos semanas; a veces también quedamos para tomar un vino, y poco a poco vamos recomponiendo los pedazos rotos de nuestra amistad. Pocos segundos después de escuchar su voz familiar, cualquier posible resto de distancia que quedara en nuestra amistad desapareció. Sarah se presentó en casa la noche siguiente sin que nadie se lo pidiera. Y aunque tuvo que regresar a Londres durante unos días para trabajar, volvió ayer a tiempo para el funeral.

—Creo que sí. —Me encojo de hombros y la miro con inde-
fensión—. No puedo hacer nada, solo esperar.

Cuelga el abrigo en el respaldo de una de las sillas de la cocina y enciende el hervidor de agua.

—¿Cómo está tu madre?

Hago un gesto de negación y doy a Sarah un par de tazas.

—Sobrellevándolo, supongo.

Es la palabra más positiva que se me ocurre. Mi madre está
sobrellevándolo. Se despierta y se duerme, y en el ínterin responde si alguien le habla, pero la mayor parte del tiempo permanece inmóvil y con la mirada perdida a un millón de kilómetros
de distancia. No sé qué decirle, es como si de repente yo fuera la
madre, pero no tengo ni idea de cómo serlo, de cómo consolarla.

—A lo mejor hoy es un punto de inflexión —sugiere Sarah.

No es la primera persona que me lo dice, que a veces el funeral es el momento en el que se asume que alguien se ha ido para
siempre. Parece que después del funeral todo el mundo sigue
con su vida y tú tienes que encontrar la manera de seguir con la
tuya.

—Tal vez —digo sin tener claro en absoluto si será posible
que alguno de nosotros llegue a conseguirlo—. Estás guapa.

Su coleta baja se balancea cuando agacha la cabeza para mi-
rarse el vestido negro estilo Jackie Kennedy que lleva puesto.

—Ventajas del trabajo —comenta con una sonrisa.

Ahora se ha convertido en una cara habitual del canal de
noticias veinticuatro horas, lo que siempre estuvo destinada a
ser. Nos sentamos a la mesa de la cocina, cada una con un café en
la mano. Añado azúcar al mío y observo los granos que giran
en espiral dentro del líquido.

—Esto me recuerda a Delancey Street —dice Sarah.

De repente siento una punzada de nostalgia y arrepentimiento.

—Ojalá pudiéramos volver.

—Lo sé, cariño.

—Sarah, lo siento mucho...

Estoy desesperada por disculparme, por sacarlo todo a la

luz. Porque pese a que ha venido hasta aquí, todavía no hemos dicho ni una sola palabra sobre nuestra discusión; sobre Jack.

—No hablemos de eso ahora. Ha llovido mucho desde entonces.

Me coge una mano y la aprieta.

Sin embargo, es algo que continúa interponiéndose entre nosotras, que no está resuelto; es como si le hubiéramos echado una sábana por encima y pintado alrededor, pero sé que algún día deberemos levantar la sábana y ver lo que queda debajo.

—Aun así, algún día tendremos que hablarlo —digo.

—Sí —conviene—. Algún día, pero no hoy.

Jack

—¿Cerveza?

Estoy tomándome un respiro de cinco minutos en el banco que hay junto al arroyo que discurre al fondo del jardín de la casa de los padres de Laurie cuando Oscar viene a mi encuentro y me ofrece una cerveza.

—Gracias. —Lo miro de soslayo cuando se sienta a mi lado y apoya los codos en las rodillas—. Un día largo.

Asiente.

—¿Crees que se pondrá bien?

Es una pregunta tan inesperada que tengo que pedirle que me la aclare.

—¿Laurie?

—Sí. —Bebe de lo que sea que contiene su vaso, whisky, a juzgar por su aspecto. Con los años hemos comprobado que yo soy el bebedor de cerveza y él es un hombre de puro malta—. No sé qué se supone que debo hacer o qué debo decirle.

¿Está pidiéndome un consejo? Me armo de valor, porque, aunque nunca será una persona por la que sienta afinidad, Laurie es importante para él. Eso es lo que tenemos en común.

—Según mi experiencia, es más fuerte de lo que parece, pero no tan fuerte como para no derrumbarse de vez en cuando.

—Recuerdo el día en que la vi desmoronarse, cuando la besé bajo una tormenta de nieve—. Pregúntale cómo se siente, no dejes que se lo trague.

—Pero no sé qué decirle.

—Nadie sabe qué decir, Oscar. Pero algo, cualquier cosa, es mejor que nada.

—Tú siempre pareces saber qué decir. —Suspira y mueve la cabeza, pensando—. Como en aquel discurso que diste en nuestra boda, por ejemplo.

Se queda callado, mirándome, y pienso: «No me jodas», porque no es algo de lo que él y yo deberíamos hablar.

—¿A qué te refieres?

Lo miro de hito en hito.

Se recuesta hacia atrás y extiende un brazo a lo largo del respaldo del banco.

—Te seré sincero, Jack. A veces he tenido dudas de si tus sentimientos por Laurie son completamente platónicos.

Me río, desvío la mirada y me bebo la cerveza de un trago.

—Entre todos los días del calendario, ¿eliges el día en que ha enterrado a su padre para sacar este tema?

—Es una pregunta bastante sencilla —dice, tan razonable como siempre—. Estoy preguntándote si sientes algo por mi esposa, Jack. Y creo que ya he tenido suficiente paciencia.

«¿Una pregunta bastante sencilla? ¿Suficiente paciencia?» Creo que ni siquiera se da cuenta de lo condescendiente que resulta. Si no estuviéramos en el funeral del padre de Laurie, es probable que fuera el día en que Oscar y yo por fin dejamos de fingir que nos caemos bien. Así las cosas, doy a su pregunta bastante sencilla la respuesta bastante sencilla que merece.

—Sí.

—¿Cerveza?

Media hora después, levanto la mirada hacia Sarah.

—¿Qué estáis intentando? ¿Emborracharme? Primero Oscar, ahora tú.

Parece dolida.

—Lo siento. Si lo prefieres, te dejo tranquilo.

—No. —Suspiro y acepto la cerveza que sostiene en la mano extendida—. Lo siento, Sar, eso ha estado fuera de lugar. Siéntate. Ven a hablar conmigo un rato.

Se acomoda a mi lado, abrigada con una piel sintética negra.

—¿Qué pasa? —me pregunta, y bebe un sorbo de vino tinto—. Aparte de lo obvio.

Tardo unos segundos en entender que por «lo obvio» se refiere al hecho de que estamos en un velatorio.

—Solo lo obvio —respondo—. Me afecta, me hace recordar cosas en las que preferiría no pensar, ya sabes.

—Sí, ya sé. Yo diría que eres el más cualificado de todos nosotros para hablar con Laurie.

Le rodeo los hombros con un brazo para robarle algo de calor.

—No creo que oírme explicarle que echo de menos a mi padre todos los puñeteros días le facilite mucho las cosas.

Sarah se apoya en mí.

—Lo siento si no te pregunté lo suficiente por él.

—No tienes nada que sentir —le contesto—. Tú fuiste estupenda y yo fui un mierda.

Se ríe en voz baja.

—Bueno, me alegro de que por fin haya quedado claro.

—Más claro que el agua.

Permanecemos sentados, sumidos en un silencio contemplativo mientras escuchamos el tintineo y el trajín de los vasos, procedentes de la casa situada a nuestras espaldas, y el murmullo suave del arroyo que tenemos delante.

—¿Vas a contarme en algún momento lo que sucedió entre Lu y tú? Dime que me equivoco, si quieres, pero estoy bastante convencido de que no fue una emergencia familiar lo que te impidió asistir a su boda.

Tuerce la boca mientras reflexiona sobre mi pregunta.

—No creo que tenga mucho sentido remover todo eso. Es cosa del pasado.

No insisto en ello.

—¿Sigues con Luke?

No puede evitar que le brillen los ojos al asentir. Intenta disimularlo, pero lo veo.

—¿Es bueno contigo?

Se ríe en voz baja.

—Desde luego no es un mierda.

—Bien.

—Creo que podría ser mi ciento por ciento.

La miro, tan resplandeciente, tan vibrante, y no siento más que amor y alegría por ella. Y eso es prueba suficiente de que hicimos lo correcto, aunque en su momento nos destrozara el corazón. Me agarra una mano.

—Me ha pedido que me vaya a Australia con él.

—¿A vivir?

Traga saliva, dice que sí con la cabeza y luego medio se encoge de hombros.

—Es una gran decisión.

—Y que lo digas. —No me la imagino dejando todo aquello por lo que ha trabajado aquí para empezar de nuevo en Australia—. ¿Merece la pena que pongas toda tu vida patas arriba por él?

—Si tengo que elegir entre él y quedarme aquí, lo elegiría a él.

«Uau.»

—Me alegro mucho por ti, Sar.

Es cierto. Vuelvo a pensar en ella en el día que nos conocimos, y otra vez en aquella horrible noche gélida en el jardín de Laurie y Oscar, y en todos los días que pasamos juntos entretanto. Fuimos cada uno el amor crisálida del otro, crecimos juntos hasta que ya no pudimos seguir creciendo juntos.

—Laurie me ha dicho que Luke pilota helicópteros de búsqueda y rescate.

Sarah sonríe, y es lo más bonito que he visto en todo el día.

—Sí.

—Un puto héroe de pies a cabeza —mascullo, pero en el fondo lo digo en serio.

Doy un golpecito a su copa de vino con mi botellín de cerveza y brindamos por ellos.

—¿Qué tal Amanda y tú?

Me impresiona que recuerde el nombre de Amanda de los pocos mensajes que hemos intercambiado; digamos que me ha costado un poco de tiempo decidirme por una sola mujer.

—Me gusta.

—«Gustar» no es gran cosa —dice.

—Es maja.

—Joder, Jack. ¿Que te gusta? ¿Que es maja? Acaba de una vez con su sufrimiento y déjala ya.

Frunzo el ceño.

—¿Solo porque no me lanzo de cabeza a ponerle una estrella dorada en el pecho y a darle la máxima puntuación?

—Sí. —Se me queda mirando, incrédula—. ¿O para qué ha servido todo esto si no?

«¿Para qué ha servido todo esto si no?» Su pregunta me deja momentáneamente sin palabras.

—Supongo que estoy tratando de averiguar si es necesario empezar al ciento por ciento o si puede empezarse, no sé, al setenta, por ejemplo, e ir subiendo a partir de ahí.

Niega con la cabeza y suspira como si a estas alturas debiera saber ya la respuesta a eso.

—Si te hago una pregunta, ¿prometes contestar con sinceridad?

Joder. Ya está claro que es el día de «pon a Jack en aprietos». Tengo la sensación de que va a hacerme una pregunta a la que preferiría no responder.

—Adelante.

Sarah abre la boca para hablar, pero luego la cierra de nuevo como si estuviera decidiendo cuál es la mejor manera de expresarse.

—Si en lugar de conocerme a mí hubieras conocido a Laurie, ¿crees que ella podría haber sido tu ciento por ciento?

—Uf. ¿A qué diablos viene eso?

—Me contaron lo de tu discurso en la boda.

Vaya, otra vez ese puñetero discurso.

—Alguien tenía que echarle una mano, Sarah. Y yo estaba allí.

Asiente, como si fuera una respuesta del todo razonable.

—Por lo que me han contado, conseguiste que todas las demás mujeres de la sala desearan que estuvieras hablando de ellas.

Me río por lo bajo.

—Ya me conoces. Puedo librarme de cualquier cosa con este piquito de oro.

—Esta vez no. —Se le quiebra la voz; no puedo mirarla—. Eres tonto, qué estúpido eres. Ojalá lo hubiera sabido. Ojalá me hubiera dado cuenta. Creo que una pequeña parte de mí era consciente de ello, pero no quise verlo. ¿Por qué no me lo dijiste?

Podría fingir que no entiendo a qué se refiere, pero ¿qué sentido tendría?

—No habría servido de nada, Sar. Y ahora está casada y es feliz. Hace años que dejó de amarme.

—¿Tú la querías?

No sé qué decirle. Nos quedamos inmóviles el uno al lado del otro, en silencio.

—No lo sé. Puede que durante un instante. No lo sé. Esto no es una película, Sar.

Suspira y se apoya en mí.

—Pero ¿y si lo fuera? Si Oscar se marchara, ¿tú qué harías?

La beso en el pelo. Hay cosas que es mejor no decir.

—Vayamos adentro. Aquí fuera hace demasiado frío.

Volvemos a la casa agarrados de la mano, y a continuación me excuso y me marcho a la estación de tren. Es obvio que mi presencia aquí solo provoca dolor; tengo que regresar a Edimburgo. Tal vez durante el largo trayecto de vuelta logre discernir si el setenta por ciento puede llegar a convertirse en el ciento por ciento en algún momento.

2015

Propósitos de Año Nuevo

Acabo de releer mis propósitos del año pasado. No puedo creer la cantidad de cosas que daba por sentadas: «pasar más tiempo con papá y mamá». Cómo me gustaría poder anotar otra vez ese mismo propósito este año. Echo de menos a mi padre con una intensidad indescriptible.

No estoy de humor para hacerme ningún propósito nuevo de cara al año entrante. En vez de eso, pienso centrarme en cuidar de lo que de verdad importa. La gente a la que quiero.

6 de mayo

Laurie

—Pero, Oscar, sabes que esta noche es muy importante.

No puedo ocultar el tono quejumbroso de mi voz. Oscar me prometió que esta semana volvería un día antes de Bruselas para asistir a la cena de despedida de Sarah. En rara ocasión influyo en sus planes de viaje; soy consciente de que tiene la agenda hasta arriba y de que le resulta difícil reorganizarla, pero pensé que, solo por esta vez, sería capaz de hacer lo que yo necesitaba que hiciera.

—Sé que te lo prometí, y ojalá pudiera cumplirlo, pero tengo las manos atadas —dice—. Brantman ha aparecido aquí esta mañana de repente y, entre tú y yo, creo que podría haber otro ascenso a la vista. ¿Qué impresión causaré si me escaqueo temprano para irme a una fiesta?

Suspiro. Brantman es el jefe de Oscar, el pez gordo.

—Comprendo. No hay problema.

No es que lo comprenda especialmente, y lo de que no hay problema no es cierto, pero no conseguiré nada discutiendo con Oscar: sé que no cambiará de opinión. La enorme entrega con la que afronta su trabajo en el banco pone nuestro matrimonio en peligro de un millón de formas distintas, y la de esta noche no es una fiesta cualquiera. Es una cena de despedida; la noche en la que tengo que abrazar a mi mejor amiga para decirle adiós y desearle lo mejor en su nueva vida en las antípodas.

—Tal vez podamos planear un viaje para ir a verla a Australia el año que viene.

Trata de decir algo que me apacigüe, porque ambos sabemos

que no hay la menor posibilidad de que se tome varias semanas libres para encajar una escapada así, y menos aún si consigue ese ascenso. Con la excepción de la luna de miel, nuestras vacaciones han sido más bien como fines de semana largos organizados en torno a su semana laboral en Bélgica: un par de días en París, una visita relámpago a Roma. En ambas ocasiones nos hemos separado en el aeropuerto el domingo por la noche y hemos volado a diferentes países para llegar a trabajar el lunes por la mañana. A pesar de lo mucho que nos esforzamos en el sentido opuesto, nuestro matrimonio está convirtiéndose justo en aquello que dijimos que no sería: un matrimonio a tiempo parcial.

—Entonces te veo mañana por la noche —digo abatida.

—Sí —confirma en voz baja—. Lo siento, Laurie.

Cuelga con un «te quiero» antes de que me dé tiempo a añadir nada más.

—¡Cuánto me alegro de que hayas venido! —Sarah me abraza y empezamos a dar vueltas; luego se echa a reír y mira hacia la puerta del hotel—. ¿Dónde está Oscar?

—En Bruselas. Lo siento, Sar, se le han complicado las cosas.

Frunce el ceño, pero enseguida lo relaja.

—No te preocupes. Tú estás aquí, y eso es lo fundamental.

Nuestros tacones repiquetean contra el suelo de mármol cuando me guía hacia el bar. Sarah ha decidido celebrar una cena de despedida con sus amigos esta noche, justo antes de que Luke y ella se marchen mañana a Bath para pasar sus últimos días en Inglaterra con la familia de ella. Todavía no puedo creerme que mi mejor amiga se vaya a vivir a Australia. Siento que estoy perdiéndola otra vez. Estoy entusiasmada por ella, de eso no cabe duda, pero no pude evitar echarme a llorar cuando me lo dijo, y tampoco volver a llorar cuando, más tarde, se lo conté a Oscar en casa. Por lo que se ve, he llorado bastante en los últimos tiempos.

—Este sitio es precioso —digo con la intención de distraerme. Nunca había estado en este hotel; tiene ese aire íntimo de boutique: todo grises cálidos y candelabros, con jarrones altos de flores por todas partes—. Muy adulto.

Sarah sonríe.

—Tenía que madurar en algún momento, Lu.

—Desde luego, según mi forma de ver las cosas, lo de mudarse a la otra punta del mundo para estar con el hombre al que amas da puntos de madurez.

Me aprieta la mano.

—Según la mía, también. Estoy cagada.

—No sé por qué —digo—. Australia no tiene ni idea de lo que se le viene encima.

Si hay algo que tengo claro es que Sarah va a petarlo allí. Ya ha conseguido un trabajo en una de las principales cadenas de televisión; aclamemos a la nueva y brillante corresponsal del mundo del espectáculo en Australia.

Antes de que atravesemos las puertas de cristal del bar, me coge de la mano para que me detenga.

—Escucha, Lu, tengo que decirte una cosa. —Nos acercamos la una a la otra y me aprieta los dedos—. No puedo marcharme al otro lado del mundo sin disculparme por cómo me puse por lo de… bueno, ya sabes, por todo.

—Madre mía, Sar, no tienes por qué disculparte —respondo, ya intentando tragarme las lágrimas. No creo que nuestra discusión llegue a ser nunca algo de lo que podamos hablar sin ponernos emotivas—. O quizá deba disculparme yo también. Odio todo lo que sucedió aquel día.

Asiente, con los labios temblorosos.

—Te dije cosas horribles. No las sentía de verdad. Perderme el día de tu boda es lo peor que he hecho en mi vida.

—Te hice daño. Nunca fue mi intención, Sar.

Se pasa la mano a toda prisa por los ojos.

—Debí aceptar tu pulsera. Era el regalo más bonito que me habían hecho en la vida. Te quiero como a una hermana, Lu, eres mi mejor amiga de todo el puñetero mundo.

Llevo la pulsera puesta en este instante, así que hago justo lo que tenía planeado. Abro el cierre y me la quito; luego se la pongo alrededor de la muñeca y la abrocho. Las dos nos quedamos mirándola, y Sarah me coge la mano con muchísima fuerza.

—Toma —digo con voz temblorosa—, ahí es donde debe estar.

—Siempre la consideraré un tesoro.

Se le entrecorta la voz y sonrío a pesar de las lágrimas.

—Lo sé. Y ahora, venga. —La envuelvo en un abrazo—. Sécate los ojos. Se supone que esta noche es una noche feliz.

Nos aferramos la una a la otra; es un abrazo de «lo siento», y un abrazo de «te quiero», y un abrazo de «qué voy a hacer sin ti».

Luke me hace una llave de cabeza en cuanto me ve entrar en el bar.

—Ahora ya podemos empezar la fiesta —dice con una sonrisa—. Sarah no paraba de vigilar la puerta.

Es adorable. Tiene la complexión de un jugador de rugby, es ruidoso y la alegría de la huerta, pero solo tiene ojos para Sarah. Cuando Jack y ella estaban juntos, creía que lo que veía era amor. Y puede que fuera amor, o algo parecido, pero no de este tipo, y desde luego no a esta escala. A Sarah y a Luke el amor les rezuma por los poros.

—Laurie.

Me vuelvo cuando alguien me toca el brazo.

—¡Jack! Sarah no sabía si podrías venir.

Una mezcla de placer y alivio me embarga ante su inesperada presencia.

Se inclina y me da un beso en la mejilla, noto su mano caliente en la espalda.

—No he tenido claro si podríamos venir hasta esta mañana —dice—. Me alegro mucho de verte.

«Podríamos.» Lo miro y, durante unos segundos, no decimos nada en absoluto. Luego desvía la mirada hacia una mujer con un vestido de color cereza que acaba de aparecer a su lado con un par de copas de champán en la mano. Jack sonríe al aceptar una de ellas y le rodea la cintura con un brazo.

—Laurie, esta es Amanda.

—Oh —digo, y luego me contengo y, para compensar, me

excedo—: ¡Hola! ¡Qué alegría conocerte al fin! ¡He oído hablar mucho de ti!

En realidad no es cierto; Jack la ha mencionado de pasada en algún que otro correo electrónico y la he visto en su muro de Facebook, pero, por alguna razón, eso no me había preparado para verlos juntos en carne y hueso. Es bastante guapa, la típica belleza de pelo rubio dorado. Luce una melena ondulada al estilo de los años veinte que le llega hasta la barbilla y que parece diseñada por uno de esos estilistas superguays de los famosos, y complementa su vestido con una chaqueta de cuero negro y unos botines. Es glamurosa de una manera provocativa, y la mirada alerta de sus ojos azules no encaja del todo con la calidez de su voz.

—Laurie… —Sonríe, y besa el aire junto a mis mejillas—. Por fin nos conocemos.

Trato de no sobreanalizar sus palabras. «¿Por fin?» ¿Qué ha querido decir con eso? Su mirada se demora en mí, como si quisiera añadir algo más.

Sarah nos salva de tener que seguir conversando de manera inmediata cuando se pone a dar palmas para pedirnos a todos que entremos en el restaurante. Somos unos quince, una mezcla de amigos de Sarah y de Luke y de sus compañeros de trabajo más cercanos. Miro las dos mesas circulares y veo la tarjeta con el nombre de Oscar a un lado de la mía y la de Jack al otro, seguida de la de Amanda. Suspiro y me pregunto si será demasiado tarde para hacer unos ligeros cambios con las tarjetas, porque sin Oscar para equilibrarnos esto va a ser toda una prueba. No reconozco ninguno de los demás nombres de la mesa. «Estupendo.»

—Parece que me ha tocado el mejor sitio de todos —dice Jack con una sonrisa cuando se acerca a mí y observa la composición de la mesa.

Mi sonrisa es tan tensa que me extraña que no se me salten los dientes y reboten contra las paredes. Dudo que haya suficiente vino en todo el hotel para hacer que esta noche resulte soportable. Voy a perder a mi mejor amiga, mi marido no ha venido y, encima, tendré que pasar el próximo par de horas conversando educadamente con la preciosa nueva novia de Jack.

Ocupo mi asiento y llamo la atención del camarero que sirve el vino. Creo que esta noche nos veremos mucho.

Jack

Puto Oscar. Es la única vez que de verdad no me importaría que estuviera presente, y ni siquiera puede tomarse la molestia de estar en el mismo país. Aunque por lo que tengo entendido, desde hace un tiempo casi podría decirse que ha emigrado. Pobre Laurie, debe de sentirse bastante sola.

—Genial —exclama Amanda con un suspiro mientras le echa un vistazo a la tarjeta del menú.

Yo también suspiro para mis adentros, porque salir a comer con ella siempre es un poco arriesgado. Es pescetariana y no consume ningún tipo de azúcar, aunque con la del vino hace una excepción porque, según dice, el alcohol la neutraliza. Estoy bastante seguro de que se lo ha inventado y de que, además, es la primera excusa que se le pasó por la cabeza, así que suelo meterme con ella al respecto. Esta noche, sin embargo, quiero que le causemos una buena impresión a todo el mundo, cosa complicada, porque el primer plato es paté de hígado de pato y el segundo pollo, y es culpa mía que nadie sepa que mi novia no come ninguna de las dos cosas. Hace un tiempo, Sarah envió un correo electrónico preguntando si alguien era vegetariano, pero yo no contesté.

—Yo me encargo —murmuro.

Amanda me mira mientras el camarero le llena la copa de vino.

—No te preocupes, seguro que tienen alguna otra cosa. —Se da cuenta de que Laurie la mira—. Pescetariana. —Esboza una sonrisa de disculpa—. Odio tener que montar un numerito.

Intento llamar la atención de Laurie, pero ya ha vuelto a concentrarse en su menú.

—Bueno, ¿y a qué te dedicas, Mandy?

Me molesto en nombre de Amanda; no hay forma de que lo sepa este australiano que está sentado al otro lado de la mesa, imagino que uno de los amigos de Luke, pero si hay otra cosa con la que Amanda se muestra un poco quisquillosa es con que no la llamen Mandy.

—Amanda —lo corrige, sonriendo para suavizar la situación—. Soy actriz.

—¡Qué guay! —Parece que el tipo ya lleva unas cuantas copas de más—. ¿Has hecho algo en lo que te haya visto?

El australiano parece tener una especie de sexto sentido para equivocarse con las preguntas. A Amanda le va bastante bien; ha intervenido en un par de series escocesas y tiene un papel secundario recurrente en una telenovela, pero es muy poco probable que este tipo haya oído hablar de esas cosas.

—Amanda actúa en una telenovela en Escocia —digo.

—Es solo un papel pequeño —matiza entre risas.

El tipo pierde el interés, y me acerco a Amanda y le hablo en voz baja para que nadie más pueda oírme.

—¿Estás bien? Lo siento si es un poco incómodo.

Sonríe con el mejor de los ánimos.

—Nada que no pueda gestionar.

Se da la vuelta y entabla una conversación educada con el hombre que tiene al otro lado, lo cual nos deja a Laurie y a mí comiendo con apuro el uno al lado del otro. No estoy seguro de que traer hoy a Amanda haya sido mi mejor jugada; ella parece estar bien, pero empiezo a darme cuenta de que yo no.

—Está bueno —dice Laurie señalando el paté con su cuchillo. Asiento.

—¿Cómo va todo?

Da vueltas en el plato a su ensalada.

—El trabajo es interesante. Cubro sobre todo artículos sobre salud femenina, así que tengo mucho que aprender.

—Seguro que sí.

—¿Cómo te va a ti con el tuyo?

—Me encanta, sí. Me acuesto tarde, pero me gusta.

Laurie suelta los cubiertos.

—Edimburgo parece una ciudad preciosa en tus fotos.

—Lo es. Deberías subir alguna vez, te haré una visita guiada.
—Noto que Amanda se tensa un poco a mi lado, y que al otro
Laurie parece insegura—. Con Oscar, por supuesto —añado
para arreglarlo. Y luego lo fastidio de nuevo al rematarlo diciendo—: Si es que puede tomarse unos días libres.

¿Qué estoy haciendo? Que los dos me visiten es mi versión
perfecta del infierno.

Me siento aliviado cuando los camareros comienzan a retirar
los platos y Laurie se excusa de la mesa. Sonrío a la camarera
para que se acerque a rellenarme la copa otra vez. Solo hay una
manera de lidiar con este nivel de desastre social.

Laurie

Qué noche. Cada vez que me quedo un par de minutos a solas
con Sarah nos hacemos llorar la una a la otra, Oscar no está y la
novia de Jack es irritantemente simpática, incluso a pesar de ser
pescetariana. Después del primer plato fui al aseo para soltarme
una buena regañina y le dije a mi reflejo en el espejo que Amanda es la pareja que Jack ha elegido, y que él es mi amigo, así que
he de tratar de ser también amiga de ella. De hecho, debe de
haberle echado muchos ovarios para venir hoy. Desde entonces,
le he hecho más preguntas sobre su trabajo y sobre Edimburgo,
y la verdad es que parece una persona interesante.

—¿Eres de Londres, Amanda? —le pregunté en un momento dado, porque su dejo cockney la delataba con la misma claridad que si hubiera ido vestida de Big Ben.

—Londinense de los pies a la cabeza —contestó sonriendo—. Aunque nadie lo diría cuando estoy grabando. Mi personaje, Daisy, es más escocesa que las gaitas y los kilts, chica.

Adoptó con facilidad un marcado acento escocés lo bastante convincente para arrancarme una carcajada muy a mi
pesar.

—Vaya, lo haces muy bien —le dije.

—La práctica hace al maestro —contestó encogiéndose de hombros.

Luego me habló de algunas de las audiciones a las que se ha presentado en los últimos tiempos; nunca había caído en lo duro que es el trabajo de actriz. Puede que al final sí que sea una buena influencia para Jack. No cabe duda de que tiene claro lo que quiere, y no le da miedo esforzarse al máximo para conseguirlo.

Hasta hoy, no la había considerado una persona que ocupara un lugar muy importante en la vida de Jack. Pero ahora que la he conocido, cada vez me resulta más difícil ignorarla. No es que quiera hacerlo; es solo que me impresiona verlo con alguien así. Con alguien que podría ser relevante de verdad para su futuro. Es solo que... No sé. Es algo que no puedo expresar con palabras, como si nunca me hubiera imaginado que la vida de Jack en Escocia pudiera convertirse en su vida para siempre. Quiero que sea feliz, sin duda, pero me sorprende un poco. Esa es la palabra. Amanda me ha sorprendido.

Dedico una sonrisa a la camarera de mejillas sonrosadas que se acerca y me pone el plato principal delante.

—Gracias, tiene una pinta deliciosa.

Jack hace lo mismo y, mientras esperamos a que alguien aparezca con el salmón que están preparando de forma apresurada a Amanda, hace un gesto a la camarera que sirve el vino para que vuelva desde la otra punta de la sala y le rellene la copa una vez más.

Jack

Me siento un poco mal por haber dicho que sí al postre a pesar de lo autoexigente que es Amanda con lo de no tomar azúcar, pero es una de esas cosas con tres tipos de chocolate, y he bebido demasiado vino para encontrar la fuerza de voluntad que rechazarlo me supondría. Ella se excusa de la mesa para ir a tomar un poco el aire, lo que nos da vía libre a Laurie y a mí para ponernos morados.

—Amanda parece maja —dice ella.

—Es una buena chica —convengo.

Laurie no parece tan impresionada con su tarta como yo. Solo ha picoteado los bordes, comiscando.

—Ya lleváis juntos un tiempo, ¿no?

—Unos seis meses.

Es probable que sean unos cuantos más; todavía no me he perdonado por escuchar el angustioso mensaje de Laurie sobre la muerte de su padre con la mano de Amanda en la polla. Nos conocimos en la fiesta de compromiso del amigo de un amigo; hay cierta tendencia a la superposición entre el mundo de la televisión y el de la radio porque los círculos son sorprendentemente pequeños, y más en Edimburgo. Amanda tenía cara de que le apeteciera estar allí tanto como a mí, así que nos pusimos a hablar y una cosa llevó a la otra. No esperaba que pasara de ser algo informal, pero de alguna forma parece haberse convertido en parte de mi vida.

—¿Vais en serio?

Dejo de comer y miro a Laurie.

—Hablas como mi madre.

Pone cara de hastío.

—Solo era una pregunta.

—Me gusta mucho. Sabe lo que quiere, y nos divertimos juntos.

Nos quedamos en silencio, y bebo vino para terminar de tragarme la tarta.

—¿Cómo te va la vida de casada?

Laurie aparta el plato del postre a medio comer y se acerca la copa de vino.

—Bien… A veces es frustrante que Oscar pase tanto tiempo fuera, pero bueno. —Se ríe levemente y se encoge de hombros—. Lo siento. Casados repelentes.

—Ellos serán los siguientes —digo para cambiar de tema, y señalo a Sarah y a Luke, que están sentados a la mesa de al lado.

Laurie sigue la dirección de mi mirada, pensativa.

—¿Alguna vez te has arrepentido de no haber seguido con ella?

No tengo que pensármelo dos veces.

—Joder, qué va. Mírala. No puede dejar de sonreír. Nunca la vi así cuando estábamos juntos.

Laurie sigue con la mirada clavada en Sarah.

—Ojalá se quedaran aquí. La echaré mucho de menos. —Se termina el vino que le quedaba en la copa—. ¿Dónde está la camarera? Necesito otra.

Creo que he bebido demasiado. No estoy borracho de caerme al suelo, pero desde luego tampoco estoy sobrio. Hace un rato que nos hemos trasladado a la sala de eventos y hay un grupo que toca las habituales versiones de temas fiesteros a un volumen algo excesivo. Me ajusto el pequeño audífono que me pusieron cuando por fin entré en razón y fui a ver a un especialista. No hacía mucho que había llegado a Escocia; mudarme fue lo mejor para mi salud, tanto física como mental.

Amanda ha ido afuera para contestar a una llamada y Laurie está bailando con Luke a unos metros de mí. Y digo «bailar», pero en realidad es algo más parecido a hacer acrobacias; él no para de lanzarla por los aires y Laurie ríe tanto que apenas puede respirar.

—Eh, Fred Astaire —digo al acercarme cuando la banda por fin se pone a tocar algo más suave—. Ahora entiendo por qué Sarah está tan enamorada.

—Esa mujer me ha robado el corazón —afirma convencido.

Estoy seguro de que es por las varias cervezas que se ha tomado, pero los ojos se le llenan de lágrimas. Le estrecho la mano; siempre existirá un vínculo extraño entre nosotros. Fue la primera persona que llegó al escenario de mi accidente y, aunque no recuerdo los acontecimientos con claridad, conservo una imagen de él arrodillado a mi lado. Y ahora está con Sarah, y podría haber sido raro, pero no lo es, porque es evidente que están hechos el uno para el otro. A pesar de que no lo conozco muy bien, Luke da la impresión de valer su peso en oro.

—Cuida bien de Sarah por nosotros —le digo—. ¿Te importa si te la robo?

Hace girar a Laurie por última vez y después la recuesta hacia atrás sobre su brazo.

—Toda tuya, amigo.

Laurie lo mira indignada.

—¿Qué pasa, que yo no tengo ni voz ni voto?

Luke le guiña un ojo y la besa en la mejilla.

—Lo siento, Laurie; de todas formas, debería ir a echar un vistazo a la parienta.

Me sonríe mientras se aleja.

Laurie se queda plantada delante de mí. Tiene los ojos brillantes y la cara colorada. Así se parece más a lo que era antes, una chica alegre y despreocupada.

—¿Bailas conmigo, Lu? Por los viejos tiempos...

Laurie

No sé qué responder, porque quiero responder que sí. O, mejor dicho, una pequeña parte de mí quiere responder que sí. La parte más extensa y sensata de mí sabe que Jack es un lugar al que no debería ir. Sobre todo cuando he perdido la cuenta de las copas de vino que me he tomado.

—Por favor...

Miro a mi alrededor.

—¿Dónde está Amanda?

Se pasa una mano por el pelo y se encoge de hombros.

—Ha salido a hacer una llamada. —Frunce el ceño—. O a contestar una llamada. No le importará.

—¿Seguro?

Laurie se echa a reír, como si fuera una pregunta estúpida.

—No es una psicópata celosa, Lu, sabe que eres una de mis amigas más antiguas.

No puedo evitar sonreír porque su risa ha estado ausente de mi vida durante demasiado tiempo. Es tarde y la iluminación es tenue, y sus ojos verdes y dorados son los mismos ojos verdes y dorados a los que miré una noche de diciembre desde el piso superior de un autobús en Camden High Street. Parece que ha pasado un siglo desde entonces. Por esa chica, no puedo decir que no.

—Vale.

Me atrae hacia él, noto una mano cálida alrededor de la cintura y otra agarrada a la mía.

—No me hago a la idea de que se vaya de verdad —digo—. Australia está demasiado lejos.

—Todo irá bien —susurra Jack junto a mi oreja—. Hoy en día ningún sitio está demasiado lejos.

—Pero no puedo llamar a Australia todos los días, y Sarah estará muy ocupada.

—Llámame a mí de vez en cuando, entonces.

Jack apoya el mentón en mi cabeza.

Esto no va según lo previsto. Yo venía decidida a mostrarme educada y cortés con Jack si aparecía por aquí esta noche, a nada más y a nada menos. Sin embargo, no sé muy bien cómo, he acabado bailando con él, está acariciándome la espalda con la mano y el tiempo parece haber sufrido algún cambio extraño, porque no soy la Laurie que era hace un par de horas. Soy la Laurie que era hace siete años. «Ay, Oscar, ¿por qué no has venido?»

—Me acuerdo de lo que me contaste una vez sobre el chico con el que bailaste en la discoteca del instituto —dice con una risa grave y gutural—. No se te ocurra darme un cabezazo.

Apoyo la mejilla en su pecho.

—Hemos compartido muchas cosas a lo largo de los años, ¿eh?

—¿Demasiadas?

No puedo responderle con sinceridad, porque lo que tendría que contestar es que sí, demasiadas. «Ocupas demasiado espacio en mi corazón, Jack, y eso no es justo para mi marido.»

—¿Le has contado a Sarah que te besé? ¿Es ese el motivo por el que no fue a tu boda?

Siempre he sabido que Jack terminaría preguntándomelo un día u otro. Hay muy pocas buenas razones por las que Sarah se perdería mi boda, y seguro que Jack dedujo que no existía ninguna emergencia familiar.

—Sí, pero no le dije que lo hicieras tú, solo que sucedió. —Damos vueltas con lentitud bajo las luces bajas y destellantes, pegados desde los hombros hasta las caderas—. Fui incapaz de mentirle a la cara cuando me lo preguntó.

—Después te perdí durante un tiempo. —Su aliento me calienta el oído—. Fue horrible.

—Para mí también.

Baja la mirada hacia mí y pega su frente a la mía. Para mí, ya no hay nadie más en esta sala. Él es Jack O'Mara y yo soy Laurie James, y cierro los ojos y nos recuerdo.

—¿Crees que siempre hemos estado destinados a conocernos? —pregunto.

En mi mente, estoy llegando a lo alto de la noria con Jack a mi lado, ambos con la cabeza echada hacia atrás para contemplar las estrellas. Puede que sea el vino, pero cuando se ríe con suavidad junto a mi oreja se me encoge un poco el estómago.

—No sé si creo en todos esos rollos del destino, Lu, pero siempre me alegraré de tenerte en mi vida.

Me mira a los ojos, y su boca está tan cerca que hasta noto su aliento en los labios. Es una tortura.

—Yo también —susurro—. Aunque a veces estar contigo hace que me duela el corazón.

Es difícil interpretar la expresión de su rostro. ¿Arrepentimiento, tal vez?

—No lo hagas —me pide—. No digas nada más. —Me coloca el pelo detrás de la oreja, supongo que para que lo oiga mejor, pero lo que en realidad consigue es situar sus labios a tan escasa distancia de mi piel que casi se me para el corazón—. Ambos tenemos demasiado que perder.

—Lo sé —reconozco, y es cierto.

Dios sabe que lo es. Me siento sola la mayor parte del tiempo, pero las continuas ausencias de Oscar no justifican que cruce líneas que jamás deberían ser cruzadas cuando llevas un anillo de casada en la mano.

—Ya no somos unos críos —dice Jack mientras traza círculos lentos con el pulgar en la parte baja de mi espalda—. Eres la esposa de Oscar. Te vi casarte con él, Laurie.

Trato de recobrar la emoción del día de mi boda, pero lo único que mi corazón traicionero consigue evocar es el discurso de Jack.

—¿Alguna vez piensas qué habría pasado si...?

Me interrumpo, porque sus labios me rozan brevemente la piel de debajo de la oreja cuando agacha la cabeza para hacerme callar. Me avergüenza el agudo aguijonazo de lujuria que me atraviesa el cuerpo desde la oreja hasta la boca del estómago. Me deja sin aliento; deseo a Jack con una intensidad que me asusta.

—Por supuesto que me lo he preguntado —dice con una voz tan profunda e íntima que sus palabras se filtran por vía directa en mis venas—. Pero sabemos qué habría pasado, Lu. Ya lo intentamos una vez, ¿te acuerdas? Nos besamos y eso lo empeoró todo para los dos.

—Por supuesto que me acuerdo —jadeo.

Lo recordaré hasta el día de mi muerte.

Modifica la posición de nuestras manos, sus dedos cálidos alrededor de los míos.

Y luego vuelve a mirarme y sus ojos me dicen todo lo que él no puede. Me sostiene la mirada mientras bailamos despacio, y le digo en silencio que siempre lo llevaré en el corazón, y él me dice en silencio que en otro lugar, en otro momento, habríamos estado muy cerca de la maldita perfección.

—Por si te sirve de algo... —Hunde una mano en mi pelo y me acaricia la línea de la mandíbula con el pulgar. Luego añade—: Y ya que por fin estamos sincerándonos el uno con el otro, te diré que eres mi persona favorita de todo el mundo y que aquel fue el mejor beso de mi vida.

Estoy perdida. Perdida en sus palabras, en sus brazos y en lo que podría haber sido.

—Podríamos... —empiezo, pero no continúo porque ambos sabemos que no podemos.

—No —dice—. Todos estamos donde deberíamos estar.

Empiezo a llorar; demasiado vino, demasiadas emociones, demasiadas cosas esfumándose de mi vida esta noche. Jack me atrae aún más hacia sí y pega los labios a mi oreja.

—No llores —dice—. Te quiero, Laurie James.

Levanto la vista, sin saber cómo interpretar sus palabras, y él mira hacia otro lado.

—¿Jack?

Me vuelvo al oír la voz de Amanda, que se abre camino hacia nosotros entre la multitud de bailarines.

—¿Va todo bien?

Mira primero a Jack y después a mí, con expresión inquisitiva, y me seco a toda prisa las mejillas húmedas con las manos.

—Lo siento. Derrumbe emocional. —Cojo aire, temblorosa—. No me hagas caso, es el vino. Estoy disgustada porque Sarah se marcha. —Lanzo una mirada rápida a Jack, evitando sus ojos—. Lamento haberte mojado la camisa. Mándame la factura de la tintorería.

Agotada, en cuanto llego a casa me desnudo para acostarme. Para la cantidad de vino que he bebido, me siento repentinamente sobria. He repasado una y otra vez cuanto Jack y yo nos hemos dicho esta noche y me avergüenzo de la facilidad con la que se han tambaleado los cimientos de mi matrimonio en cuanto se han visto sometidos a cierta presión. La verdad es que llevo demasiados años bordeando el abismo de estar enamorada de Jack. Y eso ha hecho que me dé cuenta de algo inevitable, de algo que se veía venir desde hace tiempo: él y yo estaríamos mejor el uno sin el otro.

Necesito desenmarañar las raíces de Jack O'Mara de mi vida. Él es una parte demasiado esencial de lo que soy, y yo de él. El problema de arrancar las cosas de raíz es que a veces las matas por completo, pero es un riesgo que tengo que correr. Por el bien de mi matrimonio; por el bien de todos.

12 de septiembre

Laurie

—¿Estás seguro de que no quiere vernos por ninguna razón en concreto? —pregunto a Oscar cuando el taxi enfila la calle de Lucille.

Frunce el ceño y niega con la cabeza, sin hablar. No me sorprende, porque ya le he hecho la misma pregunta en varias ocasiones desde que hace una semana Lucille nos convocó a tomar «unos cócteles veraniegos informales» en su casa. Lucille nunca toma cócteles veraniegos informales. Me alegro de que Oscar haya podido despejar su agenda para ver a su madre, aunque le resulte complicado hacer lo mismo por mí.

—A lo mejor quiere anunciarnos alguna sorpresa —sugiero—. ¿Y si se va a vivir a España?

Oscar pone los ojos en blanco. La verdad es que es egoísta por mi parte; yo, precisamente, debería ser capaz de apreciar el hecho de que tener a tus padres cerca es importante. Y, a decir verdad, hace ya un tiempo que Lucille no es tan controladora. Su actitud hacia mí se ha relajado mucho desde que mi padre murió. Nunca llegará a pensar que soy lo bastante buena para su precioso hijo menor, pero tampoco creo que llegue a pensarlo de ninguna otra persona.

—Bueno, ¿y a quién vamos a encontrarnos ahí dentro?

Acepto la mano que Oscar me tiende para ayudarme a bajar del coche y él paga al conductor.

—Ni idea. —Entrelaza su brazo con el mío mientras, bajo el suave sol de la tarde, avanzamos hacia la reluciente puerta negra de Lucille—. La familia. Unos cuantos amigos. Creo que mi madre se siente bastante aislada desde la operación.

Lucille se sometió a una operación de rodilla en julio, y aunque fue rutinaria, ha estado más mandona que nunca con Oscar. Es poco caritativo por mi parte pensar que está exagerando para mantener a su hijo preocupado, pero creo que está exagerando para mantener a su hijo preocupado. Al menos es lo que pienso.

—Tendrás que llamar tú al timbre —digo mirando el carísimo ramo de flores que llevo en una mano y la exquisita botella de vino tinto que sujeto en la otra.

Hace lo que le pido, y unos segundos después Gerry abre la puerta para dejarnos entrar. Me alegro de verlo, es lo más cercano a un aliado que tengo dentro de la familia de Oscar.

—¡Chicos! ¡Pasad! —exclama, y me da un beso en cuanto me acerco—. Todo el mundo está en el jardín.

Lucille tiene un precioso jardín cubierto en la parte de atrás de su casa, y nos lo encontramos ya lleno de vecinos, parientes lejanos y las amigas con las que sale a comer.

—¡Queridos, habéis llegado!

Lucille atraviesa la sala con paso majestuoso cuando nos ve. Oscar la abraza y, en cuanto se vuelve hacia mí, le entrego los regalos. Es un movimiento ensayado, un gesto que he perfeccionado para superar el momento del saludo: si regalas flores a alguien, no hay necesidad de dar y recibir incómodos besos al aire. Pero Lucille se limita a mirarlas y a sonreír con educación; luego las empuja de nuevo hacia mí.

—Sé buena y hazme el favor de ir a la cocina a ponerlas en agua, ¿quieres, cielo?

«¿Querida? ¿Cielo?» Puede que siga tratándome como a una criada, pero esas palabras alentadoras son nuevas en el vocabulario que emplea para referirse a mí. A lo mejor hasta estamos llegando a buen puerto. Lucille regresa de inmediato al jardín agarrada del brazo de Oscar y me dejan atrás para que haga lo que se me ha pedido.

Estoy colocando las flores en un jarrón que he encontrado debajo del fregadero cuando Cressida entra en la cocina con paso sigiloso. «Fabuloso. Gracias, Lucille.» No sé muy bien cómo, pero me las he ingeniado para no intercambiar nunca más de una o dos palabras con ella; incluso en nuestra boda conseguí limitarme a darle las gracias por asistir. Hasta ahora, creía que Cressida tenía tanto interés como yo en evitar el contacto.

—Hola, Laurie, me alegro de que hayas venido.

—Un placer verte de nuevo, Cressida —miento—. ¿Cómo te va por Bruselas?

Su sonrisa de cartel de dentista flaquea; supongo que lo que quería era ser ella quien sacara el tema de su presencia allí.

—¡Fenomenal! —exclama con gran efusividad—. A ver, trabajamos un montón, pero también nos resarcimos con buenas fiestas, ¿sabes?

—Fenomenal —murmuro. ¿Por qué siempre termino imitando a la gente pija?—. Me lo imagino.

—¿Has estado alguna vez en Bruselas?

Hago un gesto de negación. Cualquiera pensaría que a estas alturas ya habría ido, pero Oscar siempre dice que prefiere volver a casa. Me doy la vuelta para echar un vistazo en torno a la cocina en busca de algún lugar donde poner las flores. Cuando me muevo para colocarlas en el centro de la mesa, Cressida me lo impide.

—Ahí no. A Lucille no le gustan las flores en la mesa de la cocina.

Sonrío y trato de recuperar el jarrón, pero Cressida no lo suelta y el agua le salpica la ligera blusa de color coral. Ambas bajamos la mirada cuando la tela empapada se le pega a la silueta esbelta, y la expresión de su rostro cuando suelta el jarrón y levanta la cabeza es inconfundible. Esta mujer me detesta.

—Lo has hecho a propósito.

—¿Qué? No...

Casi me echo a reír, sorprendida por su desfachatez.

—¿Va todo bien?

Oscar aparece en el umbral de la puerta en el momento justo

y nos mira primero a una y luego a la otra con cierto nerviosismo.

—A las mil maravillas —dice Cressida—. Tu esposa me ha tirado agua encima. —Hace un gesto hacia su ropa empapada—. Sin querer, estoy segura.

Me dedica una sonrisa magnánima y lo mira pestañeando con descaro, una actitud teatral que da a entender que está encubriendo mi ruindad.

—¿Qué? —Oscar observa su blusa mojada y luego el jarrón que tengo en las manos, perplejo—. ¿Por qué has hecho una cosa así, Laurie?

Que ni siquiera se plantee si Cressida podría estar mintiendo es una señal de alarma; la archivo mentalmente para reflexionar sobre ella más tarde.

—Es que no la he hecho —digo, y Cressida resopla de manera imperceptible y se cruza de brazos con ligereza.

Intento leer entre líneas para ver qué está pasando aquí en realidad. Es evidente que algo reconcome a Cressida por dentro.

—Voy al cuarto de baño a ver si consigo arreglar esto.

Gira sobre sus talones y se aleja resoplando por el pasillo, así que Oscar y yo nos quedamos mirándonos con fijeza, cada uno a un lado de la mesa.

Intento volver a poner las flores sobre ella, pero él extiende las manos y me las quita.

—A mamá no le gustan las flores en la mesa de la cocina. Iré a ponerlas en el vestíbulo.

Por fin estamos en casa. Durante todo el camino de regreso en el taxi hemos mantenido un silencio tenso, y ahora estamos tumbados en la cama, a centímetros de distancia, ambos con la vista clavada en el techo oscuro.

—Siento haber creído a Cress con tanta facilidad —susurra Oscar para romper al fin el muro de silencio—. Debería haberme puesto de tu lado.

Al amparo de la oscuridad, pongo cara de asco ante la abreviatura de su nombre.

—Me ha sorprendido —digo—. Me conoces lo bastante bien para saber que no voy por ahí tirando agua a la gente.

Se queda callado un momento.

—Estaba empapada por completo. Me pareció plausible durante un segundo, eso fue todo.

Ahora me toca a mí guardar silencio. ¿Por qué le pareció plausible que le hubiera tirado agua a Cressida? Aquí hay algo que se me escapa.

—¿Lo es?

—¿Que si es qué?

—Plausible. Has dicho que te pareció plausible que le hubiera tirado agua a Cressida. Por lo tanto, o piensas que tengo la madurez de una quinceañera y que no soporto la idea de que seas amigo de tu ex, cosa que, por cierto, es categóricamente falsa, o hay algún otro motivo por el que consideras que podría haberle tirado agua. Así que, ¿cuál de las dos cosas es?

Puede que estemos a oscuras, pero oigo su suspiro de todas formas.

—Tres días a la semana es mucho tiempo, Laurie.

Trago con dificultad. No sé qué me esperaba, pero esto no.

—¿Qué quieres decir?

Desde que Sarah se marchó a Australia, he invertido toda mi energía en ser la mejor esposa del mundo. Podría ganar premios. Y ahora está diciéndome… ¿qué? ¿Que ha estado tirándose a su ex todo este tiempo?

—Que te echo de menos cuando estoy allí —responde—. Y Cress cada vez me deja más claro que estaría encantada de que tuviéramos un *affaire*.

—¿Un *affaire*? Es tan parisino que da asco —digo casi riéndome de la ridiculez, consciente de que estoy a punto de ponerme a gritar—. ¿Y tú quieres ese *affaire*?

—No he hecho nada —responde acalorado—. Te juro que no, Laurie.

—¿Quieres hacerlo?

—No —dice—. No del todo.

—¿No del todo? ¿Qué significa eso?

He estado a punto de gritar otra vez.

Oscar no me responde, lo cual ya es revelador. Al cabo de uno o dos minutos de silencio, vuelvo a hablar. No quiero que nos durmamos enfadados, pero necesito decírselo.

—Tal vez sea hora de pedir que te trasladen de nuevo a Londres a tiempo completo. Se suponía que Bruselas iba a ser algo temporal.

Mi propuesta se interpone entre nosotros, en la oscuridad. Sé a ciencia cierta que Oscar no quiere volver, que le encanta el trabajo que hace allí. ¿Es injusto por mi parte pedírselo? ¿O es injusto que él me pida que lo tolere cuando está trabajando con alguien que intenta pescarlo con tanto descaro? Y no se trata de cualquier persona, sino de su ex.

—Aunque a lo mejor prefieres que a partir de ahora me quede aquí tumbada cada vez que te vayas y me pregunte si será esa la noche en que Cressida te pille en un momento de debilidad.

—Eso no va a pasar nunca —dice Oscar como si estuviera siendo absurda.

—Has dicho «no del todo» —escupo—. Te he preguntado si querías, y me has contestado «no del todo». Eso no equivale a «no», Oscar.

—Y también es muy distinto a decir que alguna vez haría algo —replica rabioso.

Grita en muy pocas ocasiones, y sus palabras suenan más duras de lo que deberían en este dormitorio silencioso.

Ahora ambos estamos dolidos.

—Dijimos que no permitiríamos que nuestro matrimonio sufriera por este trabajo —digo con más suavidad.

Se tumba de costado hacia mí, conciliador.

—No quiero a Cress ni a nadie que no seas tú, Laurie.

No me muevo. Tengo la mandíbula tan apretada que casi la siento bloqueada.

—No podemos seguir así para siempre, Oscar.

—Quizá dentro de unos meses surjan oportunidades de volver a la oficina de Londres —dice—. Pondré la antena, ¿vale? Confía en mí, Laurie, nada me gustaría más que no tener que darte un beso de despedida todos los domingos por la noche de todas las semanas.

Me doy la vuelta hacia él para aceptar su rama de olivo, aunque no estoy segura de creerlo del todo. No solo por Cressida; es que hay veces que parece más apegado a su trabajo que a mí. Es como si llevara dos vidas, una aquí conmigo, siendo mi esposo, y otra ajena a mí por completo: reuniones emocionantes y bares de ciudad, vestidores elegantes, tratos clandestinos y cenas de celebración. Comparte partes de esta última conmigo, claro, fragmentos y algún que otro mensaje con foto, pero en general no consigo librarme de la sensación de que está satisfecho con este plan de «estar en misa y repicando». Dista mucho de ser mi relajado amante tailandés; el cuadro de la pared de nuestro dormitorio parece más una fantasía que un recuerdo. A veces pienso que se casó conmigo para intentar aferrarse a la persona que fue allí, en Koh Lipe; cuanto más se enfrasca en su vida de Bruselas, más cuenta parece darse de que Tailandia nunca fue más que una huida temporal. De que su vida real siempre estuvo aquí, esperando entre bambalinas a que él volviera y desempeñara su papel. Ni siquiera estoy segura de si alguna vez llegué a formar parte del elenco de esa misma producción.

—Mira, Oscar, estamos casados, pero eso no significa que podamos pulsar un botón y, sin más, volver a encarrilar todos nuestros pensamientos y sentimientos románticos por la misma vía. A veces nos ponen a prueba. No seamos ingenuos.

Continuamos tumbados el uno frente al otro en el dormitorio oscuro.

—¿A ti te han puesto a prueba?

Cierro los ojos un segundo y después decido no responder.

—Lo importante son las decisiones que tomamos cuando nos ponen a prueba. Estar casados no es solo un contrato legalmente vinculante, es una elección. Quiere decir que te elijo a ti. Todos los días me despierto y te elijo a ti. Te elijo a ti, Oscar.

—Yo también te elijo a ti —susurra a la vez que me envuelve entre sus brazos.

Le devuelvo el gesto y me siento como si estuviéramos abrazando nuestro matrimonio, meciendo esta cosa preciosa y frágil entre nuestros cuerpos.

Pero me parece un pacto débil, y permanezco despierta mucho rato después de que él se duerma, angustiada.

21 de noviembre

Laurie

—Laurie.

Oscar me atrae hacia sí en la cama y me arranca de una extraña mezcla de sueños que perduran incluso cuando emerjo de ellos. Los números rojos y brillantes del reloj despertador me indican que son las cinco y media de la mañana.

—Laurie. —Me besa en el hombro y me abraza bajo las sábanas—. ¿Estás despierta?

—Un poquito —susurro, todavía perdida en ese territorio borroso que separa el sueño de la vigilia—. Es muy pronto.

—Lo sé —dice, y noto su mano plana y cálida sobre mi vientre—. Tengamos un bebé.

Abro de golpe los ojos ante lo inesperado de sus palabras.

—Oscar…

Me doy la vuelta hacia él, y gime, me besa hasta devorar cualquier frase que pudiera estar a punto de decirle y me pasa una pierna por encima del muslo. Hacemos el amor de una forma repentina y urgente, ambos aún afectados por la tumultuosa noche anterior. Volvimos a discutir; o mejor dicho, tuvimos unas palabras durante la cena, como probablemente lo expresaría Oscar. Culpa mía: le pregunté si había averiguado algo más sobre lo de volver a Londres a tiempo completo. Está convirtiéndose en un tema tabú a la velocidad de la luz.

Después, nos derrumbamos sobre las sábanas enredadas, reconectados, escogiéndonos una vez más para un nuevo día. No sé si decía en serio o no lo del bebé, pero al menos de momento sé que es en mí en quien piensa.

2016

Propósitos de Año Nuevo

1) ¡Un bebé! Sí, Oscar y yo hemos decidido que este es el año en que vamos a intentarlo. Llevamos un par de meses hablándolo de manera intermitente, y al final hemos acordado que a partir del 1 de enero dejo de tomarme la píldora. Me siento como si estuviera dando un gran salto hacia lo desconocido.

No creo que necesite hacerme más propósitos. Este ya supone un cambio vital lo bastante drástico para un solo año, ¿no? Oscar me ha prometido que volverá a hablar con su jefe sobre la posibilidad de regresar a Inglaterra. Tenemos muchas más posibilidades de quedarnos embarazados si él pasa más días en casa, y cuando tenga el bebé, es lógico que no quiera estar ausente durante tanto tiempo.

2) Mierda, ya se me olvidaba. Me duele escribir esto, pero tengo otro propósito: dejar de empinar el codo. Por lo que se ve, aumenta las probabilidades de concebir.

26 de enero

Laurie

—¿Estás segura de que te has acordado de tomar el ácido fólico todas las mañanas?

Estoy sentada en el borde de la cama, con el móvil en modo altavoz encima de la mesilla de noche.

—Por supuesto que sí —contesto—. Pero dudo que todo se reduzca a si ingiero o no los nutrientes suficientes. Tiene más que ver, ya sabes, con que los óvulos y el esperma se encuentren en el momento adecuado.

Estoy convencida de que Oscar no tenía intención de hacer que su pregunta sonara a una acusación; es solo que está decepcionado.

No responde.

—Muy pocas parejas se quedan embarazadas durante el primer ciclo —digo en tono más serio.

Me paso el día escribiendo artículos sobre salud femenina, y he cubierto temas relacionados con el embarazo en un montón de ocasiones.

Si dependiera solo de mí, seguiría adelante con mi vida e intentaría no obsesionarme con si nos quedamos embarazados o no. Pero Oscar parece haberse dejado dominar por su carácter orientado a resultados, y no sé cómo decirle que se calme sin herir sus sentimientos.

En realidad, es muy tierno.

—Ya lo sé, solo es que pensaba que a lo mejor lo lográbamos a la primera, ¿sabes? —comenta con un suspiro.

—Ya. Deberemos esforzarnos más la próxima vez que vengas, ¿vale?

—Tienes razón. A ver, no es que sea una obligación ni nada que se le parezca… Mejor nos reservamos una noche entera en casa, tú y yo solos.

23 de febrero

Laurie

—Laurie, llevas ahí dentro un buen rato.

Oscar ha retrasado su vuelo de hoy a Bruselas para saber si estoy embarazada. No lo estoy. Estoy sentada en el váter con una prueba de embarazo negativa en la mano y tratando de averiguar cómo desilusionarlo con delicadeza.

—¡Salgo en un segundo! —grito, y tiro de la cadena.

Cuando abro la puerta del cuarto de baño, está caminando de un lado al otro del pasillo, esperándome. Niego con la cabeza, y no puede ocultar la expresión de decepción de su rostro mientras me abraza.

—Todavía es pronto —digo.

Solo han pasado dos meses, y la ilusión de intentar quedarnos embarazados ya se ha desvanecido por completo. ¿Quién iba a saber que resultaría tan estresante? A mí me gustaría que levantáramos el pie del acelerador y nos relajáramos, pero la naturaleza de Oscar no es tan de *laissez-faire*. Está acostumbrado a hacer que las cosas sucedan; es obvio que le frustra muchísimo no poder imponerse en esto con tanta facilidad.

—A la tercera va la vencida. —Me da un beso en la frente y coge su maletín—. Hasta dentro de unos días, amor.

14 de marzo

Jack

—¿Tienes frío?

Amanda me mira como si fuera estúpido.

—Estamos en el Ártico, Jack.

Tiene razón, claro, pero también estamos debajo de varias capas de cobijas de piel y bebiendo ron. Nos hemos escapado unos cuantos días a Noruega y tenemos la genuina sensación de haber aterrizado en un país de ensueño. Nunca había visto tanta nieve; en este momento la contemplamos caer desde la comodidad de nuestra enorme cama, bajo la cúpula de cristal de nuestro iglú. Si Amanda se hubiera salido con la suya, habríamos huido en busca del sol, pero hicimos una apuesta y perdió, así que aquí estamos, intentando satisfacer mi curiosidad por las auroras boreales. De momento no hemos tenido suerte; esta es nuestra última noche aquí, así que me lo juego todo a una carta.

—¿Qué ha sido lo que más te ha gustado hasta ahora? —pregunto a Amanda, y le doy un beso en la frente.

Está desnuda y acurrucada bajo mi brazo entre las almohadas; frunce la nariz mientras piensa.

—Me parece que el paseo en trineo tirado por renos —contesta—. Demasiado romántico para expresarlo con palabras.

—¿Más romántico que esto? —digo a la vez que le pongo una posesiva mano sobre un pecho—. No tenemos nada que envidiar a *Juego de Tronos*.

—Pensaba…

Se queda callada y deja escapar un suspiro pesado.

—¿Qué? —le pregunto, y le quito la copa antes de darme la vuelta y tumbarme sobre ella.

—Nada —responde—. Olvídalo.

—¿Qué pasa?

Mira hacia un lado y me besa en el hombro.

—Es una tontería. —Tiene las mejillas sonrosadas—. Pensaba que a lo mejor me habrías traído hasta aquí para pedirme que me casara contigo.

Espero que la sorpresa no se me refleje en la cara. Ya me parecía que esta noche estaba comportándose de una manera un poco extraña.

—¿En serio? Mierda, Amanda, lo siento. Es solo que en realidad nunca hemos hablado de…, ya sabes, de casarnos.

No sé qué decir. Nunca hemos hablado de nada tan serio; el matrimonio no es algo que me venga a la cabeza cuando pienso en nosotros; en realidad, no me viene a la cabeza piense en quien piense. Amanda me mira y yo la miro, y sé que lo que diga a continuación es importante.

—Eres preciosísima.

Esboza una sonrisa insignificante al mismo tiempo que niega con la cabeza.

—Cállate.

La beso, porque es más seguro que intentar transmitirle mis sentimientos con palabras, y luego le separo las rodillas con las mías y la veo cerrar los ojos cuando se libera de sus pensamientos y se rinde a las sensaciones.

Después se aferra a mí, con la boca pegada a mi cuello.

—Mira hacia arriba —susurra—. Mira hacia arriba, Jack.

Me deslizo desde su cuerpo hacia la cama, me tumbo a su lado y contengo una exclamación. Sobre nosotros, los cielos están inundados de verde, y azul y púrpura, ondulantes franjas de colores gloriosos.

—Es impresionante —musita Amanda.

Permanecemos tumbados de espaldas bajo ese esplendor, desnudos y agotados, y me pregunto a qué cojones estoy esperando.

23 de marzo

Laurie

A la tercera no va la vencida en nuestro caso. Mi período, puntual como un reloj, me hace esperar hasta las nueve de la noche para tomarse la molestia de aparecer, y para entonces Oscar ya me ha llamado cinco veces y he ido al cuarto de baño por lo menos cincuenta. Lo llamo y nos consolamos el uno al otro, y luego rompo mi norma de no beber y me sirvo una enorme copa de vino tinto. Durante un breve instante me planteo llamar a Sian, mi amiga de la oficina. A veces tomamos una copa después del trabajo o vamos al cine los días que Oscar está en Bruselas, pero me da la impresión de que los pormenores de mi ciclo menstrual son algo demasiado íntimo con lo que atosigarla. También hablo con mi madre la mayoría de los días, pero, por razones obvias, no le he contado que estamos intentando tener un bebé; si se lo cuento, se convertirá en otra persona a la que desilusionar. No creo que fuera ni por asomo tan decepcionante si Oscar estuviera aquí, pero estar separados confiere a todo una sensación de urgencia, de triunfo o fracaso.

Hundida en la miseria, me llevo el portátil a la cama y me siento con la espalda apoyada en las almohadas para echar un vistazo en Facebook a las cosas fabulosas que hace todo el mundo menos yo. Como era de esperar, Australia se ha vuelto loca por completo por Sarah. Pierden la cabeza por su acento británico y su sonrisa perpetua. Estiro la mano y acaricio la pantalla mientras veo en su muro el vídeo de una entrevista sobre las relaciones de pareja entre británicos y australianos que hicieron a Luke y a ella en un programa matutino de allí. Es mi superSarah: superquerida, superexitosa, simplemente súper. Dios, ojalá estuviera aquí. Nuestras sesiones de Skype de los lunes por la noche son uno de los momentos álgidos de mi semana, pero no es lo mismo que disponer de su hombro de verdad para llorar.

Me siento estúpida por llorar, y desde su página hago clic para pasar a la de Jack. Nuestra amistad ha terminado de manera efectiva desde la noche de la cena de despedida de Sarah. A lo más profundo que llega nuestra amistad es a que yo, de vez en cuando, le dé un «me gusta» a sus fotos de Facebook y a que él, en ocasiones, comente las mías. Por lo que veo en su muro, parece que está de vacaciones con Amanda. Por lo que se ve en el mío, debe de dar la sensación de que no tengo ningún tipo de vida social. No es más que un espacio largo, vacío y sin publicaciones. Me pregunto si no debería eliminarlo como amigo y terminar con esto de una vez por todas.

9 de junio

Laurie

—¡Cierra los ojos!

Estoy en la cocina haciendo la cena (ensalada nizarda con atún) cuando Oscar llega a casa después de su habitual estancia de tres noches en Bruselas. Por una vez parece alegre, y siento que una oleada de alivio me recorre de arriba abajo. Las cosas han ido tensándose cada vez más entre nosotros; sigue sin haber indicios del regreso a tiempo completo a Londres que Oscar me prometió, y ya llevamos casi seis meses intentando en vano tener un bebé. No es que sea algo tremendamente raro, y menos teniendo en cuenta que a veces estamos en países diferentes en el momento óptimo para la concepción. Sí, ahora ya lo sé todo sobre estas cosas.

—¿Estás seguro? Tengo un cuchillo de cocina en la mano.

Me río, suelto el cuchillo y hago lo que me pide.

—Ya puedes abrirlos de nuevo.

Obedezco, y me lo encuentro ahí plantado con un ramo tan enorme que apenas alcanza a ver por encima de él.

—¿Debería preocuparme? —digo sonriendo mientras lo acepto.

Niega con la cabeza.

—Habría comprado champán si no hubiéramos dejado las drogas duras —contesta.

Se ha portado muy bien con lo de no beber, y él también lo ha dejado por solidaridad.

Se me forma un nudo de pánico en el estómago. Faltan cuatro días para que me venga la regla, o no. Me parece una celebración un poco prematura.

—Pregúntamelo, venga —dice, y me doy cuenta de que todo esto se debe a otra cosa.

Paro de buscar un jarrón lo bastante grande para contener una cantidad de rosas tan generosa y las dejo en la mesa.

—¿Qué pasa?

Ya estoy dando vueltas a lo que podría estar a punto de contarme. ¿Será eso? ¿Se habrán acabado los viajes a Bruselas? Por fin podremos volver a ser una pareja a tiempo completo.

—Ven a sentarte —dice para prolongar el momento, y me coge de la mano y me lleva al sofá de la sala de estar.

—Estás poniéndome nerviosa —digo medio divertida, medio preocupada.

Oscar se sienta a mi lado, con el cuerpo vuelto hacia mí.

—Brantman ha aparecido esta mañana y me ha convocado a una reunión.

¡Lo sabía!

—¿Y…? —Sonrío.

—¡Estás frente al nuevo director del banco!

Su rostro es todo sonrisa, como un niño al que le hubieran llegado todas las navidades de golpe. Cuando me acerco a él y lo abrazo, capto el tufo del alcohol; nuestra ley seca debe de haberse suspendido hoy.

—¡Vaya, eso es maravilloso! —exclamo—. Y muy merecido, además, porque te esfuerzas mucho en tu trabajo para ellos. Me alegro de que sepan reconocerlo. ¿Te han dado ya una fecha para tu regreso a Londres?

Le aprieto la mano.

—Bueno, este puesto no supone exactamente pasar menos tiempo en Bruselas. —Su sonrisa es titubeante—. Al contrario, en realidad.

Me quedo inmóvil, de repente invadida por el presentimiento de que hay algo más y no me va a gustar.

—No dejo Bruselas, Laurie —dice aferrándose a mi mano—. De hecho, el trabajo se realizará allí a tiempo completo.

Lo miro fijamente, consciente de que estoy parpadeando demasiado rápido.

—Yo no…

Busca mi otra mano y me mira con expresión implorante.

—No digas que no sin reflexionar. Sé que es inesperado, pero llevo todo el día pensando en ello y estoy seguro de que mudarnos allí es lo mejor para los dos. Tú, yo y también el bebé, pronto. Bruselas es una ciudad preciosa, Laurie, te encantará, te lo prometo.

Lo miro de hito en hito, conmocionada.

—Pero mi trabajo…

Asiente.

—Lo sé, ya lo sé. Pero con el bebé tendrías que dejar de trabajar de todas formas, y de esta manera también puedes estar tranquila durante el embarazo.

—¿Tendría que dejarlo? ¿Y si quisiera volver a trabajar?

Todavía no lo tengo claro, pero ¿cómo se atreve a decidir por mí sin más? Qué anacrónico por su parte dar por hecho que me quedaré en casa cuando sea madre. Y qué estúpido por la mía, me doy cuenta ahora, no haber discutido este tema con él antes.

Frunce el ceño, como si estuviera poniéndole trabas innecesarias.

—Bueno, allí también hay un montón de trabajos. Pero, con sinceridad, Laurie, ganaré tanto dinero que no necesitarás trabajar… Piénsatelo, por favor —prosigue sin darme la oportunidad de hablar—. Puedes tomar café… bueno, menta poleo, en la plaza, y pasear por el río. Descubriremos la ciudad antes de que nazca el bebé, será igual que cuando nos conocimos. Hay un montón de expatriados, harías muchísimos amigos.

Me siento coaccionada por completo, y furiosa porque parece que no tengo ni una sola baza. Sé muy bien que sus ingresos son más que suficiente para mantener a una familia, mientras que los míos apenas bastan para mantenerme a mí misma, pero por lo que se ve Oscar ha hecho todas sus conjeturas sin pensar ni por un segundo en mis deseos, como si mi trabajo fuera un pasatiempo y no una carrera profesional. No sé qué decir ni qué pensar. Me alegro mucho por Oscar, de verdad, por que se le reconozcan el esfuerzo y las largas jornadas laborales, pero no deseo dejar mi trabajo, ni Londres ni mi vida. No es justo que su éxito signifique que yo pierda tantas cosas queridas para mí.

—¿De verdad esperabas que respondiera que sí como si nada? —pregunto con incredulidad.

No es un hombre dado a la irreflexión; supongo que la emoción ha podido más que su habitual sentido común.

—Esperaba que te lo plantearas, al menos —dice con resquemor—. Debes de saber lo mucho que significa para mí.

—Y yo pensaba que tú también sabías lo mucho que mi trabajo significa para mí, lo mucho que me importa estar cerca de mi madre —replico de inmediato—. ¿No pueden ofrecerte ningún puesto aquí, en Londres? ¿Por qué tiene que ser en Bruselas? Es inaceptable que te pidan algo así. Que nos pidan algo así.

—Creo que lo ven más como una recompensa que como un castigo. —Un dejo de petulancia se filtra en su voz cuando suspira y niega con la cabeza, impaciente—. ¿Es que tú no eres capaz de verlo igual?

Aparto la vista de Oscar porque está haciendo que me sienta como una persona poco razonable y sin argumentos.

—¿No crees que nuestras familias nos echarían de menos? —Cambio de rumbo—. Tu madre odiaría verte tan poco, ¿y qué pasará cuando también haya un bebé?

No puedo evitar el tono de desafío. Cuanto más lo pienso, más molesta estoy porque lo haya enfocado como una celebración con flores. Estamos casados, debemos tomar estas decisiones juntos, con independencia de quién de los dos sea el que gana más—. No quiero estar en un país distinto al de mi madre cuando tenga un bebé, Oscar. Le encanta ser abuela, quiero que se involucre.

Nos miramos el uno al otro, en un callejón sin salida. Antes nunca discutíamos; ahora parece que es lo único que hacemos.

—No es justo que me lo sueltes así y esperes que me entusiasme —digo—. Necesito tiempo para pensarlo.

Aprieta la mandíbula, con los oscuros ojos llenos de consternación.

—No tengo más tiempo. Esto es la banca, Laurie, ya sabes lo rápido que van las cosas. Brantman quiere una respuesta el lunes por la mañana, y la única respuesta que puedo darle es que sí, porque si digo que no, ¿qué puto sentido tiene que siga trabajando allí? —Levanta las manos al cielo, un gesto de impotencia—. Mi carrera en el banco estará acabada; siendo autocomplaciente y poco ambicioso no duras mucho en un lugar así.

Sacudo la cabeza, aturdida ante la injusticia de que me hayan asignado el papel del malo.

—Voy a darme una ducha —dice, y se levanta del sofá con brusquedad.

Se queda quieto un momento, como si esperara que le ofreciera una disculpa, pero suspiro y miro hacia otro lado hasta que se va de la sala de estar. Cada vez tengo más dolorosamente claro que pensar que quizá Oscar albergara en algún momento la esperanza de permanecer fiel al hombre que conocí en una playa de Tailandia no es más que una ilusión. Tal vez ni siquiera él fuera consciente en aquel entonces, pero esta agitada vida de viajes, tratos, cenas y salas de juntas es la que mejor encaja con él. Pero hay algo más: esa vida es la que desea tener.

13 de junio

Laurie

Pasa justo un minuto de la medianoche, y eso significa que llevo un día de retraso con el período. Oscar se marchó ayer a Bélgica con un ánimo especialmente resentido después de pasarse todo el fin de semana tratando de coaccionarme, actitud con la que no consiguió sino que me obcecara más en mi postura.

Ahora ya es oficialmente lunes, y sin duda él ya es oficialmente director, y yo voy oficialmente con retraso. Me hago un ovillo, tumbada de costado, y cierro los ojos. Estoy oficialmente muy sola.

16 de junio

Laurie

—He comprado una prueba de embarazo.

—¿Te la has hecho ya?

Son las cinco de la tarde aquí y las dos de la madrugada en Perth, pero Sarah está despierta como un búho. Ya llevo cuatro inauditos días de retraso, y ella fue a quien primero se lo conté.

Dejo caer las llaves y el bolso sobre la mesa del vestíbulo sin apartarme el móvil de la oreja.

—No. Me da demasiado miedo conocer el resultado.

Lo que no le digo es que creo que lo que más miedo me daría sería que fuera positivo.

—¿Oscar no ha llegado todavía a casa?

Suspiro en el piso vacío.

—Debería llegar dentro de un par de horas.

—Espera —dice con la voz amortiguada. La oigo moverse, y después vuelve a hablar con claridad—. Lo siento, estaba levantándome de la cama. Bien, tengo vino y no me iré a ninguna parte. Saca el test, Lu.

—¿Qué, ahora?

Me sale una voz anormalmente aguda.

—Sí, ahora. ¿O prefieres dejarlo hasta que Oscar llegue?

Tiene razón. En vista de cómo estamos últimamente, sería mucho mejor que lo hiciera con ella y supiera con seguridad si es que sí o que no antes de que él llegue.

—Vale —susurro, y sacudo la bolsa de papel de la farmacia para sacar la prueba.

Doy la vuelta a la caja y leo en voz alta las instrucciones, que a estas alturas ya me conozco, mientras me quito los zapatos y me encierro en el cuarto de baño. No sé muy bien por qué, teniendo en cuenta que soy la única persona que hay en la casa.

—Estoy en el baño.

—Bien. Abre el test.

Como siempre, me peleo un poco con el complejo embalaje, pero al final consigo liberar el palo de plástico blanco del envoltorio de aluminio.

—Ya está. Lo tengo.

Miro el palo y luego la taza del váter, y después suspiro y me pongo a ello.

—Te oigo hacer pis —dice Sarah, cuya voz brota desde el teléfono que he dejado en el suelo.

—Alégrate de que al menos no estemos en FaceTime —murmuro mientras intento colocar el palo en el lugar correcto y me las arreglo para mearme en los dedos durante el proceso—. Joder, ¿por qué hacen estas cosas tan difíciles?

—¡No lo empapes! —grita sin resultar de ayuda.

Suspiro y extraigo el palo. Enseguida reparo en que algo está sucediendo en las ventanitas, así que le pongo la tapa a toda prisa y lo dejo en el borde de la pila.

—Pon el cronómetro —pido a Sarah mientras me lavo las manos.

—Hecho.

Me siento en el suelo y apoyo la espalda en la pared; estiro las piernas y vuelvo a ponerme el teléfono en la oreja.

Cierro los ojos.

—Cuéntame algo de tu vida, Sar. Distráeme.

—De acuerdo. Bueno, estoy sentada a la mesa de la cocina. Se supone que es invierno, pero estamos en plena ola de calor y nuestro aire acondicionado es un cabrón perezoso. Tengo que ir secándome el sudor mientras hablo contigo.

Casi puedo verla; viven en una preciosa casa baja en la playa. Me envió los detalles cuando fueron a verla y tuve que ir a tumbarme en una habitación en penumbra para superar la envidia.

Parece sacada de un número de los setenta de la revista de decoración *House Beautiful*, toda llena de asientos por debajo del nivel del suelo y de techos de doble altura. Se queda callada un momento, y luego dice:

—Ah, y le he pedido a Luke que se case conmigo.

—¿Qué? ¡Ay, Dios mío! ¡Sarah! —grito alucinada por completo. Es muy típico de ella lo de no quedarse esperando de brazos cruzados cuando tiene claro lo que quiere—. ¿Cuándo? ¿Qué le dijiste? ¿Y qué contestó él?

—Contestó que sí, por supuesto —responde entre risas—. Y lloró como un bebé.

Yo también me río. Me lo creo, Luke es un llorón.

—Se ha acabado el tiempo, Lu —dice, serena y seria otra vez—. Tres minutos.

Sostengo el palo en las manos, con el capuchón todavía puesto.

—Estoy asustada, Sar —susurro.

—No lo estés. Estarás bien pase lo que pase, te lo prometo.

No contesto, me limito a mirar el palo. No sé si puedo hacerlo.

—¡Por el amor de Dios, Laurie, quita la puta tapa!

Y eso hago. La quito a toda prisa y contengo la respiración mientras lo miro.

—¿Y bien?

—Una línea azul. —Exhalo una enorme bocanada de aire, temblando—. Solo una. Eso significa que no estoy embarazada, ¿no?

—Oh, Lu, lo siento —dice, ahora con delicadeza—. Sucederá muy pronto, estoy segura de que sí.

Me paso una mano por los ojos y dejo el palo en el suelo.

—Sí, lo sé.

Cuando Oscar llega a casa justo después de las ocho estoy en pijama tomándome una copa de vino sentada a la mesa de la cocina. Mira el vino y luego enarca las cejas.

—¿Es prudente?

La frialdad de su tono sugiere que conserva el mismo estado de ánimo que cuando se marchó el domingo.

Niego con la cabeza.

—Creía que estaba embarazada, pero no lo estoy. Me he hecho una prueba. Debe de ser solo un retraso, a veces pasa.

Su expresión se suaviza y me mira a los ojos.

—¿Estás bien?

No estoy segura de cuál es la mejor manera de responder a su pregunta con sinceridad.

—No, no creo que lo esté.

Espero a que se sirva una copa de vino y se siente a la mesa. Parece agotado; ojalá pudiera hacerle algo de cenar y ofrecerme a prepararle un baño, pero mi corazón no me permite echarme atrás en las decisiones que he tomado en el suelo del cuarto de baño después de que Sarah colgara.

—¿Has aceptado el trabajo?

Clava la mirada en su copa de vino.

—Siempre supiste que lo aceptaría.

—Sí. —Asiento despacio—. Es lo mejor para ti.

—¿Pero no para ti? —pregunta.

Ya no parece enfadado ni distante. Creo que está empezando a darse cuenta de que esta conversación tiene el poder de devastarnos a ambos.

Suspiro, y una lágrima se desliza por mi mejilla.

—No. —Trago saliva con dificultad, odio toda esta situación—. Me he pasado los últimos días pensando que podría estar embarazada e intentando averiguar qué hacer si lo estaba.

Me mira, en silencio.

—Y luego me he hecho la prueba y no estaba embarazada, y lo único que me ha venido a la cabeza en ese momento ha sido dar gracias a Dios. Gracias a Dios por que no me hayan arrebatado todas mis opciones.

Lo he dejado de piedra. Odio que las palabras me salgan a borbotones de la boca, pero la sinceridad es lo único que tengo.

—No quiero mudarme a Bélgica, Oscar.

Me escudriña el rostro como si buscara algún rastro de la mujer que ama. Soy consciente de que, antes de esta conversación, no se había planteado seriamente rechazar el trabajo. Contaba con que yo terminara cediendo.

—Es imposible que nos amemos desde diferentes países... ¿Y qué pasa si me quedo embarazada? No quiero estar aquí sola con un bebé cinco noches de cada siete.

—Igual funcionaría. —Arrastra su silla alrededor de la mesa hasta que me roza las rodillas con las suyas—. Sé que no es lo ideal, pero podemos hacerlo, Laurie.

—Oscar, no se trata solo del trabajo, tiene que ver con muchas más cosas que la geografía —suelto con toda la delicadeza de que soy capaz. Miro su amado rostro y no consigo convencerme de que estemos desmoronándonos así. Él ha sido mi refugio durante mucho tiempo—. Dios, eres un hombre encantador. Nunca he conocido a nadie como tú, y sé que no volveré a tener esa suerte.

—Hicimos unos votos —dice con frustración—. En lo bueno y en lo malo. Nos lo prometimos el uno al otro.

—Tu vida y la mía van en direcciones diferentes. —Cojo una de sus manos entre las mías—. La tuya te lleva por un camino que yo no puedo seguir, Oscar. Y eso no es culpa tuya ni mía.

—Pero yo te quiero —dice como si fuera una frase mágica capaz de triunfar sobre cualquier otra.

No sé cómo expresarme sin hacerle más daño.

—Oscar, eres el mejor marido que cualquiera podría desear. Eres amable y divertido, y me has dado mucho más de lo que jamás podré devolverte.

—Nunca he esperado que lo hicieras.

—No. Pero sí esperas que me mude a Bélgica... o que viva aquí sola la mayor parte del tiempo.

Una expresión de consternación le empaña el rostro.

—Esperaba que te dieras cuenta de que es lo mejor —dice—. Pensé que cuando regresara a casa esta noche ya te habrías convencido.

Suspiro, porque sé que ni siquiera se le ha pasado por la cabeza la idea de no aceptar el nuevo puesto. Eso está hecho, y ahora todas las decisiones dependen de mí.

—No voy a convencerme —respondo—. No es cuestión de cabezonería. No quiero mudarme a Bruselas.

—Pero sabes que para mí rechazar este trabajo no es una opción —replica, y una parte de mí se alegra.

No quiero que se ofrezca a renunciar al ascenso que se ha ganado. Aunque tampoco es que esté ofreciéndose a hacerlo, y en cierto sentido eso hace que lo siguiente que tengo que decir me resulte un poco más fácil.

—No me había dado cuenta de lo infeliz que soy ahora hasta que he visto esa línea azul —digo desconsolada—. No lo sabía.

Oscar tiene la cara oculta entre las manos, y me siento la mujer más estúpida, miserable y desagradecida del mundo.

—¿O sea, que se acabó? ¿Tú no quieres venir y yo no puedo quedarme?

—O yo no puedo ir y tú no quieres quedarte —digo para desafiar su miope punto de vista, aunque sé que jamás intentará verlo desde mi punto de vista.

Su vida va por muy buen camino, y ese camino ahora lo lleva a Bruselas, con o sin mí. Le resulta del todo incomprensible que no esté encantada de seguirlo, y eso me reafirma aún más en la idea de que hemos llegado al final del trayecto. Se acabó lo de vivir a media asta; las luces de nuestro matrimonio se han apagado. En Koh Lipe nuestro amor floreció bajo una hilera de luces diminutas que parpadeaban alrededor de la barandilla de la cabaña de la playa. Aquí, en Londres, el resplandor de las sofisticadísimas lámparas de Lucille y la implacable monotonía semanal de las luces de la pista de Heathrow han ido oprimiéndolo poco a poco hasta asfixiarlo. Ahora soy consciente de que Oscar no ha cambiado en absoluto. Siempre ha sido este hombre, pero Tailandia y yo, tal vez durante un tiempo, le hicimos sentir que podía ser otra persona. Se probó una vida diferente para ver cómo le quedaba, pero al final volvió a sus orígenes, a su esencia, porque esta vida, la que está viviendo ahora mismo, es la que mejor se adapta a él.

—Lo siento mucho, Oscar, de verdad.

—Yo también —susurra—. Yo también lo siento, Estrella de Mar.

Aparto la mirada, disgustada porque sé que es la última vez que lo oiré llamarme así.

Un suspiro le sacude el cuerpo, como si se lo hubieran sacado a la fuerza.

—Si hubieras estado embarazada, ¿habrías venido conmigo?

Lo cierto es que no sé qué contestar. Tal vez que, en ese caso, me habría sentido atrapada y obligada a intentarlo. No lo digo; es demasiado desolador.

Me echo hacia delante y le cojo la cabeza entre las manos, lo beso en el pelo. Oscar también me abraza, y la familiaridad de su olor hace que me eche a llorar de forma incontrolable; la colonia que siempre se ha puesto, el champú que usa, el aroma de sus días y de mis noches y de nuestro amor.

2 de julio

Jack

Sigo a Amanda sin hacer ruido por su apartamento; y digo «sin hacer ruido» porque acabo de quitarme las Converse: este es uno de esos sitios en los que el calzado de exterior está prohibido tajantemente. Incluso hay un cartel nada más cruzar el umbral de la puerta principal por si se te olvida. No es que me importe mucho. No, eso es mentira. Me toca un montón las narices; me parece pomposo que la gente insista en que te quites los zapatos. Pero no es una queja centrada en Amanda. Me saca de mis casillas lo haga quien lo haga.

—¿Has cocinado?

Estamos en su elegante cocina blanca, que por lo general ve muy poca actividad en lo que a preparar comida se refiere. Amanda tiene muchas características maravillosas, pero sus habilidades culinarias no son legendarias, que digamos. Ella lo reconoce sin complejos: es una maestra del microondas, una amante del sushi a domicilio y un rostro muy conocido en los restaurantes de Edimburgo, así que, ¿por qué querría pelar cebollas con sus propias manos?

—Sí, he cocinado —responde, y abre la nevera para servirme una copa de vino blanco.

—¿Debería asustarme?

Me mira con las cejas enarcadas.

—Deberías mostrarte halagador e increíblemente agradecido, Jack. Me he quemado el dedo por ti.

La observo mientras se mueve por la cocina con un paquete

de judías verdes precocinadas en la mano, sosteniéndolo a la distancia justa a fin de poder leer en el reverso las indicaciones para su preparación en el microondas.

—¿Qué vamos a comer?

No sé por qué lo pregunto, porque ya sé que la respuesta es pescado.

—Bacalao —contesta—. Lo he puesto a hornear con limón y perejil.

—¿Has quitado el polvo al horno antes de encenderlo?

Amanda me mira con cara de enfado y me echo a reír.

—Solo me preocupo por ti, hay riesgo de incendio.

—Halagador y agradecido —me recuerda, y me levanto y le quito la bolsa de judías verdes de las manos.

—Halagador, ¿eh?

Le beso el hombro desnudo. Lleva un vestido de verano sin tirantes y un delantal encima.

—Estás sexy con mandil.

—La comida, Jack —dice volviendo la cara hacia mí.

—Vale. Te agradezco que hayas cocinado para mí. —La beso con rapidez—. Y agradezco que parezcas una princesa sueca rubia mientras lo haces. Me pones un montón, princesa Amanda de Ikea.

Se funde con mis brazos y me besa con ganas, metiéndome la lengua en la boca.

—Eso ha sido muy impropio de una dama —digo cuando termina, y empiezo a tirar de las cintas de su delantal hasta que me aparta de un manotazo.

—Haz algo útil —dice—. Ve a poner la mesa en el balcón.

La mesa tiene un aspecto digno de folleto de vacaciones en el balcón digno de folleto de vacaciones de Amanda. Es típico de ella: Grassmarket tiene las mejores vistas del castillo de la ciudad, así que se aseguró de alquilar en esta zona.

Estoy a punto de volver a entrar cuando me vibra el teléfono. Lo miro con la esperanza de que no sea Lorne para avisarme de que tengo que cubrir a alguien. Estoy de suerte; el que destella es el nombre de Sarah. Abro el mensaje y me apoyo en la barandilla del balcón para leerlo.

¿Has hablado con Laurie últimamente?

Joder, qué mensaje más críptico. Miro el reloj de pulsera. Diría que en su zona horaria están en plena noche. Seguro que está pedo en una fiesta en la playa. Le contesto:

Hace tiempo que no. ¡Vete a la cama!

Grassmarket se extiende a mis pies, destellante y atestado de juerguistas del sábado por la noche. Mi móvil vuelve a vibrar.

Llámala, Jack. Hace un par de semanas que se ha separado de Oscar. Se suponía que no tenía que decírtelo, pero necesita a sus amigos. ¡Yo estoy demasiado a tomar por culo para serle útil!

Me quedo mirando la pantalla, leo y releo el mensaje de Sarah y me dejo caer de golpe sobre una de las sillas de exterior de Amanda.

Laurie y Oscar se han separado. ¿Cómo es posible? La vi casarse con él. Se plantó allí, en aquella iglesia y nos dijo a mí y al resto del mundo que él era el hombre con quien quería pasar toda su vida.

¿Qué demonios ha pasado?

Mientras envío a Sarah el mensaje, me pregunto si me dará tiempo a llamarla antes de la cena.

Cosas. Habla con ella. Es complicado.

Me invade la frustración; las palabras de Sarah no me aclaran nada. ¿Por qué está siendo tan imprecisa? ¿«Complicado»? Yo sé bien lo que es complicado: estar en el balcón de tu novia leyendo un mensaje de tu ex sobre otra mujer a la que besaste una vez.

—¿Jack? —La voz de Amanda me sobresalta—. ¿Puedes venir a por esto, por favor?

Miro mi móvil, con la cabeza llena de preguntas, y luego tomo una decisión rápida y lo apago. Esta es mi vida ahora. Aquí tengo algo; mi programa va ganando seguidores, tengo cariño a la gente con la que trabajo, y Amanda es… es todo lo que cualquier hombre podría desear.

Me guardo el teléfono en el bolsillo y entro.

3 de julio

Jack

Vuelvo a mirar el mensaje de Sarah ahora que estoy en mi casa. Hace ya toda una noche y todo un día que sé que Laurie está pasándolo mal y no me he puesto en contacto con ella. No sé si eso me convierte en un buen novio o en un amigo de mierda.

Sigo dándole vueltas y más vueltas, tratando de decidir qué es lo mejor. Lo mejor para mí podría no ser lo mejor para Laurie, y tampoco para Amanda. No quiero cagarla.

Miro la pantalla. Ya he escrito y borrado el mensaje dos veces. El primero, «Eh, Lu, ¿cómo van las cosas?» era demasiado alegre y repentino, y mi segundo intento, «Puedes contar conmigo siempre que me necesites», era demasiado intenso. Muevo los dedos en el aire sobre las teclas y luego lo intento de nuevo.

Eh, Lu, Sarah me ha dado la noticia. ¿Puedo llamarte?

Presiono «enviar» antes de que pueda pensármelo dos veces y luego lanzo por ahí el teléfono y cojo una cerveza de la cocina.

Pasa media hora antes de que Laurie responda. El corazón me da el mismo vuelco de siempre cuando veo su nombre en la pantalla.

¿Te importaría no hacerlo? Aún no me siento preparada para hablar con la gente. Gracias de todos modos. Te llamaré cuando pueda. Lo siento. X

Joder. He quedado relegado a «gente», fuera de su círculo de confianza. Me hundo en la miseria y cierro los ojos, preguntándome si en algún momento sentiré que todas las piezas de mi vida están encajadas en el lugar correcto.

19 de octubre

Laurie

Solo una solterona novata reservaría una estancia en Mallorca en época de vacaciones escolares. En lugar de pasarme el día descalza en playas desiertas, me he convertido en la niñera no remunerada de un puñado de críos mal educados cuyos padres están demasiado exhaustos o son demasiado perezosos para cuidarlos. No me atrevo a establecer contacto visual con nadie más, no sea que me pidan que vigile durante cinco minutos a la pequeña Astrid, a Toby o a Boden. No, no quiero coger a su hijo en brazos. No quiero oír hablar de las cuotas escolares ni de las alergias alimentarias. Y desde luego no quiero admitir que, sí, que estoy casada (en teoría), pero no, mi marido no ha venido de vacaciones conmigo. Cualquiera diría que me ha salido un tercer ojo o algo así. El único lugar seguro parece ser el bar del hotel.

—¿Te importa si me siento aquí?

Miro a la mujer que se ha acercado al taburete vacío que hay a mi lado en la barra. Es mayor que yo, a primera vista diría que ronda los cuarenta y cinco, y tiene un aspecto cuidado, desde el pintalabios de color coral aplicado a la perfección hasta el brazalete de diamante tipo tenis.

—Adelante —contesto, y de pronto desearía haberme ido a leer a mi habitación justo después de cenar.

Se pide una copa de vino, y luego nos mira a mí y a mi copa casi vacía.

—¿Otra?

El hotel es de «todo incluido», así que esta no es la invitación del siglo. Sonrío.

—¿Por qué no? Póngame el cóctel más ridículo que tengan, por favor.

Mi nueva vecina comienza a verme con otros ojos.

—Olvídese del vino. Tomaré lo mismo que ella.

El camarero asiente, como si la situación le resultara habitual. Es probable que lo sea.

—Vanessa —dice la mujer, a pesar de que no le he preguntado su nombre.

Su acento la sitúa en el norte de Inglaterra. En Newcastle, diría.

—Laurie.

—¿Has venido sola?

Con aire reflexivo, hago girar mi alianza en el dedo.

—Sí.

Nos quedamos calladas mientras el camarero nos pone delante dos cócteles, servidos en vasos altos, en tonos azules y verdes chillones. Mi vecina los mira y luego niega con la cabeza con tristeza.

—Les falta algo.

Me inclino hacia un lado.

—Creo que tienes razón. Hay que tunearlos.

El camarero se aleja con un suspiro y vuelve con sombrillas de cóctel y unas pajitas adornadas con loros; se parecen a esos adornos navideños de papel que se despliegan sobre sí mismos como un acordeón para formar una campana. Solo que estos son, bueno, loros.

—Ahora ya está mejor —digo una vez que el camarero ha puesto tantos accesorios en los vasos que apenas queda sitio en el borde para beber.

—¿Cómo crees que se llama? —me pregunta mi compañera de barra.

Nos quedamos mirando los cócteles.

—¿Sex on the Beach con una plaga de loros? —sugiero.

Medita mi propuesta, pero frunce la nariz.

—No está mal. Aunque yo tal vez habría optado por algo más del estilo: «No me pidas sexo, no he olvidado a mi ex».

Entonces reparo en que ella también lleva una alianza a la que tampoco deja de hacer girar en el dedo. Es como una señal secreta que nadie te enseña a interpretar.

—Diez años de casados. Me dejó hace nueve meses —dice con tristeza—. Por la mujer que vive tres puertas más abajo.

—¿Y esa mujer sigue viviendo tres puertas más abajo? —pregunto, interesada a pesar de mí misma.

—Sí, con mi marido.

—Madre mía.

—Por lo que se ve, intimaron gracias al jardín comunitario.

Las dos nos echamos a reír de lo absurdo que es.

—Él me contó que sus miradas se cruzaron por encima del montón de abono y que eso bastó.

Nos reímos tanto que las lágrimas me ruedan por la cara, y ella me da unas palmaditas en la mano.

—¿Cuánto tiempo hace en tu caso?

Trago saliva.

—Cinco meses. Pero lo decidí yo. No llevábamos casados tanto tiempo como vosotros.

No abundo en lo conmocionados que estamos los dos ni en lo horrorizada que se quedó mi suegra. La única cosa peor que casarme con Oscar ha sido divorciarme de él. Mi madre también está un poco perdida; no hace más que enviarme mensajes de texto para asegurarse de que he desayunado, pero cada vez que intento hablar con ella como es debido da la impresión de no saber qué decir.

Desde hace unos meses vivo de alquiler en la habitación de invitados de una compañera de trabajo; Oscar intentó convencerme de que me quedara en casa, pero me resultó imposible aceptarlo.

—No lo dejé por ninguna otra persona —añado—. Solo porque las cosas no funcionaban.

Levantamos nuestros respectivos cócteles y les damos un buen tiento.

—Qué puto horror —dice cuando los dejamos de nuevo en la barra con un golpe seco. No sé si se refiere a la bebida o a nuestra situación. Extiende la mano izquierda sobre la barra y da unos toquecitos a su anillo con el extremo de una pajita—. En realidad, ya va siendo hora de quitárselo.

La imito y pongo la mano junto a la suya.

—Para mí también.

Nos miramos los dedos y luego ella me mira a mí.

—¿Lista?

—No lo sé.

—¿Piensas volver con él?

No mucho después de que nos separáramos, una noche, bastante tarde, flaqueé y llamé a Oscar a Bruselas. Ni siquiera sé qué quería decirle, solo me sentía abrumadoramente triste sin él. Tal vez fue bueno que Cressida contestara a su teléfono en un bar ruidoso; colgué y él no me devolvió la llamada. No necesito una bola de cristal para saber que, con el tiempo, ella será quien recoja los pedazos del corazón roto de Oscar y los recomponga. Es como debe ser; de todas formas, es posible que Cressida siempre haya conservado uno de esos pedazos. Me avergüenza la frecuencia con la que lloraba en público durante la etapa posterior a la ruptura de nuestro matrimonio. Lloraba en silencio en el autobús cuando iba a trabajar, y de nuevo durante el trayecto de vuelta a mi cama vacía. A veces ni siquiera me daba cuenta de que estaba derramando lágrimas hasta que veía mi reflejo en las ventanillas oscuras del autobús. Ahora lo reconozco como lo que fue: un proceso de duelo, por Oscar, y por mí, y por nosotros.

Niego con la cabeza mirando a Vanessa, abatida. No, nunca volveré con Oscar.

—Entonces estás lista. Las dos lo estamos —dice ella.

No me he quitado el anillo desde que Oscar me lo puso en el dedo el día de nuestra boda. No creo que jamás llegue a estar preparada para quitármelo, pero se me ha presentado esta extraña oportunidad, y tampoco puedo llevar el anillo para siempre. Digo que sí con la cabeza y justo después empiezo a sentir náuseas.

Vanessa se lleva una mano a la alianza y clava una mirada enfática en la mía.

Doy un gran trago al repugnante cóctel.

—Acabemos con esto de una vez.

Nos observamos la una a la otra y, al mismo tiempo, damos un par de vueltas a nuestros anillos para aflojarlos. La verdad es que el mío está más suelto de lo normal, porque desde hace un tiempo he perdido el apetito. Me paso la alianza de diamantes por encima del nudillo y tiro de ella muy despacio, porque una vez que salga no podré volver a ponérmela jamás. Las lágrimas me escuecen en los ojos, y Vanessa, a mi lado, se quita su anillo de un tirón y lo deja sobre la barra.

Tomo ejemplo de su valentía y la imito, con la boca temblorosa. No logro disimular un sollozo, y me pasa un brazo solidario por los hombros mientras permanecemos sentadas codo con codo y contemplamos las dos alianzas de boda.

A lo largo del último año he derramado más lágrimas de las que jamás creí posible verter. Tal vez haya llegado la hora de secarme los ojos.

17 de diciembre

Jack

Amanda está a la búsqueda y captura de un anillo por Navidad. Me ha ofrecido disimuladamente todas las pistas posibles: desde dejar las revistas abiertas por las páginas pertinentes hasta poner todos los jueves el programa «Que no se entere la novia» y mirarlo con atención, y ahora estamos paseando por la ciudad en la tarde de sábado más fría del año y se ha parado delante del escaparate de una joyería.

Se ha convertido en un tema escabroso desde que planteó la idea del matrimonio por primera vez en Noruega, y no estoy muy seguro de cómo abordarlo.

Ahora está señalando un anillo con un diamante enorme... ¡Joder!, ¿de verdad cuesta eso? Parece un arma, no una joya.

—¿Vamos a emborracharnos? —digo mirando el pub que hay al otro lado de la calle.

Amanda frunce el ceño.

—¿Tan horrible es la idea de casarte conmigo que necesitas un trago?

—No, pero ir de compras sí lo es —suelto, y me odio cuando la veo dolida.

No miro los anillos directamente porque no quiero tener esta conversación hoy.

—De acuerdo —acepta con un suspiro—. Pues a por cerveza.

—¿Otra?

Debería responder que no. Llevamos aquí tres horas y la verdad es que estamos bastante pedos.

—Venga —me anima Amanda—. Dijiste que querías emborracharte.

Puede que esté haciéndome demasiado viejo para estas cosas, pero ya he bebido suficiente.

—Mejor vámonos a casa —contesto, y me tambaleo un poco al ponerme de pie.

—No tenemos casa —replica Amanda—. Es a tu piso o al mío.

—Suena sexy cuando lo dices así.

No se levanta. Cruza los brazos sobre su jersey metálico plateado y también sus largas piernas enfundadas en unos vaqueros. Tiene un brillo peligroso en los ojos envalentonados por el vodka.

—Pídeme que me case contigo.

Parpadeo unas cuantas veces para concentrarme.

—Amanda…

—Venga. Hazlo ya, estoy preparada.

Está claro que esos diamantes no se le han ido de la cabeza. Se ríe como si estuviera de cachondeo, pero su voz tiene un dejo acerado que me advierte de que se avecinan problemas.

—Vamos —intento engatusarla—. Salgamos de aquí.

Soy consciente de que la pareja de la mesa de al lado la ha oído y de que están intentando que no resulte obvio que nos miran. Amanda es una cara vagamente reconocible de la televisión; lo último que necesitamos es una bronca en público.

—Eso me dijiste la primera vez que te vi —afirma—. En aquella fiesta. «Salgamos de aquí.»

Hago un gesto de asentimiento, lo recuerdo.

—Sí, eso hice.

Vuelvo a sentarme en el taburete y apoyo los codos en las rodillas para echarme hacia delante y conseguir que nuestra conversación sea más privada. Me cuesta oírla bien aquí dentro.

—No, quien lo hizo fui yo —se contradice Amanda—. Yo

hice lo que me pediste, y llevo haciendo todo lo que me pides desde entonces. Y ahora estoy pidiéndote que esta vez seas tú quien me pida algo.

Frunce el ceño, desconcertada por su confuso discurso.

—Eso es mucho pedir para una sola mujer.

Sonrío para quitar hierro al asunto, consciente de que es posible que, más que sonreír, parezca que estoy esbozando una mueca de dolor.

—Pídemelo ahora mismo o habremos terminado.

Amanda no lo dejará pasar, y yo me siento cada vez más acorralado.

—No seas tonta.

—Joder, lo digo completamente en serio, Jack —me espeta en un tono demasiado cortante, y me quedo callado porque está claro que no voy a convencerla para que salga de este pub.

Alguien pone «Last Christmas» en la máquina de discos y a Amanda se le crispa la boca ante la ironía.

—Este no es el lugar —digo poniéndole una mano en la rodilla.

—Es probable que no lo sea —contesta, y se zafa de mi caricia—. Pero lo cierto es que no hay lugar apropiado para proponer matrimonio a una persona a la que no amas, ¿verdad?

«Me cago en la puta.»

—Por favor… —empiezo a decir sin saber siquiera cómo voy a continuar.

Esto no saldrá bien.

—¿Cómo que «por favor»? Solo piensas en ti mismo. ¿Sabes qué, Jack? Olvídalo. —Ahora está enfadada, tiene lágrimas en las pestañas—. Olvídate de todo este maldito asunto. Estoy harta de esperar a que decidas si alguna vez llegarás a quererme lo suficiente. —Una lágrima le resbala por la mejilla y se la seca a toda prisa. Se pone de pie y se tambalea sobre sus botas altas—. Esta es la última vez que me rechazas.

Ojalá no hubiéramos bebido. Amanda está diciendo cosas, yo estoy diciendo cosas, y hay un motivo para no decir ese tipo de cosas. Me levanto y cojo nuestros abrigos.

—Vámonos —repito, porque lo único que quiero es salir de aquí.

—No. —Me planta una mano en el centro del pecho. No es un gesto cariñoso, es un «no te muevas de ahí»—. Yo me voy, y a ti te dejo aquí. Te dejo porque no me mereces. Porque me niego a seguir siendo tu chica de reserva. Porque no puedes amar a alguien si ya estás enamorado de otra persona.

Nos miramos el uno al otro, sabedores de que esto no tiene vuelta atrás. Noto que me falta el aire. ¿Es esto lo que le he hecho?

—Lo siento —digo—. Yo... —Me interrumpo porque Amanda ya se ha dado la vuelta y se abre camino a empujones entre la multitudinaria congregación de bebedores navideños.

Vuelvo a sentarme, con la cabeza apoyada entre las manos, y unos cuantos minutos más tarde el tipo de la mesa de al lado me pone un whisky delante.

Asiento y trato de darle las gracias, pero las palabras se me atascan en la garganta. Alguien pone «Lonely This Christmas» en la máquina de discos; cierro los ojos y me siento como un imbécil por un millón de razones.

2017

Propósitos de Año Nuevo

Mi vida no tiene nada que ver con la de la persona que era hace doce meses; apenas soporto mirar los esperanzadores propósitos del año pasado. ¿Dónde estaría ahora si Oscar y yo nos hubiéramos quedado embarazados al primer o segundo intento? ¿Paseando un cochecito por Bruselas? ¿Habría sido feliz? Todo eso está demasiado alejado de la realidad de mi vida actual para visualizarlo.

En cualquier caso, ahora toca mirar hacia delante.

1) Tengo que encontrar una solución al tema del alojamiento. Este verano cumpliré treinta años, soy demasiado mayor para vivir realquilada en una habitación de invitados.
2) Trabajo. No me disgusta mi trabajo, pero me siento estancada. Aunque me paga las facturas, eso ya no me basta. Es como si solo me mantuviera a flote. De hecho, así es como resumiría toda mi vida en este momento. Es extraño, porque cualquiera pensaría que, con todo el trastorno de la separación, agradecería la estabilidad del trabajo. No obstante, en realidad ha tenido el efecto contrario: ha hecho que me entren ganas de lanzar todas mis cartas por los aires y ver dónde aterrizan. Me mantengo a flote, pero lo que quiero es nadar.

Listo. Ese es, escueto, mi propósito para el año que viene.

3) Nadar.

1 de marzo

Jack

—Feliz cumpleaños.

Martique (ya lo sé, es su nombre artístico; se niega a responder a su nombre real, que es Tara; lo sé porque lo vi en su pasaporte) acaba de entrar en mi apartamento con unos tacones más altos que las rótulas de algunas personas y ahora está desabrochándose el vestido.

—No sabía qué regalarte, así que me he comprado ropa interior nueva.

El vestido se desliza hasta sus tobillos, y Martique dobla una rodilla y apoya una mano en la cadera. Está buenísima, y lo sabe. Me recuerda a Sophia Loren cuando era joven: toda curvas deliciosas y ojos ahumados.

—¿Y bien? —Hace un mohín—. ¿Te gusta, Jack?

Ningún hombre con sangre en las venas podría resistirse. Es muy tentadora; no me extrañaría que sacara una manzana de la nada y me preguntara si quiero darle un mordisco.

—Me gusta —digo mientras cruzo la habitación.

—Entonces demuéstramelo.

Su olor es puro burdel, lo cual envía un mensaje directo a mi entrepierna, y su boca sabe a carmín y a uno de los diez millones de cigarrillos que se fuma al día. Me mordisquea el labio inferior, intenta desabrocharme los vaqueros con las manos. Ya llevamos unas cuantas semanas haciendo esto de vez en cuando. Es un acuerdo que nos conviene a ambos. Martique trata de alcanzar la cima, es una de las muchas cantantes en ciernes que pasan por la emisora de radio. Soy su hombre ideal, me dijo cuando nos conocimos. Y con eso sé que se refiere a que soy el escalón perfecto en su camino hacia el estrellato, alguien ligeramente menos guapo que ella a quien puede tirarse sin complicaciones emocionales y sin temor a la publicidad.

Creo que ni siquiera nos gustamos mucho; mi vida personal ha tocado fondo. Aún no ha terminado de quitarse la ropa interior y ya estoy pensando en que esta será la última vez.

Nos desplomamos sobre el sofá, ella sentada a horcajadas sobre mí, y mientras follamos admiro el hecho de que, por alguna razón, hasta el pintalabios corrido la hace parecer sexy. Se echa hacia delante y dice todas las palabras correctas en el orden correcto, y cierro los ojos e intento no sentirme mal.

—Feliz cumpleaños —murmura de nuevo cuando terminamos, y me muerde el lóbulo de la oreja antes de quitarse de encima de mí y echar un vistazo a su móvil—. Tengo que irme.

La observo mientras se viste, todavía con los vaqueros alrededor de los tobillos, y me froto la oreja para ver si me ha hecho sangre. No me da pena que se vaya.

Más tarde, en la estación, me llega un mensaje de Sarah y de Luke, quien, por extraño que parezca, se ha convertido en uno de mis australianos favoritos… aunque tampoco es que conozca a muchos. Le gusta la cerveza y quiere a Sarah de una forma clara y sin complicaciones que ni siquiera intenta ocultar. Me han enviado una foto en la que salen sujetando un cartel de «Feliz cumpleaños, Jack», los dos partiéndose de risa. Están en una playa, y las letras se ven al revés, lo que por lo visto les hace aún más gracia. A mí también me divierte, y les contesto con un rápido:

Gracias, par de idiotas.

Laurie también me ha enviado un mensaje. Lo único que dice es:

Feliz cumpleaños x

Es tan breve que no trasluce absolutamente nada. Aun así, lo releo y me pregunto si siempre pondrá un beso al final de cada mensaje que envía.

Es entonces cuando lo decido. No quiero ser el tipo de persona que se tira a personas que son del tipo de Martique. Quiero lo que Sarah y Luke tienen. Puede que no sea digno de alguien tan bueno como Laurie, pero quiero intentar ser esa persona.

Leo su mensaje una última vez y respondo:

Gracias x

5 de junio

Laurie

—Vives en el paraíso.

Sarah y yo estamos sentadas en la terraza de una cafetería con vistas a la arena blanquísima de la playa de Cottesloe. Aquí es invierno, y aun así el sol brilla un millón de veces más que en los cielos grises que dejé atrás hace un par de semanas. Hemos pasado una quincena maravillosa poniéndonos al día; Skype está muy bien, pero no le llega a la suela del zapato a estar en la misma habitación o en la misma playa o riéndonos juntas mientras miramos una película. Hace unos días recreamos con gran ceremoniosidad nuestro sándwich de Delancey Street; Luke lo calificó de asqueroso, pero nosotras pusimos los pies en alto y saboreamos el momento. No creo que ninguna de las dos preparara ese sándwich sin que la otra estuviera presente; el único sentido que tiene es que es nuestro, de las dos. Estamos rellenando nuestra amistad con recuerdos nuevos, y estoy disfrutando hasta del último minuto de mi estancia en Australia.

—Vente a vivir aquí. Podemos ser vecinas.

Me río por lo bajo. Me ha repetido lo mismo cien veces desde que llegué.

—Vale. Llamaré al trabajo y les diré que no pienso volver.

—Es increíble que hayamos llegado a los treinta —suelta Sarah.

Está sentada a la sombra, bebiendo no sé qué zumo saludable debido a que está embarazada de cuatro meses; Luke y ella han pospuesto sus planes de boda durante un tiempo para poder dar la bienvenida al bebé. Todo es muy fácil entre ellos; viven el uno para el otro en su preciosa casa de playa, con las ventanas y las puertas abiertas al mundo.

Siempre ha habido una parte de mí que le tenía envidia, pero sé que las cosas buenas no le han caído del cielo, que Sarah se ha esforzado por conseguirlas. Tuvo el valor suficiente para arriesgarse, siempre lo ha tenido.

—Sé que piensas que estoy de broma, pero ¿qué te retiene allí?

Doy un sorbo al champán que Sarah ha insistido en que tome. «Es su cumpleaños —informó a la camarera en cuanto llegamos—. Tráele del bueno.»

—¿Te imaginas lo que diría mi madre si le contara que me voy de Inglaterra?

Sarah asiente, con la cara vuelta hacia el océano.

—Pero se acostumbraría. Como todo el mundo. Y tiene a tu hermano y a su familia. —Sorbe un poco más del mejunje verde por la pajita y pone cara de asco—. ¿Qué más te retiene allí?

—Bueno, mi trabajo, para empezar —contesto.

—Un trabajo que podrías realizar desde cualquier lugar —contraataca.

Hace un par de meses que dejé atrás la sección de salud; lo irónico es que he vuelto al terreno conocido de los consultorios sentimentales. Esta vez, sin embargo, los que me escriben con sus problemas son adultos, no adolescentes; no cabe duda de que estoy cualificada para dar consejos sobre las cosas que importan en esta etapa. Divorcio, dolor, amor, pérdida. He pasado por eso, y tengo un cajón lleno de camisetas que lo demuestran. Mi éxito entre los lectores ha sido tal que me han pedido que haga algo similar para una de las revistas de un periódico dominical. Estoy tan asombrada como todos los demás. También hace poco que he retomado los estudios: un grado en psicología para profundizar en mi comprensión de la condición humana… Al menos, así es como lo vendí cuando tuve que convencer a mi jefe para que me ayudara a financiármelo poco después de empezar en mi nuevo empleo. Estoy disfrutándolo en silencio; la diligencia del estudio, la organización e incluso los artículos de papelería. Jamás me habría imaginado que fuera a tomar este rumbo, pero está bien. La vida tiene esas cosas, ¿no? Va desviándote a medida que avanza. Pero Sarah tiene razón: podría trabajar y estudiar desde cualquier sitio. Mientras tenga un portátil y una conexión wifi, seguro que sí.

«¿Podría vivir aquí?» Miro a Sarah, con su pamela roja de ala ancha y sus gafas de sol glamurosas, y capto las ventajas.

—Este lugar es precioso, Sar, pero es tu lugar en el mundo, no el mío.

—¿Y dónde está el tuyo? —pregunta—. Porque voy a decirte lo que pienso: el lugar no está en un sitio, está en una persona. Yo estoy aquí porque es donde está Luke. Y tú te habrías ido a Bruselas si Oscar hubiera sido tu lugar.

Asiento y Sarah se sube las gafas por el puente de la nariz.

Ahora que Oscar y yo llevamos un tiempo separados, empiezo a comprender que no teníamos lo que se necesita para pasar juntos toda la vida. Pensé que sí, durante una época; él fue un interludio seguro y fiable en mi inestable vida, pero al final no éramos una unión para siempre. Éramos demasiado distintos. Estoy segura de que a veces eso no importa, si el amor es lo bastante fuerte; los opuestos se atraen, según dicen. Quizá tan solo se trate de que no nos amábamos lo suficiente. Sea como sea, no me gusta pensar así. Prefiero pensar que tuvimos algo maravilloso durante una temporada, y que no deberíamos arrepentirnos en absoluto del tiempo que nos dedicamos el uno al otro.

Nunca lo veo; no me lo encuentro en los bares ni lo diviso paseando por la calle y me cambio de acera, un efecto secundario positivo de vivir en diferentes países. Tampoco es que yo pase mucho tiempo en los bares. Es como si hubiera entrado en hibernación.

En Navidad Oscar envió nuestro cuadro a casa de mi madre. La nota adjunta decía que le resultaba demasiado difícil tenerlo cerca. No sé qué voy a hacer con él; siento que no tengo derecho a quedármelo. Me pasé mucho rato mirándolo cuando llegó. Me tumbé en la camita en la que dormía de niña y pensé en todos los momentos que me habían llevado hasta aquel. En mi infancia con mamá y papá, Daryl y Ginny. En los novios del instituto y la universidad. En Delancey Street. En Sarah. En el piso superior de un autobús atestado. En un beso bajo la nieve. En una playa en Tailandia. En una propuesta de matrimonio delante de aquella misma imagen. En nuestra preciosa boda.

Espero que Oscar esté bien. Es extraño, pero nunca dejas de preocuparte por esa persona, aunque ya no quieras estar con ella. Creo que siempre lo amaré un poco. Y es difícil no experimentar cierta sensación de fracaso al convertirte en una estadística de divorcio.

Parece inevitable que, tarde o temprano, Cressida ocupe mi lugar. Apuesto a que la puñetera madre de Oscar nunca llegó a quitar aquella foto de ambos que tenía sobre el piano.

—Creo que sabes cuál es tu lugar, Lu.

Sarah y yo intercambiamos una mirada, pero no añadimos nada más porque en ese momento Luke llega desde la playa y se deja caer en la silla libre que hay en nuestra mesa.

—Tienen buen aspecto, señoritas. —Sonríe—. ¿Qué me he perdido?

1 de agosto

Jack

Lorne se parece al hermano menor y no verde de Hulk, algo que le resulta muy útil cuando quiere pedir en la barra. Esta noche esto está a reventar, pero no pasan ni un par de minutos antes de que regrese abriéndose paso a empujones con un par de pintas en las manos y una bolsa de patatas fritas entre los dientes.

—Me has invitado a cenar —digo, y se las robo en cuanto llega hasta mí.

—Esto es lo más parecido a una cita que tendrás esta noche —bromea sonriendo—. Aunque a la mujer de la mesa que tienes detrás no se le da nada bien fingir que no te mira.

Abro las patatas fritas y coloco la bolsa entre los dos sin darme la vuelta.

—Vete a la mierda.

—Lo digo en serio. Y además está bastante buena —añade, y le guiña un ojo por encima de mi hombro.

Le doy una patada en la pierna.

—¿Qué estás haciendo, tío? Kerry está en casa a punto de tener a tu hijo.

La encantadora esposa de Lorne está embarazada de ocho meses; hoy hemos salido a tomar un par de pintas por insistencia de ella, que está a punto de volverse loca con el exceso de cuidado con que la trata su marido.

—Es para ti, idiota —murmura, y se mete un puñado de patatas en la boca.

Suspiro y me reajusto el audífono, porque estamos al lado de un altavoz.

—Ya te lo he dicho. Me he bajado del tiovivo de las citas durante un tiempo.

—Sí, me lo has dicho. —Da un buen trago a la cerveza—. Lo que pasa es que no me lo creo.

Pues debería. Han pasado más de cuatro meses desde que Martique y yo decidimos cortar por lo sano, una ruptura que no significó gran cosa para ninguno de los dos. Por eso lo dejamos, básicamente; aquello no iba a ninguna parte, y ya estoy un poco harto del sexo por el sexo. Pero eso no se lo cuento a Lorne.

—Estoy pensando en meterme a monje —bromeo—. El naranja me sienta bien.

Me mira con fijeza.

—¿Estás seguro? Porque de verdad que es muy guapa. —Señala con la cabeza hacia la mujer que está detrás de nosotros—. Se parece un poco a esa presentadora rubia de la tele…, Holly Willoughby.

En otros tiempos, eso habría bastado para que me diera la vuelta de inmediato, pero ahora me limito a llevarme la pinta a los labios y terminarme las patatas fritas. Tal vez sea cierto que esa mujer se parece a Holly Willoughby, y quizá pudiera invitarla a una copa y llevar las cosas un poco más allá, pero el caso es que no quiero ni a Holly Willoughby, ni a Martique ni a ninguna otra persona.

Me agoto recorriendo las fascinantes y empinadas calles de Edimburgo, sumergiéndome en su cultura urbana; hasta me he comprado una bicicleta hace unos cuantos días. Me vine a Escocia para escapar, y ha funcionado mejor de lo que habría imaginado.

Cuando llegué me lancé al agua de cabeza y me sumergí de lleno en el trabajo y en las mujeres, pero ahora por fin he vuelto a la superficie y estoy llenándome los pulmones de aire fresco y suave. Al principio tuve la sensación de que me costaba recuperar el aliento; el pecho me ardía. Ahora, sin embargo, respiro tranquilo y duermo del tirón.

Estoy solo y, por el momento, me siento bien así.

22 de diciembre

Laurie

—Buenas noches. Yo también te echo de menos.

Espero a que mi madre cuelgue antes de hacerlo yo. Está en Tenerife con la tía Susan; creo que las dos siguen de duelo, pero ayudándose la una a la otra a superarlo. En este caso con sangría y sol. No las culpo; me planteé muy en serio su oferta de acompañarlas, pero al final la tentación de pasar una Navidad londinense, lúgubre, fría y totalmente solitaria fue demasiado fuerte para dejarla escapar. Lo digo en broma. Medio en broma. Al menos, tengo la casa para mí sola durante un par de semanas; mi compañera de piso y su clan se han largado pitando a Gales hasta Año Nuevo. Mi plan, según están las cosas, es relajarme, ponerme las botas comiendo y ver a un par de amigos de aquí y de allá. Anna y Daryl han insistido en que vaya a su casa para Año Nuevo, pero, salvo por eso, soy libre como un pájaro. Voy a la cocina y enciendo el hervidor de agua haciendo un gran esfuerzo por sentirme una chica urbanita y guay en vez de una chica solitaria en Londres en Navidad.

Una hora más tarde, y estoy haciendo un pastel. Lo sé, no me pega nada, pero la botella de Baileys que mi madre me envió estaba en la cocina junto a un montón de libros de recetas y, de repente, sentí la apremiante necesidad de comer pastel. Voy por el segundo Baileys generoso, y no podría importarme menos que sean casi las diez de la noche y que me haya llevado casi una hora machacar un racimo de plátanos que todavía estaban verdes. Incluso estoy tarareando las canciones navideñas que suenan en la radio. ¿Es triste que sintonice la emisora de Jack la mayoría de las noches? Su último programa es uno de esos a los que la gente puede llamar para hablar de cualquier cosa que le apetezca, a veces divertido, a veces triste. Aún no ha empezado, y estoy dándolo todo con Nat King Cole. Me trae recuerdos, era el cantante favorito de mi padre.

Me siento a la mesa de la cocina y cierro los ojos, y de pronto estoy de vuelta en la cocina de mi madre, con los mismos olores a masa de pastel y las mismas canciones navideñas, con viejas hileras de lucecitas intermitentes sujetas debajo de los armarios de la pared. Estamos todos. Debo de tener unos cinco o seis años, Daryl es un año mayor y Ginny tendrá alrededor de tres. Mis padres también están, por supuesto. Nadie hace nada en particular, no hay bailes sentimentaloides ni discursos profundos. Tan solo estamos, y es tan conmovedor y perfecto que no quiero abrir los ojos y ver todas las sillas vacías que rodean la mesa. Y entonces la música se detiene y la voz de Jack me inunda, y vuelvo a estar bien porque su compañía impide que me sienta tan sola.

Sigo la receta y peso el resto de los ingredientes mientras él contesta un par de llamadas, una de un chico que quiere contarle la pelea en la que se ha metido hoy con el Papá Noel del centro de jardinería de su barrio, y otra de una mujer cuya sentencia de divorcio le ha llegado por correo esta mañana; se siente la mujer más afortunada del mundo porque su marido era la mismísima encarnación del duende Grinch. Todo es muy alegre y desenfadado; Jack es un gran experto en lo que a mantener el tono adecuado se refiere.

Vierto la masa del pastel en el molde que he forrado y me lamo el dedo para probarla justo cuando entra la siguiente llamada.

—«Deseo decir a mi novia que la quiero, pero no puedo.»

A juzgar por su voz, no debe de hacer mucho que el chico ha superado la adolescencia.

—«¿A qué te refieres con "no puedo"? —pregunta Jack—. ¿Tú la quieres?»

El chaval no se lo piensa ni un segundo.

—«Uy, sí. Hoy he estado a punto de decírselo al salir de la facultad. Me he quedado mirándola y ella me ha preguntado por qué la miraba de esa forma tan extraña, pero luego las palabras se me han quedado atascadas en la garganta. Soy incapaz de hacerlas salir.»

Jack se ríe con suavidad, y el sonido me resulta tan familiar que hasta lo veo en mi cabeza, ese divertido resplandor que le ilumina los ojos.

—«Mira, si hay algún consejo que pueda darte es el siguiente: por el amor de Dios, tío, ¡díselo! No te morirás, te lo prometo. ¿Qué es lo peor que puede pasar?»

—«¿Que a lo mejor se echa a reír?»

—«O a lo mejor no. En mi opinión, tienes dos opciones: arriesgarte y decirle que la amas o esperar hasta que sea demasiado tarde y otra persona le diga que la ama. ¿Cómo te sentirías en ese caso?»

—«¿Como un idiota?»

Me quedo paralizada, con el molde en las manos, a punto para meterlo en el horno.

—«Durante el resto de tu vida, amigo. Confía en mí, lo sé porque me ha pasado. Es Navidad…, ¡arriésgate! Te arrepentirás el resto de tu vida si no lo haces.»

Me quedo mirando la radio, y acto seguido dejo el molde para tartas sobre la mesa y busco mi teléfono.

He ocultado mi verdadero nombre al productor del programa de radio. Me llamo Rhona, y soy la siguiente.

—«Hola, Rhona —me saluda Jack—. ¿De qué te gustaría hablar?»

He apagado la radio para que no se acople, así que solo estamos Jack y yo, hablando por teléfono, como siempre.

—«Hola, Jack —digo—. He escuchado la llamada anterior

y quería comentarte que tu consejo me ha parecido muy acertado.»

—«¿Ah, sí? ¿Y eso por qué?»

No alcanzo a distinguir si ya se ha dado cuenta de que soy yo. Diría que no.

—«Porque sé lo que es perder tu oportunidad y pasarte el resto de tu vida esperando a sentir algo así otra vez.»

Se queda callado un instante.

—«¿Quieres contarnos a todos tu historia, Rhona?»

—«Es bastante larga» —digo.

—«Da igual. No me iré a ninguna parte. Tómate el tiempo que quieras.»

—«De acuerdo —digo—. Bueno, todo empezó un día nevoso de diciembre hace casi una década.»

—«Muy apropiado —murmura—. Continúa.»

—«Regresaba a casa en autobús desde el trabajo. Había tenido un día horrible y estaba hecha polvo, y de repente miré por la ventanilla y, sentado en la parada del autobús, vi a un hombre (o a un chico, como pensé en él en aquel momento) guapísimo. Yo lo miré y él me miró, y en mi vida había sentido algo así, jamás. No lo había sentido antes y no he vuelto a sentirlo después —suelto de un tirón, sin respirar—. Me pasé todo un año buscándolo por los bares y las cafeterías, pero no lo encontré.»

Oigo la respiración entrecortada de Jack en mi oído.

—«¿No llegaste a encontrarlo nunca?»

—«No hasta que lo encontró mi mejor amiga y también se enamoró de él.»

—«Vaya…, Rhona —dice despacio—. Debe de haber sido duro.»

—«No puedes imaginarte cuánto.»

Estoy exhausta, y no tengo ni idea de qué añadir ahora.

—«¿Puedo decirte algo que es probable que no sepas? —pregunta Jack después de un segundo de silencio—. Apuesto a que para él fue igual de duro que para ti.»

—«Qué va, no lo creo —replico—. Una vez fui tan tonta

404

como para preguntarle si se acordaba de mí del día del autobús, y me contestó que no.»

Le oigo tragar saliva.

—«Te mintió. Por supuesto que te vio allí sentada. Vio que llevabas espumillón en el pelo, y se sintió exactamente igual que tú, y después deseó con todas sus fuerzas haberse subido a aquel maldito autobús antes de que fuera demasiado tarde.»

—«¿De verdad lo crees?» —pregunto con los ojos cerrados, recordando.

Vuelvo a ser aquella chica.

—«Sí… —Suspira—. Pero no sabía qué hacer. Así que no hizo nada, como un idiota, y luego se quedó al margen y vio cómo te enamorabas de otra persona, y ni siquiera entonces te lo dijo. Tuvo sus oportunidades y las perdió todas.»

—«Lo que pasa es que a veces conoces a la persona correcta en el momento equivocado» —susurro.

—«Sí —conviene—. Y luego te pasas todos los días deseando ser capaz de reajustar el tiempo.»

No puedo hablar; las lágrimas me obstruyen la garganta.

—«¿Alguna vez le has contado lo que sientes?»

—«No. —Las lágrimas se me derraman por las mejillas—. Hace un tiempo él me confesó que me quería, y yo no le contesté.»

—«No —dice con una voz grave, rota—. No le contestaste.»

—«Debería haberlo hecho.»

—«¿Es demasiado tarde?»

Me tomo un segundo para recuperar el aliento y espero que sus oyentes sean pacientes conmigo.

—«No lo sé» —susurro.

—«Creo que deberías decírselo. A lo mejor sigue ahí, esperando a que se lo digas. ¿Qué puedes perder?»

Soy tendencia en Twitter. O mejor dicho, Rhona es tendencia.

#EncontradARhona #DóndeEstáRhona #JackYRhona

Al parecer el popular actor David Tennant ha escuchado mi conversación radiofónica nocturna con Jack, ha tuiteado #EncontradARhona y, al hacerlo, ha despertado la imaginación de todo el país. Ahora soy la mitad de una historia de amor navideño a la que la tuiteresfera está decidida a dar un final feliz. Con los ojos como platos, echo un vistazo a los cientos de tuits que han aparecido en los pocos minutos transcurridos desde la llamada. «Menos mal que he utilizado un nombre falso», pienso mientras escucho los fragmentos de nuestra conversación que se han compartido por toda la red.

Doy un respingo cuando me suena el móvil. Sarah. Claro. Ella también escucha siempre los programas de Jack.

—¡Ay, Dios míooo! —grita. Oigo al bebé llorando de fondo—. ¡Eres Rhona!

Dejo el teléfono en la mesa delante de mí y me sujeto la cabeza entre las manos.

—Lo siento, Sar, no quería contárselo a todo el mundo así.

—¡Joder, Laurie, no estoy enfadada, estoy llorando como una puñetera Magdalena! ¡Mueve el culo hasta allí arriba ahora mismo... o tendré que subirme a un avión para llevarte yo a rastras!

—¿Y si...?

Me interrumpe.

—Mira tu correo electrónico. Acabo de enviarte tu regalo de Navidad.

—Espera —digo.

Arrastro el portátil hacia mí y abro mi bandeja de entrada para ver el nuevo correo de Sarah.

—¡Uf! Tengo que colgar, Lu, el niño se me ha hecho pis encima y no llevaba pañal —dice—. Estaré pendiente de Twitter para enterarme de las novedades de Rhona. ¡No la cagues con esto!

Cuelga justo cuando hago clic para abrir su regalo: un billete de tren de ida a Edimburgo.

23 de diciembre

Jack

«Mierda.» Hay reporteros delante de la puerta de mi edificio y mi móvil no ha parado de sonar desde que llegué a casa anoche. Todo el mundo quiere saber quién es Rhona, porque nuestra conversación dejó clarísimo que nos conocemos mejor que bien. Es increíble, pero acaba de aparecer en el faldón informativo del noticiario de la tele… ¿Es que no tienen otra cosa de que hablar? Esto no sucedería en ninguna otra época del año. Escocia se ha dejado arrastrar oficialmente por el furor de una historia de amor navideña, y aunque parezca improbable, yo desempeño el papel de Hugh Grant.

Me suena el móvil de nuevo, y esta vez contesto porque es mi jefe.

—¡O'Mara! —gruñe—. Y bien, ¿de qué va todo esto?

Me cuesta responder.

—Es una completa locura, Al. Lo siento, tío.

—¡La centralita destella más que el puñetero árbol de Navidad, hijo! Todo el maldito país te sintonizará otra vez para ver si Rhona vuelve a llamar. ¡Más vale que muevas el culo hasta aquí de inmediato y te asegures de que lo haga!

Como de costumbre, prescinde de las sutilezas sociales y cuelga sin despedirse. Me quedo inmóvil en medio del salón y me paso las manos por el pelo. ¿Qué demonios se supone que debo hacer ahora? No creo que ni siquiera pueda salir de aquí sin que me acosen. Miro mi móvil y por fin reúno el valor necesario para llamar a la persona con la que de verdad necesito hablar.

«Hola, soy Laurie. No puedo atenderte en estos momentos. Por favor, deja un mensaje y te llamaré pronto.»

Lanzo el móvil a un lado y me siento donde nadie pueda verme desde el otro lado de las ventanas.

Nunca había entrado por la puerta trasera del estudio; la reservamos para los invitados famosos que a veces asisten al programa matutino.

—Se te ha subido a la cabeza, chico —bromea Ron, nuestro vigilante de sesenta y tantos años, cuando me abre. Por lo general, a estas horas de la noche está en recepción haciendo crucigramas—. Venga, sube.

Cojo el ascensor hasta la última planta y, cuando me bajo, recibo un pequeño aplauso del escaso personal de guardia.

—Muy gracioso.

Me quito el abrigo y dedico un gesto de aprobación a Lena con el pulgar desde el otro lado del cristal del estudio. Ella está en directo justo antes de mi programa todas las noches, y me saluda agitando la mano como una loca y luego hace el símbolo del corazón con todos los dedos. Genial. No creo que ahora mismo haya ni una sola persona en toda Escocia que no sepa lo mío con Laurie. O Rhona. He intentado llamarla por teléfono una docena de veces más, y todavía no me lo ha cogido; todo este circo debe de haberla asustado. Ayer estuve a punto de telefonear a su madre, pero el sentido común me lo impidió: estoy seguro de que lo último que necesita es recibir una llamada nocturna porque no consigo localizar a su hija. A Laurie se la ha tragado la tierra, y todo el país está esperando que yo la encuentre.

Laurie

Me he visto obligada a mentir al taxista. El único dato del que dispongo es el nombre de la emisora de radio de Jack, y lo primero que me ha soltado en cuanto le he dicho adónde quiero ir ha sido:

—Oye, no serás esa tal Rhona, ¿verdad?

El taxista estaba bromeando, pero se me encoge el estómago cada vez que me mira por el espejo retrovisor mientras circulamos por las concurridas calles de la ciudad, llenas de luces navideñas. Estoy aquí. Estoy aquí de verdad. Me monté en el tren a las cuatro de la tarde; suponía que el largo trayecto me proporcionaría un valioso tiempo para pensar. ¿Qué voy a decirle a Jack? ¿Qué haré cuando llegue a Edimburgo? Pero al final me limité a apoyar la cabeza en el cristal frío y observar cómo cambiaba el paisaje a medida que avanzábamos hacia el norte.

Edimburgo es una ciudad mucho más bonita de lo que me había imaginado, con altísimos edificios grises y una grandiosa e imponente arquitectura. Puede que se deba a que hoy la escarcha reluce en las calles y a que los copos de nieve danzan en el aire, pero tiene un toque mágico. Dentro de dos días es Navidad; quienes lo celebran se desparraman por las aceras empedradas desde los bares y los pubes, y de la radio del taxi brota una música festiva.

—Ya estamos aquí, bonita. —El conductor se detiene en una parada de autobús para dejarme bajar—. Está justo ahí. —Señala un edificio con la fachada de cristal situado al otro lado de la calle—. Que tengas buena suerte con lo de entrar ahí esta noche.

Sigo su mirada y el corazón me da un vuelco al ver la aglomeración de fotógrafos de prensa que merodean junto a los escalones de piedra del exterior. Me vuelvo hacia el taxista, insegura.

—¿Cuánto es, por favor? —pregunto con un hilo de voz titubante.

El hombre mira hacia el otro lado de la calle, negando con la cabeza.

—Eres ella, ¿eh?

Hago un gesto de asentimiento, aterrorizada. No sé si puedo confiar en él, pero en este momento no tengo ninguna otra opción mejor.

—No sé qué voy a hacer.

Tamborilea con los dedos sobre el volante, pensativo.

—No te muevas de ahí.

Enciende los cuatro intermitentes, sale del taxi y echa a correr hacia el edificio de la emisora esquivando el tráfico.

Jack

Todas las llamadas que han entrado hasta ahora han sido de alguien que quería preguntarme por Rhona o darme algún consejo sobre cómo recuperarla, y he intentado esquivarlas lo más vagamente que he podido. Ya casi he terminado el programa de esta noche, y estoy a punto de obsequiar a los oyentes con la canción «Fairytale of New York» cuando Lorne me hace un gesto con la cabeza desde su cabina y me informa de que hay una última llamada por la línea uno. Enciendo la luz roja intermitente y aguardo.

—«Eh, Jack. Soy yo otra vez, Rhona.»

«Por fin.»

—«Eh, hola —digo, y me parece oír a todo el país suspirar de alivio—. Me alegro de hablar contigo de nuevo. No estaba seguro de si volverías a llamar.»

—«Te he echado de menos» —dice.

Su voz tiene un dejo suave y ronco que me hace desear que ojalá fuera el único que pudiera oírla.

—«Yo te he echado de menos durante los últimos nueve años.»

Se me quiebra la voz; la verdad es lo único que puedo ofrecer a Laurie ahora mismo, y me da igual quién nos escuche.

La oigo respirar, y fuera, en la oficina, Haley, mi ayudante, se pone de pie junto a su escritorio y me sonríe a través del cristal con las lágrimas corriéndole por las mejillas.

—«Te quiero, Jack» —dice Laurie, y me doy cuenta de que ella también está llorando.

—«No estés triste —le pido con dulzura—. Me he pasado casi una década deseando haberme subido a aquel dichoso autobús. —De repente lo sé: necesito estar dondequiera que Lu esté, y ahora mismo—. He de verte» —murmuro, y Haley se pone a aplaudir y luego da una especie de puñetazo al aire en señal de triunfo.

—«Estoy aquí, Jack» —dice Laurie medio riéndose.

Confundido, me vuelvo hacia la cabina de Lorne y la veo. «Laurie.» Laurie está aquí, sonriéndome como la primera vez que nos vimos. Está aquí, está sonriendo y tiene espumillón en el pelo. Lorne es todo sonrisa detrás de ella y lanza las manos al aire; después, gracias a Dios, corta y pasa a la siguiente pista.

—Yo te relevo —me susurra al oído—. Ven aquí de una vez. Esta chica ha hecho un largo viaje para verte.

Laurie

Si necesitaba mayor confirmación de que venir a Escocia había sido lo correcto, la expresión de Jack cuando me ve me despeja cualquier duda. Mi ángel de la guarda/taxista y el vigilante de la emisora urdieron un plan conjunto para colarme por la puerta de atrás con la inestimable colaboración de Haley, la ayudante de Jack. Ella fue quien me recibió abajo, emocionada por completo, y cuando salimos del ascensor me dio un abrazo rápido.

—Me alegro muchísimo de que hayas venido —me dijo con los ojos brillantes. Durante un segundo, tuve la sensación que se echaría a llorar—. Siempre he pensado que había alguien… Nunca me ha parecido que se hubiera estabilizado del todo —añadió.

Cuando pasábamos junto al árbol de Navidad de la oficina, se detuvo y me agarró de la mano.

—Espera —me pidió—. Deja que…

Y entonces sacó una tira de espumillón plateado de entre las ramas y me lo enrolló en el pelo.

—Así. Perfecta.

Y ahora, por fin, solo estamos Jack y yo. Entre risas, ha cerrado las persianas frente a los vítores de sus compañeros para que tengamos un poco de intimidad en la pequeña cabina de cristal.

—¿Cómo has…?

Extiende las manos y me sujeta la cara entre ellas, mirándome como si no pudiera creer que de verdad esté aquí.

—Me han echado una mano. —Me río, aturdida—. El taxista y…

Jack me interrumpe con un beso que me hace jadear; siento sus manos en mi pelo, su boca llena de anhelo y dulzura y alivio.

Después de un minuto largo e intenso, deja de besarme y su mirada se clava en la mía.

—¿Por qué hemos esperado tanto?

—Te esperaría toda una vida —digo—. Te quiero, Jack O'Mara.

—Yo también te quiero, Laurie James —responde con un suspiro—. ¿Te quedas conmigo?

—Siempre.

Me besa de nuevo y me derrito, porque sus besos me han estado prohibidos durante demasiado tiempo. Al final me inclino hacia atrás sin apartarme de sus brazos y levanto la mirada hacia él.

—¿Alguna vez te has preguntado qué habría pasado si te hubieses subido al autobús?

Se encoge de hombros ligeramente y se echa a reír mientras me quita el espumillón del pelo.

—Chico ve a chica. Chica ve a chico. Chico sube al autobús, le mete un buen morreo a chica y viven felices para siempre.

Me río por lo bajo.

—Es una historia muy aburrida, vista así.

—Pero al final tenemos nuestro final feliz —dice, y me da un sentido beso en la frente.

Lo abrazo, y Jack me abraza, y por primera vez desde hace años no me falta nada en absoluto.

Agradecimientos

Un agradecimiento enorme para Katy Loftus, mi inteligente, amable y sabia editora. Su instinto y perspicacia han sido mi guía infalible a lo largo de todo el proceso de este libro, desde la concepción hasta el «Fin». Sinceramente, no podría haberlo escrito sin ti, eres brillante de la cabeza a los pies.

Un agradecimiento más amplio para Karen Whitlock, Emma Brown y toda la gente de Viking: ha sido apasionante trabajar con todos vosotros, un placer.

Toda mi gratitud para Sarah Scarlett y todo el excelente e increíblemente glamuroso equipo de derechos de autor.

Muchas gracias, una vez más, a mi agente, Jemima Forrester, y a toda la gente de David Higham.

En un tono más personal, mi más sentido cariño y agradecimiento a las chicas Bob y las lagartas: ¡por lo que parece, es imposible que formule una pregunta a la que alguna de vosotras ignore la respuesta! Sois mis armas secretas.

Gracias, como siempre, a toda mi encantadora familia y a mis amigos por su apoyo y aliento incondicional.

Por último, y por encima de todo, gracias a mis queridos James, Ed y Alex. Sois mis favoritos ahora y siempre.

CLIMATE AND CULTURE CHANGE IN NORTH AMERICA

NUMBER EIGHTEEN
Clifton and Shirley Caldwell Texas Heritage Series

CLIMATE AND CULTURE CHANGE IN NORTH AMERICA AD 900–1600

By William C. Foster

University of Texas Press ⌄ Austin

Publication of this work was made possible in part by support from Clifton and Shirley Caldwell and a challenge grant from the National Endowment for the Humanities.

Requests for permission to reproduce material from this work should be sent to:
  Permissions
  University of Texas Press
  P.O. Box 7819
  Austin, TX 78713-7819
  www.utexas.edu/utpress/about/bpermission.html

The paper used in this book meets the minimum requirements of ANSI/NISO Z39.48-1992 (R1997) (Permanence of Paper). ∞

Library of Congress Cataloging-in-Publication Data

Foster, William C., 1928–
    Climate and culture change in North America AD 900 to 1600 / by William C. Foster.
        p. cm. — (Clifton and Shirley Caldwell Texas heritage series ; no. 18)
    Includes bibliographical references and index.
    ISBN 978-0-292-73741-9 (cloth : alk. paper) —
    ISBN 978-0-292-73761-7 (pbk. : alk. paper) — ISBN 978-0-292-73742-6 (e-book)
    1. Indigenous peoples—Ecology—North America. 2. Indigenous peoples—Ecology—Mexico. 3. Cahokia Mounds State Historic Park (Ill.) 4. Mississippian culture—Illinois—American Bottom. 5. Chaco culture—New Mexico—Chaco Canyon. 6. Casas Grandes culture—Mexico—Chihuahua (State) I. Title.

GF501.F67 2012
551.69709'02—dc23   2011038882

TO DAVID J. WEBER

CONTENTS

PREFACE

Twenty years ago when I first read seventeenth- and eighteenth-century Spanish expedition accounts of entradas marching from Monclova in northern Coahuila, Mexico, across the lower Rio Grande into Texas, I was struck by the chronicler's reports of the lush and mesic environment in northern Mexico and South Texas. Spanish diarists describe the area as fertile, with open grasslands and vast green prairies, rapidly flowing streams, and abundant large fish, including cold water trout, and huge herds of bison and antelope numbering in the thousands. Everyday on the expeditions the Spanish encountered several different groups of fifty to one hundred freely roaming hunter-gatherer bands. During the same period, snow and ice storms in March and April repeatedly blocked expeditions attempting to cross the lower Rio Grande near Laredo.

During the early nineties, I drove my pickup from San Antonio, Texas, to Monclova, Coahuila, with my friend the late Texas historian Jack Jackson, to investigate Spanish archival documents and maps that Jack wanted to inspect. During the drive south we noticed that the environment and landscape had drastically changed since the eighteenth century. Now the land was a desert with no grass, only a few scattered scrub mesquites, no large or even small domestic or wild animals visible, and no rural population.

The stark contrast between the well-documented cold and wet climatic conditions in northern Coahuila and South Texas in the sixteenth and seventeenth centuries and the hot and dry current desert conditions prompted me to collect studies by climate scientists and archaeologists on climate and cultural change not only in prehistoric Texas, but throughout the American Southwest, the Southern Plains, and the Southeast. During my research, I realized that European historians had long acknowledged that the Medieval Warm Period and the Little Ice Age had a significant impact on the cultural history of Europe but that the impact of climate change during the last millennium on the cultural history of North America remained unknown.

That was the genesis of this book, which reviews the impact of the Medieval Warm Period and the Little Ice Age on the cultural history of Native peoples in the southern temperate zone of North America.

I consider myself extremely fortunate that two superbly qualified and highly regarded archaeologists agreed to review my original manuscript as readers for the University of Texas Press: one from the Southwest and the other from the Southeast. J. J. Brody has long been recognized as the preeminent authority on the artistic community in the Mimbres Valley in southern New Mexico that arose during the early Medieval Warm Period. In addition, Brody has written extensively on the cultural history of the late prehistoric Native peoples throughout the American Southwest.

Richard A. Weinstein with Coastal Environments, Inc., in Baton Rouge, Louisiana, is recognized as an authority not only on prehistoric Native peoples of the Gulf Coast from Texas to Florida but also on inland Native societies in the southern temperate zone of North America as well. Rich has an exceptionally wide network of contacts with prominent current archaeologists across the Southeast that permitted him not only to redirect my deviations but also to call my attention to recent and ongoing archaeological excavations that I would have undoubtedly missed without his good help. I acknowledge my deep indebtedness to both of these fine scholars.

Also, I want to express my appreciation for the grant and the recognition that I received from the National Endowment for the Humanities. In addition, I offer heartfelt thanks to my dear friends Clifton and Shirley Caldwell. I take particular pride in being the eighteenth beneficiary of the Clifton and Shirley Caldwell Texas Heritage Series, a premiere book series from the University of Texas Press.

I was also fortunate to have two experts who helped me on previous work. Molly O'Halloran prepared the special area maps with her customary bright spirit and expertise. Gary E. McKee conducted excellent research on selected questions that arose during the study. Gary also reviewed, edited, and reproduced every major revision made to the manuscript and deserves my deepest gratitude for his constant and constructive friendship and help. I also want to thank my special family friend in San Antonio, Bill Reiffert, and his professional engineering crew for contributing to the design of the graphic work.

Despite the help of many who offered constructive comments and assistance on the project, I nevertheless felt at times that I was proceeding this time alone. My dear friends Jack Jackson and Dorcas Baumgartner were not around to read and correct this manuscript as they had done on all of my earlier efforts. And I missed so deeply my gentle friend David J. Weber. No replacement ever for David, so I dedicated the book to him.

Theresa May encouraged me to undertake this project. With her agreement that the subject was meritorious and in need of attention, I spent a couple of years happily pursuing it. Thanks again, Theresa, for the direction and push.

INTRODUCTION

European historians and climate scientists have long recognized that the Medieval Warm Period (ca. AD 900 to 1300) and the early centuries of the Little Ice Age (ca. AD 1300 to 1600) strongly influenced the climate and the economic and cultural history of Europe.[1] The European historian and climatologist H. H. Lamb characterizes the impact of the Medieval Warm Period on Europe as significantly contributing to the unprecedented expansion of the agrarian economy, the rapid increase in population density, and "the first great awakening of European civilization."[2]

In characterizing the effect of the Little Ice Age on Europe, Lamb and other European historians write that during the cold and mesic period the agricultural economy faltered, agrarian societies were in stress, and warfare and the bubonic plague substantially decreased population levels.[3] However, Lamb's study covered only Europe and the North Atlantic and did not include an assessment of climate and culture change in North America.[4]

Writing in 2007, the anthropologist Arlene Rosen concurs with Lamb's assessment regarding climate and culture change in Europe and writes as follows: "The Late Holocene, although more stable than previous periods, does have enough variability to greatly impact human societies as seen in the influence of the Medieval Warm Period and the Little Ice Age on European civilization in the last 1,500 years."[5]

Arlene M. Rosen

Arlene Rosen received her PhD in anthropology from the University of Chicago in 1985. Rosen is a reader in environmental archaeology at the Institute of Archaeology, University College London. She has participated in archaeological fieldwork in North America, Europe, and the Levant.

Her primary research interest includes climate and culture change in the Holocene Near East. Her publications include *Civilizing Climate: Social Responses to Climate Change in the Ancient Near East*. Her works on climate and culture change in late prehistoric Europe and the Near East were cited in the National Academy of Sciences 2006 report *Surface Temperature Reconstructions For the Last 2,000 Years*.

In her 2010 study of the history of global climate change, Claire Parkinson, a senior NASA climatologist and member of the National Academy of Engineering, also concludes that the impact of the Medieval Warm Period has been fully documented for Europe but that its impact on the cultural history of North America is still unknown.[6]

It is significant that Rosen and Parkinson, like Lamb, describe the impact of the Medieval Warm Period and the Little Ice Age on European cultural history but offer no review and assessment of the impact of climate change during the last one thousand years on the cultural history of the Native peoples of North America.

Claire L. Parkinson

Claire Parkinson received her PhD degrees in geography and climatology from Ohio State University. As a senior fellow at NASA Goddard Space Flight Center, she has focused on sea ice research.

Parkinson is a member of the National Academy of Engineering and the Council of the American Association for the Advancement of Science. In addition, she is a fellow of the American Meteorological Society and Phi Beta Kappa.

Parkinson reviews the history and significance of the current warming period in her 2010 study *Coming Climate Crisis? Consider the Past, Beware of the Big Fix*.

Perhaps the studies of climate and culture change by Lamb and more recently by Rosen and Parkinson are limited to Europe, the Near East, and the North Atlantic because the story of how North American Native peoples and societies responded to climate change during the Medieval Warm Period and the Little Ice Age has not been told.

That is the purpose of this study. More specifically, the primary purpose of this work is to review archaeological site reports and other scientific studies and documentary information currently available to assess the effects of the Medieval Warm Period and the early centuries of the Little Ice Age on the Native cultures and peoples living in the southern latitudes of the temperate zone of North America.

For information on climate change in the Northern Hemisphere, specifically including North America, during the seven-hundred-year study period, this work relies primarily on a recent report on surface temperature reconstructions prepared by the National Academy of Sciences at the request of Congress. The National Research Council (NRC), the research and operating arm of the National Academy of Sciences, published the report in 2006: *Surface Temperature Reconstructions for the Last 2,000 Years.*[7] Climate change in the study area, namely the southern latitudes of the Temperate Zone of North America, during the study period AD 900–1600 is fully documented in the report.

I reemphasize that this study does not cover climate and culture change in Mesoamerica or in the tropics; neither does it include areas in the northern latitudes of the temperate zone of North America above 40° north latitude or the Arctic. For the purpose of this study, the southern temperate zone of North America includes generally the area between the Tropic of Cancer and 40° north latitude.

The NRC also describes the methodology employed in preparing its 2006 report and the types of evidence relied upon. The reconstructions of surface temperature are based primarily on dendrochronology (tree ring records), on marine and other sediment reports, and on studies of ice isotopes, glacier records, and boreholes in permafrost and glacial ice.[8]

The report offers several relevant conclusions with respect to the seven-hundred-year time period included in the present study. The report concludes that "[l]arge-scale surface temperature reconstructions yield a generally consistent picture of temperature trends during the preceding millennium, including relatively warm conditions centered around AD 1000 (identified by some as the 'Medieval Warm Period') and a relative cold period (or 'Little Ice Age') centered around 1700."[9] In summary, the report provides the scientific basis for the statements made in this study that—like Europe and the North Atlantic region—the southern temperate zone of North America was substantially influenced by the climatic periods referred to herein and elsewhere as the Medieval Warm Period and the Little Ice Age.

The NRC report also includes a section entitled "Consequences of Climate Change for Past Societies," in which it notes that agrarian societies such as those found throughout Europe and in parts of North America during the study period were exceptionally vulnerable to rapid climate change.[10] The report states: "The implications of changing climatic conditions have often been most immediate for agrarian economies, particularly in environmentally marginal lands."[11] In both Europe and North America, environmentally marginal lands for agrarian economies included the marginal uplands in the higher latitudes and elevations.

In support of this conclusion, the NRC report cites the widespread contraction of rural settlements in upland regions of Europe to lower-lying terrain associated with the overall climate deterioration that began in the sixteenth century. Other examples cited include the Norse expansion in the North Atlantic in the early decades of the Medieval Warm Period and the Anasazi abandonment of the Four Corners area in the American Southwest during the twelfth and thirteenth centuries.[12]

As Europe and parts of the American Southwest and Southeast had agrarian economies or were substantially intensifying agriculture during the Medieval Warm Period, the dramatic climate change that occurred during the seven-hundred-year study period is reflected in surprisingly similar forms of cultural change in the agrarian societies in Europe, the North Atlantic, the American Southwest, and the Southeast. This study also notes that by AD 900, Europe had long been a continent of mature agrarian societies, but that many Native societies in the American Southwest and Southeast then were only beginning to substantially intensify agricultural production.

For information on how climate change impacted societies in western Europe, Iceland, and Greenland, Lamb and other European historians have relied in large part on documentary and historical records. However, the 2006 NRC report suggests, "In areas where writing was not widespread or preserved [i.e., North America during the tenth through the fifteenth centuries], archeological evidence such as excavated ruins can also sometimes offer clues as to how climate may have been changing at certain times in history and how human societies may have responded to those changes."[13]

As suggested in the NRC report, I cite in this study archaeological evidence from specific excavated sites and regional archaeological overviews that include information on climate and culture change in the southern latitudes of the temperate zone of North America during the last two thousand years and earlier. As archaeologists usually specialize in specific geographic regions, I attempt to compare and integrate information from archaeological reports prepared by numerous specialists on the American Southwest and Southeast.

I also cite specific marine sediment reports that indicate changes in sea level and climate patterns. The NRC report concludes that both the Medieval Warm Period and the Little Ice Age are accurately reflected in worldwide marine sediment reports prepared by marine scientists.[14] Marine sediment reports contain information about sea-level change dating back over two thousand years and include their own named periods of climate and sea-level change that temporally correspond very closely with the named periods of climate change used in the 2006 NRC report.[15]

Citing H. H. Lamb, the NRC report adds that, in addition to scientific studies, "historical observations, preserved mainly in documentary form, can provide valuable records about past climate states."[16] Again following the NRC report, I review in this study documentary accounts of sixteenth-century European explorations across the southern temperate zone of North America including the American Southwest, the Southern Plains, and the Southeast for information on climate change and changes in Native cultural patterns during the sixteenth century.

Organization of Work

This work divides the study period from AD 900 to 1600 into seven chapters, each covering one century. In each chapter, a summary of the climate and cultural history of the hundred-year period is presented, beginning with western Europe and followed by the Norse settlement of Iceland, Greenland, and Newfoundland in the North Atlantic. Next, for each century, the climate and Native cultural history of the southern latitudes of the temperate zone of North America are reviewed in more detail. Information from recent studies of over fifty specific archaeological sites plus regional archaeological overviews provide the basis for assessing climate and culture change in the American Southwest, the Southern Plains, the Trans-Mississippi South, and the Southeast during the period of the tenth through fifteenth centuries. In the final chapter ("The Sixteenth Century"), information on climate and cultural change in North America is based primarily on sixteenth-century Spanish expedition documentary sources.

In numerous site-specific excavation studies and regional overviews, American archaeologists detail how Native North American culture changed during the prehistoric period and interpret the impact of the Medieval Warm Period and the Little Ice Age on Native American cultural history. Regional archaeological overviews often include archaeological sites in only one region or state. However, the present study includes archaeological sites from across the continent, from Arizona and northwest Chihuahua, Mexico, to Florida and Georgia on the Atlantic. The study specifically notes parallels in the chronology of climate and culture change as they appear, often synchronically, in many areas across the North American continent, the North Atlantic, and Europe.

For purposes of the present work, the study area includes the lower latitudes of the North American temperate zone, which is divided into four major regions— the American Southwest, the Southern Plains, the Trans-Mississippi South,

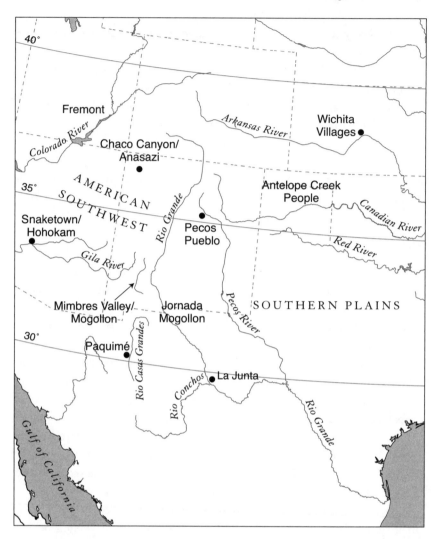

Map 1: Locations in the study area referenced in the text

and the Southeast (See Map 1). For our purposes, the term "American South-west" includes all or parts of the states of Arizona, Utah, northern Chihuahua, New Mexico, and Far West Texas. "Southern Plains" refers to parts of Oklahoma; the Texas Panhandle region; central, coastal, and southern Texas; and, at times, parts of northern Mexico. The term "Trans-Mississippi South" includes parts of southern Missouri, Arkansas, eastern Oklahoma, northern Louisiana, and East Texas; and the term "Southeast" includes parts of eastern Missouri, western Illinois, western Tennessee, Mississippi, Alabama, Georgia, and northern Florida.

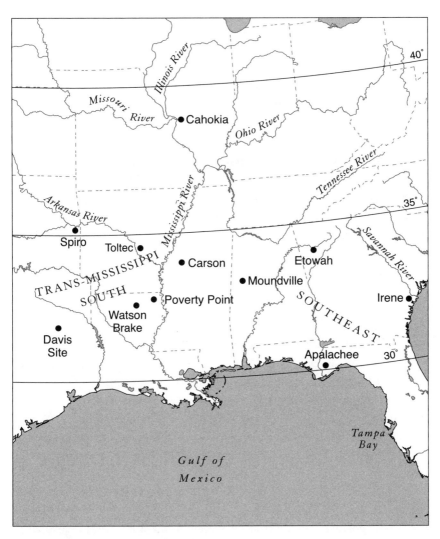

For the American Southwest, the study focuses first on the Four Corners region, particularly on Chaco Canyon. We are fortunate to have three recent comprehensive reviews of Chaco Canyon and the San Juan Valley, one by Joan Mathien (2005), a second by Bryan Fagan (2005), and a third by Steven Lekson (2006).[17] Suzanne K. Fish and Paul R. Fish recently (2007) edited a detailed study of the Hohokam people in southern and central Arizona.[18] In the review of Mimbres people, I rely principally on the works of J. J. Brody, Harry J. Shafer, Anne I. Woosley, and Allen J. McIntyre.[19]

For the Casas Grandes River Valley and Paquimé, the massive eight-volume study by Charles C. Di Peso and his associates provides the basic source of information.[20] But Di Peso's original 1974 study of the site and area is supplemented by the work of several contemporary archaeologists, including Michael E. Whalen, Paul E. Minnis, Emiliano Gallaga, Gillian E. Newell, Steven Swanson, and other highly competent Mexican and American scholars.[21]

For West Texas, the study cites archaeological studies by Myles R. Miller and Harry J. Shafer in the Jornada Mogollon region and a number of site-specific studies of the eastern Trans-Pecos by Robert J. Mallouf, William (Andy) Cloud, Andrea J. Ohl, John D. Seebach, and their associates with the Center for Big Bend Studies at Sul Ross State University.[22] For the lower Pecos we look to studies of rock art of the region—studies by Solvig Turpin, W. W. Newcomb, and Carolyn Boyd.[23]

For the Texas Panhandle region, the sources used include principally Robert L. Brooks, Douglas K. Boyd, Vance T. Holliday, and Eileen Johnson.[24] Archaeological studies and overviews by Michael B. Collins, Thomas R. Hester, Robert Ricklis, and Richard Weinstein provide the principal sources of information on Central Texas, the Texas coastal region, South Texas, and the Southern Plains.[25]

In the Trans-Mississippi South, Timothy K. Perttula is my principal source for information on the East Texas Caddo, but the works of Dee Ann Story and Robert Rogers are also frequently cited.[26] James A. Brown's study of the northern Caddoan site of Spiro in eastern Oklahoma provides the basic information on the chronology and history of Spiro.[27] I rely principally on Martha Ann Rolingson's several published works for information on the Plum Bayou culture and the Toltec site.[28]

There is a massive amount of published material on the cultural emergence, florescence, and collapse of Cahokia located near the junction of the Missouri and Mississippi Rivers. In this study, the recent works of Timothy R. Pauketat are primarily relied upon although several other writers, including Thomas E. Emerson, are also cited.[29] For information on the chronology and culture of Moundville, the study cites principally Vernon J. Knight and Vincas P. Steponaitis but also refers to the more recent studies of Moundville by John H. Blitz and Gregory D. Wilson.[30] Adam King's work provides the essential source of information on the western Georgia site of Etowah.[31]

David G. Anderson's study of the Savannah River chiefdoms provides the basic information on the Mississippian site of Irene located near the mouth of the Savannah River. Anderson recently also prepared a comprehensive and frequently cited overview of Late Prehistoric climate and culture change in the Southeast.[32]

In the last chapter, covering the sixteenth century, a review is given of documentary accounts from three major sixteenth-century Spanish expeditions that first explored the study area including the American Southwest, the Southern Plains, the Trans-Mississippi South, and the Southeast. As Spain claimed the entire study area during the period, the sixteenth-century expeditions reviewed were all initiated by Spanish authorities.

In 1528, the Pánfilo de Narváez expedition landed in Florida, and eight years later, after spending most of their time near the Texas coast, Cabeza de Vaca and three survivors arrived in Mexico City. Two documentary accounts of the long journey provide valuable information on the climate during the eight-year period and the cultural ways of the Native peoples whom he encountered across the continent.[33]

About three years after Cabeza de Vaca's small party reached Mexico City, Hernando de Soto was authorized to commence an expedition from Florida across the Southeast.[34] After spending about three years in the field, marching from Florida to western Arkansas and later to Central Texas, Spanish troops returned to the Mississippi River and sailed to Mexico. There are four accounts of the expedition that describe in detail the strength and vitality of the numerous local chiefdoms encountered and the winter climate that halted the De Soto–Moscoso expedition for several months each winter.

While De Soto was conducting an expedition across the Southeast, Francisco Vázquez de Coronado and his troops in western Mexico began an expedition that took them across the Southwest and parts of the Southern and Central Plains to the western edge of the Eastern Woodlands culture in central Kansas.[35] During the three-year expedition, Spanish chroniclers recorded the vitality of the Pueblo people in New Mexico, the Plains Indians culture, the vast herds of bison on the Southern Plains, and the deep snow and ice conditions that annually suspended Coronado's movement throughout the winter months.

The numerous accounts of the three large sixteenth-century Spanish expeditions clearly record the cold and wet climatic conditions across the Southwest and Southeast during the century and document cultural changes made by the Native peoples in response to the Little Ice Age.

4000 BC to AD 900

The reconstruction of periods of climate change in North America during the third and fourth millennium BC is based in part on recent marine sediment studies in the Gulf of Mexico. As mentioned earlier, the 2006 NRC report specifically identifies marine sediment studies conducted in estuaries and coastal settings as a significant source for insights in reconstructing climate change.[36] In 2004 the Florida Geological Survey published an investigation by James Balsillie and Joseph Donoghue of the high resolution sea-level history for the Gulf of Mexico since the last glacial maximum.[37] The investigation concluded that the sea level in the Gulf rose steadily and sharply during the early Holocene Epoch and the Altithermal to a high sea-level stand (with a moderate to warm climatic episode) that continued throughout the fourth millennium BC.[38]

The 2004 study indicates that the sea level in the Gulf dropped suddenly and severely during the early centuries of the third millennium BC. The sea level then stabilized at the lower sea-level range (with a cooler and more mesic climatic period) prevailing throughout the balance of the third millennium and the first several centuries of the second millennium BC.[39]

Within the last decade independent climate scientists and archaeologists have prepared and published in scientific journals climate-reconstruction studies that collectively conclude that oscillating climate swings every 500 to 800 years are evident in the history of climate change in the southern temperate zone of North America for at least the last four thousand years or so. Apparently, the Medieval Warm Period, the Little Ice Age, and the Current Warm Period may represent in parts of the temperate zone of North America only the last millennium of oscillating climatic change that occurred and reoccurred during the last four millennia or more.

The reconstruction of oscillating periods of climate change during the last four thousand years is documented in reports and peer-reviewed articles in scientific journals published during the first decade of the twenty-first century by the National Academy of Sciences, the American Association for the Advancement of Science, and the Society for American Archaeology. The following is a condensation of the conclusions reached in the recent studies.

The Southeastern archaeologist Tristram R. Kidder, writing in 2006 in the quarterly journal of the Society for American Archaeology, emphasizes that "the prevailing views of the role of climate change as an agent in the Holocene cultural history are influenced by the perception that the past 10,500 years were characterized by relatively stable climates."[40] However, Kidder corrects the misconception by adding: "There is now evidence of significant climate variation in the Holocene."[41] He then suggests that the major climate-forcing processes include variations in galactic cosmic ray intensity, solar insulation, and the Southern (El Niño) and North Atlantic Oscillations.[42]

Kidder characterizes the period after 1800 BC as a moderate to warm climatic episode in the Lower Mississippi River Valley during which the Poverty Point culture arose and flourished in Louisiana and Mississippi.[43] Kidder writes that the warm period of about eight hundred years in the Mississippi River Valley was a time of relatively high population densities, a wide diversity of settlement patterns, and expanded long-distance trade.[44]

The American archaeologist David G. Anderson concurs with Kidder's assessment. Writing in 2001 about the same warm period, from ca. 1800 BC to 1000 BC, in the Southeast, Anderson says: "During this interval, essentially modern climate, sea level, and vegetation emerged. Mound construction, long-distance prestige-good exchange, and warfare expanded, culminating in dramatic cultural expressions like Poverty Point."[45]

David G. Anderson

David Anderson received his PhD in anthropology from the University of Michigan in 1990. Anderson is presently professor of anthropology at the University of Tennessee. He has participated in fieldwork across the American Southwest and Southeast, from California to Georgia.

Anderson is a member of The Archaeological Conservancy and the state archaeological societies of Alabama, Mississippi, Louisiana, Georgia, and Florida. His research interests include late prehistoric climate and culture change in the Southeast. His publications include *The Savannah River Chiefdoms: Political Change in the Late Prehistoric Southeast*, "Climate and Culture Change in Prehistoric and Early Historic Eastern North America," and (as coeditor) *Climate Change and Cultural Dynamics: A Global Perspective on Mid-Holocene Transitions*.

Neither Kidder nor Anderson insist that the moderate to warm climatic period from about 1800 BC to 1000 BC in the Lower Mississippi River Valley necessarily represented a local manifestation of a broader global climatic period. However, there is evidence that the climate in Eurasia was also moderate to warm during the same period, dating from immediately after ca. 2000 BC. In his 2008 study of climate and culture change in Eurasia in the late Bronze Age (ca. 2000–1000 BC), Michael D. Franchetti writes: "Recent paleo-climate studies in the Dzhungar region suggest that the climate of the second millennium BC was broadly comparable with that documented today."[46]

At the close or collapse of the Poverty Point culture, ca. 1000 BC, the climate in the southern temperate zone of North America, and perhaps globally, drastically changed to a much colder and more mesic period, according to Kidder

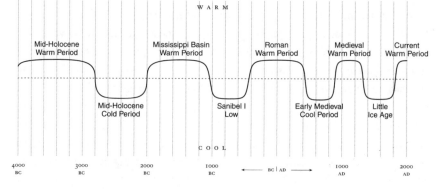

Graph 1: Smoothed reconstruction of temperature change in the southern temperate zone of North America for the last four thousand years. *Source:* Information on temperature variations from the National Research Council, Surface Temperature Reconstructions for the Last 2,000 Years (2006); William H. Marquardt, "Mounds, Middens, and Rapid Climate Change," (2010); and Heinz Wanner et al., "Mid- to Late Holocene Climate Change: An Overview," *Quaternary Science Reviews* 27 (2008): 1791–1828.

and other American and European archaeologists and climate scientists. Kidder argues in his 2006 study that beginning around 1000 BC in eastern North America, lower population densities are recorded along with a more limited range of settlements, reduced long-distance trade, and limited architecture and artifact diversity.[47]

Recent studies of climate change in the Southwest during the same five-hundred-year period (ca. 1000 to 500 BC) agree with Kidder's assessment that the cool and wet episode extended well beyond the Lower Mississippi River Valley. For example, in commenting on climate and environmental change on the lower Pecos River in Texas, Solveig A. Turpin writes that around 1000 BC there was "a short but influential mesic interlude that permitted the expansion of the Great Plains grasslands and their characteristic fauna as far south as the Rio Grande."[48]

In Europe, climate scientists studying the history of natural climate variability have also identified a significant cooling period that occurred on the continent immediately after 1000 BC. In 2008, Jüng Beer and Bas van Geel reported that in Europe during the period ca. 950–700 BC or later, "solar activity abruptly declined, precipitation in north-west Europe suddenly increased, while temperature declined."[49]

Around 300 BC, the climate pattern in eastern North America and Europe switched again, according to Anderson. He characterizes the archaeological and paleoclimatic record on the middle Mississippi River during the period from ca. 300 BC to AD 400 as an interval in which long-distance networks of trade and other forms of interaction reemerged, spectacular mounds and earthwork complexes were again constructed, and some individuals were buried in elaborately provisioned tombs within massive mounds.[50] Anderson refers to this time as the Hopewellian interaction or the Middle Woodland Period in eastern North America.[51] According to Anderson, this same seven-hundred-year warm period in Europe is referred to as the Roman Optimum or Roman Warm Period, during which the classic Greek and Roman cultures emerged and Western civilization first flourished.[52]

Apparently the Roman Warm Period was as warm or warmer than the twentieth century and impacted not only the eastern Mediterranean but Iberia as well. In her recent study of climate and culture change in Iberia during the first millennium BC, Joan Sanmarti writes that between ca. 400 and 200 BC, population in Iberia increased to unprecedented levels, the agrarian economy expanded, and agriculture intensified as indicated by an increase in the number and size of silos.[53]

Climate scientists employ different names for the cold and wet climatic period of about five hundred years that followed the Roman Warm Period. A figure included in the 2006 NRC report identifies the cool episode as the "Early Medieval Cool Period."[54] Regardless of how the period is dubbed by climate scientists, historians characterize it as the Dark Ages, during which agrarian economies in Europe were under severe stress.[55] Anderson writes that during the cool and mesic period, many parts of North America and Europe exhibited evidence of depopulation, changes in land use, large-scale population relocations, and a reduction in organizational complexity.[56]

The cold stretch came to a close around AD 900 with the start of the Medieval Warm Period: the commencement date of the present study. With this background I proceed with the story of climate and culture change in the present study area of North America during the tenth century.

CHAPTER 1   THE TENTH CENTURY

THE ELEVENTH CENTURY

THE TWELFTH CENTURY

THE THIRTEENTH CENTURY

THE FOURTEENTH CENTURY

THE FIFTEENTH CENTURY

THE SIXTEENTH CENTURY

The 2006 report on surface temperature reconstructions for the last two thousand years, published by the National Academy of Sciences and prepared by its research arm, the National Research Council (NRC), concludes that "[l]arge-scale surface temperature reconstructions for the Northern Hemisphere yield a generally consistent picture of temperature trends during the preceding millennium, including relatively warm conditions centered around AD 1000 (identified by some as the 'Medieval Warm Period')."[1]

A more recent (2009) reconstruction of climate change for the last two thousand years, published in *Science*, the weekly journal of the American Association for the Advancement of Science, concludes that the climate in parts of North America during the Medieval Warm Period was as warm or warmer than that of the Current Warm Period.[2] The authors of the 2009 study write: "The reconstructed MCA [Medieval Climate Anomaly or Medieval Warm Period] pattern is characterized by warmth over a large part of the North Atlantic, Southern Greenland, the Eurasian Arctic, and parts of North America, which appears to substantially exceed that of the modern late-20th century (1961–1990) baseline and is comparable to or exceeds that of the past one-to-two decades in some regions."[3]

In addition to concluding that the Medieval Warm Period can be dated from roughly AD 900–1300, the NRC report includes references to the immediately earlier period, ca. AD 400–900 (the "Early Medieval Cool Period"), and identifies the principal sources of information used in the climatic reconstructions for the Medieval Warm Period as follows: "Evidence for regional warmth during medieval times can be found in a diverse set of records including ice cores, tree rings, marine sediments, and historical sources from Europe and Asia."[4]

In considering the impact of the Medieval Warm Period in the northern hemisphere, the European climatologist and historian H. H. Lamb concludes, "By the late tenth to twelfth centuries most of the world for which we have evidence seems to have been enjoying a renewal of warmth, which at times during those centuries may have approached the level of the warmest millennia of the post-glacial times."[5] Lamb adds that the warming period was felt also in Iceland and Greenland where Norse explorers and colonists first established horticultural communities during the century.[6]

Reports of glacial retreats in the North American Rockies and in the European Alps plus studies of the rise in the global sea level and regional histories in western Europe, Iceland, and Greenland confirm the favorable warming conditions beginning in ca. AD 900 or in the late ninth century. In a 2008 report on global climatic change during the past 2,300 years, published in the journal *Science*, Pingzhong Zhang et al. propose a Northern Hemisphere climatic period chronology in which a cooler period called the Dark Age Cold Period (also called the Early Medieval Cool Period) was evident from ca. AD 500–900, followed by the Medieval Warm Period, which lasted from ca. 900 to 1300, then a cooler and more mesic Little Ice Age present from ca. 1300 to 1850, and finally the Current Warm Period which has influenced global climate since about 1850.[7]

As noted in the 2006 NRC report, historians, climatologists, and anthropologists recognize that global climate change substantially influences human population levels and cultural history, particularly in agrarian societies.[8] European demographers note that the population of Europe changed substantially between the Early Medieval Cool Period and the immediately following Medieval Warm Period. Demographers estimate that the population of France and the Low Countries decreased from about five million in about AD 500 to about three million in ca. 900. During the same period, the population of Germany and Scandinavia decreased from about three and one-half million to two million while the population of the British Isles remained steady at about a half million.[9] After ca. 900, the population of Europe began to rebuild and increased substantially as will be specifically noted later.

Steven LeBlanc writes in 2003: "The Medieval Warm Period began in the AD 800s and ended in the 1200s. During this period much of the world was warm and moist, a warmth that exceeded even that of today. The climate was good for crops in most places around the world. Resource abundance helped launch the construction of Gothic cathedrals, the colonization of Iceland (ca. 874) and Greenland (ca. 985) as well as the Shetland and Faeroe Islands, and briefly, Vinland (North America) by the Scandinavian Vikings."[10] As LeBlanc and European historians observe, the tenth century was a dynamic period of exploration and colonization of both Iceland and Greenland.

Steven A. LeBlanc

Steven LeBlanc's academic record includes postdoctoral work at the University of Michigan. He taught archaeology at Harvard University and is the director of collections at the Peabody Museum of Archaeology and Ethnology in Cambridge, Massachusetts.

LeBlanc participated in fieldwork in the American Southwest, focusing on the Mimbres culture in south-central New Mexico. His interest in climate change and warfare in the prehistoric Southwest led to his recent publications cited herein, *Prehistoric Warfare in the American Southwest*, published by the University of Utah in 1999, and *Constant Battles: Why We Fight*, published in 2003.

Overview of North America

Marine geological studies of sea-level change in the Gulf of Mexico, dendrochronological studies of tree rings in the Southwest, studies of glacial movements in the Rockies, and other scientific inquiries confirm that beginning in about the tenth century, the Early Medieval Cool Period faded and the Medieval Warm Period emerged to provide a climate favorable for the intensification of horticulture and for cultural change in the southern temperate zone across North America. In this chapter I note the close temporal parallel between the commencement of the Medieval Warm Period and the beginning of the classic period of Native North American cultural history. In his study of climate and culture change in Late Prehistoric North America, David G. Anderson emphasizes the close connection between the Medieval Warm Period and the florescence of the Mississippian culture in North America. Anderson writes: "During the Medieval Warm Period, complex agricultural-based societies spread widely over the East, eastern Great Plains, and in the Southwest."[11] Anderson further explains: "Correlation (positive or negative) does not equate with causation, however, and certainly does not constitute adequate explanation for cultural change. Nonetheless, there appear to be significant relationships between climate and culture over the period of human occupation in eastern North America that are worthy of exploration."[12]

Sustained favorable climatic conditions contributed to the strong horticultural foundation that economically supported early construction at Pueblo Bonito and two other "Great Houses" at Chaco Canyon. The architectural design and the organizational talent necessary to construct the multistory masonry structures were unprecedented in the Southwest.

At the same time, Hohokam farmers, who had been irrigating small fields of maize and other cultigens for over a thousand years, experienced a rapid expansion in population and undertook an increase of crop cultivation during the tenth century. Occupants of Snaketown and of other communities in the Phoenix Basin constructed not only impressive new canal systems but also new ball courts on the Mesoamerican style and low platform mounds for community ceremonies.

In southwest New Mexico, favorable climate supported an agricultural expansion in the Mimbres Valley where a highly talented arts community thrived. Some of the most impressive artistic creations by Native Americans during the pre-Columbian period were paintings produced by Mimbreno artists during the tenth and eleventh centuries.

While at the close of the ninth century and beginning of the tenth century monumental construction had commenced in the Southwest, Caddoan construction workers at the George C. Davis site in East Texas began to build two large earthen mounds. In contrast with the unprecedented monumental masonry construction at Chaco, the construction of earthen mounds in East Texas represented only an extension of an ancient mound-building tradition that dates back well over five thousand years to the Middle Archaic in nearby Louisiana.

The same broad cultural and architectural expression of large mound construction is also found at the mound complex at the Toltec site on the lower Arkansas River, dated to the ninth and tenth centuries. The Plum Bayou cultural center at Toltec represents what the Mississippian archaeologist Timothy Pauketat considers to be a possible transition site from the Coles Creek culture on the lower Mississippi to the Mississippian culture that emerged after the tenth century at Cahokia, Moundville, Etowah, and numerous other Mississippian sites in the Southeast.

The tenth century introduced across the Southwest and the Southeast a period of unprecedented population and economic growth and culture change, a period considered to be the commencement of the classic period of Native North American culture.

The American Southwest

The Southwest archaeologist Steven LeBlanc writes that both small and large horticultural communities emerged and expanded all across the Southwest during the early years of the Medieval Warm Period.[13] LeBlanc adds that during the

ninth century and throughout most of the tenth century, architects and construction crews in northwest New Mexico initiated the construction of unprecedented masonry architecture in Chaco Canyon.

In 2005 the National Park Service published an exhaustive study of the cultural history and ecology of Chaco Canyon and of the nearby San Juan Basin.[14]
Francis Joan Mathien, an archaeologist and the author of the work, writes that
archaeological investigations and studies of Chaco Canyon had been conducted
periodically for over 150 years. In a balanced manner, Mathien reviews and as-
sesses the mass of information on Chaco Canyon. In addition, Brian Fagan in
2005 authored and Stephen Lekson in 2006 edited comprehensive studies of
Chaco Canyon, offering their own views of Chaco plus the views of associates.[15]
Comments on Chaco Canyon made herein are based in large part on these three
important recently published studies.

The architecture constructed at Chaco Canyon took the form of multi-room,
multistory masonry structures called Great Houses. Three of the largest—Pueblo Bonito, Penasco Blanco, and Una Vida—were commenced in the late ninth and
the early tenth centuries. In their study of the Great Houses, Chaco archaeologists explain that the construction of Pueblo Bonito commenced in the middle
860s, and construction episodes of a decade or so each continued through the
tenth century.[16] Pueblo Bonito was eventually completed in the shape of an arc,
two to three stories high, with the flat base facing south toward Chaco Wash.

Stephen Lekson adds that both Pueblo Bonito and Una Vida started as small
house sites built of stone masonry rather than the frequently favored adobe, and
that the structures were significantly expanded into monumental Great Houses
during the eleventh and twelfth centuries.[17] In a chart indicating the amount of
labor necessary to build Chaco Canyon's Great Houses over time, Lekson et al.
indicate that the labor effort expended between AD 900 and AD 1025 was relatively stable but that the effort increased dramatically, perhaps fivefold, during the
eleventh century. The monumental character of the construction first became
evident at that time.

Mathien writes that only a limited number of residents lived in the Great
Houses in the tenth century; most canyon residents during the early decades of
the century lived in separate, permanent, aboveground slab houses of small to
moderate size. By the middle of the century the local Chaco population had significantly increased, houses were aggregated, and kivas appeared.

Chaco archaeologists agree that Chacoans in the tenth century depended on
hunting and large cultivated gardens and small fields for subsistence. Chacoans
at the time hunted antelope, deer, bighorn sheep, rabbits, and prairie dogs, but
apparently not bison.[18] Maize had been introduced in the Southwest about three
thousand years earlier, and was later widely grown with the support of water-

control systems.[19] Mathien and her associates report that maize, squash, beans, and amaranth were cultivated at Chaco as well as at numerous other locations in the Southwest in the tenth century.

Zooarchaeologists write that a special breed of domestic turkey was raised at Chaco, a breed that probably had been domesticated in the Southwest, not one introduced from Mesoamerica where the domestic turkey had been bred and raised centuries earlier. Charmion McKusick projects that domestic turkey may have been raised in the Southwest as early as AD 500.[20]

The Fremont People

The Fremont people arose and flourished as a loosely unified, sedentary and semi-sedentary horticultural society in the American Southwest during the Medieval Warm Period, coeval with many other agricultural societies reviewed in this study. The Fremont cultural area extended from the eastern Great Basin across most of Utah and into northwestern Colorado and parts of Nevada and Idaho.

Fremont people shared some cultural patterns with their neighbors the Anasazi living to their southeast, but they retained for about four hundred years their own distinct identity. Although Fremont settlements were generally smaller and less permanent than those found among the Anasazi, Fremont builders, like the Anasazi, constructed both masonry and adobe structures for residential occupation and for grain storage. Larger settlements included up to sixty or more pit-houses. Granaries and small storage chambers were often positioned on narrow canyon ledges or hidden high on cliffs difficult to access. For further security, piles of boulders were frequently paced along key ridges overlooking access points to the caches, presumably to be used as defensive weapons.

Like other horticulturists in the Southwest, Fremont farmers cultivated tropical maize, beans, and squash, but their fields along the narrow floodplains of the Fremont River were marginal compared to the broad irrigated farms on the San Juan River in northwest New Mexico and along the Gila and Salt Rivers in Arizona.

Fremont pottery was also distinctive. Rather than copying regional Southwest ceramic styles and traditions, Fremont potters fashioned thin-walled gray ceramic bowls and only a few black-on-white painted vessels. Ceramic specialists identify ten types of Fremont pottery, each different from that produced in Chaco Canyon and the San Juan area. Fremont pottery shapes include coil-constructed jars, bowls, and pitchers colored light to medium gray and gray-brown. Vertical jars and a few other shapes and sizes of vessels have distinctive broad handles. Most of the ceramics are unpainted but some are fashioned with incised and punched patterns.

Fremont lithic production and dress were distinct too. Although the Southwest triangular-point lithic tradition was followed, Fremont hunters and warriors fashioned projectile points that were generally longer than similar points from the Four Corners area. By their dress, Fremont people could easily be distinguished from the Anasazi as they wore moccasins while the Anasazi dressed in sandals.

Although Fremont architects designed no monumental Chaco-style Great Houses, Fremont artists joined other Southwest artists of the period in vividly displaying their creative talent in novel pictographs and petroglyphs on recessed canyon walls and other open rock surfaces. (See Simms and Gohier, *Traces of Fremont: Society and Rock Art in Ancient Utah*.)

The Fremonts were only one of several dozen of the more remote, less recognized, but nevertheless significant and fascinating foraging and farming people in the Southwest who almost as one awoke during the early years of the Medieval Warm Period and emerged with intensified agriculture as successful sedentary farmers. Like other agrarian societies in the American Southwest and the Southeast, the Fremont began to fade and then collapse in the late thirteenth and fourteenth centuries. This period was coeval with the transition from the Medieval Warm Period to the Little Ice Age when agrarian economies in many parts of North America were crippled.

≈

During the tenth century, while Natives with engineering skills were constructing the foundation for unprecedented masonry architecture like Pueblo Bonito and other Great Houses at Chaco Canyon, the Fremont people northwest of Chaco in southeast Utah were consolidating settlements, and residents of the Hohokam area in central Arizona (near present-day Phoenix) were expanding and refining existing irrigation canal systems (see sidebar, "The Fremont People"). In their 2007 overview of the history of Snaketown and Hohokam cultures, Suzanne Fish and Paul Fish explain that as early as around 1200 BC irrigation canals were constructed in the desert Southwest to support maize cultivation and that sustained occupation of the Tucson Basin occurred around that time.[21]

During the decades leading up to the tenth century, most residents of the Hohokam area built subsurface pit-houses arranged informally in courtyard groups. Mesoamerican influence before the tenth century is suggested in the

shape of ball courts built with smooth plastered floors, stone markers, and en-
trance-exit points. The authors write that rubber-like balls were produced locally
from the sap of a desert shrub.

In the period ca. AD 900–1000, Hohokam workers also constructed low
mounds for use as dance platforms or stages for ritual purposes at Snaketown
and other regional sites. The mounds were exposed and open for broad public
use.[22] But Fish and Fish note that the irrigation canal projects and mound construction undertaken in the tenth century were not of the monumental character produced later in the classic Hohokam period in the twelfth and thirteenth
centuries.

≈

The Mimbres Valley is tucked away in the southern Mogollon region about three
hundred miles southeast of Snaketown and about the same distance south of
Chaco Canyon. The valley follows the Mimbres River southward toward Mexico
but today the stream goes underground before reaching the Mexican border.
Mimbres archaeological sites dating to the tenth century include Galaz, Swartz
Ruin, and NAN Ranch Ruin.

In 2003, the Southwest archaeologist Harry J. Shafer completed an extensive study of the NAN Ranch Ruin and the Mimbres people.[23] Shafer writes that
the initial concentrated occupation in the Mimbres Valley occurred from about
AD 600 to 650. Until the beginning of the tenth century, Mimbrenos lived in pit
rooms or pit-houses that were not initially clustered. By 900, residents were
more sedentary and began constructing more permanent private and public
structures.

Evidence that Mimbrenos were part-time hunters during the tenth century
and earlier is found in the accumulation of faunal remains at the NAN Ranch
site. Apparently local hunters were successful in taking large game animals including deer, antelope, and bighorn sheep, but the most common game by far
was rabbit, both large jackrabbit and cottontail. Shafer projects that the atlatl
was the major hunting weapon for large game in the valley until around AD 750–
800 but that by the tenth century the preferred weapon was the bow and arrow.

Shafer refers to the period immediately before the tenth century as a phase
when several significant architectural changes were introduced. For example, in
some Mimbres communities, courtyards and kivas were added. These changes
suggest to Shafer that major, more fundamental organizational changes were to
come in the tenth century.

After ca. AD 900, Mimbrenos increasingly relied on the cultivation of maize,
beans, and squash. During this period, local farmers introduced a more produc-

tive species called "maize de ocho" which was stored in the shelled form rather than on the cob. Shafer notes that storing maize on the cob later became the preferred practice for fully sedentary peoples in the Mimbres Valley.

During the latter part of the tenth century, changes emerged in the burial practices of Mimbrenos and in the production of painted pottery. Whereas the dead were buried outside residences during the early decades of the tenth century, burials were more frequently placed under the floors of residences during the latter years of the century. Artists decorating pottery added for the first time white-slipped ware, the slip used as a canvas for painted depictions, decorations, and new forms of iconography. Thus, ceramics artists moved from plain ware to slipped ware at about the same time in the Mimbres Valley and in Chaco Canyon—the former to white-slipped bowls, the latter to red-slipped ware.

Harry Shafer describes the significant tenth century in Mimbres cultural history as "one of the most dynamic periods in the Mimbres cultural sequence."[24] Shafer identifies and analyzes the changes that occurred among the Mimbres people during the one-hundred-year period. First, Shafer notes that pit-house architecture was abandoned in favor of a new cobble-adobe pueblo style of construction. The change included eliminating the long extended entrance ways and substituting a new roof hatchway entrance using ladders; changing the round hearth to a more square or rectangular one; and relocating hearths from outside the house to inside rooms. The small-scale supplemental gardening of the pre-tenth-century period was replaced with large-scale irrigated farming which became the primary source of food. New granaries were built to store more efficiently the larger harvest of maize on the cob rather than in the earlier shelled form held in jars. The overall shift was from a semi-sedentary to a fully sedentary lifestyle.

Shafer writes that these transitions were made while a major social and community reorganization was underway. The small, egalitarian, family-based bands operative during the pre-tenth-century period emerged into larger groups. Supported by public ceremonies, perhaps including community singing and dancing, conducted in the common areas with plazas, the public rituals focused on common local concerns such as the need for rain or on the recognition of their ancestors.[25]

≈

While the tenth century brought dramatic culture change to the peoples of Chaco Canyon, Snaketown, and the Mimbres Valley, the century apparently brought no comparable fundamental change to the mixed foraging and gardening lifeways of the peoples in northwest Chihuahua or in the Jornada Mogollon area around El Paso. More fundamental cultural change in these regions arrived later, during the twelfth century. But this does not imply that no cultural changes were underway in the tenth century in the adjacent regions.

In northwestern Chihuahua, archaeologists refer to the tenth century as a part of the time sequence called the Viejo Period (ca. AD 700 to 1150 or 1200).[26] During this earlier period, farmers of the Casas Grandes, Santa Maria, and Carmen valleys lived in small hamlets with rounded pit-houses clustered near large, circular community structures. Later in the Viejo Period, the increasingly sedentary folk lived in single-story, multi-room surface structures built above stream banks or in mountain caves. Pottery made locally was primarily undecorated brown ware, but some red-slipped ware was produced.

The Southern Plains

During the tenth century, the climate in the Central and Southern Plains became increasingly warm and mesic under the influence of the Medieval Warm Period. Whereas many Native peoples in New Mexico and Arizona during the tenth century were becoming sedentary horticulturists who gained substantially from the more favorable warming and mesic climatic conditions beneficial to farming, Native peoples in the Central and Southern Plains simply continued their ancient lifestyle as mobile foragers competing for food directly with other mammals as their Archaic Period ancestors had done. South Texas Natives survived in small, independent, kin-related, hunter-gatherer, highly mobile bands, not in permanent horticultural villages as many residents of the Southwest.

In his widely cited study of the presence and absence of large bison herds on the Southern Plains, Thomas Dillehay projects that during the tenth century the large herds remained on the northern and central plains and did not move south to the Southern Plains until the Little Ice Age.[27]

The Trans-Mississippi South

According to Caddoan archaeologist Timothy K. Perttula, by the tenth century the Caddo people were an integrated socially ranked society with civic ceremonial centers and earthen-mound complexes. Perttula suggests that the chronology of the Caddoan people in Texas be considered in the following named sequence of periods: (1) ca. 500 BC to AD 800 (the Woodland Period); (2) ca. AD 800 to 1000 (the Formative Period); and (3) ca. AD 1000 to 1200 (the Early Caddoan Period).[28] Following Perttula's suggested chronology, the present chapter covers the second century of the Formative Period, the years 900–1000.

As background, first note that Caddoan people in East Texas, eastern Oklahoma, western Arkansas, and northwest Louisiana had been rapidly moving toward sedentism as early as AD 800 or perhaps a century or so before. By the tenth century, small, permanent, year-round agricultural hamlets and farmsteads were located along terraces near streams throughout Caddo country. Caddoans built grass- or straw-covered residential structures that were either circular or rectangular, and they frequently established cemeteries nearby.

The most prominent and fully excavated tenth-century Caddoan site with monumental architecture in East Texas is the George C. Davis site on the Neches River. Timothy Perttula writes that the two large mounds (one a flat-topped platform mound and the second a burial mound) were built in the latter part of the Caddoan Formative Period, which includes the tenth century. Perttula's chronology suggests that the two large tenth-century Caddoan mounds were built during the same period that construction was underway at Pueblo Bonito and several other Great Houses at Chaco Canyon.

The mounds at the Davis site were constructed within a village site of more than ninety acres, without a central plaza, on a natural terrace of the Neches River. With the recent addition of closely related adjacent property, Caddo Mounds presently covers 397 acres. The large platform mound (Mound A) at Davis is about 15 feet in height and measures about 160 feet by 260 feet at the base. The Texas archaeologist Dee Ann Story concludes that the platform supported a special-purpose structure that served the community as a stage for public ceremonies, but perhaps also functioned as an elevated base for the residence of an elite or special individual. This interpretation suggests that the principal purpose of Mound A was not as a temple mound constructed exclusively as a platform for a lavish temple residence of a chieftain.

The burial mound, about 20 feet tall and about 138 feet in diameter, was a conical-shaped mound from which elements of between seventy-five to ninety human remains were recovered along with extensive grave goods. Archaeologists suggest that the remains and grave goods indicate that the earliest interments occurred in the subsurface in the early tenth century and that human sacrifice may have also accompanied later mortuary ceremonies. We note that human sacrifice may have accompanied burial ceremonies in Chaco Canyon.

Archaeologists stress that although Caddoan horticulturists in the tenth century cultivated maize, squash, and native seeds like some of their neighbors in the Southwest and Southeast, Caddo people were not as dependent on domesticates as many of their neighbors. However, it is generally understood that maize was originally a Mesoamerican cultigen that probably made its way north by way of the Caribbean and Florida and via the Southwest and then northeastward across the Central or Southern Plains to the Mississippi Valley and farther to the northeast.[29]

Other non-agricultural plant products foraged by Caddo gatherers included hickory nuts, acorn, and wild chenopodium. Caddoan subsistence continued to rely on hunting game like deer, wild turkey, and cottontail. There is no evidence that the Caddo people in the tenth century or later domesticated wild turkey as in the Southwest.

During the tenth century, Caddoan potters, like the potters in the Mimbres Valley, established an impressive artistic ceramic tradition. Perttula writes that before about AD 800, local potters working in the area that was later the Caddoan region had produced primarily plain ware with no distinctive Caddoan iconography or motifs. Perttula adds that some ceramics before the tenth century had been related to the Marksville and the Coles Creek traditions of the Lower Mississippi Valley but that during the tenth century, Caddoan potters used more imaginative local design variations of lower Mississippi Valley ceramics.

Early Caddoan ceramic forms and decorations include incised, punctated, fingernail-impressed, and brushed forms that were uniform throughout the broader Caddo region. Perttula suggests that the uniformity of regional ceramics indicates an active level of social interaction within the broader Caddoan community beyond Texas in the tenth century.

Artifacts recovered from Mound A at the Davis site and grave goods from Mound C, a burial mound, include a large number of exotic items made of materials foreign to the Davis site that originated far from East Texas. These items have been identified as Gulf of Mexico marine shells; a waist band of tubular conch shell beads; pearl bead necklaces; clusters of arrow points made of foreign chert; thin sheets of copper; copper-covered wooden and stone ear spools; pieces of red, green, yellow, purple, and gray pigment; spatula-shaped celts fashioned from green metamorphic rock; a chunky stone associated with the Mississippian field game; a human effigy pipe made of sandstone; and a hematite plummet that, according to the report, "resembles Poverty Point plummets" from the lower Mississippi.[30]

Poverty Point

Poverty Point is one of the premier archaeological sites in the lower Mississippi River Valley and one of the largest and most architecturally complex Late Archaic sites in the temperate zone of North America. The site is located in northeast Louisiana about 400 miles downriver from Cahokia and 250 miles upriver from the Gulf of Mexico.

According to the Southeastern archaeologist Anthony L. Ortmann, the mounds and extensive earthworks at the central site were constructed and occupied during the period from about 1750 BC to 970 BC (Ortmann, "Placing the Poverty Point Mounds in Their Temporal Context"). The central site includes seven mounds, one a dominant mound about seventy-three feet high, and extensive earthworks with six concentric raised earthen ridges that measure about three-quarters of a mile from end to end.

Poverty Point also includes a significant, closely affiliated older Middle Archaic mound, called the Lower Jackson Mound, located about two miles south of the southernmost component of the earthwork ridges. The Lower Jackson Mound is on a common axis with three Poverty Point mounds at the central site and has recently been resurveyed and dated by the Louisiana archaeologist Joe W. Saunders to the period 3948–3661 cal BC (Saunders, et al., "An Assessment of the Antiquity of the Lower Jackson Mound"). The recent reconstruction of the chronology of the Lower Jackson Mound places it with several other Middle Archaic mound complexes recently discovered by Saunders and his associates in northern Louisiana, including Watson Brake, Hedgepeth Mounds, Caney Mounds, Frenchman's Bend Mounds, and Hillman's Mound/Nolan.

Poverty Point is not only a specific archaeological site in Louisiana; it is also a geographically extensive and significant culture complex with distant affiliated sites and a distinct suite of artifacts. Poverty Point–affiliated sites in Mississippi include Jaketown, located across the Mississippi River from the Poverty Point site, and Claiborne on the gulf coast about two hundred miles south of the Poverty Point site.

The Poverty Point archaeologist Jon L. Gibson considers clay cooking balls (called Poverty Point Objects or PPOs) and distinctly fashioned Motley points as indicators of Poverty Point culture (Gibson, "Poverty Point Redux," 77). Other commonly associated (but not diagnostic) artifacts found at Poverty Point have a deeper lineage in North America that substantially predates the Poverty Point culture. The two highly stylized, carefully ground and polished zoomorphic effigy beads found at Poverty Point carry a deep lineage traced back to the Middle Archaic period, from about 5000 BC to 2000 BC, and represent only two of over 110 zoomorphic effigy beads recovered in the Southeastern states, primarily Mississippi (Crawford, "Archaic Effigy Beads: A New Look at Some Old Beads"). The Texas archaeologist Robert A. Ricklis and his associates recovered on the central Texas coast hematite plummets dated to ca. 4500 BC, similar in design to those found at Poverty

Point and Jaketown (Ricklis, "The Buckeye Knoll Archeological Site, Victoria County, Texas").

Poverty Point and Cahokia about 2,800 years later both emerged and flourished on the Mississippi during a warm climatic period and both cultures collapsed with the onset of a long-term cool episode. Poverty Point emerged during the warm period from about 1800 BC to 1000 BC and expired with the arrival of a cool period of about five hundred years (Kidder, "Climate Change and the Archaic to Woodland Transition [3000–2500 cal. B.P.] in the Mississippi River Basin"). Cahokia emerged and flourished during the Medieval Warm Period and collapsed during the transition period leading to the Little Ice Age.

Poverty Point is recognized as an unprecedented Late Archaic commercial production and trading center with supply and exchange points and exploited resource deposits located up to one thousand miles to the north, near the upper reaches of the Mississippi River network, and several hundred miles south along the gulf coast.

Gibson writes that Poverty Point was a major early trading center into which hematite, magnetite, and slate were imported from the Ouachita Mountains in central Arkansas; soapstone and greenstone were brought in from western Georgia; copper came from the Great Lakes region; and shell moved up from the gulf coast.

In summarizing the significant lineage of mound cultures on the lower Mississippi, Timothy Pauketat writes: "Mound building itself dates back fifty-five hundred years in Louisiana, making it the oldest known monumental architecture in the New World. These days, southeastern archaeologists joke that New World civilization began in Louisiana and was later transplanted into Mexico" (Pauketat, *Cahokia, Ancient America's Great City on the Mississippi*).

The ground-stone hematite plummet is of special interest because of its deep regional lineage. Plummets were fashioned by Native ground-stone craftsmen in a teardrop shape with a hole drilled in the narrow end for suspension. The word "plummet" apparently is derived from the shape of the modern plumb or weight of lead attached to a line, used in contemporary construction to establish exact verticality or to determine water depth. Archaeologists write that Native Americans may have used plummets as sinkers for fishing nets or perhaps as weights for bolas employed as weapons for hunting.

Although uncertainty remains as to how plummets were used over the millennia, researchers agree on the deep time depth and lineage of hematite plummets in the Trans-Mississippi South and throughout the Mississippi drainage area. As indicated in Story's comments in the Davis site report, similar hematite plummets were recovered from several archaeological sites associated with the Poverty Point culture (dated from ca. 1800 BC to 1000 BC) both in northeastern Louisiana and at the Poverty Point site at Jaketown in the Mississippi Delta.[31] And similar hematite plummets were found at the central Texas coastal site Buckeye Knoll, dated to about 4500 BC.[32]

In sum, there was a fascinating assemblage of artifacts at Davis, focused toward Gulf Coast resources and toward the lower Mississippi Valley. This extensive array of objects and materials recovered at the Davis site is evidence that the Caddo people in the tenth century were actively engaged in a long-distance interaction network that extended over five hundred miles in several directions.

Spiro, in eastern Oklahoma, was another significant Caddoan site that, like the Davis site, dates to the tenth century and perhaps several decades earlier.[33] As a civic ceremonial center, Spiro eventually was the largest Caddoan mound center, with the largest number of earthworks (fifteen). The earthen mounds were constructed as either burial mounds, platform mounds to support special purpose buildings, or mounds built to cover earlier structures.

Over seven hundred burials, dated from the middle of the ninth century to the fifteenth century, were recovered from the site. Craig Mound possessed the most significant quantities of exotic, prestigious grave goods. The highly prized goods included shell cups, marine shell and stone beads, pendants, and embossed copper plates. Most of the grave goods originated not at Spiro or within the Caddo region but from sources far distant from the northern Caddoan heartland, predominately from Mississippian sources well to the east.

Within the past decade, the amazing network of Spiro trade has been recognized to extend substantially beyond the Southeast to reach the Pacific coast of Mexico and to central Mexico. Evidence of a Mesoamerican connection from central Mexico with the Caddo people at Spiro represents, according to Alex Barker et al., "the first documented example of Mesoamerican material from any Mississippian archaeological context in the Pre-Columbian southeastern United States."[34] The Mesoamerican material is an obsidian scraper that was fashioned from material that originated in the state of Hidalgo, the homeland of the Toltec people of south-central Mexico.

The recent discovery that the obsidian at Spiro originated from the Toltec region in central Mexico was serendipitous because a significant archaeological site also on the Arkansas River in Arkansas was named Toltec over one hundred years ago. In 2002, Martha Ann Rolingson wrote a comprehensive report of the Toltec site and the Plum Bayou culture.[35] The following review is based primarily on Rolingson's study.

At Toltec, extensive mound construction surrounding a large plaza (or perhaps two plazas) was initiated in the eighth century. Thus, during the same period when large-scale monumental construction was first undertaken at Chaco Canyon and at the Davis site, Plum Bayou architects, city planners, construction engineers, and skilled workers had already completed or were working on the complex and elaborate construction of several earthen mounds, a huge embankment, and an impressive moat-type exterior ditch at Toltec.

In background comments on the Toltec Mound site, Rolingson writes that the name Toltec was given to the site by Gilbert Knapp, the owner of the property in the late nineteenth century. Rolingson explains that Knapp was interested in archaeology and, in keeping with current theories of the day, thought that North American mound sites were built by people who had emigrated from Mexico.[36] Knapp decided that the Toltec people from central Mexico had built the site. Apparently Knapp knew that Toltec people had constructed their own empire and monumental architecture in the Mexican province of Hidalgo, an area a few miles north of Mexico City, during the eighth, ninth, and tenth centuries, when mound construction at Toltec in Arkansas was underway.

As described by Rolingson, Toltec is located about six miles east of the present-day course of the Arkansas River, in a diverse environment where the river leaves the central river valley and moves eastward into the lowlands toward the Mississippi River. The one-hundred-acre site is on an oxbow lake about one hundred miles upriver from the mouth of the Arkansas River. With one side on the lake, Toltec was surrounded on the other three sides by a large, broad-based earthen embankment, about eight feet high and over fifty feet wide. A large exterior ditch or moat-like depression ran along the outside of the embankment.

Local native Arkansas Toltecans constructed a total of eighteen large and small mounds within the site area. Ten mounds border a large rectangular plaza, and eight mounds surround a smaller, less-defined plaza. The largest mound (Mound A) is about fifty feet in height, Mound B is over thirty-five feet tall, burial Mound C is about twelve feet tall, and remaining mounds are about four feet in height or less. Not all the mounds have been excavated but four of the lower mounds have been identified as platforms.

The mounds at Toltec are different in several significant respects from the mounds at the Davis site in Texas. First, they predate the Caddo mounds at Davis by at least one hundred years or more. The mounds at Toltec are more numerous (eighteen mounds compared to three at Davis), taller (fifty feet tall compared to twenty-five feet), located around one or possibly two formal plazas (the Davis site has no plaza), and are apparently aligned with the annual movement of the sun at the equinoxes. In addition, unlike architects at the Davis site, local Toltec architects used multiples of a conventional basic measurement of 47.5 meters to establish the length of the major plaza, the distance between major mounds, and the length of the site along the lake bank.

Rolingson describes the subsistence pattern of the Arkansas Toltecans as one of mixed hunting, foraging, farming, and fishing. Hunters pursued principally white-tailed deer, turkey, and squirrel. They also hunted smaller birds, apparently for their colorful feathers. Gatherers sought persimmons, wild plums, grapes, hickory nuts, and acorns. As farmers (or at least advanced gardeners), residents of Toltec cultivated chenopod and knotweed, and archaeologists have also found maize, squash, and bottle gourd.[37]

In describing the pottery recovered at Toltec, Rolingson writes that, like the potters during the late Terminal Woodland period on the middle Mississippi, Toltec potters often employed a red-filmed surface. Approximately 11 percent of ceramic deposits at Toltec had a red-filmed surface treatment.

Rolingson distinguished the Plum Bayou culture from traditional eastern Woodland culture patterns in that it was more highly ranked and maintained stronger interaction and trade networks than traditional Woodland people. Some evidence of long-distance exchange at Toltec is found in the nonlocal copper and Gulf of Mexico conch shells, which were associated with the grave goods recovered from Mound C. Ceramic trade goods that originated up the Arkansas River at Spiro and at the Crenshaw site on the Red River in Arkansas were also found at the Toltec site.

The Mississippian archaeologist Timothy Pauketat suggests that some Toltec residents may have moved up to Spiro when Toltec began to wane. Pauketat writes: "Toltec dates from about 700 to sometime in the eleventh century, when, for reasons that remain unknown, Toltec and the entire central Arkansas River region was completely abandoned. Where did the people go? Farther up the river, similar but much more modest ceremonial-mound centers were on the rise, and the Toltecans might have gone there. However, most archaeologists believe, based in part on pottery styles, that the modest upper-river neighbors were Caddoans."[38]

Timothy R. Pauketat

Timothy Pauketat received his PhD in anthropology in 1991 from the University of Michigan. In 2005 he was appointed professor of Anthropology, the Department of Anthropology at the University of Illinois at Urbana-Champaign.

Pauketat's research has focused on the Mississippian Period with an emphasis on greater Cahokia and the Mid-South. His most recent works on climate and culture change cited herein include *Ancient Cahokia and the Mississippians* published by Cambridge University Press in 2004 and *Cahokia, Ancient America's Great City on the Mississippi* published in 2009.

The Middle Mississippi and the Southeast

Timothy Pauketat writes that during the tenth century, the Native people living in small villages along the rich floodplains of the middle Mississippi River Valley congregated into larger horticultural communities that allowed them to take advantage of the favorable warming climatic trend introduced by the Medieval Warm Period.[39] Pauketat adds that by ca. 1000, Mississippi potters used ceramic vessels coated with red films or slips. Thus, the period AD 900–1050 is referred to by Pauketat as the "Red-Filmed Horizon."[40] The slip or film is described as a thin coat of liquefied clay premixed with pulverized red ocher for color. I noted earlier that during the tenth century, potters at Chaco Canyon, the Mimbres, and northwest Chihuahua were using red-slipped and white-slipped ceramics.

Although farmers during the tenth century intensified tropical maize cultivation along the middle Mississippi River, the construction of monumental mound architecture in the Cahokia area did not commence until the eleventh century, and residents did not become dependent on tropical maize until the twelfth century. Mississippian archaeologists Vernon Knight and Vincas Steponaitis edited in 1998 a comprehensive study of the archaeology of the Moundville chiefdom, a Mississippian cultural and ceremonial center located in central Alabama, about 350 miles south-southeast of Cahokia. Knight and Steponaitis suggest that some intermittent habitation in the Black Warrior River Valley and the subsequent Moundville area dates to the early tenth century, but the authors conclude that the Moundville site proper probably was not occupied at that time.[41]

Another Mississippian chiefdom, Etowah, in northwest Georgia, was located about 500 miles south-southeast of Cahokia and 150 miles east of Moundville. In a 2003 study of the history of Etowah, Adam King describes the chiefdom as one of the most famous Mississippian mound centers in the Southeast. However, at Etowah, like Moundville, there was no mound construction before or during the tenth century.[42] David Anderson gives the same report regarding sites on the lower Savannah River where mound construction was not initiated until the twelfth century.[43]

≈

This chapter indicates that the Medieval Warm Period impacted the climate across Europe, the North Atlantic, and North America during the tenth century and perhaps during the latter part of the ninth century as well. European historical records and accounts describe how significantly the warming period influenced the agrarian societies and cultural history of western Europe. Archaeological investigations in the American Southwest and Southeast indicate that broad patterns of culture change occurred at the same time across North America. Unprecedented monumental architecture and a new imaginative artistic tradition emerged in the Southwest. In both the American Southwest and the Southeast, the intensification of horticulture initiated a change from semi-sedentary gardeners and hunter-gatherers toward a society of agrarian people. This dramatic period of climate and culture change accelerated into the eleventh century.

During the first century of the new millennium, the surface temperature in the Northern Hemisphere rapidly increased and continued to warm western Europe, the North Atlantic, and the southern temperate zone of North America. As the 2006 National Research Council report indicates, European historical accounts provide valuable information about climate and culture change in Europe and the North Atlantic in the eleventh century.[1] The European historian Christopher Dyer characterizes the eleventh century in Europe as a period of great economic expansion. Dyer writes: "The climate improved, so that crops could be grown more reliably, and in inhospitable places."[2] Dyer adds that as a result of the favorable climate, there was "an increase in population, agricultural production, the number and sizes of towns, and the volume of trade."[3]

Dyer also concludes that during the eleventh century "the threat of epidemic diseases receded."[4] His observation on the improved health of the continent is significant in light of the well-documented series of devastating plagues that apparently reduced the population of Europe by up to 50 percent in some areas during the immediately preceding Early Medieval Cool Period between ca. AD 500 and 900.[5]

In his study of climate change and history, the climatologist H. H. Lamb argues that the European Middle Ages, which he says began in the tenth and eleventh centuries, brought with the warming period "the first great awakening in European civilization."[6] Lamb concludes that the Medieval Warm Period in Europe was coeval with a surge in monumental construction of cathedrals, royal palaces, and noblemen's castles in France, England, and throughout Europe. Lamb also notes the early march of Christian crusaders across Europe to the Near East in the eleventh century.

In his description of the Medieval Warm Period, Brian Fagan writes in 2004: "It appears that Hubert Lamb was correct, at least as far as Europe was concerned. The eleventh and twelfth centuries, and perhaps preceding two centuries were relatively warm and settled but with temperatures slightly cooler than those of today."[7] Fagan concludes: "Beyond doubt, these warmer centuries brought enormous benefits to a Europe basking in summer warmth and good harvests, especially between 1100 and 1300, during the High Middle Ages. That warmer, more stable climate lasted but about two hundred to three hundred years, yet this was long enough to transform history."[8] Fagan specifically limits his observations to Europe. He offers no judgment or comments on climate and culture change in North America, or specifically as to whether the Medieval Warm Period "transformed" or even influenced Native culture in North America.

One factor that contributed substantially to the transformation of history in the High Middle Ages, as described by Fagan, was the dramatic increase in population in Europe during the period. The increase is interpreted by European historians as being partly a response to the favorable climatic conditions and economic strength of the day; in turn, the population increase provided the human momentum to further propel the social transformation. European demographers project that by the eleventh century the population of Europe had approximately doubled from population estimates for the continent for the period ca. AD 400–900, a period called the Dark Ages by European historians and the Early Medieval Cool Period by contemporary climate scientists.[9] The population of France and the Low Countries increased from a low of about three million during the Early Medieval Cool Period to about six million in the Medieval Warm Period. Likewise, the population of Germany and Scandinavia increased from a low of about two million in the Early Medieval Cool Period to four million in 1100. During the same period, the British Isles population increased from around a half million in the Dark Ages to two million in the eleventh century.[10]

≈

Norse agricultural settlements in Iceland and Greenland during the eleventh century continued to be successful, with Norse farmers tending to herds of livestock and cultivating fields of hay and grain. Early in the century, Norsemen who first settled Iceland and later Greenland continued explorations farther west, across the Labrador Sea to North America and Newfoundland and perhaps to a location farther south called Vinland.

L'Anse aux Meadows, located in Newfoundland, is the only Norse settlement in North America that has been identified and excavated to date.[11] The North American colony was successful for only a brief period, perhaps a few years; it was abandoned apparently because of warfare with local Native groups.[12]

With increased agricultural production in the northern regions of Europe as well as in Mediterranean countries on the continent, Europe was poised to continue the period of economic prosperity, population expansion, and cultural florescence during which many cathedrals, palaces, castles, and other monumental architectural works were constructed. New artistic traditions were initiated, the Crusades were promoted, and foreign trade was expanded. European historians refer to the eleventh century as a period in which the first institutions of higher learning were established and a modern European civilization was awakening.

Overview of North America

It is probably no coincidence that the awakening of Native cultures and emerging agrarian societies in North America occurred at the same time that European civilization was recovering from the Dark Ages and enjoying a strong agrarian economy and a new birth of cultural change. The Medieval Warm Period supported the expanding economic base upon which the agrarian economies and societies of both continents increasingly depended.

As the American Southwest, the Southern Plains, and the Southeast continued to warm during the eleventh century, horticultural production and population levels steadily increased across the North American continent. Joan Mathien and her associates estimate that the population of Chaco Canyon in New Mexico in the eleventh century was between 2,500 and 10,000; the maximum population of Snaketown in Arizona is estimated at about 1,200; and Timothy Pauketat suggests that the population of the greater Cahokia area may have reached as high as 30,000 in the middle of the eleventh century.

North American Natives who, for whatever incentive, performed the work of modern-day architects, administrators, construction engineers, masons, and highly skilled laborers in the American Southwest and Southeast constructed more monumental architecture during the eleventh, twelfth, and thirteenth centuries than during any three-hundred-year period before or after. At Chaco Canyon in the eleventh century, construction was commenced or expanded on Pueblo Bonito, Pueblo Alto, Chetro Ketl, Pueblo del Arroyo, Kin Kletso, and other Great Houses. Huge new irrigation and water-control facilities were constructed or substantially enlarged in the Hohokam region. During the same century on the middle Mississippi, construction of Monks Mound, the grand plaza, and associated structures was undertaken at Cahokia. Major construction at Casas

Grandes did not commence until the thirteenth century. These massive construction efforts in stone, adobe, and earthen materials were accomplished with the management skills of an elite class plus the efforts of Native people who possessed the talents of modern architects and engineers, and the energy of present-day construction crews at each local cultural center.

The American Southwest

As mentioned in the first chapter, the groundwork for the early construction surge at Chaco Canyon was commenced in the late ninth century and continued in the tenth century. During the earlier periods, construction was initiated on three of the mammoth structures called Great Houses: Pueblo Bonito, Penasco Blanco, and Una Vida. Work on the original three Great Houses was expanded substantially during the eleventh century, and four new Great Houses—Hungo Pavi, Chetro Ketl, Pueblo Alto, and Pueblo del Arroyo—were erected.[13] Construction of the four new Great Houses proceeded quickly while construction continued on the original three. Pueblo Alto was a one-story, arc-shaped Great House located above the canyon floor, on the mesa above Pueblo Bonito. The large, 133-room masonry structure was commenced in the early eleventh century and completed about forty years later.

Like Pueblo Alto, Chetro Ketl was a large Great House, but it was multistoried and located in the central canyon area near Bonito. Construction at Chetro Ketl began around 1020 and was finished in about eight years. Pueblo del Arroyo was also located a short distance from Bonito, off the streambed of Chaco Wash.

As construction continued at Pueblo Bonito during the eleventh century, increasingly sophisticated masonry styles evolved. In the earliest type, dated from the late ninth century to 950, masons used small (about one-inch-by-four-inch) stones compressed into a heavy, conspicuous mortar. By the close of the eleventh century, Bonito masons were employing a much more tightly spaced and more uniform pattern using slightly larger stones, more neatly stacked, with limited mortar evident.[14] The later eleventh-century style appears more formal and appropriate for the monumental character of the structure being built. As completed in the eleventh century, Pueblo Bonito was a magnificent two- to three-story masonry structure with over six hundred contiguous rooms. Some rooms were used for living quarters, but most were for storage or used as kivas and burial chambers.

The Southwest archaeologist Stephen Lekson argues that the residents of Pueblo Bonito were the political, economic, and spiritual leaders of the "city" that was then Chaco Canyon. The residents of the Great Houses (called "palaces" by Lekson) accounted for only about 5 percent of the area-wide Anasazi population. Most residents lived in small pueblos scattered throughout the general downtown area and beyond.[15]

In 2003, Jill Neitzel edited for the Smithsonian Institution a detailed study of Chaco Canyon in which she offers a projection of the population of the canyon during the eleventh century. Neitzel estimates that between two thousand and six thousand individuals resided at Chaco.[16] In the same study, Joan Mathien estimates a minimum population in the canyon of about twenty-five hundred and a maximum of ten thousand.[17] If Lekson's projection that about 5 percent of the canyon population lived in Bonito is reasonably accurate, Pueblo Bonito was occupied by perhaps a total residential population of only several hundred.

Whereas the original walls of the small residential pueblos at Chaco were constructed of puddled adobe using turtleback or loaf-shaped, hand-formed bricks, after ca. 1050 pueblo walls were of stone masonry construction like the walls of the Great Houses. One interesting exception is found at the Chacoan Great House Bis sa'ani where an adobe mix was poured into wooden forms in the massive wall construction. Using casts, molds, or forms in building large facilities was a construction technique used not only in the Anasazi world in the eleventh century but also later, for example, at Casas Grandes.

According to Lekson, Chaco Canyon constituted an elite culture in which high-status individuals were given special attention and respect. For example, at Pueblo Bonito two middle-aged men were buried in the middle of the eleventh century as "kings."[18] Furthermore, Lekson interprets the numerous additional human remains piled on top of the "royal" burials as retainers or humans sacrificed at the time of the burial of the "kings." We note that in the eleventh century, human sacrifice associated with the burial services of the elite was practiced in other locations in North America and Europe.[19]

During the eleventh century at Chaco Canyon there was not only a flurry of monumental construction projects but also acceleration in long-distance trade in turquoise, cast copper bells, ceramic works, lithics, and scarlet macaw parrots.[20] Zooarchaeologists indicate that the scarlet macaw (*Ara macao*) may have been the import with the most ceremonial significance for the Chacoans. The macaw may also have been obtained from the most distant source of imported items. According to zooarchaeologists and Spanish chroniclers, the colorful parrots originated from the lowland rain forests near the Gulf of Mexico in the Mexican states of Tamaulipas and Nuevo Leon.[21]

In his seminal study of the remains of Mexican macaw parrots in the Southwest, Lyndon L. Hargrave writes that the remains of thirty-four scarlet macaw parrots were reported at Chaco Canyon.[22] Thirty were recovered from Pueblo Bonito plus three at nearby Pueblo del Arroyo and one at Kin Kletso, within about a half mile of Pueblo Bonito. The concentration and condition of scarlet macaw remains found only in Great Houses located in downtown Chaco supports the thesis that the exotic parrot was a special ceremonial bird.

Hargrave reports that twenty-one of the thirty "nearly complete" scarlet macaw remains at Bonito were "newfledged," meaning that the birds were eleven to twelve months old.[23] The other nine were either "adolescent" (one to three years old) or "aged" (over three years old, up to one hundred or so).[24] Hargrave explains that young scarlet macaws hatch in March and April and that the macaws were apparently sacrificed at Chaco during the celebration of the spring equinox, when young macaws were about one year old or newly fledged. Hargrave thus concludes that scarlet macaws were special birds for Chacoans who sacrificed newly fledged macaws in the spring, perhaps as offerings for a successful horticultural season. This pattern of recovering predominately newly fledged macaw remains held true at archaeological sites throughout the Southwest. The ceremonial and sacrificial character of scarlet macaws justified the enormous effort made to secure the live three- to four-month-old parrots from sources in northeast Mexico, as far as eight hundred miles east-southeast of Chaco.

As mentioned in the first chapter, archaeologists recovered bones and other remains of very colorful smaller birds at the Plum Bayou culture site of Toltec in Arkansas. At Toltec it appears that the residents valued and appreciated the bright-colored feathers of redheaded and pileated woodpeckers and of the large brown and white barred owl. (Adult redheaded woodpeckers have black and white bodies and scarlet heads, while the pileated woodpecker has a bright red crest.) There was, however, no evidence that the woodpeckers or owls at Toltec were birds of sacrifice.[25]

Lekson outlines in some detail the road and communication system associated with Chaco Canyon. The Great North Road ran northward from the Chaco area about forty miles to Salmon on the San Pedro River and a second road ran south-southeast about forty miles to San Mateo. A line-of-sight communication network using masonry-constructed signal stations followed along parts of the roadways.[26] Later we note several line-of-sight communication facilities at other sites in the Southwest where the terrain was favorable for long-distance visual-communication systems.

≈

Like Chaco Canyon, Snaketown in the Hohokam region experienced a period of cultural florescence during the tenth and eleventh centuries. According to Suzanne and Paul Fish, the population of Snaketown increased from about 300 to over 1,200 residents between ca. 900 and 1150.[27]

As the population of Snaketown expanded during the eleventh century, horticulture increased with the addition of new irrigated fields and new species of cultigens. Although the earliest dry-farming sedentary settlements that cultivated maize in southeast Arizona may date to ca. 2000 BC or perhaps earlier, irrigation facilities were not added until many centuries later.[28] Preexisting irrigation facilities were substantially increased after AD 1000 when domesticated beans, squash, tobacco, and amaranth were cultivated along with maize. We recall that the plant remains recovered at Plum Bayou dated to ca. AD 900 were not domesticated, with the exception of maize.

In his study of cultivated landscapes in North America, William E. Doolittle writes that canal irrigation has been considered by some researchers as a significant Southwestern agricultural practice that originated in Mesoamerica and was diffused to the American Southwest. But Doolittle argues that irrigation canals in Arizona have been dated to ca. 800 BC or earlier, making the canals in the Southwest some of the oldest reported in North America. With the evidence of early canals in Arizona, Doolittle concludes that canal irrigation was developed originally in the Southwest independent of any diffusion from Mesoamerica.[29]

In their study of the Late Prehistoric Period of the Southwest, Suzanne and Paul Fish and their associates describe in detail the plazas, mounds, and ball courts constructed at Snaketown and in the Hohokam region during the eleventh century. The authors consider the central plaza in large Hohokam settlements as the heart of village life.[30] Henry D. Wallace notes that the plazas at the center of Snaketown served as burial grounds and as public stages where rituals and dances were performed.[31] In describing the importance of the central plaza at Snaketown, David E. Doyel emphasizes that the plaza also served as a marketplace.

In an effort to estimate the size of Hohokam plazas, Wallace outlines a plaza area in a diagram of the Valencia Vieja village plan. The circular plaza at Valencia Vieja measures about 260 feet in diameter. This represents a much smaller plaza area than the rectangular plaza at the site of Toltec that measures about 1,200 feet by 450 feet.

Mark D. Elson, writing about Hohokam ritual architecture, describes the size of Mound 16 at Snaketown (a platform mound) as about 45 feet in diameter and 3 feet high. Although mounds at Snaketown and at other large villages in the

Phoenix Basin were much larger in the latter part of the following century, the size of Mound 16 was apparently typical for the period.[32] The size was adequate to provide a raised platform for community ceremonies and dances.[33]

Elson also writes that ball courts (similar to those found in Mesoamerica) were used extensively in the early decades of the eleventh century, but by the second half of the century, few courts in the Phoenix Basin were still in use.[34] Snaketown folks constructed rectangular, single-unit pit-houses before the eleventh century, but residents soon thereafter built contiguous-room pueblos within compound walls.[35]

During the eleventh century, distinct new forms of red-on-buff pottery emerged in the Hohokam region. In her analysis of Hohokam ceramic technology, style, and tradition, Stephanie Whittlesey concludes that within the Hohokam fold there was a rain cult similar but not identical to that found in Mesoamerica, which was devoted to the rainstorm god Tlaloc. Hohokam potters produced vessel and design forms that reflected the Tlaloc cult and other ritual themes, and painted people, mammals, scarlet macaws, and other birds and life forms (often repeated in simple designs) across the surface of vessels.[36]

As at Chaco Canyon, evidence of long-distance trade was recovered at Snaketown from excavated burials. The discovery of cast copper bells, marine shells, and scarlet macaw remains dated to the eleventh century or earlier in Snaketown burials indicates the type of exotic goods imported and the range of long-distance trade in the Hohokam region.

≈

Along with Chaco Canyon and Snaketown folks, peoples of the Mimbres Valley in the western Mogollon region of southwestern New Mexico enjoyed a florescent period during the eleventh century. The Medieval Warm Period brought warmer days with longer and more productive growing seasons to the horticulturists in the Mimbres Valley, including farmers at the NAN Ranch Ruin.

As mentioned in the first chapter, Harry Shafer in 2003 concluded a comprehensive study of the NAN site and the people of the Mimbres Valley.[37] Shafer notes that the Mimbres Valley during the eleventh century was one of the most densely populated areas in the American Southwest and that the valley and the NAN Ranch Ruin site remained a heavily populated area throughout the one-hundred-year period. Shafer adds specifically that the zenith of the settlement's cultural history occurred from ca. AD 1010–1140.

During the eleventh century, existing irrigation canal systems at the NAN Ranch Ruin were enhanced, requiring a broad public cooperative effort not only to construct the enlarged canals but also to maintain the irrigation operation.

The complex and closely knit community at the NAN site found new cultural expressions as its population and agricultural production increased in the eleventh century.

With regard to material culture, such as the production of pottery, the Mimbreno potters and artists had no peers in the region during the eleventh century. Even today, Mimbres pottery is considered to be some of the most creative and imaginative painted ceramic work produced in the American Southwest during the pre-Columbian period. In the eleventh century, the artistic charm and excellence of Mimbres pottery was widely recognized, and the painted vessels were distributed or traded across the Southwest region and beyond. Distinctive Mimbres pottery sherds have been recovered in northwest Chihuahua, West Texas, eastern New Mexico, and Arizona.

Mimbrenos during the eleventh century also changed the way in which pottery was used and discarded. Whereas in the tenth century and earlier, ceramic pieces were made primarily for domestic household use, ceramic pieces in the eleventh century were produced frequently solely for artistic or mortuary purposes.[38]

Frequently, beautifully designed and painted ceramic bowls were buried with the prepared body of a deceased family member under a Mimbres house floor. Shafer interprets burials below the floor of a residence as evidence of a belief in a layered universe, a faith shared throughout much of the North American Native population. Membrenos' belief in a layered universe is perhaps also seen in the prominent use of images in ceramic designs of animals that live in more than one level of their universe, such as serpents, turtles, and frogs that can be found underground, underwater, and on land (where the latter even hop into the air).

Mimbrenos also included in their ceremonies and mortuary practices the sacrifice of animals such as exotic birds, particularly the scarlet macaw.[39] In the study of the Mimbres Mogollon site at Wind Mountain, zooarchaeologists Sandra Olsen and John Olsen write that the scarlet macaw "was sufficiently important to be traded in from the rain forests of southern Tamaulipas, its native habitat."[40]

Some writers suggest that scarlet macaws were likely traded in to destination points in the Southwest from Oaxaca on the lower west coast of Mexico. However, topographical and other constraints argue strongly against Oaxaca being the source of scarlet macaw remains found in the Southwest. While Tamaulipas and Nuevo Leon rain forest sources of scarlet macaw are about seven hundred miles down the Rio Grande from the Mimbres Valley, Oaxaca is over twelve hundred miles down the rugged west coast of Mexico. Moreover, the mountainous western coastal route would have required transiting densely populated and likely hostile areas. In contrast, the eastern route across northern Mexico follows in part the Rio Grande Valley downriver through the land of small hunter-gatherer bands that lived in the scarlet macaw homeland and welcomed exchange with traders from the Southwest with whom they could communicate with a common sign language.

In conclusion, Sandra and John Olsen interpret the ceremonial burial of scarlet macaws as one of only a few significant cultural traits that were shared among the Mimbrenos, Anasazi, and Hohokam.[41]

The Southwest archaeologist Darrell Creel and zooarchaeologist Charmion McKusick prepared a study of scarlet macaws and the Mimbres people. The report suggests that trade in scarlet macaws into New Mexico and Arizona before 1200 probably originated in Tamaulipas in northeast Mexico, with Mimbrenos "being intimately involved in the acquisition and purveying of macaws and parrots to other communities."[42] The authors note that Mimbres ceramics depict Natives transporting small juvenile macaws perched upon the top of baskets carried by bearers.

≈

In northwest Chihuahua, about one hundred miles or so south of the Mimbres Valley, local residents along the Rio Casas Grandes, Rio de Santa Maria, and Rio del Carmen lived principally in small villages during the eleventh century.[43] Circular pit-houses were clustered around larger community buildings. Although the red-on-brown Chihuahua pottery produced locally was distinctive, the style and design did not reach the level of sophistication, nor reflect the skill and imagination, of their northern neighbors, the Mimbrenos. In summary, the Native peoples of northwest Chihuahua in the eleventh century apparently did not experience the dramatic cultural change that occurred among the residents of Chaco Canyon, Snaketown, and the Mimbres Valley during the same period.

About 110 miles southeast of the Mimbres River Valley (but still within the Chihuahua Desert landscape), the Jornada Mogollon people in the eleventh century followed a pattern of seasonal mobility within the broader Tularosa Basin. Part-time farmers occupied permanent residential sites only during the winter months. In their study of the El Paso Jornada Mogollon people, Myles Miller and Nancy Kenmotsu write that during the early eleventh century the Jornada cultivated only a few crops, including maize, and that domesticates represented only a minor element in their diet.[44] But during the latter part of the century, the part-time horticulturists increased the production of maize, beans, bottle gourds, and perhaps cotton.

In the early decades of the eleventh century, El Paso Jornada people constructed small, single-room huts or pit-houses, but by the end of the century the residents were building square or rectangular pit-houses. Still, no contiguous-room, ground-level pueblos were constructed. Furthermore, the pit-houses had no substantial superstructure, and no plaster was used to buttress the walls. The causal nature of the construction is indicated by the use of dried agave flower stalks to support the walls.

In an overview of the history of the Jornada Mogollon people, Miller and Kenmotsu identify two eleventh century archaeological sites near El Paso, Ojasen and Gobernadora. In 1999, Harry Shafer and his associates prepared reports on the excavation of these two significant West Texas locations.[45] Shafer writes that the two sites provide excellent examples of the lithic and ceramic artifacts and the faunal and botanical remains found in the Jornada Mogollon region generally. Shafer concludes that the small Jornada groups at the time were primarily lineage bands composed of only a few families.

Phil Deering identifies the plant remains at the two Jornada sites as primarily maize, beans, amaranth, chenopodium, prickly pear, and mesquite.[46] Faunal remains include antelope, deer, jackrabbits, and cottontails.[47] Although bison were reported in the El Paso area later (during the 1500s) by Spanish expedition chroniclers, no bison remains were reported at the two sites in the eleventh century. Studies of bison migration patterns on the Southern Plains indicate that during the warm climatic periods (such as in the Medieval Warm Period), large bison herds were not present in Texas but that during the colder and more mesic periods, such as the Little Ice Age, large bison herds returned to West Texas and northern Mexico, including northwest Chihuahua.[48]

In John Dockall's study of shell and other categories of artifacts at the two sites, he identifies a number of shell bracelets, pendants, and beads that are similar or identical to specimens recovered at Paquimé.[49] Dockall also mentions that *Olivella* beads were a common type of marine shell found at both sites.

The Southern Plains

The Southern Plains during the study period separated the Eastern Woodland horticulturists in parts of Texas, Oklahoma, Arkansas, Kansas, and Missouri from the farmers in the American Southwest. The Southern Plains extended into Texas and represented the homeland of small hunter-gatherer groups and at times highly migratory big-game hunters. These bands were among the few large foraging groups that cultivated no crops and had no permanent residence in the southern temperate zone of North America during the study period.

For the purpose of studying the migratory peoples of the Southern Plains during the Late Prehistoric Period, Texas archaeologists divide the approximately eight-hundred-year period (ca. 800–900 to 1600–1650) into two phases, each encompassing approximately four hundred years. The earlier period (called the Austin phase) is described by Michael Collins as the period in which most Native peoples in the Texas Hill Country, prairie lands, and inland coastal plains replaced the atlatl with the bow and arrow for use in hunting and warfare.[50] Accompanying this change, the larger and heavier projectile points associated with atlatl darts were abandoned in favor of smaller and lighter arrowheads such as the Scallorn point. Many artifacts recovered from archaeological sites dated to the eleventh and twelfth centuries in Central Texas reflect this significant change in weaponry.[51]

Thomas Hester and Michael Collins add that during the Austin phase there was apparently no major change in the subsistence and settlement patterns of the hunter-gatherer groups in central and southern Texas.[52] The small expanded-family-related groups (of perhaps 50–150 members) hunted primarily local game including deer and rabbits, fished in streams and rivers, and harvested wild berries, nuts, grapes, plums, and seedy plants. Burned-rock middens dated to the period indicate that plant products roasted or baked in earthen ovens contributed substantially to the diet during the Austin phase.

The Native groups probably remained primarily within a thirty- to forty-mile range, with occasional hunting or foraging trips or raids far beyond. Groups likely moved from one well-watered and strategically positioned former campsite to another well-known campsite depending on the season, weather conditions, and other ecological factors. Collins also notes that at sites dated to the Austin phase, archaeologists found an increase in the number of human remains that indicated an injury by violence or warfare.

The Trans-Mississippi South

In his study and chronology of Caddoan people, Timothy Perttula identifies the period ca. AD 1000–1200 as the Early Caddoan Period in Texas.[53] Thus the eleventh century covers the beginning of the Early Caddoan Period according to Perttula's chronology for the Texas Caddoan people who at the time occupied not only the Pineywoods of northeastern Texas but also the area immediately to the west called the Post Oak Savanna. According to Ross C. Fields, the Post Oak Savanna is a vegetation belt of hardwood forests mixed with prairies that runs south–north and lies between the pine forests of Deep East Texas and the middle Brazos River Valley.[54]

Throughout the eleventh century, the Caddoan people continued to occupy their homeland area, which included the Davis site. During the period, numerous other Caddoan mound villages were scattered across the Caddo country in Texas. Some villages included up to eight mounds while others were limited to a single one.[55] At the time, the Davis site included only one platform mound and the large burial mound.

Perttula adds that Caddoan people in the eleventh century continued to depend primarily on hunting, fishing, and gathering local nuts and other plant products. Although Caddoan groups cultivated some maize and other tropical cultigens along with local domesticates during the eleventh century, it was not until late in the following century that Caddoan people in Texas became dependent on domesticated crops.[56]

The northern Caddoan site of Spiro in the eleventh century is in the early chronological sequence that James Brown identifies as the Harlan phase (AD 1000–1250).[57] The earlier, fifty-year phase began in AD 950 and ended in 1000. So Spiro had been occupied for only about fifty years before the commencement of the eleventh century.

During the eleventh century, Spiro followed a mixed hunting, fishing, gathering, and farming lifestyle not substantially different from that followed among the southern Caddoan people at the time. Maize was cultivated during the eleventh century, but its utilization was relatively minor, estimated by Brown at about 12 percent of all seed products consumed during the period.[58]

Before 1000, Spiro was a large village with simple architecture that included only several accretive burial mounds. But around 1000 the architectural scene changed dramatically with the construction of two (possibly three) platform mounds (the Brown and Copple mounds) and several other low mounds built to cover earlier specialized structures. Brown notes that throughout the eleventh century Spiro remained a major ceremonial center with a substantial residential population.

Brown adds that the new eleventh century construction program at Spiro may have arisen through interaction with parallel developments in the Southeast.[59] Brown does not specifically identify the developments with which Spiro may have interacted, but Timothy Pauketat suggests that one may have been the contraction of Toltec.[60]

Like Pauketat, Martha Ann Rolingson notes that the collapse of Toltec occurred when neighboring societies up the Arkansas River (and also up the Mississippi) were expanding in population. As mentioned, Pauketat suggests that some Toltecans from Arkansas may have moved westward, up the Arkansas River to Spiro. But Pauketat also suggests that some former residents of Toltec may have moved northward to Cahokia. Pauketat writes: "The year 1000 saw the ap-

pearance of some pots, if not potters, in the Toltec mold at or near the burgeon-
ing village of Old Cahokia, three hundred miles to the north, which suggest that
some Toltecans went north. If they did, and if even a few moved to Old Cahokia
. . . they might have translated their vibrant memories of pyramid-related ceremonies and mound building practice to their new home."[61]

The Southeast

The Southeastern archaeologist David Anderson says that the Medieval Warm
Period may have contributed to the sudden rise of the "Cahokian phenomenon"
and the spread of Mississippian culture across the Southeast. Anderson writes in
2002 that during the Medieval Warm Period, horticultural societies spread widely over the Southeast and the Southwest.[62]

The Cahokian cultural emergence was fueled by a robust agrarian economy
that produced surpluses of tropical maize, beans, and other cultigens. According to Timothy Pauketat, the Medieval Warm Period provided a warmer and
initially a more mesic, tropical-like environment suitable for growing tropical
maize that Pauketat and other Southeastern archaeologists identify as a Mesoamerican cultigen that earlier had moved probably overland via the Southwest
into the Mississippi Valley and Eastern Woodlands. But Pauketat concludes: "The
intensification of maize, a Mesoamerican cultigen, sometime after AD 800 did
not have immediate revolutionary effects on native politics."[63]

During the middle of the eleventh century, Natives in the local Cahokia area
who served as the equivalent of modern-day city fathers, architects, engineers,
city planners, and highly skilled work crews commenced the construction of
Monks Mound (the largest mound at Cahokia) and the Grand Plaza.[64] This construction began over one hundred years after construction had begun on Pueblo
Bonito in New Mexico and about a century after initial construction on the two
large Caddoan mounds at the Davis site in East Texas. When completed, Monks
Mound represented the largest earthen mound ever constructed in North America. Moreover, Cahokia includes the largest number of mounds constructed at
any one site in North America. At the Davis site there are 3 mounds, at Toltec
there are 18, and at Cahokia, over 120 mounds.

This cultural phenomenon called Cahokia originated at the junction of two
of North America's largest river systems. But the Mississippi and Missouri Rivers
do not just join at Cahokia; the two rivers collide at right angles, the Mississippi
moving rapidly from the north and the Missouri from the west, causing severe
turbulence. The collision slows and helps settle the rapid movement of both
rivers. Near the junction of the two rivers, Cahokia emerged as the cultural and

commercial hub, with connections up the Missouri to the Great Plains, up the Mississippi to the Great Lakes, and down the Mississippi to the Gulf of Mexico and the Southeast.

During the eleventh century, the population of the greater Cahokian area (including the floodplain and upland) reached perhaps 30,000 according to Pauketat, who refers to Cahokia as a city.[65] This projection suggests that Cahokia was by far the most heavily populated community center or city in the temperate zone of North America in the eleventh century. One could argue that Cahokia's population was comparable to the population of many of the large cities in western Europe at the time.[66]

The area considered "downtown" Cahokia by Pauketat occupies a rectangular area of about 1,500 by 1,800 meters, roughly equivalent to one square mile. The area includes Monks Mound, the adjacent Grand Plaza, and dozens of smaller pyramids and plazas with associated wooden pole-and-thatch buildings and temples. In addition, Cahokian astronomers, engineers, and construction workers designed and built one or more "woodhenge" (Stonehenge-like) circular structures that were used to observe, mark, and celebrate seasonal events like summer and winter solstices and the spring and fall equinoxes.

Timothy Pauketat says that to acquire exotic materials and resources from distant lands for utilitarian and artistic purposes, Cahokian traders themselves may have traveled over five hundred miles southward to secure marine shells from the Gulf of Mexico and over five hundred miles northward to obtain copper from Wisconsin and northern Lake Superior. Pauketat also writes that Cahokia may have maintained extractive "outposts" to procure lithic resources, animal hides, and other resources.[67] The author suggests that travel such long distances up and down the Mississippi probably would have necessitated a trade language, such as an Indian sign language.

≈

In their 1998 study, Vernon Knight and Vincas Steponaitis characterize the Black Warrior River Valley of Alabama in the early decades of the eleventh century as an area in which local food and craft production was intensified.[68] The foragers still relied almost entirely on wild food, although a limited amount of maize was likely grown. At the same time, local potters made plain-ware ceramics and fashioned shell beads. Toward the end of the eleventh century, the Moundville population became increasingly sedentary, and farmsteads and small clusters of houses were established in the valley. By the close of the century, Moundville horticulturists were more intensively cultivating tropical maize and recently introduced beans, plus local chenopod and sunflower.

In 2008, two new studies were published on the history of Moundville and the cultural history of the Black Warrior Valley people. In his explanation of the Moundville chronology, John H. Blitz concludes that the early Moundville I phase began around AD 1120 when the "oldest substantial occupation of Moundville occurred."[69] Gregory D. Wilson agrees with Blitz's chronology and suggests that the early Moundville I phase marks the introduction of the Mississippian culture into the Black Warrior River Valley.[70] Thus this dramatic cultural change will be introduced in more detail in the following chapter.

≈

Adam King writes that there is no clear evidence of any mound construction at Etowah or elsewhere in northwestern Georgia in the eleventh century, but there was an occupation at the Etowah site and the construction of three large structures.[71] One structure, which measured about thirty-six feet by one hundred feet, may have been built for public use. The presence of a clay floor covered with powdered red ochre suggests a formal and communal use of the structure. The author adds that there is no evidence of social ranking at Etowah during this period.

≈

In his review of the cultural sequence on the lower Savannah River Valley, David Anderson describes the earliest mound site at Haven Home as having been constructed during the late eleventh century and the twelfth century.[72] This site, located near modern-day Savannah, Georgia, included one burial mound about eight feet in height. Forty-four burials and associated grave goods were recorded, but there was no indication of any Mississippian cultural influence.

The second mound site near the mouth of the Savannah River was at the larger village named Irene. However, construction of the two mounds and associated structures at Irene did not commence until about AD 1200, so we will consider the Irene site in the thirteenth century.

≈

While an unprecedented cultural florescence was underway in the eleventh century in the Four Corners area of New Mexico, the Tucson Basin in Arizona, the Mimbres Valley, the Trans-Mississippi South, and the middle Mississippi Valley, the culture and societies in several other regions in the American Southwest and Southeast were only beginning to stir during the eleventh century. These Native cultural centers in the southern temperate zone of North America developed in the twelfth and thirteenth centuries, the subject of the next two chapters.

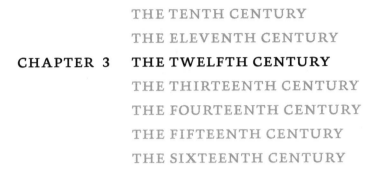

During the first half of the twelfth century, the Medieval Warm Period continued to provide generally favorable climatic conditions for the further intensification of agriculture, strong economic growth, the continued increase in population, the additional construction of monumental architecture, and the creation of new artistic expressions in both Europe and North America.

In his study of the economy and culture of medieval England, Christopher Dyer writes that there was a great economic expansion in England and Europe in the twelfth century. And Dyer adds that during the century, the volume of trade and European population also increased.[1] H. H. Lamb writes that "the warm phase which had already passed its peak in Greenland in the twelfth century seems to have broadly continued in Europe until 1300. The warmth may even have reached its maximum late stage."[2]

Information in the 2006 National Research Council report on climate reconstructions for the last two thousand years supports the conclusions of European historians. According to the NRC report, the Medieval Warm Period continued well into the twelfth century.[3] However, the report indicates that global surface temperature in the Northern Hemisphere decreased slightly during the second half of the century, and the tree-ring-based reconstruction curve reproduced in the report indicates periods of drought during the last half of the century.

In their assessment of Europe in the twelfth century, European historians Steven Hause and William Maltby write that Europe doubled agricultural productivity between the years 1000 and 1250. They continue: "Population doubled as well. Climatological evidence suggests that a general warming trend extended the growing season and permitted the extension of cultivation to more northern regions and to higher elevations."[4]

In his review of Europe in the twelfth century, the historian Norman Davies describes the period as one in which knowledge for its own sake was eagerly sought by a new class of European intellectuals. Davies writes that scholars have called the period "the Twelfth Century Renaissance."[5] Davies adds that there was also during the century "a marked increase in the production of books and the collection of libraries took place in recognized intellectual centers."[6]

Davies writes that the economies of Europe improved in the latter part of the eleventh century and during the twelfth century. During the same time, the first universities of higher learning were established in many European metropolitan areas.[7] This development is interpreted as an indication that Europe was experiencing an intellectual awakening as well as a cultural, economic, and agricultural florescence during the Medieval Warm Period. The University of Bologna in northeast Italy, recognized as the oldest university in Europe, was established in 1088. During the twelfth century, universities were established in Italy, England, and France. Universities were established in Paris around 1150 and at Oxford in 1167.

In the North Atlantic, the warmer weather pattern during the early decades of the century permitted a larger number of Norse colonists to move farther west and to expand settlements in Greenland. But during the late twelfth century, according to Lamb, climatic conditions deteriorated in Greenland and the 1180s were years "when the climate in the area may have already begun to be colder and the sea ice to reach somewhat farther down the coast toward south Greenland."[8]

Overview of North America

In North America, the continued warming period encouraged horticultural villages to congregate and prompted the expansion of existing farming communities and cultural centers across the American Southwest, parts of the Trans-Mississippi South, and the Southeast. However, during the second half of the twelfth century, climatic conditions in the relatively higher elevations and higher latitudes of the study area, such as at Chaco Canyon and Cahokia, experienced a sharp change from the former moderate mesic climatic conditions to a hotter, much dryer and droughty period. We note that this change in climate in northwest New Mexico and within the middle Mississippi River Valley parallels the climate change to an even warmer period in the late twelfth century reported in parts of Europe by Lamb.

Stephen LeBlanc summarizes the situation in North America during the twelfth century as follows: "The Medieval Warm Period came to an end around

1200, and not long thereafter the first signs of the Little Ice Age were seen in Europe. I believe the same thing happened in North America."[9] Timothy Pauketat concurs. Pauketat concludes that the cooler Little Ice Age and the shortened growing seasons in North America began ca. AD 1300, but he adds that in the thirteenth century, two twenty-five-year droughts curtailed crop production.[10]

Reports from climatologists and archaeologists indicate a very similar pattern of climate change during the twelfth century in the Southwest and the Southeast. During the first half-century, the Medieval Warm Period continued to prevail. Monumental architecture was constructed across the southern latitudes of the North American temperate zone. Sedentary and semi-sedentary farming communities increasingly depended on tropical cultigens that originated in Mesoamerica. Evidence shows that long-distance interaction between trading centers located two hundred to five hundred miles apart was not uncommon.

But during the late years of the twelfth century, climatic conditions and cultural patterns began to change in communities in higher elevations and more northern latitudes of the North American temperate zone. Two of the largest and most significant cultural centers in North America during the twelfth century were Chaco Canyon in the higher elevations of northwest New Mexico and Cahokia in the middle Mississippi Valley. After flourishing during the early decades of the twelfth century, Chaco Canyon and Cahokia both faltered in the second half of the century. As Pauketat and other researchers have mentioned, two droughts may have contributed to the reversal.[11]

Pauketat comments on the impact of climate change on horticulture at Cahokia in the twelfth century: "The warmer greenhouse climate of today is probably comparable to that of the Medieval Warm Period of AD 800 to 1300. This growing season may have been shortened considerably with the beginning of the chilly climatic regime of the 'Little Ice Age' after AD 1300. A hundred years earlier, crop production may also have been curtailed by two twenty-five-year droughts."[12]

While major cultural centers were declining in importance in the Southwest and Southeast at the close of the twelfth century, smaller villages and settlements continued to emerge across the two regions. In the Southwest, settlements along the San Juan River, the upper Rio Grande, and the Casas Grandes River continued to aggregate and became more formal in construction and settlement patterns.

During the twelfth century, the Jornada people in West Texas and residents of La Junta moved toward more sedentary lifeways, changing from belowground pit-houses and rooms to surface-level, pre-pueblo type of construction. In East Texas, the Caddo constructed the last flat-topped mound at the Davis site.

In the Southeast, mound construction continued throughout the century at the independent chiefdoms of Moundville, Etowah, and Irene. Ceramic production became more sophisticated in the Southeast, as plain ware and red-slipped ware were replaced in many areas by more decorated styles, and the former grog-tempered pottery was frequently discontinued in favor of shell-tempered ceramics.

≈

While historians and archaeologists suggest that the Medieval Warm Period contributed to the cultural florescence and to economic stability in agrarian societies in western Europe and North America, we are reminded of the prolonged period of cultural florescence that emerged in Europe during the earlier Roman Warm Period between ca. 300 BC and AD 400. Even a casual reading of the social impact of climatic oscillations during the past two thousand years clearly illustrates that human societies have consistently benefited enormously during warm climatic episodes in contrast with colder periods.[13]

The American Southwest

By the close of the eleventh century, skilled masons and other workers had completed the construction of seven Great Houses in Chaco Canyon. Several of the monumental structures were large, multistoried, arc-shaped buildings erected during major and minor construction periods lasting up to several decades beginning in the late ninth century. In her study of the Late Bonito landscape in the twelfth century, Ruth Van Dyke writes that the decades immediately preceding the twelfth century brought a serious reduction in agricultural harvests in Chaco Canyon and an emigration out of the canyon northward toward the San Pedro River Valley.[14] Great Houses at Aztec and Salmon Ruins near the river valley were commenced around AD 1090, and within a decade, Aztec was a significant regional cultural center.

At the commencement of the twelfth century, climatic conditions temporarily improved at Chaco and agricultural production recovered as well. Construction of six new Great Houses was quickly commenced. During the period ca. AD 1110–1140, the Great Houses Casa Chiquita, Headquarters Site A, Kin Kletso, New Alto, Tsin Kletsin, and Wijiji were completed.

Van Dyke points out, however, that the twelfth century Great Houses were not the same as the ones built one hundred to two hundred years earlier. Van Dyke identifies several cultural features that distinguished the twelfth century from earlier Chaco Canyon periods. The author first notes that the ceramic tradition at Chaco was broken with the introduction of carbon-painted pottery. Moreover, whereas hunting parties in the tenth and eleventh centuries focused on large game such as elk, bighorn sheep, and deer, twelfth-century hunting parties from Chaco sought primarily rabbits.

With the acceleration of construction activity and the associated population increase in the canyon, numerous small habitation units were constructed. In addition, there was a sharp increase in the domestic occupation of several larger Great Houses that had been constructed in the tenth and eleventh centuries.

Van Dyke argues that one of the most significant changes at Chaco in the early twelfth century was in the construction technology that employed a new and distinctive blocky sandstone style. Moreover, the new Great Houses were generally smaller than those built earlier, and the layout of the structures was more compact. There was a more-symmetrical ground plan, with only one or two kivas enclosed. In comparison, Pueblo Bonito had thirty-seven kivas. Van Dyke interprets the twelfth century cultural and architectural changes at Chaco Canyon as an effort to reestablish and refurbish Chaco Canyon culture by combining architectural elements from the past with new innovations.

In his assessment of the twelfth-century Chaco Canyon, Stephen Lekson says that Late Bonito and McElmo periods include one of the highest concentrations of construction activity ever recorded in the canyon.[15] Lekson estimates that the peak effort required several times as much labor than at Chaco one hundred years earlier. During the intense twelfth-century construction period, workers living outside the canyon were engaged seasonally.

With regard to the chronology of the new Great Houses Wijiji and Kin Kletso, Lekson observes that both were completed ca. 1110. The two structures had similar ground plans, with only a few rooms reserved as residential quarters, leaving most for storage. However, Lekson believes several rooms in Kletso were probably occupied to make jewelry.

During the first half of the twelfth century, Chaco civil engineers and construction crews also expanded the road system and the number of shrines and signal stations along the roadways. In its final form, the observable road system extended for about forty miles from the southern terminus near San Mateo northward to Chaco Canyon. A northern road ran from Pueblo Alto, located above the canyon floor, northward about the same distance to a location near Kutz Canyon or at Salmon on the San Juan River.

Lekson believes that there was a line-of-sight communication system along the road throughout the Chacoan region.[16] Lekson stresses that communication was important for central control and may have provided constant contact via the complex network that integrated the region. Basically Van Dyke agrees with

Lekson on the importance of line-of-sight locations built in numerous elevated terrain points both along the canyon floor and outside the canyon.[17]

Evidence of the broad scope of the Chacoan network of long-distance trade and interaction is found in the grave goods and animal remains recovered from the burial chambers in Great Houses. Joan Mathien lists marine shells, cast copper bells, and scarlet macaw parrots as exotic items that were imported from Mexico to the canyon.[18] Researchers have determined that the marine shells originated on the west coast of Mexico and probably the Gulf of California.

Cast copper bells found at Chaco are also identified as items that originated on the west coast of Mexico. Recent studies indicate that the metallurgy technology for casting small copper crotals or bells came from the Pacific coast of Mexico and South America. The technology may have been diffused later to Paquimé, but cast copper bells recovered at Chaco date to a period before ca. 1200, and thus probably originated on the Pacific coast about seven hundred miles south-southwest of Chaco. Victoria D. Vargas traces the origin of the cast copper bell trade to the Pacific west coast of Mexico.[19] The metallurgy technology apparently never reached the Eastern Woodlands.

The remains of carefully wrapped and buried premature and newly fledged scarlet macaws indicate that the parrots were of substantial ceremonial importance at Chaco.[20] The blue, yellow, and red scarlet macaw was an important bird throughout much of Mesoamerica during the pre-Columbian period. The presence of newly fledged scarlet macaw remains at Chaco (and other sites in the American Southwest) signals a distinct Mesoamerican cultural and ceremonial influence in the region. As the cultivation of tropical maize (a Mesoamerican cultigen) at Chaco and the Southwest reflected a Mesoamerican horticultural influence on the region, the sacrifice of premature scarlet macaws suggests a Mesoamerican ceremonial and religious influence on the region as well.

Archaeological evidence indicates that the leaders at Chaco Canyon were interested in astronomical readings of seasonal change. Mathien writes that sunlight penetrates crevices between stone slabs near the crest of Fajada Butte at Chaco to create a distinctive light beam on the adjacent cliff wall.[21] At some unknown time in the past, Native astronomers identified the place and local artists pecked spirals on the stone wall at the precise location where the light beam annually crosses or brackets the composed spirals at the summer and winter solstices and the spring and fall equinoxes. Celestial readings may have also contributed to the architectural design of great kivas and to the alignment of Great Houses.

As there was an intellectual awakening in Europe during the Medieval Warm Period, there was in North America an increased intellectual awareness of the cardinal points and an interest in studying patterns of celestial movement.

Mathien concludes that during the last half of the twelfth century the "Chaco phenomenon" swiftly collapsed, the canyon area became depopulated, and the people moved on.[22] No more Great Houses were built at Chaco after the twelfth century. To explain the collapse, dendrochronologists point to a severe fifty-year drought that occurred in the area around 1130–1180.[23] It is suggested that some Chaco residents may have moved northward at the time, toward the San Juan Basin and to Mesa Verde. Other researchers project that many former residents may have moved to the Pueblo country and perhaps to the Hohokam area.[24]

≈

The twelfth century also marked a time of change for the residents of Snaketown and the people of the Hohokam region southwest of Chaco Canyon. Snaketown and other major Hohokam ancestral centers lost population after the middle of the twelfth century while smaller scattered communities in the Hohokam area congregated into larger villages. David Doyel describes the latter part of the twelfth century in Hohokam country as "a time of unstable environmental conditions and scarce resources."[25] Doyel says that during the tenth and eleventh centuries Hohokam villages had ball courts and large open plazas available for public use, but Hohokam communities in the twelfth century constructed defensive structures and walled compounds with enclosed, elevated platform mounds. The flat-topped mounds served as platforms for elite residence, temples, and observation posts like some mounds in the Southeast. During the latter part of the twelfth century, a new period was introduced in Hohokam land with more complex rituals and ceremonies and with an acceptance of pronounced rank and status.[26]

≈

The cultural history of the Mimbres people follows closely the chronology of Chaco Canyon folks during the twelfth century. During the first half of the century, Mimbres architecture and artistic ceramics composition continued to dominate southwestern New Mexico as the Mimbres culture had during the eleventh century. J. J. Brody writes that the period between ca. AD 1000 and 1150 was the classic Mimbres art period.[27]

According to Harry Shafer, the Mimbres Valley reached a maximum population of about 3,500 to 5,000 during the twelfth century.[28] But the population of both Chaco Canyon and the Mimbres Valley began to fade after the middle of the twelfth century. Shafer suggests that the climatic change that occurred in the middle of the twelfth century may have contributed to the collapse of the Mimbres cultural phenomenon. Shafer writes: "Something interrupted the corporate agricultural enterprises and tore apart the corporate infrastructure after AD 1100; presumably it was related to climate change since there is no evidence for social upheaval at this or any other time. As food surpluses waned the corporate groups broke up."[29]

≈

In northwest Chihuahua during the early twelfth century, part-time farmers cultivated fields of maize and amaranth near their small villages and dispersed settlements located primarily along the three major river valleys that run generally south to north and vertically intersect the Chihuahua Basin and Range. Earlier depressed pit-house architecture had changed during the warming period to surface-level huts that were frequently organized around a small, circular, public-like structure. Burial sites dated to the twelfth century include grave goods of pottery, ornaments, stone artifacts, and arrow points.[30]

Local ceramic production also changed during the twelfth century: pottery design became more intricate, and potters switched from the old red-slipped and textured red-on-brown ceramics to polychromes that frequently included carefully painted geometric designs and stick images of humans and animals.[31] Nonlocal pottery from the Mimbres Valley and from the El Paso Jornada area was also recovered from twelfth-century sites in northwest Chihuahua.

Karin Larkin et al. describe late-twelfth-century structures in the Santa Clara and Santa Maria Valleys of the Chihuahua Basin as single-story, multi-room, aboveground units.[32] Larkin says that the late-twelfth-century architecture and ceramics in the Rio Santa Maria and Rio Carmen Valleys were similar to those found in the Casas Grandes Valley and concludes that Paquimé arose in the thirteenth century from the well-prepared "seed-bed" that was in place in northwest Chihuahua by the late twelfth century.[33] The conclusion reached by Larkin suggests that Paquimé arose in the late twelfth century or early thirteenth century from an earlier cultural period that provided a recognizable foundation.

During the twelfth century, the Jornada Mogollon people near El Paso in Far West Texas were also in a cultural transition period in which pit-house structures were abandoned in favor of a surface construction of flat-roofed pueblos.[34] As noted, this same form of architectural change was underway in northwest Chihuahua. Shafer observes that this same change in architecture had occurred in the Mimbres Valley about two hundred years earlier, when oval pit-house structures changed to rectangular surface–constructed pueblos.

In his study of the local Ojasen and Gobernadora sites, Shafer writes that the Jornada people maintained an active social interaction with the Mimbrenos who lived only about 150 miles to the west of El Paso in the early twelfth century. Evidence of this interaction is recorded in the recovery of classic Mimbres pottery vessels at Jornada sites at least until ca. AD 1150. Thereafter, the major ceramics found at Jornada sites were local El Paso polychrome and New Mexico Chupadero black-on-white.

The twelfth century was a transitional period in the Jornada region in other ways as well. Subsistence and settlement patterns changed with increased dependence on horticulture and reduced mobility. As they became more sedentary, Jornada people constructed plastered-wall residences with increased design formality. Evidence of plant remains suggest that the Jornada population relied not only on maize but also on mesquite beans and amaranth. However, Shafer and Myles Miller conclude that neither Ojasen nor Gobernadora were significantly occupied after the close of the twelfth century.[35]

The Southern Plains

Since the climate generally remained warm and moderate under the influence of the Medieval Warm Period during the twelfth century, large bison herds remained primarily in their northern range on the Great Plains and did not migrate southward in large numbers to the lower Southern Plains until the much colder interlude appeared during the Little Ice Age in the fourteenth century. This bison migration pattern is projected in a study of bison migration on the Southern Plains by the Texas archaeologist Thomas Dillehay. Dillehay writes that during the period from AD 500–1200 there is no evidence to suggest that bison were on the Southern Plains.[36] He adds: "The suggested primary cause of an absence of bison is climate change."[37] Dillehay concludes that on the Southern Plains after 1250 "there was a shift to a greater reliance on bison."[38]

The Trans-Mississippi South

In his overview of prehistoric Caddoan archaeology of East Texas, Timothy Perttula says that sites that date to the twelfth century (called the Early Caddoan Period) are generally found on elevated landforms near major streams, minor tributaries, and spring-fed branches.[39] Perttula adds that these usually were permanent settlements that had cemeteries and included associated civic ceremonial centers. A particular focus of settlement was found along oxbows on the Red River in northeastern Texas. Small year-round hamlets and farmsteads had both circular and rectangular structures.

Perttula notes that there were also large communities covering ten acres or more, with mound centers such as at the George C. Davis site. Although Mound

B at the Davis site was constructed during the twelfth century, Mound A and the burial mound at the site (Mound C) had been completed earlier. In her study of the mortuary practices at the Davis site, Dee Ann Story concludes that Mound C was maintained for several centuries as a specialized and restricted cemetery. Moreover, Story says that the construction cycle of Mound A was probably linked to a ceremony "involving human sacrifices, or the natural death of a high status individual (individuals?) accompanied by retainer sacrifice."[40]

Perttula also notes that at the Caddoan Sanders site, archaeologists have recovered evidence of multiple burials involving human sacrifice that accompanied high-status adult males.[41] We recall that Stephen Lekson interprets high-status burials at Pueblo Bonito in the same manner. Lekson writes that two middle-aged Chaco rulers were given very rich crypt burials ca. 1050 in which "scores of additional bodies were piled above these burials as retainers."[42]

In Perttula's 2004 overview of East Texas Caddoan culture, he emphasizes that ceramics made for cooking, storage, and serving were some of the most distinctive cultural items produced by the Caddo.[43] Perttula explains that Caddoan vessel forms and decorative motifs emerged around AD 800 and that before then local residents of the area employed plain-ware traditions with a limited representation of Lower Mississippi Valley–related ceramic styles, including distinctive Coles Creek incised and stamped vessels.

In his review of Caddoan pottery, Perttula stresses that ceramics were important to prehistoric Caddo as beautiful works of art as well as utility vessels. Caddoan ceramics were usually tempered with bone or crushed sherds in the twelfth century; burned and crushed shells were first used as temper among Red River Caddoan people during the fourteenth century.[44] A red slip was used by many Southeastern potters at the time so it is significant that a red hematite slip was occasionally used on interior and exterior surfaces by Caddoan potters as well. Perttula's review includes two illustrations with drawings of a large array of Early Caddoan (twelfth-century) ceramic forms and decorations and of Early Caddoan bottles, bowls, and jars. The illustrated variety of artistic expression is impressive as examples of highly decorated works fashioned by skilled artists. Perttula explains that these fine-wares were quite uniform across much of the broader Caddoan area, which indicates extensive interaction among the Caddoan groups in surrounding states.[45]

As mentioned, the occupation of the northern Caddoan site at Spiro commenced ca. AD 950, about one hundred years after the origin of the southern Caddoan occupation at the Davis site. In 1996, James A. Brown prepared a comprehensive two-volume archaeological report on the Spiro ceremonial center.[46] Brown writes that during the twelfth century (in the Harlan phase), Spiro was a major ceremonial center, with a substantial residential population and with habitations and ritual architecture. Brown reports that most of the great artifact diversity and richness later found in the Great Mortuary (dated to ca. 1400) came initially from the earlier Harlan and Norman phases. During the twelfth century, the accretive mounds built up earlier continued to be used as burial sites.

According to Brown's study, plant foraging continued in the twelfth century along with only a minor dependence on the cultivation of maize. Hunting concentrated on game from the bottomland forest, although by the twelfth century it appears that long-distance hunting parties were dispatched to the prairies to the west.[47]

In her overview of the Toltec site and the Plum Bayou culture, Martha Ann Rolingson says that both Toltec and the Plum Bayou culture abruptly terminated ca. AD 1050 when neighboring cultures were increasing in population and complexity.[48]

The Southeast

During the twelfth century, Cahokia was the largest, most dominant cultural and ceremonial center in eastern North America. The Mississippian archaeologist Timothy Pauketat divides the cultural history of twelfth-century Cahokia into two phases: the Early Sterling phase (ca. 1100–1150) and the Late Sterling phase (ca. 1150–1200).[49] According to Pauketat, the population of Cahokia (including Cahokia proper, the southern floodplain farmsteads, and the upland Richland complex) is estimated to be as high as 18,000 to 22,000 during the Early Sterling phase.[50] By the middle of the century (the commencement of the Late Sterling period), the Richland complex was abandoned and the population of greater Cahokia (including the Cahokians in the floodplains) had declined substantially, by perhaps 50 percent, to 10,000–13,000.[51]

According to Pauketat's chronology, Cahokian influence increased and art flourished during the first half of the twelfth century. This is the same fifty-year period during which Chaco Canyon, Snaketown, and the Mimbres Valley flourished as well. In summary, the first half of the century was a favorable time for large horticultural communities across the continent in the Southwest and the Southeast.

This rapid and dramatic fluctuation in the population and fortunes of Cahokia in the twelfth century is the subject of a 2009 study by Larry Benson, Timothy Pauketat, and Edward Cook, who suggest that rapid climatic change may have influenced the pattern of abrupt culture change at Cahokia during the twelfth century. The writers argue: "During the early Mississippian Lohmann

Phase (AD 1050–1100), the American Bottom experienced a political and economic transformation. This transformation included the abrupt planned construction of central Cahokia and a large-scale influx of people. New tree-ring based records of climate change indicate that this rapid development occurred during one of the wettest 50-year periods during the last millennium. During the next 150 years, a series of persistent droughts occurred in the Cahokia area which may be related to the eventual abandonment of the American Bottom."[52]

During the twelfth century, Cahokia's highly acclaimed red-stoned figurines, statuettes, and Ramey Incised pots were widely traded or otherwise transported to other Mississippian sites and to the Caddoan site at Spiro. Thomas E. Emerson describes the sacred Ramey Incised ceramics as "moderate-sized, sharp-shouldered jars with low rims and dark smudged surfaces."[53] Unlike the brightly painted polychrome bowls produced by artists in the Southwest and the playful and simplistic stick figures on Mimbres bowls, Cahokia's ceramics are recognized by the somber motifs and symbolism employed in the design and production of the pottery. In his 2004 assessment of the sacred in Mississippian art, art historian F. Kent Reilly summarizes the core of the sacred work: "The art and symbolism of the Southeastern Ceremonial Complex visually manifested Native American religious and ideological systems."[54]

In their recent study in which Caddoan art tradition is compared with Mississippian ceremonial art, Richard Townsend and Chester Walker write that the Mississippian "figurative, highly representational imagery that is seen on engraved whelk shells found at the Craig Mound at Spiro was not accepted into the core artistic repertoire of the Caddo. Their [Caddoan] ceramics continued with no significant figurative diversification, as shown by Spiro Engraved, a type of pottery strongly embedded in the Caddo tradition."[55] The ceramic art tradition of the Caddo, which the authors say showed continuity over about nine hundred years, is distinct in its abstract geometric designs, and contrasts sharply with the figurative, narrative imagery employed at Cahokia, Moundville, and Etowah.

During the twelfth century, there was a marked difference between society's upper and lower ranks at Cahokia. Ceremonial leaders in the upper ranks wore special clothing with prominent earpieces. Evidence of the distinctly ranked society is found also in burials excavated at Cahokia.[56] At Mound 72, archaeologists excavated over one hundred individual and group burials. Pauketat writes that a small group of interred individuals were lavished with the wealth of Cahokia in the form of mica crystal, copper pieces, chunky sticks and stones, mussel-shell beads, and hundreds of arrow shafts and points. Up to possibly one hundred individuals, mostly young women, were apparently sacrificed and buried with the nobility.[57] So, during the eleventh and twelfth centuries, human sacrifice was being practiced at burial ceremonies across the North American continent in New Mexico, in East Texas, and along the middle Mississippi River Valley.

Long-distance trade and other forms of interaction at Cahokia continued, but on a more limited basis during the second half of the twelfth century. In his summary of the broad scope of Cahokia's long-distance trade, Pauketat observes that interaction between Mississippian and Mesoamerican cultures should not be dismissed, and for Pauketat the discovery of more evidence of such interaction remains possible. Pauketat concludes: "Mesoamerican contacts, even if a few, indirect, and far between, could have had profound historical impacts on the shape and timing of Mississippianization. Perhaps the intensification of maize (a Mesoamerican cultigen) after AD 800 attests to this."[58]

The conclusion that maize, originally a Mesoamerican cultigen, probably was transported to the Mississippi Valley via the Southwest to become an essential element in the economic and dietary foundation of the Mississippian culture is also expressed by Jill Neitzel and David Anderson in their comparative study of the prehistoric American Southwest and Southeast. The two archaeologists write: "While some of the Late Prehistoric Southeast's major cultigens, such as maize, probably did ultimately originate in Mesoamerica, their adoption appears to have been a gradual process, perhaps even via contacts with Southwestern groups."[59]

During the second half of the twelfth century, the population of Cahokia decreased sharply, upland areas were abandoned, and a three-kilometer defensive palisade was set in a walled trench around downtown Cahokia. Pauketat says that these changes substantially altered the face and character of Cahokia and signaled the eventual collapse of the city.[60] We recall that Chaco Canyon, the Hohokam area, and the Mimbres Valley began to lose and relocate population during the same fifty-year period. As mentioned, researchers have recently suggested that climate change during the twelfth century in the form of repeated droughts and maximum warmth may have contributed to the abrupt culture change in parts of the Southwest and the Southeast.

≈

Vernon Knight and Vincas Steponaitis write that the introduction of traditional Mississippian culture first appeared at Moundville early in the twelfth century.[61] Platform mounds were built, wall-trenched construction became popular, and shell-tempered pottery appeared in new vessel shapes. The construction of the two small, truncated mounds in the Black Warrior River Valley suggests to researchers that the occupants of structures on the crest of mounds were leaders of a small, ranked community. Local construction workers also commenced building a palisade to protect the mound and residents.

During the period, subsistence and settlement patterns at Moundville also changed. For subsistence, cultivation of tropical maize increased, and beans were introduced. However, local native crops of chenopod and sunflower continued to be cultivated. Farms were concentrated in small settlements and farmsteads throughout the Black Warrior River Valley. Despite this increased social activity, researchers find no clear evidence that Moundville was emerging as a major culture center or that any political consolidation occurred in the twelfth century. The construction at Moundville that commenced in the twelfth century accelerated in the thirteenth century.

In a study and report on the Oliver site, a twelfth-century farmstead located in the northern Black Warrior River Valley near Moundville, Lauren Michals writes that excavated faunal remains include white-tailed deer, rabbit, squirrel, freshwater drum, and catfish.[62] This list can be compared favorably to that recorded at other twelfth-century Mississippian sites in the Southeast and at Caddoan sites in East Texas.

≈

According to Adam King, the initial construction of mounds about 150 miles east of Moundville at Etowah began at three sites in the twelfth century.[63] The sites (Etowah, Wilbanks, and Long Swamp, all located in western Georgia) were located along a forty-mile stretch of the Etowah River. At Etowah (the site farthest downstream) the first two stages of one mound were completed and possibly a second mound was commenced. The second location, Wilbanks, was on a broad stretch of the floodplain about twenty miles upstream. A platform mound and a large earth-embanked structure was completed at the second location. Three stages of a single mound were built during the same period at the third location, Long Swamp, about forty miles upriver from Etowah. King suggests that each of the three mound centers represented the capital of an independent, small, and simple chiefdom.

≈

Mound construction was also underway during the twelfth century on the Atlantic coast of Georgia at the Irene site.[64] The site, located on the lower Savannah River, represents one of the easternmost Mississippian communities in the Southeast. Irene includes both a primary mound and a burial mound situated in the western section of the site. David Anderson concludes that the earliest mound construction was initiated in the twelfth century, perhaps ca. 1150, but that construction continued into the thirteenth century.

≈

In summary, while large cultural centers in the more northern and marginal areas such as Chaco Canyon and Cahokia began to falter under adverse droughty conditions at the close of the twelfth century, many smaller horticultural communities in the Southwest and the Southeast were continuing to aggregate and further develop. This expansion of agricultural production and construction of mounds and large structures among smaller communities in Arizona, the Jornada Mogollon area, northwestern Chihuahua, Spiro, and in the Southeast at Moundville, Etowah, and Irene accelerated in the thirteenth century.

The thirteenth century was a period of continued climatic instability in Europe and North America, a time of transition between the hot, dry, and sometimes droughty late Medieval Warm Period and the stuttering commencement of the cooler and more mesic Little Ice Age. In much of Europe the climate continued warm during the early decades of the century, but droughts appeared near the close of the period.

The climatic transition between the Medieval Warm Period and the Little Ice Age is illustrated in the 2006 report on surface temperature reconstructions prepared by the National Research Council.[1] The surface temperature trends reflected in the report indicate that the Medieval Warm Period faded during the thirteenth century.

In a 2009 assessment of European cultural change during the Medieval Period, the National Geographic illustrated atlas covering the thirteenth century concludes: "We now recognize that climate change was occurring on a near-global level. Europe was nearing the end of a warm period and entering what became known as the Little Ice Age. A long-term cooling trend meant shorter growing seasons and less crop diversification. Some northern settlements could no longer support agriculture."[2]

H. H. Lamb describes the closing decades of the thirteenth century as the end of a warming period during which the sea level globally had risen measurably and glaciers had melted and receded. He describes the end of the century in

Europe as a "really notable period in the Middle Ages of mostly warm dry summers, from 1284 up to 1311."[3] The historian reports that the 1280s brought a peak of warmth.

The Medieval-period historian Christopher Dyer considers the thirteenth century to be the last century in which Europe enjoyed its great three-hundred-year expansion. And Dyer adds that climatic conditions remained generally favorable for agriculture during much of the century.[4]

Lamb comments that in the North Atlantic in the thirteenth century, the old Norse society in Iceland and its economy suffered a decline that first appeared in the first decade of the century. Lamb reports that the population of the country declined, but only from about 77,000 to 72,000. Cooler climate in Iceland seems to have started in the first decades of the thirteenth century and continued to the end of the century.

The English historian Norman Davies describes European societies in the thirteenth century as remaining overwhelmingly rural.[5] He writes that the emergence of cities in Europe during the century did not change the agrarian character of the societies. Davies adds, "Walled cities, like walled castles, reflected the insecurity of the countryside."[6]

We recall that Davies referred to the "twelfth-century renaissance," and he suggests that the renaissance character of the century continued into the thirteenth century. One of the examples Davies cites is that new European universities continued to be founded not only in Italy, France, and England but also in Spain and Portugal. Cambridge was founded in 1209, Naples in 1224, Seville in 1254, and Lisbon in 1290.[7]

The Fifth and Sixth Crusades (ca. AD 1218–1221 and AD 1228–1229) invaded the Middle East and returned with mixed results. By the close of the thirteenth century, interest in further religious crusades waned as European powers became preoccupied with regional economic and internal political problems.

Overview of North America

In the American Southwest during the thirteenth century, major regional cultural centers such as Chaco Canyon in northwestern New Mexico, the Hohokam in central Arizona, and Casas Grandes in northwestern Chihuahua responded to the erratic climatic change in different ways. Many Chaco Canyon people abandoned the Great Houses and canyon area and moved northward into the San Pedro River Valley, or southwestward into Arizona, or eastward toward the Rio Grande. In contrast to Chaco Canyon, which was located on an intermittent draw or wash, Snaketown in the Hohokam region was near the large Gila River. In response to the climate change, residents of Snaketown dramatically altered their lifeways in the thirteenth century by consolidating into much larger communities and by heavily fortifying their villages.

During the early years of the thirteenth century, construction commenced at the major city and cultural center called Paquimé on the Rio Casas Grandes in northwestern Chihuahua. Perhaps its location, which was about three hundred miles south of Chaco Canyon, provided some insulation from the droughts and early cooler and mixed climatic conditions that stressed the agrarian societies farther north. During this period, Paquimé became the most significant cultural and trading center in North America.

With the emergence of Paquimé, nearby smaller associated communities near El Paso further consolidated. Robert Mallouf observes that there is something of a developmental parallel between the emergence of La Junta agrarian villages in the Big Bend Region during the thirteenth century and the appearance of Antelope Creek villages that emerged along the Canadian River roughly at the same time, with both cultures being derived from indigenous foragers that became semi-sedentary farmers due in part to Puebloan influence from the west.

During the early decades of the thirteenth century, the Caddoan people at the Davis site were actively engaged in constructing the third (and last) mound, but by mid-century the cultural dynamics at Davis changed. Residents began to abandon the site. At the same time, the northern Caddoan people at Spiro were expanding existing mounds, building new ones, and constructing other facilities.

During the thirteenth century, the foundations of the Mississippian mound-center, agricultural-based communities emerged from Mississippi to Georgia. Moundville in north-central Alabama, Etowah in northwest Georgia, the Savanna River chiefdoms on the Georgia coast, and dozens of smaller chiefdoms sprinkled in between, all expanded with intensified horticulture and an increased emphasis on Mesoamerican cultigens, especially tropical maize and beans.

The American Southwest

In her 2005 study of the culture and ecology of Chaco Canyon, Joan Mathien identifies the thirteenth century as the final years of Chaco Canyon, during which it was abandoned early in the century only to be reoccupied, at least Pueblo Bonito, during the period 1250–1275.[8] The author indicates that during the thirteenth century Chaco had "Mesa Verde-like" qualities which arose possibly from a limited immigration into Chaco from the Mesa Verde area and the nearby northern San Juan Basin.

As further evidence of a Mesa Verde influence on Chaco, a form of Mesa Verde black-on-white ceramics was made locally at Chaco while being produced at the same time in the San Juan River Valley. But Mathien warns that the late thirteenth century at Chaco is considered to be one of the least understood periods in canyon history.

According to Mathien, researchers have excavated small thirteenth-century mesa-top sites located east of Chaco Canyon that were possibly defensive locations. Mathien says that the ridge-top locations may have been a part of the widespread communications system with the Chaco core initiated during the twelfth century. The communication network involved the construction of "shrines" and stone circles up to three feet in height. The communication platforms were placed in locations that allowed line-of-sight visibility. It is significant that Mathien interprets the line-of-sight communication complex at Chaco as serving an important socially integrating function.

In their description of the communication system at Chaco, John Kantner and Keith Kintich also interpreted "unusual features such as stone circles . . . as components of a canyon-wide communication system."[9] The researchers add that experiments using flares and fires indicate that the locations afforded line-of-sight communication within the canyon.

Researchers also note that during the thirteenth century there was an increasing reliance on domesticated turkey for food and on small local game animals. The small game included immature cottontails which suggest "stressful living" to Mathien. We recall that during the early days of Chaco, larger game animals, including bighorn sheep, antelope, mule deer, and elk, had been extensively hunted in the area. Apparently the larger game animals were no longer available.

Regarding climatic conditions in the area, Mathien comments that the rapidly changing and excessively warm periods during the early thirteenth century brought prolonged droughts to Chaco and the areas beyond the canyon.

≈

In the Mimbres River Valley in southwestern New Mexico in the thirteenth century, the Mimbres culture continued in a terminal phase according to the Mimbres archaeologist Harry Shafer.[10] Local construction practices were relaxed, ceramic work products were poorer, and the previously precise pottery designs became less disciplined. Mimbres villages in the upper and middle valley became depopulated. During this period of decline, no classic Mimbres pottery was made, and Shafer believes that many of the people may have drifted from the upper valley southward or eastward.

In Anne Woosley and Allan McIntyre's study of the Mimbres Mogollon site in New Mexico at Wind Mountain, the authors report the same decline in population and the abandonment of Wind Mountain at the close of the twelfth century and the commencement of the thirteenth.[11] The authors note that unlike the several sites in the Mimbres Valley, the Wind Mountain site is located on an upper tributary to the large Gila River. Moreover, regional records measuring precipitation and temperature applicable to the Mimbres area may not apply with precision to Wind Mountain.[12]

≈

In Arizona during the thirteenth century, Snaketown residents enjoyed a rejuvenated classic period according to the Hohokam archaeologist Patricia Crown.[13] During the classic period, the Hohokam people made radical rather than the gradual cultural changes that had evolved slowly during the earlier periods. In the construction of houses, local architects changed from building pit-houses to fashioning adobe surfaces or reinforced caliche-walled structures. The area also continued to increase in population and to intensify the agricultural base. Settlement patterns switched from the earlier widely dispersed clusters of individual houses to more consolidated villages surrounded by a tall, protective adobe wall.

It should be noted that whereas, in the face of deteriorating climatic conditions, the residents of Chaco Canyon and the Mimbres Valley abandoned their respective homelands in the thirteenth century, Hohokam people remained in place and substantially changed their ancient cultural ways and patterns. It is also noteworthy that during the thirteenth century Hohokam architects and construction crews first built high, protective adobe walls around community centers while Southeastern and European architects and builders were also constructing palisades around villages and walled cities. Steven LeBlanc argues that the protective walls reflected a broadly and deeply felt insecurity of the time and place.[14] We recall that according to LeBlanc all communities in the Southwest at the time were fortresses. The architectural and culture change may have in part reflected the abrupt climate change from the long warming period favorable to agriculture and the economy to a new colder and more mesic Little Ice Age that brought social stress and a constriction in agricultural production.

Like their earlier Chaco Canyon neighbors, Hohokam merchants and leaders in the thirteenth century continued to engage in a wide interregional network of interaction. The pattern of exchange by Hohokam traders involved the importation of premature scarlet macaws, cast copper crotals, and conch (among other marine shells).

Premature scarlet macaws probably originated in the coastal rain forest in the lowlands of Tamaulipas and at closer macaw and other parrot breeding grounds in Nuevo Leon in northeastern Mexico. But during the thirteenth century this earlier trade pattern was probably diverted, at least in part, from scarlet macaws bred in northeastern Mexico to scarlet macaws bred and raised at nearby Paquimé. The dominant trade in marine shells and cast copper bells that had originated earlier from the Pacific west coast and had been earmarked directly for destinations to several markets in the Southwest may also have been redirected through Paquimé in the thirteenth century.

≈

During the latter part of the twelfth century and throughout the thirteenth century, Native residents who functioned as architects, engineers, merchants, muralists, and local dreamers on the middle Casas Grandes River in northwest Chihuahua founded Paquimé, the largest, wealthiest, and most commercially expansive pre-Columbian cultural and ceremonial center in North America at the time. Recent studies suggest that the dates for Casas Grandes are ca. AD 1150–1200 to 1450–1500.[15]

Cahokia and Chaco Canyon, located in higher latitudes than Paquimé, emerged earlier, prospered for two to three centuries and then started to collapse. Chaco Canyon was a large, heavily populated ceremonial center established in an area apparently incapable of long-term agricultural surpluses through times of severe droughts. Chaco Canyon was located at about 36° north latitude at an altitude of over four thousand feet.

On the other hand, Paquimé was on the rim of an irrigated floodplain of the large Casas Grandes River, which is fed annually by dependable springwater and snowmelt from the nearby Sierra Madre. Although Paquimé was located at an altitude of about five thousand feet, the area was much better positioned to achieve sustained agricultural production through changing climatic periods than was Chaco Canyon.

Archaeologists generally agree that construction of the new city of Paquimé probably commenced during the last decades of the twelfth century, but major construction was accomplished during the thirteenth and fourteenth centuries.[16] Whereas earlier twelfth-century structures in the Casas Grandes Valley and northwest Chihuahua had been typically separate, pueblo-like room blocks with a plaza, the new master plan called for a series of contiguous rooms in massive structures five to seven stories high.[17] This height was not uncommon at the time for pueblo-type construction in the Southwest and was in line with the height and number of stories of the taller pueblos in New Mexico.[18]

A system of wide canals and other water-control facilities, including reservoirs, water-retention basins, and cisterns, held and directed riverwater into the irrigated fields and channeled fresh springwater into large apartment-like pueblo structures via subsurface conduits. The geographer William Doolittle concludes that the water-control system at Paquimé and the nearby Casas Grandes River was the most elaborate and complex of any pre-Columbian water-control system in North America, including Mesoamerica.[19]

The stone and adobe structures associated with Paquimé included about ninety signal towers or platforms called *atalayas*.[20] The platforms were strategically located across the open expanse of the Chihuahuan basin to the north, east, and south of Paquimé and into the Sierra Madre to the west. The atalayas were positioned throughout an area that extended eighty miles or more to the north, eighty miles to the east, and about the same distance south of downtown Paquimé where command central, called Cerro de Moctezuma, was located.

Four platforms are identified in modern-day New Mexico on the area map prepared by Charles Di Peso and his associates.[21] Another four were positioned near the present-day city of Ahumada east of Paquimé, and several platforms were near Gomes Faires, about eighty miles south of Paquimé. To the west, in the mountains, three platforms overlooked the Rio Bavispe Valley into Sonora.

These far-flung signal platforms were capable of providing rapid line-of-sight notice to Paquimé central (Cerro de Moctezuma) of an approaching enemy threat or perhaps from Paquimé to linked communities over eighty miles away in three directions. Perhaps word could be sent from Paquimé announcing that a ceremonial feast or a celebration was to be held at a date and time certain at the capital. If the water-control system at Paquimé had no equal in North America at the time, the same may be said of its long-distance line-of-sight communication system.

The line-of-sight stations constructed at Chaco Canyon and at other Southwest communities are often interpreted as defensive outposts built during a period of widespread regional stress and warfare. The principal investigator of the recent Chaco Canyon study, Joan Mathien, concludes that the extensive line-of-sight communication system at Chaco also served a significant "integrating function." The same is probably true at Casas Grandes. It seems apparent that the broad communication network could have served the purpose of unifying the larger Casas Grandes area into a more cohesive political entity.

Like Chaco Canyon and Cahokia, Paquimé was more than just a large population and trade center: it was a ceremonial place. Evidence of the importance of the religious and ceremonial character of Paquimé is found in the "Mound of the Cross" and the "Mound of the Pit Ovens." Whereas the Mound of the Cross was a unique cruciform-shaped small mound complex, the Mound of the Pit Ovens was a large ceremonial mound site with multiple stone-lined deep pits of a type that had been employed for baking agave and sotol in the Southwest for over five thousand years.[22]

The Mound of the Cross complex, included within an area about thirty-six meters by thirty-six meters, was a central flat-topped mound about three feet in height, constructed in the form of a cross, with four small circular flat-topped mounds spaced near each point of the cross. Although the arms of the cross are oriented to the cardinal points, Di Peso discerned no clear connection with the principal planets, moon, or sun.[23]

The Mound of the Pit Ovens was a larger site that included a round eight-foot-high sloped mound about twenty-six meters across and six large stone- and adobe-lined pit ovens, with small house clusters located nearby. Hearts of the agave and sotol root base were baked in the pit ovens to recover the sugar-rich product and liquid used in fermentation.[24] Lynn Marshall and Scooter Cheatham write that *Agave lechuguilla* grew wild throughout the Chihuahua Basin and Range and that during the thirteenth and fourteenth centuries Hohokam farmers also cultivated large fields of agave.[25]

Paquimé was also a commercial and production center as evidenced by a special open plaza area in which dozens of adobe breeding cages for holding scarlet macaws and two species of domestic turkey were aligned along the walls. The remains of scarlet macaws were recovered from numerous sites throughout Arizona, New Mexico, and the Casas Grandes River Valley.[26] The Southwestern zooarchaeologist Charmion McKusick estimates that about 40 macaw remains have been recovered from New Mexico locations, about 120 from Arizona, and well over 250 from Casas Grandes.[27] McKusick reports that the earliest remains of scarlet macaws recovered near Snaketown have been dated to ca. AD 500.[28] But the only clear evidence of breeding and raising of scarlet macaws in the American Southwest has been found at Casas Grandes. Breeding and raising different species of domestic turkey was practiced widely throughout the American Southwest but apparently not in the Southeast.

Paul Minnis et al. write that trade in premature scarlet macaws and in macaw headdresses and feathers may have been the most lucrative commercial operation conducted at Casas Grandes.[29] Like the expansive line-of-sight communication network at Casas Grandes, the breeding and raising of scarlet macaws was a well-integrated enterprise, widely dispersed along the Casas Grandes River Valley, with adobe breeding pens or cages (and associated removable stone cage doors) in operation up to sixty miles north and south of downtown Paquimé.[30] Further evidence of the magnitude of the overall macaw operation at Paquimé is found in the report of the 234 scarlet macaw remains discovered buried below the surface of "The House of the Macaws."[31]

Di Peso and McKusick describe the route taken by traders who obtained the scarlet macaw parrots from northeastern Mexico, referred to specifically as the "lowlands of northern Veracruz, the homeland of the Huaxteca."[32] Apparently, premature macaws, three to four months old, were carried by bearers during the summer months across northeastern Mexico through lands occupied by small, local hunter-gatherer groups. Di Peso's map suggests the route from Veracruz to Casas Grandes.[33]

Evidence in support of the argument for a northeast Mexico source rather than a Mesoamerican source from Oaxaca is impressive and for me persuasive. The straight-line distance between Oaxaca on the southern west coast of Mexico and Paquimé is about twelve hundred miles, compared to the distance between Tamaulipas in northeast Mexico and Paquimé, which is about six hundred miles. Moreover, the terrain along the west coast of Mexico and over the Sierra Madres is much more rugged and dangerous than the terrain and territory from Paquimé eastward down to the lower Rio Grande Valley. Wild amaranth, the grain fed in mush form by Paquiméans to premature scarlet macaws, was available throughout the country along the six-hundred-mile journey up the lower Rio Grande (see Map 2).[34]

≈

Native cultural patterns in the Texas Trans-Pecos changed substantially during the thirteenth century as had those of most Native cultures throughout the American Southwest. In the Far West Texas Jornada Mogollon area near El Paso, Native people became increasingly sedentary and more dependent on horticulture. In his 1999 study of the Ojasen and Gobernadora archaeological sites, Harry Shafer writes that the thirteenth century brought to the El Paso area more complex social patterns and more prominent and formal community structures.[35] The small communities that had formerly been spread thinly along mountain slopes gathered together to form larger settlement units near playas where good soil was available and there was runoff from the nearby Franklin and Hueco Mountains. This same pattern of village consolidation and the intensification of agriculture was also evident in the area south of El Paso in parts of northwest Chihuahua in the thirteenth century.[36]

Shafer writes that during the period surface-level pueblos were constructed in the Jornada region, with adobe structures gathered around a central plaza or arranged in a linear pattern, east to west, with entrances facing southward. Construction of reservoirs and other water-conservation systems in the area suggest not only an intensification of agriculture but also a cooperative agricultural effort among the family-related groups.

Local potters in the Jornada area made El Paso Polychrome and Chupadero Black-on-White ceramics, but nonlocal Ramos Polychrome from Casas Grandes (about 150 miles west-southwest) and imported Villa Polychrome from Villa Ahumada (about eighty miles to the south) were also recovered. About one-half of the pottery recovered at Villa Ahumada was El Paso Plain or El Paso Polychrome. As reported earlier, El Paso Polychrome and Chupadero Black-on-White were found widely dispersed at Ahumada, Paquimé, the Mimbres Valley, and small communities south of Paquimé.[37]

The most frequently recovered plant remains at the El Paso sites dated to the thirteenth century were two varieties of maize, three varieties of beans, squash, cheno-ams, gourds, mesquite, sunflower, and amaranth. Jackrabbit and cottontail remains dominated the animal resources identified.[38] Rabbit remains were also the dominant species reported at Villa Ahumada in the thirteenth century.[39] Although no bison remains were reported at the time at either site, bison were reported by Spaniards in the area in the sixteenth century.

Interregional trade was also an important factor in the life of the local Jornada Mogollon people during the thirteenth century. Jornada people interacted with their neighbors at Ahumada, at Casas Grandes, in the Mimbres Valley, and in the Salinas district in New Mexico about two hundred miles to the north.

≈

A small horticultural and trading center was located in the early to mid-thirteenth century about two hundred miles downriver from El Paso at a location called La Junta de los Rios. A series of villages lay in and near the junction of the Rio Conchos, which flows northward out of Mexico, and the Rio Grande, which heads southeast for the Gulf of Mexico.

Robert Mallouf, the former director of the Center for Big Bend Studies at Sul Ross State University in Alpine, Texas, and his associates write that the first evidence of sedentary or semi-sedentary occupation at La Junta has been dated to the period around AD 1200 or perhaps a century earlier, about the time that the Jornada people near El Paso became more sedentary and the Casas Grandes Viejo Period merged into the Medio Period.

We note that the date of about AD 1200 for the sedentary occupation of La Junta may be reassessed based on a 2008 investigation at the Millington site at La Junta.[40] The 2008 archaeological investigation recovered not only a sherd of Escondida Polychrome from the Casas Grandes Medio Period, but also red-slipped ware which is considered a component of the older pre-1200 Viejo Period ceramics from the Casas Grandes cultural area.[41] In addition, a highly polished red-on-brown sherd that was also recovered could represent the earlier Viejo Period.

Researchers note, however, that the information regarding possible Viejo Period ceramics at La Junta does not constitute conclusive evidence for a pre-1200 establishment of these villages.

During the thirteenth century, residents of La Junta built *jacal*-type structures in shallow pits on the high silt terraces along both the Rio Conchos and Rio Grande. At the Millington site in present-day Presidio, Texas, a single adobe-based probable *jacal* having five contiguous rooms was excavated by J. Charles Kelley and Donald J. Lehmer in the 1930s. At a nearby site called Polvo (about eighteen miles below the junction of the rivers), one house reportedly had the base of a surface wall constructed with turtleback adobe bricks similar to those used at Casas Grandes and at El Paso. Following another Casas Grandes architectural trait, there is limited evidence that construction workers at La Junta used smooth plastered interior house walls on which they painted designs in shades of yellow, black, red, and white.

Recent evidence from the Millington and Polvo sites suggests that the La Junta folks who cultivated field crops continued their foraging ways and were as dependent, if not more so, on wild collected foods as they were on cultigens. Mortuary data from the two sites further support this assessment. It now appears reasonably certain that Mallouf's contention is correct that the La Junta farmers were not Jornado Mogollon colonizers, but instead were indigenous foragers who began farming due primarily to Jornado Mogollon influences. Although no (or very little) pottery was produced locally at La Junta, El Paso and Casas Grandes ceramic trade ware was recovered at and near La Junta as well as at farming sites across the Trans-Pecos region, northern Chihuahua, and parts of the Southern Plains.

In addition, distinctive Patton Engraved Caddoan pottery was recovered at La Junta,[42] and J. J. Brody reports that Caddoan pottery was also found in New Mexico at Pottery Mound.[43] These isolated reports of Caddoan pottery may best reflect the impressive range of Jumano traders, although Caddoan representatives or scouts were reported to have personally visited La Junta.[44]

The distinct and diagnostic species of *Olivella* marine shells that originated from the Gulf of California or the west cost of Mexico and moved through Casas Grandes were also recovered at two nearby sites in the Texas Big Bend.[45] These site reports are not surprising since west coast species of *Olivella* shells as distinct from gulf coast species are found in Cielo Complex sites and in earlier Archaic sites and burials.

Mallouf describes the nomadic Cielo Complex people as living in a symbiotic relationship with the residents of La Junta in the fourteenth century, and possibly earlier. Many of the types of artifacts found among the La Junta folks were recovered also at Cielo sites, including foreign trade objects such as seashells, obsidian, and turquoise. Cielo Complex sites were not on the lowlands or floodplain of the Rio Grande, but instead were strategically located high on promontories affording an observation of a wide expanse and surveillance of game or enemy intrusions.

In summary, Mallouf theorizes that the La Junta villages that existed at the beginning of the thirteenth century probably originated from a coalescence of local indigenous foraging peoples. Moreover, Mallouf sees strong cultural and developmental parallels between the emergence of La Junta people and the indigenous horticulturists of the Antelope Creek who established villages along the Canadian River in the Texas Panhandle during the thirteenth century.[46]

The Southern Plains

Recent reports on the Antelope Creek culture have been prepared by Christopher Lintz and Robert I. Brooks.[47] Brooks writes that beginning in the thirteenth century numerous Antelope Creek settlements emerged along the Canadian River and its tributaries in the Texas and Oklahoma panhandles. Antelope Creek villages were frequently located on high terraces or on the crest of mesas some distance away from the river or creeks. Major structures were built with masonry somewhat similar to that found in the Southwest. However, Brooks states that Antelope Creek people represent an indigenous group that simply borrowed architectural design concepts from the Southwest.[48] Basically they farmed to supplement their focus on bison hunting.

The unique element in Antelope Creek architecture consists of the use of large stone slabs vertically placed as a foundation in wall construction. In the masonry architecture, numerous styles and unit types were investigated. Some were isolated circular structures with no doorways; others were large multi-room residences. One exceptionally large single-story pueblo-style structure had about thirty rooms.

According to Brooks and Lintz, the material culture of the Antelope people was more reminiscent of the village-based farming people of the eastern Central Plains. Like these eastern farmers, Antelope Creek horticulturists cultivated tropical maize, beans, squash, sunflowers, goosefoot, marsh elder, knotweed, purslane, and possibly tobacco.[49] The list of cultigens is novel because it includes a blend of crops grown in both the Southwest and Southeast. Thirteenth-century and earlier archaeological sites in the Southeast and the Eastern Woodlands frequently recorded goosefoot, marsh elder, and knotweed among the plant remains.

Bone tools are a distinctive artifact recovered at Antelope Creek village sites. Local villagers made bone hoes, knives, digging sticks, awls, pins, and pegs from bison remains. The typical ceramic vessel used by the Antelope Creek people is today called Borger Cordmarked, a globular bowl with a rounded base and a simple, unpainted, smoothed-over cord impression.

Antelope Creek people obtained in trade from eastern Pueblo people not only distinctive ceramic vessels but also marine shell beads, conch shell pendants, turquoise, and obsidian. The marine shell beads found include a Pacific coast *Olivella* bead, a species also found at Casas Grandes, at La Junta, and at Spiro.[50] However, Brooks adds that there is virtually no evidence of trade or direct interaction between the Antelope Creek people and the Caddo in East Texas or the northern Caddo at Spiro in eastern Oklahoma. Trade routes northeast from New Mexico at the time seem to have headed more northeastward across the plains into Kansas and toward the Missouri River Valley, not directly eastward across North Texas or through Oklahoma.

The Trans-Mississippi South

Timothy Perttula and other Caddoan archaeologists place the thirteenth century within the Middle Caddoan Period.[51] During this time, Caddoan people continued to occupy the George C. Davis site, which still represented the largest community center in East Texas. During the early decades of the fourteenth century, the third and last major mound, Mound B, was completed at the site. Since Mound B had no features to indicate that it served as a burial mound (like Mound C), archaeologists conclude that it was most likely a platform mound used to support a public structure or an elite residence. The mound may have also served as a platform for public ceremonies. Mound B is estimated to have been about 135 feet by 85 feet at the base and 10 feet in height in the thirteenth century.[52]

During the century, Caddoan residents at the Davis site relied heavily on wild native seeds for food. These included primarily amaranth, chenopodium, and sunflower. Researchers report that maize was the only domesticated crop found at the Davis site and that beans were not introduced in East Texas until later. Richard I. Ford concludes that the maize found at the Davis site was "Eastern Complex corn," a descendent of tropical Mesoamerican Chapolate corn that had evolved in the Middle West and was apparently introduced to the Davis site from an eastern source.[53]

Perttula writes that the end of the thirteenth century was a critical time of change in the production of Caddoan ceramics.[54] Before 1300, Caddoan potters tempered clay with crushed fragments of pottery or with bone, but after 1300 local potters generally switched to using burned or crushed shell as temper.

Caddoan potters circled coils of tempered clay on a foundation block, and, after smoothing the surface, fired the vessel in an open fire rather than an oven. Decorations were added to the vessel, with marks or lines engraved, incised, or punctated on the sides of the pots. Following the Southeastern Woodland tradition, Caddoan potters did not paint vessels in bright colors of white, red, orange, and yellow, and they did not employ detailed geometric or figurative designs drawn on light-colored slips as in the Southwest. While the Caddoan ceramics were not painted bright colors, they were not, however, decorated in somber figurative ritual designs as fashioned in the Southeast at the time.[55]

Perttula and Rogers write that during the thirteenth century the Caddo dramatically increased in population. The increase was not reflected at premier mound centers like the Davis site but rather was dispersed into separate expanding farmsteads and smaller farming communities.[56] Perttula and Rogers suggest that the population dispersal may be linked to the intensification of maize horticulture among Caddoan communities after 1200. Perttula adds that Caddoan people had long been horticulturists who grew maize, squash, and native seeds, but that Caddoan people in Texas did not become dependent upon maize and other cultigens until the end of the thirteenth century.

In their study of Caddoan prehistory, Perttula and Rogers describe a recently investigated site called Oak Hill Village, which is dated to the thirteenth century. The site, located about forty miles north-northeast of the Davis site, had an earthen mound and at least forty-two circular and rectangular structures gathered around a central plaza on a 3.5-acre village area.[57]

≈

By the commencement of the thirteenth century, the Toltec Mound site on the Arkansas River in central Arkansas had been vacated for over one hundred years. But only about two hundred miles upriver from Toltec in eastern Oklahoma, the civic ceremonial center of Spiro had become a dominant factor in the northern Caddoan region.[58] Spiro was the largest Caddoan mound center, with the largest number of earthworks (fifteen), and it occupied the largest area. The earthen mounds were constructed as either burial mounds, platform mounds to support special-purpose buildings (such as the residences of leaders), or mounds built to cover earlier structures.

Over seven hundred burials, dated between the middle ninth century and the fifteenth century, were recovered from the site, but Craig Mound's Great Mortuary possessed the most significant quantity of exotic prestigious goods. The highly prized goods included shell cups, marine shell and stone beads, pendants, embossed copper plates, and obsidian.

Most of the grave goods originated not in Spiro but at sources far distant from the northern Caddoan heartland, predominately from Mississippian chiefdoms associated with the Southeastern Ceremonial Complex. But within the past decade, the network of Spiro trade has been recognized to extend substantially beyond the Southeastern region and the northern coast of the Gulf of Mexico. In 2002, two significant reports on artifacts from Spiro confirmed that possibly the direct, but more likely the indirect, Spiro trade network reached Mesoamerica and the Pacific west coast of Mexico. Alex Barker and his associates conclude that the source material of an obsidian scraper from Spiro originated in the state of Hidalgo, which had been in the thirteenth century the homeland to the Toltec people in south-central Mexico.[59]

The nineteenth-century landowner of the Toltec Mound site named the mounds "Toltec" because he thought the Mesoamerican Toltecs one thousand miles to the south had earlier visited the area and constructed the mounds on his property. However, the principal archaeologist at the Toltec site, Martha Ann Rolingson, has established that the mounds were built not by visiting Toltec construction workers from Mexico, but rather by local Native architects and workmen. Finding a Toltec-sourced artifact at Spiro 150 miles upriver from the Toltec mounds seems to be a remarkable coincidence.

The second 2002 report on specific artifacts from Spiro relates to marine shell beads fashioned from *Olivella dama*, which Laura Kozuch and her associates determined originated from the Gulf of California. Kozuch et al. conclude that the presence of beads made of Mexican west coast *Olivella* shells at Spiro suggests an intensification of trade between the Far West and the Caddo during Late Prehistoric times.[60]

In her assessment of exchange networks and trading routes between the Caddo and the Southwest, Kozuch identifies the trading center Casas Grandes as a dominant exchange partner in the Southwest during the Late Prehistoric Period. More specifically Kozuch writes: "It is possible that the Spiro *Olivella dama* beads were traded through Casas Grandes which had almost four million shell specimens of which about 12,000 were dwarf *Olivella dama*."[61]

One trade route between Casas Grandes and the Caddo in the Late Prehistoric Period may have been a southern route that ran from Paquimé eastward across the western Chihuahuan Basin and Range to the Rio Grande below El Paso, then downriver past La Junta to South Texas, or directly to Central Texas, and then northeastward along ancient trade routes from Central Texas or the lower Rio

Grande to the Hasinai Caddo and the Caddohadacho on the Red River, a location about 120 miles south of Spiro.

Evidence of these southern routes from Paquimé to the Caddoan region is found in numerous sources. Archaeological evidence indicates that the Pacific coral and marine shells found near La Junta on the Rio Grande likely came from Casas Grandes, and the architecture at La Junta follows styles found at Paquimé. Casas Grandes merchants apparently routinely dispatched trading parties to the Rio Grande below El Paso and farther downriver below La Junta to secure premature scarlet macaws from sources in Nuevo Leon and Tamaulipas. Casas Grandes pottery has been identified near the Texas coastal city Corpus Christi, located about 120 miles north of the Rio Grande.[62]

Moving in the other direction toward the west, Caddoan pottery was recovered near La Junta in West Texas. The evidence suggests that a likely route followed in the trade network between the Caddo and the west coast of Mexico and the Caddo and central Mexico might have been through Casas Grandes along the southern route across central or south Texas and farther northeast to the Caddo River. To emphasize the sheer distance encompassed in this interaction network, note that the Gulf of California is about eleven hundred miles to the west of Spiro and the state of Hidalgo is about one thousand miles to the south.

The Mississippi Valley and the Southeast

The chaotic climatic change that occurred during the thirteenth century affected the Mississippi Valley and the Southeast as well as the American Southwest and the Trans-Mississippi South. The generally favorable climate of the Medieval Warm Period was quickly coming to an end with periods of droughts (or had already ended in some locations), and in some areas Little Ice Age conditions were approaching.

In his summary of climate and culture change during the Little Ice Age and the unstable climatic period in the thirteenth century, the Southeastern archaeologist David Anderson says that it is probably no coincidence that after the onset of the Little Ice Age, agriculture was more difficult and warfare and settlement nucleation increased. Anderson also notes that George R. Milner has documented a substantial increase in the fortification of settlements at this time in the upper Midwest and Northeast, which he attributes to the climate-induced stress on crop yields brought about by the onset of the Little Ice Age.[63]

Timothy Pauketat, the Cahokian archaeologist, describes the thirteenth century as the period in which Cahokia's regional dominance began to wane. The author concludes that the close of the Medieval Warm Period contributed to the end of Cahokia's regional power. Pauketat writes: "The end of the Medieval Warm Period could only have added fuel to the internal decentralizing forces of the larger Mississippian economies [such as Cahokia]."[64] The most northern of the major Mississippian sites, Cahokia was located at about 38° 30' north latitude or 150 miles north of Chaco Canyon in New Mexico. In comparison, Paquimé was located only about 20 miles north of 30° north latitude or about 550 miles below the latitude of Cahokia. For comparison, modern New Orleans is also approximately 550 miles directly south of Cahokia.

Beginning in about AD 1200, as Cahokian influence faded, cultural change was underway across the mid-continent, with dynamic new smaller cultural centers expanding in southern Mississippian sites. These smaller yet significant Mississippian centers include not only Moundville, Etowah, and Irene, emphasized herein, but also numerous lesser known but important sites such as Carson Mounds (see sidebar, "The Carson Mounds Site").

The Carson Mounds Site

Carson Mounds is an exceptionally large Mississippian mound site located in a several-hundred-acre open field of the northern Mississippi Delta in Coahoma County, Mississippi (see Map 1). The site is significant in that it includes more recorded mounds than any other Mississippian site with the exception of Cahokia. Approximately ninety mounds have been recorded at the site by archaeologists from the Smithsonian Institution and the Mississippi Department of Archives and History.

Carson is distinguished also by its physical size. The site's overall layout, which covers about 150 acres, extends a mile in width, east to west, and about half a mile or more north to south. The number of mounds at Carson far exceeds that of the large nearby Mississippian site of Moundville in Alabama, which has thirty-two mounds spread out over about 185 acres.

Although Carson is impressive and is listed on the National Register of Historic Places, the site has remained archaeologically hidden and unexcavated until recently. For most of the last 120 years the property has been used primarily as farmland, leveled and tilled repeatedly. But archaeologists today, with modern technology, know that just below the plow zone lie undisturbed archaeological features and information in the form of post molds that identify former structures or palisades; Native trash pits with animal and plant remains, pottery bowls and sherds, and chipped and ground stone hunting and fishing artifacts; charcoal useful in dating the site; numerous human burials that may reveal the sex, age, diet, and health of the deceased; and grave offerings that suggest the scope of regional interaction.

The US Bureau of Ethnology 1890–1891 annual report includes an account of the Carson Mounds survey conducted by William Henry Holmes and P. W. Norris in 1884. The site report and associated sketch plat identifies the property owners at the time as the Carson brothers. The plat indicates that the overall site plan included over 150 acres within which eighty-plus mounds were spread in an irregular pattern from east to west as well as in a five-acre enclosed area tucked into the northwest corner of the site. Today, however, only five prominent mounds remain clearly visible.

According to the original plat, the five-acre enclosure was constructed in the shape of a parallelogram enclosed on three sides by an earthen wall fifteen to thirty feet wide at the base and three to five feet high. The other, western side was lined by an ancient streambed. One large circular mound (designated Mound A) and up to twenty-eight smaller mounds are arranged generally along the inside perimeter of the enclosure, leaving one or more open plaza-like spaces in the central area. Mound A is described as a nearly flat-topped mound, about 15 feet in height and 190 feet in diameter.

Outside the enclosure and spread across the site, the sketch plat identifies five other major mounds (designated Mounds B to F). Mound B is a double flat-topped mound reported originally to be about twenty-five feet in height. Mound C, about sixteen feet high, is oval and has a round top. One of the largest mounds at the site, designated D, is symmetrical, level on top, and about twenty-five feet in height. This large mound has a small adjoining mound. Mound E, like B, is a double mound. Mound F is oval, rounded on top, and about six feet in height. Surveyors in 1884 commented that deposits of mud and clay plaster, which earlier had been attached to wooden supports and cane stalks, were scattered over the crest of several large mounds.

Although no human remains and few artifacts were recovered during the initial 1884 survey, the prospects for the site have recently substantially improved. In 2008, The Archaeological Conservancy purchased about fifteen acres of the Carson site. The acquired land contains four of the remaining clearly visible mounds for future study. The Conservancy also received by donation a three-year easement on an additional three acres mostly inside the former five-acre enclosure, to record archaeological features and recover burial remains and grave goods.

Archaeologists with the Mississippi Department of Archives and History and with the University of Mississippi Archaeological Research Center commenced an extensive survey and excavation of parts of the acquired property and easement in 2007, employing modern remote-sensing technologies for the first time. John M. Connaway with the Mississippi Department of Archives and History says that the Carson Mounds were constructed around AD 1400. To date, seventeen houses and fifty-eight burial pits (with over 200 bundles) have been recorded. Connaway adds that an exceptionally large number of artifacts there have already been discovered that indicate close cultural ties between Carson and Cahokia.

The recent acquisition at the Carson Mounds site by The Archaeological Conservancy demonstrates the significance of having an active program to identify, acquire, and protect valuable archaeological sites for future study in the Southeast and throughout North America.

According to some researchers, Cahokia became during the same period the original inspiration behind a ceremonial movement called today the Southeastern Ceremonial Complex (SECC). In 2007, John Kelly and his associates reported on the excavation of Mound 34 at Cahokia and on evidence found of the SECC at the site. The researchers suggest that the SECC (also sometimes called the Southern Cult) can be dated to ca. AD 1200–1500, and that the florescence of the cult occurred during the climatically unstable thirteenth century.[65] Kelly interprets several arrangements at the site as physical representations of "the process of creation within a multilayered universe."[66] The image of the layered universe is seen by the authors in "the alternating layering of dark- and light-colored mound stages."[67]

But a cosmology or worldview with a layered universe is neither original with the Mississippian culture nor did it originate in the thirteenth century. Rather, the concept of a layered universe is found broadly expressed by Native peoples of North America, including the American Southwest. In his study of the Mimbrenos and their iconography in southern New Mexico during the eleventh and twelfth centuries, Harry Shafer writes that a "multilayered universe" is the foundation of the cosmology or worldview of the people of the Southwest.[68] Shafer finds reflections of a layered universe in Southwest architecture and pottery designs. Southwest pueblos were constructed with flat-topped roofs with a hatch designed and used to enter the lower levels of the structure. The upper world or upper level was above, in the sky; the middle world was the ground surface of everyday life; and the underworld, below ground, was the place or level of the beginning and the land of the dead.[69] The underworld is depicted in artistic designs found both at Mississippian sites and in the Southwest in images of frogs, bats, owls, turtles, and plumed or feathered serpents.

Not all Mississippian archaeologists may concur with the conclusions reached by Kelly and his associates regarding the strength of Cahokia's early influence on the SECC, but most agree that the recent excavation of Mound 34 contributes substantially to the understanding of Cahokia in its later stages, when its influence became diffused and spread to other emerging centers in the Southeast.

≈

During the thirteenth century, Moundville was established as a paramount cultural center located along a twenty-five-mile stretch of the Black Warrior River Valley in northern Alabama.[70] During the period AD 1200–1250, the major mounds and the encircling palisade were constructed at Moundville. Vernon Knight and Vincas Steponaitis suggest that the population of Moundville reached about 1,700 during the thirteenth century.[71] This compares with the population of Cahokia at the commencement of the eleventh century of about 2,000, before the substantial increase in population during the late eleventh century and the twelfth century.[72]

The city plan for Moundville was designed with both public and domestic structures arranged around the central quadrilateral plaza. Construction workers also built a substantial palisade, employing a type of wall-trench construction technology similar to that used earlier at Cahokia.[73] Knight suggests that the construction of the palisade allowed the residents living within the fortified city to carry on their lives protected from attack, and says that this indicates a substantial concern over security. We again note that at this time of drastic climate change, communities in both Europe and the Southwest were constructing defensive perimeters such as earthen, post, stone, and adobe walls, and networks of watchtowers and signal stations.

Knight and Steponaitis project that during the thirteenth century maize alone contributed about 65 percent of the daily caloric intake at Moundville. Although the only Mesoamerican artifacts reaching the Eastern Woodlands were domesticates such as corn and beans, the evidence is clear that by the thirteenth century, tropical maize that originated in Mesoamerica was the dietary backbone of many Mississippian subsistence economies.

As David Anderson observes, some of the earliest archaeological evidence of direct or indirect interaction between the Mississippi Valley and Mesoamerica is found in the botanical remains of tropical maize recovered at numerous sites east of the Mississippi River. In a 2005 study, researchers hypothesize that maize may have been dispersed into the Southeast and the Mississippi Valley from either the Southwest, from central Mexico, along a Gulf of Mexico coastal route, or through the Caribbean.[74]

The immigration of maize may have occurred in waves, over time, with more advanced domesticated species being introduced. Regardless of exactly when Mesoamerican maize reached the Mississippi Valley and the Southeast or the route or routes of travel, the evidence is clear that tropical maize had reached the Mississippi Valley by AD 400 or earlier and that by AD 1200, Mesoamerican cultigens represented some of the most significant field crops grown and consumed by Mississippian people. It is also clear that the unstable climate during the thirteenth and fourteenth centuries adversely affected horticultural production in the central Mississippi Valley and the ability of Cahokians to economically support the local population.

According to John Blitz, the thirteenth century at Moundville represented a time of substantial change.[75] Population expanded rapidly, perhaps to support the enormous project to construct a palisade perimeter around the mound-plaza complex. The palisade may reflect a defensive strategy to protect the core of the community, a move similar to that taken at Cahokia. Blitz also suggests that the defensive strategy itself may have encouraged small groups living outside Moundville to consolidate with Moundville residents to more easily secure food, stone tools, shell and copper ornaments, and a sense of common purpose.

The rapid cultural change at Moundville is also found in new architectural patterns. Earlier, Woodland houses were spaced farther apart, with sunken floors, somewhat similar to pit-houses in the Southwest. Moundville architects in the thirteenth century designed surface-level structures employing a new wall-trench technology. Moreover, builders earlier changed the location of houses that were rebuilt over time, but thirteenth-century builders maintained the same house locations within a restricted residential group. In summary, Blitz writes that during the latter part of the thirteenth century, Moundville became a well-fortified center and the capital of an independent polity.

Knight and Steponaitis also describe elite residential areas at Moundville and a prestige goods economy involving long-distance exchange. But at the end of the thirteenth century and commencement of the fourteenth century, Moundville changed from a thriving town to a largely vacant ceremonial center. Apparently Moundville residents dispersed into more geographically isolated but still culturally related farmsteads.[76] Moundville seems to have continued as primarily a regional mortuary center, much as Spiro later served the northern Caddoan area.

≈

Adam King writes that although Etowah in northern Georgia was vacated for a period of about fifty years in the early decades of the thirteenth century, the chiefdom was reoccupied during the last half of the century.[77] A period of unprecedented growth was recorded along the Etowah River Valley between ca. AD 1250 and 1300. Mound building commenced at each of the large mound sites. Construction was initiated on Mound C at Etowah, and two stages were built on the second mound, identified as Mound B. Construction on Mound C eventually reached the height of about fifteen feet, comparable to the height of the second-largest mound at the Davis site. On Mound A, the largest mound, which was commenced one hundred years earlier, a final stage was completed and a walk-up ramp and staircase were added.

In addition to mound construction, a large circular structure was built at Etowah during the period. The structure may have been used as an open shed-like public building designed to accommodate a large number of residents. But King explains that since the structure was itself enclosed within a palisade, it was likely not available to all residents of Etowah. King's comments illustrate the difficulty of interpreting whether a particular palisade-type structure was designed primarily as a defense against enemy forces from without or as a separation of social classes within the community.

As with the Caddoan Davis site in Texas and earlier at Toltec, one of the mounds at Etowah, Mound C, served as a burial mound. Several but not all graves in Mound C contained grave goods, including pottery, flint blades, and copper ornamental headdresses. Many of the impressive grave goods were made of nonlocal materials, suggesting an interaction and trade network that reached to the gulf coast for marine shells and to Tennessee for chert and copper.

In 2007 King prepared a report on Mound C that describes the connection of the mound to the Southeastern Ceremonial Complex.[78] As background, King reviews that Etowah first became a cultural center and small chiefdom around AD 1000. The modest center had one or two small mounds and a small plaza with a nearby residential zone.[79] However, the bulk of the SECC material was produced and used later, during the Mississippi period.

Between about 1250 and 1300, an exceptional effort of mound construction was undertaken at Etowah. Most of Mound A (about sixty feet in height) was completed, Mound B was tripled in size, and Mound C construction commenced.[80] The architectural style clearly signaled a new culture for Etowah, one in which high-ranking individuals were singularly in power. The artwork and cosmology reflected a full set of nonlocal symbols, some of which perhaps originated at Cahokia. The symbols included fanciful supernatural figures, including a birdman, falcons, and warriors depicted on copper plates and in shell work.

≈

In his study of the Savannah River chiefdoms during the Mississippi Period, David Anderson reviews the cultural history of the Irene site situated near the mouth of the Savannah River.[81] The site was first occupied in the late twelfth century and during the early decades of the thirteenth century. Local architects and construction workers designed and built one primary large mound, several small-er platform mounds, and a low burial mound during the hundred-year period.

The primary mound was about 15 feet in height, or about one-fourth the height of the largest mound (Mound A) at Moundville, and was about 150 feet in diameter. In addition, construction crews built during the same period four truncated platform mounds and three structures that were embanked. The small platform mounds were only twenty to thirty feet square, and they were scattered to the south and west of the principal mound, which was built within fifty feet of a very steep embankment of the Savannah River.

During the thirteenth century, the low circular burial mound was construct-ed west of the principal mound. This accretional mound started with a shell floor at surface level through which were placed several cremated burials.

The broad burial mound reached a height of only two feet but it was about forty-two feet in diameter. A total of 106 burials were recovered from the mound area, 99 of which were interments with very few grave goods, in contrast to buri-als at Moundville and Etowah where rich grave-good assemblages were found, including distinctive pieces reflecting the Southeast Ceremonial Complex. The study concludes that there were approximately the same numbers of male and female burials and that those interred had enjoyed reasonably good health.

As at Moundville and Etowah, a large (ca. five-hundred-foot-long) palisade was constructed around the central area of the site, which included specifically the primary mound and the low burial mound. As very few permanent domestic structures were identified at the site, Anderson concludes that Irene, like other noted Mississippian sites, eventually functioned primarily as a vacant ceremo-nial center.[82]

This picture of irregular cultural change in the Southeast in the thirteenth century is consistent with the irregular pattern reported in the American South-west during the same period. Chaco Canyon and the Mimbres Valley in the Amer-ican Southwest had faded, while the Hohokam people and Paquimé were enjoy-ing a dynamic classical period. The Jornada Mogollon, La Junta, and Antelope Creek people in Texas were aggregating and intensifying agriculture while the large Caddoan center at the Davis site was being abandoned. The irregular cli-mate during the thirteenth century seems to have contributed significantly to the erratic cultural patterns expressed in the American Southwest and Southeast.

Climatologists describe the fourteenth century as a turbulent climatic period during which the cooler and more mesic Little Ice Age increasingly impacted many parts of Europe and North America. A widely cited 2002 dendrochronological study of climate change across North America, Europe, and western Asia by Jan Espen et al. indicates that the Medieval Warm Period faded and the Little Ice Age intensified during the thirteenth and fourteenth centuries. The 2002 study concludes: "There is strong evidence for inferred below-average temperatures over much of the 1200–1850 interval, which may be regarded as a NH [Northern Hemisphere] extratropical expression of the Little Ice Age."[1]

The 2002 study by Espen et al. was one of four climate reconstruction studies employed and cited in the 2006 National Research Council report on surface temperature for the last two thousand years.[2] The 2006 report indicates a broad agreement that the fourteenth century was a cool and mesic period in which there were wide swings in global temperature patterns from decadal cool periods to brief warmer episodes and then a return to cooler periods.

The dramatic change in climate during the fourteenth century is also recorded by European historians and American archaeologists. Decadal droughts were reported in Europe and North America during the late thirteenth century and the early fourteenth century. H. H. Lamb describes the adverse impact of the extended droughts in the late thirteenth century on agriculture across Europe.[3] North American archaeologists suggest that droughts during the same period contributed to the failure or collapse of horticultural communities in the Southeast and the Southwest.[4]

Norse explorers and colonists who settled Greenland established a small colony in North America in Newfoundland, as mentioned earlier. By the fourteenth century the North American colony had collapsed, and many Norse settlers in Greenland had returned to Iceland, but some Greenlanders held on for a while despite the adverse weather and the aggressive local Inuit Native groups.

In a 2007 summary of the medieval Norse population that inhabited Greenland, Arlene Rosen describes the manner in which the Norse responded to the dramatic change in climate from the Medieval Warm Period to the Little Ice Age in the fourteenth century.[5] Rosen says that the tenth-century climatic conditions when the Norse arrived in Greenland were well suited to a dairy-herding lifestyle, but by the early fourteenth century the Little Ice Age contributed to a weaker economy and brought serious social stress, including a sharp increase in witch trials. Rosen concludes that the conservative cultural adaptation of the agrarian Norse to the Little Ice Age accelerated the eventual collapse of the Norse populations in Greenland soon after the close of the fourteenth century.

H. H. Lamb writes that the climate during much of the thirteenth and fourteenth centuries was unstable throughout the North Atlantic and Europe.[6] Lamb describes the climatic change during the period in a section of his work entitled "Cooling and Wetness in Early Fourteenth-Century Europe." The climatologist writes that the Little Ice Age "began to affect Europe directly soon after 1300. The change that broke the medieval warm regime must have appeared devastatingly sudden. The year 1315, when the grain failed to ripen all across Europe, was probably the worst of the evil sequence that followed. The cumulative effect produced famine in many parts of the continent. Thereafter the fourteenth century seems to have brought wild, and rather long-lasting, variations of weather in western and central Europe."[7]

In 2009, the National Geographic published *The Medieval World*, a comprehensive study of the period AD 400–1500, in which the social consequences of the climate change that occurred during the Medieval Warm Period and the Little Ice Age is assessed in part as follows: "A string of cool summers, hard winters, and heavy rainfall beginning in 1315 brought about such extraordinary conditions that grain in northern Europe did not ripen. With so little food available, domesticated animals suffered, and diseases spread rampantly. Between 10 and 25 percent of some areas were decimated, bringing the progress of previous centuries to a grinding halt. Crime rates rose, and the health of society weakened in 1338, just as the Black Death approached."[8]

During the century, an Asian-introduced plague called the Black Death spread across Europe, which had become stressed and weakened by the famine and the bitter and continued damp cold weather of the Little Ice Age. The impact of the plague on France, Spain, England, and Germany during the fourteenth century left the European continent with a loss of perhaps 30 percent of the population levels reached during the eleventh and twelfth centuries.[9] We are reminded that an economically and physically weakened Europe suffered a similar or more devastating depopulation from a foreign-sourced plague during the earlier cold and damp Dark Ages.[10]

Overview of North America

Information from a 2004 marine geological study prepared by scientists at the Florida Department of Environmental Protection of sea-level change in the northern Gulf of Mexico during the past twenty thousand years supports the general conclusion of the Espen et al. 2002 dendrochronological study regarding the Medieval Warm Period and subsequent Little Ice Age in North America. James Balsillie and Joseph Donoghue conclude in the 2004 study that Gulf sea-level data indicate that along the northern Gulf coast the sea level began to rise in the ninth century with the Medieval Warm Period and continued to increase each century through the twelfth.[11] Balsillie and Donoghue add that the timing of this measured rise in sea level is generally coeval with sea-level increases reported globally during the Medieval Warm Period.

The Florida scientists further conclude that during the thirteenth century and clearly by the fourteenth century, the sea level in the Gulf of Mexico reversed and began to recede each century with the colder global climatic conditions and the increased accumulation of glacial ice and snow associated with the Little Ice Age.

This chapter reviews the dramatic new cultural changes in Native settlement and subsistence patterns that continued across the North American continent during the fourteenth century. Steven LeBlanc writes that by the fourteenth century, the Four Corners region was abandoned and the population had relocated principally to the east and southwest of Chaco Canyon. Warfare spread across the Southwest, and every population center was fortified.

By the beginning of the fourteenth century, Mimbres artists had ceased work, and Black Mountain people temporarily moved into the lower Mimbres Valley. In contrast, while the rich culture of the Mimbres people collapsed, the nearby Hohokam culture to the west entered a vibrant classic period during the fourteenth century. However, the most spectacular new cultural powerhouse in the American Southwest during the thirteenth, fourteenth, and fifteenth centuries was Paquimé on the Casas Grandes River in northwest Chihuahua.

Jornada Mogollon farmers in Far West Texas consolidated during the early decades of the fourteenth century, but later in the century the Jornada people discontinued most horticultural operations as marginal farmers. At La Junta, one of the major cultural changes in the fourteenth century appears to have been the expansion of a cultural group called the Cielo people, who added a compatible cultural overlay around the La Junta folks and the locally domiciled big-game hunters and traders.

By the end of the fourteenth century, Antelope Creek people in the Texas Panhandle intensified bison hunting along with other big-game hunting groups from the Central Plains, while other residents may have moved northward to affiliate with the sedentary Wichita tribes.

In East Texas during the fourteenth century, the multiple mound complex at the Davis site continued to lose influence and population. However, smaller mound centers (like the Oak Hill Village site) multiplied in East Texas, and maize agriculture became increasingly important. At the northern Caddoan site of Spiro, construction and graveyard use continued throughout the fourteenth century.

Cahokia's influence on the middle Mississippi had been seriously diminished by the fourteenth century and several important but smaller independent Mississippian chiefdoms expanded in population and influence. Moundville, Etowah, Irene, and other horticultural and ceremonial centers experienced growth in mound construction and in local and regional influence, particularly during the first half of the century.

We now turn to review the fourteenth-century cultural change across the American Southwest, the Southern Plains, the Trans-Mississippi South, and the Southeast during this period of increased stress on horticultural communities in North America and of expanding grassland prairies and returning bison herds to the Southern Plains.

The American Southwest

By the commencement of the fourteenth century, former Chaco Canyon residents had moved from the canyon and, along with many Four Corners area people, had drifted either southeastward toward the Rio Grande Valley or perhaps southwest toward the Hohokam region. Joan Mathien says that the final departure of the Pueblo people from Chaco Canyon in the late thirteenth century followed two unusually long drought periods and that final abandonment of the San Juan Basin occurred in the middle of the fourteenth century.[12]

Mathien's 2005 assessment of the chronology of the drought periods and the abandonment of the Four Corners region is supported by more recent studies. A series of droughts during the late thirteenth century and the early fourteenth century contributed to the migration of people out of the Four Corners region according to a 2007 study by Larry Benson et al.[13] The climatic projections by Benson et al. are also consistent with the multiproxy-based reconstructions included in the 2006 National Research Council report.[14]

Both Mathien and Stephen Lekson consider the cultural manifestation called the Mesa Verde Phase (ca. 1200–1300) to be the final cultural chapter in the Chaco Canyon chronology.[15] Archaeologists write that this abandonment was reflected in the increased population and the numerous new small pueblos established in the fourteenth century and early fifteenth century in eastern New Mexico and throughout the Hohokam area.

LeBlanc summarizes the Southwest during the fourteenth century: "Clearly, the 1300s were a calamitous time in the Southwest. If the Little Ice Age model is correct, the climate changed rapidly for the worse. Vast areas were abandoned, almost everyone relocated in some way. Finally, intense warfare took place . . . and the Kachina cult derives from this time period."[16]

While the Anasazi and Mimbres cultures faded in the fourteenth century, the Hohokam people in Arizona reorganized and experienced their own classic period of cultural growth and expansion. David Doyel writes that this major cultural change occurred during a period of unstable environmental conditions and scarce resources.[17] The fourteenth century for the Hohokam people was a time of relocation with smaller communities consolidating into larger villages. The earlier style of settlement with open villages and public ball courts with plazas was replaced with village residents living within defensive, walled compounds that enclosed elevated platform mounds. The mounds supported elite residences and temples built of adobe.[18] There also appeared an increasing local acceptance of a highly tiered society with an emerging elite social component.

Suzanne and Paul Fish note that during the more mesic Hohokam Classic Period the runoff from watersheds of the Salt and Gila Rivers filled miles of irrigation canals in the Phoenix Basin and watered the fields of maize, beans, squash, cotton, and agave plants. The irrigation of horticultural fields was first introduced to Hohokam country several millennia before AD 1300. Researchers write that maize horticulture that originated in Mesoamerica began in southern Arizona in about 2000 BC and that local farmers were constructing irrigation ditches for agricultural purposes along the Santa Cruz River by ca. 1500 BC.[19]

According to Randall McGuire and Elisa Villalpando, long-distance trade patterns were also altered during the Hohokam Classic Period.[20] Before the fourteenth century, trade networks seemed to tie Hohokam more closely to Mesoamerica. But during the Classic Period, Hohokam potters adopted new stylistic traditions identified by distinctive regional polychrome ceramics. This adaptation originated from the area east of the Hohokam homeland, not from the south toward Mexico. Potters and other artists also began to use more shell and turquoise in their products.

In her report on Hohokam cultural history, Patricia Crown describes how Hohokam people responded to the death of a family member.[21] The author says that before the Classic Period, the convention was for the body to be cremated at death and the ashes, bone fragments, and offering placed in a pit or inside a ceramic jar. Beginning in the fourteenth century, the more common practice was to bury intact bodies. Again grave goods or offerings were often placed with the human remains. As perhaps a reflection of their belief in an active afterlife in an environment similar to the one from which the deceased departed, male adults were left with hunting implements, adult women were left with cooking and other domestic objects, and children received bracelets and beads as grave offerings.

During the Hohokam Classic Period, a number of large villages, each with a population of several hundred residents, arose between the Hohokam homeland in the Phoenix Basin and the former Anasazi homeland in northwest New Mexico. One large community, the Grasshopper Pueblo, was established in the transition zone between the Hohokam in the southern basin and range area and the more northern and higher Colorado Plateau area.

Grasshopper Pueblo, a large community with a masonry complex of about five hundred structures, was occupied beginning in the fourteenth century. Located between the two distinct ecological systems, the residents of Grasshopper had a wider range of wild game to hunt and plant products to gather than were available to most Native people in the Southwest at the time.

In 1990, the Southwest zooarchaeologist John W. Olsen prepared a report on the faunal remains recovered at the Grasshopper site.[22] The report provides information on the species of birds and mammals that were domesticated or were hunted in the wild and incorporated into the daily lives of residents as food or otherwise. The detailed information allows comparisons to be made of reports of fauna in the local area today and with faunal reports from other fourteenth-century sites in the Southern Plains and the Southeast.

Many species of birds recovered at the Grasshopper site are found today in the area, but several species that were formerly important to Grasshopper residents are no longer available locally. Large migratory birds such as Canada geese, snow geese, mallards, sandhill cranes, and pintail ducks that were present in the area seven hundred years ago are still seen in central Arizona. The same is true of woodpeckers, owls, and roadrunners. But the scarlet macaw parrot and the Indian domestic turkey, two species that were important at Grasshopper in the fourteenth century, are no longer raised or imported to the area.

Olsen also writes that the remains of two species of jackrabbits and three species of cottontails constituted about 20 percent of the total mammal remains recovered at the Grasshopper site. Evidence that they were butchered suggests that rabbits may have made a contribution to the fresh meat component of the local diet.

Evidence of both mule deer and Virginia whitetail deer was found at Grasshopper, although the author comments that the conventional range of the whitetail extended more toward the south into Sonora. There were apparently also large herds of antelope and bighorn sheep reported earlier, but no reports of bison.

Like most Native communities in the Southwest and Southeast, Grasshopper also had a large population of domestic dogs. Evidence was found of both the small Indian dog and a larger breed akin to the Plains Indian dog. Olsen interprets the remains to suggest that in some instances dogs were skinned for consumption.

Casas Grandes

While economic stress, population dispersal, and increased warfare were recorded throughout much of New Mexico and Arizona during the fourteenth century, residents of the Casas Grandes River Valley, several hundred miles to the south, continued to build and refine existing structures and facilities at Paquimé, a large beautiful city with patio walls decorated with large, colorful murals. The city was also a commercial hub and ceremonial center. Although Charles Di Peso and his associates write that the Medio Period of Casas Grandes, when Paquimé was at its height, should be dated ca. 1200–1450, more recent studies assert that the period may have begun as early as 1130 or before, and probably continued until 1500 or perhaps later. Moreover, recent studies indicate that major construction at Paquimé was perhaps during the fourteenth century rather than earlier.[23]

During the fourteenth century, Paquimé continued to expand and develop into an increasingly complex and significant cultural center, one that matched or exceeded in sophistication the earlier major cultural centers such as Chaco Canyon and Cahokia. In efforts to measure the economic control and political jurisdiction of Paquimé and the Casas Grandes polity, archaeologists have attempted to establish the geographic dimension of the center's integrated communication and defensive network.

In the last chapter I noted that during the thirteenth century Paquimé established wide regional and inter-regional networks of trade and interaction. The commercial network extended to the Pacific coast, which supplied Casas Grandes merchants with copper items, including cast copper bells, and with several million marine shells. Turquoise was supplied to Paquimé from mines in New Mexico. Casas Grandes pottery has been recovered in West Texas and as far east as Corpus Christi, Texas, on the Gulf of Mexico.[24] But these reports suggest the extent of Paquimé's direct and indirect trade networks, not the more narrow boundaries of its political integration or polity.

Archaeologists have long disagreed as to whether Paquimé's polity should be narrowly construed to include primarily the immediate area around the city, within about twenty miles of downtown Paquimé, or should be more broadly interpreted as a fully integrated political, economic, ceremonial, communication, and military state–like jurisdiction that properly includes areas up to eighty miles from the city center. Michael Whalen and Paul Minnis have long argued that the scope of Paquimé's polity should be narrowly construed to include only areas of "maximum control" within about twenty miles of downtown Paquimé.[25]

However, this narrow interpretation was recently challenged in a 2003 study of the regional system of *atalayas* or watchtowers and signal platforms, a study that concludes that the scope and boundary of Paquimé's polity is best interpreted as coterminous with the boundaries of the communication system as marked by the location of signal platforms. In his 2003 study, Steve Swanson summarized his own findings as "suggestive of some sort of centralized control of the signaling system, which has not been reported for other signaling systems in the Greater Southwest." Swanson insists, "This also would appear to contradict [M. E.] Whalen and [P. E.] Minnis' (2001) conclusion that outlying areas were only weakly integrated with the center. The results support the argument that the series of hilltop features functioned as a signaling system, and integrated outlying communities into a polity-wide network of potentially rapid communication."[26]

Swanson's study suggests a multifunctional interpretation of the use of the communication system that includes not only surveillance for defense but also several other political, commercial, and social purposes, such as providing notice of ritual functions at Paquimé, notice of approaching distant trading parties, and information on grazing patterns of large game animals.

The possible function served by the signaling system to give early notice of approaching trading parties into the Casas Grandes region is particularly significant. We know that many trading parties that either were dispatched from Paquimé or that originated elsewhere with the purpose of visiting Paquimé moved through the broad, open basin and range blanketed by the extensive signaling system. Prior notice of movements of advancing hometown or foreign trading parties four or five days' travel from Paquimé would have been of substantial value to the political, commercial, and military interests of the city.

In his effort to locate the Paquimé signaling platforms (*atalayas*), Swanson successfully used a large, detailed map of the area prepared by Di Peso and his associates, labeled the "Settlement Pattern Map of the Casas Grande Area."[27] The map also records ten locations identified as "Pass Defense" positions, all near critical mountain passes along the Continental Divide to the southwest, west, and northwest of Paquimé. The northwesternmost defensive post was positioned over one hundred miles north of Paquimé in present-day New Mexico, and the southernmost positions were about forty miles south of Paquimé near the modern community of Tres Rios.

If the purpose of establishing the pass-defense military positions was to protect the fully integrated political and economic complex or polity of Paquimé, the range of the polity would seem to be at least conterminous with the range of the pass-defense positions. This assessment suggests that the centrally controlled, fully integrated system of pass defense reflects an area within the range of Paquimé's polity.

A study of scarlet macaw breeding and aviculture operations in northwestern Chihuahua also supports Swanson's conclusion that outlying economic communities that were established far beyond twenty miles from Paquimé were fully integrated into Paquimé's political and commercial interest and direct sphere of influence. The study demonstrates that a network of macaw breeding or holding cages extended up to one hundred miles south of Paquimé and also over sixty miles to the north. Strong centralized control of macaw production was expected and necessary because scarlet macaw production and controlled export were economically significant. Minnis et al. write: "Macaw production was most likely one of the most important sources of Paquimé's wealth."[28]

The study by Minnis et al. reports macaw breeding sites located in areas south of Paquimé between Laguna Bustillo and the Babicora Basin. From these Medio Period sites in the southern area, six scarlet macaw cage stones (used as doors) were recovered, with four diagnostic cage-stone artifacts from a single site. According to Di Peso's map of the Casas Grande area, this southern concentration of macaw production, about eighty miles south of Paquimé, was in the immediate area where there were over thirty small Casas Grandes village sites and the locations of five *atalayas*, all apparently integrated into the economy and polity of Paquimé.[29]

Minnis et al. also identified several diagnostic cage-stone-door artifacts in the area about sixty miles north of Paquimé, in the vicinity of present-day Janos. According to the Di Peso large-scale map of the Casas Grandes region, this area was heavily populated during the Paquimé period, and it was the likely area to which many Paquimé residents moved after the fall of the city.[30]

West Texas and the Southern Plains

For West Texas and the Southern Plains, the fourteenth century was also a period of climatic and cultural transition. During the early decades of the century, horticultural communities thrived in West Texas and the Texas Panhandle. At the same time, large bison herds and long-distance bison hunters were moving south into Central Texas and the lower Southern Plains.

Harry Shafer describes the early fourteenth century as a period in which the Jornada Mogollon people near El Paso increased farming operations, and ceramic styles from southwest New Mexico and northwest Chihuahua were introduced into the El Paso area.[31] Shafer writes that in the late thirteenth century and the early decades of the fourteenth century, the Jornada Mogollon people near El Paso continued to shift from belowground, pit-house-type structures to surface, pueblo-style adobe structures and to construct food storage facilities. The pattern, according to Shafer, clearly indicated an increasingly complex culture.

Evidence of intensification in horticulture also indicates a further increase in the complex culture in the El Paso area. During the period, farmers moved fields close to playas and other watered areas. Shafer reports that farmers in the Talarosa Basin cultivated maize, beans, squash, gourds, and amaranth. The cultigen diet was supplemented with wild faunal resources, particularly jackrabbit and cottontail. However, during the fourteenth century, apparently no bison or antelope were included in the diet of the Jornada people.

This same pattern of relying heavily on jackrabbit and cottontail rather than bison and antelope is also reported at Ahumada in the southern Jornada area, about ninety miles south of modern-day El Paso.[32] Recent studies indicate that perhaps over 95 percent of faunal remains recovered at Ahumada were the remains of hares and rabbits, while there was no evidence of either bison or antelope.

This information is somewhat surprising since a quite different pattern of faunal availability was recovered at Las Humanas about two hundred miles north of El Paso. We know that Las Humanas traders secured bison products from the nearby Plains Indians, but unlike the residents of the Jornada area, Las Humanas intentionally cultivated a large surplus of maize for use in trade.

In Whalen and Minnis's 2009 study of communities of northwestern Chihuahua, the authors conclude that although Di Peso wrote that bison made a substantial contribution to the diet of Paquimé residents, bison probably was only a minor meat source, while antelope, deer, and rabbit played a much larger role than originally projected by Di Peso.[33]

In his assessment of the trade network of the Jornada people near El Paso in the thirteenth and fourteenth centuries, Shafer notes that ceramic ware from New Mexico and Chihuahua were recovered near El Paso. Specifically, Shafer found at Jornada sites local El Paso Polychrome and Chupadero Black-on-White, and also more exotic Mimbres pottery, Ramos Polychrome from Casas Grandes, and Villa Ahumada Polychrome.

It is significant that Shafer also found that El Paso pottery had been imported to sites in the Mimbres Valley. Cruz Antillón estimates that almost one-half of the ceramics recovered at Villa Ahumada was El Paso Plain or El Paso Polychrome. Di Peso found both El Paso Polychrome and Villa Ahumada Polychrome at Paquimé,[34] while token amounts of Mimbres Black-on-White were also recovered there.[35]

In 2004, Rafael Cruz Antillón and his associates conducted an extensive archaeological study of three sites associated with Casas Grandes in northwest Chihuahua.[36] One site, Galena, is located about thirty-five miles south-southeast of Paquimé on the middle stretch of the Rio Santa María. The second site, Casas Chica, is also on the Rio Santa María, about ten miles upriver from Galena. Villa Ahumada, the third site, is located east of Paquimé, about eighty miles across the basin and range, near the terminal lake Los Patos.

The 2004 study recorded the settlement and subsistence patterns found at the three sites but also focused on the ceramic record. The study indicated that the pottery style dubbed Casas Grandes Plain constituted a major component of pottery assemblages in all three sites, particularly the two sites located closer to Paquimé. In contrast, El Paso Plain, which was a significant component in the ceramic assemblage at the Ahumada site, was insignificant at Galena and Casas Chica.

In his 2007 study of Texas Big Bend rock shelters containing Late Prehistoric ceramics and associated artifacts, John Seebach reports that both Casas Grandes and Jornada ceramics were recovered at two rock shelters on the Pinto Canyon Ranch. Among the Casas Grandes ceramics found at the West Texas site on the Pinto Canyon ranch was a distinct Carretas Polychrome sherd.[37] Casas Grandes pottery has also been recovered at other sites near La Junta.[38]

But, according to Shafer, by the close of the fourteenth century, the Jornada people near El Paso had left their horticultural villages and moved away from marginal farming areas such as the Hueco Bolson. In his assessment of factors influencing the change in Jornada culture, Shafer suggests that climate change likely played a significant role in the shift of the subsistence pattern of Jornada people from an intensification of horticulture in the fourteenth century to an increase in bison hunting late in the century. The return of larger bison herds to Texas from the Great Plains was evidence of climate change to a colder and wetter period. Shafer's comments regarding the return of bison to Texas from the Great Plains during the fourteenth century are consistent with Tom D. Dillehay's conclusion on the chronology of bison migrations into the Southern Plains.

As mentioned, Steven LeBlanc agrees with Shafer and specifically argues that the abbreviated growing season caused by the Little Ice Age disrupted horticultural successes achieved by farmers in many parts of the Southwest, including Chaco Canyon and the Four Corners area, during the earlier Medieval Warm Period.

Antelope Creek People

During the fourteenth century, Antelope Creek farmers in the Texas Panhandle, like the Jornada folks, made substantial changes in settlement and subsistence patterns. Robert Brooks and Christopher Lintz conclude that the abrupt culture changes in the Texas Panhandle were occasioned, at least in part, by climate degradation, which resulted in less successful farming operations and improved opportunities for bison hunting.[39]

Brooks identifies three principal changes that occurred in the lifeways of the Antelope Creek people in the fourteenth century.[40] Settlement patterns changed from constructing multiple-room structures to single-room, more dispersed units. Secondly, the location of new construction moved from congested areas along the river to more isolated points upstream where spring water was still available for farming. Finally, the faunal inventory indicates that bison procurement increased.

Information regarding the species of birds recovered at archaeological sites on the Southern High Plains indicates the range of a number of avian species reported elsewhere in the Southwest and the Southeast. In a 2009 article, Lintz writes that at sites located in the Texas and Oklahoma panhandles and dated to the Late Prehistoric Period (ca. AD 1200–1500) archaeologists have recovered the remains of woodpeckers, great horned owls, short-eared owls, and burrowing owls, all also recorded in Late Prehistoric sites in Arizona and Arkansas.[41] In addition, Lintz notes that Canada geese, mallards, teals, doves, bobwhites, turkeys, and cranes were recorded on the Southern Plains as they were at Grasshopper in Arizona, Toltec in Arkansas, and the central Gulf coast.

Brooks comments that trade between the Antelope Creek people and the Pueblo folks in New Mexico continued to be active during the century. Regarding long-distance trade, Brooks adds that there is no visible evidence of trade eastward down the Canadian River to Spiro on the Arkansas River or down the Red River to the Caddohadacho in northeastern Texas.[42]

Trade goods from the Pacific coast and the Southwest that reached the Antelope Creek people included marine *Olivella* shell beads, conch shell pendants, obsidian nodules, and turquoise. Brooks notes that fashioned obsidian points and raw obsidian cobbles were highly valued trade items found at sites both in the Texas Panhandle and western Oklahoma. But Brooks insists that the Pueblo trade goods reached an eastern limit or wall in western Oklahoma and did not move any farther east following the Red or Canadian Rivers.[43] Brooks adds that the fourteenth century may also have been a time when Alibate flint resources along the Canadian River attracted foreign visitors in large numbers.

La Junta and the Cielo People

According to Robert Mallouf, a new cultural group or complex called the Cielo Complex emerged around 1300, or a few decades earlier, in the Big Bend, northeastern Chihuahua, and northwestern Coahuila.[44] In his 1999 study, Mallouf writes that Cielo people lived side by side with La Junta folks and local big-game hunters. Mallouf describes the Cielo people as foragers who lived in ground-level circular stone house enclosures about twelve to fifteen feet in diameter. In house construction, Cieloans used sotol stalks bent into a beehive shape and animal hides for the house covers.

House enclosures are found on terraces or other raised landforms overlooking a broad basin or at sites above canyon creeks. A site may include only a dozen house locations, but larger sites include up to fifty residential units. Perdiz arrow points are frequently found at Cielo sites, along with notched sinker stones, manos, metates, turquoise beads, and "a few *Olivella* shell beads."[45]

Mallouf believes the Cielo people lived as friends and trading partners with the folks at La Junta. The Cieloans were not horticulturists and had no independent ceramic tradition. But it appears from the turquoise and *Olivella* shell beads recovered at Cielo sites that they, along with their La Junta allies, benefited during the fourteenth century from trade with the Casas Grandes people to the west.

Small marine *Olivella* shell beads like those found at Cielo sites have been recovered at several other sites in the Texas Big Bend area. In 1994, Cloud et al. reported the results from archaeological testing at the Polvo site in the Big Bend. The archaeologists report finding *Olivella* species similar to Pacific coast varieties that (the authors write) were likely traded into Casas Grandes and distributed into West Texas and possibly farther east.[46]

Ten years later, Cloud prepared a report on the Arroyo de la Presa site located near the Rio Grande in the Texas Trans-Pecos in which *Olivella* shells from the

Mexican Pacific coast were recovered. Again, Cloud projects that the Pacific shell beads likely moved through Casas Grandes to West Texas. Cloud adds that the projection of a movement through Casas Grandes was based in part on the fact that Casas Grandes pottery was also found at the La Presa site.[47]

Information in these recent archaeological reports from the Big Bend suggests that alternative trade routes ran out of Casas Grandes, not only northeast to the pueblos of central New Mexico and farther east across the plains, but also directly eastward to central Texas or to the lower Rio Grande in South Texas and then northeast to the Caddo in East Texas. There was interaction among the Caddoan groups in East Texas, eastern Oklahoma, and Arkansas with their trading partners on the Mississippi during this period and later.[48]

The lower or eastern route down the Rio Grande is suggested not only by discoveries of Pacific marine shell beads in West Texas but also by reports of distinctive Casas Grandes ceramics on the Gulf coast of Texas near Corpus Christi and the Patton Engraved Caddoan pottery at the Millington site near La Junta.[49] Timothy Perttula says that the Caddoan fine-ware dating after ca. AD 1300–1400 are best exemplified "by the scrolls and ticks of Patton Engraved among Hasinai Caddo groups south of the Sabine River."[50] Thus the distinctive sherd of Patton Engraved found near La Junta indicates a connection between the La Junta groups (such as the Jumano) and the Hasinai Caddo Indians during the Late Prehistoric Period.

The distinctive polychrome sherd identified on the lower Texas coast near Corpus Christi by Thomas Campbell is a traditional black-on-orange Carretas Polychrome dated to the period ca. AD 1200–1450. Di Peso and his associates noted the Texas coastal find by Campbell in their study of Carretas Polychrome included in their broader study of Casas Grandes.[51]

The Lower Pecos

About a century or so after the Cielo Complex arose, a new rock art style appeared on the canyon walls of the lower Pecos River in West Texas. The new artistic style employed predominately pigments of red and orange painted large on the recessed walls of the lower Pecos River rock shelters. Although the Red Monochrome style has not been securely dated, W. W. Newcomb and other archaeologists and rock art historians observe that the new style depicts designs of distinct Perdiz arrow points and recurved bows, both of which were reportedly introduced into the Southwest and West Texas during the late Prehistoric Period.[52] Ellen Sue Turner and Thomas Hester write that Perdiz points are dated to a period of ca. AD 1200–1500.[53] Elton Prewitt says that a large concentration of Perdiz points have been recovered along the lower Pecos.[54]

Rock Art of the Lower Pecos Canyonlands

On the lower Pecos River, near the junction of the Pecos and Devils Rivers with the Rio Grande in Texas, archaeologists and rock art historians have identified and studied for over a century one of the most extensive displays of pictographic art in the American Southwest. The lower Pecos canyonlands are a world-class monumental rock art open-air museum that extends along a forty-mile stretch of the Rio Grande and about thirty miles upstream on the Pecos and Devils Rivers, plus associated canyons. (See "Lower Pecos Canyonlands," http://www.texasbeyondhistory.net/pecos.)

According to archaeologists and rock art chronologists, the recessed walls of the lower Pecos canyonlands were used as canvases by Native artists and muralists beginning ca. 2,200 BC or perhaps earlier. (Boyd, *Rock Art of the Lower Pecos*, 16.) Thereafter, rock shelters, protected canyon walls, and caves in the canyon area were used for artistic expression from time to time during the next 3,600 years or so.

Local and visiting artists and muralists used the canyon walls as galleries of rock art that now provide a chronological record of culture and climate change in the canyonlands. During the last 3,600 years or so, long-distance bison-hunting parties from the Central Plains, as well as from deep into Mexico, visited the canyonlands from time to time. Visits usually occurred during cooler, mesic climatic periods when plant and animal resources (including bison) were locally plentiful and the frequently semi-arid region was well watered.

According to North American archaeologists and climatologists, the climate in North America was generally moderate and mesic during much of the second millennium BC. During this period, the population density in the Lower Pecos canyonlands remained relatively high and the number of occupied sites on both the ridge tops and along the canyon floor increased in number. The diversity of artifacts and cultural patterns also increased.

Also during this period pictographic art called the Pecos River style was painted on the enormous recessed canyon walls. Muralists painted huge phantom-like mystical figures, some in vague human forms up to twelve feet in height, in polychrome hues of red, orange, black, yellow, and white. One large continuous canvas runs over one hundred yards in length. Archaeologists suggest that some scenes were fashioned by shamans while under the influence of hallucinogenic mountain laurel beans or possibly peyote.

Pollen studies indicate an increase in grass and pine pollen in the canyonlands ca. 1000–500 BC, which suggests that the climate had turned cool and mesic as it had in other parts of North America. Rich grasslands of the

Southern Plains expanded southward at the time to the lower Pecos River and into parts of northern Mexico. Large bison herds from the Central Plains moved south with the expanded grasslands into South Texas. Bone Bed 3 at Bonfire Shelter confirms the date of the return of large bison herds to the canyonlands in the early centuries of the first millennium BC (Turpin, "The Lower Pecos River Region of Texas and Northern Mexico," 266).

Some archaeologists and rock art historians suggest that artists among the bison-hunting groups who visited the canyonlands during a later cooling period, the Early Medieval Cool Period (ca. AD 400–900), introduced the second significant form of rock art, called the Red Linear rock art style, to the canyonlands. The Red Linear style is characterized by small, red or black stick figures of humans and animals engaging in group activities.

The third form of Pecos canyonlands rock art, called the Red Monochrome style, has been dated to ca. AD 1200–1500. The style consists of frontally posed human figures and profiled bows, arrows, and animals, including deer, turkeys, canines, felines, rabbits, and fish painted in distinct red and orange hues. The Red Monochrome style is often attributed to an influx of outsiders whose visit coincided with the return of bison during a wetter Little Ice Age. Depictions of Perdiz arrow points and the recurved bow in the art support the dates suggested (Newcomb, *The Rock Art of Texas Indians*, 89).

In his study of bow-and-arrow technology in the late prehistoric Southwest, Steven LeBlanc argues that a technologically improved, sinew-backed, recurved bow was first used in the Southwest ca. AD 1100–1450 and was employed principally by bison hunters thereafter.[55] If the Hester and LeBlanc chronologies are reasonably accurate, Red Monochrome rock art may have appeared about the time that the large northern bison herds, the Perdiz point, the recurved bow, and the Cielo people all appeared in the archaeological record in West Texas. As mentioned, the presence of huge bison herds in Central and West Texas attracted big-game hunting parties not only from the Central Plains but also from areas in north-central Mexico, as far south as Durango.

The Trans-Mississippi South

Timothy Perttula writes that during the fourteenth century the population of the Caddoan community at the George C. Davis site continued to disperse while small Caddoan villages in East Texas increased in number and population. Perttula says that Caddo dependence on maize agriculture increased during the fourteenth century, and he argues that there was an apparent linkage between the successful cultivation of maize and the vitality of dispersed Caddoan villages.[56]

Perttula considers the Oak Hill Village site, located about forty miles east of the Davis site, as an example of the more isolated and independent small Caddoan communities that flourished during the period. The Oak Hill site had a clearly articulated settlement plan. The village included a small mound, an open plaza in the center, and a large special-purpose structure in the southern section of the community area. Residential structures were arranged around the plaza, with the entrance to each house facing the plaza.

The mound was apparently used as an elevated platform to support a community building rather than a residence of a local elite as found in many Mississippian sites. Perttula writes that the Oak Hill Village, along with numerous other small Caddoan villages, continued to evolve and expand in size and number throughout the fourteenth century.

In his study of the Spiro ceremonial center, James A. Brown divides the fourteenth century into the early decades (1300–1350), called the Norman phase, and the late decades (1350–1400), called the Spiro phase. The fourteenth century occurs late within a total of about five hundred years of occupation at Spiro, which began about AD 950 and continued until about 1450.[57] By 1300, most of the local residential population at Spiro had relocated to adjacent areas. However, construction of ritual architecture continued to be added at Spiro during the fourteenth century. By 1400, Craig Mound alone was in use at Spiro.

Maize and the common bean first became important tropical domesticates at Spiro in the fourteenth century. Also during the Norman and Spiro phases the connections with Cahokia and the American Bottom were curtailed and a closer affiliation with the Red River Caddo people was established.[58] Brown concludes that the Spiro ceremonial center followed historical social processes that were unlike those postulated for Moundville and other Mississippian centers and complex chiefly polities in the Southeast.[59]

The Southeast

By the beginning of the fourteenth century, Cahokia's regional dominance had faded, and other Mississippian cultural centers such as Moundville moved to consolidate their positions of local prominence. Timothy Pauketat says that the same form of cultural consolidation occurred in the Yazoo Basin at the sites of Winterville and Lake George in Mississippi.[60] The same apparently may be said of the site of Carson Mounds, which has not been fully excavated.

During the period from 1300 to 1400, most residents of Moundville moved from the community center to reestablished villages and dispersed farmstead locations along the Black Warrior Valley. Vernon Knight and Vincas Steponaitis conclude that during the period Moundville was no longer a town for local residents but primarily a center where only the elite and their retainers resided.[61]

As with some other Mississippian and Caddoan cultural centers during the fourteenth century, Moundville changed from principally a municipal and cultural community to largely a vacant ceremonial center reserved primarily for mortuary ritual. By AD 1400, long-distance trade at Moundville was reduced, but some form of interaction continued to provide exotic items for burials of the elite. Knight concludes that the economic change at Moundville initiated a more tributary economy, with dispersed communities contributing to the support of elite members residing at Moundville.[62]

Archaeologists speculate that many Mississippian folks in the thirteenth century may have moved from Cahokia southeastward to the Moundville area. Evidence of this movement of Mississippians in the fourteenth century may be found in the similar cultural features found at Cahokia and Moundville, such as the use of wall-trench construction, the erection of palisades, the construction of both platform and conical mounds, the cultivation of Mesoamerican-originated plants such as tropical maize and beans, and the creation of artistic works expressed in the Southeastern Ceremonial Complex style.

Like Cahokia, Moundville had a large, prominent, central plaza probably used for public events by the entire population.[63] However, the plaza was apparently not employed as a large commercial market center. Both the plaza and the principle mound were oriented in the cardinal directions, as at Cahokia.

According to Knight and Steponaitis, the construction of twenty-nine earthen mounds at Moundville began in the early thirteenth century and continued well into the fourteenth century.[64] The mounds ranged from three to fifty-seven feet in height. Most were platform mounds that served to elevate the elite residence of a clan leader who had inherited his position from his mother's clan. While monumental mounds were probably constructed for local clan leaders or chieftains, the dominant mound, for use by all residents, was located near the center of the plaza.

Also like Cahokia, Moundville built a palisade to protect the thousand or so residents living at the community. Construction of the palisade began and was completed in the thirteenth century, but by the early fourteenth century the defensive structure was gone. As already mentioned, by the middle fourteenth century, Moundville was a sparsely settled town. Many residents had moved elsewhere and returned only occasionally to bury their dead.

During the fourteenth century, a new ceremonial cult was evident at Mound-ville and at other major cultural centers in the Southeast. Elements of the Southeastern Ceremonial Complex (secc) were found at Cahokia, but the cult's strongest expression was most evident at a number of Southeastern cultural centers including Moundville and Etowah. According to southeastern art historians James Garber and Kent Reilly, the artistic themes of the secc focused on darkly dramatic, otherworldly motifs in sharp contrast with the lively, realistic, and simple figurative motifs used by Mimbres artists.[65] Artists in the secc pottery tradition depicted serpents with wings or horns, skulls, scalps, bones, menac-ing birds of prey, warriors, weapons, and human heads presented in the form of trophies.[66]

Sharing a common worldview of a layered universe, both secc artists and Southwest artists focused on themes depicting reptiles and amphibians such as frogs, snakes, and turtles that were considered special creatures that occupied more than one layer in the universe—the land surface plus the underground sub-surface or the underwater. One difference between the treatment of these themes in the Southwest and Southeast is that in the Southwest the depictions of the animals are found principally in rock art, landscape art, and painted ceramics whereas in the Southeast, the depictions were expressed primarily in ground-stone figures, copper works, and shell pendants.

≈

Adam King concludes that Etowah reached its maximum size and degree of or-ganizational complexity during the fourteenth century.[67] Mound construction boomed at eight different locations in the Etowah Valley. At the Etowah site three mounds were expanded, reaching their maximum heights. In addition, a new raised plaza was built, a palisade was constructed, and a defensive ditch was dug around the complex. Within about ten miles of Etowah, four single-mound sites were constructed during the period, as were two additional single-mound sites located upstream and downstream about thirty-five miles from Etowah. King suggests that Etowah may have become a "paramount chiefdom" during the fourteenth century.

While Etowah was expanding into a large regional, major or paramount chiefdom in northwestern Georgia during the fourteenth century, Irene, in east-ern Georgia near the Atlantic coast, was also expanding as a locally important simple chiefdom but with only limited influence over minor chiefdoms farther upriver in the Savannah River Valley. Irene was strategically located high on an embankment near the mouth of the river.

David Anderson has reviewed the political and social change that occurred at

Irene and in other Savanna River chiefdoms in the fourteenth century.[68] Anderson writes that Irene, with a large mound about fifteen feet in height, is one of the most intensely studied mound centers in the Savannah River basin. During the construction of the final stage of the principal mound in the fourteenth century, the shape was changed from a platform mound to a circular earthen mound with a rounded summit which apparently supported no structure on the crest.

In the mound complex at Irene there was a lower circular burial mound from which archaeologists have removed over one hundred human remains. A mortuary structure and a community council house were also constructed. An enclosure, perhaps a fence, was built around the entire site. Anderson observes that the construction of the defensive fence may indicate increased warfare.

Anderson writes that Irene became a vacant ceremonial center (like Moundville) late in the fourteenth century, with only a few permanent houses or domestic structures nearby. Archaeologists contend that although maize was a significant factor in the diet of local residents in the early fourteenth century, it became a less important cultigen by the close of the century.

≈

The increasing impact of the Little Ice Age on the Northern Hemisphere and the dramatic change in climate and culture in Europe and North America became evident in the fourteenth century. However, the heavy and constant impact of the colder and more mesic regime becomes obvious in the American Southwest, the Southern Plains, the Trans-Mississippi South, and the Southeast in the fifteenth century.

CHAPTER 6   **THE FIFTEENTH CENTURY**

The Little Ice Age that began in the Northern Hemisphere during the late thirteenth century and early fourteenth century continued to influence environmental conditions and cultural change in Europe, the North Atlantic, and North America during the fifteenth century. Surface temperature reconstructions by the National Academy of Sciences indicate that during the fifteenth century surface temperature in the Northern Hemisphere dropped more precipitously than it had in any other century during the previous six hundred years.[1] This reduction in the surface temperature is clearly reflected in a reduction of the sea level in the Gulf of Mexico.[2]

In his description of climatic conditions in Europe in the fifteenth century, H. H. Lamb writes: "The winters of 1407–8 and 1422–3 had been of historic severity, permitting traffic over the ice across the Baltic and from Norway to Denmark."[3] Wine cultivation that was introduced in England during the Medieval Warm Period could no longer be sustained in the higher latitudes of Europe during the cooler fifteenth century. Lamb says that in the fifteenth century there were production failures not only in the northern vineyards in England but across the continent.

According to Lamb, during the fifteenth century in England, "There was the depopulation of villages and farms."[4] The climatologist continues: "The period when most desertions [of farmland] took place in England, between about 1430 and 1485, coincides with a fairly well-documented time of frequent cold winters and wretched summers, the latter particularly in the 1450s and later 1460s."[5]

In his analysis of cultural change during the fifteenth century, Lamb cites other recognized historians of the period. Lamb notes, "The fifteenth-century historian Boece wrote that in 1396 all the north of Scotland was engulfed in clan warfare and the fifteenth century was the peak period for such troubles."[6] Lamb adds: "In the Highlands of Scotland, it seems, the long history of clan warfare and of the Highlanders raiding cattle from the Lowlands may be explained by the stress of a deteriorating climate upon the settlements which had been established far up the glens in the 'golden age' of the twelfth and thirteenth centuries."[7] By the close of the fourteenth century, households were baking bread in the Scottish Highlands and in Sweden with the bark of trees for lack of grain.[8]

According to Lamb, the cold and damp days of the fifteenth century in Europe were also an unhealthy period. He writes, "The prevailing wetness in the fifteenth century undoubtedly made this an unhealthy time."[9] The Black Death or bubonic plague arrived in the mid-fourteenth century and continued to devastate the continent into the fifteenth century. According to European demographers, the plague probably reduced the population of Europe by a third.[10] The population loss from the Asian-introduced plague in Europe during the Little Ice Age may have been in scale comparable to the catastrophic depopulation of Europe during the Early Medieval Cool Period (ca. AD 500–900) and the depopulation of the weakened Native peoples in the New World from the European-introduced diseases during the sixteenth and seventeenth centuries.

Overview of North America

The American climatologist Scott Elias reports that in North America the Little Ice Age initiated an expansion of "mountain glaciers in the Rockies, and it brought colder drier weather to the Colorado Plateau."[11] Steven LeBlanc is even more specific in describing the impact of the Little Ice Age on horticulture in the Four Corners area. LeBlanc concludes that the cooler period "prompted regional changes in temperature and precipitation. Precipitation is critical in such an agriculturally marginal area, but temperature also plays an important role. Both the length of the growing seasons and the summer nighttime temperatures are critical for crop maturity in the Southwest's higher elevations."[12]

LeBlanc argues further that the cooler climatic conditions and associated crop failures in the higher elevations and latitudes in the Southwest initiated an unprecedented period of community stress, warfare, depopulation, migration, settlement clustering, and the abandonment of large areas that continued throughout the fifteenth century and into the sixteenth century. LeBlanc concludes that the Little Ice Age caused cultural disruptions not only in the Southwest but also across the North American continent, including the Southeast.[13]

In this chapter we first review the impact of the Little Ice Age on the American Southwest. John Ravesloot writes that the Hohokam culture may have collapsed during the second half of the fifteenth century as a result of several interrelated factors, including environmental change. Researchers place the fall of Paquimé at about 1450 or perhaps as much as fifty years later. According to the documentary record, the fall of Paquimé is attributed to warfare, which may itself have been fueled by deteriorating environmental conditions.

Harry Shafer says that the Jornada Mogollon culture around El Paso expired in the late fourteenth or early fifteenth century due in part to changing environmental conditions locally or on the periphery of the immediate area. According to Robert Brooks, the Antelope Creek culture dissolved soon after ca. 1450–1500, in large part because of climate change documented for the region and the deterioration of environmental conditions for agriculture.

In their study of the Caddoan Oak Hill Village site in East Texas, Timothy Perttula and Robert Rogers write that Caddoan communities in the middle part of the Sabine River basin and parts of the Angelina basin abandoned parts of the area around 1450. The authors suggest that the root cause of the Caddo's abandonment of the Oak Hill Village and many other Caddo sites around this time was "paleoclimatic."

In his review of the climatic and cultural change in the Mississippi Valley in the fifteenth century, Timothy Pauketat concludes that the Little Ice Age probably contributed to the economic and political stress of the Mississippian people and brought a level of violence previously unknown to the Mississippi and Ohio Valleys.

Vernon Knight and Vincas Steponaitis report that by the middle of the fifteenth century, Moundville was no longer a thriving town but rather was a largely vacant ceremonial center. Adam King says that during the early decades of the fifteenth century, Etowah and other chiefdoms in northwest Georgia were also abandoned.

David Anderson writes that the climate along the southern Atlantic coast deteriorated sharply in the fifteenth century and that the Savannah River Valley became depopulated by the end of the century. Anderson postulates that global climatic change may have adversely affected Native agrarian societies in both the Southeast and the Southwest.

The American Southwest

As population in northwestern New Mexico dispersed toward lower elevations and latitudes with the cooler fifteenth century climate, two prominent communities on the eastern cusp of the Pueblo world and on the western edge of the Southern Plains increased in population and influence as major trading centers. These were the gateway pueblos of Pecos and Las Humanas, both located in the lower elevations of eastern New Mexico. The two pueblos emerged into prominence as commercial centers where Pueblo products such as maize, cotton blankets, obsidian, and turquoise were traded to Plains bison hunters for bison meat, hides, and tallow.

Southwestern archaeologist Linda Cordell writes that the population of the two trading hubs of Pecos and Las Humanas expanded substantially during the fifteenth century and that the population of Pecos specifically was increased by refugees from communities in the higher elevations of northwestern New Mexico and the Four Corners area.[14] Cordell argues that the farmers at Pecos and Las Humanas intentionally produced a substantial surplus of maize for trade to Plains Indians.[15]

The importance of trade between Las Humanas and Plains Indians is indicated in the recovery at Las Humanas of numerous bison and antelope remains and of Alibate chert from the Texas Panhandle. Bison accounted for over one-half of the meat consumed at the Las Humanas site, and antelope was a close second. Bison herds were found on the Southern Plains several days' travel east of Las Humanas, but antelope was also hunted both on the plains and locally near the site. The archaeologist Alden Hays and his associates explain that some of the clearest evidence of trade with the Plains Indians is found in reports that Las Humanas–produced Chupadero Black-on-White pottery was recovered across West Texas and farther to the east.[16]

In his review of the history of the clusters of pueblos at Pecos in the fifteenth century, Steven LeBlanc mentions that warfare substantially increased during this period, and Pecos residents constructed a defensive line-of-sight warning system using well-positioned small pueblos which were in a position to alert the community of advancing trading or warring parties.[17]

LeBlanc identifies two cluster sites at Pecos that were special hilltop locations that could function as observation posts and signaling sites. Located on a ridge above Glorieta Pass, a small site faced west toward the Rio Grande, and the second small Loma Lothrop site was also on a hilltop location.[18] LeBlanc writes that this defensive system might have used fire or smoke for communication purposes.[19]

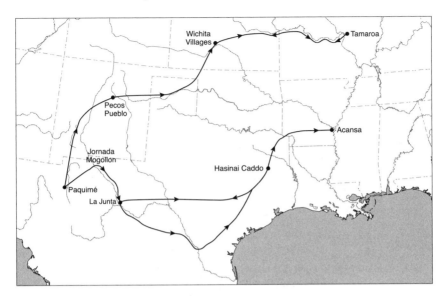

Map 2: Fifteenth-century Native trade routes between the American Southwest and Southeast

The Classic Period of the Hohokam people continued into the fifteenth century with centers such as Pueblo Grande on the Salt River, Mesa Grande (located a few miles upriver from Pueblo Grande), and Casa Grande on the Gila River. It is uncertain whether or to what extent these three dominant population centers incorporated communities beyond their own canal networks.

Archaeologists date the initiation of the Classic Period of the Hohokam people at ca. 1150, and the culture flourished well into the fifteenth century. Suzanne and Paul Fish suggest that the Hohokam collapsed at some point between 1400 and 1550. The authors state that the uncertain date is given because archaeologists have found little evidence of what caused the Hohokam to disappear.[20]

David Doyel writes that one cause of the collapse may have been a change in the environment or climate, but other important social factors may have contributed to the loss as well.[21] John Ravesloot writes that the Classic Period ended around 1450 when the inhabitants of Hohokam villages left the area. Ravesloot argues that "environmental changes may have played a central role."[22]

≈

While the Little Ice Age was exerting an adverse impact on horticultural communities in many parts of the Southwest, the people of Paquimé in northwest Chihuahua were still prospering. Michael Whalen and Paul Minnis conclude that during the fifteenth century, Paquimé was the largest and most complex city north of Mesoamerica.[23] Moreover, it could be argued that Paquimé in the early fifteenth century may have been as large, sophisticated, and complex as either Chaco Canyon or Cahokia had been in the twelfth and thirteenth centuries.

Archaeologists have written extensively about trade patterns and networks of interaction from Casas Grandes westward to the Pacific coast and northward into New Mexico. However, few researchers have recognized the significance of Paquimé trade patterns eastward into northern Coahuila, Nuevo Leon, and Tamaulipas. I believe this network of trade and interaction to the east of Paquimé was much more important in the late prehistoric period than has been previously recognized.

The Southern Plains

The physical environment along the Canadian River in the Texas Panhandle in the fifteenth century was similar to the climate and natural ecology in eastern New Mexico during the same period, and the pattern of cultural change was also similar. In both areas, the cooler and more mesic Little Ice Age discouraged agriculture and encouraged the migration of bison herds and bison hunters to drift farther to the south. The significant migration of large game animals and hunters out of the Central Plains and the Rocky Mountains into Texas during the fifteenth century is identified, and I believe correctly so, as one of the greatest mass migrations of large game animals and of hunter-gatherer people in the history of North America.[24]

For the numerous independent foraging hunter-gatherer bands that cultivated no crops, the fifteenth century was a blessing, a bountiful time of change and plenty. The mesic climate change of the Little Ice Age brought more precipitation to the grasslands and rolling coastal and inland prairies of semiarid Central Texas and South Texas and even to xeric parts of the northern Mexican states of Nuevo Leon, Coahuila, and Chihuahua.

The expanded rich and open Southern Plains attracted huge bison herds that remained year-round, and that in turn attracted numerous long-distance bison hunters from the Rocky Mountains and Central Plains and from locations deep into Mexico. These tenacious invaders from the north and visiting long-distance hunting parties from south of the Rio Grande gave a renewed vitality, fresh blood, novel weapons technology, and perhaps a new distinctive style of rock art to the last large concentration of hunter-gatherer people in the southern latitudes of the temperate zone of North America. In return, mobile Native foraging groups from the central Texas coast apparently taught the foreign intruders from Mexico and the Great Plains their locally evolved means of communication by the use of hand signs.

In his 1974 reconstruction of the chronology of the periods in which bison herds were either present in or absent from the Southern Plains and Texas, Tom D. Dillehay writes that during the centuries immediately preceding AD 1200 (the Medieval Warm Period) bison were absent from Texas, according to archaeological site studies in the state.[25] But, according to Dillehay, beginning in the period ca. 1200–1300 (the beginning of the Little Ice Age), large bison herds returned to the Southern Plains and Texas. Dillehay mentions that climate change may have contributed to the change in the pattern of bison migration. Although the author does not identify the period of climate change that altered the pattern of bison migration as the Little Ice Age, he accurately identifies the date of the end of the warming period and the commencement of the cooling period recognized today by climatologists, historians, and archaeologists as the Medieval Warm Period and the Little Ice Age.

Bison Migration on the Southern Plains

To reconstruct periods of climate change in the deep past, climate scientists use proxies or sets of information that infer earlier climatic conditions and climate changes. The principal proxies used in the 2006 National Academy of Sciences reconstruction of climate history for the last two thousand years were identified in the report. These proxies included information on changes in global sea level, the movement of glaciers, the measurement of tree rings, and the distribution of varieties of fauna and flora. In the present study, a specific proxy that marks climate change is highlighted for North America-namely, the migratory pattern of bison on the Southern Plains.

Anthropologists and zooarchaeologists have long recognized that large bison herds in North America, numbering in the thousands upon thousands, concentrated in the Northern and Central Plains during long-term warm and moderate climatic episodes but migrated south, away from the thick ice and deep snow, to the extended grasslands of the warmer Southern Plains and the Gulf coastal prairies during cool and mesic periods. The anthropologist Tom D. Dillehay has demonstrated that archaeological sites on the Southern Plains dating from the Late Pleistocene to the Late Prehistoric Period and the Early Historic Period reveal patterns of the presence or absence of bison on the Southern Plains (Dillehay, "Late Quaternary Bison Population Changes on the Southern Plains").

One of the earliest and most conspicuous bison jump or kill sites in Texas is Bonfire Shelter, located in the canyonlands of the lower Pecos River. Texas archaeologists have recovered at the site the remains of extinct bison (*Bison antiquus*) dated to ca. 9,700 BC, which was during the cool and wet period near the end of the last major Ice Age and the commencement of the warming Holocene Epoch. In his study of bison migration, Dillehay demonstrates that large bison herds were absent from the Southern Plains during the following very warm Altithermal Period but returned during the cool episode that began ca. 2500 BC or so.

In his study of bison migration on the Southern Plains during the present study period, Dillehay argues that bison were absent during the Medieval Warm Period, ca. AD 900–1300, but returned immediately thereafter during the Little Ice Age. As indicated in the present study, sixteenth- and seventeenth-century Spanish and French chroniclers confirmed the continuous presence of large bison herds on the Southern Plains in Deep South Texas and northern Mexico during the early centuries of the Little Ice Age.

The apparent accuracy of Dillehay's 1974 reconstructions of bison migration patterns and climate change on the Southern Plains suggests that a fresh and expanded study of the same topic might be helpful in reconstructing a more fine-grained chronology of climate change on the Southern Plains and perhaps for all of North America.

Steven LeBlanc explains that at some time after the large bison herds returned to the Southern Plains of Texas, big-game hunters from the Central Plains followed the herds south and brought with them a new weapon technology in the form of the sinew-reinforced recurved bow. LeBlanc says that until about AD 1200, Native bowmen in the Southwest used exclusively the simple bow, but he writes that the introduced recurved bow added to the speed of the arrow by perhaps 25 percent.[26]

In describing the impact of the migration of bison herds and hunters into the Antelope Creek area, Robert Brooks writes that "a substantial change in subsistence practices took place around AD 1350, at the same time that the settlement system was being restructured."[27] By the fifteenth century, subsistence had shifted from horticulture toward a hunter-gatherer lifestyle, concentrating on following large bison herds. The settlement pattern changed from a sedentary or semi-sedentary lifestyle, with permanent stone-slab residences, to more mobile hunting encampments with temporary shelters.

Christopher Lintz also concludes that the climatic change to a cooler period that commenced during the fourteenth century and continued through the fifteenth century in the Southern High Plains impaired horticultural production and encouraged an increase in bison hunting among the Antelope Creek people.[28]

It is significant that as bison from the Central Plains drifted up to one thousand miles southward to the Texas Gulf Coast and northern Mexico, the large herds grazed upon the same species of bluestem grasses that they grazed on in Nebraska and Kansas.

In their 2009 study of useful native plants of Texas, the Southern Plains, and northern Mexico, the paleobotanists Lynn Marshall and Scooter Cheatham identify three important bluestem grasses of the Southern Plains that supported the bison population throughout their migration south and southwest.[29] The big bluestem was not only "a principal constituent of the Great Plains," the grass was found in East Texas and below the Rio Grande. Bushy bluestem is also a native grass found in Central Texas. The third bluestem species, silver bluestem, is found concentrated in the warmer environments of central, coastal, and western Texas and in Coahuila and northwest Chihuahua.

According to Brooks, the Antelope Creek phase disappeared from the Texas Panhandle sometime after 1450 to 1500. Researchers speculate that the Antelope Creek people may have evolved into one or more of the recently arrived bison-hunting groups from the Central Plains, but the author writes that information regarding the pattern of dispersion is elusive.[30]

In writing about the Southern High Plains and canyonlands in Texas in the fifteenth century, Eileen Johnson and Vance Holliday refer to the same climatic scenario of dramatically cooler weather to explain the cultural changes that occurred in the Palo Duro Complex located immediately to the southwest of the Canadian River Valley in Texas. The researchers suggest that climate change prompted an increase in the bison population and that Palo Duro Complex people (along with their northern neighbors on the Canadian River) moved toward a Plains bison-hunting lifestyle. Johnson and Holliday believe that the Palo Duro people may have migrated farther south with "Athapaskan-speaking peoples who moved from the Central Plains into the Southern Plains around AD 1300–1400."[31]

≈

Robert Mallouf suggests that during the late fifteenth century, after the collapse of Casas Grandes, the La Junta folks and Cielo Complex people likely became more closely interrelated in a semi-sedentary foraging lifestyle. Perhaps the cooler climatic period of the Little Ice Age adversely affected the horticultural regime at La Junta in the fifteenth century. It also seems likely that the arrival of large bison herds to the Edwards Plateau and Southern Plains redirected the attention of local bands to hunting bison as apparently it had in the Jornada area of West Texas and Antelope Creek area in the Texas Panhandle.

Mallouf suggests that the earliest relationship between the La Junta people and the Cielo population dates from ca. 1250 and that the relationship continued intermittently throughout the fifteenth century. Mallouf believes that neither the La Junta nor the Cielo people were of Athapaskan ethnic origin but rather were part of the ancestral hunter-gatherers from the Southern Plains or from northwest Chihuahua.[32]

While horticultural communities among the Antelope Creek people and at La Junta were in difficulty and under stress during the fifteenth century, the hunter-gatherers who occupied the rolling prairies of the Southern Plains in Texas benefited from the mesic Little Ice Age and the abundant precipitation brought to the semiarid prairie grasslands. Archaeological studies reveal that a new cultural sequence (the Toyah Phase or Horizon) in Central and South Texas was coeval with the commencement of the climatic changes associated with the Little Ice Age.

Texas archaeologists place the Toyah Horizon between ca. 1250–1300 and 1600–1650.[33] In listing the cultural traits associated with the Toyah Phase, Thomas Hester includes the distinct Perdiz arrow points, small end scrapers, flake and beveled knives, bone-tempered (and perhaps red-filmed) pottery, and objects made of bison bones.[34] Although the distribution of Toyah traits is unevenly spread among the numerous relatively small sites, Hester writes that the camp locations themselves appear, with few exceptions, near flowing water such as atop natural levees paralleling stream beds.[35] The conclusion that the Toyah people and their cultural attributes were associated with big-game bison and antelope hunters is supported in the faunal remains at Toyah sites, which often include abundant bison and antelope bones.

According to Michael Collins, the archaeological record could be reasonably interpreted to represent a significant cultural change occasioned by the movement of new people into the Toyah cultural area or a cultural diffusion related to bison hunting—or both.[36] I noted earlier that Texas archaeologists generally attribute the collapse of horticultural communities in the Texas Panhandle and in West Texas during the fourteenth and fifteenth centuries to the sharp increase in large bison herds and the introduction of bison hunters from the Central Plains and northern Mexico into Texas.

Southwest archaeologists have written that new weapons technology was introduced into the Southwest and Texas at the same time that Plains Indians moved south with the large bison herds. Archaeologists have interpreted mural depiction of recurved bows at Pottery Mound in New Mexico dated to ca. 1400 to suggest the date that recurved bows were introduced to New Mexico.[37] As mentioned, Texas archaeologists have done the same. Newcomb suggests that the brief appearance of the artistic "newcomers" who advanced the Red Monochrome style and the first painted Perdiz points and the recurved bow on the canyon walls on the lower Pecos can be dated probably to the same time within the Late Prehistoric Period.[38]

The Trans-Mississippi South

The fifteenth century was a period of widespread culture change in the Trans-Mississippi South, including the Caddo country of East Texas. In their assessment of the Caddoan culture change during the fourteenth century and the commencement of the fifteenth century, Timothy Perttula and Robert Rogers write that Caddoan communities in East Texas such as the Oak Hill Village were independent, dynamic communities.[39] The authors suggest that the new, more independent cultural development was probably linked to the intensification of maize horticulture.

But this condition radically changed in the middle of the fifteenth century when the Oak Hill Village and other Caddoan villages in the area were abandoned. Perttula and Rogers argue that "the root cause of the Caddo's abandonment of the Oak Hill Village and many other Caddo sites around this time is paleoclimatic."[40]

In support of their conclusion that the root cause behind the culture change was "paleoclimatic," the authors cite a recent study of the Late Prehistoric pattern of climate and culture change in the eastern woodlands of North America authored by David Anderson. Anderson's specific passage cited by Perttula and Rogers reads:

> During the Medieval Warm Period, complex agriculturally-based societies spread widely over the East, eastern Great Plains, and the Southwest. It is probably no coincidence that the spread of Mississippian culture from ca. AD 800 to 1300 corresponds to the Medieval Warm Period, a time thought favorable for agriculture. Likewise, it is also probably no coincidence that after the onset of the Little Ice Age, when agriculture would have been more difficult, is a time of increased warfare and settlement nucleation, and decreased long distance exchange and monumental construction. [James B.] Griffin noted the disruptions in Eastern cultures marked by the onset of the Little Ice Age after ca. AD 1300.

> [George R.] Milner has documented a substantial increase in the fortifi-
> cation of settlements at this time in the upper Midwest and Northeast,
> which he attributed to climatic-induced stress on crop yields brought
> about by the onset of the Little Ice Age.[41]

Perttula and Rogers conclude that the climate change that brought on cooler and "droughty" conditions continued for several decades and in turn occasioned the abandonment of other Caddoan areas in East Texas.

The northern Caddoan archaeologist James A. Brown, who authored the definitive report on the cultural history of Spiro, concludes that the five-hundred-year chronology of the Spiro site in the northern Caddoan region came to a close in the middle of the fifteenth century, at the same time that the Oak Hill Village and other southern Caddoan villages were abandoned. The extremely harsh cold, some of the coldest of the Little Ice Age up to that time, combined with a prolonged series of droughts, apparently accelerated the abandonment of horticultural communities both in the northern and southern Caddoan regions.

Recent climate studies of the period support Anderson's assessment. In the 2006 National Research Council report on surface temperature variations since AD 900, the three multiproxy reconstructions and the one tree-ring-based reconstruction agree that during the last half of the fifteenth century, climatic conditions in the Northern Hemisphere suddenly and seriously deteriorated.[42]

The Mississippi Valley and the Southeast

During the fifteenth century the Little Ice Age impacted the Mississippi Valley and the Southeast as it did the Southwest, the Southern Plains, and the Trans-Mississippi South, depressing horticulture, increasing economic and political stress, and intensifying warfare. During the early decades of the fifteenth century, there was a major migration from the middle Mississippi and lower Ohio Valleys according to Timothy Pauketat, who writes that with this migration "the balkanization of the Mississippi world was complete."[43] Pauketat adds that the economic stress brought to the Mississippian population "a level of violence hitherto unknown in the history of the continent."[44]

In his 2007 study of climate and culture change in southeast Arkansas and the Trans-Mississippi South, Marvin Jeter suggests that "climate may have been an underlying factor" in the rise and fall of Cahokia and that Mississippian elements expanded southward to and beyond the present Arkansas-Louisiana line by 1500 "as adverse climate peaked."[45]

Vernon Knight and Vincas Steponaitis write that by the middle of the fifteenth century, Moundville and the Black Warrior River Valley were under severe stress that had accelerated by the close of the century.[46] By the end of the period, mounds were either abandoned or used only for small-scale mortuary ritual.

At Moundville, archaeologists have recovered amazing artifacts that exemplify Moundville's rich artistic tradition of distinctive Mississippian iconography and the Southeastern Ceremonial Complex that continued into the fifteenth century. The artistic work at Moundville was expressed principally in ceramics, shells, and copper. Pottery bowls were engraved with hand imprints and faunal representations and with depictions of winged serpents and other supernatural symbolism.[47]

Adam King says that by the late fourteenth and early fifteenth centuries, Etowah had reached its maximum size and complexity as a paramount chiefdom.[48] During the period, four construction stages were added to the burial mound at Etowah where members of high social ranking were interred. The burials reflected the same or similar supernatural symbolism found at Moundville, although at Etowah there may have been more emphasis placed on working with copper and shells. Etowah copper repoussé plates depict warrior figures; shell gorgets and pendants also picture warriors and otherworldly figures.

The exquisite artistic expressions at Etowah reveal a cosmology that was shared throughout the Southeast during the period. But the artistic expression and symbolism of the Southern Cult expired in the late fourteenth and early fifteenth centuries according to Kent Reilly and James P. Steponaitis. During the early decades of the fifteenth century, Etowah, along with other chiefdoms in the valley, was abandoned.

On the coast of Georgia at the archaeological site Irene, the same pattern of community dispersion and abandonment is recorded in the fifteenth century. Anderson writes that the climate along the east coast of North America deteriorated sharply in the fifteenth century.[49]

Climate change apparently created stress and warfare on the coast, and the lower Savannah River Valley was depopulated by the close of the century. Anderson argues that the dispersion of the population on the lower Savanna River occurred at the same time as population dispersion occurred generally in the Southeast, and that the cultural change in both the Southeast and Southwest was prompted in large part by the global climate change that happened during the period.[50] Anderson also observes that the evidence of the connection between climate and culture change in North America can be found also in the documentary accounts that first became available in the sixteenth century. These are considered in the next chapter.

CHAPTER 7   THE SIXTEENTH CENTURY

The Little Ice Age further intensified during the sixteenth century, adversely affecting agriculture and commerce and prompting serious change in culture patterns across Europe and North America. In his study of the impact of the Little Ice Age on sixteenth-century Europe, climatologist H. H. Lamb observes: "In the middle of the sixteenth century, a remarkable sharp change occurred . . . to the coldest regime at any time since the last major ice age. This may reasonably be regarded as the broad climax of the Little Ice Age."[1]

In his assessment of climate change in North America in the sixteenth century, Lamb writes: "During the sixteenth century we reach the period from which many more documentary reports of the weather survive."[2] Lamb adds that in North America we know "from reports of early settlers and explorers from Europe that there were some notably severe winters."[3]

One purpose of this chapter is to expand on Lamb's brief comments regarding documentary accounts prepared by European explorers and expedition chroniclers describing the climate in North America in the sixteenth century. Spanish military expedition accounts are among the most valuable documentary sources for information on not only climate change but also change in Native culture in North America in the sixteenth century. Sixteenth-century Spanish expedition diary accounts and journals offer extensive, reliable firsthand information on Native American culture patterns as well as weather reports from the coast of Florida to the Gulf of California.

Overview of North America

In this chapter I focus primarily on three well-documented Spanish expeditions conducted throughout the southern latitudes of the temperate zone of North America during the sixteenth century. The purpose of the following review of selected documentary accounts of these expeditions is to highlight the most relevant information regarding environmental conditions and Native culture patterns in the temperate zone of North America during the century. As mentioned, the reason that only Spanish expedition accounts and no French or English expedition records are highlighted is because Spain alone claimed at the time the entire region immediately north of the Gulf of Mexico and was the only European power that dispatched large and lengthy expeditions across the southern temperate zone of the North American continent in the sixteenth century.

The three expeditions selected for primary review collectively explored areas from western Florida and central Georgia across the Mississippi River and the Southern Plains to the American Southwest, northern Mexico, and the Gulf of California. The expeditions are reviewed chronologically, beginning with the 1528 Pánfilo de Narváez misadventure that originated in central Florida. Cabeza de Vaca was the officially designated treasurer of the expedition and became the primary chronicler of the long journey and saga that took about eight years and spanned the continent.

About three years after Cabeza de Vaca completed his epic journey and arrived in Mexico City, Hernando de Soto sailed to the west coast of Florida to commence an exploration of the woodlands of the American Southeast from Florida to western Arkansas and East Texas. After being in the field about three years, Luis de Moscoso (De Soto's successor) initially decided to sail down the Mississippi and to Mexico in the fall of 1542. However, the Little Ice Age winter with massive snowfalls and spring floods on the Mississippi blocked the Spaniard's departure until the summer of 1543.

In summary, the severe cold, deep snow, and extreme flooding, all attributable to the Little Ice Age, kept the De Soto–Moscoso troops frozen in place and unable to explore from late fall to spring each year and consequently reduced the time of exploration from a total of fifty-one months in the field to under thirty-five months in action.

While the De Soto–Moscoso expedition was underway, the viceroy Don Antonio de Mendoza dispatched Don Francisco Vázquez de Coronado from western Mexico to the Southwest and the Great Plains to explore for mineral wealth there. On his journey, Coronado visited not only New Mexico but also parts of the Southern Plains and the western limits of the eastern woodlands in central Kansas.

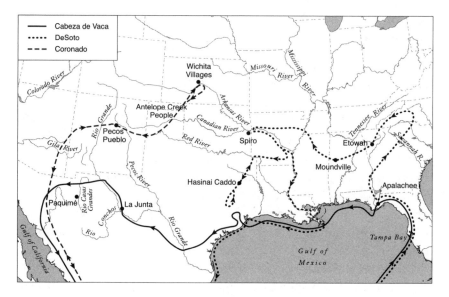

Map 3: Sixteenth-century Spanish expedition routes across study area

Like Moscoso, Coronado's initial decision to return to Mexico was made in the fall of the year (in the fall of 1541 for Coronado and in the fall of 1542 for Moscoso), but both expedition leaders delayed any return march during the severe Little Ice Age winter months. Both leaders awaited the arrival of the following late spring and summer to return during the warmer and more favorable season to travel.

The three major sixteenth century Spanish expeditions into the Southwest and Southeast each included, at least initially, a military force of several hundred soldiers and officers, many mounted, with one or more senior members designated as the official chroniclers. In addition, priests and independent volunteer chroniclers on the explorations often prepared their own accounts. Each journey covered over a thousand miles. Expeditions lasted for up to eight years, in the case of Cabeza de Vaca, four years for the De Soto-Moscoso expedition, and about three years for Coronado.

Information from Spanish expedition accounts confirms and complements reports from site-specific archaeological reports from the same exploration area. For example, archaeologists record recovering copper pendants, turquoise, shell beads, bells, metal objects, and the remains of scarlet macaw parrots in burial grounds in the Southwest. Historical expedition documents record encounters with Southwest Native people who were wearing or gave to the Spaniards cast copper bells, copper pendants, scarlet macaw headdresses, turquoise, and marine shell beads. In the Southeast, archaeologists have excavated platform and burial mounds at or near locations that were reported and described by European chroniclers. As will be specifically noted later, physical items thought to be of Spanish origin have been recovered from a number of Native burials.

In addition, documentary accounts often provide types of information relevant to our study but not found in archaeological excavations. For example, expedition reports give firsthand weather reports on specific dates and detailed weather observations and related climate information based on direct physical measurements and visual reports such as the depth of snow in camp, the thickness of ice on a frozen river, and the range of specific plants and animals observed.

Documentary accounts also offer significant information regarding transient or ephemeral events that may be only dimly reflected in (or entirely absent from) existing archaeological records. For example, expedition diaries record the use of smoke signals among some groups in the desert Southwest and on the Gulf Coast of Texas. Chroniclers on the Southern Plains not only record the use of sign language among certain groups and in specific geographic areas but even describe the hand positions for specific signs and the meaning of specific hand signs. These means of communication were significant facets of Native American life not detected in the archaeological record.

In addition, expedition documents describe in detail the manner in which Native songs were sung at night, with men and women singing together as in one voice, and accounts record how Native dances were performed by both men and women around bonfires at night. Documents report the use of peyote and other hallucinogens and describe the role of homosexuals in the life of Native groups.

A careful cross-document analysis also permits the reconstruction of prehistoric Native trade routes because Native guides directed European expeditions across their lands, often following ancient Indian trails to customary river crossings. Chroniclers often provided in diary accounts the distance and direction traveled daily, thus permitting a confident reconstruction of expedition routes and the location of specifically identified and named Native groups and local fauna and flora. Moreover, in the seventeenth century, the same route was repeatedly followed and described on more than one Spanish and French expedition, each using Native guides familiar with the same long-distance trails.

The review of expedition journals and diaries of selected sixteenth-century European expeditions in this chapter demonstrates that the cooler and more mesic Little Ice Age substantially affected the climate and Native societies in North America during the century. Spanish expedition chroniclers report extremely cold and icy winter weather conditions all across the southern temperate zone of

North America. Large expedition parties exploring New Mexico, Arkansas, Mississippi, and Florida were forced to remain confined to winter quarters from December to March during the sixteenth century. Hard frozen rivers were reported covered with ice several inches thick in West Texas and New Mexico, and snow measuring over three feet in depth repeatedly blocked expedition progress in New Mexico. Spring floods from heavy spring runoff on the Mississippi also delayed Spanish troop movements and explorations.

In his 2002 study of climate and culture change in eastern North America during the Late Prehistoric period, David Anderson concludes: "A critically important lesson that we must learn is that sudden changes in global climate can occur, and that these can have profound effects on human cultural systems."[4] It appears that the Little Ice Age may have been one of those sudden and extreme climatic periods in which profound cultural change occurred in North America. The severely cold weather sharply reduced the length of the frost-free growing season and the ground temperature during the early growing period, particularly in farming communities located in the higher elevations and latitudes of the southern temperate zone. It appears that crop failures may have, in turn, weakened Native confidence in the political and ceremonial leadership in some large stratified societies.[5] In addition, climate change during the period of the Little Ice Age may have contributed to the abandonment and dispersal of communities across the North American continent, as it prompted the abandonment of marginal agricultural areas in Europe during the same period.

Álvar Núñez Cabeza de Vaca

The earliest accounts of survivors of a European expedition that journeyed across the North American continent including the Southeast, the Southern Plains, and the American Southwest were prepared by Álvar Núñez Cabeza de Vaca and his three comrades who were members of the 1528 Spanish expedition led by Pánfilo de Narváez. In addition to the account personally prepared by Cabeza de Vaca, a second account of the expedition was authored by the chronicler Fernando de Oviedo y Valdez. Oviedo was not a member of the expedition, but his account is based on a joint or collaborative report prepared by the three Spanish survivors.[6]

Soon after landing near Tampa Bay on the west coast of Florida in April 1528, Spanish troops under Narváez discovered a small Indian village with a large field of cultivated maize nearby. Local Natives informed the Spaniards that much more maize and other cultigens could be found at a larger village farther to the north. The next day Narváez and his men marched up the Gulf Coast, and over a week later his troops found and occupied a larger village called Apalachee. The village was located near present-day Apalachee Bay on the bend of the Florida Gulf Coast.

As reported by the first Natives encountered, the Apalachee province represented a substantial regional chiefdom and cultural center. In his study of the Indians of Florida, Jerald Milanich writes that Narváez's party probably did not visit the heartland of the Apalachee province, which was farther inland from the coast. Milanich's map of the possible route of the Narváez expedition from near Tampa Bay to Aute near Apalachee runs along the coast and only about thirty to forty miles inland.[7] It should be noted that other regional chiefdoms such as Etowah in northwestern Georgia were about 250 miles north of Apalachee, and Narváez did not venture that far from the coast.[8]

Cabeza de Vaca says the Apalachee village had about forty permanent dwellings and large fields of maize, beans, and squash. In addition, Apalachee and the nearby smaller community of Aute had abundant surplus supplies of dried maize and beans stored from earlier harvests. Oviedo writes that the houses at Aute, as well as at Apalachee, were well constructed to shelter residents from the cold.

Since the troopship had departed and the Spaniards found no gold or silver in western Florida, Narváez quickly abandoned the expedition effort. Narváez's troops were directed to construct five rafts that could be powered by either sail or oars. The Narváez plan was to row, sail, or drift along the shallow coastal waters of the Gulf of Mexico westward to the port city of Pánuco, which was then known to be located somewhere on the northeast Gulf Coast of Mexico.

The rafts sailed from St. Marks Bay, just south of Tallahassee, in September 1528. The documentary record indicates that after several days' sailing the flotilla observed a sudden rush of fresh water that appeared to be coming from the mouth of a very large river (perhaps the Mississippi River) that forced the rafts far out to sea. Several weeks later, during which time the flotilla had become dispersed and the men totally exhausted, high winds and waves tossed Cabeza de Vaca's raft and a nearby accompanying raft upon the Central Texas coast.

The Spaniards apparently landed on Galveston Island in early November 1528. Cabeza de Vaca writes that soon after moving inland from the beach about one hundred curious but friendly "archers" arrived and gave some measure of comfort to the Spaniards. The chroniclers wrote that all members of the Native group, called Capoques, were of the same family lineage. This observation by Cabeza de Vaca is consistent with the current understanding that members of small hunter-gatherer groups in Texas at the time were likely family-related individuals.

Unlike the farmers of Apalachee, the Capoques and their island neighbors,

the Han, were foragers who cultivated no crops and were not sedentary. This was
the first hunter-gatherer band that Cabeza de Vaca had encountered, but he remained with foraging groups in Texas until near the end of his journey about
eight years later.

The Capoques and the Han lived off local wildlife, marine resources, and the
bountiful wild grapes, nuts, fruit, roots, and other plant products. As the Spanish government had at the time limited information regarding the Native people
living on the northern coast of the Gulf of Mexico, Cabeza de Vaca and his party
were surprised to encounter Native groups who were not horticulturists as were
most of the Indians whom the Spaniards had encountered at that time on the
Caribbean Islands and in Mesoamerica.

Cabeza de Vaca's small party, plus other expedition members from the second raft, remained on Galveston Island with the Capoque and Han for about a
year before several expedition members decided to continue westward, marching overland along the Gulf coast toward Pánuco. However, Cabeza de Vaca and
a few other Spaniards remained in the general area of where they landed but did
move a short distance to the mainland to live with another foraging tribe called
the Charruco.

During the next four years, Cabeza de Vaca lived peacefully as a successful
traveling salesman or trader providing coastal trade goods such as seashells and
beads to inland tribes that exchanged deer and bison hides, red ochre, flint for
use as arrow points or knives, and hardened cane for arrows for use by the coastal Indians. Cabeza de Vaca writes that during the four-year period that he inde-
pendently functioned as a long-distance trader he traveled a distance of 130 miles
or more along the coastline and about the same distance inland. This suggests
that Cabeza de Vaca spent a total of about five years in the eastern woodland region of southeast Texas.

Cabeza de Vaca's inland range places the northern boundary of his market
area in the Hasinai (the southern Caddoan) hunting grounds where deer and
sometimes bison were taken in the late seventeenth century. However, Cabeza de
Vaca's market range did not include the southern Caddoan homeland proper in
northeastern Texas. Cabeza de Vaca writes that the Native peoples whom he encountered on trade missions along the coast and inland cultivated no crops but
rather were highly mobile foragers.

We should emphasize again that most Native peoples in the American Southwest and the Southeast were primarily agrarian horticulturists in the sixteenth
century and had been farmers or at least gardeners for several centuries. But in
coastal, central, and southern Texas in the early sixteenth century most Native

peoples followed a foraging or Archaic Period lifestyle as had their ancient ancestors who first arrived in North America.

Cabeza de Vaca's account of his life as an itinerant trader primarily operating between the Brazos and Colorado Rivers from ca. 1529 to 1534 provides significant information on the weather or local climatic conditions at the time. References are made to the cold and icy conditions during the winter months, and Cabeza de Vaca says that he and all the Natives within his wide trade area hibernated each year in shelters from December to the next spring. Apparently at some time during his stay in Texas the climate was sufficiently mesic for bison herds to visit Central Texas and the Texas coastal area.

Apparently Cabeza de Vaca did observe bison near the Texas coast at times during his stay because he writes that large bison herds and distant long-range bison hunters traveled hundreds of miles from the north into south-central and coastal Texas. He emphasizes that the long-range hunting parties came to hunt bison and to trade as friends and not to permanently occupy or dominate the country or to subdue the local Native tribes.

After spending about four years as a traveling trader in the Central Texas coastal area, Cabeza de Vaca moved farther down the coast, about 150 miles toward Mexico. During the following two years he found several of his companions living with, and others held by, different local hunter-gatherer bands roaming between the Colorado and San Antonio Rivers.

Although Cabeza de Vaca writes that a severe drought had hit the Southern Plains during his stay, Spanish and French chroniclers who visited the same area in the seventeenth century describe a very cold and damp period, with heavy precipitation, rich and extensive coastal prairie grasslands, and abundant large game, including bison and antelope. For example, while he was the post commander for Robert Cavalier, Sieur de La Salle, near Matagorda Bay on the Texas coast in the 1680s, the chronicler Henri Joutel wrote that large herds of bison numbering in the thousands remained year-round within twenty miles of the post.

In the early and late seventeenth century, both Alonzo de Leon (the senior) and his son Alonzo de Leon report bison in northern Mexico in the states of Coahuila and Nuevo Leon. When Governor San Miguel de Aguayo crossed the Rio Grande into South Texas in March 1721, an ice storm and snowstorm delayed his expedition for several days; a heavy snowstorm and ice storm in April near San Antonio delayed the inspection tour of Texas missions by Fray Gaspar José de Solís in 1768. Long-distance bison hunters from the Central Plains and the Rocky Mountains, and also from over five hundred miles south of the Rio Grande near

Durango in central Mexico, were reported hunting bison on the Southern Plains. This series of weather reports and reports of large bison herds and long-distance bison hunters encountered in South Texas and northern Mexico during the Little Ice Age indicates that the Little Ice Age was a significant environmental factor influencing native wildlife and Native culture on the Southern Plains of Texas not only in the sixteenth century but in the seventeenth and eighteenth centuries as well.

In the late summer of 1536, Cabeza de Vaca and three companions regrouped, slipped away from their South Texas Native captors, and moved farther southward about eighty miles toward the lower Rio Grande.[9] Soon after crossing the big river and traveling into the present-day state of Coahuila in north-central Mexico, the small Spanish party encountered a large visiting Native trading party that had originated far to the west, according to local Natives and as acknowledged by the visitors themselves. The large trading party, which occupied about thirty huts and thus may have numbered well over sixty members, apparently originated from the Casas Grandes River area in northwest Chihuahua about five hundred miles to the west.

The conclusion that the foreign trading party was from the Casas Grandes area is based in part on the report that the visiting group gave the Spaniards cotton blankets and a cast copper "casabele" with a human face fashioned on one side. These items were hallmark trade goods commonly traded or exported from Casas Grandes during the period from about 1200 to the sixteenth century. Cotton was not at the time cultivated in the Southeast, but it was cultivated in the American Southwest. Likewise, in the Southeast copper was simply cold-hammered at the time, but copper was smelted and cast to manufacture bells and other personal apparel objects on the west coast of Mexico and reportedly at Casas Grandes.[10] Among several designs of copper bells recovered at Casas Grandes is one with a face on one side that resembles the face of the rain god Tláloc.

The archaeological record of the Texas coastal area also confirms that during the Late Prehistoric Period some form of interaction likely occurred between the Casas Grandes people and South Texas tribes. As noted, easily recognizable and distinct Casas Grandes polychrome pottery has been recovered from a site near the Texas coastal city of Corpus Christi located about two hundred miles northeast of the area where the trading party was encountered by Cabeza de Vaca in northern Coahuila.[11]

The foreign trading party in Coahuila also gave bags of ground maize flour to several local Native women who were very grateful because they, like their neighbors in South Texas, raised no crops. But the foreign traders having surplus ground maize may also suggest the original purpose of the trade mission—

namely, to acquire from local Rio Grande residents premature scarlet macaws that could be fed ground maize and amaranth gruel on the return trip.

After accepting the gifts, Cabeza de Vaca's party continued farther westward along a well-traveled route that Cabeza de Vaca refers to as a "*camino*" or roadway. Apparently, with local guides, Cabeza de Vaca's party was moving along a well-recognized and heavily traveled route connecting northeastern Mexico with West Texas and northwestern Chihuahua.

Cabeza de Vaca did not find a permanent Native horticultural village with sedentary farmers until he had traveled another three hundred miles westward, farther up the Rio Grande to the Big Bend country in West Texas. When the Spaniards arrived at La Junta de los Rios in the Texas Big Bend in the early fall of 1536, Cabeza de Vaca found the first cultivated crops that he had seen since leaving Florida about seven years earlier. Cabeza de Vaca observed that the farmers in West Texas cultivated some of the same basic Mesoamerican-originated crops that the farmers in Florida were growing—tropical maize, beans, and squash. The same crops were growing in fields over one thousand miles apart, by farmers on the gulf coast of Florida and in West Texas.[12]

From Cabeza de Vaca's account we learn that the serious drought that was reported at the time in South Texas had also struck the farming community of La Junta. When asked why they were not cultivating maize at the time, the local farmers replied "because for two years in succession rains had failed and seasons had been so dry that all the maize they had [planted] had been eaten by moles, and they no longer dared to plant until there was much rain first."[13]

The Spanish chroniclers' accounts tend to confirm the archaeological information reviewed earlier describing the people and location called La Junta de los Rios. Residents lived in several small permanent villages where they also stored dried cultigens and held large quantities of bison hides. Oviedo writes specifically that there were "four clusters of towns near the junction of the two rivers."[14]

From La Junta the Spanish party with local Native guides continued up the Rio Grande for about 140 miles in seventeen days to a marked crossing area on the river that led to a pathway into the mountains to the west. The route of Cabeza de Vaca projected by Alex Krieger and by Rolena Adorno and Patrick Pautz crossed the Rio Grande near the present-day small town of Esperanza at ca. 30° 10' north latitude.[15]

It appears that the first rest stop along the way westward from the Rio Grande crossing may have been a farming area in or near the Rio de Carmen Valley about sixty miles west of the Rio Grande. About a half-dozen signal platforms (*atalayas*) had been constructed two hundred or so years earlier in the immediate area of the nearby terminal lake, Lago de Patos, as part of a visual point-to-point communication system connected to Paquimé. The detailed map of the Casas Grandes area prepared by Di Peso and his associates indicates that several small horticultural villages with one hundred or more residents and several signal platforms were located near Lago de Patos and the modern city of Ahumada.[16]

Spanish chroniclers write that their party, still led by Texas Rio Grande guides, traveled "through some plains and some very large mountains," apparently referring to the Chihuahua Basin and Range. The village where the Spanish party first stopped was heavily dependent during the early fall on hunting jackrabbits and cultivating an herb thought to be domesticated amaranth. Recent archaeological studies of the southern Jornada Mogollon area near Lago de Patos, as reviewed earlier, confirm that during the pre-Columbian period, jackrabbits were a significant small-game animal hunted in the area and that domesticated amaranth was cultivated near Ahumada.

After traveling a total of about 150 miles from the Rio Grande in three weeks, with periods of rest between uninterrupted sequences of travel days, Cabeza de Vaca's party, including the Rio Grande guides, reached the next destination, the "Maize People," whom the guides had mentioned as the destination when the party left the Rio Grande.

The Spaniards were impressed with the wealth of the community, thought to be near the Rio Casas Grandes, and were also pleased with the sophistication of the residents.[17] Unlike the Natives at La Junta who were either naked or wore animal skins, the Maize People were dressed up. The Spaniards were impressed. Women wore full cotton dresses that reached their knees and wore carefully crafted shoes. Cabeza de Vaca writes that he had not encountered any Indians on his long journey across the continent who were so impressively dressed. It appears that these people may have been residents of the present-day Janos area and perhaps some locals were descendants of the Paquimé refugees who as a group had left Paquimé and moved downriver several decades earlier.

The Spanish chronicler Baltasar Obregón visited Paquimé in 1565 and learned from local residents that the mass movement of Paquiméans occurred after their enemy from the west defeated the city, likely sometime between 1450 and 1500. Obregón writes: "We ask them by signs where the former owners of the houses and lands of that town [Paquimé] had gone. They replied by signs that they were settled and living six days down the river to the north."[18]

There is no agreement among the researchers as to the measured distance covered in the six-day movement downriver. In the middle of the sixteenth century, the Spanish explorer Diego de Guzmán frequently referred to "*jornadas*," or travel days, as covering four, three, or even two Spanish leagues.[19] Di Peso projects (I think mistakenly) that the Paquiméans moved 91.5 miles north of Paquimé, beyond the Casas Grandes River and into New Mexico. On the other hand, a three-league-a-day movement for six days places the Paquiméans only about forty-five miles north of Paquimé and, significantly, still on the Casas Grandes River as told to Obregón. The Paquimé relocation was probably near Janos which I consider a much more reasonable projection, one that keeps the Paquimé population on the Casas Grandes River and within the greater Paquimé polity.

The houses of the Maize People were of permanent construction, made of earth or adobe with flat, pueblo-style roofs as in La Junta. Cane matting was also used on the walls of some structures according to Oviedo.

The Maize People gave the Spaniards marine coral (presumably from the Gulf of California or the Pacific) and turquoise (presumably from New Mexico). The Maize People said that to obtain these exotic items, they exchanged parrot (presumably scarlet macaw) plumes and feathers, indicating a continued production of and trade in scarlet macaws as suggested by the trading party encountered near the lower Rio Grande about six weeks earlier.

Premature scarlet macaws and colorful red, blue, and yellow macaw feathers had been major economic and ceremonial export items from the Casas Grandes area during the previous three hundred years or more according to the archaeological record reviewed earlier. Moreover, the archaeological record indicates that scarlet macaws had been raised not only near Paquimé but also specifically in the area around Janos. The documentary record of Cabeza de Vaca's travels suggests that the trade in scarlet macaws, scarlet macaw feathers, marine shell beads, and turquoise perhaps continued in the Casas Grandes River Valley for a period after Paquimé had fallen (presumably in ca. 1450–1500).[20]

The Casas Grandes River people supplied Cabeza de Vaca's party with maize flour, squash, beans, and cotton goods for their journey farther west. The Texas Indian guides from the Rio Grande, who were friends and economic neighbors of the Maize People, happily returned home loaded with gifts of cotton goods and food according to Cabeza de Vaca's account. From the Maize People, Cabeza de Vaca's party continued westward through Sonora to the Gulf of California and farther south to Mexico City.

In a summary comment made near the close of the journey across northern Mexico, Cabeza de Vaca writes that his journey across the Southern Plains and the American Southwest was made possible by the use of a uniform system of hand signs used to communicate with the numerous tribes and bands encountered in Texas, Coahuila, and Chihuahua. Cabeza de Vaca adds that "although we knew six languages not everywhere could we take advantage of them because

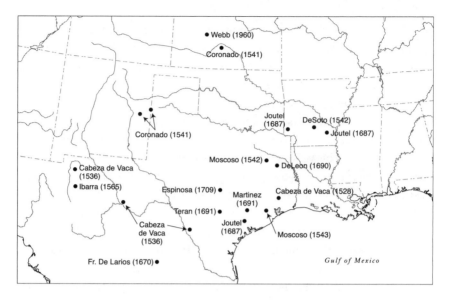

Map 4: Regions in study area where Indian sign language was reported

we found more than a thousand differences." Cabeza de Vaca's comment regarding the multiplicity of languages spoken along his route is consistent with the current understanding by linguists that there was substantially more language diversification along the northern coast of the Gulf of Mexico than was present in the eastern and central interior North America.[21]

Indian Sign Language

The Smithsonian Institution in Washington, D.C., published in 1996 a volume of the Handbook of North American Indians series, entitled *Languages*, that includes a chapter on non-speech communication systems used by Native Americans. One section of the chapter covers the history of North American Native sign language. The author of the chapter concludes that Indian sign language originated in the extreme fringe of the Southern Plains or on the Texas Gulf Coast (Taylor, "Nonspeech Communication Systems"). The conclusion that Indian sign language originated among the small hunter-gatherer Indian bands on the lower Southern Plains in Texas is attributed to Ives Goddard, the volume editor.

As indicated in the present chapter of this study, Goddard's conclusion is supported by evidence found in several official accounts of sixteenth-century Spanish expeditions into Texas and the Southwest. Spanish chroniclers with Cabeza de Vaca, De Soto, and Coronado recorded the use of signs among Indians in Kansas and the Central Plains, in the Texas Panhandle, among the Caddo people in northeastern Texas and Arkansas, among the Indian tribes and bands along the central coast of Texas, and in north-central Mexico (see Map 4).

Cabeza de Vaca recorded the use of Indian sign language when he first landed on the Central Texas coast near Galveston. Thereafter, he learned and used signs to communicate with many hunter-gatherer groups during his seven-year journey through Texas. Later, Cabeza de Vaca and his small Spanish party continued to use signs while moving across north-central Mexico, West Texas, and northwestern Chihuahua.

At the close of his journey across Chihuahua, Cabeza de Vaca writes: "We passed through a great number and diversity of languages; among all of these God our Lord favored us, because they always understood us and we understood them. And thus we asked and they would answer by use of signs as if they would speak our tongue and we theirs." Cabeza de Vaca adds regarding Estevan, the black North African Arab slave of Andres Dorantes who was one of their four-member party, "The black [was the one who] always spoke to them; he would inform himself about the trails we wanted to follow and the towns there were [ahead of us] and the things we wanted to know" (Kreiger, *We Came Naked and Barefoot*, 226, 301).

A report on the use of Indian sign language during the De Soto expedition is made by Garcilaso de la Vega, the Inca, when describing De Soto's return to the Mississippi from the West in the spring of 1542. The Inca says that when the Spaniards addressed an Indian leader of the province of Anilco, the "cacique" or leader "made signs to them with his hand as if he were mute" (Clayton et al., *The De Soto Chronicles*, vol. 2, 437). Researchers are in general agreement that Anilco was probably located on or near the Ouachita River in south central Arkansas, near the place where the Frenchman Henri Joutel in 1687 reported the use of signs among the Indians he encountered. When Joutel traveled through the area, he reported at one village, thought to be related to the Caddo: "The chief stayed with us a few hours. He gestured with much spirit and care and easily understood our signs which were our common language" (Foster, *The La Salle Expedition to Texas*, 253).

Pedro de Castaneda de Najera, one of the principal chroniclers on the Coronado expedition, reports no contact with Native people communicating with hand signs until Coronado's party first reached the Southern Plains near the New Mexico-Texas state line. There Castaneda was astonished to observe one of his Native guides communicating quietly with a large band of Plains Indians called Querechos, using only signs. Castaneda reports:

"They were a people very skillful with signs, such that it seemed as if they were talking. And they made a thing understood so that there was no need for an interpreter" (Flint and Flint, *Documents of the Coronado Expedition, 1539–1542*, 408).

Chroniclers with Coronado later recorded the use of hand signs by Plains Indians including the Teja in the Texas Panhandle and the Wichita on the western fringe of the Eastern Woodlands in Kansas. Signs were also used by some Pueblo Indians along the upper Rio Grande and the Pecos River.

About twenty years after Coronado returned to Mexico, the Spanish explorer Francisco de Ibarra visited Paquimé in northwestern Chihuahua where he encountered over three hundred Querecho people who greeted and communicated with the Spaniards using signs. At the same time, the local population living along the Casas Grandes River also communicated with the Spaniards using the customary Indian sign language (Hammond and Rey, *Obregon's History of 16th Century Explorations in Western America*, 202, 207, 208).

In the seventeenth century, the French explorer and chronicler Henri Joutel learned to communicate using Indian signs. During La Salle's last journey, on the fourth day after leaving the French fort on Matagorda Bay, Joutel records that a group of about fifteen friendly Indians approached their camp. Joutel writes: "I gave them a sign to approach which they did immediately. They gave evidence of friendliness by hooking their fingers to indicate the alliance they wished to make with us" (Foster, *The La Salle Expedition to Texas*, 162).

Hooking the index fingers is the identical form of the sign used to represent an alliance or friendship that US military scouts recorded in Indian sign language dictionaries of Plains Indians in the nineteenth century and is identical to the sign for friendship found in contemporary dictionaries on the American Sign Language. Many other signs that originated in Indian sign language have been adopted (without any acknowledgment of their Native American origin) in contemporary American Sign Language dictionaries.

The similarity of original Native American signs and modern signs currently taught in institutions for hearing-impaired people is vividly described by the Great Plains historian Walter Prescott Webb. Webb writes, "In the spring of 1930, two Kiowa Indians visited the Texas School for the Deaf, and one of them, named Woman's Heart, told in the sign language the story of a buffalo hunt. Though none of the deaf-mutes had ever before seen the Indians talk in signs, they could understand the story" (Webb, *The Great Plains*, 77).

The fact that over five hundred years ago, Native peoples on the Southern Plains of Texas, who were some of the last large hunter-gatherer societies in North America, could make an enduring contribution to twenty-first-century sign language and to modern communication and international understanding is astounding and certainly deserves more recognition and acceptance by the sign-language community and the public than is presently given.

Hernando de Soto

In May 1539, less than three years after Cabeza de Vaca completed his long journey across the North American continent, Hernando de Soto and his men sailed from Havana, Cuba, to Florida and landed on the gulf coast at modern-day Tampa Bay. We are fortunate to have four accounts of the De Soto expedition. One of the most comprehensive was prepared by a chronicler who identifies himself as a Portuguese gentleman from Elvas. A second account was written by De Soto's private secretary, Rodrigo Rangel. Rangel's account ends in early November 1541; the accounts of the other chroniclers continue. Luis Hernández de Biedma, a factor for the king, wrote a third account. The fourth was prepared by the Inca, Garcilaso de la Vega, based on interviews with survivors. In the present study, the four chroniclers are usually referred to as Elvas, Rangel, Biedma, and the Inca.[22]

Rangel, the official chronicler of the expedition, details the strong resistance that the Spaniards met at each village as the soldiers marched up the western side of the Florida peninsula many miles inland. In several villages Indians burned homes and stores of food to keep the Spaniards from taking maize and other cultigens.

In another account of the expedition, Elvas describes the land in Florida as fertile with large fields of maize, beans, pumpkins, squash, and other crops near each village. In addition, Natives in Florida, as throughout the Southeast, stored dried wild plums as well as cultigens for food during the winter.

Native towns were crowded next to each other—some were only four or five miles apart—and each village was heavily populated. In less than one month (from July 22 to August 18), Rangel records marching through ten named villages from Luca to Aguacaleyquen, moving up the west side of Florida from modern-day Tampa Bay to Apalachee. Jerald Milanich identifies eighteen Native groups or villages encountered by De Soto and his men in Florida on the march from Uzite (near Tampa Bay) to Apalachee.[23]

Natives at Apalachee guided De Soto's troops about ten miles southward to the coastal area where members of Cabeza de Vaca's expedition had sailed west about eleven years earlier. De Soto set up winter camp in an area that occupied part of the principal town of Apalachee and remained in place for several months during the winter of 1539–1540.[24]

De Soto's chroniclers do not describe the winter months from December 1539 to March 1540 in Florida in any detail. Neither Elvas nor Rangel make any significant reference to the climate. But the chroniclers offer no military justification for the three-month winter recess.

De Soto's expedition did not depart Apalachee until March 1540. The troops first marched northeast toward central Georgia and into the Carolinas. During the movement, De Soto's men found the country as heavily populated as the area on the west side of the Florida peninsula. During the period from March 11 to April 10, De Soto entered ten Indian villages between Capachequi and Cofaqui.

Rangel tells that at one village on the journey northward the Spaniards feasted on wild turkey and fresh spring onions. The chronicler explains that the Native women used the stripped interior bark from mulberry trees to spin thread to make fine cloth for dresses and blankets. Local Indians hunted deer, rabbits, field birds, and other game, and they raised dogs for food.

De Soto's troops marched through middle Georgia and South Carolina during the summer of 1540. This is the general area into which Spanish authorities dispatched two relatively small and limited expeditions about two decades after the completion of the De Soto expedition.[25]

In mid-July the expedition party moved farther west and reached Itaba, near the present northern Georgia-Alabama border. According to Charles Hudson, this location is at Etowah, which, as I have noted, emerged in the fourteenth century as a major Mississippian chiefdom. Archaeological evidence supports the conclusion that the Etowah area was visited by De Soto and that the area was finally abandoned by the Native population sometime after De Soto's visit.[26]

In his consideration of how historic accounts of the De Soto expedition support the archaeological record of Etowah and other Mississippian chiefdoms, Adam King notes that Spanish chroniclers of the De Soto expedition, including Biedma, Rangel, and Elvas, describe the highly ranked culture in the Southeast in which leaders occupied an elite status. The Spanish chroniclers write that elite families lived in elaborate residences on the crest of earthen mounds and wore distinctive dress, and that the chieftain was often carried on a litter.

By late November the Spaniards had marched westward to a province called Chicaca, and the troops reached the central town in mid-December. By this time, however, winter had also arrived, and deep snow covered the region. De Soto's chroniclers detail the difficulties encountered during the winter of 1540–1541 spent in Chicaca. The Inca says: "The cold that they suffered was unbelievable, and it was a miracle of God that they did not all perish."[27] The climatologist H. H. Lamb writes that the sixteenth and seventeenth centuries were among the coldest period of the Little Ice Age in Europe.[28] American climate scientists note that glaciers in the Rocky Mountains during that two-hundred-year period of the Little Ice Age expanded to a size they had not been in over ten thousand years.[29]

Through the winter of 1540 and well into the spring of 1541, the Chicaca attacked and regularly harassed De Soto's encampment. In early May, the Spanish forces finally marched on, going farther northwest, but the troops immediately encountered numerous hostile villages of the Quizquis. Apparently the Quizquis occupied an area near the present-day Mississippi-Tennessee state line.[30] Here De Soto first saw the Mississippi River.

Spanish troops remained at the location near the big river for about a month, constructing four large rafts, each capable of carrying about 150 foot soldiers and 30 mounted cavalry. According to Rangel, everyone crossed the river safely on June 18.

After crossing the Mississippi (called the Rio Grande by some chroniclers), De Soto proceeded generally westward and in ten days reached a large village or town called Pacaha that was heavily fortified with a palisade and towers. At Pacaha De Soto found large fields of maize near the village and discovered a new source of meat—fish that were apparently impounded. Elvas writes that the Indian chieftain and many in the community at Pacaha resided on an island in the middle of a large river. He estimates the population at "five to six thousand souls on the islet."[31]

During August, De Soto's expedition continued to explore the heavily populated region in central Arkansas and visited Quiguate, reportedly the largest town visited during the entire four-year expedition. The large towns of Caligua, Caya, and Tanico (where salt was found) were also visited, but still no gold or silver was reported.

Rangel says that De Soto thought the best and perhaps last opportunity to find gold and silver would be in the region to the west. The troops marched farther up a large watercourse (thought to be the Arkansas River) to a large town called Tulla, apparently near the present Arkansas-Oklahoma state line. Rather than finding mineral riches in Tulla, however, De Soto was faced with some of the most determined Native resistance encountered on the entire expedition.

Elvas writes that unlike population centers sacked earlier, Tulla had a rich store of bison hides and bison meat. At Tulla, De Soto was approaching the western limits of the eastern Woodlands and the eastern boundary of the Central Plains. Moreover, Tulla Natives looked different from Natives encountered earlier: they were shorter, had flat, "misshapened" heads, and displayed tattoos all over their bodies.[32]

After finally taking the village of Tulla and spending about two weeks there, De Soto became convinced that maize production decreased sharply the farther west he traveled. Soon thereafter De Soto reversed course and marched his men back eastward about two hundred miles toward the Mississippi. It is projected that the Spaniards thus turned around at a point along the Arkansas River east of the former large mound center called Spiro. As winter was fast approaching, De Soto searched for permanent type of quarters that he found in middle October in a province in eastern Arkansas called Utianque.

The quarters selected were in an open prairie which provided ample grass for the horses, access to two good streams, secure accommodations for his men, and an abundance of stored maize, beans, nuts, and dried plums. These were similar to the food items stored for the winter in the villages in Florida. Moreover, the location (which had been abandoned by the local Natives) was protected by an enclosed palisade. The Indians in the area around Utianque were less hostile than those at Tulla, and Elvas writes that unlike the residents of Tulla, the Natives did not paint their faces or deform their heads. Elvas added that there were numerous deer to hunt locally and more rabbits than they had seen at any other location.[33]

Although accommodations at Utianque during the winter of 1541–1542 were much improved over those the Spaniards coped with the winter before, the chroniclers still reported that winter conditions and cold weather were just as bad as, or worse than, the winter weather the year earlier. Deep snow prohibited the men from going out of their houses for a month and a half.[34] In his description of the winter of 1541–1542 at Utianque, Beidma complains: "Here we spent the winter. There were such snows and cold weather that we thought we were dead men."[35] In summary, the sixteenth-century documentary record of the De Soto expedition to this point offers abundant evidence of the presence and severe impact of the Little Ice Age in the Southeast.

As in 1541, De Soto in 1542 remained in winter quarters until early March before continuing his exploration. But a late March snowstorm lasting four days halted De Soto's premature attempt to move. By this time, De Soto had remained confined by the severe winter cold weather for about five months, from mid-October to mid-March. When it stopped snowing, De Soto proceeded farther eastward toward the Mississippi River, and the troops reached a heavily populated area near the mouth of the Arkansas River at a town called Tianto in the province of Nilco. Elvas writes that the province was the most densely populated region that they had visited and that Nilco had more stored maize than any location that the Spaniards had seen in the Southeast, with the exceptions of Apalachee and Coosa.

The town of Guachoya, located near the Mississippi River, was the next destination. The leader of Guachoya greeted the Spaniards with gifts of food including fish and dogs. But the leader also gave De Soto discouraging news regarding his plan to sail downriver to secure reinforcements that he sought from Cuba. Elvas suggests that De Soto's acceptance that he could not sail down the Mississippi River and fulfill his mission weakened him physically and possibly led to his death on May 21, 1542.

Luis de Moscoso, who was selected as De Soto's successor, attempted to keep the news of De Soto's death from the residents of Guachoya by discretely slipping De Soto's body beneath the waters of the Mississippi. But this effort to keep De Soto's death a secret was unsuccessful, and the local chieftain came to Moscoso and expressed his sympathy. In doing so, the chieftain presented to Moscoso two young Indians who he said were prepared to be sacrificed as retainers so they could accompany De Soto and serve him in his afterlife. According to Elvas, the chieftain told Moscoso that this was according to their belief and custom. Moscoso politely refused to follow the custom and released the two men. But the narrative account is significant because it provides documentary support for interpretations by archaeologists who have examined human remains associated with the burial of the highest elite class and concluded that human retainer sacrifice was practiced by Cahokians, by Caddoans in East Texas, and by the elite at Chaco Canyon.

Moscoso, at the time, accepted De Soto's conclusion that the Mississippi River offered no escape to the Gulf and to Cuba or Mexico, so the new Spanish commander turned his troops southwest toward Texas to march his men overland to Mexico. The route followed by Moscoso from the area near the Mississippi River southwest to the crossing on the Red River into Texas near present-day Texarkana was similar to the route across southern Arkansas that Henri Joutel and his small French party followed with Caddo guides in 1687, 145 years later, when moving in the opposite direction from the Red River crossing near Texarkana northeast to the junction of the Arkansas and Mississippi Rivers. For purposes of comparison, we will mention several apparent changes and two parallels noted between the earlier (1542) Spanish and subsequent (1687) French accounts of the area between the crossing of the Red and junction of the Arkansas and Mississippi Rivers.

The journey across southern Arkansas took Moscoso's large expedition along "a road overland toward the west" (toward Mexico) according to Elvas.[36] The Spanish party departed Guachoya near the Mississippi on June 5, 1542, and

arrived at the Red River crossing into Texas and the large village called Naguatex on July 21, forty-six days later. Writers agree generally that Naguatex was the
same or very close to the location that was later identified as the principal village
of the Caddohadacho Indians, which was also the point of departure for Joutel.[37]
The same journey in the reverse direction in 1687 took Joutel's small French party
from the Red River crossing to the Mississippi in approximately half the time,
twenty-four days.

As described by the Spanish and French chroniclers, however, the natural and human ecology in southern Arkansas during the 145-year period had
changed significantly in many respects. One of the most significant changes was
with respect to how densely populated the area was in 1542, in the earlier period
of the Little Ice Age, and how vacant it was in 1687 at the later period of the Little
Ice Age. In 1542, Elvas and the other chroniclers on the De Soto expedition record
a densely inhabited region in southern Arkansas in which seven named large
towns and provinces were visited along the route of about 175 miles between the
lower Arkansas River and the crossing on the Red River in the northeast corner of
Texas. In contrast, Joutel records a vacant or very sparsely populated area. Joutel
encountered only one small village along the same or similar route.

In another contrast, Joutel hunted and killed bison en route to the Mississippi in 1687 while Moscoso's chroniclers wrote that no bison were seen anywhere in
Arkansas at the time of the Spaniards' visit in 1541–1543. The abandonment of the
area by the Native population and its occupation by bison herds seem consistent.

But, as mentioned, there were two significant similarities. Both the Spanish
and French expedition parties paused for one day, midway along the route, to
obtain salt from a village of salt makers. Chroniclers on both the Spanish and
French expeditions identified the Indian salt makers by the same name, the Tanico. So the natural environment had persisted with respect to a stable source of
salt (probably along the modern-day Saline River), and the Native salt makers
called the Tanico had retained their resident location and name as well.

The second parallel concerns the use of Indian hand signs by Native groups
along the route across Arkansas. One chronicler with De Soto and the Frenchman Joutel both describe encountering a village en route in which Indian sign
language was used.[38]

As mentioned, the Red River crossing near Naguatex is thought to be located
at or near the principal village of the Caddohadacho people whom Joutel visited in 1687.[39] From the Red River, Moscoso marched into Texas with local Caddo
guides south-southwest along a road through lightly populated areas of farmsteads and small villages. Along the march of about six weeks and about 150
miles, the Spanish visited the provinces of Nishohone, Lacane, Nondacao, Soaca-

tino, Aays, Nacacahoz, and finally the province and large southwestern Caddoan village called Guasco. Guasco is considered to be the same or near the same location that the Hasinai Caddo occupied when Joutel and his French party passed through the area in the late seventeenth century.[40] Again, in contrast, Moscoso's chroniclers (in 1542) report a populated region from the Red River south to the Hasinai, whereas, in 1687, French sources describe the same areas as vacant.

At Guasco the Spaniards found, as expected, large stores of maize but to their great surprise they also found for the first time on the expedition cotton blankets and turquoise, which Moscoso's chroniclers learned from the Guascoans to be trade goods from the Southwest. Elvas writes: "At Guasco, they found some turquoise and cotton blankets which the Indians gave them to understand by signs were brought from the west."[41]

It is significant that Elvas notes the use of sign language by the Caddo people of Guasco who also used hand signs in communications with Joutel 145 years later. The information helps identify the wide geographical area in which Indian sign language was used (see Map 4). From Cabeza de Vaca we know signs were used in South Texas, northern Coahuila, and northern Chihuahua. Now we know that the same Indian sign language had been picked up by the Caddo in East Texas by the middle of the sixteenth century.

The report of turquoise and cotton goods from the American Southwest at a Caddoan village in the woodlands of East Texas represents one of the earliest documentary accounts of trade items that originated in the Southwest being present in Caddoan villages or other Native groups in the Southeast. The Southwest-Southeast trade connection found with the Hasinai Caddo at Guasco relates directly to the other documentary evidence mentioned earlier of Cabeza de Vaca encountering Casas Grandes traders with cotton blankets, a cast copper bell, and ground maize on the lower Rio Grande in northern Coahuila, across the Rio Grande from South Texas.

In efforts to reconstruct trade routes connecting the Southwest to the Southeast that were active during the Late Prehistoric and Early Historic Periods, writers frequently overlook the lower or southern route that probably ran from the American Southwest down the Rio Grande into Central or South Texas and then northeast to the Caddo people and the Mississippi. As Spanish and French documents clearly indicate, this lower route was actively used by numerous Native groups during the seventeenth century and may represent the route taken in the transportation of Southwestern pottery, turquoise, cotton goods, obsidian artifacts, Pacific coast shell beads, and copper items to the lower Rio Grande and then northeast to Caddo (see Map 2).[42]

The Hasinai Caddo at Guasco told Moscoso that if his men traveled ten days farther to the west they would find a large river called Daycao. The Caddo said that they knew the area well because they hunted deer up to the river but not beyond. Texas researchers suggest that the Daycao was most likely the modern-day Colorado River, which is about 120 miles southwest of the Hasinai area.[43] The Guascoans said that they did not know or relate to the people who lived on the other side of the river, west of the Daycao.

A small detachment of Moscoso's troops left Guasco, marched westward for ten days through reportedly an unpopulated region (thought to be between the Trinity and the Colorado Rivers), reached the Daycao, and crossed to the west side of the river. The scouts found a barren region, where the Native people culti-vated no maize or any other domesticates. Natives west of the river were migrato-ry foragers, not sedentary horticulturists. Apparently Moscoso had reached and his scouts had crossed the Colorado River that in Late Prehistoric and historic times divided East Texas farmers from Central and South Texas foragers.

Discouraged by the report from his scouts, Moscoso turned around to follow northeastward back to the Mississippi the same route taken earlier southwest-ward. The Spaniards did not complete the return to the province of Guachoya and the Mississippi River until the end of November. By then the severe Little Ice Age winter had already arrived at their winter quarters at the town of Aminoya, located about forty miles west of the Mississippi River.

The Spanish troops again remained immobile all winter as they had during the three previous winters. Elvas summarizes: "As soon as winter set in, they be-came isolate."[44]

The Inca describes the severe flooding that occurred at Aminoya during the early spring of 1543. The chronicler writes that the Mississippi River rose to the gates of Aminoya (two score miles west of the river) in mid-March, but the flood crest did not arrive until mid-April. The Inca estimates that the floodwaters ex-tended beyond the banks of the Mississippi for up to perhaps fifty miles on each side of the river. An elderly local Indian woman informed the Spaniards that the land around Aminoya flooded each spring, apparently from the huge melt from the heavy accumulation of ice and snow during the long and intense winters of the Little Ice Age.

According to chroniclers, the floods prompted the local population to con-struct mounds to raise the residences of their leaders above the annual floodwa-ters. The houses of the elite were constructed fifteen to twenty feet above mound level, mounted on heavy wooden beams that functioned as pillars. The Inca writes that because of the annual flooding, "The Indians endeavor to settle on high places where there are hills, and where there are none they make them artificially, principally for the houses of their lords, both out of respect for their rank and so that they may not be inundated."[45]

The explanation that river flooding may have prompted the construction of mounds upon which houses were built on stilt pilings in the Mississippi Valley has been noted by Southeastern archaeologists. In his annotations to the English translation of the Inca's account, Vernon J. Knight cites an archaeological study of the Wilsford site in the Yazoo Basin by John M. Connaway.[46] Connaway concludes that Natives in the broad floodplain of the Mississippi constructed mounds to elevate residences of their leaders above the crest of the annual floods, but Connaway notes that the height of the mounds plus the structures on top was unclear from the Inca report.[47]

By June the Mississippi River had returned to its banks, and in early July a fleet of seven boats, called caravels or *brigatins*, loaded with about 320 Spaniards, 100 friendly Indians, plus a few horses, moved downriver. Fierce fighting with Native groups downriver continued for about two weeks as the caravels picked up speed, sailing at times with a strong tailwind. After about three weeks of sailing and rowing, day and night, moving an estimated sixty miles every twenty-four hours, the Spaniards reached the gulf coastal area where they fought one last battle.

During this last engagement, a Spaniard was wounded with what the Inca calls a dart. The Inca explains that he personally knew that the weapon (an atlatl) was widely used in "El Peru" in South America at that time but that the Spanish troops had not reported the use of the weapon earlier on the expedition.[48]

After the caravels reached gulf waters and headed westward along the gulf coast, the Spaniards sailed for about two weeks before reaching several small barrier islands and a large inland bay area that is identified by the historian and geographer Charles Hudson as Galveston Bay.[49] This is the bay area where most writers project that Cabeza de Vaca landed about twenty years earlier. When the Spaniards went ashore to secure a supply of fresh water, the troops discovered black bitumen or small pieces of tar or asphalt that when heated could be used to repair leaks in the caravels.

While resting for about a week to caulk the boats with bitumen and to fish, the Spaniards were visited on three occasions by a small number of armed but friendly local Indians who delivered on each visit ears of fresh maize in exchange for deerskins that Moscoso's soldiers had brought from Arkansas. This information regarding fresh maize is unexpected because Texas archaeologists and historians have thought that there was no maize cultivated on the central Texas coast in the sixteenth century.[50]

From Galveston Bay the seven caravels successfully followed the bending coastline as it turns toward the southwest, then farther southward, leading to the port city of Panuco. After landing, Elvas reports that 311 Spanish soldiers survived the four-year journey from Florida to Mexico. Although no gold or silver was found, valuable information was gained by the Spanish government about the Native peoples of the Southeast, the climate, and the natural environment of the region during the middle of the sixteenth century.

Don Francisco Vázquez de Coronado

In February 1540, viceroy Don Antonio de Mendoza dispatched thirty-year-old Don Francisco Vázquez de Coronado on a military expedition from western Mexico to the American Southwest and on to the woodlands on the eastern fringe of the Central Plains in search of gold and silver.

Coronado's large force marched north following the west coast of Mexico through Sinaloa, across the Yaqui River, up Rio Sonora to modern-day Arizona, and then eastward to the Zuni Pueblo and Acoma in New Mexico. Winter weather reports given by Castañeda de Najera and other Coronado chroniclers indicate that in New Mexico snow fell and covered the expedition route with a blanket several feet deep. One commentator on the expedition writes that in the area near the Zuni Pueblo "it snows six months of the year."[51] Soldiers had to clear over two feet of snow to establish camp each night. Before Coronado reached Acoma, about forty miles east of the Zuni, the party moved through snow over three feet deep.[52]

From Acoma, Coronado marched about sixty miles farther eastward to the Rio Grande and the pueblos of Tiguex near present-day Albuquerque to spend the rest of the winter. Castañeda writes that during the winter months, Spanish forces were immobilized by the cold and that the Rio Grande was "frozen for almost four months, during which it was possible to cross over the ice on horseback."[53] The Spanish narrative clearly indicates that the cold winters of the Little Ice Age had a firm grip on New Mexico during the early 1540s.

Coronado's army remained huddled at Tiguex until late April 1541, then marched to the Pecos River and the pueblo Cicuye (the Pecos Pueblo) about sixty-five miles eastward. About a week after leaving the Pecos and continuing eastward, Coronado first saw bison, and two days later he met the first Southern Plains Indians, whom Castañeda called the Querechos. Castaneda found the Querechos to be fascinating "Arab-like people" who lived in tents made of cured bison skins. The first thing that impressed Castañeda was the fluent use of Indian sign language by the Querechos. Castañeda writes: "They were a people very skillful with [hand] signs, such that it seemed as if they were talking. And they made a thing understood so that there was no longer need for an interpreter."[54]

Indians of the Southern Plains in the sixteenth century, and probably for centuries before, depended on sign language although they did not originate its use. However, the Comanche Indians who invaded the Southern Plains later from the Great Basin did not know the sign language that was used extensively on the plains and did not want other Indians to use signs. In his history of the Comanche Indians on the plains, Pekka Hämäläinen emphasizes that Comanche not only did not use signs but deliberately sought the extinction of the use of signs. It was in the Comanche interest that the Comanche language, not the Indian sign language, be used as the "trade lingua franca."[55]

Coronado's army probably met the Querechos near the modern-day New Mexico–Texas state line. Coronado then marched farther northeastward across the Llano Estacado. The people of the Caprock Canyon area had been semi-sedentary farmers and hunter-gatherers starting in the thirteenth century, but with advancing large bison herds drifting into the Texas Panhandle from the north and the cooler and more mesic climatic condition of the Little Ice Age, they had dispersed.

When he visited the Texas Panhandle, Coronado encountered a second important Southern Plains group, called the Teya, who were primarily bison hunters like their enemy the Querecho. Both the Querecho and Teya were also foragers who harvested the rich natural flora resources found along the small creeks and streams that served the Canadian River. Small game including rabbits and prairie chickens were also reported on the Southern Plains by Coronado's chroniclers. Castañeda writes that there were mulberry trees, wild plum bushes, wild grapes, and many beans ("mucho frijoles") available on the low hills and along the streambeds.

We know that domesticated beans (*frijoles*) were cultivated in the area by Antelope Creek people as late as the fifteenth century and were cultivated in the sixteenth century by Pueblo people in New Mexico and by Wichita Indians in Kansas. I think that most likely Castañeda in using the term "frijoles" was probably reporting the presence of domesticated beans, plants that may have survived after the Antelope Creek culture collapsed.

In summary, the historic record indicates that in the 1540s the Texas Panhandle provided an immensely rich grassland range for large bison herds and an attractive foraging domain for bison hunters such as the Querechos and Teyas, both of whom communicated by the use of the common sign language used by the Caddo in East Texas and some of the people in northwestern Chihuahua.

Castañeda reports that the Teya occupied a densely populated province called

Cona.[56] Like the Querechos, the Teya were often on the move, using dog teams to carry or drag their tents and household goods. Teya women wore carefully dressed skins that covered their entire bodies. They also wore leather shoes and a short tunic with fine leather fringes reaching to the middle of their thighs.

The Teya provided Coronado with guides to visit the Caddoan-speaking Wichita (or ancestral Wichita) at Quivira on the large bend of the Arkansas River in central Kansas. To reach the Quivira villages, Coronado continued to cross the open and flat Central Plains until he reached the Caddoan-speaking people on the western fringe of the Eastern Woodlands culture. Castañeda describes the people of Quivira not as nomadic plains foragers but rather as sedentary farmers who lived in permanent structures in established villages, who also dispatched their own hunting parties to take bison on the nearby plains.

Like the houses of the Caddo in East Texas, the houses at Quivira were thatch-like, round structures built using strong-stemmed, switch-like grass. Quivira farmers cultivated maize, beans, and squash, but apparently no cotton. In any effort to reconstruct the origin of the Teya, researchers should note that Casta-ñeda writes that in appearance the Teya resembled their friends the Wichita.

In October 1541, Coronado prepared a report to the king, describing the highlights of his visit to Quivira, in which he says that a local Native leader gave him "some small copper bells" that Coronado called *casabeles*, and a piece of copper that the Indian leader wore hanging from his neck.[57] As noted, cast copper bells or crotals (*casabeles*) were distinct, easily recognized Native trade items that probably originated from Casas Grandes or from the west coast of Mexico and moved through Casas Grandes in the late prehistoric period after ca. 1200.

The presence of Casas Grandes cast copper bells east of the Great Plains in central Kansas in 1541 is evidence of some degree of interaction between the American Southwest and the Eastern Woodland peoples at the time. Coronado's report suggests the existence of a northern trade connection or route from the American Southwest across the Southern and Central Plains to Kansas and the Missouri–Mississippi River complex, at least during the late prehistoric and early historic periods.

At the same time, a southern trade route apparently connected the American Southwest and the Mississippi. As noted earlier, the southern route is suggested in Cabeza de Vaca's report of a trading party from the Far West that he encountered near the lower Rio Grande in northern Coahuila. The southern route ran from the lower Rio Grande northeast through Central or South Texas to the Caddo country and beyond to Caddo allies on the Mississippi (see Map 2).

When Coronado realized that no gold or silver was to be found at Quivira, he turned his expedition party around and returned southwestward back to his headquarters on the Rio Grande. Knowledgeable Teya guides led Coronado along a return route westward to New Mexico, a route that was more direct than the one the Spaniards initially followed eastward.

Coronado remained in New Mexico until the spring of 1542 when he returned to Mexico City with fewer than one hundred men to report to the viceroy.[58] As mentioned earlier, Coronado's return trip to Mexico was planned in the fall of 1541 but unfavorable, cold climatic conditions did not permit the return journey to commence until the spring of the following year. Having spent about two years exploring New Mexico and the Southern Plains, Coronado and his chroniclers compiled a record of the climate and culture patterns in the Southwest just as the De Soto–Moscoso expedition recorded similar patterns across the Southeast.

After the Coronado expedition was completed, Spanish officials and church leaders in Mexico (then referred to as New Spain) continued to express an interest in the American Southwest. New Spain sent four major expeditions to the region during the second half of the sixteenth century. The first was led by the Spanish general Francisco de Ibarra, who in 1565 met a band of highly mobile bison hunters (called Querechos) near Paquimé on the Rio Casas Grandes in northwest Chihuahua.[59] Baltasar de Obregón, the official chronicler on the Ibarra expedition, writes that the Querechos greeted the Spaniards using familiar hand signs. The Querechos reported that large bison herds were only three days' travel from the Spanish encampment, a report that did not surprise Ibarra, whose men had earlier found bison bones, hides, and manure at the immediate area near Paquimé. This report tends to confirm information from other documentary sources that rich grassland prairies and large bison herds during the Little Ice Age were found in northern Mexico.

In the early 1580s, Spanish authorities in New Spain authorized two expeditions to explore New Mexico, including the area that Coronado visited, along the Rio Grande and the Pecos River. As the two expeditions each spent over a full year in New Mexico, the chroniclers on the excursions provide further information on the climate and the culture of the Native residents of New Mexico.

The 1581 expedition party was led by Captain Francisco Sanchez Chamuscado and included a clerical component.[60] During the winter months, heavy snowfall blocked Chamuscado's party from visiting several large pueblos in the area east of the Rio Grande in the Manzano Mountains. In November 1582, Antonio de Espejo led a second Spanish expedition from northern New Spain to New Mexico.[61] On January 23, 1583, when the party was moving up the Rio Grande near present-day El Paso, Diego Perez de Luxan writes that a marsh formed by the river was frozen so hard that it was necessary to break the ice with bars and picks in order to get drinking water.

Apparently the bitter-cold winter weather in central New Mexico continued into the following decade. A chronicler on the 1590 Gaspar Castaño de Sosa expedition to New Mexico from Coahuila wrote that at the Pecos pueblos, "snow [was] a yard in depth by actual measure, such as we had never seen before; it was so deep that we could not travel."[62]

Thus, the documentary record demonstrates that the Little Ice Age dramatically affected the climate in the lower latitudes of North America throughout the sixteenth century as it did the climate of Europe and the North Atlantic.

SUMMARY AND CONCLUSION

Climate scientists and European historians have long recognized that the Medieval Warm Period and the Little Ice Age substantially influenced the climate, agrarian economies, and cultural history of Europe and the North Atlantic. In this summary and conclusion, after briefly reviewing the impact of the Medieval Warm Period and the Little Ice Age on Europe, I focus in more detail on the impact of climate change during the seven-hundred-year study period (ca. AD 900–1600) on the economic and cultural history of the Native peoples of the American Southwest, the Southern Plains, the Trans-Mississippi South, and the Southeast.

The Medieval Warm Period in Europe

Figures depicting Northern Hemisphere surface temperature reconstructions for the last two thousand years, prepared and published in 2006 by the National Academy of Sciences research arm, the National Research Council, indicate that surface temperature during the Medieval Warm Period was comparable to or slightly exceeded the surface temperature measured in the Northern Hemisphere during the twentieth century.[1]

More recent (2009) climate reconstructions for the Northern Hemisphere confirm the assessment made in the 2006 NRC report and conclude specifically that the warmth during the four-century warm interval from ca. AD 900–1300 (the Medieval Warm Period) is comparable to or exceeds the warmth measured in parts of North America during the late twentieth century and during the past one to two decades.[2]

According to the 2006 NRC report, surface temperatures in the Northern Hemisphere escalated sharply in the tenth century, remained relatively warm throughout most of the eleventh and twelfth centuries, and faded in the thirteenth century before plunging into the Little Ice Age.[3] Brian Fagan in 2008 writes that between ca. AD 1100 and 1300, frosts during the month of May that had frequently destroyed early crops in Europe in the years before AD 900, became virtually unknown and that vineyards were planted for the first time up to three hundred miles north of limits before AD 1100.[4]

The European climatologist and historian H. H. Lamb refers to the Medieval Warm Period beginning around 900 as the first great awakening of European civilization.[5] The warm period, supported with adequate precipitation, provided European agrarian societies with a positive natural environment for an unprecedented period of economic expansion and culture change, with successive harvests of substantial surpluses for a period of three hundred to four hundred years.

The long sequence of successful seasons for planting and harvesting traditional European crops with improved agricultural technology and practices substantially improved the lifeways and economic foundation of Old World agrarian societies and the fortunes of monarchs as well. Larger cities, farming communities, and farmsteads spread across most of the continent, including many marginal areas that were earlier unavailable for agriculture.

With a new burst of energy during the Medieval Warm Period, Europeans embarked on an unprecedented period of economic expansion and cultural florescence. The favorable impact of the warming period on European food production was reflected in a substantial increase in population on the continent. European demographers estimate that the population of Europe doubled from a low reached during the Dark Ages (also called by climatologists the Early Medieval Cool Period) to a new high around AD 1100.[6]

This population explosion helped provide the large labor force required for the expansion of new agricultural lands and the construction of unprecedented monumental architecture in the form of cathedrals, royal palaces, and castles. During the period, towering cathedrals were first erected in major cultural centers throughout Europe. The construction of Gothic-style cathedrals required the administrative management and coordination of highly trained architects, construction engineers, and skilled masonry workers. The Gothic style incorporated large rose windows fashioned by artists and artisans using brilliantly colored cut glass. The massive oval rose windows were framed in stone in a style that accented the interior pointed arches.

In the twelfth century, construction was commenced on the spectacular cathedrals at Canterbury, Bourges, and Chartres. European historians describe in some detail the medieval life at Chartres in northern France.[7] About fifteen hundred residents lived at or in the immediate vicinity of the cathedral, and as many as ten thousand parishioners lived just outside the church grounds and beyond the direct daily routine of the cathedral. Loyal followers living outside the grounds gathered at the cathedral when called by the tolling of the great church bells. The tolling gave notice of the time to worship and when to attend church-sponsored gatherings on special days—for example, to celebrate and bless the planting or harvesting of crops. These public gatherings were times of pilgrimage to the central place, the cathedral grounds, for feasting, playing games, singing, and dancing. In summarizing the role of the church during the Medieval Warm Period, Brian Fagan describes cathedrals as an enduring legacy of the Medieval Warm Period.[8]

If cathedrals are an enduring legacy of the Medieval Warm Period in Europe, universities are as well. When the warm period began around 900, there were no European universities. But in 1088, the first European university was founded in Bologna, Italy.[9] During the following century, nineteen universities were established throughout the continent, from Oxford and Cambridge in England to Paris, Seville, and Lisbon. The establishment of universities was evidence of the first great awakening of a European intellectual life and later served as the foundation for the scientific revolution.

During the warm period, monumental architecture was constructed in the form of not only cathedrals but also royal palaces and castles for the residence and protection of nobles. Medieval architects positioned castles on prominent hilltops or near flowing water. During the early years of the Medieval Warm Period, castles were constructed primarily of heavy timber, but most constructed after around 1100 were basically masonry structures built almost entirely of stone and mortar.

European long-distance interaction during the warming period expanded far beyond the continent. In his summary of eleventh- and twelfth-century Europe, Lamb says, "Thus, it seems that the great period of building cathedrals in the Middle Ages, in what Kenneth Clark called the first great awakening in European civilization, and the outburst of energy of the European peoples, which produced among other things the more controversial activities of the Crusades, coincided with an identifiable maximum of warmth of the climate in Europe."[10]

Seven Crusades organized in western Europe moved across the continent to the eastern Mediterranean. The first was sent at the close of the eleventh century, two during the twelfth century, and a flurry of four during the first fifty years of the thirteenth century. For many knights, princes, and peasants this round trip, overland or by sail, required a trek of well over two thousand miles. The exchange of information about distant places encouraged the expanded networks of interaction between Europe and the East. The European historian Norman Davies writes: "The proposal for a Crusade, a 'War of the Cross,' was taken up throughout the Latin Church. Henceforth, for six or seven generations, counts,

Kings, commoners, and even children flocked 'to take the Cross' and to fight the infidel in the Holy Land. All these innovations contributed to what scholars have called the 'Twelfth Century Renaissance.'"[11]

During the four-hundred-year warm period, Vikings sailed from the Baltic to invade distant coastal England, northern France, and the Mediterranean. Norse fishers, farmers, herders, and colonists sailed to Iceland, Greenland, and on to North America. In describing the climate history of the North Atlantic, Jared Diamond writes: "Between AD 800 and 1300, ice cores tell us that the climate in Greenland was relatively mild, similar to Greenland's weather today or even slightly warmer. Those mild centuries are termed the Medieval Warm Period. Thus, the Norse reached Greenland during a period good for growing hay and pasturing animals. Around 1300, though, the climate in the North Atlantic began to get colder and more variable from year to year, ushering in a cold period termed the Little Ice Age that lasted into the 1800s."[12]

The Little Ice Age in Europe

As suggested by Diamond, the Little Ice Age began around AD 1300 and lasted into the 1850s. Therefore, the present study period, which ends in 1600, covers only the first three centuries of the Little Ice Age, a period in which agrarian societies continued to dominate Europe. The Industrial and Scientific Revolutions in Europe emerged during the second half of the Little Ice Age.

The 2006 surface temperature reconstructions published by the National Academies Press indicates that during the Little Ice Age cooling temperature trends emerge in the fourteenth century, continued with variations during the fifteenth and sixteenth centuries, climaxed in the seventeenth century, and ended in the middle of the nineteenth century.[13]

Climate scientists describe the Little Ice Age in Europe as a period when the cold and wet climate became severe and extreme. Clear evidence of the impact of the Little Ice Age in Europe is recorded physically in changes in the natural environment, for example, in the expansion of glaciers in the Alps. European glaciologists report that after thinning out and retreating up alpine valleys during the Medieval Warm Period, glaciers paused, gained weight from the heavy accumulation of ice and snow, and then raced with their added size at almost galloping speed back down the alpine slopes during the Little Ice Age.[14]

European historians write that the intense cold period appeared suddenly, had a severe adverse impact on the agrarian economies of western Europe, and caused social stress and political instability throughout the continent.[15] Local skirmishes and open warfare engulfed the region as the struggle for economic survival placed stress on local communities and regional powers.

Reduced agricultural production in Europe stifled the vitality and health of densely populated centers across the continent. In turn, the physically weakened population became increasingly vulnerable to the rapidly spreading, Asia-originated plague called the Black Death. Demographers estimate that the Black Death was responsible for the depopulation of Europe by about 30 percent of the population levels recorded during the Medieval Warm Period.[16]

The horticultural record indicates that as a result of the Little Ice Age, the cultivation of vineyards in marginal areas in northern England could no longer be successfully sustained. Lamb writes that the Little Ice Age had a negative impact on life in cities as well as in the countryside. The Thames River in London froze solid during at least three winters between 1500 and 1550, blocking river traffic but providing a solid ice platform for municipal pageants. Many marginal horticultural communities and farming regions on the continent and in Greenland collapsed and were abandoned. Norse colonists in Greenland returned to Iceland or to the mainland farther to the east.

In her review of the Norse in the North Atlantic, Arlene Rosen writes that when the Norse population first inhabited Greenland the climatic conditions were well suited for a dairy-herding lifestyle and the communities prospered for several hundred years.[17] But in the late thirteenth century, the Little Ice Age led to a worsening of the Norse economy and to social stress. Instead of adapting a hunter-gatherer lifestyle and seal-hunting ways as the local Inuit Eskimo followed, Rosen says that the Norse population pursued witch hunts, collapsed, and vanished from Greenland by the end of the fifteenth century.

Rosen's critical evaluation of the Norse narrow adaptive strategy to the Little Ice Age does not mean that the author ignores the substantial impact of climate change on European cultural history during the period. Rosen writes that the Late Holocene climate had a substantial impact on human societies, including the influence of the Medieval Warm Period and the Little Ice Age on European civilization.[18]

Again, I think it is significant that Rosen and other contemporary scholars mention the substantial impact of the Medieval Warm Period and the Little Ice Age on European civilization, but do not acknowledge the impact of the same periods of climate change on North American Native cultures. To reemphasize, one of the principal purposes of this study is to demonstrate that the Medieval Warm Period and the Little Ice Age not only substantially impacted the climate and cultural history of Europe and the North Atlantic but also greatly influenced the climate and the Native peoples and cultures in the southern latitudes of the temperate zone of North America.

We now look at North America and review in more detail the impact of the Medieval Warm Period and Little Ice Age on the climate and cultural history of the Native peoples in the southern latitudes of the temperate zone in North America and specifically on the agrarian societies and the foraging bands of Native peoples in the American Southwest, the Southern Plains, the Trans-Mississippi South, and the Southeast.

The Medieval Warm Period in North America

As reviewed in previous chapters, the 2006 NRC report regarding climate change during the last two thousand years concludes that the Medieval Warm Period left distinct and deep physical footprints across the Northern Hemisphere including North America. In addition, North American ocean scientists and marine geographers report a sudden and sharp rise in the global sea level and specifically in the sea level of the Gulf of Mexico beginning about AD 900.[19] This increase continued until ca. 1300, both in the Gulf of Mexico and globally.[20]

In their 2005 study of sea-level fluctuations on the Central Texas coast during the past two thousand years, the archaeologists Robert Ricklis and Richard Weinstein cite several recent reports and sea-level studies that generally confirm the climate reconstructions published in the 2006 NRC report, the journal *Science*, and other scientific journals that indicate that a warm period occurred from about 200 BC to AD 500, a cool period from about 500 to 900, and a warm period from about 900 to 1300.[21] Glaciologists and dendrochronologists also confirm the presence of the Medieval Warm Period in North America.[22]

North American archaeologists and paleoecologists write that the Medieval Warm Period substantially influenced the natural ecology and cultural history of the Native peoples of North America. During the Early Medieval Cool Period (ca. AD 500–900) that immediately preceded the Medieval Warm Period, many Native peoples in the American Southwest and the Southeast resided in small semi-sedentary pit-house villages with gardens or small fields of maize and local cultigens. But during the Medieval Warm Period, with the intensification of horticulture, the settlement and subsistence patterns in North America changed. In the warmer times, Native groups moved into predominately surface-constructed residential units in larger, permanent, and more highly stratified communities with larger (occasionally irrigated) fields of maize, beans, squash, and numerous other domesticates.

During this period, sedentary horticultural villagers continued to forage as well. We note here that as Native peoples in North America adapted from a more mobile foraging lifestyle to a sedentary agrarian society during the Medieval Warm Period, members of the new farming communities continued to hunt, fish, and gather wild plant products as their ancient ancestors had done. And the same retention of ancient patterns of subsistence continues today in industrial North America. At least in the southern temperate zone, we still gather grapes, berries, and nuts, and we still hunt, fish, and have small family gardens.

Long before AD 900, European societies became predominately agrarian. Brian Fagan writes that by ca. 4000 BC, "Europe had become a continent of farmers, except for the far north, where hunting survived until about three thousand years ago, when the ancient hunter-gatherer tradition finally expired."[23] In her study of early agriculture in the Levant in the eastern Mediterranean, Arlene Rosen traces the chronology of agrarian societies back to ca. 5000 BC or earlier,[24] while on the other end of the Mediterranean, in Iberia, agriculture was still being intensified between 600 and 200 BC.[25] As in Europe, the transition to a fully sedentary horticultural society in North America evolved over several millennia.

It was only after 900, with the Medieval Warm Period and the widespread intensification of agriculture, that a large number of Native communities across the American Southwest and Southeast became predominately agrarian. Thus, during the Medieval Warm Period, the mature agrarian societies of Europe and the emerging agrarian economies with the intensification of agriculture in the southern latitudes of the temperate zone of North America both flourished, and during the period, western European societies and North American Native cultures both experienced an unprecedented florescence.

The Southwest archaeologist Steven LeBlanc writes that the warming period that began around 900 encouraged the intensification of agriculture and the establishment of small and large horticultural villages and more complex cultural centers all across the American Southwest.[26] According to Timothy Pauketat and David Anderson, the central Mississippi Valley and the Southeast also flourished during the Medieval Warm Period.[27] Moreover, the cultural life on the Mississippi and across the broad Southeast reached unprecedented levels of sophistication and complexity during the period. If Lamb is correct that the Medieval Warm Period was the first great awakening of European civilization, the Medieval Warm Period was the first great awakening of civilization in the southern latitudes of the temperate zone of North America and the commencement of the classic cultural period of the Native peoples of the American Southwest and the Southeast.[28]

The major cultural centers and metropolitan concentrations that emerged from Arizona and northwestern Chihuahua to Georgia and Florida during the period ca. 900–1300 were dependent on successive bountiful harvests with a surplus production of highly nutritious food that could be stored. As in Europe at the time, a successful agrarian economy in North America supported a healthy and enriched cultural life for an expanding population and permitted a more lavish lifestyle for the local political and ceremonial elite.

As the warming period spread across the continent, horticulture continued to intensify in many marginal areas where crops were not cultivated before. Specifically, new permanent horticultural villages emerged along the margins of rivers, creeks, draws, and washes in Utah, Arizona, and New Mexico; in the Jornado Mogollon region around El Paso; along the Canadian River in the Texas Panhandle; at the junction of the Rio Conchos and Rio Grande in the Texas Big Bend country; in northwestern Chihuahua; and in parts of Oklahoma, Arkansas, East Texas, Louisiana, Mississippi, Alabama, Georgia, and Florida.

During the four-hundred-year warming period from about 900 to 1300, three major cities or dominant cultural centers unprecedented in size and complexity for the southern latitudes of the temperate zone of North America emerged in the American Southwest and on the middle Mississippi: namely, Chaco Canyon in northwest New Mexico, Paquimé in northwestern Chihuahua, and Cahokia at the junction of the Mississippi and Missouri Rivers.

Chaco Canyon arose in the late ninth and tenth centuries, Cahokia in the middle of the eleventh century, and Paquimé in the late twelfth and the thirteenth centuries. Each of these cultural centers, at different times during the Medieval Warm Period, had populations that approximately matched the populations of London or Paris during the comparable period. The international significance of the three cultural centers or cities has been recognized: each has been designated by the United Nations Education, Scientific and Cultural Organization (UNESCO) as a world heritage center.

The three cities exhibited cultural features that are commonly attributed to societies that arise during a classic or a renaissance period. The three centers were each established on a solid, affluent economic foundation supported by a dynamic agrarian economy; each benefited from a healthy, highly trained, intelligent, and expanding population; each constructed unprecedented monumental architecture; each produced new imaginative artwork and pursued astronomical observations; and finally, each substantially expanded previous networks of long-distance interaction. The three Medieval Warm Period cities represent the high cultural maximum of the classic period and renaissance in the temperate zone of North American Native culture.

Despite obvious differences in geography and natural ecology, all three cultural centers were dependent on the same agrarian foundation, the cultivation of tropical cultigens in the form of maize, beans, and squash, plus local domesticates. There is scant archaeological evidence that ties these geographically separated centers, other than the ubiquitous botanical remains of Mesoamerican-originated maize and other tropical cultigens.

But as archaeological evidence, domesticated plant remains are very revealing. The fact that maize and other tropical cultigens contributed significantly to the economic and dietary foundation for all three cultural centers suggests a level of direct, or more likely indirect, interaction that was perhaps limited but nevertheless critical to the economic, political, and cultural success of Chaco Canyon, Cahokia, and Paquimé. No Mesoamerican-originated tropical cultigens in North America would have meant no Anasazi, Mississippian, or Paquiméan cultural emergence as we know them today.

The three centers, each in its own way, created monumental architecture. That constructed at Chaco was fashioned in the form of huge (over 600-room), multistory, masonry Great Houses, called "castles" by Stephen Lekson.[29] At the same time that the highly skilled early Anasazi stonemasons constructed the first masonry Great Houses in Chaco Canyon, stonemasons in western Europe constructed the first great stone cathedrals, palaces, and castles in western Europe.

In Chaco Canyon, seven Great Houses were constructed between about 850 and 1150. Only a few hundred occupants resided in each Great House, but the Great Houses, like European cathedrals and castles, served as central places or community centers for rituals, ceremonies, feasts, games, and theater for residents of the immediate area and beyond.

Archaeologists have identified a road system leading out of Chaco Canyon to destinations over fifty miles south and about the same distance or more north of Pueblo Bonito, and a line-of-sight communication system with a similar range. Artifacts recovered at Chaco suggest a direct or indirect trade network that reached both the Gulf of Mexico, about eight hundred miles to the southeast, and the Gulf of California, six hundred miles to the southwest.

On the middle Mississippi at about AD 1050, a newly organized Native population who functioned as city planners, architects, construction engineers, public administrators, and highly skilled work crews built the largest and most complex pre-Columbian city that the Mississippi Valley and the Southeast had ever known or would ever know.

Cahokia and the surrounding metropolitan area included over 120 mounds, one of which, Monks Mound, is approximately ninety feet in height and represents the largest earthen mound in North America. Like Chaco Canyon, Cahokia was an economic, horticultural, trade, spiritual, ceremonial, and theater center. Permanent residential structures for the highest elite were built on the flat tops of platform mounds. Commoners lived nearby in small farming communities and farmsteads in the uplands, on the floodplains, and across the river to the west.

Cahokia was exceptional for its time but was not unprecedented on the middle and lower Mississippi. Poverty Point, a site in northeastern Louisiana, includes a huge mound about seventy-three feet tall (i.e., only seventeen feet shorter than Monks Mound) that dates to the period ca. 1800–1000 BC.[30] And even much earlier, at Watson Break, about sixty miles southwest of Poverty Point, archaeologists have recently excavated a mound complex with eleven mounds constructed in an oval with connecting ridges and an open, plaza-like central area dated to ca. 3500 BC or earlier.[31] Artifacts recovered at both Cahokia and Poverty Point indicate that long-distance trade networks reached out of both centers northward over eight hundred miles to the northern Great Lakes and southward about five hundred miles to the Gulf of Mexico.

Casas Grandes, located about sixty miles south of the present Chihuahua–New Mexico state line, emerged around 1200 or perhaps several decades earlier, but about one hundred or so years after the emergence of Cahokia. The central city, called Paquimé, became perhaps the most significant city north of Mesoamerica ca. 1200–1500.

Agricultural operations in the broad Casas Grandes Valley were watered by large local springs, the Rio Casas Grandes, and the spring and summer runoff from the Sierra Madre Occidental. These sources of water and favorable growing seasons were much more reliable than those found at Chaco Canyon, which was threatened by frequent droughts, or at Cahokia which was located about 900 miles east and 450 miles north of Paquimé.

Casas Grandes monumental architecture was constructed as an enormous pueblo-style complex with reportedly five- to seven-story adobe apartment-like consolidated structures, with both open plazas and enclosed patios serviced by subsurface fresh water conduits fed by large local natural springs. River water was diverted for waste disposal and served to irrigate large fields.

Casas Grandes incorporated a unique architectural feature that included a vast communication network with a signal command center and over ninety stone signal towers or platforms (*atalayas*) positioned to provide rapid line-of-sight signals directly or indirectly to the central communication tower and control position near Paquimé.[32] Signal platforms were located up to 94 miles to the north-northwest, 96 miles to the east, 91 miles to the south, and 48 miles to the west of downtown Paquimé.

The line-of-sight communication network, unique with its range of over 180 miles from the northernmost signal station in present-day New Mexico to the southernmost station below Tres Rios, was likely used for multiple purposes. To unify the polity, the communication network may have served as an alert system related to military defense, and also as a means by which much of the broad Chihuahua Basin community was notified of celebrations, feasts, and ceremonies, and perhaps as a system by which commercial interests in Paquimé were advised of the return of local trading or hunting parties or the approach of visiting trading parties.[33]

Each of the three cities provided its own unique means of recording astronomical events such as the location of the sun on the horizon at the rotation of the seasons. At Cahokia, a Stonehenge-like circle (or circles) of tall wooden poles was (or were) constructed for use in recording the rise and other movements of the sun, the moon, and selected celestial objects. A butte in Chaco Canyon was a natural landform where a narrow shaft of light annually crossed an area on a recessed wall of the butte marked to reflect the change of seasons. Paquimé constructed a small circular mound with four extension arms that were aligned with the cardinal points.

The three population and cultural centers, each in its own way, expressed an interest in the mysteries of the universe, particularly in tracking astronomical events such as the regular movements of the sun, moon, and other celestial bodies. In his 2010 study of the genesis of science in the Old World, Stephen Bentman explains how the observations and recordings of sun watchers, planet trackers, and stargazers in the Old World and the New World represented some of the earliest expressions of interest in science.[34]

The three cultural centers shared common features in addition to their grand architectural achievements and their facilities for astronomical observation. During the Medieval Warm Period, artists in the American Southwest and Southeast produced some of the finest artwork ever produced in prehistoric North America. It was showtime for artists in the Southwest and Southeast during the economically productive and secure warming period.

In the tenth and eleventh centuries, when the culture of Chaco Canyon was near its climax, an artistic community in the Mimbres Valley of southwest New Mexico produced exquisitely painted pots that depicted local contemporary life in a distinct fashion using finely drawn black-on-white stick figures of humans interacting in the natural environment with each other and with local animals. Later, in the twelfth and thirteenth centuries, ceramic artists in the Southwest employed rich polychrome colors of red, yellow, orange, and black to paint new forms of bowls and pots in both intricate and bold nonfigurative designs. At the same time, Southwestern weavers produced beautifully designed and colorful cotton goods for personal wear, domestic use, and trade.

During the warming period, while artists in the Mimbres Valley were painting elegantly simple and timeless black-on-white figures on ceramic pots, artists in Europe were painting on parchment finely detailed anatomical drawings of humans, imaginary astronomical scenes of outer space, and pictures of beloved saints and tender lovers.

Muralists at Casas Grandes in the thirteenth and fourteenth centuries reportedly painted shades of blue, green, and yellow on the large open walls of patios and terraces. Colorful murals and painted and pecked rock art of the period are also found in New Mexico, West Texas, and other locations in the Southwest. For perspective, note that this is not the earliest monumental wall art painted in the Southwest. Around 2200 BC and perhaps earlier, muralists, artists, and shamans using the canyon walls of the lower Pecos River created colorful and dramatic spiritual fantasies and models that thrill and amaze viewers today.[35]

Artists in the Southeast during the Medieval Warm Period also expressed special talent in the production of distinct ceramic pieces, but perhaps the highest artistic expression was found in the striking works associated with the Southeastern Ceremonial Complex. Detailed work with shell, stone, and copper depicted not simple ordinary Native lifeways, as found in Mimbres ceramics, but rather it featured fearsome, unrecognizable warriors and other figures of dread and darkness. The roots of the artistic tradition called the Southeastern Ceremonial Complex or the Southern Cult may extend back to Cahokia but some of its most dramatic and prolific manifestations were produced in the heartland of the Southeast and many were recovered at the Caddoan site of Spiro in eastern Oklahoma.[36]

Again, this period of North American artistic florescence was not the first in the Southeast. Between ca. 3500 and 2800 BC, Watson Brake artists and other highly skilled bead workers in northern Louisiana designed and created cylindrical red jasper beads one to two inches long. In addition, during the Middle Archaic Period and perhaps earlier, skillful artists and stoneworkers in present-day Mississippi and other Southeastern states fashioned unique and beautiful stone, micro-drilled, zoomorphic effigy beads that excite imagination.[37]

During the Medieval Warm Period, long-distance networks of interaction were substantially expanded across the southern temperate zone of North America. With intensified agriculture and associated elements of rapid economic growth, the commercial interests in the American Southwest and Southeast expanded networks of interaction and trade routes across the continent.

In the American Southwest, Paquimé was a giant commercial center as well as a ceremonial site for ritual services, feasts, celebrations, theater, and sporting events. Casas Grandes merchants secured turquoise and copper from New

Mexico, imported several million marine shells and many items such as copper bells from the west coast of Mexico and the Gulf of California, and obtained premature scarlet macaw parrots from rain forests in Nuevo Leon and Tamaulipas on the Gulf of Mexico. A rich assortment of trade goods was produced, refined, managed, and exported from Casas Grandes, including scarlet macaw parrots, macaw feathers and feather headdress, blue and white cotton goods, cast copper bells and copper pendants, and turquoise and marine shell beads and necklaces.

In contrast to the archaeological sites of Chaco Canyon and Cahokia, which have been intensively and comprehensively investigated, only about one half of the site of Paquimé has been excavated. The large eastern sector has been intentionally left undisturbed to be investigated later when, it is hoped, more refined and advanced archaeological processes and technologies will be available to plan and execute the excavation.

To meet local demand and to provide significant ceremonial items for export, Casas Grandes bird handlers and breeders raised scarlet macaws and apparently two species of domestic turkey at Paquimé and at other associated village sites up and down the Casas Grandes River Valley. Traditional Paquimé trade products have been found throughout the Southwest, in West Texas and northeastern Mexico, in central Kansas, on the South Texas coast, and among the Caddoan people. However, long-distance interaction was not new to the Southwest. Starting around 2000 BC or earlier, Mesoamerican influences in the form of tropical maize from central Mexico penetrated the American Southwest.[38]

Long-distance trade at Cahokia and in the Southeast included the importation of unprocessed copper from the Great Lakes region and the movement of Gulf of Mexico marine shells into the middle Mississippi Valley. As emphasized earlier, a perhaps limited but extremely significant interaction developed between the American Southwest and the Southeast involving tropical cultigens such as maize.

In summary, the Medieval Warm Period contributed substantially to the basic agrarian economies and the cultural renaissance of North America as well as Europe during the approximately four-hundred-year warming period of growth and prosperity. The period of global warming between AD 900 and 1300 provided favorable climatic conditions for the agrarian economies on both continents and for the emergence of the European and North American Native civilizations.

≈

As mentioned, David Anderson cites evidence that the global warm period that continued from about 300 BC to AD 400 was a climate episode favorable for agriculture and a period of cultural florescence. Anderson refers to this period as the Roman Optimum. In many respects the warm Roman Optimum (or Warm Period) provided the positive environment necessary for the emergence of the Greek and Roman civilization as the Medieval Warm Period provided the positive climate and environment necessary for the emergence of western European civilization and the classic period of North American Native cultures.

We note, however, that the current period of global warming, which is comparable to the climate a thousand years ago, and also to that of two thousand years ago, is characterized by many current researchers and climatologists as a serious threat to the global ecology and to modern agrarian and industrial societies, rather than as a positive global economic and cultural boon.

The Little Ice Age in North America

Reconstructions of surface temperatures illustrated in the 2006 NRC report indicate that the Little Ice Age followed closely on the heels of the Medieval Warm Period which ended between ca. AD 1200 and 1300 in the Northern Hemisphere, including most regions of the southern temperate zone in North America. Recent (2010) studies and overviews of sea-level change in the northern Gulf of Mexico along the Southeast and Texas coasts agree with the pattern of climatic change indicated in the 2006 NRC report and in subsequent climate reconstructions previously cited: namely, a cool period occurred ca. AD 500–900 with a period of falling sea level (called Buck Key Low), a warm period and rising sea level (called La Costa High) took place ca. 900–1300, and a much colder episode with a commensurate period of falling sea level (called Sanibel I Low) occurred ca. 1300–1850.[39]

Steven LeBlanc writes that the starkly cooler climate during the Little Ice Age had a negative impact on horticulture in the Southwest, particularly in the higher elevations of the Four Corners area.[40] By 1350, most Great Houses in Chaco Canyon had been vacated, as had many of the cliff dwellings throughout the Four Corners area. These people, called the Anasazi, moved away. Some apparently dispersed eastward toward the Rio Grande, while others moved southward into northern Mexico or southwestward to Arizona. In 2009, Larry Benson et al. noted the possible influence of climate change on pre-Columbian cultures across North America and that mid-twelfth-century and late-thirteenth-century droughts may have adversely impacted both the Anasazi culture in the Southwest and Cahokia on the middle Mississippi.[41]

The Hohokam in central Arizona continued to adapt and thrive as successful farmers for perhaps another century or so after 1300, then they collapsed. One significant adaptation made by the Hohokam during the early Little Ice Age was that extensive defensive architectural features were added. Whereas Hohokam villages earlier had exposed and open municipal areas with large public plazas, fourteenth- and fifteenth-century Hohokam villages were fortified with enclosed bastions. LeBlanc observes that during the Little Ice Age insecurity was widespread throughout the Southwest and many communities became essentially fortresses, as in many parts of the Southeast and Europe.[42]

LeBlanc argues that economic and political stress brought on by successive years of poor harvests in the Southwest led to a period of unprecedented warfare. Evidence of significant new defensive measures constructed in the Casas Grandes area is found in the long-distance, line-of-sight communication network that included over ninety signal platforms constructed up to ninety miles north, east, and south of Paquimé. Military facilities protecting Paquimé included a line of ten defensive posts positioned at mountain passes along a one-hundred-mile line following the crest of the continental divide, about fifty miles to ninety miles west and northwest of Paquimé. These communication and defense structures apparently mark the geographic area that Paquimé considered critical to protect the security of its polity and essential physical elements in its political domain.

Despite the pass-defense posts and the extensive communication network, Paquimé apparently was attacked and defeated by an enemy from the west of the Sierra Madre. According to local Casas Grandes sources, the forced abandonment of Paquimé occasioned a mass relocation of residents downriver, "six days travel" or perhaps about sixty miles, but it may not have caused a wide disbursement of the Paquimé population as did the collapse of the Anasazi. Historic evidence of the movement of Paquimé residents after the fall of the city is well documented by detailed observations made to the Spanish general Francisco de Ibarra who visited Paquimé in 1565 by locals who may have been or whose parents or grandparents may have been, present at the time of the fall.[43]

Whereas the Little Ice Age apparently contributed to the contraction and collapse of the regional agrarian cultures in the American Southwest, the cooling and more mesic period added to the expansion of grasslands on the Southern Plains and extended the pastures of bluestem prairie grasses to the Texas Gulf Coast and into northern Mexico.[44] With increased ice and deep snow on the Northern and Central Plains, large bison herds drifted steadily southward deep into the Southern Plains, and migrating bison hunters from the north followed.

Texas archaeologists suggest that the Antelope Creek people in the Texas Panhandle and the Jornada Mogollon folks near El Paso probably abandoned their sedentary and semi-sedentary horticultural lifestyles and reverted to more hunter-gatherer lifeways during the Little Ice Age. This return to a foraging lifestyle was likely also encouraged by pressure from newly arrived bison hunters from the Central Plains and the Rocky Mountains.

The return of huge bison herds numbering in the tens of thousands as permanent year-round residents of Central and South Texas and of northern Mexico provided longtime local Texas hunter-gatherer groups with a significant source of protein, lard, and animal skin and bone. The large herds of bison and antelope also attracted long-distance hunting parties from deep into Mexico.[45] As I have mentioned, this was not the first time that large bison herds had reached as far south as the junction of the Pecos River and the Rio Grande, but this would be their last trip down.[46]

In summary, whereas the Little Ice Age had a negative impact on the sedentary horticultural communities in the American Southwest, the cooler and more mesic conditions provided the foraging Native peoples of the Southern Plains and their neighbors with a much richer and more diverse physical and social environment.

Although by ca. 4000 BC Europe was basically an agrarian continent and hunter-gatherer societies in Europe had essentially expired,[47] hunter-gatherer peoples on the Southern Plains, in Central and South Texas, and in parts of northern Mexico continued to survive beyond the present study period and into the nineteenth century.

Sixteenth- and seventeenth-century European expedition records contribute substantially to an appreciation of the impact of the Little Ice Age on the cultural history of the Native peoples of the Southwest. We know from the diaries and journal accounts of the Coronado expedition and from numerous other reports of Spanish explorers at that time that the winters were severe during the sixteenth century as well as the seventeenth century. Spanish troops were immobilized by region-wide snowpack sometimes measuring three feet or more in depth and lasting from December to April each winter. The Rio Grande and Pecos River were frozen over each year with an ice cap up to four inches thick.

The hard winters and short growing seasons sharply curtailed crop production and limited food supplies, but Native life in the Southwest continued. Pueblo people consolidated and adapted to the increasing cold. The large fortress pueblos of the Zuni, the Hopi, and Acama remained strong, vibrant, and defiant, as did the pueblos on the upper Rio Grande and the upper Pecos. The vitality of the Pueblo people is seen clearly in the determined defense the Natives marshaled against the better-armed, mounted Spanish troops and officers. Still, vast subareas of the Southwest became vacant, such as parts of the Four Corners region and the lower Rio Grande in New Mexico. Spanish expedition accounts confirm the presence of huge bison herds numbering in the thousands drifting southward across the Southern Plains toward the Gulf Coast and northern Mexico, and sixteenth-century reports describe the lifestyle of Plains Indians called Querecho and Teya.

In 1565, Baltasar de Obregón discovered bison hides, bones, and manure in northwest Chihuahua near Paquimé and met Querecho Indians who reported to him that large bison herds at the time were only three days' travel north.[48] Texas botanists Lynn Marshall and Scooter Cheatham report that when bison herds moved south into coastal Texas and northern Mexico, they grazed on bluestem grasses like those that covered the prairies in Kansas and other parts of the Central Plains.[49]

As highly mobile hunters moved into the Southern Plains northward from the interior of Mexico and southward from the Great Plains, they brought with them new lithic tools and point styles, novel bison-hunting strategies, and a stronger reinforced bow technology. And perhaps it was they who initiated a new Red Monochrome art style on the canyon walls of the lower Pecos.

Archaeological and archival evidence also confirms the adverse impact of the Little Ice Age on the Mississippi Valley and the Southeast. Timothy Pauketat writes that it was probably not a coincidence that the Little Ice Age and the collapse of major Mississippian cultural centers occurred in the same time frame.[50] David Anderson details the decline of Mississippian cultural centers across the Southeast during the early years of the Little Ice Age.[51]

Chronicles of the De Soto–Moscoso expedition indicate that deep snow and thick ice during the winter months in 1539–1540, 1540–1541, 1541–1542, and 1542–1543 forced Spanish troops to remain in place and confined to quarters each of the four winters from December to late spring. Thus the Little Ice Age restricted Spanish exploration in the Southeast and Southwest to as few as eight to nine months each year.

Despite the stress brought by the Little Ice Age, numerous powerful chiefdoms in the Southeast in the 1500s were fit enough to give Spanish forces a determined fight in Florida, Georgia, Alabama, Mississippi, and Arkansas. Spanish troops survived on the large stores of confiscated maize and other Native-grown cultigens without which the De Soto–Moscoso expedition would have been required to abandon their effort as Moscoso's forces did when they discovered that the foraging tribes of Central and South Texas did not possess the required assets—principally maize—to support the Spanish invaders.

Nevertheless, Native cultures in North America were substantially changed by the Little Ice Age. In marginal areas, populations were forced to move or disperse; large vacant geographic areas appeared where earlier marginal horticultural operations were viable. By the late sixteenth and seventeenth centuries, constant stress and social depression probably weakened the local agrarian economies and the physical resistance of the Native population to highly contagious European-introduced diseases.[52] As a series of plagues depopulated Europe during the cold Dark Ages and the Black Plague depopulated a physically weakened Europe in the early years of the Little Ice Age, Old World–originated smallpox and other highly contagious diseases depopulated a physically weakened North American Native population commencing in the middle years of the Little Ice Age.

By the close of the fifteenth century, Chaco Canyon, much of the Four Corners area, the Hohokam culture, the Mimbres society, Paquimé, the Jornada Mogollon folks, and the Antelope Creek people all had collapsed in the American Southwest. In the Southeast, by 1500, all major population centers that emerged in the Medieval Warm Period including Cahokia, Spiro, Moundville, Etowah, Irene, and many more had collapsed. Numerous influential economic, political, and environmental forces were in play in Europe and North America during the seven-hundred-year study period, but climate change may well be considered one of the most significant environmental factors influencing the agrarian economies and the cultural histories on both continents.

Conclusion

Based on the information reviewed, the conclusion reached is that the Medieval Warm Period and the Little Ice Age directly and strongly impacted the climate in North America and substantially influenced the Native cultural history of the American Southwest, Southern Plains, Trans-Mississippi South, Central Mississippi Valley, and the Southeast during the period ca. AD 900–1600.

According to cited North American archaeologists and climate scientists, climatic conditions in the southern temperate zone turned rapidly warmer during the Altithermal Period and then stabilized throughout the fourth millennium BC when small hunter-gatherer groups in northern Louisiana first commenced constructing mound complexes. Around 2800 BC the climate sharply turned cooler and the mound building ceased. The cool interlude continued throughout the remainder of the third millennium and into the first century or so of the second millennium BC.

Around 1800 BC, a long-term warmer and more moderate climatic period returned. This warming period continued until about 1000 BC when the climate pattern oscillated to a cool and mesic episode for about five hundred years.

Around 400–300 BC, the climate turned warm again with the commencement of the Roman Warm Period, then cool and wet beginning with the Early Medieval Cool Period around AD 400, then turned warm again with the Medieval Warm Period around AD 900, turned cold and mesic with the Little Ice Age around 1350, and most recently switched again in the 1850s to the current warm period, the fourth warm episode since about 1800 BC.

These dramatic changes in climate and the natural environment prompted distinct cultural responses in the southern temperate zone of North America. Warm periods are often characterized in agrarian societies by population and economic expansion, increased subsistence and settlement security, the extension of long-distance networks of trade and interaction, and the construction of monumental architecture. Cool and mesic periods are often characterized by reduced social complexity and less cultural variation and by general social stress and contraction.

As mentioned in the Introduction, these oscillations may have occurred as a result of natural climate variability, such as variations in the sun's radiance, but the well-documented increase of recent CO_2 and other greenhouse gas concentrations emitted by human activity may well strongly influence or overwhelm the long-term oscillating climate pattern evident during the study period ending in 1600.

As Ian Tattersall with the American Museum of Natural History noted in 2008, we are often lured into the misconception that it is primarily people who change people and ultimately make history. But he corrects the misconception: "We like to think that history is created by people, and we are certainly most often taught it that way; but things are not that simple. Factors that are external to individual people, or even to societies and nations themselves, have ultimately been behind a large proportion of the blossomings, breakdowns, and conflicts that make up the complex tapestry of human history."[53]

As Anderson, Kidder, Rosen, and many other historians, archaeologists, and climatologists acknowledge, climate is only one of many environmental and other factors influencing the direction of human history. But, as indicated in this study, the pattern of human response to climate change has been similar in the southern latitudes of the temperate zone of North America with each swing in the series of climatic oscillations over the past approximately four thousand years or more.

This study also indicates that climate and culture change between ca. AD 900 and 1600 can perhaps best be understood as two approximately 350-year periods within the sequence of nine climate oscillations that occurred in parts of North America during the last six thousand years. An understanding of the current global warming period would undoubtedly benefit substantially from a reconstruction of global climate change for the last six thousand years.

NOTES

Introduction

1. See Lamb, *Climate, History, and the Modern World*. See also Bradley and Jones, *Climate since AD 1500* and Grove, *The Little Ice Age*.
2. Lamb, *Climate, History and the Modern World*, 166–194.
3. Ibid., 180, 194–211.
4. In his 1995 second edition of *Climate, History and the Modern World*, Lamb mentions climate change in North America in several new paragraphs on pages 186, 209–210, and 241.
5. Rosen, *Civilizing Climate*, 177.
6. See Parkinson, *Coming Climate Crisis?*, 70. In his 2005 assessment of climate change in prehistory, the British climatologist William J. Burroughs defines the Medieval Warm Period as "a period of relative warmth in northern Europe between the eleventh and thirteenth centuries." Burroughs, *Climate Change in Prehistory*, 318.
7. National Research Council, *Surface Temperature Reconstructions for the Last 2,000 years*.
8. Ibid., 2.
9. Ibid., 6, 38–39.
10. Ibid., 2.
11. Ibid., 43–44.
12. Ibid., 43. In their 2010 study of climate change and human evolution, Renée Hetherington and Robert G. B. Reid stress the special connection between climate change and agrarian societies. See Hetherington and Reid, *The Climate Connection: Climate Change and Modern Human Evolution*, 235–268.
13. National Research Council, *Surface Temperature Reconstructions for the Last 2,000 Years*, 43.
14. Ibid., 38. For a recent study using sediment reports and related proxies to reconstruct the climate change on the Greek island of Crete, see Rackham and Moody, *The Making of the Cretan Landscape*.
15. As changes in global climate patterns are reflected in coeval changes in global sea levels, marine scientists have their own toponyms to identify warm periods (with sea-level "highs") and cool periods (with sea-level "lows"). In his study of global climatic episodes and coeval changes in sea level, William H. Marquardt equates the Roman Warm Period (ca. 300 BC to AD 400) with the "Wulfert High," the Early Medieval Cool Period (ca. 500 AD to AD 900) with the "Buck Key Low," the Medieval Warm Period with the "La Costa High," and the Little Ice Age with the "Sanibel II Low." See Marquardt, "Shell Mounds in the Southeast," Table 1, 559.

16. Ibid., 38.

17. Mathien, *Culture and Ecology of Chaco Canyon and the San Juan Basin*; Fagan, *Chaco Canyon: Archaeologists Explore the Lives of an Ancient Society*; Lekson, ed., *The Archaeology of Chaco Canyon*; and Neitzel, *Pueblo Bonito*.

18. Fish and Fish, *The Hohokam Millennium*.

19. Brody, *Mimbres Painted Pottery*; Shafer, *Archaeology of the NAN Ranch Ruins*; Woosley and McIntyre, *Mimbres Mogollon Archaeology*.

20. Di Peso, *Casas Grandes: A Fallen Trading Center of the Gran Chichimeca*.

21. Whalen and Minnis, *Casas Grandes and Its Hinterland*; Whalen and Minnis, *The Neighbors of Casas Grandes*; Newell and Gallaga, eds., *Surveying the Archaeology of Northwest Mexico*; Swanson, "Documenting Prehistoric Communication Networks: A Case Study in the Paquimé Polity."

22. Shafer, *Archaeology of the Ojasen (41EP289) and Gobernadora (41EP321) Sites, El Paso County, Texas*; Mallouf et al., *The Rosillo Peak Site*; Ohl, *The Paradise Site*; Cloud, *The Arroyo de la Presa Site*; Seebach, *Late Prehistory along the Rimrock*.

23. Turpin, "The Lower Pecos River Region of Texas and Northern Mexico"; Kirkland and Newcomb, *The Rock Art of Texas Indians*; and Carolyn E. Boyd, *Rock Art of the Lower Pecos*.

24. Brooks, "From Stone Slab Architecture to Abandonment," 331–346; Boyd, "The Palo Duro Complex," 296–330; Johnson and Holliday, "Archaeology and Late Quaternary Environment of the Southern High Plains," 283–295.

25. See Collins, "Archeology in Central Texas," 101–126; Hester, "The Prehistory of South Texas," 127–154; Ricklis, "Prehistoric Occupation of the Central and Lower Texas Coast"; Weinstein, *Archaeology and Paleography of the Lower Guadalupe River/San Antonio Bay Region*.

26. Perttula, "The Prehistoric and Caddoan Archeology of the Pineywoods," 370–407; Story, "1968–1970 Archeological Investigations at the George C. Davis Site," 68; Perttula and Rogers, "The Evolution of a Caddo Community in Northeast Texas: The Oak Hill Village Site (41RK214), Rusk County, Texas," 71–94.

27. Brown, *The Spiro Ceremonial Center*.

28. Rolingson, "Plum Bayou Culture of the Arkansas White River Basin," 44–65; also Rolingson, *Toltec Mounds and Plum Bayou Culture*; and Akridge, ed., "Papers in Honor of Martha Ann Rolingson."

29. Pauketat, *Cahokia, Ancient America's Great City on the Mississippi*; Pauketat, *Ancient Cahokia and the Mississippians*; Emerson, *Cahokia and the Archaeology of Power*.

30. Knight and Steponaitis, *Archaeology of the Moundville Chiefdom*; Blitz, *Moundville*; Wilson, *The Archaeology of Everyday Life at Early Moundville*.

31. King, *Etowah: The Political History of a Chiefdom Capital*; King, ed., *Southeastern Ceremonial Complex*; Townsend, eds., *Hero, Hawk, and Open Hand*.

32. Anderson, *The Savannah River Chiefdoms*.

33. Krieger, *We Came Naked and Barefoot: The Journey of Cabeza de Vaca across North America*; Adorno and Pautz, *Álvar Núñez Cabeza de Vaca: His Account, His Life, and the Expedition of Pánfilo de Nárvaez*.

34. Clayton et al., *The De Soto Chronicles*; Hudson, *Knights of Spain, Warriors of the Sun: Hernando de Soto and the South's Ancient Chiefdoms*.

35. Flint and Flint, *Documents of the Coronado Expedition, 1539–1542.*

36. National Research Council, *Surface Temperature Reconstructions for the Last 2,000 Years,* 58–60.

37. Balsillie and Donoghue, *High Resolution Sea-Level for the Gulf of Mexico Since the Last Glacial Maximum.*

38. Ibid., fig. 11, 20. Evidence of a warm to moderate climatic period in the American Southeast during the fourth millennium BC is found also in Marquardt, "Mounds, Middens, and Rapid Climate Change," 253–271. See also Saunders, "Late Archaic? What the Hell Happened to the Middle Archaic?," 237–243; and Wanner et al., "Mid- to Late Holocene Climate Change: An Overview," 1791–1828.

39. Ibid. For evidence that a cool mesic episode also prevailed on the Southern Plains and in parts of the American Southwest during the middle and late third millennium BC, see Dillehay, "Late Quaternary Bison Population Changes on the Southern Plains," 181, 182; for reports on a cool climatic period in the third millennium BC in northeast Mexico and central Texas, see Turpin and Cummings, "Notes on Archaic Environments at Las Remotos, Nuevo León, Mexico," 347–350; and Thoms and Clabough, "The Archaic Period at the Richard Beene Site," 91, 92.

40. Kidder, "Climate Change and the Archaic to Woodland Transition (3000–2500 cal. B.P.) in the Mississippian Basin," 196. Kenneth Sassaman agrees with Kidder that the Archaic Period has been mischaracterized as a long interval of nothingness during which the environment, including the climate, remained static and uneventful. See Sassaman, *The Eastern Archaic, Historicized,* 7.

41. Ibid.

42. Ibid., 197.

43. Ibid., 195, 196.

44. Ibid.

45. Anderson, "Climate and Culture Change in Prehistoric and Early Historic Eastern North America," 161. See also Anderson et al., "Mid-Holocene Cultural Dynamics in Southeastern North America," 457–490.

46. Frachetti, *Pastoralist Landscapes and Social Interaction in Bronze Age Eurasia,* 182.

47. Kidder, "Climate Change and the Archaic to Woodland Transition (3000–2500 Cal B.P.) in the Mississippi River Basin," 197–198.

48. Turpin, "The Lower Pecos River Region of Texas and Northern Mexico," 266. See also Ricklis and Weinstein, "Sea-Level Rise and Fluctuations on the Central Texas Coast," Fig. 5.17, 133; Boyd, *Rock Art of the Lower Pecos,* 15, 16; and Vierra, ed., *The Late Archaic across the Borderlands,* 7.

49. Beer and van Geel, "Holocene Climate Change and the Evidence for Solar and Other Forcings," 153.

50. Anderson, "Climate and Culture Change in Prehistoric and Early Historic Eastern North America," 163–165.

51. Ibid.

52. Ibid.

53. Chen et al., "Short-Term Climate Variability," 8, 9; and Sanmarti, *Colonial Relations and Social Change in Iberia (Seventh to Third Centuries B.C.),* 69.

54. See National Research Council, *Surface Temperature Reconstructions,* Fig. 10-3, 104. See.

also Ricklis and Weinstein, "Sea-Level Rise and Fluctuations on the Central Texas Coast," fig. 5.17, 133.

55. Anderson, "Climate and Culture Change in Prehistoric and Early Historic Eastern North America," 164, 165. The Southeastern archaeologist Aubra Lee writes that during the Early Medieval Cool Period, the Lower Mississippi Valley was in a cultural decline. The period is characterized as unremarkable and as a nadir between the Middle Woodland and the subsequent Mississippian cultures. Lee, "Troyville and the Baytown Period," 135.

56. Anderson, "Climate and Culture Change in Prehistoric and Early Historic Eastern North America," 164, 165.

Chapter One

1. National Research Council, *Surface Temperature Reconstructions for the Last 2,000 Years*, 118.

2. Mann et al., "Global Signatures and Dynamic Origins of the Little Ice Age and Medieval Climate Anomaly."

3. Ibid., 1258–1259.

4. National Research Council, *Surface Temperature Reconstructions*, 2; see also Figure 10–3, 104.

5. Lamb, *Climate, History and the Modern World*, 2nd ed., 171.

6. Ibid.

7. Zhang et al., "A Test of Climate, Sun, and Culture Relationships from an 1810-Year Chinese Cave Record," 940.

8. See National Research Council, *Surface Temperature Reconstructions*, 43.

9. Hause and Maltby, *Western Civilization*, vol. 1, 2nd ed., 225.

10. LeBlanc, *Constant Battles*, 43.

11. Anderson, "Climate and Cultural Change in Prehistoric and Early Historic Eastern North America," 143–186.

12. Ibid., 167.

13. LeBlanc, *Constant Battles*, 43.

14. Mathien, *Culture and Ecology of Chaco Canyon and the San Juan Basin*.

15. Fagan, *Chaco Canyon*; Lekson, ed., *The Archaeology of Chaco Canyon*; and see Lekson, *A History of the Ancient Southwest*.

16. Windes, "This Old House: Construction and Abandonment at Pueblo Bonito," 14–32.

17. Lekson, *Chaco Canyon*, 76.

18. Ibid., 81.

19. See Mabry, "Changing Knowledge and Ideas about First Farmers in Southeastern Arizona," 53, 54.

20. McKusick, *Southwest Birds of Sacrifice*, 46.

21. Fish and Fish, eds., *The Hohokam Millennium*, xi.

22. Ibid., 52.

23. Shafer, *Mimbres Archaeology at the NAN Ranch Ruins*.

24. Ibid., 54.

25. Ibid., 210.

26. Schaafsma and Riley, eds., *The Casas Grandes World*, 76, 213.

27. Dillehay, "Late Quaternary Bison Population Changes on the Southern Plains," 180–196.

28. Perttula, "The Prehistoric and Caddoan Archeology of the Northeastern Texas Piney-woods," 370–407.

29. See Clark and Knoll, "The American Formative," 287–291, and Neitzel and Anderson, "Multiscalar Analysis of Middle-Range Societies," 248–250.

30. Story, "1968–1970 Archeological Investigations at the George C. Davis Site, Cherokee County, Texas," 34.

31. See Saunders, "Are We Fixing To Make the Same Mistake Again?," 153.

32. Ricklis, "The Buckeye Knoll Archeological Site, Victoria County, Texas," 11, 12, 30, 31.

33. A comprehensive study of the Spiro site is found in Brown, *The Spiro Ceremonial Center*, 2 vols.

34. Barber et al., "Mesoamerican Origin for an Obsidian Scraper From the Pre-Columbian Southeastern United States," 103–108.

35. Rolingson, *Toltec Mounds and Plum Bayou Culture*. See also Rolingson, "Plum Bayou Culture of the Arkansas White River Basin," 44–65.

36. Ibid.

37. See Fritz, "Plum Bayou Foodways: Distinctive Aspects of the Paleobotanical Record," 31–41.

38. Pauketat, *Cahokia: Ancient America's Great City on the Mississippi*, 19.

39. Pauketat, *Ancient Cahokia and the Mississippians*, 9.

40. Ibid.

41. Knight and Steponaitis, *Archaeology of the Moundville Chiefdom*; and see Blitz, *Moundville*.

42. King, *Etowah*, 28. See also King, ed., *Southeastern Ceremonial Complex*, 129.

43. Anderson, *The Savannah River Chiefdoms*.

Chapter Two

1. National Research Council, *Surface Temperature Reconstructions for the Last 2,000 Years*, 2.

2. Dyer, "The Economy and Society," 146.

3. Ibid., 147.

4. Ibid. For a different interpretation of global warming on epidemic diseases, see *Confronting Global Warming Health and Disease*, by Diane A. Henningfeld, who argues that the current warming period presents a serious threat to world health and an increased exposure to infectious diseases (78–80).

5. See Dyer, "The Economy and Society," 140. See also the history of plagues of Europe during the cool and wet Dark Ages in *The Encyclopedia Britannica*, 14th ed., vol. 17: 991.

6. Lamb, *Climate, History and the Modern World*, 180.

7. Fagan, *The Great Warming: Climate Change and the Rise and Fall of Civilizations*, 16, 17.

8. Ibid., 18.

9. Hause and Maltby, *Western Civilization*, vol. 1, 235.

10. Ibid.

11. See Ingstad, *The Norse Discovery of America*.

12. Fagan, *The Great Warming*, 91.

13. See Mathien, *Chaco Canyon*; and Lekson, *The Archaeology of Chaco Canyon*.

14. Mathien, *Culture and Ecology of Chaco Canyon and the San Juan Basin*, 200.

15. Lekson, *The Archaeology of Chaco Canyon*, 92.

16. Neitzel, ed., *Pueblo Bonito*, 148.

17. Ibid., 138.

18. Lekson, *The Archaeology of Chaco Canyon*, 30.

19. The European historian Juliette Wood describes human and other animal sacrifice in Europe ca. AD 100–400 by the Celts. See Wood, *The Celts*, 123–125.

20. Lekson, *The Archaeology of Chaco Canyon*, 119, 153–188.

21. During the height of the mesic/hydric Little Ice Age in 1768, Fray Gaspar Jose de Solis reported large colorful macaws (*guacamayos*), thought to be scarlet macaws, in the rain forest lowlands near the Rio Grande in Nuevo Leon. Foster, *Spanish Expeditions into Texas*, 200, 242.

22. Hargrave, *Mexican Macaws: Comparative Osteology and Survey Remains from the Southwest*, 52.

23. Ibid.

24. For information on the average macaw weight and daily food volume consumed during a lifespan of up to 180 years of age, see Abramson et al., *The Large Macaws*, 214–222.

25. For a review of the birds of sacrifice in the Southwest, see McKusick, *Southwest Birds of Sacrifice*.

26. Lekson, *The Archaeology of Chaco Canyon*, 169.

27. Fish and Fish, *The Hohokam Millennium*, 39–48.

28. Mabry, "Changing Knowledge and Ideas about the First Farmers in Southeastern Arizona," 47.

29. Doolittle, *Canal Irrigation in Prehistoric Mexico*, 90.

30. Fish and Fish, *The Hohokam Millennium*, 6.

31. Ibid., 13, 18.

32. Elson, "Into the Earth and Up to the Sky: Hohokam Ritual Architecture," 49–56.

33. Ibid., 52.

34. Ibid.

35. Cordell, *Archeology of the Southwest*, 168, 199.

36. Whittlesey, *Hohokam Ceramics, Hohokam Beliefs*, 65–74.

37. Shafer, *Mimbres Archaeology at the NANA Ranch Ruins*.

38. Brody, *Mimbres Painted Pottery*.

39. McKusick, *Southwest Birds of Sacrifice*.

40. Olsen and Olsen, "An Analysis of Faunal Remains from Wind Mountain," 406.

41. Ibid., 400.

42. Creel and McKusick, "Prehistoric Macaws and Parrots in the Mimbres Area, New Mexico."

43. Di Peso, *Casas Grandes*, vol. 1, 95–132; see also Newell and Gallaga, *Surveying the Archaeology of Northwest Mexico*, 149–204.

44. Miller and Kenmotsu, "Prehistory of the Jornada Mogollon," 236–258.

45. Shafer et al., *Archaeology of the Ojasen (41EP289) and Gobernadora (41EP326) Sites, El Paso County, Texas*.

46. Ibid.

47. Ibid.
48. Dillehay, "Late Quaternary Bison Population Changes on the Southern Plains," 185–187.
49. See Dockall, "Other Artifact Categories," 279–286.
50. Collins, "Archeology in Central Texas," 101–126.
51. Ibid., 122–123.
52. Hester, "The Prehistory of South Texas," 101–126.
53. Perttula, "The Prehistoric and Caddoan Archeology of the Northeastern Texas Piney-woods," 378, 379.
54. Fields, "The Archeology of the Post Oak Savanna of East-Central Texas," 347.
55. Perttula, "The Prehistoric and Caddoan Archeology of the Northeastern Texas Piney-woods," 384.
56. Ibid., 383.
57. Brown, *The Spiro Ceremonial Center*, 28.
58. Ibid., 31.
59. Ibid., 32.
60. Pauketat, Cahokia, 19. See also Milner, *The Moundbuilders: Ancient People of Eastern North America*.
61. Ibid. Carson Mounds, across the Mississippi River from Toltec, is a large Mississippian site that emerged during the early Mississippi period.
62. Anderson, "Climate and Culture Change in Prehistoric and Early Historic Eastern North America," 166.
63. Pauketat, *Ancient Cahokia*, 38.
64. Ibid., 78.
65. Pauketat, *Ancient Cahokia*, 107.
66. Fagan writes that the population of London first exceeded 30,000 in AD 1170. Fagan, *The Great Warming*, 3. See also Hause and Maltby, *Western Civilization*, 234–236.
67. Pauketat, *Ancient Cahokia*, 44, 46.
68. Knight and Steponaitis, *Archaeology of the Moundville Chiefdom*, 10–14.
69. Blitz, *Moundville*, 61.
70. Wilson, *The Archaeology of Everyday Life at Early Moundville*, 17–25.
71. King, *Etowah*, 50–60, 86.
72. Anderson, *The Savannah River Chiefdoms*, 171–174.

Chapter Three

1. Dyer, "The Economy and Society," 146–147.
2. Lamb, *Climate, History and the Modern World*, 181.
3. See National Research Council, *Surface Temperature Reconstructions for the Last 2,000 Years*, 2.
4. Hause and Malby, *Western Civilization*, 224–225.
5. Davis, *Europe: A History*, 348.
6. Ibid., 349.
7. Ibid., 1248.
8. Lamb, *Climate, History and the Modern World*, 175. See also Conkling et al., *The Fate of Greenland*, 183–204.
9. LeBlanc, *Prehistoric Warfare in the American Southwest*, 149.

10. Pauketat, *Ancient Cahokia and the Mississippians*, 12–13, 151.

11. Ibid., 151. See also Benson, Pauketat, and Cook, "Cahokia Boom and Bust in the Context of Climate Change," 467–483.

12. Pauketat, *Ancient Cahokia*, 50.

13. In her 2010 study of global climate change during the last two thousand years, nasa climatologist Claire L. Parkinson presents evidence that warming episodes such as the Medieval Warm Period were socially and culturally beneficial times. Parkinson, *Coming Climate Crisis?*, 117, 140.

14. Van Dyke, "Memory, Meaning, and Masonry: The Late Bonito Chacoan Landscape," 413–431.

15. Lekson, *The Archaeology of Chaco Canyon*, 31–33.

16. Ibid., 36,37.

17. Van Dyke, "Memory, Meaning, and Masonry: The Late Bonito Chacoan Landscape," 424–425.

18. Mathien, *Culture and Ecology of Chaco Canyon and the Late San Juan Basin*, 267.

19. Vargas, *Copper Bell Trade Patterns in the Prehistoric Greater Southwest and Northwest Mexico*.

20. For further information regarding the thirty-one scarlet macaws recovered at Pueblo Bonito, see Hargrave, *Mexican Macaws*, 28–32.

21. Mathien, *Chaco Canyon*, 220.

22. Ibid., 225.

23. Ibid., 240–241. See also reference to mid-twelfth-century droughts in the Chaco area in Benson, Pauketat, and Cook, "Cahokia's Boom and Bust," 467.

24. Mathien, *Culture and Ecology of Chaco Canyon*, 231.

25. Doyel, "Irrigation, Production, and Power in Phoenix Basin Hohokam Society," 88, 89.

26. Ibid.

27. Brody, *Mimbres Painted Pottery*, 64–66; see also Woosley and McIntyre, *Mimbres Mogollon Archaeology*, 36.

28. Shafer, *Mimbres Archaeology at the NAN Ranch Ruins*, 55.

29. Ibid., 221.

30. For a review of the Chihuahua cultures in the Babicora Basin, Santa Maria Valley, Santa Clara Valley, and Bustillos Basin, see Larkin et al., "Ceramics as Temporal and Special Indicators in Chihuahua Cultures," 177–204.

31. Ibid., 183.

32. Ibid., 198–199.

33. Ibid., 183.

34. See 1999 report on the Jornada Mogollon people near El Paso in Shafer et al., *Archaeology of the Ojasen (41EP289) and Gobernadora (41EP321) sites, El Paso County, Texas*, 20–22.

35. Ibid., 312–314.

36. Dillehay, "Late Quaternary Bison Population Changes on the Southern Plains," 187.

37. Ibid.

38. Ibid., 185.

39. Perttula, "The Prehistoric and Caddoan Archeology of the Northeast Texas Pineywoods," 379.

40. Story, "1968–1970 Archeological Investigations at the George C. Davis Site, Cherokee County, Texas," 64.

41. Perttula, "The Prehistoric and Caddoan Archeology," 380.

42. Lekson, "Chaco Matters: An Introduction," in *The Archaeology of Chaco Canyon*, 28.

43. Perttula, "The Prehistoric and Caddoan Archeology," 388.

44. Ibid., 389.

45. Ibid.

46. Brown, *The Spiro Ceremonial Center.*

47. Ibid., 198.

48. Rolingson, "Plum Bayou Culture of the Arkansas–White River Basin," 65.

49. Pauketat, *Ancient Cahokia and the Mississippians*, 11–12.

50. Ibid., 107.

51. Ibid.

52. Benson et al., "Cahokia's Boom and Bust in the Context of Climate Change," 467.

53. Emerson, *Cahokia and the Archeology of Power*, 212.

54. Reilly, "People of Earth, People of Sky," 136.

55. Townsend and Walker, "The Ancient Art of Caddo Ceramics," 240.

56. Pauketat, *Ancient Cahokia and the Mississippians*, 91, 92.

57. Ibid.

58. Ibid., 44.

59. Neitzel and Anderson, "Multiscalar Analysis of Middle-Range Societies: Comparing the Late Prehistoric Southwest and Southeast," 248. For another interpretation of the origin and evolution of maize, see Marvin Jeter, "The Outer Limits of Plaquemine Culture: A View from the Northerly Borderlands," 161–195. Jeter says, "Maize of the Eastern complex, which evolved in the Midwest rather than Mesoamerica, has been identified at the Caddoan George C. Davis site (Ford 1997: 107), possibly as early as the late-ninth century AD (1997:96)," 176.

60. Pauketat, *Ancient Cahokia*, 148.

61. Knight and Steponaitis, eds., *Archaeology of the Moundville Chiefdom*, 12.

62. Michals, "The Oliver Site and Early Moundville I Phase Economic Organization," 172.

63. King, *Etowah*, 50–63.

64. See Anderson, *The Savannah River Chiefdoms*, 174–186.

Chapter Four

1. See reconstructed Northern Hemisphere mean surface temperature multiproxy variations from M. E. Mann and P. D. Jones and from A. Moberg et al., in National Research Council, *Surface Temperature Reconstructions for the Last 2,000 Years*, Fig. S-1, p. 2 and Fig. 0–5, p. 16, 17.

2. Thompson, *The Medieval World: An Illustrated Atlas*, 309.

3. Lamb, *Climate, History and the Modern World*, 181, 195.

4. Dyer, "The Economy of Society," 146–164.

5. Davies, *Europe: A History*, 335.

6. Ibid.

7. Ibid., 361, 1248.

8. Mathien, *Chaco Canyon*, 231.

9. Kantner and Kintich, "The Chaco World," 168.

10. Shafer, *Mimbres Archeology of the NAN Ranch Ruins*, 220–222.

11. Woosley and McIntyre, *Mimbres Mogollon Archaeology*, 31, 33.

12. Ibid., 13.

13. Crown, "Growing Up Hohokam," in Fish and Fish, eds. *The Hohokam Millennium*, 23–30.

14. LeBlanc, *Prehistoric Warfare in the American Southwest*, 38.

15. Larkin et al., "Ceramics as Temporal and Spatial Indicators in Chihuahua Cultures," in Newell and Gallaga, eds., *Surveying the Archaeology of Northwest Mexico*, 181.

16. Di Peso, *Casas Grandes*, vol. 2, 275–491.

17. See Obregon, *Historia*, 206.

18. See list of pueblos prepared by Martin de Pedrosa in Hammond and Rey, *The Rediscovery of New Mexico, 1580–1594*, 115–120. Pedrosa lists pueblos in New Mexico visited in the 1580s by the Spanish explorer Francisco Sanchez Chamuscado that had indigenous adobe construction five to seven stories high, comparable to the number of stories reported at Paquimé. Curiously, Whalen et al. wrote as follows: "We contend that we can safely dismiss notions of six or seven stories at Casas Grandes. . . . No indigenous adobe construction on this scale is known anywhere else in the U.S. Southwest or northwestern Mexico." Whalen et al., "Reconsidering the Size and Structure of Casas Grandes, Chihuahua, Mexico," 533. The report of indigenous adobe constructed six or seven stories high is repeated in Hammond and Rey, *The Rediscovery of New Mexico*, 105.

19. See Doolittle, *Cultivated Landscapes of Native North America*, 435.

20. See Swanson, "Documenting Prehistoric Communication Networks: A Case Study in the Paquimé Polity," 753–767.

21. Di Peso et al., *Casas Grandes*, vol. 5, Fig. 284–5.

22. Ibid., vol. 4, 268–288.

23. Ibid.

24. Ibid., 268–284.

25. Cheatham et al., *The Useful Wild Plants of Texas*, vol. 1, 135–169.

26. See Hargrave, *Mexican Macaws: Comparative Osteology and Survey Remains from the Southwest*, 28–52.

27. Di Peso et al., *Casas Grandes*, vol. 8, 185.

28. McKusick, *Southwest Birds of Sacrifice*, 46, 47, 74.

29. See Minnis et al., "Prehistoric Macaw Breeding in the North American Southwest," 270–276.

30. Ibid., 274–275.

31. Di Peso et al., *Casas Grandes*, vol. 5, 544–569.

32. Ibid., vol. 8, 172.

33. Ibid., 183.

34. Cheatham and Marshall illustrate the distribution of the annual herb Amarantus in North America in a series of maps in Cheatham, Johnson, and Marshall, *The Useful Wild Plants of Texas*, vol. 1, 255–286.

35. Shafer et al., *Archaeology of the Ojasen (41EP289) and Gobernadora (41EP321) Sites, El Paso County, Texas*, 22–23.

36. See Newell and Gallaga, eds., *Surveying the Archaeology of Northwest Mexico*, 149–176.

37. See Larkin et al., "Ceramics as Temporal and Spacial Indicators in Chihuahua Cultures," 172–204.

38. Shafer et al., *Archaeology of the Ojasen (41EP289) and Gobernadora (41EP321) Sites, El Paso, Texas*, 22.

39. Cruz Antillón et al., "Galeana, Villa Hernadad, and Casa Chica," 167.

40. Cloud et al., *Archeological Testing at the Polvo Site*, 166.

41. Ibid., 182.

42. Ibid., 166.

43. Foster, ed., *The La Salle Expedition on the Mississippi River*, 64n149.

44. In October 1683, Juan Sebeata informed Governor Domingo de Cruzati that two Caddoan scouts at that time were waiting at La Junta for word from the governor as to whether he would send a Spanish delegation to visit the Caddo. See Wade, *The Native Americans of the Texas Edwards Plateau, 1582–1799*, 238–239.

45. Cloud et al., *Archeological Testing at the Polvo Site*, 114.

46. Robert Mallouf to William C. Foster, February 10, 2010 (personal communication in author's possession).

47. See Brooks, "From Stone Slab Architecture to Abandonment," 331–345.

48. Ibid., 334.

49. Ibid., 338.

50. Ibid., 342.

51. Perttula, "The Prehistoric and Caddoan Archeology of the Northeastern Texas Pineywoods," 378.

52. Story, "1968–1970 Archeological Investigations at the George C. Davis Site," 68.

53. Ford, "Preliminary Report on Plant Remains from the George C. Davis Site," 107.

54. Perttula, "The Prehistoric and Caddoan Archeology of the Northeastern Texas Pineywoods," 370–407.

55. Ibid., 389, 390.

56. Perttula and Rogers, "The Evolution of a Caddo Community in Northeast Texas: The Oak Hill Village Site (41RK214), Rusk County, Texas," 71–94.

57. Ibid.

58. See Brown, *The Spiro Ceremonial Center*.

59. Barker et al., "Mesoamerican Origin for an Obsidian Scraper from the Precolumbian Southeastern United States," 103–108.

60. Kozuch, "Olivella Beads from Spiro and the Plains," 697–709.

61. Ibid. See also Di Peso et al., *Casas Grandes*, vol. 8, 174.

62. Campbell, "Archeological Materials from Five Islands in Laguna Madre, Texas Coast," 41–46.

63. Anderson, "Climate and Culture Change in Prehistoric and Early Historic Eastern North America," 166.

64. Pauketat, *Ancient Cahokia and the Mississippians*, 173.

65. Kelly et al., "Mound 34: The Context for the Early Evidence of the Southeastern Ceremonial Complex at Cahokia," 57–87.

66. Ibid., 84.

67. Ibid.

68. Shafer, *Mimbres Archaeology of the NAN Ranch Ruins*, 212.

69. Ibid., 213.

70. See Knight and Steponaitis, eds., *Archaeology of the Moundville Chiefdom*.

71. Ibid., 39–43.

72. Pauketat, *Ancient Cahokia and the Mississippians*, fig 5.5 ("Population estimates"), 107.

73. Knight and Steponaitis, eds., *Archaeology of the Moundville Chiefdom*, 15.

74. See Clark and Knoll, "The American Formative Revisited," 285–291.

75. Blitz, *Moundville*, 63–66.

76. Knight and Steponaitis, eds., *Archaeology of the Moundville Chiefdom*, 14–21. See also the chronology suggested by Wilson, *The Archaeology of Everyday Life at Early Moundville*, 131–137.

77. King, *Etowah*, 119–127.

78. King, "Mound C and the Southeastern Ceremonial Complex in the History of the Etowah Site," 107–150.

79. Ibid., 129.

80. Ibid.

81. Anderson, *The Savannah River Chiefdoms*, 174–186.

82. Ibid., 184.

Chapter Five

1. Espen et al., "Low Frequency Signals in Long Tree Ring Chronologies," 2251.

2. See National Research Council, *Surface Temperature Reconstructions for the Last 2,000 Years*, Fig. S-1, Fig. O-5, 2, 16.

3. Lamb, *Climate, History and the Modern World*, 195.

4. Benson, Pauketat, and Cook, "Cahokia's Boom and Bust in the Context of Climate Change," 467–483.

5. Rosen, *Civilizing Climate*, 11.

6. Lamb, *Climate, History and the Modern World*, 180–182.

7. Ibid., 195. See also European tree-ring study of transition from Medieval Warm Period to Little Ice Age in Buntgen et al., "2,500 Years of European Climate Variability."

8. Thompson, *The Medieval World: An Illustrated Atlas*, 309.

9. Livi-Bacci, *A Concise History of the World Population*, 38–40.

10. For a note on the impact of the seventh-century plague on Europe and North Africa, see "Plague" in *The Encyclopaedia Britannica*, 14th ed., vol. 17, 991.

11. Balsillie and Donoghue, "High Resolution Sea-Level History for the Gulf of Mexico," 22–24; Figs. 10, 11 on p. 20.

12. Mathien, *Culture and Ecology of Chaco Canyon and the San Juan Basin*, 240, 241.

13. Benson, Petersen, and Stein, "Anasazi (Pre-Columbian Native-American) Migration during the Middle-12th and Late-13th Centuries," 187–213.

14. National Research Council, *Surface Temperature Reconstructions*, 16.

15. Mathien, *Culture and Ecology of Chaco Canyon and the San Juan Basin*, 242.

16. LeBlanc, *Prehistoric Warfare*, 301, 302.

17. Doyel, "Irrigation, Production, and Power in Phoenix Basin Hohokam Society," 88.

18. Ibid., 88, 89.

19. Fish and Fish, *The Hohokam Millennium*, 7–9.

20. McGuire and Villalpondo, "The Hohokam and Mesoamerica," 57–60.

21. Crown, "Growing Up Hohokam," 23–30.

22. Olsen, *Grasshopper Pueblo*, 87–150.

23. See Whalen and Minnis, *The Neighbors of Casas Grandes*, 43, 44.

24. Campbell, "Archeological Materials from Five Islands in Laguna Madre, Texas Coast," 41.

25. Ibid., 274, 278.

26. Swanson, "Documenting Prehistoric Communication Networks: A Case Study in the Paquimé Polity," 765.

27. Di Peso et al., *Casas Grandes*, vol. 5, Fig. 284–285.

28. Minnis et al., "Prehistoric Macaw Breeding in the North American Southwest," 270–274.

29. Di Peso et al., *Casas Grandes*, vol. 5, Fig. 284–285.

30. Ibid.

31. Shafer et al., *Archaeology of the Ojasen (41EP289) and Gobernadora (41EP321) Sites*, 22–23.

32. Cruz Antillón et al., "Galena, Villa Ahumada, and Casas Chica," 167.

33. Whalen and Minnis, *The Neighbors of Casas Grandes*, 230.

34. Cruz Antillón et al., "Galena, Villa Ahumada, and Casas Chica," 162.

35. Ibid., Table 9.1, p. 162.

36. Ibid., 149–176.

37. Seebach, *Late Prehistory along the Rimrock*, 118.

38. Cloud and Piehl, *The Millington Site*, 182.

39. Brooks, "From Stone Slab Architecture to Abandonment," 335, 343–344. Brooks adds: "A number of researchers have tied this phenomenon to significant climatic change occurring in the Central and Southern Plains at this time" (335).

40. Ibid., 339–343.

41. Lintz, "Avian Procurement and Use by Middle Ceramic Period People on the Southern High Plains: A Design for Investigations," 85–131. For a description of the current Southwest habitat of the great horned owl, the short-eared owl, the burrowing owl, and other raptors, see Cartron, ed., *Raptors of New Mexico*.

42. Brooks, "From Stone Slab Architecture to Abandonment." 342.

43. Ibid., 342, 343.

44. Mallouf, "Comments on the Prehistory of Far Northeastern Chihuahua, the La Junta District, and the Cielo Complex," 69.

45. Ibid.

46. Cloud et al., *Archeological Testing at the Polvo Site, Presidio County, Texas*, 114.

47. Cloud, *The Arroyo de la Presa Site*, 128, 157, 161.

48. See Foster, ed., *The La Salle Expedition to Texas*, 251–266.

49. See Campbell, "Archeological Materials from Five Islands in Laguna Madre, Texas Coast," 41; and Cloud et al., *Archeological Testing at the Polvo Site, Presidio County, Texas*.

50. Perttula, "The Prehistoric and Caddoan Archeology of the Northeastern Texas Pineywoods," 390.

51. See Di Peso et al., *Casas Grandes*, vol. 6, 198–207.

52. Newcomb, *The Rock Art of Texas Indians*, 81–92.

53. Turner and Hester, *A Field Guide to Stone Artifacts of Texas Indians*, 227.

54. Prewitt, "Distribution of Typed Projectile Points in Texas," 126.

55. LeBlanc, *Prehistoric Warfare*, 100–103.

56. Perttula and Rogers, "Evolution of a Caddo Community in Northeastern Texas," 71–94.

57. Brown, *The Spiro Ceremonial Center*, vol. 1, 193–197.

58. Ibid., 197.

59. Ibid., 29.

60. See Pauketat, *Ancient Cahokia and the Mississippians*, 139. See also Brain, Winterville and Williams and Brain, *Excavations at the Lake George Site, Yazoo County Mississippi, 1958–1960.*

61. Knight and Steponaitis, *Archaeology of the Moundville Chiefdom*, 18.

62. Ibid., 20.

63. Ibid., 47, 48, 65.

64. Ibid., 15.

65. See Reilly and Garber, *Ancient Objects and Sacred Realms: Interpretations of Mississippian Iconography*, 26–52.

66. See Townsend, *Hero, Hawk, and Open Hand.*

67. King, *Etowah*, 80–92.

68. Anderson, *The Savannah River Chiefdoms*, 184.

Chapter Six

1. National Research Council, *Surface Temperature Reconstructions for the Last 2,000 Years*, Figs. s-1, 0-5c, 2, 16–17.

2. Ricklis and Weinstein, "Sea-Level Rise and Fluctuations on the Central Texas Coast," 133.

3. Lamb, *Climate, History and the Modern World*, 195. See also Lamb's climate study cited in National Research Council, *Surface Temperature Reconstructions*, 38.

4. Lamb, *Climate, History and the Modern World*, 200.

5. Ibid., 202.

6. Ibid., 205.

7. Ibid.

8. Ibid.

9. Ibid., 199.

10. Ibid., 200.

11. Elias, *The Ice Age History of Southwestern National Parks*, 153.

12. LeBlanc, *Prehistoric Warfare*, 33.

13. Ibid., 34.

14. Cordell, *Archaeology of the Southwest*, 438–439.

15. Ibid, 439.

16. Hayes, *Excavation of Mound 7, Gran Quivera National Monument, New Mexico*, 11.

17. LeBlanc, *Prehistoric Warfare*, 349.

18. Ibid.

19. Ibid., 226–228.

20. Fish and Fish, *The Hohokam Millennium*, 9.

21. Doyel, "Irrigation, Production, and Power in Phoenix Basin Hohokam Society," 88.

22. Ravesloot, "Changing Views of Snaketown," 96.

23. Minnis et al., "Prehistoric Macaw Breeding in the North American Southwest," 274.

24. Hämälläinen, *The Comanche Empire*, 22.

25. Dillehay, "Late Quaternary Bison Population Changes on the Southern Plains," 180–196.

26. LeBlanc, *Prehistoric Warfare*, 99.

27. Brooks, *The Prehistory of Texas*, 399.

28. Ibid., 339–343.

29. Cheatham and Marshall, *Useful Wild Native Plants*, vol. 1, 342–348.

30. Brooks, *The Prehistory of Texas*, 343.

31. Johnson and Holliday, "Archaeology and Late Quaternary Environment of the Southern High Plains," 329.

32. Cloud, *The Arroyo de la Presa Site*, 22.

33. See discussion of the Toyah Interval in Wade, *The Native Americans of the Texas Edwards Plateau, 1582–1799*, 216–222.

34. Ibid., 219.

35. Hester, "The Prehistory of South Texas," 146–147.

36. Collins, "Archeology in Central Texas," 101–126.

37. Ibid., 102.

38. Newcomb, *The Rock Art of Texas Indians*, Plate 50, 84–89.

39. Perttula and Rogers, "The Evolution of a Caddo Community in Northeast Texas: The Oak Hill Village Site (41RK214), Rusk County, Texas," 71–94.

40. Ibid., 91.

41. Anderson, "Climate and Culture Change in Prehistoric and Early Historic Eastern North America," 166.

42. See National Research Council, *Surface Temperature Reconstructions for the Last 2,000 Years*, Fig. S-1, p. 2.

43. Pauketat, *Ancient Cahokia and the Mississippians*, 155.

44. Ibid., 156.

45. Jeter, "The Outer Limits of Plaquemine Culture: A View from the Northerly Borderlands," 190, 191.

46. Knight and Steponaitis, *Archaeology of the Moundville Chiefdom*, 17–24.

47. Reilly and Steponaitis, *Ancient Objects and Sacred Realms*.

48. King, *Etowah*, 63–81.

49. Anderson, *The Savannah River Chiefdoms*, 287.

50. Ibid., 287.

Chapter Seven

1. Lamb, *Climate, History and the Modern World*, 212.

2. Ibid., 211.

3. Ibid., 241.

4. Anderson, "Climate and Culture Change in Prehistoric and Early Historic Eastern North America," 167.

5. See Tainter, *The Collapse of Complex Societies*, and Diamond, *Collapse: How Societies Choose to Fail or Succeed*.

6. We have two recent excellent annotated translations of Cabeza de Vaca's journey. See Adorno and Pautz, trans., *Álvar Núñez Cabeza de Vaca: His Account, His Life, and the Expedition of Pánfilo de Narváez*, and Krieger, *We Came Naked and Barefoot: The Journey of Cabeza de Vaca across North America*.

7. See Milanich, *Florida Indians and the Invasion from Europe*, 120, 122.

8. Both Adam King and Charles Hudson discuss the De Soto expedition route through northwestern Georgia where the town of Itaba and the site of Etowah were located in the 1540s. King, *Etowah*, 134–138; Hudson, *Knights of Spain, Warriors of the Sun*, 221–224.

9. Adorno and Pautz, *Cabeza de Vaca*, 193–194. See Di Peso et al., *Casas Grandes*, vol. 7, 500–511.

10. See Di Peso et al., *Casas Grandes*, vol. 7, 500–511.

11. Campbell, "Archeological Materials from Five Islands in Laguna Madre, Texas Coast," 41–46.

12. Recent studies suggest that Mesoamerican maize may have first arrived in Florida from Caribbean sources. See Clark and Knoll, "The American Formative Revisited," 281–303.

13. Kreiger, *We Came Naked and Barefoot*, 223.

14. Ibid., 286.

15. See Foster, *The La Salle Expedition on the Mississippi River*, 70–71n162.

16. Di Peso et al., *Casas Grandes*, vol. 8, Fig. 284–285.

17. An alternate interpretation by William E. Doolittle suggests that Cabeza de Vaca encountered the Maize People in eastern Sonora rather than in northwestern Chihuahua. See Doolittle, "Cabeza de Vaca's Land of Maize: An Assessment of Its Agriculture," 246–262. Also see discussion of issue in Krieger, *We Came Naked and Barefoot*, 98–108. Krieger's Map 2: Stages D–F ("To La Junta de los Rios and Beyond") includes a proposed route and an alternate route that passes about twenty miles north of Casas Grandes (p. 109). Krieger summarized: "Passing across northern Chihuahua, they appear to have reached the Opata Indians (the western maize people) in the Rio Bavispe valley of northeastern Sonora at a distance from the Rio Grande of about 200 miles. It is not certain, of course, that they actually got as far as modern Sonora in this stage of the journey, nor that the maize people were the Opata. The maize people might have been some other tribe living not far west of Casas Grandes, about 150 miles from the Rio Grande crossing" (p. 108). In a more recent consideration of the issue, Adorno and Pautz by note simply state that the permanent settlement of the Maize People "was either in northwestern Chihuahua at Casas Grandes or in northeastern Sonora along the Rio Bavispe." Adorno and Pautz, *Álvar Núñez Cabeza de Vaca*, 229n7.

18. Hammond and Rey, eds., *Obregóns's History of 16th Century Explorations in Western America*, 205–207.

19. Di Peso et al., *Casas Grandes*, vol. 4, 39.

20. See Whalen and Minnis, *The Neighbors of Casas Grandes*, 41–70.

21. In their 2010 review of human occupation of the New World, Renée Hetherington and Robert Reid write that there are seven language isolates on the northern coast of the Gulf of Mexico while there is only one for the eastern and central interior of North America. Hetherington and Reid, *The Climate Connection: Climate Change and Modern Human Evolution*, 126.

22. The four De Soto chroniclers are found in Clayton et al., *The De Soto Chronicles*, 2 vols.

23. See Milanich, *Florida Indians*, 133. For a recent report of an archaeological investigation of De Soto's winter camp in Tallahassee, see Ewen and Hahn, *Hernando De Soto among the Apalachee: The Archaeology of the First Winter Encampment*.

24. Apalachee, in modern terms, is the Governor Martin site in Tallahassee. See Ewen and Hahn, *Hernando De Soto among the Apalachee: The Archaeology of the First Winter Encampment*.

25. Tristan de Luna in 1559 left the Mobile Bay area on the gulf coast to march northward to visit the country near Coosa in northwest Georgia. About five years later, Juan Pardo led a small military party from the coast of South Carolina northwestward about two hundred miles into the area near the North Carolina–South Carolina border. Military accounts from these two brief and limited expeditions add little information that is significant to supplement the information on climate and Native cultural patterns found in the journals of the De Soto expedition. See Hudson, *The Juan Pardo Expedition*. See also the location of the Indian village of Joara and Pardo's Fort San Juan in Beck et al., "Joara and Fort San Juan: Colonial Encounters at the Berry Site, North Carolina."

26. King, *Etowah*, 82.

27. Clayton et al., *The De Soto Chronicles*, vol. 2, 375.

28. Lamb, *Climate, History and the Modern World*, 212. Elias, *Rocky Mountains*, 12.

29. Elias, *Rocky Mountains*, 12.

30. See Clayton et al., *The De Soto Chronicles*, vol. 2, 476. For a review of recent studies of the De Soto route through the Mississippi Delta country, of the location De Soto's crossing of the Mississippi River, see Childs and McNutt, "Hernando De Soto's Route from Chicaca through Northeast Arkansas: A Suggestion."

31. Clayton et al., *The De Soto Chronicles*, vol. 1, 118.

32. Ibid., 126.

33. Ibid., 127.

34. Ibid., 129.

35. Ibid., 243.

36. Ibid., 139.

37. See Bruseth and Kenmotsu, "From Naguatex to the River Daycao."

38. Clayton et al., *The De Soto Chronicles*, vol. 2, 437.

39. Foster, *The La Salle Expedition to Texas*, 237n.12.

40. Bruseth and Kenmotsu, "From Naguatex to the River Daycao."

41. Clayton et al., *The De Soto Chronicles*, vol. 1, 161.

42. Foster, *The La Salle Expedition on the Mississippi River*, 54–81.

43. Bruseth and Kenmotsu, "From Naguatex to the River Daycao."

44. Clayton et al., *The De Soto Chronicles*, vol. 2, 490.

45. Ibid., 491n42.

46. Ibid., 490.

47. Connaway, *The Wilsford Site*, 40, 41.

48. Clayton et al., *The De Soto Chronicles*, vol. 2, 529.

49. Hudson, *Knights of Spain, Warriors of the Sun*, 402.

50. Foster, *Historic Native Peoples of Texas*, 229.

51. Flint and Flint, *Documents of the Coronado Expedition, 1539–1542*, 298.

52. Ibid., 143.
53. Ibid., 183.
54. Ibid., 408.
55. Hämäläinen, *The Comanche Empire*, 171.
56. In his notes to Cona, John Miller Morris writes that recent archaeological work at the Jimmy Owens sites in Blanco Canyon appears to link the canyon to the Coronado expedition. Morris, ed., *Narrative of the Coronado Expedition*, 213.
57. Flint and Flint, *Documents of the Coronado Expedition*, 320–321.
58. Ibid., 427, 430.
59. Hammond and Rey, *Obregón's History*, 201–202.
60. Hammond and Rey, *The Rediscovery of New Mexico 1580-1594*, 67–114.
61. Ibid., 153–231.
62. Schroeder and Matson, *A Colony on the Move*, 123.

Summary and Conclusion

1. National Research Council, *Surface Temperature Reconstructions for the Last 2,000 Years*, Fig. 0–5, 16–17, and Fig. 11–1, 112.
2. Mann et al., "Global Signatures and Dynamical Origins of the Little Ice Age and the Medieval Climate Anomaly," 1256–1259.
3. National Research Council, *Surface Temperature Reconstructions for the Last 2,000 Years*, Fig. 0–5, 16–17.
4. Fagan, *The Great Warming*, 15–21.
5. Lamb, *Climate, History and the Modern World*, 180.
6. Hause and Maltby, *Western Civilization*, 225.
7. Ibid., 204.
8. Fagan, *The Great Warming*, 26–33.
9. Davies, *Europe: A History*, 1248.
10. Lamb, *Climate, History and the Modern World*, 180.
11. Davies, *Europe: A History*, 348.
12. Diamond, *Collapse*, 219.
13. National Research Council, *Surface Temperature Reconstructions for the Last 2,000 Years*, Fig. 11–1, 112.
14. Ibid., 72–77.
15. Lamb, *Climate, History and the Modern World*, 194.
16. Ibid., 200. See also Massimo Livi-Bacci, *A Concise History of World Population*, 38–40.
17. Rosen, *Civilizing Climate*, 11.
18. Ibid., 177–188.
19. Balsillie and Donoghue, *High Resolution Sea-Level History for the Gulf of Mexico since the Last Glacial Maximum* , 19–21. See also Ricklis and Weinstein, "Sea-Level Rise and Fluctuation on the Central Texas Coast," 108–154.
20. Ibid.
21. National Research Council, *Surface Temperature Reconstructions for the Last 2,000 Years*, 98–106.
22. Ibid., 45–53, 72–77.
23. Fagan, *Cro-Magnon*, 263.
24. Rosen, *Civilizing Climate*, 34–38.

25. Buxó, "Botanical and Archaeological Dimensions of the Colonial Encounter," 155–168.

26. LeBlanc, *Prehistoric Warfare in the American Southwest*, 32–36.

27. Pauketat, *Ancient Cahokia and the Mississippians*, 28, 67, 151, 173; Anderson, "Climate and Culture Change in Prehistoric and Early Historic Eastern North America," 143–186.

28. Foster, *Historic Native Peoples of Texas*, 238–239.

29. Lekson, *The Archaeology of Chaco Canyon*, 31.

30. Fagan, *Ancient North America*, 399–402.

31. Saunders et al., "Watson Brake: A Middle Archaic Mound Complex in Northeast Louisiana," 631–635.

32. Swanson, "Documenting Prehistoric Communication Networks: A Case Study in the Paquimé Polity," 753–767.

33. Ibid., 764–765.

34. Bertman, *The Genesis of Science: The Story of Greek Imagination*, 211–216.

35. Boyd, *Rock Art of the Lower Pecos*.

36. Brown, *The Spiro Ceremonial Center*, 28–34.

37. Saunders et al., "A Mound Complex in Louisiana at 5400–5000 Years before the Present," 1997. Jessica Crawford prepared in 2003 a comprehensive study of Archaic Period effigy beads recovered in the Mississippi Delta and Southeast. See Crawford, *Archaic Effigy Beads: A New Look at Some Old Beads*.

38. Mabry, "Changing Knowledge and Ideas about the First Farmers in Southeastern Arizona," 41–83. See also Clark and Knoll, "The American Formative Revisited," 287.

39. National Research Council, *Surface Temperature Reconstructions for the Last 2,000 Years*, Fig. 0-5, 16–17 and Fig. 11-1, 112; Marquardt, *Shell Mounds in the Southeast*, Table 1, 559.

40. LeBlanc, *Prehistoric Warfare in the American Southwest*, 34.

41. Benson et al., "Cahokia's Boom and Bust in the Context of Climate Change," 467–483.

42. LeBlanc, *Prehistoric Warfare in the American Southwest*, 38.

43. Hammond and Rey, *Obregón's History of 16th Century Explorations in Western America*, 205–208.

44. Cheatham, Johnston, and Marshall, *The Useful Wild Plants of Texas*.

45. In her 2003 study of the history and ecology of the Texas Edwards Plateau from the sixteenth to the eighteenth centuries, Maria Wade cites a Spanish expedition diary account that reports that over four thousand bison were killed at one campsite by Spanish soldiers and Native Americans. Wade, *The Native Americans of the Texas Edwards Plateau, 1582-1799*, 115.

46. Bement, "Bonfire Shelter," 366–372. See also Dillehay, "Late Quaternary Bison Population Changes on the Southern Plains."

47. Fagan, *Cro-Magnon*, 263.

48. Hammond and Rey, *Obregón's History of 16th Century Expeditions in Western America*, 208.

49. Cheatham, Johnston, and Marshall, *The Useful Wild Plants of Texas*, vol. 1.

50. Pauketat, *Ancient Cahokia and the Mississippians*, 151–153.

51. Anderson, "Climate and Culture Change in Prehistoric and Early Historic Eastern North America," 164–165.

52. See Dobyns, *Their Number Become Thinned*.

53. Tattersall, *The World from Beginnings to 4000 BCE*, 124.

BIBLIOGRAPHY

Abramson, Joanne, et al. *The Large Macaws: Their Care, Breeding and Conservation.* Fort Bragg, CA: Raintree Publications, 1995.

Adorno, Rolena, and Patrick Charles Pautz, trans. *Álvar Núñez Cabeza de Vaca: His Account, His Life, and the Expedition of Pánfilo de Narváez.* 3 vols. Lincoln: University of Nebraska Press, 1999.

Akridge, D. Glen, ed. "Papers in Honor of Martha Ann Rolingson." *Arkansas Archeologist,* 2008.

Anderson, David G. "Climate and Culture Change in Prehistoric and Early Historic Eastern North America." *Archaeology of Eastern North America,* 29 (2001): 143–186.

———. *The Savannah River Chiefdoms: Political Change in the Late Prehistoric Southeast.* Tuscaloosa: University of Alabama Press, 1994.

Anderson, David G., et al. "Climate and Culture Change: Exploring Holocene Transitions." In *Climate Change and Cultural Dynamics: A Global Perspective on Mid-Holocene Traditions,* edited by David G. Anderson, Kirk A. Maash, and Daniel H. Sandweiss, 1–23. London: Academic Press, 2007.

———. "Mid-Holocene Cultural Dynamics in Southeastern North America." In *Climate Change and Cultural Dynamics: A Global Perspective on Mid-Holocene Traditions,* edited by David G. Anderson, Kirk A. Maasch, and Daniel A. Sandweiss, 457–490. London: Academic Press, 2007.

Balsillie, James H., and Joseph F. Donoghue, *High Resolution Sea-Level History for the Gulf of Mexico since the Last Glacial Maximum.* Report of Investigations no. 103. Tallahassee: Florida Geological Survey, 2004.

Bandy, Matthew S., and Jake R. Fox. *Becoming Villagers: Comparing Early Village Societies.* Tucson: University of Arizona Press, 2010.

Barker, Alex W., et al., "Mesoamerican Origin for an Obsidian Scraper from the Precolumbian Southeastern United States." *American Antiquity* 67, no. 1 (2002): 103–108.

Battarbee, Richard W., and Heather A. Binney, *Natural Climate Variability and Global Warming.* Oxford: Blackwell Publishing Ltd., 2008.

Beck, Robin, Christopher Rodning, and David Moore (organizers). "Joara and Fort San Juan: Colonial Encounters at the Berry Site, North Carolina." Symposium presented at the 67th Annual Meeting of the Southeastern Archaeological Conference, Lexington, Kentucky, 2010.

Beer, Jurg, and Bas van Geel, "Holocene Climate Change and the Evidence for Solar and Other Forcings." In *Natural Climate Variability and Global Warming,* edited by Richard W. Battarbee and Heather A. Binney, 138–162. Oxford: Blackwell Publishing, 2008.

Bement, Leland C., and Brian J. Carter. "Jake Bluff: Clovis Bison Hunting on the Southern Plains of North America." *American Antiquity* 75, no. 4 (2010): 907–934.

Benson, Larry V., Timothy R. Pauketat, and Edward R. Cook. "Cahokia's Boom and Bust in the Context of Climate Change." *American Antiquity* 74, no. 3 (2009): 467–483.

Benson, Larry, Kenneth Petersen, and John Stein. "Anasazi (Pre-Columbian Native-American) Migrations during the Middle-12th and Late-13th Centuries—Were They Drought Induced?," *Climatic Change* 83: 187–213.

Bertman, Stephen. *The Genesis of Science: The Story of Greek Imagination*. Amherst: Prometheus Books, 2010.

Blake, Emmet R. *Birds of Mexico*. Chicago: University of Chicago Press, 1972.

Blitz, John H. *Moundville*. Tuscaloosa: University of Alabama Press, 2008.

Boyd, Carolyn E. *Rock Art of the Lower Pecos*. College Station: Texas A&M University Press, 2003.

Boyd, Douglas K. "The Palo Duro Complex." In *The Prehistory of Texas*, edited by Timothy K. Perttula, 296–330. College Station: Texas A&M University Press, 2004.

Bradley, Raymond S., and Philip D. Jones, eds. *Climate since AD 1500*. New York: Routledge, 1992.

Brain, Jeffrey P. *Winterville: Late Prehistoric Culture Contact in the Lower Mississippi Valley*. Jackson: Mississippi Department of Archives and History, 1967.

Brody, J. J. *Mimbres Painted Pottery*. Albuquerque: University of New Mexico Press, 1977.

Brooks, Robert L. "From Stone Slab Architecture to Abandonment: A Revisionist's View of the Antelope Creek Phase." In *The Prehistory of Texas*, edited by Timothy K. Perttula, 331–346. College Station: Texas A&M University Press, 2004.

Brown, James A. *The Spiro Ceremonial Center: The Archaeology of Arkansas Valley Caddoan Culture in Eastern Oklahoma*. 2 vols. Memoirs of the Museum of Anthropology, no. 29. Ann Arbor: Museum of Anthropology, University of Michigan, 1996.

Bruseth, James E., and Nancy A. Kenmotsu. "From Naguatex to the River Daycao: The Route of the Hernando de Soto Expedition through Texas," *North American Archeologist* 14, no. 3 (1998): 199–225.

Buntgen, Ulf, et al., "2500 Years of European Climate Variability and Human Susceptibility." *Science* 331 (February 4, 2011): 578–582.

Burroughs, William J. *Climate Change in Prehistory: The End of the Reign of Chaos*. Cambridge: Cambridge University Press, 2005.

Buxó, Ramon, "Botanical and Archaeological Dimensions of the Colonial Encounter." In *Colonial Encounters in Ancient Iberia: Phoenician, Greek and Indigenous Relations*, edited by Michael Dietler and Carolina López-Ruiz, 155–168. Chicago: University of Chicago Press, 2009.

Campbell, Thomas N. "Archeological Materials from Five Islands in Laguna Madre, Texas Coast." *Bulletin of the Texas Archeological Society* 28 (1956): 41–46.

Castañeda, Pedro de, et al. *The Journey of Coronado*. Edited and translated by George Parker Winship. New York: Dover Publications, 1990.

Champion, Timothy, Clive Gamble, Stephen Shennan, and Alasdair Whittle. *Prehistoric Europe*. London: Academic Press, 1984.

Chapa, Juan Bautista. *Texas and Northeastern Mexico, 1630–1690*. Edited by William C. Foster; translated by Ned F. Brierly. Austin: University of Texas Press. 1997.

Cheatham, Scooter, and Marshall C. Johnston with Lynn Marshall. *The Useful Wild Plants of*

Texas, the Southeastern and Southwestern United States, the Southern Plains, and Northern Mexico. 2 vols. Austin: Useful Wild Plants, Inc., 1995.

Cheatham, Scooter, and Lynn Marshall. *The Useful Wild Plants of Texas, the Southeastern and Southwest United States, the Southern Plains, and Northern Mexico*, vol. 3. Austin: Useful Wild Plants, Inc., 2009.

Chen, L., et al. "Short-Term Climate Variability during 'Roman Classical Period' in the Eastern Mediterranean." *Quaternary Science Reviews* (2011). doi:10.1016/j.quascirev.2011.09.024.

Childs, H. Terry, and Charles H. McNutt. "Hernando de Soto's Route from Chicaca through Northeast Arkansas, A Suggestion." *Southeastern Archaeology* 28, no. 2 (2009): 165–183.

Clark, John E., and Michelle Knoll. "The American Formative Revisited." In *Gulf Coast Archeology: The Southeastern United States and Mexico*, edited by Nancy M. White, 281–303. Gainesville: University Press of Florida, 2005.

Clark, John E., et al., "First Towns in the Americas." In *Becoming Villagers: Comparing Early Village Societies*, edited by Matthew S. Bandy and Jake R. Fox, 205–245. Tucson: University of Arizona Press, 2010.

Clark, W. P. *The Indian Sign Language.* New York: Random House. 1998.

Clayton, Lawrence A., Vernon James Knight Jr. and Edward C. Moore, eds. *The De Soto Chronicles: The Expedition of Hernando De Soto to North America in 1539–1543.* 2 vols. Tuscaloosa: University of Alabama Press, 1993.

Cloud, William A. *The Arroyo de la Presa Site.* Alpine: Center for Big Bend Studies, 2007.

Cloud, William A., Robert J. Mallouf, Patricia A. Mercado-Allinger, Catheryn A. Hoyt, Nancy A. Kenmotsu, Joseph M. Sanchez, and Enrique R. Madrid. *Archeological Testing at the Polvo Site, Presidio County, Texas.* Austin: Texas Historical Commission, 1994.

Collins, Michael B. "Archeology in Central Texas." In *The Prehistory of Texas*, edited by Timothy K. Perttula, 101–126. College Station: Texas A&M University Press, 2004.

Conkling, Philip, Richard Alley, Wallace Broecher, and George Denton. *The Fate of Greenland, Lessons from Abrupt Climate Change.* Cambridge, MA: MIT Press, 2011.

Connaway, John M. *The Wilsford Site, (22-Co-516) Coahoma County, Mississippi.* Jackson: Mississippi Department of Archives and History, 1984.

Cordell, Linda. *Archaeology of the Southwest.* Reprint. Boulder: Academic Press, 1997.

Costello, Elaine. *American Sign Language.* New York: Random House, 1998.

Crawford, Jessica F. *Archaic Effigy Beads: A New Look at Some Old Beads.* Master's thesis, University of Mississippi, 2003.

Creel, Darrell, and Charmion McKusick. "Prehistoric Macaws and Parrots in the Mimbres Area, New Mexico," *American Antiquity* 59, no. 3: 510–524.

Crown, Patricia L., "Growing Up Hohokam." In *The Hohokam Millennium*, edited by Suzanne K. Fish and Paul R. Fish, 23–30. Santa Fe: School for Advanced Research, 2007.

Cruz Antillón, Rafael, et al. "Galena Villa Ahumada, and Casa Chica: Diverse Sites in the Casas Grandes Region." In *Surveying the Archaeology of Northwest Mexico*, edited by Gillian E. Newell and Emiliano Gallaga, 149–176. Salt Lake City: University of Utah Press, 2004.

Davies, Norman. *Europe: A History.* Oxford: Oxford University Press, 1996.

Diamond, Jared. *Collapse: How Societies Choose to Fail or Succeed.* New York: Penguin Group, 2005.

Dillehay, Tom D. "Late Quaternary Bison Population Changes on the Southern Plains." *Plains Anthropologist* 19 (August 1974): 180–196.

Di Peso, Charles C. *Casas Grandes: A Fallen Trading Center of the Gran Chichimeca.* 8 vols. Flagstaff: Amerind Foundation and Northland Press, 1974–90. Volumes 4–8 by Di Preso, John B. Rinaldo, and Gloria Fenner.

Dobyns, Henry F. *Their Number Become Thinned*. Knoxville: University of Tennessee Press, 1983.

Dockall. John E. "Other Artifacts Categories." In *Archaeology of the Ojasen (41EP289) and Gubernadora (41EP326) Sites, El Paso County, Texas*, edited by Harry J. Shafer et al., 279–286. Austin: Texas Department of Transportation, 1999.

Doolittle, William E. "Cabeza de Vaca's Land of Maize: An Assessment of Its Agriculture," *Journal of Historical Geography* 10, no. 3 (1984): 246–262.

———. *Canal Irrigation in Prehistoric Mexico*. Austin: University of Texas Press, 1990.

———. *Cultivated Landscapes of Native North America*. Oxford: Oxford University Press, 2000.

Doyel, David E. "Irrigation, Production, and Power in Phoenix Basin Hohokam Society." In *The Hohokam Millennium*, edited by Suzanne K. Fish and Paul R. Fish, 83–90. Santa Fe: School for Advanced Research, 2007.

Dyer, Christopher. "The Economy and Society." In *Oxford Illustrated History of Medieval England*, edited by Nigel Saul, 137–173. New York: Oxford University Press, 1997.

Elias, Scott A. *The Ice Age History of Southwestern National Parks*. Washington D.C.: Smithsonian Institution Press, 1997.

———. *Rocky Mountains*. Smithsonian Natural History Series. Washington, D.C.: Smithsonian Institution Press, 2002.

Elson, Mark D. "Into the Earth and Up to the Sky: Hohokam Ritual Architecture." In *The Hohokam Millennium*, edited by Suzanne K. Fish and Paul R. Fish, 57–64. Santa Fe: School for Advanced Research, 2007.

Emerson, Thomas E. *Cahokia and the Archeology of Power*. Tuscaloosa: University of Alabama Press, 1997.

Emerson, Thomas E., and R. Barry Lewis, eds. *Cahokia and the Hinterlands Middle Mississippian Cultures of the Midwest*. Urbana: University of Illinois Press, 1991.

Espen, Jan, et al., "Low Frequency Signals in Long Tree Ring Chronologies for Reconstructing Temperature Variability." *Science* 295 (March 22, 2002): 2250–2253.

Ewen, Charles R. and John H. Hahn. *Hernando de Soto among the Apalachee: The Archaeology of the First Winter Encampment*. Gainesville: University Press of Florida, 1998.

Fagan, Brian. *Ancient North America*. New York: Thames and Hudson, 1995.

———. *Chaco Canyon: Archaeologists Explore the Lives of an Ancient Society*. Oxford: Oxford University Press, 2005.

———. *Cro-Magnon: How the Ice Age Gave Birth to the First Modern Humans*. New York: Bloomsbury Press, 2010.

———. *The Great Warming: Climate Change and the Rise and Fall of Civilizations*. New York: Bloomsbury Press, 2008.

———. *The Little Ice Age: How Climate Made History, 1300–1850*. New York: Perseus, 2000.

Fields, Ross C. "The Archeology of the Post Oak Savanna of East-Central Texas." In *The Prehistory of Texas*, edited by Timothy K. Perttula, 347–369. College Station: Texas A&M University Press, 2004.

Fish, Suzanne K., and Paul R. Fish. *The Hohokam Millennium*. Santa Fe: School for Advanced Research, 2007.

Flint, Richard, and Shirley Cushing Flint, eds. and trans. *Documents of the Coronado Expedition, 1539–1542*. Dallas: Southern Methodist University Press, 2005.

Ford, Richard I. "Preliminary Report on Plant Remains from the George C. Davis Site." *Bulletin of the Texas Archeology Society* 68 (1997): 103–111.

Foster, William C. *Spanish Expeditions into Texas, 1689–1768.* Austin: University of Texas Press, 1995.

———. *Historic Native Peoples of Texas.* Austin: University of Texas Press, 2008.

———, ed. *The La Salle Expedition on the Mississippi River: A Lost Manuscript of Nicolas de La Salle, 1682.* Translated by Johanna S. Warren. Austin: Texas State Historical Association, 2003.

———, ed. *The La Salle Expedition to Texas: The Journal of Henri Joutel, 1684–1687.* Translated by Johanna S. Warren. Austin: Texas State Historical Association, 1998.

Frachetti, Michael D. *Pastoralist Landscapes and Social Interaction in Bronze Age Eurasia.* Berkeley: University of California Press, 2008.

Fritz, Gayle J. "Plum Bayou Foodways: Distinctive Aspects of the Paleoethnobotanical Record." *Arkansas Archeologist* 47 (2008), 31–42.

Gibson, Jon L. *Poverty Point: A Terminal Archaic Culture of the Lower Mississippi Valley.* Rev. ed. Baton Rouge: Louisiana Archaeological Survey and Antiquities Commission, 1999.

———. "Poverty Point Redux." In *Archaeology of Louisiana*, edited by Mark A. Rees, 72–96. Baton Rouge: Louisiana State University Press, 2010.

Gibson, Jon L., and Philip J. Carr, eds. *Signs of Power: The Rise of Cultural Complexity in the Southeast.* Tuscaloosa: University of Alabama Press, 2004.

Grove, Jean M. *The Little Ice Age.* New York: Methuen, 1988.

Hämäläinen, Pekka. *The Comanche Empire.* New Haven: Yale University Press, 2008.

Hammond, George P., and Agapito Rey, eds. and trans. *Obregón's History of 16th Century Explorations in Western America.* Albuquerque: University of New Mexico Press, 1928.

———. *The Rediscovery of New Mexico, 1580–1594.* Albuquerque: University of New Mexico Press, 1966.

Hard, Robert J., and John R. Roney. "The Transition to Farming on the Rio Casas Grandes and in the Southern Jornada Mogollon Region." In *The Late Archaic across the Borderlands: From Foraging to Farming*, edited by Bradley J. Vierra, 141–186. Austin: University of Texas Press, 2005.

Hargrave, Lyndon I. *Mexican Macaws: Comparative Osteology and Survey of Remains from the Southwest.* Tucson: University of Arizona Press, 1970.

Hause, Steven C., and William Maltby. *Western Civilization: A History of European Society*, vol. 1. Belmont, Calif.: Thomson Wadsworth, 2005.

Hayes, Alden C., et al., *Excavation of Mound 7, Gran Quivera National Monument, New Mexico.* Washington, D.C.: National Park Service, 1981.

Henningfeld, Diane A. *Confronting Global Warming: Health and Disease.* New York: Greenhaven Press, 2011.

Hester, Thomas R. "The Prehistory of South Texas." In *The Prehistory of Texas*, edited by Timothy K. Perttula, 127–154. College Station: Texas A&M University Press, 2004.

Hetherington, Renée, and Robert G. B. Reid. *The Climate Connection: Climate Change and Modern Human Evolution.* Cambridge: Cambridge University Press, 2010.

Hudson, Charles. *The Juan Pardo Expeditions.* Tuscaloosa: University of Alabama Press, 1990.

———. *Knights of Spain, Warriors of the Sun: Hernando de Soto and the South's Ancient Chiefdoms.* Athens: University of Georgia Press, 1997.

Ingstad, Anne Stine. *The Norse Discovery of America*. Oslo: Norwegian University Press, 1985.
Jeter, Marvin D., ed. *Edward Palmer's Arkansas Mounds*. Fayetteville: University of Arkansas Press, 1990.
———. "The Outer Limits of Plaquemine Culture: A View from the Northerly Borderlands." In *Plaquemine Archaeology*, edited by Mark A. Rees and Patrick Livingood, 161–195. Tuscaloosa: University of Alabama Press, 2007.
Johnson, Eileen, and Vance T. Holliday, "Archaeology and Late Quaternary Environment of the Southern High Plains." In *The Prehistory of Texas*, edited by Timothy K. Perttula, 283–295. College Station: Texas A&M University Press, 2004.
Kantner, John W., and Keith W. Kintich, "The Chaco World." In *The Archaeology of Chaco Canyon*, edited by Stephen H. Lekson, 153–188. Santa Fe: School of American Research Press, 2006.
Kelly, John E., et al. "Mound 34: The Context for the Early Evidence of the Southeastern Ceremonial Complex at Cahokia." In *Southeastern Ceremonial Complex: Chronology, Content, Context*, edited by Adam King, 57–87. Tuscaloosa: University of Alabama Press, 2007.
Kidder, Tristram. "Climate Change and the Archaic to Woodland Transition (3000–2500 cal. B.P.) in the Mississippi Basin." *American Antiquity* 71, no. 2 (2006): 195–231.
King, Adam. *Etowah: The Political History of a Chiefdom Capital*. Tuscaloosa: University of Alabama Press, 2008.
———. "Mound C and the Southeastern Ceremonial Complex in the History of the Etowah Site." In *Southeastern Ceremonial Complex*, edited by Adam King, 107–133. Tuscaloosa: University of Alabama Press, 2007.
———, ed. *Southeastern Ceremonial Complex*. Tuscaloosa: University of Alabama Press, 2007.
Kirkland, Forrest, and W. W. Newcomb. *The Rock Art of Texas Indians*. Austin: University of Texas Press, 1967.
Knight, Vernon J., and Vincas P. Steponaitis, eds. *Archaeology of the Moundville Chiefdom*. Washington, D.C.: Smithsonian Institution Press, 1998.
Kozuch, Laura. "Olivella Beads from Spiro and the Plains." *American Antiquity* 73, no. 4 (2008): 697–709.
Krieger, Alex D. *We Came Naked and Barefoot: The Journey of Cabeza de Vaca across North America*. Austin: University of Texas Press, 2002.
Lamb, H. H. *Climate, History and the Modern World*. 2nd ed. New York: Routledge, 1995.
Larkin, Karin B., et al. "Ceramics as Temporal and Special Indicators in Chihuahua Cultures." In *Surveying the Archaeology of Northwest Mexico*, edited by Gillian E. Newell and Emiliano Gallaga, 177–204. Salt Lake City: University of Utah Press, 2004.
LeBlanc, Steven A. *Constant Battles: Why We Fight*. New York: St. Martin's Press, 2003.
———. *Prehistoric Warfare in the American Southwest*. Salt Lake City: University of Utah Press. 1999.
Lee, Aubra L. "Troyville and the Baytown Period." In *Archaeology of Louisiana*, edited by Mark A. Rees, 135–156. Baton Rouge: Louisiana State University Press, 2010.
Lekson, Stephen H., ed. *The Archaeology of Chaco Canyon*. Santa Fe: School of American Research Press, 2006.
Lintz, Christopher. "Avian Procurement and Use by Middle Ceramic Period People on the Southern High Plains: A Design for Investigation." *Bulletin of the Texas Archeological Society*, 80 (2009): 85–132.

Livi-Bacci, Massimo. *A Concise History of World Population.* Oxford: Blackwell, 1992.

Mabry, Jonathan B. "Changing Knowledge and Ideas about the First Farmers in Southeastern Arizona." In *The Late Archaic across the Borderlands: From Foraging to Farming,* edited by Bradley J. Vierra, 41–83. Austin: University of Texas Press, 2005.

Mallouf, Robert J. "Arroyo de las Burras: Preliminary Findings from the 1992 SRSU Archeological Field School." *Journal of Big Bend Studies* 7 (January 1995): 3–41.

———. "Comments on the Prehistory of Far Northeastern Chihuahua, the La Junta District, and the Cielo Complex." *Journal of Big Bend Studies* 11 (January 1999): 49–92.

———. "Late Foragers of Eastern Trans-Pecos Texas and the Big Bend." In *The Late Archaic across the Borderlands: From Foraging to Farming,* edited by Bradley J. Vierra, 219–246. Austin: University of Texas Press, 2005.

Mallouf, Robert J., William A. Cloud, and Richard W. Walter. *The Rosillo Peak Site.* Alpine: Center for Big Bend Studies, 2006.

Mann, Michael E., et al. "Global Signatures and Dynamical Origins of the Little Ice Age and Medieval Climate Anomaly." *Science* 326 (November 27, 2009): 1256–1260.

Marquardt, William H. "Mounds, Middens, and Rapid Climate Change during the Archaic-Woodland Transition in the Southeastern United States." In Trend, Tradition, and Turmoil: What Happened to the Southeastern United States Late Archaic?, edited by D. H. Thomas and M. C. Sanger, 253–272. Anthropological Papers No. 93. American Museum of Natural History. New York, 2010.

———. "Shell Mounds in the Southeast: Middens, Monuments, Temple Mounds, Rings, or Works?" *American Antiquity* 75, no. 3 (2010): 551–570.

Mathien, Francis J. *Culture and Ecology of Chaco Canyon and the San Juan Basin.* Santa Fe: National Park Service, 1987.

McGuire, Randall H., and Elisa Villalpondo. "The Hohokam and Mesoamerica." In *The Hohokam Millennium,* edited by Suzanne K. Fish and Paul R. Fish, 57–64. Santa Fe: School for Advanced Research, 2007.

McKusick, Charmion R. *Southwest Birds of Sacrifice. Arizona Archeologist* 31. Globe: Arizona Archeological Society, 2001.

Michals, Lauren M. "The Oliver Site and Early Moundville I Phase Economic Organization." In *Archaeology of the Moundville Chiefdom,* edited by Vernon Knight and Vincas P. Steponaitis, 167–182. Washington, D.C.: Smithsonian Institution Press, 1998.

Milanich, Jerald T. *Florida Indians and the Invasion from Europe.* Gainesville: University Press of Florida, 1995.

Miller, Myles R., and Nancy A. Kenmotsu. "Prehistory of the Jornada Mogollon and Eastern Trans-Pecos Regions of West Texas." In *The Prehistory of Texas,* edited by Timothy K. Perttula, 205–265. College Station: Texas A&M University Press, 2004.

Milner, George R. *The Cahokia Chiefdom: The Archeology of a Mississippian Society.* Washington, D.C.: Smithsonian Institution Press, 1998.

Minnis, Paul E., et al. "Prehistoric Macaw Breeding in the North American Southwest." *American Antiquity* 58, no. 2 (1993), 270–276.

Morris, John Miller, ed. *Narrative of the Coronado Expedition.* Chicago: Lakeside Press, 2002.

National Research Council. *Surface Temperature Reconstructions for the Last 2,000 Years.* Washington, D.C.: National Academies Press, 2006.

Neitzel, Jill E., ed. *Great Towns and Regional Polities in the Prehistoric American Southwest and*

Southeast. Amerind Foundation New World Studies, no. 3. Albuquerque: University of New Mexico Press, 1999.

———. *Pueblo Bonito.* Washington, D.C.: Smithsonian Institution, 2003.

Neitzel, Jill E. and David G. Anderson. "Multiscalar Analysis of Middle-Range Societies: Comparing the Late Prehistoric Southwest and Southeast." In *Great Towns and Regional Polities in the Prehistoric American Southwest and Southeast,* edited by Jill E. Neitzel, 243–254. Albuquerque: University of New Mexico Press, 1999.

Newcomb, William W. *The Rock Art of Texas Indians.* Austin: University of Texas Press, 1967.

Newell, Gillian E., and Emiliano Gallaga, eds. *Surveying the Archaeology of Northwest Mexico.* Salt Lake City: University of Utah Press, 2004.

Ohl, Andrea J. *The Paradise Site.* Alpine: Center for Big Bend Studies, 2004.

Oldfield, Frank. *Environmental Change.* Cambridge: Cambridge University Press, 2005.

Olsen, John W. *Grasshopper Pueblo.* Ann Arbor: University of Michigan Press, 1990.

Olsen, Sandra L., and John W. Olsen. "An Analysis of Faunal Remains from Wind Mountain." In *Mimbres Mogollon Archaeology,* edited by Anne I. Woosley and Allen J. McIntyre, 389–406. Albuquerque: University of New Mexico Press, 1996.

Ortmann, Anthony L. "Placing the Poverty Point Mounds in Their Temporal Context." *American Antiquity* 75, no. 3 (2010): 657–678.

Parkinson, Claire L., *Coming Climate Crisis?* New York: Rowman and Littlefield, 2010.

Pauketat, Timothy R. *Ancient Cahokia and the Mississippians.* Cambridge: Cambridge University Press, 2004.

———. *Cahokia: Ancient America's Great City on the Mississippi.* New York: Viking, 2009.

Perttula, Timothy K., and R. Rogers. "The Evolution of a Caddo Community in Northeast Texas: The Oak Hill Village Site (41RK214), Rusk County, Texas." *American Antiquity* 73, no. 2 (2008): 71–94.

———. "The Prehistoric and Caddoan Archeology of the Northeastern Texas Pineywoods." In *The Prehistory of Texas,* 370–407. College Station: Texas A&M Press, 2004.

———, ed. *The Prehistory of Texas.* College Station: Texas A&M Press, 2004.

Prewitt, Elton R. "Distribution of Typed Projectile Points in Texas." *Bulletin of the Texas Archeological Society* 66 (1995): 83–173.

Rackham, Oliver, and Jennifer Moody. *The Making of the Cretan Landscape.* Manchester: Manchester University Press, 1996.

Ravesloot, John C. "Changing Views of Snaketown." In *The Hohokam Millennium,* edited by Suzanne K. Fish and Paul R. Fish, 91–98. Santa Fe: School for Advanced Research, 2007.

Reilly, F. Kent, III. "People of Earth, People of the Sky: Visualizing the Sacred in Native American Art of the Mississippian Period." In *Hero, Hawk, and Open Hand,* edited by Richard F. Townsend, 145–246. Chicago: Art Institute of Chicago; New Haven: Yale University Press, 2004.

Reilly, F. Kent, III, and James F. Garber. *Ancient Objects and Sacred Realms: Interpretations of Mississippian Iconography.* Austin: University of Texas Press, 2007.

Ricklis, Robert A. *The Buckeye Knoll Archaeological Site, Victoria County, Texas.* Corpus Christi: Coastal Environments Inc., 2009.

———. "Prehistoric Occupation of the Central and Lower Texas Coast." In *The Prehistory of*

Texas, edited by Timothy K. Perttula, 155–180. College Station: Texas A&M University Press, 2004.

Ricklis, Robert A., and Richard A. Weinstein. "Sea-Level Rise and Fluctuations on the Central Texas Coast." In *Gulf Coast Archeology*, edited by Nancy Marie White, 108–154. Gainesville: University Press of Florida, 2005.

Roberts, Neil. *The Holocene: An Environmental History*, 2nd ed. Oxford: Blackwell Publishing, 1998.

Rolingson, Martha Ann. "Plum Bayou Culture of the Arkansas-White River Basin." In *The Woodland Southeast*, edited by D. G. Anderson and R. C. Mainfort, 44–65. Tuscaloosa: University of Alabama Press, 2002.

———. *Toltec Mounds and Plum Bayou Culture*. Little Rock: Arkansas Archeological Survey, 1998.

Rosen, Arlene M. *Civilizing Climate*. Plymouth: Alta Mina Press, 2007.

Sanmarti, Joan. "Colonial Relations and Social Change in Iberia (Seventh to Third Centuries B.C.)." In *Colonial Encounters in Ancient Iberia: Phoenician, Greek, and Indigenous Relations*, edited by Michael Dietler and Carolina Lopez-Ruiz, 49–90. Chicago: University of Chicago Press, 2009.

Sassaman, Kenneth. *The Eastern Archaic, Historicized*. Lanham, MD: AltaMira Press, 2010.

Saul, Nigel, ed. *The Oxford Illustrated History of Medieval England*. Oxford: Oxford University Press, 1997.

Saunders, Joe W. "Are We Fixing to Make the Same Mistake Again?" In *Signs of Power: The Rise of Cultural Complexity in the Southeast*, edited by Jon L. Gibson and Philip J. Carr, 141–161. Tuscaloosa: University of Alabama Press, 2004.

———. "Late Archaic? What the Hell Happened to the Middle Archaic?" In *Trend, Tradition, and Turmoil: What Happened to the Southeastern United States Late Archaic?*, edited by D. H. Thomas and M. C. Sanger, 237–246. Anthropological Papers No. 93. American Museum of Natural History. New York, 2010.

———. "Middle Archaic and Watson Brake." In *Archaeology of Louisiana*, edited by Mark A. Rees, 63–76. Baton Rouge: Louisiana State University Press, 2010.

Saunders, Joe W., et al. "An Assessment of the Antiquity of the Lower Jackson Mound." *Southeastern Archaeology* 20, no. 1 (2001), 67–77.

———. "A Mound Complex in Louisiana at 5400–5000 Years before the Present." *Science* 277 (September 19, 1997): 1796–1799.

———. "Watson Brake: A Middle Archaic Mound Complex in Northeast Louisiana." *American Antiquity* 70, no. 4 (2005): 631–668.

Schaafsma, Curtis F., and Carroll L. Riley, eds. *The Casas Grandes World*. Salt Lake City: University of Utah Press, 1995.

Schroeder, Albert H., and Dan S. Matson, *A Colony on the Move*. Salt Lake City: Alphabet Printing, 1965.

Seebach, John. *Late Prehistory along the Rimrock*. Alpine, Tex.: Center for Big Bend Studies, 2007.

Shafer, Harry J. *Mimbres Archaeology of the NAN Ranch Ruins*. Albuquerque: University of New Mexico Press, 2003.

Shafer, Harry J., John E. Dockall, and Robbie L. Brewington. *Archaeology of the Ojasen (41EP289) and Gobernadora (41EP321) Sites, El Paso County, Texas*. Austin: Texas Department of Transportation, 1999.

Siddall, M., et al. "Sea-level Fluctuations during the Last Glacial Cycle." *Nature* 423 (2003): 853–858.

Simms, Steven R., and François Gohier. *Traces of Fremont: Society and Rock Art in Ancient Utah Fremont*. Price: University of Utah Press, 2010.

Stoller, John, Robert H. Tykot, and Bruce F. Benz, eds. *Histories of Maize*. Walnut Creek, CA: Left Coast Press, 2010.

Story, Dee Ann, ed. "1968–1970 Archeological Investigations at the George C. Davis Site." Austin: Texas Archeological Research Laboratory, 1981.

Swanson, Steve. "Documenting Prehistoric Communication Networks: A Case Study in Paquimé Polity." *American Antiquity* 68, no. 4 (October 2003): 753–767.

Tainter, Joseph A. *The Collapse of Complex Societies*. Cambridge: Cambridge University Press, 1988.

———. "Global Change, History and Sustainability." In *The Way the Wind Blows: Climate, History, and Human Action*, edited by Roderick J. McIntosh, Joseph A. Tainter, and Susan Keech McIntosh, 331–356. New York: Columbia University Press, 2000.

Tanner, William F. "The Gulf of Mexico Late Holocene Sea-Level Curve and River Delta History." *Transaction of the Gulf Coast Association of Geological Societies* 41 (1991): 727–734.

Tattersall, Ian. *The World from Beginnings to 4000 BCE*. New York: Oxford University Press, 2008.

Taylor, Allan R. "Nonspeech Communication Systems." In *Handbook of North American Indians*, vol. 17, edited by Ives Goddard, 275–282. Washington, D.C.: Smithsonian Institution, 1996.

Thompson, John M. *The Medieval World: An Illustrated Atlas*. Washington, D.C.: National Geographic Society, 2009.

Thoms, Alston V., and Patricia A. Clabaugh, "The Archaic Period at the Richard Beene Site: Six Thousand Years of Hunter-Gatherer Family Cookery in South-Central North America." *Bulletin of the Texas Archeological Society* 82 (2011): 77–115.

Townsend, Richard F., ed. *Hero, Hawk, and Open Hand*. Chicago: Art Institute of Chicago; New Haven: Yale University Press, 2004.

Townsend Richard F., and Chester P. Walker. "The Ancient Art of Caddo Ceramics." In *Hero, Hawk, and Open Hand*, edited by Richard F. Townsend, 238–246. Chicago: Art Institute of Chicago; New Haven: Yale University Press, 2004.

Turner, Ellen Sue, and Thomas R. Hester. *A Field Guide to Stone Artifacts of Texas Indians*. Houston: Gulf Publishing, 1993.

Turpin, Solveig A., ed. *Papers on Lower Pecos Prehistory*. Studies in Archeology 8. Austin: Texas Archeological Research Laboratory, University of Texas at Austin, 1991.

———. "The Lower Pecos River Region of Texas and Northern Mexico." In *The Prehistory of Texas*, edited by Timothy K. Perttula, 266–282. College Station: Texas A&M University Press, 2004.

Turpin, Solveig A., and Linda Scott Cummings, "Notes on Archaic Environments at Los Remotos, Nuevo León, Mexico," *Bulletin of the Texas Archeological Society* 82 (2011): 347–356.

Van Dyke, Ruth M. "Memory, Meaning, and Masonry: The Late Bonito Chacoan Landscape." *American Antiquity* 69, no. 3 (2004): 413–431.

Vargas, Victoria D. *Copper Bell Trade Patterns in the Prehistoric Greater Southwest and Northwest Mexico.* Tucson: Arizona State Museum, 1996.

Vierra, Bradley J., ed. *The Late Archaic across the Borderlands: From Foraging to Farming.* Austin: University of Texas Press, 2005.

Wade, Maria F. *The Native Americans of the Texas Edwards Plateau, 1582–1799.* Austin: University of Texas Press, 2003.

Wanner, Heinz, et al. "Mid- to Late Holocene Climate Change: An Overview." *Quaternary Science Reviews*, 27 (2008): 1791–1828.

Webb, Walter P. *The Great Plains.* New York: Grosset and Dunlap, 1931.

Weinstein, Richard A. *Archaeology and Paleogeography of the Lower Guadalupe River/San Antonio Bay Region.* Baton Rouge: Coastal Environments, Inc., 1992.

Whalen, Michael E., and Paul E. Minnis. *Casas Grandes and Its Hinterland.* Tucson: University of Arizona Press, 2001.

———. *The Neighbors of Casas Grandes.* Tucson: University of Arizona Press, 2009.

Whalen, Michael E., A. C. MacWilliams, and Todd Pitezel, "Reconsidering the Size and Structure of Casas Grandes, Chihuahua, Mexico." *American Antiquity* 75, no. 3 (2010), 527–550.

Whittlesey, Stephanie. "Hohokam Ceramics, Hohokam Beliefs." In *The Hohokam Millennium*, edited by Suzanne K. Fish and Paul R. Fish, 65–74. Santa Fe: School for Advanced Research, 2007.

Widmer, R. J. "A New Look at the Gulf Coast Formative." In *Gulf Coast Archaeology, the Southeastern United States and Mexico.* Gainesville: University Press of Florida, 2005.

Wilson, Gregory D. *The Archaeology of Everyday Life at Early Moundville.* Tucson: University of Arizona Press, 2008.

Windes, Thomas C. "This Old House: Construction and Abandonment at Pueblo Bonito." In *Pueblo Bonito: Center of the Chacoan World*, edited by J. E. Neitzel, 14–32. Washington, D.C.: Smithsonian Institution Press, 2003.

Wood, Juliette. *The Celts: Life, Myth, and Art.* New York: Barnes and Noble, 2004.

Woosley, Anne I., and Allen J. McIntyre. *Mimbres Mogollon Archaeology.* Albuquerque: University of New Mexico Press, 1996.

Zhang, Pingzhong, et al. "A Test of Climate, Sun, and Culture Relationships from an 1810-Year Chinese Cave Record." *Science* 322 (November 7, 2008), 940–942.

INDEX

Note: Italic page numbers refer to maps.